ALAN CARTER

PRIME CUT

KRIMINALROMAN

AUS DEM AUSTRALISCHEN ENGLISCH
VON SABINE SCHULTE

EDITION NAUTILUS

Dieses Buch wurde mit Unterstützung des Australia Council for the Arts, des staatlichen Förderungsorgans für die Kunst, veröffentlicht.

Die Originalausgabe des vorliegenden Buches erschien unter dem gleichlautenden Titel bei FREMANTLE PRESS, Fremantle, Western Australia, 2011

Edition Nautilus Verlag Lutz Schulenburg
Schützenstraße 49 a · D-22761 Hamburg
www.edition-nautilus.de

Deutsche Erstausgabe Februar 2015
Umschlaggestaltung: Maja Bechert, Hamburg
www.majabechert.de
Druck und Bindung: CPI books
1. Auflage
Print ISBN 978-3-89401-812-2
E-Book ePub ISBN 978-3-86438-169-0

Für meine wunderbare Frau Kath,
weil sie mir hilft,
den Traum zu verfolgen

PROLOG

Samstag, 5. Mai 1973. Später Nachmittag.
Sunderland, England.

Etwas verändert sich, das spürt er. Das Kräfteverhältnis verschiebt sich. Der Underdog knurrt. Gleich werden die Sanftmütigen die Erde erben. In seinen Augen flackern die Farben des Bildschirms, und er beugt sich vor, presst die Finger tiefer in die Sessellehne. Die Härchen auf seinem Arm richten sich auf und knistern wie ein reifes Feld vor einem Gewitter.

»… Hughes aus der Ecke, der Ball geht an Porterfield. Er ist drin! Porterfield schießt ein Tor für Sunderland …«

Er springt auf, bespritzt den Farbfernseher mit seinem Double Diamond und dreht sich zu seiner Frau Chrissy und dem kleinen Stephen um, die auf der Couch sitzen.

»Hast du das gesehen, Schatz? Was, mein Sohn? Brillant!«

Er trinkt einen großen Schluck aus der Bierdose. Ein bisschen läuft daneben, rinnt an seinem Kinn hinunter und auf sein rotweiß gestreiftes Hemd. Er führt ein Freudentänzchen auf. Die Spieler im Fernsehen umarmen und küssen sich. Das war völlig unvorhergesehen. Er zündet sich eine Embassy Regal an und zieht den Rauch tief in die Lungen. In Zeitlupe wird das Tor ein drittes Mal gezeigt, ein viertes. Er fragt noch einmal.

»Habt ihr das gesehen? Irre.«

Chrissys Hand ruht leicht auf ihrem schwangeren Bauch. Der kleine Stevie lehnt sich an seine Mama. Nein, Chrissy und Stevie haben das Tor nicht gesehen. Zu diesem Zeitpunkt sind sie schon mindestens zwei Stunden tot. Der schwarzbraune Yorkshire Terrier leckt unsicher an dem Blut auf dem billigen Paisley-Teppich.

Maud Street: Zweistöckige Reihenhäuser aus rotem Backstein, auf jeder Straßenseite dreißig, dicht gedrängt wie in einem schlecht sitzenden Gebiss. An dem Absperrband vor Nummer 11 sammelte sich bereits eine Menschenmenge. Wie viele andere auch präsentierte dieses Haus in den Fenstern die Teamfarben Rot und Weiß, zusammen mit einem »*Ha'way the Lads*«-Poster aus dem *Sunderland Echo*. Detective Sergeant Stuart Miller trat über die Schwelle. Chris Lawton, sein junger Assistent, folgte ihm.

Im vorderen Zimmer befragte eine Polizistin gerade die Nachbarin. Bei ihrem Anruf hatte sie angegeben, sie habe kurz reinschauen wollen, um den Sieg mitzufeiern, und da habe sie die beiden gefunden. Die Frau war klein und dünn, hatte braun gefärbtes Haar und die gelben Finger einer Kettenraucherin. Mit zitternden Händen zündete sie sich an ihrer Kippe die nächste Zigarette an und schnippte den erloschenen Stummel dann in den Kamin. Die Beamtin schaute auf, begegnete Millers Blick und nickte in Richtung Nebenzimmer.

»Kein schöner Anblick, Sir.«

Miller holte tief Luft und ging hinein.

Der Fernseher in der Ecke lief noch. Interviews und Feiern nach dem Spiel: Eine ekstatische wilde See aus Rot und Weiß überrollte das völlig verblüffte Wembley-Stadion. Vielleicht hatte bisher niemand ausgeschaltet, weil die Möglichkeit bestand, dass man vom Fernsehgerät noch Fingerabdrücke abnehmen konnte, oder aber, weil alle weiter gucken wollten, weiter dieses Wunder bestaunen und sich nicht davon trennen wollten. Der Zweitligist Sunderland hatte den Erstligisten Leeds United geschlagen. Ein einziges Tor hatte Sunderland den heißbegehrten FA-Cup beschert. Alle Experten, die nach dem Spiel zu Wort kamen, waren sich einig, dass dieser Tag in die Annalen der Fußballgeschichte eingehen würde. Miller hatte nichts dagegen einzuwenden.

Gleich hinter der Tür hing etwas schief ein gerahmtes Hochzeitsfoto an der Wand; der Bräutigam war Mitte bis Ende zwanzig und sah wie der Gitarrist von Slade aus, trug aber einen Anzug, als müsse er vor Gericht erscheinen. Große Augen, dunkles, schulterlanges Haar, ein schräger Pony und ein ebenso schräges Lächeln; vielleicht hatte er sich auf dem Weg zur Kirche irgendwo ein paar Bierchen genehmigt. Die Fahndung war schon eingeleitet worden, zuletzt hatte ein Nachbar ihn gesehen, als er nach der ersten Halbzeit die Straße hinaufgegangen war. Er war der Hauptverdächtige. An der Statistik gab es nichts zu rütteln, dachte Miller: nach dem Jawort der Gattenmord. Das Eheleben war lebensgefährlich.

Die Braut auf dem Foto erinnerte an kalifornische Frauen, sie hatte langes, fließendes blondes Haar, wie die Mädels in der Colawerbung mit ihrem »I'd Like to Teach the World to Sing«. In den tristen, versifften Straßen der nordenglischen Stadt musste sie der helle Wahnsinn gewesen sein. Es war ihr großer Tag, aber ihr Lächeln schien zu diesem Anlass nicht recht zu passen: als sei sie etwas skeptisch, nicht sicher, auf was sie sich da einließ. Daneben hing ein Foto von einem kleinen Jungen, etwa fünf oder sechs Jahre alt. Er hatte das blonde Haar seiner Mutter und das breite Lächeln seines Vaters. Und noch etwa zwei Jahre zu leben.

Das Zimmer war nicht groß, und es schien noch zu schrumpfen, als sie sich jetzt alle darin drängten: Miller mit seiner massigen Gestalt, der schlaksige Detective Constable Lawton, ein Fotograf und ein Arzt. Und dann noch die beiden Leichen.

»Du lieber Gott«, flüsterte Lawton hinter vorgehaltener Hand.

Sie saßen auf dem Sofa. Wenn man die Augen halb schloss und für einen Moment vergaß, wo man sich befand, sahen Mutter und Sohn aus, als wären sie vor der Glotze eingeschlafen. Aber das war eine grausige Täuschung. Die junge Frau war hochschwanger – die Braut auf dem Foto, mutmaßte Miller, aber er konnte bloß nach dem Haar urteilen, denn ihr Kopf war nur noch ein blutiger Brei. Sie war mit einem schweren Gegenstand erschlagen worden, einem Hammer vielleicht oder einem großen Schraubenschlüssel. Beide Ohrläppchen wiesen braune Brandmale auf. Jetzt konnte Miller es auch riechen: In den Mief von den kalten Kippen im übervollen Aschenbecher unten vor dem Kamin, zu dem der metallische, süßliche Blutgeruch und die anderen typischen Tatort-Düfte hinzukamen, mischte sich auch ein leichter Geruch nach Rauch oder etwas Versengtem.

Der kleine Junge saß neben der Frau, seine Hand ruhte auf ihrem Knie und sein Kopf an ihrer Schulter. Er schien etwa im gleichen Alter zu sein wie Stuart Millers eigener Sohn, sieben oder acht. Sein Kopf war nicht so grässlich zugerichtet wie der seiner Mutter, aber doch blutverkrustet, denn auf der rechten Seite klaffte eine Wunde. Seine Ohrläppchen waren ebenfalls versengt. Detective Constable Chris Lawton stolperte aus dem Zimmer, und Miller hörte ihn draußen im Garten ergebnislos würgen.

Vor ihnen auf dem Fußboden stand eine Art Trafo. Ein Kabel steckte in der Steckdose, das andere war ein Starthilfekabel mit Krokodilklemmen. Der Trafo sah aus, als stamme er von einer Scalextric-Autorennbahn oder etwas Ähnlichem. Der Arzt zog sein mit Schuppen bestreutes Jackett von einem Haken an der Tür, schüttelte es über seinen schmalen Schultern zurecht und ließ sein Köfferchen zuschnappen.

»Ein Stromschlag oder ein Hieb mit einem Gegenstand, eins davon hätte doch gereicht. Warum also beides?«

Miller schüttelte langsam den Kopf. Ja, warum? Einerseits der kaltblütige Einsatz von Wissenschaft und Geräten, andererseits die hitzige Anwendung roher Gewalt. Womit hatten sie es hier zu tun?

Das Zimmer war ein armseliges Loch, drei mal vier Meter, trübe beleuchtet nur durch ein Fenster, das auf einen winzigen, mit Kringeln aus Hundekacke gesprenkelten Garten hinausging. In so einem Raum war Miller selbst auch aufgewachsen. Der gleiche billige Teppich, der gleiche bittere, schale Zigarettendunst. Wer Glück hatte, wurde erwachsen, kam vorwärts und ließ sich von seiner Herkunft nicht unterkriegen. Wer nicht so viel Glück hatte, steckte für den Rest seines Lebens bis zum Hals in der Scheiße, ertrank in Selbstmitleid und teilte Schläge an die Menschen aus, die er angeblich liebte. Millers Hand wanderte instinktiv zu der kleinen Narbe am Augenwinkel, wo ihn an seinem zwölften Geburtstag der Ehering seines Vaters getroffen hatte.

War hier etwas Ähnliches passiert? War ein Familiendrama eskaliert? Er betrachtete die Leichen, die Seite an Seite auf dem Sofa lehnten. Aneinandergekuschelt, die Hände auf den Knien, in einer grausamen Parodie auf die glückliche Familie. Nein, hier handelte es sich um etwas anderes. Stuart Miller hatte Blut und Tod gesehen, Tragödien und Dummheiten und den ganzen anderen alltäglichen Horror, der zu seinem Aufgabengebiet gehörte. Aber so etwas wie hier war ihm noch nie begegnet. Vor seinen Augen verschwamm alles, die Kehle wurde ihm eng. Die Zimmerwände, das leise Summen des Fernsehers, das rauschhafte Wogen von Rot und Weiß, die jubelnden Spieler, die in endlosen Wiederholungen die Siegestrophäe in die Höhe streckten, alles rückte bedrohlich nah.

»Alles verdammter Blödsinn.« Miller schaltete das Gerät aus.

Er ging auf die Straße, um Luft zu schöpfen. Ein kleiner Yorkshire Terrier trieb sich vor der Haustür herum, neugierig und erwartungsvoll. Miller ging in die Hocke und tätschelte den Hund.

»Hier gibt's nichts für dich, Kleiner, fort mit dir.«

Eine Gruppe von Halbstarken, festlich herausgeputzt in Rot und Weiß, war zum *Royal Marine* unterwegs, dem Pub oben an der Straße, wo sie die Siegesfeier fortsetzen wollten. Sie skandierten *We are the champions!* und klatschten dazu. Der Anführer fing Stuart Millers Blick auf und grinste. »Is heute der schönste Scheißtag in meinem Leben, Kumpel, verflucht noch mal, der allerschönste!«

1

Mittwoch, 8. Oktober 2008. Später Vormittag.
Katanning, Western Australia.

An ihrer Lage war eindeutig zu erkennen, dass sie es nicht hatte kommen sehen. Ihre Beine waren in einem völlig unnatürlichen Winkel gespreizt. Das Blut neben ihrem Kopf war in der Sonne eingetrocknet, noch bevor die Lache sich die paar Zentimeter bis zum Straßenrand hin hatte ausbreiten können. Gierige Schmeißfliegen sausten über ihr hin und her. Die Oktobersonne stand hoch und war für die Jahreszeit ungewöhnlich gemein. Wer auch nur ein bisschen Verstand hatte, saß im Schatten des einzigen Baumes weit und breit. Oder hielt sich überhaupt nicht hier auf.

Der Sergeant kauerte neben dem rasch in Verwesung übergehenden Körper und sprach in ein kleines digitales Aufnahmegerät. Cato Kwong blinzelte zu ihm hinüber und trank einen Schluck lauwarmes Wasser. Die Flasche in seinen Händen fühlte sich an, als würde sie gleich schmelzen. Auf seinem iPod steigerte sich ein Crescendo in *La Bohème* soeben zu einem Kreischen. Cato stellte das Gerät aus und nahm die Kopfhörer ab. Ein Blick auf die Uhr: immer noch Vormittag.

In diesen Tagen schien die Zeit so langsam zu vergehen. Der Sergeant hieß Jim Buckley: Er schwatzte mit sich selbst, liebte jede Minute, jedes Detail seines Jobs. Für einen derartig großen Kerl waren seine Bewegungen elegant. Ein Pavarotti in einer Metzgerschürze.

»Kugel Nummer eins trat direkt hinter dem linken Ohr ein und durch die rechte Backe aus. Kugel Nummer zwei trat ins linke Auge ein. Kein Hinweis auf eine Austrittswunde, folglich nehmen wir an, dass Kugel Nummer zwei sich noch im Körper befindet. Zur Bestätigung beabsichtige ich, an Ort und Stelle eine Obduktion vorzunehmen. Aufnahme unterbrochen um … 10:22 Uhr. Detective Sergeant James Buckley.«

Buckley griff nach seinem Werkzeugkasten und öffnete ihn. Er nahm eine Säge heraus.

Das war einer der großen Unterschiede zwischen dem Morddezernat und dem Viehdezernat, sinnierte Cato, man brauchte nicht auf die Obduktion zu warten, sondern nahm sie einfach gleich selbst vor. Er hatte sich immer noch nicht richtig daran gewöhnt, dass der Kripobeamte Detective Senior Constable Philip Kwong beim Viehdezernat gelandet war. Morddezernat, Dezernat für schwere Straftaten oder selbst Dezernat für Bandenkriminalität, das alles hatte einen Beiklang, bei dem man die Brust herausdrückte und ein Stückchen größer wurde. Aber Viehdezernat? Ihre Aufgabe bestand darin, aktiv zu werden, wenn Diebe die Brandzeichen von Rindern veränderten und die Tiere klauten, wenn Schafe gestohlen oder Trecker entwendet wurden. Die Mitarbeiter des Viehdezernats wurden als Branchenkenner gepriesen, angeblich kannten sie die Farmer, kannten deren Jargon. In Catos Augen jedoch waren sie schlicht gescheiterte Existenzen, die bessere Tage gesehen hatten und jetzt als Kripobeamte weiterverwertet wurden. Aber der Lack war nun mal ab. Das Rindviehdezernat – eine Lachnummer. *Was tun Sie denn, wenn Sie einer verdächtigen Kuh begegnen? Abführen auf die Wache? Und dann weichklopfen und im eigenen Saft schmoren lassen? Oder machen Sie gleich Hackfleisch aus dem Tier?*

Bisher kam Cato sich eher wie ein besserer Landwirtschaftsinspektor vor. Viehdezernat. Das Wort flutschte ihm aus dem Mundwinkel wie der Fluch eines Feiglings. Ja, Fluch eines Feiglings fasste seine Situation ganz gut zusammen. Er war hier gelandet, weil ein Haufen Feiglinge, zu denen er früher einmal aufgeschaut hatte, ihn im Regen hatte stehen lassen. Und er konnte nichts dagegen tun, weil es diesen Kodex gab, diese Bruderschaft – oder welchen bescheuerten Namen man auch benutzen mochte, um zahllose Sünden dahinter zu verbergen.

Die Rindvieh-Abteilung war gerade *on tour*, mit Herz und Hirn. Die beiden anderen Mitglieder der Truppe befanden sich ehrenwerterweise auf dem Weg in den wilden Norden, während Cato Kwong und Jim Buckley sich ganz bequem in den Süden abgesetzt hatten. Eine Woche »Informationen sammeln«, so sah Buckley diese Unternehmung: Flossenschütteln, Herumschnüffeln, willkürliche Kontrollen und anständige Spesen – das würde sie bis zu ihrer Rückkehr nach Perth auf Trab halten. Eine Woche an Strohhalmen kauen, Fliegen erschlagen und weise nicken, auch wenn ihm das Gesagte total am Arsch vorbeiging, das war Catos Meinung zu dieser Tour.

Cato Kwong, Viehdezernat. Cato, nach Peter Sellers' chinesischem Butler und Kampfsportpartner in *Der rosarote Panther*. Diesen Spitznamen hatten sie ihm auf der Polizeischule verpasst. Cato hatte damals noch keinen der Filme gesehen und sich daher die Videos ausgeliehen, um zu verstehen, worauf die anderen anspielten. Cato, der manische Diener? Cato, der loyale Prügelknabe? Oder schlicht und einfach Cato, der Chinese?

Tag drei hatte eben erst angefangen, aber Cato fühlte sich, als wäre er schon einen ganzen Monat unterwegs.

»Oi, Kwongie, helfen Sie hier mal 'n bisschen, Kumpel?«

Jim Buckleys Gesicht war ganz rot vor Anstrengung, als die Säge in den Nacken der Kuh biss. Blut spritzte, die Schmeißfliegen drehten durch, er war im siebten Himmel. Der zimperliche Cato zuckte zusammen. Ihm war es lieber, wenn Fleisch in Plastikfolie verpackt und mit einem Barcode versehen war.

»Jim. Sir. Sergeant …«

Cato wusste immer noch nicht, wie er Jim Buckley eigentlich anreden sollte. Nicht, dass er grundsätzlich keinen Respekt vor Höhergestellten gehabt hätte, nein, aber im Fall von Jim Buckley arbeitete er einfach noch daran.

»Hören Sie, müssen wir das denn wirklich alles machen? Ist doch ziemlich eindeutig. Jemand hat die Kuh angefahren und dann mit ein paar Kopfschüssen erledigt. Das Hinterbein wurde mit einer Kettensäge abgetrennt und zum Grillen mit nach Hause genommen. Und das war's.«

Cato trank noch einen Schluck Bergquellwasser. In extremer Hitze funktionierte er nicht gut. Vielleicht sollte er lieber zur berittenen Polizei nach Kanada gehen oder nach Tasmanien, irgendwohin, wo es schön kühl war.

Jim Buckley runzelte die Stirn, ein ganz klein wenig enttäuscht über die Arbeitshaltung des Jüngeren. »Es ist und bleibt ein Verbrechen, mein lieber Cato. Und es ist unser Job, die Spitzbuben zu finden.«

Cato wusste, dass er gegen die sprichwörtliche Wand anrannte. Nach fünfundzwanzig Jahren im Polizeidienst hatte Buckley endlich seine ökologische Nische gefunden. Das Rindviecherdezernat war seine Domäne, und er hatte keine Lust auf Negativität. Jetzt wischte er sich mit dem Hemdsärmel über die schweißtriefende Stirn und reichte Cato das blutige Werkzeug.

»So, als Ihr Vorgesetzter würde ich Ihnen jetzt raten, die Klappe zu halten und loszusägen.«

2

Vier Stunden vorher.
Mittwoch, 8. Oktober. Morgendämmerung.
Hopetoun, Western Australia.

Ihre Lungen platzten fast, und ihre linke Hüfte quälte sie. Noch zwei Kilometer nach Hause, vier lagen hinter ihr. In den vergangenen zwanzig Minuten hatte sie sich ein wenig alt gefühlt, verbraucht. In letzter Zeit zwickte es an zu vielen Stellen, und es wurde immer schwieriger, dieses Zwicken in Schach zu halten. Aber dann bog sie um die Ecke, kam oben auf der Düne an, und da war das Meer. Wunderschön, dachte sie, traumhaft. Eine leichte Brise kräuselte das Wasser, und gerade ging die Sonne auf und vertrieb die Schatten von den Bergen des Nationalparks im Westen. Streifen in Orange und Rosa, Violett und Blau überzogen den weiten Himmel.

Und, kaum zu glauben, im flachen Wasser an der Buhne planschten zwei Delfine. Die letzten zweihundert Meter sprintete sie fast über den Strand, am Spülsaum entlang, wo der Sand fest war, ohne die Delfine dabei aus den Augen zu lassen. Als sie näher kam, wurde sie allerdings unsicher. Wie die Delfine sich bewegten, die Form der Flossen, das fröhliche Toben und Herumplatschen – nein, das war kein Platschen, eher ein Schlagen. Haie. Und da war etwas bei ihnen im Wasser, etwas Bräunliches, Schlaffes, Lebloses. Ein Seehund vielleicht, aus der Kolonie auf den Felsen ein paar hundert Meter draußen vor der Buhne. Sie rannte noch schneller. Heute würde sie ihrer Grundschulklasse in der Morgenrunde wirklich etwas Besonderes zu erzählen haben.

Ein Hai hatte den Seehund im Maul und schüttelte ihn wie ein Welpe eine alte Socke. Schließlich ließ er ihn los, und der Seehund flog durch die Luft und landete mit einem leisen Klatschen auf dem Strand. Aus jetzt ganz kurzer Entfernung sah sie, dass die Raubfische den armen kleinen Kerl regelrecht zerfetzt hatten, nur eine Flosse war noch drangeblieben, und er schien auch keinen Kopf mehr zu haben. Jetzt stand sie direkt vor dem Kadaver. Sie holte Atem. Ein Zittern überkam sie. Das war kein Seehund, das war ein menschlicher Rumpf. Und die vermeintliche Flosse war ein Arm – ein linker Arm, ohne Hand. Aber das mit dem Kopf hatte sie richtig gesehen – es war keiner mehr dran.

Sie beugte sich vor, stützte die Hände auf die Knie und kotzte. Hinter sich konnte sie die Haie hören, die im seichten Wasser immer noch wie Delfine herumspritzten und sie übermütig verarschten.

Hitzewallung. Senior Sergeant Tess Maguire stellte den Kaffee ab, riss ihre Jacke auf und öffnete ein Autofenster. Doch der Gestank eines überfahrenen Tieres zwang sie, es rasch wieder zu schließen. Tess fluchte und schaltete die Klimaanlage ein. Zwanzig nach sechs an einem frischen Frühjahrsmorgen an der Südküste, und sie schwitzte wie ein Schwein. Dann fror sie plötzlich und stellte die Klimaanlage wieder aus. Sie fühlte sich hundeelend. Wieso kriegte sie schon Hitzewallungen? Sie war doch gerade erst zweiundvierzig geworden. Tess betrachtete sich im Rückspiegel. Das kurzgeschnittene blonde Haar verlor allmählich den Kampf gegen die grauen Strähnen. Sie drohte immer wieder, es einfach grau nachwachsen zu lassen. Das war doch natürlich, oder? Und was war denn so schlimm an Grau? Tess versuchte, an eine bekannte, attraktive grauhaarige Frau zu denken, kam aber nicht weiter als bis zu Germaine Greer. Also setzte sie Haarfärbemittel auf ihre mentale Einkaufsliste und stellte das Radio an.

Die Interviewerin klang so jung, als könnte sie ihre Tochter sein. Sie hatte ihre Stimme ein bisschen ländlich eingefärbt. Mit Respekt einflößendem Näseln sprach sie mit einem Makler für Primärerzeugnisse über die Preise für Getreide und Wolle. Der eine Preis war offenbar hoch und der andere im Keller, im Gegensatz zum Aktienmarkt allgemein, der sich immer noch im freien Fall befand. Tess wollte es einfach nicht in den Kopf, wie eine Handvoll korrupter Hypothekenmakler in Amerika einen anscheinend globalen finanziellen Tsunami auslösen und damit das Ende der ihr bekannten Welt einläuten konnten. Egal, hier in Hopetoun würde es sie wohl kaum treffen – der Ort lag am Arsch der Welt und war stolz darauf. Es war Tess' erste Dienststelle nach ihrer Arbeitsunfähigkeit. Neun Monate. Davon den größten Teil des ersten Monats in stationärer und ambulanter Behandlung, die nächsten drei Monate in physiotherapeutischer Betreuung und den Rest in Therapie. Sie fragte sich, wie Melissa wohl zurechtkommen würde, neu in der Stadt und auf der Highschool, neunte Klasse, zusammen mit einer Horde von schwierigen Teenagern, deren Väter hergekommen waren, um in der neuen Mine zu arbeiten. Tess hatte sie im Park herumhängen sehen – die Kids, nicht die Väter. Testosteron. Manche Leute bezeichneten ihr Schubsen und Drängeln, Fluchen und Brüllen ja als jugendliche Ausgelassenheit. Tess aber brach in letzter Zeit der kalte Schweiß aus, wenn sie so etwas sah, sie bekam Panikattacken, kriegte keine Luft mehr und musste heulen. Selbst jetzt noch, wenn sie nur daran dachte.

Ein neues Leben hatte man ihr versprochen, einen neuen Anfang, neue Hoffnung in Hopetoun. Bisher war eine ständige Polizeiwache hier im Ort nicht erforderlich gewesen. Jahrzehntelang war das Städtchen ein verschlafenes Nest gewesen, in dem Farmer aus dem Weizengürtel Urlaub machten oder ihren Ruhestand verbrachten. Da hatte es für die Polizei nichts zu tun gegeben, nur gelegentlich waren vielleicht mal Alkohol am Steuer oder Familienstreitigkeiten vorgekommen. Seit es aber in der Nähe die Nickelmine gab, war die Bevölkerung stetig gewachsen, von unverändert vierhundert Einwohnern in früheren Zeiten bis auf sage und schreibe zweitausend – und es wurden noch mehr. Bis Hopetoun ein Gotham City war, würde es zwar noch eine Weile dauern, aber seit so viele neue Häuser gebaut wurden, die Leute mit großen Geldsummen um sich schmissen und der Pub immer mehr Zulauf bekam, nahmen zusammen mit den Versuchungen auch auffälliges Verhalten, Vandalismus, Familiendramen und Drogengebrauch zu. Hopetoun war zu einem geeigneten Ort für alternde, verletzte oder untaugliche Polizeibeamte geworden, die eine Auszeit brauchten. Tess gehörte in alle drei Kategorien. Anfangs hatte sie die Versetzung abgelehnt. Senior Sergeant Tess Maguire – das »Senior« war eine Belohnung dafür, dass sie fast totgetrampelt worden war – hatte sich widersetzt. Doch nach ein paar Wochen an einem Schreibtisch im Polizeipräsidium in Perth, wo sie den besorgten, aber verlegenen Blicken der Kollegen sowie dem Verkehr, dem Lärm und den Menschenmassen ausgesetzt gewesen war, hatte Tess den Wechsel ans Meer schließlich begrüßt. Hopetoun – keine nennenswerten Verbrechen, hatte sie sich gesagt, kein Stress. Nur Sonnenschein und Seewind, um den Kopf wieder frei zu kriegen.

Erst hörte sie ihn. Dann roch sie ihn. Und dann sah sie ihn auch: Er kam die Straße entlanggekurvt, quietschend und röhrend, und seine qualmenden Reifen verbreiteten den beißenden Gestank nach versengtem Gummi. Tess schaute auf die Uhr am Armaturenbrett: Er war pünktlich. Sie hatte den Polizeiwagen an der Abzweigung zum Bergwerk geparkt, wo der Wirbel aus schwarzen Reifenspuren von früheren Kunststückchen dieses Fahrers zeugte. Solche Spuren fand man heutzutage auf jeder Straße in jedem australischen Vorort, aber die hohen Tiere im Landkreis wollten dem ein Ende setzen. Das sei ungezügelter Hooliganismus, mache einen schlechten Eindruck und sei einfach eine Schande. Und Tess Maguires Job war es, dieses Fehlverhalten im Keim zu ersticken. Sie ließ den Motor an, schaltete den Flasher ein und stellte den Wagen quer auf die Straße, um dem Raser den Weg zu versperren. Er hielt an. Sie klopfte gegen das Fahrerfenster, bis er es öffnete.

»Macht's Spaß, Kane?«

Kane Stevenson, der Donut King – niemand konnte den Wagen so perfekt um die blockierten Vorderräder kreiseln lassen wie er. Ein Idiot aus einer Familie von Idioten. Früher hätte Tess sich vielleicht gescheut, Menschen so in Schubladen zu packen, denn man musste doch allen eine Chance geben und so. Die Zeiten waren jedoch vorbei. Wer sich wie ein Idiot benahm, der war eben ein Idiot. Aber die Bonzen im Landkreis würden daran zu schlucken haben, dass dieser spezielle Idiot ein Einheimischer war, hier geboren und aufgewachsen. Sie konnten es nicht den Bergleuten in die Schuhe schieben, weder den Pendlern noch den Zugezogenen. Kane war ein hausgemachtes Problem. Und seit er im Bergwerk arbeitete, hatte er nun auch noch Geld, das er zusammen mit seinen Reifen verbrennen konnte.

Ganz unschuldig ließ er jetzt sein Fenster herunter. »Morgen, Tess, früh auf den Beinen?«

»Für Sie heißt das Sergeant oder Officer. Sie fahren ja einen verdammt heißen Reifen.«

»Sorry, Mann, ich musste doch ausweichen. Känguru auf der Straße, konnte ich doch nicht einfach totfahren, wo ich so'n großer Tierfreund bin.«

»Aha.«

»Nee, ganz ehrlich.«

Tess trat zurück und tat so, als bewundere sie seinen Wagen.

»Firmenwagen, toll. Sind Sie befördert worden, Kane?«

Stolz schlug er auf das Lenkrad. »Ja, zum Teamleiter. Fünfzehn Riesen mehr im Jahr.«

»Glückwunsch. Die Sache ist, nach unseren schönen neuen Gesetzen gegen Rowdytum im Straßenverkehr bin ich durchaus berechtigt, dieses Fahrzeug zu beschlagnahmen.« Sie schnippte mit den Fingern. »In sechzig Sekunden ist Ihr Wagen futsch. Da wird Ihr Arbeitgeber nicht gerade begeistert sein, fürchte ich.«

Sein Arbeitgeber war Western Minerals, eine der größten und reichsten Unternehmensgruppen der Welt, die auf dem ganzen Erdball Bergwerke besaß. Western Minerals bezahlte hervorragend, war bei Verfehlungen aber gnadenlos. Das Motto: Nulltoleranz. Man ging davon aus, dass dieser Begriff sich auch auf Rowdytum bezog.

»Ach, Scheiße, Tess, hören Sie auf«, bat Kane. Zum ersten Mal blitzte in seinen großen braunen Augen die Erkenntnis auf, dass sein Verhalten Konsequenzen haben könnte.

Tess' Handy dudelte. Greg, ihr Assistent, wie sie auf dem Display sah.

»Tess? Komm lieber zurück in die Stadt. Wir haben hier eine Leiche.«

Sie blinzelte den Donut King drohend an: »Erste und letzte Warnung.« Dann brauste sie mit dem Polizeiauto los und versengte selbst ein bisschen Reifengummi.

Unterwegs begegnete Tess einem Konvoi von weißen Wagen, die in Richtung Bergwerk fuhren, das vierzig Kilometer entfernt lag. Am Stadtrand von Hopetoun raste sie die leichte Steigung bis zum Kreisverkehr hinauf. Von dort fuhr man auf einer Seite in ein Gewerbegebiet ab und auf der anderen in die wuchernde, gesichtslose Legoland-Neubausiedlung. Die Straße geradeaus führte direkt ins Zentrum von Hopetoun. Als Tess oben ankam und die Hauptstraße hinunter bis zum leuchtend blauen Südpolarmeer ganz unten sehen konnte, entspannte sie sich ein wenig. Nach drei Monaten hier in Hopetoun konnte sie immer noch kaum fassen, wie klein und wie ruhig und, ja, wie schön dieser Ort war. Und sie hoffte auch, dass da niemals ein Gewöhnungseffekt eintreten würde.

Tess bog auf den Strandparkplatz ein. Am Strand sprach ihr Kollege, Constable Greg Fisher, mit einer Frau mittleren Alters in Joggingzeug, und der Arzt aus dem Ort hockte im Sand und untersuchte etwas. Was es war, konnte Tess nicht sehen, denn es lag hinter einem provisorisch aus einer Plane errichteten Windschutz. Eine Initiative von Greg: Es war sein erstes Dienstjahr nach der Polizeischule, und er wollte Eindruck schinden – ein Bedürfnis, das Tess schon lange nicht mehr kannte. Ein Pärchen Austernfischer stocherte mit scharlachroten Stilettschnäbeln im Sand herum. Eine kleine Handvoll Frühaufsteher bemühte sich, einen Blick auf die Leiche zu werfen, aber alle beachteten die unsichtbare Linie, die Constable Fisher gezogen hatte.

Als sie näher kam, erkannte Tess in der Joggerin eine Grundschullehrerin. Sie hatte sie schon im Ort getroffen, das passierte in einem so kleinen Kaff ja fast zwangsläufig. Die Lehrerin war ein bisschen grün um die Nase. Ihre Augen waren verschwollen, ihre Unterlippe zitterte beim Sprechen. Greg machte sich Notizen. Tess überließ die beiden sich selbst und ging über den knirschenden weißen Sand zum Arzt und zur Leiche hinüber. Der Torso glänzte in der Morgensonne. Grüne Seetangranken glitzerten auf dem fleckigen, leicht gebräunten Fleisch. Kein Kopf, keine Beine, nur ein verstümmelter Arm und blassgraue Pampe, wo die fehlenden Körperteile hätten ansetzen sollen.

Der Arzt, breitschultrig, Anfang fünfzig, stand auf. Tess war ihm schon einmal begegnet, vor ein paar Wochen, als sie einen jungen Bergmann bei ihm abgesetzt hatte. Der Bursche hatte bei einem Besäufnis versucht, den Geldautomaten im Pub k. o. zu schlagen, weil der seine Geheimzahl nicht akzeptieren wollte.

»Wie sieht's aus, Doktor Terhorst?«

»Also, er ist tot, das ist mal sicher.« Die Lippen des Arztes kräuselten sich leicht bei diesem kleinen Scherz, dann fuhr er in seinem präzisen afrikaansen Akzent fort: »Aber in diesem Stadium kann ich die Altersgruppe nicht mehr eindeutig erkennen, nicht einmal die ethnische Gruppe lässt sich noch mit Sicherheit bestimmen. Nach der Länge des Rumpfes würde ich ihn auf mittlere Körpergröße schätzen, mittlere Statur. Fragen Sie mich nicht nach dem Todeszeitpunkt – wenn jemand im Wasser gelegen hat, kann man das ohne die richtigen Tests kaum sehen. Vor weniger als einer Woche, ganz grob geschätzt.«

»Haiangriff?« Hopetoun. Südpolarmeer. Die Frage war nicht unbegründet.

»Damals in Kapstadt habe ich einige Opfer gesehen, ja, diese Verletzungen sind typisch für Haiangriffe.«

Tess deutete auf den Brei unten am Rumpf, wo einmal die Beine angesetzt hatten. »Sieht aus, als hätten sie die glatt abgebissen.«

Der Arzt nickte düster, dann kratzte er sich das Kinn. »Schon möglich. Aber ich würde mir eher Gedanken um die Wunde am Hals machen.«

»Wieso?«

»Im Vergleich zu den sonstigen Löchern und Rissen ist sie sehr sauber. Sieht aus, als hätte jemand die Wirbelsäule mit einer scharfen Klinge durchtrennt. Entweder hatte unser Hai tadellose Tischmanieren ... oder aber jemand hat diesem armen Mann den Kopf abgeschnitten.«

3

Mittwoch, 8. Oktober. Vormittag.
Busselton, Western Australia.

Die Bodendiele knarrt unter Stuart Millers Schuhen. Der Flur erscheint ihm kürzer, als er ihn in Erinnerung hat, und abermals steigt ihm dieser bittere Geruch nach Aschenbecher in die Nase. Kein Licht, wieder mal Stromausfall, diese verdammten Bergarbeiter streiken dauernd. Aber warum kann er dann den Fernseher auf der anderen Seite der Tür hören? Ein Fußballspiel. Er dreht den Türknauf und betritt den düsteren Raum, der nur vom flackernden Licht des Bildschirms erhellt wird: ein wogendes, brüllendes Meer aus Rot und Weiß. Jenny und Graeme sitzen aneinandergeschmiegt auf dem Sofa und sehen sich das Spiel an. Auf dem Fußboden rasen Graemes Scalextric-Autos um die Rennbahn, in jeder Kurve sprühen sie Funken.

»Bin wieder da, Schatz, warum hast du denn alle Lichter aus?«

Seine Hand bewegt sich zum Schalter, aber nichts geschieht.

»Scheiße, die Birne muss durchgebrannt sein. Wie steht's denn?« Er nickt zum Fernseher hinüber.

»Null zu null«, sagt der kleine Graeme und reagiert damit endlich auf die Anwesenheit seines Vaters. Jenny muss wegen irgendwas eingeschnappt sein, wahrscheinlich, weil er wieder Überstunden gemacht hat. Sie hat sich bisher nicht gerührt und keinen Ton gesagt. Miller schaut erneut auf den Bildschirm, das Pokalfinale, Sunderland gegen Leeds. Billy Hughes mit einem Eckstoß, der Ball landet Porterfield vor den Füßen. Das hat Miller schon einmal gesehen, dieses Tor, diese Szene. Panik überfällt ihn. Er berührt Schulter und Kopf seiner Frau, und als er die Finger zurückzieht, sind sie blutverklebt. Graeme hat sich an seine Mutter gekuschelt, seine Hand liegt auf ihrem Knie, über seinem Ohr klafft eine tiefrote Wunde.

Stuart Miller fuhr aus dem Schlaf hoch und rang nach Luft. Das Bett war leer und Jenny war fort.

4

Mittwoch, 8. Oktober. Später Vormittag.

Sergeant Jim Buckley stöhnte und schnaufte, er stand kurz vor dem Herzinfarkt. Sein normalerweise rotes Trinkergesicht war beinahe violett, und in seinen rötlichgrauen Koteletten glitzerten Schweißperlen. Der Kopf der Kuh war inzwischen vom Körper abgetrennt, nach einer gemeinschaftlichen Anstrengung von ihm selbst, Cato und drei Bügelsägeblättern. Der Hals lag flach auf dem Boden, und die Augen starrten nach oben in den Kuhhimmel. Buckley stand mit gespreizten Beinen über dem Kuhkopf, die Füße rechts und links auf den beiden Ohren des Tieres. Mit der linken Hand drückte er fest auf die Schnauze, um zusätzliche Hebelwirkung zu erzeugen, mit der rechten zerrte er ein letztes Mal mit voller Kraft. Triumphierend zog er die Hand mit der Zange aus dem Kuhgesicht. Zwischen den Stahlbacken klemmte ein kleiner, blutiger Metallklumpen.

»Kleinkaliber, wie ich vermutet habe.«

Cato war gerade mit Pissen fertig und zog seinen Reißverschluss zu. Er hatte sich wieder in den Schatten des Baumes verkrümelt und das Kreuzworträtsel aus dem *West Australian* inzwischen zur Hälfte gelöst. Beim Frühstück im Motel in Katanning war es ihm gelungen, die Zeitung vom Nachbartisch mitgehen zu lassen. Er wäre fast dabei erwischt worden, denn der Besitzer war nur zur Toilette gegangen. Als er wiederkam und seine Zeitung holen wollte, hatte Cato sich dumm stellen und andeuten müssen, dass die Kellnerin sie wohl mit abgeräumt habe. Buckley hatte angewidert den Kopf geschüttelt.

»Warum kaufen Sie sich denn nie selbst eine? Die kosten doch bloß einen Dollar. Geizkragen!«

»Nein, einen Dollar dreißig. Ich brauche ja nur das Kreuzworträtsel, den ganzen anderen Schwachsinn muss ich nicht lesen.«

Sein Vater hatte ihm vor Jahren beigebracht, die kryptischen Rätselcodes zu knacken, und inzwischen war Cato süchtig danach. Es hatte etwas, in dem scheinbar unsinnigen Geschwafel nach einem logischen Gedankengang zu suchen und die kühle Kalkulation hinter dem pfiffigen Wortspiel zu erkennen. Diese Technik war ihm gelegentlich sogar schon im Verhörraum nützlich gewesen. Sein Vater war inzwischen zu Sudokus übergegangen, um seinen Lebensabend als Witwer zu bereichern. Wenn seine Hände nicht zu sehr zitterten, erledigte er so ein Sudoku in zehn Minuten. Er hatte versucht, auch Cato dafür zu gewinnen, denn er meinte, diese geduldigen logischen Ausschlussprozesse seien ein gutes Training für einen Kriminalistenkopf. Cato aber blieb bei den Kreuzworträtseln; Intuition, Phantasie, Querdenken und Inspiration, die später von Fakten untermauert wurden – das war eher sein Stil.

Zum Grillen: Erwünscht.

Wie bitte? Ging es schon wieder um das liebe Vieh? Diese Gluthitze ließ sein Hirn gerinnen. Cato streckte seine langen Beine aus und lächelte seinem Kollegen ermutigend zu.

»Gute Arbeit, Sarge. Irgendwie 'ne Ahnung, aus wessen Waffe das Ding stammt?«

Jim Buckleys gute Laune war in der Hitze verpufft.

»Sie können mich mal. Verpacken Sie lieber dieses Beweisstück hier, während ich saubermache.«

»Was, den Kopf auch?«

»In die Kühlbox. Je eher er auf Eis liegt, desto besser.«

»Keine Sorge«, seufzte Cato. Er überlegte, ob er jetzt sofort kündigen sollte oder erst nach dem nächsten Zahltag. Schließlich war das die Absicht dahinter: Erst hatten sie ihn heruntergestuft und herabgesetzt, und jetzt wurde er entwürdigt und entmündigt – bis er die Nase voll hatte und von sich aus das Handtuch warf. Sie würden ihn nicht feuern, denn er wusste zu viel. Aber sie hatten so ihre Tricks.

Cato zog einen Ziploc-Beutel aus dem Handschuhfach des Land Cruisers, wuchtete die Kühlbox von der Rückbank und schloss die Wagentür mit einem Tritt, wobei er den Absatz mitten auf das Stierkopf-Emblem platzierte. Klar, das Logo der Rindvieh-Bullen musste ein Bullenkopf sein. Cato ließ die Kugel in den Beutel fallen und verfrachtete den Kuhschädel in die Kühlbox. In seiner Hose summte das Handy. Er war überrascht, denn er hatte nicht damit gerechnet, dass sie hier draußen Empfang hatten.

»Bist du's, Cato?«

»Hier ist Detective Senior Constable Kwong, mit wem spreche ich?«

»Hutchens.«

Detective Inspector Mick Hutchens, sein alter Chef bei der Kripo Fremantle. Jetzt war er bei der Kripo in Albany und genoss in dieser Proletenstadt den Wechsel an die Südküste. Er hatte die Katastrophe besser überstanden als Cato.

»Was kann ich für Sie tun, Sir?«

»Lass den Scheiß, ich bin's doch, Mick. Wo steckst du denn?«

Cato schaute über die ausgetrocknete, versengte Landschaft.

»Irgendwo in der Nähe von Katanning.«

Hutchens lachte in sich hinein. »Dann freust du dich also deines Lebens im Rindvieh-Rammel-Dezernat?«

»Weiß nicht, ob dein zynischer Ton dem Polizeipräsidenten gefallen würde, Sir.«

»Stimmt. Ist dieser Volltrottel Buckley bei dir?«

»Willst du ihn sprechen?«

»Nee. Hör mal, ich hab richtige Arbeit für dich. Eine Leiche – na ja, immerhin eine halbe. Aber ein Mensch; das wäre doch mal 'ne nette Abwechslung, oder?«

Catos Puls ging schneller, was er schon lange nicht mehr erlebt hatte.

»Wo?«

»Unten in Hopetoun, vielleicht drei oder vier Stunden Fahrt für euch.«

Cato überlegte fieberhaft – Hopetoun, Südküste, ein Fischerort? Sonst fiel ihm nichts dazu ein.

»Warum machen deine Leute das denn nicht selbst? Mich hätten sie doch am liebsten nach Sibirien verbannt, weißt du noch?«

Einen Augenblick herrschte unbehagliches Schweigen, dann räusperte Hutchens sich.

»Drei sind vom Dienst suspendiert, zwei krank, zwei in Urlaub. Ich kratze gerade die letzten Reste zusammen. Da hab ich sofort an dich gedacht.«

»Na toll.«

Eine winzige Spur jammernder Verzweiflung schlich sich in Hutchens Stimme. »Cato, Kollege, ich brauche dich. Jedenfalls für die nächsten paar Tage.«

Cato wurde den Gedanken nicht los, dass noch mehr dahintersteckte. Kratzte Mick Hutchens wirklich die letzten Reste zusammen, bevor er an seinen alten Kumpel Cato dachte? Die Sonne verbrannte ihm den Nacken, im Gesicht plagten ihn die Fliegen, und die kopflose, dreibeinige Kuh fing an, ganz widerwärtig zu stinken. Die Straße nach Katanning schimmerte im Hitzedunst. Wer war Cato Kwong, dass er einem geschenkten Gaul ins Maul sah?

»Erzähl mehr.«

»Ist heute Morgen angespült worden. Sieht aus wie ein Haiangriff, aber der Arzt hier im Ort meint, der Junge war vielleicht schon tot, als er im Wasser landete. Ist allerdings so ein Quacksalber vom Lande, der verzapft wahrscheinlich nur Blödsinn.« Mick Hutchens war immer noch der Alte, dachte Cato, Zenmeister der radikalen Pauschalurteile. »Ich brauche dich, du musst dir das ansehen und es bestätigen oder auch nicht. Kein Ärger, kein Theater. Einfach nur den Papierkram erledigen und zu den Akten legen, Cato. Freitag bist du wieder zu Hause.«

Cato hatte jegliches Zeitgefühl verloren – aber dann fiel es ihm wieder ein, heute war Mittwoch. Wenn es sich hier tatsächlich um einen so einfachen, klaren Fall handelte, würde er rechtzeitig zum Wochenende zu Hause sein. Er war mit Jake an der Reihe. Sie könnten ein Familienwochenende machen, nur Vater und Sohn. Ja, also gut.

»Wer ist denn da unten zuständig?«

»Senior Sergeant Tess Maguire…« Hutchens machte eine Pause, wollte diese Info wohl wirken lassen. Aber Cato war schlagfertig und reagierte sofort – anders allerdings, als Hutchens es sich vorgestellt hatte.

»Die Taser-Tess?«

»Genau die.«

Nachdem der Mob oben im Norden über sie hergefallen war, hatte der Polizeipräsident alle Beamten standardmäßig mit Tasern ausgestattet, in der optimistischen Annahme, dass Tess vielleicht eine Chance gehabt hätte, wenn sie »entsprechend ausgerüstet« gewesen wäre – mit einem Fünfzigtausend-Volt-Elektroschocker. Cato hatte seine Zweifel, dass die Dinger in einer derartigen Situation wirklich eine Hilfe waren, insbesondere, wenn sie in falsche Hände gerieten. Doch Skepsis beiseite, Tess war dadurch zu einer Art Volksheldin unter ihren Kollegen hier in Western Australia geworden. Für ihn selbst allerdings war sie mehr gewesen, damals.

»Ich dachte, sie hätte den Job geschmissen.«

»Ist nach Hopetoun versetzt worden, das kommt auf eins raus. Hör mal, bring Buckley doch einfach mit, dann haben wir einen Mann mehr, aber … pass auf, dass er keine Schäfchen vernascht.«

Mit einem »Määäh« beendete Hutchens das Gespräch. Cato seufzte und klappte sein Handy zu. Irgendwie war Buckley doch ein armes Würstchen, dachte er. Und da ging ihm plötzlich ein Licht auf. *Zum Grillen: Erwünscht.*

Erwünscht war ein Anagramm: »Würstchen«. Da konnte man ja glatt zum Vegetarier werden.

Jim Buckley stand gebückt vor dem Seitenspiegel. Er hatte die Lippen gespitzt und versuchte, sich mit einem Feuchttuch die Blutflecken von seinem Diensthemd zu wischen. Cato hustete höflich, um auf sich aufmerksam zu machen.

»Sergeant? Da hat sich eben was ergeben.«

Sie hätten schon am frühen Nachmittag in Hopetoun sein sollen, aber Jim Buckley hatte darauf bestanden, nach Katanning zurückzufahren und den Kuhkopf dort im Gefrierschrank der Polizeiwache unterzubringen. Die Jungs waren alles andere als begeistert gewesen, denn nun mussten sie etwas anderes finden, wo sie die Würstchen und die Steaks für ihr Sundowner-Barbecue am Freitag aufbewahren konnten.

»Zeigt doch mal ein bisschen Eigeninitiative«, hatte Buckley sie angeschnauzt, ziemlich undankbar, wie Cato fand.

Dann hatten sie unterwegs zu einem späten Lunch angehalten: zwei Fleischpasteten, ein Marsriegel und eine Cola für Buckley, während Cato sich auf eine Pastete, einen mehligen, angestoßenen Apfel und einen Orangensaft beschränkt hatte. Er hatte nämlich in einer Fensterscheibe sein Spiegelbild gesehen und erkannt, was eine halbe Woche auf Reisen bereits anrichten konnte. Außerdem hatten sie vier Rauchstopps und zwei Pinkelpausen eingelegt. Und dann auch noch ein paar Temposünder angehalten und Knöllchen verteilt. Damit hatte Buckley sowohl seine Punktzahl als auch Catos Blutdruck erhöht. Cato konnte es kaum erwarten, die Leiche zu sehen. Er fragte sich, ob Buckley das überhaupt kannte, diese Hochspannung, wenn es um einen möglichen Fall ging, um ein Geheimnis – ob der Mann schon tot gewesen war, als er ins Wasser fiel? Um solche Dinge eben. Wohl kaum. Cato sah sich kurz im Rückspiegel an – graue Stellen an den Schläfen, aber auch zwei Monate vor seinem achtunddreißigsten Geburtstag war er gut in Form, wie schon seit Jahren. Die Verbannung ins Viehdezernat ließ ihm mehr Freizeit, und die nutzte er zum Teil, um noch fitter zu werden. Schwimmen, Radfahren und möglichst den ganzen Mist meiden, den er runtergeschlungen hatte, als er noch normale Dienstzeiten gehabt hatte – was immer das bei der Kripo hieß.

Neuerdings konnte er anscheinend nicht genug Schlaf bekommen. Es hatte eine Zeit gegeben, da war er nach vier oder fünf Stunden putzmunter aus dem Bett gesprungen. Jetzt kriegte er normalerweise die vollen acht Stunden, oft auch mehr, trotzdem wachte er manchmal erschöpft und lethargisch auf. Und heute? Heute sah er in seinen Augen wieder eine Energie funkeln, die er schon lange vermisst hatte.

Der Nachmittag war bereits halb vorbei, als sie die Bergkuppe vor Hopetoun erreichten und in den Ort hinunterfuhren. Während sie sich der Küste näherten, hatte die erstickende Hitze nachgelassen. Der heiße Ostwind im Landesinneren war zu einem frischen Südwest geworden, und allmählich fühlte Cato sich wieder einigermaßen wie ein Mensch. Sie rollten Hopetouns Hauptstraße hinunter, die sich aus einem unerfindlichen Grund Veal Street schimpfte, »Kalbfleischstraße«, und Cato sinnierte, dass der heutige Tag dem Thema Fleisch gewidmet war. Kuhköpfe, geschenkte Gäule, Barbecues, Pasteten, ja, sogar die Lösung im Kreuzworträtsel. Und jetzt auch noch die Veal Street. So war das eben in der Rindviehtruppe.

Vor einem Café mit Holzterrasse, auf der eine Handvoll Gäste Kaffee trank, standen zwei Telefonzellen. In der einen telefonierte ein Mann in einem staubigen, blau und neongelben Overall. Er hatte ihnen den Rücken zugekehrt und hielt sich das andere Ohr zu, weil der Wind so lärmte. Als er sich umdrehte, sah Cato im Vorbeifahren, dass er Chinese war. Ihre Blicke begegneten sich kurz.

»Hier gibt's also noch mehr als nur Sie«, bemerkte Buckley.

»Scharfe Augen. Das muss der Grund sein, warum Sie Sergeant sind und ich bloß Constable.«

»Nein, *Senior* Constable. Machen Sie sich nicht schlechter, als Sie sind«, korrigierte Buckley ihn.

Cato hatte bereits in der Dienststelle angerufen und den stellvertretenden Leiter erreicht, Constable Greg Fisher. Fisher hatte als Treffpunkt das Seenotrettungshäuschen neben dem Skatepark genannt. Er hatte sie vorgewarnt: Diese Hütte fungiere als Polizeiwache, bis das neue, supermoderne

Mehrzweckgebäude für die Rettungsdienste fertiggestellt sei. Das könne allerdings noch eine Weile dauern, hatte Fisher gesagt, »chronischer Arbeitskräftemangel«. Nach allem, was Cato sehen konnte – einen großen Sandhaufen mit einem provisorischen Drahtzaun drumherum –, gab es kaum Anzeichen dafür, dass man bisher auch nur begonnen hatte, eine neue Polizeiwache zu bauen. Er fuhr auf den rostbraunen Schotter und parkte. Das Seenotrettungshäuschen hatte etwa die Größe eines Frachtcontainers, sah aber mit seinem abblätternden olivgrünen Anstrich nicht ganz so proper aus. Die Tür war offen, also trat Cato ein. Greg Fisher saß an einem Schreibtisch und telefonierte. Er blickte auf und begrüßte die Besucher mit einem Augenzwinkern. Senior Sergeant Tess Maguire stand an einem Whiteboard, das kürzlich gesäubert worden sein musste, denn der Geruch des Reinigers hing noch in der Luft. Tess hielt einen roten Stift in der linken Hand, und Cato fiel ihr nackter Ringfinger auf. Mitten auf das Whiteboard hatte sie »Flipper« geschrieben und dahinter ein Fragezeichen gemalt. Sie hatte der Leiche also einen Namen gegeben. Ganz rechts waren einige Namen und Telefonnummern aufgelistet.

Tess drehte sich um. Auf den ersten Blick schien sie noch ganz die Alte zu sein, aber als Cato genauer hinsah, kamen ihre Augen ihm dunkler und trauriger vor. Mit diesen Augen betrachtete sie ihn jetzt ebenfalls von Kopf bis Fuß. Cato zog seinen Bauch ein wenig ein und hob den Kopf, um seinem Hals eine kleine Chance zu geben, aber Tess schien sich mehr auf das Stierkopf-Logo auf der Brusttasche seines Dienstuhemdes zu konzentrieren. Er zuckte innerlich zusammen. Bei nächster Gelegenheit musste er wirklich Zivilkleidung anziehen.

»Hübsche Uniform. Hab schon gehört, dass du kommst.« Auch in ihrer Stimme schien das Licht erloschen zu sein. »Wie geht's denn so?«, erkundigte sie sich so lahm, als spiele seine Antwort gar keine Rolle.

»Gut. Gut.« Cato sagte es zweimal, wie um es sich selbst zu bestätigen.

Dann stellte er Buckley vor, der immerhin sein Vorgesetzter war. Tess berichtete ihnen das Wenige, was sie selbst wusste: Lehrerin, Haie, Rumpf, Arzt, kein Kopf.

»Und warum Flipper?« Cato nickte zum Whiteboard hinüber.

Greg Fisher konnte sein Grinsen nicht unterdrücken. »Die Lehrerin hat erst gedacht, die Haie, die mit ihm gespielt haben, wären Delfine.«

»Habt ihr hier viel Publikumsverkehr?«

Cato sah, dass Tess sauer wurde.

»Bis morgen steht da ein Raumteiler«, erklärte sie. »Außer uns kriegt niemand das Whiteboard zu sehen.«

Cato fragte sich, wie man einen derart kleinen Raum noch weiter unterteilen konnte. Doch von unsensiblen Spitznamen abgesehen würde es auch noch eine Menge anderer Gründe geben, warum diese Infotafel der Öffentlichkeit verborgen bleiben musste.

»Dann erzähl doch mal, was der Arzt dazu gesagt hat.«

Offenkundig meinte Jim Buckley, es sei an der Zeit, seine Anwesenheit kundzutun. »Ja, hat der gute Doc denn zu viel ferngeguckt oder was?«

Tess fasste zusammen, was sie erfahren hatte, und beendete ihre Ausführungen mit der Neuigkeit, dass man die Leiche ins fünfzig Kilometer entfernte Ravensthorpe gebracht und im dortigen Krankenhaus in die Kühlkammer verfrachtet hatte.

Cato fluchte. Auf dem Weg nach Hopetoun waren sie doch durch Ravensthorpe hindurchgefahren, folglich hätte er sich die Leiche unterwegs ansehen können – wenn sich jemand die Mühe gemacht hätte, ihn zu informieren. Jetzt würde das Zurückfahren unnötig Zeit kosten. Greg Fisher schien das unangenehm zu sein, während es Tess offenbar einen Dreck interessierte. Das hier war ihr Bereich, hier bestimmte sie.

»Ein Rechtsmediziner aus Albany ist schon unterwegs. Er müsste in ein paar Stunden in Ravensthorpe sein. Sie können sich da mit ihm treffen. Wollen Sie hier noch irgendetwas tun, während Sie warten?«

Tess hatte die Frage an Buckley gerichtet und Cato damit zu verstehen gegeben, wer der Chef war. Buckley seinerseits blickte jetzt zu Cato hinüber. Detective Kwong zog seine Sonnenbrille aus der Brusttasche seines Uniformhemdes.

»Gehen wir an den Strand.«

Der Strand von Hopetoun brachte zwar keine umwerfend neuen Erkenntnisse, aber Cato genoss das Knirschen der strahlend weißen Körnchen unter seinen Dienststiefeln und das Funkeln des klaren Wassers, das tosend ans Ufer rollte. Ihm ging es bei diesem Strandgang auch darum, ein Gefühl für den Ort zu bekommen, für seine geografische Lage und das alles. Der erste Eindruck? Klein. Die Fahrt durch das Städtchen hatte etwa fünf Minuten gedauert. Von der Hauptstraße zweigten rechts und links etwa ein halbes Dutzend Seitenstraßen ab. Östlich der Veal Street befanden sich vor allem ältere Ferienhäuser, und im Westen lag das neu erbaute Legoland – wie Tess es nannte –, das Hopetoun der Mine zu verdanken hatte. Das Südende der Veal Street war das Stadtzentrum – drei Läden, ein paar Restaurants, ein Park, eine Kneipe, der Strand, das Meer. Am Nordende ging die Veal Street in die Hopetoun Ravensthorpe Road über, die, wer hätte das gedacht, nach Ravensthorpe führte. Hopetoun war eigentlich nicht mehr als ein Kaff, und auf den ersten Blick wirkte es wie ein schöner, friedlicher Ort zum Sterben.

Cato hatte Tess und Greg gebeten, die Gezeiten und die Wetterbedingungen für die vergangenen Tage herauszusuchen, weil er sehen wollte, ob sich daraus Rückschlüsse auf die Stelle ziehen ließen, an der die Leiche ins Wasser gelangt war. Außerdem hatte er vorgeschlagen, allen Vermisstenanzeigen der letzten Wochen nachzugehen. Tess hatte ihm daraufhin einen »Ach ja, Sherlock?«-Blick zugeworfen. Offensichtlich hatte sie mit diesen Nachforschungen längst begonnen. Cato hätte mit dieser Feindseligkeit ihrerseits rechnen sollen, aber sie machte ihm trotzdem zu schaffen. Es war mindestens zwölf oder dreizehn Jahre her, doch die Wunde war offenbar nie richtig verheilt. Und warum sollte sie auch? Cato war damals ziemlich frisch von der Polizeischule gekommen, vier Jahre jünger als sie. Man hatte sie zusammen in ein Zweier-Team gesteckt, und sie hatten von Perths Gangstervorort Midland aus Nachtschichten gefahren, in einem frisierten zivilen Commodore. Cato Kwong – der Prinz des Hexenkessels. Schnelle Verfolgungsjagden durch die Vorstädte, Familiendramen, Herumtreiber, Einbrüche. Routinesachen, die aber damals meistens spannend waren. Und die Adrenalinschübe hatten das Knistern zwischen ihnen noch angefacht. Es schien alles natürlich und unausweichlich zu sein, und es war gut, manchmal richtig toll. Im Nu waren sie bis über beide Ohren verknallt und unzertrennlich gewesen. Bis er sie abserviert hatte.

Als sie nach Ravensthorpe hineinfuhren, war es schon fast dunkel. Nur im Westen, zwischen der Silhouette eines fernen Hügelkamms und einer tintenschwarzen Wolkendecke, waren noch ein paar blasse Streifen Himmel zu sehen. Ravy, wie man die Ortschaft hier in der Gegend nannte, war größer als Hopey, aber nur wenig. Die Hauptstraße lag dunkel und verlassen da, bis auf das Ravensthorpe Hotel, ein zweistöckiges Backsteingebäude, vor dem eine ganze Menge Pritschen-PKWs und Geländewagen parkten. Sie waren zum Poolbillard-Turnier gekommen, das hier an jedem Mittwochabend stattfand. Einige Wagen trugen Logos der Bergbauunternehmen. Cato hatte die Lichter des Bergwerks fern im Osten gesehen, als sie die Abzweigung zum Flugplatz passierten, der genau zwischen den beiden Ortschaften lag. Die Mine war nicht zu übersehen gewesen, ein Fleck strahlendes Tageslicht in der trüben Dämmerung ringsherum. Kurz nach der Abzweigung hatten sie am Straßenrand stoppen müssen, während ein Krankenwagen mit blinkendem Flasher an ihnen vorbeiraste.

Cato hielt auf dem Krankenhausparkplatz und stellte das Radio aus. Den Acht-Uhr-Nachrichten zufolge hatte der australische Aktienmarkt heute seinen schwärzesten Tag seit zwanzig Jahren erlebt. Jim Buckley prustete und murmelte: »Mir kommen die Tränen.« Es war totenstill, kaum Lichter an. Wie viele Krankenhäuser in ländlichen Gebieten war auch Ravensthorpe kaum mehr als eine bessere Pflegestation. Diese Kliniken konnten oft nur überleben, weil der Wahlbezirk in der Pampa lag. Hier allerdings war der Grund, dass das Bergbauunternehmen seine Überredungskünste hatte spielen lassen. Der Krankenwagen hatte den Patienten offenbar abgeliefert und kurvte wieder auf die Straße hinaus. Sein Fahrer und Cato grüßten sich mit einem lässigen Handheben.

Als Cato und Buckley sich dem Haupteingang näherten, erwarteten sie, dass die Automatik-Türen zur Seite gleiten würden. Doch nichts rührte sich. Man hatte die Öffnungszeiten des Krankenhauses kürzlich auf die Stunden zwischen acht und zwanzig Uhr reduziert und machte nur für Notfälle Ausnahmen. »Personalmangel« stand auf dem handgeschriebenen Zettel, der mit Blu-Tack an die Tür geklebt worden war. Es war zwanzig Uhr fünf. Cato klingelte, und sie warteten. Und warteten. Er legte die Hand über die Augen und schaute in das grelle Licht, um zu sehen, ob sich da drinnen etwas rührte. Nichts. Cato fluchte laut und drückte zum zehnten Mal auf die Klingel. Endlich schwebte eine ältere Frau im rosa Bademantel und mit einem dampfenden Becher in der Hand in sein Blickfeld. Als sie Catos Gesicht hinter der Glastür sah, ließ sie fast ihr Getränk fallen. Er drückte seinen Dienstausweis gegen die Scheibe und formte mit den Lippen »Polizei«. Doch das nützte nichts. Die Frau schien jetzt erst recht entschlossen zu sein, rasch in ihr Bett zu flüchten und sich unter der Decke zu verkriechen.

Doch da trat Jim Buckley vor, mit freundlichem Lächeln, fröhlichem Winken und ohne asiatische Gesichtszüge. Das klappte. Die alte Frau drückte drinnen auf einen Knopf, und die Türen glitten auseinander. Mit einem Einfühlungsvermögen, das für Cato eine absolute Offenbarung war, erfragte Buckley den Weg zum OP auf der Rückseite des Gebäudes. Nebenbei erfuhr er auch noch alles, was er über die Hernie und den grauen Star der Patientin wissen musste.

»Danke, meine liebe Deirdre, und achten Sie gut auf sich.«

»Kommen Sie denn morgen wieder, Roger?«

»Ja doch, selbstverständlich, meine Liebe.«

Buckley winkte ihr ein letztes Mal zu und führte Cato dann den Gang entlang. Cato fragte sich gerade, wer sich wohl nachts um Deirdre kümmern würde, da begegnete ihnen eine mürrische Frau mit leuchtend rotem, zu einem Knoten aufgestecktem Haar. Sie kam gerade aus der Damentoilette und würdigte die beiden Männer keines Blickes, so als wäre es etwas ganz Alltägliches, dass zu dieser Uhrzeit Fremde über die Krankenhausflure wanderten. Stattdessen stampfte sie durch eine Doppeltür, hinter der Cato gedämpfte Schreie und Lärm hören konnte. Liebes Tagebuch, erinnere mich doch bitte daran, dass ich niemals eine Nacht im Krankenhaus in Ravensthorpe verbringen und auch nie wieder über die Krankenhäuser in Perth meckern will.

Immerhin war im OP Licht, ein gutes Zeichen. Sie schoben die Türen auf und traten ein. Ein kleiner, drahtiger Mann mit einem Skalpell in der Hand sah von der Arbeit auf. An einem Metalltisch hinter ihm in der Ecke saß eine Assistentin, machte mit einer Hand Notizen und aß aus der anderen ein Sandwich. Sie unterbrach ihre Arbeit nicht, blickte hinter ihrem Vorhang aus schwarzem Haar nicht einmal auf. In der anderen Ecke stand Tess und sah bedeutungsvoll auf die Uhr. Ihr Lächeln war freundlich und spöttisch.

»Ihr habt also gut hergefunden.«

Catos Geduldsfaden war kurz vorm Zerreißen. »Aber reinzukommen war ein bisschen schwierig.«

Der Mann mit dem Skalpell wollte offenbar gern weiterarbeiten. »'n Abend, die Herren, Sie müssen von der Kripo sein. Ich bin der Rechtsmediziner Harold Lewis, Harry für Sie. Verzeihen Sie, dass ich Ihnen nicht die Hand gebe. Wollen wir weitermachen?«

Diese Ansprache richtete er mit entrückter Stimme an Jim Buckley, der nickte. Doch seine Aufmerksamkeit war anderswo.

»Das ist Sally.« Harry winkte mit dem Skalpell etwa in die Richtung, wo die Schwarzhaarige saß.

Es war eine Art Billigversion von *Silent Witness*, bloß dass Sally geräuschvoll ihr Sandwich mampfte und ihr Kuli auf dem Notizblock schabte. Die Leiche lag auf einem blanken Metalltisch. Cato trat näher heran. Sein Blick wanderte über die Haut, die Wunden, die Stümpfe und den Arm ohne Hand. Flipper. Das sah nicht mehr wie ein Mensch aus. Aber es – Korrektur, er – war einmal ein Mensch gewesen. Dieser formlose Fleischklumpen hatte irgendwo eine Familie. Cato wollte sich bemühen, das nicht zu vergessen. Der Gestank war greifbar wie ein weiteres Wesen im Raum. Sally jedoch schien ihn gar nicht zu bemerken, sie wischte sich graziös einen Krümel Vollkornbrot aus dem Mundwinkel.

Dr. Lewis setzte seine Arbeit fort. Die Leiche war mittelgroß, männlich, im Alter vermutlich zwischen zwanzig und vierzig. Keine offensichtlichen Hinweise auf ein Leiden oder eine Krankheit. Keine Narben, Tätowierungen oder auffallende Muttermale und keine eindeutigen Hinweise auf die ethnische Zugehörigkeit. »Aufgrund der allgemeinen Hautablösung und des Verwesungszustandes schätze ich, dass er bis zu einer Woche im Wasser gelegen hat. Tut mir leid, dass ich keine genaueren Angaben machen kann.«

Harry untersuchte und Sally listete auf, die verschiedenen Wunden, vor allem Zahnspuren und Risse. Nachdem sie das Sandwich verputzt hatte, sprang sie von ihrem Hocker und machte ein paar Fotos.

Ganz behutsam hob Dr. Lewis den bleichen Arm. »Schade, dass die Hand fehlt; vielleicht wäre ein Finger mit Ehering drangewesen, das hätte uns weiterhelfen können. Aber da haben wir kein Glück.«

Soweit er sagen konnte, war es wohl Haien zuzuschreiben, dass die Hand, der rechte Arm und die Beine fehlten. Dann wandte Lewis sich dem Hals zu und zog das Vergrößerungsglas am Teleskoparm herunter.

»Die Halswirbelsäule ist nicht gebrochen, wie man es bei der reißenden Bewegung von Haifischkiefern erwarten könnte. Nein, der Kopf wurde abgeschnitten, oder wahrscheinlich eher abgesägt – vielleicht mit einer Kettensäge? Mit einer Handsäge wäre das sehr mühsam gewesen, und der Knochen wäre an der Schnittstelle rauer. Ist nicht gerade mein Spezialgebiet, aber wir werden ihn in Perth begutachten lassen.«

Dass es mit einer »Handsäge sehr mühsam« war, konnte Cato nur bestätigen. War es erst heute Morgen gewesen, dass sie in Katanning eine Kuh enthauptet hatten?

Lewis fuhr fort. »Mir scheint, hier ist mein Freund Dr. Terhorst der Fachmann. Da wir gerade davon sprechen, ich dachte, er wäre heute Abend vielleicht hier bei uns?«

Er sah sich im Raum um, als könnte Terhorst sich irgendwo versteckt haben.

Tess schaute von ihren Notizen auf. »Dr. Terhorst sollte heute Abend im Wein-Klub in Hopetoun einen Vortrag halten. Er lässt sich entschuldigen. Morgen früh ruft er an, hat er gesagt.«

»Also auch noch Weinkenner. Ein vielseitig begabter Mann, unser Dr. Terhorst«, sagte Lewis mit einer Spur von Unaufrichtigkeit in der Stimme. Er nahm den Y-Schnitt vor und öffnete die Leiche. Tess wurde blass. Cato zwang sich, weiter hinzusehen, schließlich war es keineswegs sein erstes Mal, andererseits lag die letzte Obduktion aber schon eine Weile zurück. Buckley konzentrierte sich auf Sallys Wadenmuskeln und beachtete das Gemetzel auf dem Metalltisch nicht. Lewis hob gerade die Lungen aus dem Rumpf. Jetzt sah Cato, wie er zu seiner drahtigen Muskulatur kam. Mehrmals am Tag Lungen zu stemmen hätte jeden fit gehalten.

»Der Lungeninhalt schließt Tod durch Ertrinken aus«, bestätigte Lewis.

Er untersuchte die Lungen weiter, bohrte mit dem Skalpell hinein und summte dabei leise vor sich hin. Cato versuchte, die Melodie zu erkennen – es konnten ein paar Takte von Puccini oder auch von Shirley Bassey sein. Endlich sah Lewis ihn an.

»Ich würde sagen, Ihr Freund hier war mit Sicherheit tot, bevor er ins Wasser gelangte.«

Cato und Tess warfen sich einen Blick zu; es sah also ganz so aus, als würde er noch eine Weile bleiben. Lewis zog etwas aus dem Leichnam, das wie ein blutgetränkter, halb entleerter Ballon aussah, und drückte es in einen Plastikbehälter aus. Mageninhalt. Nicht viel, enthielt aber Spuren von Reis und Huhn. Für weitere Untersuchungen würde er jetzt noch Blut-, Haut- und Gewebeproben nehmen, aber Cato hatte vorerst genug gesehen. Sein Nacken prickelte, es fühlte sich fast an wie Freude.

»Wollen Sie damit sagen, dass es sich um einen Mordfall handelt, Dr. Lewis?«

»Schon möglich; aber das ist Ihr Job, nicht meiner. Für das, was wir hier sehen, kann es eine Menge Gründe geben:

Unfall, Panik, Vertuschung, Verbrechen. Jedenfalls ...« Er tippte mit dem Skalpell leicht gegen Flippers Hals und sah Cato direkt in die Augen, »... ist da was faul.«

5

Donnerstag, 9. Oktober. Morgendämmerung.

»Fuck.«

Das war die sorgfältig durchdachte Antwort von Detective Inspector Hutchens, nachdem Cato seinem Ex-Chef früh am nächsten Morgen telefonisch von dem vorläufigen Befund des Pathologen berichtet hatte. Cato stand draußen auf der Straße, die Sonne war gerade aufgegangen, und Vogelgesang erfüllte die Luft. Elstern trillerten so lieblich wie Engel, die gerade in der Badewanne ertränkt werden. Ein sanfter Wind wehte durch die Eukalyptusbäume. Cato genoss den Frieden und die Ruhe.

»Fuck«, sagte Hutchens noch einmal.

Cato wartete ab und hielt den Mund. Hutchens hatte erklärt, dass er den Fall schnell zu den Akten legen wollte. Für Mordermittlungen, falls es sich tatsächlich um einen Mord handelte, hatte er keine Leute. Und so grauenhaft der Fall auch sein mochte, in diesem Stadium betrachtete er ihn nicht als besonders vorrangig. Im Moment war der Tote ein Niemand. Keiner hatte ihn bisher als vermisst gemeldet. Keiner schien sich für seinen Tod zu interessieren. Vielleicht würde das so bleiben, dann konnte diese Sache still und leise auf die ständig wachsende Liste der »ungelösten Fälle« rutschen.

Während Cato sich geduldig Hutchens' Schimpferei anhörte, beobachtete er, wie eine Elster im Sturzflug einen morgendlichen Spaziergänger anpeilte. Die Kacke war, dass inzwischen schon Reporter bei der Pressestelle der Polizei in Perth nachgefragt hatten. Verbrechen oder nicht, Haie waren immer einen Bericht wert. Im Polizeipräsidium wollte man den Vorfall heruntergespielt sehen, bis man genauer wusste, womit man es zu tun hatte. Bisher wurden die Medien damit abgespeist, dass es sich anscheinend um einen Fall von »Ertrinken« handelte und dass der sogenannte Haiangriff höchstwahrscheinlich erst nach dem Tod stattgefunden hatte und schlicht auf die Neugier der Haie zurückzuführen war. Trotzdem musste natürlich öffentlich sichtbar sein, dass Hutchens etwas unternahm, einfach für den Fall, dass plötzlich irgendein trauernder Verwandter auf der Bildfläche erschien. Und jetzt sprach dieser Rechtsmediziner von Mord. Hutchens unterbrach seinen Monolog durch einen weiteren Kraftausdruck.

Einer seiner Detective Sergeants, der am Montag wieder im Dienst hätte sein sollen, hatte gerade aus seinem Familienurlaub in Neuseeland angerufen und gesagt, er sei auf einem Gletscher ausgerutscht und habe sich den Knöchel gebrochen.

»Auf einem Scheißgletscher. So ein Kamel.«

Der nächste war eine Frau und sollte eine Woche später wiederkommen. Sie hatte schlauerweise ihr Handy ausgestellt, während sie zweifellos auf Bali rauschende Feste feierte. Alle anderen waren einfach total mit Arbeit eingedeckt. Ein lastendes, missmutiges Schweigen entstand. Cato wollte nur zu gern in die Bresche springen, daher ließ er die Pause andauern. Immer länger. Und wurde schließlich mit einem genervten Brummen belohnt.

»Ich hoffe bloß, dass ich das später nicht bereue. Ist wohl anzunehmen, dass ihr beide, du und Buckley, ungefähr eine Woche lang die Stellung halten könnt, oder?«

Cato vergewisserte sich, dass niemand zusah, boxte in die Luft und grinste. Hutchens machte einen schnaufenden Atemzug, als habe er die Geste durchs Telefon gesehen.

»Tut einfach so, als wärt ihr richtige Kripobeamte, aber versucht nicht, irgendwas aufzudecken. Das brauchen wir jetzt gerade nicht. Zeigt einfach Präsenz, okay? Und Montag in einer Woche verschwindet ihr wieder. Bis dahin habe ich da unten dann jemand anders.«

»Ich lasse dich nicht hängen, Chef.«

»Das will ich auch meinen.« Hutchens räusperte sich. »Du hast praktisch die Leitung, Cato. Überleg dir, was du mit Buckley machen kannst, um ihn bei Laune zu halten. Wenn

Journalisten zum Herumschnüffeln kommen, schick sie zu mir oder sag ihnen einfach, sie sollen verduften. Halt dich da raus, mein Freund. Mach keinen Scheiß, dann bin ich dir was schuldig. Vielleicht könnte ich dich sogar aus dem Abseits zurückholen.«

Aber dieser Hoffnung wollte Cato sich lieber gar nicht erst hingeben.

Hutchens machte kratzende, raschelnde Geräusche. »Gib mir doch mal die Nummer von deinem Chef. Wie hieß er noch?«

»Saunders. Brett Saunders.«

»Ach ja, ›Colonel‹ Saunders vom Schafschänder-Dezernat. Ich hoffe, er kann zwei Spitzenleute wie dich und Buckley entbehren.«

Das hoffte Cato auch.

Cato ging wieder ins Haus, um zu frühstücken. Überraschenderweise waren im Fitzgerald River Motel zwei Zimmer frei gewesen, direkt gegenüber vom Polizeicontainer, der jetzt quasi als »Ermittlungszentrale« diente. Das war ein kleines Wunder, denn alles, auch der Campingplatz, war seit zwei Jahren restlos ausgebucht. Typisch für das Leben in einer boomenden Bergbaustadt. Cato allerdings erschien der Ort immer noch winzig, ruhig und unverdorben. Wenn er an Bergbauboom dachte, sah er die leuchtend rote Erde in der Region Pilbara vor sich und meilenlange Züge. Wenn das hier ein Boom war, dann war er doch recht gedämpft, das jedenfalls war Catos erster Eindruck.

Pam, die wuselige Empfangsdame, die alles zu wissen schien und ihr Wissen gern weitergab, hatte erzählt, ein Zimmer sei frei geworden, weil der vorherige Langzeitbewohner, ein Buchhalter in mittlerer Position bei der Mine, gerade gefeuert worden war. Er hatte Extrempornos runtergeladen. Pams Lippen kräuselten sich missbilligend. Das zweite Zimmer war gerade erst wieder bezugsfertig, nachdem es im vergangenen Monat von ein paar Vertragsarbeitern, die das Ende ihres Einsatzes »gefeiert« hatten, verwüstet worden war. Wie auch immer, für Cato war es eine große Erleichterung. Die Vorstellung, sich für die nächsten drei Wochen ein Zimmer mit Buckley zu teilen, hatte nichts Verlockendes gehabt. Pam machte große Augen, als die beiden ihre Dienstausweise zeigten und als Rechnungsadresse die Kriminalpolizei in Albany angaben.

»Das geht bestimmt um die Leiche am Strand. Man nimmt ja an, dass er mit Drogen zu tun gehabt hat.«

»Stimmt das?«, fragte Cato.

»Oh ja, seit die Mine eröffnet wurde, haben die Dealer es auf dieses Kaff abgesehen. Die Kartelle aus den Bundesstaaten im Osten wollen hier den großen Reibach machen. Sie werden schon sehen.« Mit einem Kopfschütteln tat Pam ihre Zweifel am Lauf der Welt kund und verschwand durch die Hintertür nach draußen.

Buckley war frisch geduscht und rasiert und verzehrte gerade den Rest eines üppigen warmen Frühstücks. Cato setzte sich zu ihm an den überladenen Tisch, von wo aus man den Blick auf die Veal Street und auf die Ermittlungszentrale hatte. Buckley schaute von seinem Teller hoch und wischte mit einer Ecke Toast Eigelb auf.

»Und was hat ihr Freund Hutchens gesagt?«

Cato meinte, eine Spur Ärger in dieser Frage zu entdecken. Er weidete sich einen Moment lang daran, bekam aber gleich Schuldgefühle. Vielleicht hatte seine baldige Exfrau recht, vielleicht hatte er wirklich einen gemeinen Zug und war viel zu leicht gekränkt. Er bemühte sich, diesen Gedanken abzuschütteln und fröhlich und positiv zu bleiben.

»Wir haben den Fall. Wir sollen vorläufig die Kripo aus Albany unterstützen, weil sie da gerade unterbesetzt sind. Wir haben etwas mehr als eine Woche Zeit, dann schickt Hutchens einen von seinen regulären Leuten her, damit der die Sache dann in die Hand nimmt.«

Buckley schien sich darüber nicht besonders zu freuen, und umso weniger, als Cato ihm berichtete, wem Hutchens die Leitung übergeben hatte. Cato milderte das allerdings ab, sodass es klang, als komme Buckley eine »leitende Aufsichtsfunktion und die Rolle des Vermittlers zwischen den Dienststellen« zu.

Alles Blödsinn, das wussten sie beide.

Buckley blinzelte durch die Spitzengardinen nach draußen. »Na dann mal los, schnapp sie, Jackie Chan.«

Etwas brannte. Im Waschbecken waren Blutflecken. Stuart Miller murmelte sein drittes »verdammte Scheiße« des Tages, schmiss seinen Einmalrasierer ins schaumige Wasser und rannte in die Küche, um seinen Toast zu retten. Der Timer der Mikrowelle zeigte acht Uhr zwanzig. Wenn er nachts »den Traum« gehabt hatte, waren solche Tage danach üblich: Er war unfallgefährdet, nicht auf der Höhe und stinksauer. Monatelang hatte er »den Traum« nicht gehabt, zum Glück, denn wenn er zu viele Morgen wie diesen hätte durchstehen müssen, hätte er sich längst die Kugel gegeben. Miller versuchte, das Schwarze vom Toast abzukratzen. Der Geschmack machte ihm eigentlich gar nicht so viel aus, aber Jenny warnte ihn immer, dass er davon Krebs kriegen würde. Er gab auf, warf die verkohlten Scheiben in den Müll und steckte zwei neue in den Toaster.

Miller schaltete das Radio ein. Jemand laberte etwas darüber, wie ein Cappuccino in Perth sich im Hinblick auf Kosten und Qualität von einem Cappuccino in Fremantle unterschied. Normalerweise war ihm das Gequassel auf ABC lieber als die Reklame und die Scheißmusik auf den anderen Sendern, aber in letzter Zeit schienen die Redebeiträge immer trivialer und alberner zu werden. Fremd. Manchmal, wenn er aus »dem Traum« erwachte, fühlte er sich, als hätte er es gerade noch ans Land geschafft, so wie diese armen Asylsuchenden oben im Norden in ihren lecken Booten: verzweifelt, ohne richtig zu verstehen, was vor sich ging, isoliert und ohne zu wissen, was der Tag bringen würde. Miller ging ins Bad zurück und drückte seine täglichen Tabletten aus den Folien – Blutdruck, Cholesterin, Blutverdünner, Betablocker. Er schluckte sie ohne Wasser und machte sich wieder ans Rasieren. Warum überhaupt Rasieren? Er hatte doch keine Arbeit mehr, wo er hinging, er brauchte nicht mehr auf sein Aussehen zu achten. Jenny hatte ihm eine Liste von Dingen aufgeschrieben, mit denen er seinen Lebensabend ausfüllen konnte, die ihm ein sinnvolles und aktives Rentnerdasein bescheren würden. Der Garten musste von Unkraut befreit werden, ein paar Einkäufe waren nötig, er konnte in die Stadt gehen oder mit dem Fahrrad fahren, und dann gab es auch noch das Rentnertennis, wenn man Freude, Freunde und Fitness suchte.

»Verdammte Scheiße.«

Das war das vierte Mal an diesem Tag.

In der Ermittlungszentrale waren alle zur ersten offiziellen Teambesprechung für die Operation Flipper zusammengekommen. Cato hatte die Neuigkeiten von Detective Inspector Hutchens weitergegeben und eine erhobene Augenbraue und ein spöttisches halbes Lächeln bei Tess gesehen, als er die operationale Organisation und die Befehlskette erläuterte. Hutchens' Wunsch, dass sie nur so tun sollten, als ob, ohne auf Erfolge hinzuarbeiten, behielt Cato für sich. Er musste beweisen, und wenn auch nur vor sich selbst, dass er ein guter Polizist sein konnte. Nur noch einmal. Er hatte Jane angerufen und Bescheid gesagt, dass bei der Arbeit etwas dazwischengekommen sei und dass er Jake an diesem Wochenende nicht nehmen könne. Jane hatte besonders fröhlich und unbeschwert geklungen, und Cato hatte begriffen: Sie war schon auf dem Absprung.

Er fasste für Greg Fisher die bisherigen Ergebnisse des Rechtsmediziners zusammen. Die Leiche würde in einer Kühlbox den nächsten Flug nach Perth nehmen, von dem kürzlich erweiterten Behelfsflughafen bei Ravensthorpe aus. Da es keine ordentlichen Transportmöglichkeiten gab, lag der Torso in einem versiegelten Leichensack in einer alten Kühltruhe, die der Metzger in Ravensthorpe zur Verfügung gestellt hatte. In Perth würde man ihn dann weiteren Untersuchungen und Tests unterziehen. Cato war sich durchaus im Klaren darüber, dass der Flug von Ravy zur Pathologie nach Perth das Einzige war, was bei diesen Ermittlungen schnell gehen würde. Der Fall hatte keine hohe Priorität – eine namenlose Person, deretwegen anscheinend niemand Lärm schlug. Auf der Liste der Gerichtsmedizin in Perth aber standen mindestens vier Mordfälle, eine Handvoll Vergewaltigungen und ein halbes Dutzend Einbrüche mit Gewaltanwendung, die Vorrang hatten. Darauf wies Cato seine Zuhörerschaft hin und sagte, sie sollten nicht zu viel erwarten. Jim Buckley lächelte gönnerhaft und versprach, das nicht zu tun. Cato verspürte das Bedürfnis, sich zu erklären.

»Manche Leute halten den Toten vielleicht einfach für einen verwesenden Fleischklumpen ...« – wie erwartet hielt Buckley seinem Blick stand; er war nicht der Typ, der aufgab – »... aber er ist Sohn oder Bruder oder sogar Vater. Und wenn er mein Angehöriger wäre, wäre es mir lieb, wenn die Polizei ihren Job machen und rausfinden würde, was ihm zugestoßen ist.«

Buckley zwinkerte und mimte Applaus. Nachdem Cato seinen Standpunkt klargemacht hatte, deutete er mit einer Geste an, dass es Zeit war weiterzumachen.

Der junge Greg Fisher benahm sich wie ein Welpe, er bepinkelte sich fast vor Aufregung. Sein erster Mordfall, vermutete Cato. Greg berichtete von den beiden Aufträgen, die ihn gestern beschäftigt hatten. In den vergangenen zwei Wochen hatte es im Great Southern- und im South East Coastal-District drei Suchmeldungen gegeben, aber keine davon passte. Die erste Vermisste, eine Dreizehnjährige aus Albany, war am nächsten Tag, nachdem sie ihren Eltern etwas bewiesen hatte, wieder nach Hause gekommen. Tess zog eine Grimasse, als Greg das erzählte. Der zweite Fall, ein sechsunddreißig Jahre alter Farmarbeiter aus dem nahen Dörfchen Jerdacuttup, hatte erst vielversprechend ausgesehen, doch nach drei Tagen hatte die Polizei in Kalgoorlie ihn wegen Ruhestörung in einem Puff an der Hay Street verhaftet. Der Mann hatte gemeint, er hätte nicht genug gekriegt für sein Geld. Und schließlich war am vergangenen Samstag eine dreiundsiebzigjährige Frau mit Alzheimer auf Wanderschaft gegangen. Sie war am nächsten Morgen unter der Seebrücke in Esperance gefunden worden, wo sie gefährlich dicht neben dem Seelöwen Sammy schlief.

»Wir sind der Antwort auf die Frage, wer Flipper ist, also nicht nähergekommen«, schloss Greg.

Tess durchbohrte ihn mit ihren Blicken. »Vergiss nicht, schnell in die Gemeindehalle zu gehen und die Trennwände zu holen, wenn wir hier fertig sind, okay, Greg?«

Cato wollte weitermachen.

»Wir weiten die Suche nach den Vermissten aus. Auf den gesamten Bundesstaat, ohne zeitliche Begrenzung. Und was ist mit den Gezeiten und dem Wetter, gibt es da was?«

Greg sah aus, als sei er sehr zufrieden mit sich. »Meistens haben wir hier Südwestwind. Alles, was in den Ozean fällt, treibt normalerweise nach Osten. Aber in den letzten vier Tagen hatten wir Ostwind. Weil die Leiche auf dieser Seite der Buhne gestrandet ist, können wir annehmen, dass sie in den letzten Tagen irgendwo östlich von hier ins Wasser geworfen wurde. Die Seenotretter haben da drüben an der Wand eine Karte.«

Alle standen auf und versammelten sich um die Karte. Begeistert darüber, dass er im Mittelpunkt stand, fuhr Greg fort.

»Vom späten Vormittag bis in den Nachmittag hinein hatten wir vor allem starken Ostwind, am späten Nachmittag drehte der Wind dann und kam von Süden. In der Nacht flaute er ab, bis es praktisch windstill war. Höchstens fünfzehn bis zwanzig Knoten im Durchschnitt.«

Das alles sagte Cato herzlich wenig. »Was glauben Sie, wo die Leiche ins Wasser gelangt ist?«

»Nachdem ich mit den Seenotrettern gesprochen habe, würde ich sagen, irgendwo zwischen Mason Bay und Starvation Bay.« Fisher zeigte auf Punkte auf der Karte. »Starvation Bay liegt ungefähr vierzig Kilometer von hier, Mason Bay ist vielleicht halb so weit. An der Starvo gibt es eine Bootsrampe, und an der Mason ist der Strand leicht zugänglich, aber ich tippe auf Starvation Bay.«

Mit einem Blick bat er Tess um Bestätigung, und sie nickte zustimmend. Cato war wirklich beeindruckt. Da er selbst nicht segelte und auch kein Einheimischer war, hätte er es ohnehin nicht besser gewusst.

»Gut gemacht, Greg. Können Sie jetzt alle ungewöhnlichen Aktivitäten untersuchen, die in der letzten Woche in den beiden Buchten stattgefunden haben? Besuche von Fremden, Boote, die zu ungewöhnlichen Tageszeiten rausgefahren sind und Ähnliches? Außerdem müssen wir die angemeldeten Transporte und den übrigen Schiffsverkehr überprüfen. Soweit ich weiß, könnte unser Freund auch von einem vorbeifahrenden Tanker oder Fischtrawler runtergeworfen worden sein. Halten Sie mich über Ihre Ergebnisse auf dem Laufenden.«

Strahlend griff Greg nach dem Telefon.

Buckley und Tess sahen Cato erwartungsvoll an.

»Wir wissen zwar noch nicht viel, aber das, was wir wissen, wollen wir uns jetzt ansehen«, sagte er.

»Tot.« Buckley zuckte die Achseln.

»Danke«, sagte Cato.

»Kein Kopf«, sinnierte Tess.

Cato nickte. »Jemand will es uns möglichst schwer machen, herauszukriegen, wer er ist.«

Buckley schniefte. »Also bringen sie euch Wunderkindern auf der Kaderschmiede jetzt bei, Glaubwürdiges von Unglaubwürdigem zu unterscheiden?«

Cato überhörte die Spitze und wandte sich an Tess. »Gibt es in Hopetoun Chinarestaurants?«

Tess und Buckley schauten auf ihre Armbanduhren und sahen sich dann an. Es war kurz nach neun.

Cato klopfte sich auf den Bauch. »Bärenhunger.«

Schon den dritten Tag in Folge zeigte das Thermometer über dreißig Grad an. Und das bereits im Oktober, unglaublich. In Sunderland hätte man das in der Regenbogenpresse als kaum erträgliche Hitzewelle bezeichnet, es hätte Krawalle in den Straßen, Gefangene auf Dächern und Anfragen im Parlament gegeben. In Busselton aber hieß es »schön, sonnig, Temperaturen etwas über dem Durchschnitt«. Von wegen. Der einzige Raum im Haus, der eine Klimaanlage hatte, war das Schlafzimmer, doch Miller wusste, wenn Jenny ihn da ertappte, würde er Ärger kriegen. Stuart Miller musste so tun, als wäre er ein aktiver, zufriedener Rentner, und durfte nicht in einem wunderbar kühlen Schlafzimmer herumfaulenzen und Zeitung lesen, wie es ihm am liebsten gewesen wäre. Er konnte Jennys Worte richtig hören, die affektierte Lehrerinnenstimme der Miss Jean Brodie aus diesem alten Film, mit der sie unaufmerksame Schüler tadelte: *Du wirst lange tot sein, da hast du noch viel Zeit zum Schlafen, Stuart Miller!* Stuart

Miller war damit fertig. Mit der Hitze und mit dem gesunden, aktiven Rentenalter. Mit allem.

Er drehte den Ventilator ganz hoch, ließ sich schwerfällig am Küchentisch nieder und schlug den *West Australian* vom Tage auf. Die Schlagzeilen schrien ihm globale Finanzkrise und Zusammenbruch entgegen, wie auch schon in den vergangenen Wochen und womöglich schon vorher. Er blätterte auf Seite vier um.

200 000 DOLLAR BELOHNUNG FÜR MÖRDER EINER FAMILIE

Die Polizei setzte heute eine Belohnung von 200 000 Dollar für Hinweise auf einen Mann aus, der 1981 seine Frau und seine drei Kinder ermordet haben soll. Beamte des Morddezernats haben ein digital bearbeitetes Phantombild veröffentlicht, das zeigen soll, wie der Hauptverdächtige, Derek Chapman, 27 Jahre nach den Morden aussehen könnte.

Die Ermittlungen von 1981 ergaben, dass Chapman seine schwangere Frau Maureen sowie die drei gemeinsamen Kinder Kevin (6), Penny (4) und Mark (2) in ihrem Haus in Norwood, Adelaide, mit Stromschlägen getötet und erschlagen hatte.

In Millers Ohren dröhnte es, seine Schläfen pochten … *mit Stromschlägen getötet und erschlagen*. Er betrachtete das Foto noch einmal: Zuerst war es ihm gar nicht aufgefallen, wohl deshalb nicht, weil es keine Ähnlichkeit mit Davey Arthurs, seinem Pokalfinale-Mörder hatte. Das Gesicht auf dem Foto von 1980 war gepflegter: kurzes Haar und eine modische, getönte Brille mit großen Gläsern, ein dichter Ian-Botham-Schnurrbart und ein volleres, fleischigeres Gesicht. Miller hätte es nicht weiter beachtet, aber der Tathergang ließ ihn aufhorchen. Konnte das derselbe Mörder sein, fünfunddreißig Jahre später, hier in Australien? Derselbe, der sich nachts immer noch in seine Träume schlich, mit einem blutigen Hammer und Starthilfekabeln? Er las weiter.

Chapman, jetzt 63 Jahre alt, legte die Toten in seinen Pritschen-PKW und ließ den Wagen im Hügelland bei Adelaide im Busch stehen. Die Leichen wurden am nächsten Tag gefunden …

Beamte des Morddezernats sind gestern nach Perth geflogen, weil Chapman Berichten zufolge jetzt dort leben soll. Die Presseabteilung der Polizei hat außerdem ein Bild von Chapman veröffentlicht, das auf Informationen einer Frau beruht, die ihn gekannt hat. Sie berichtete, sie habe ihn 1998, 17 Jahre nach den Morden, in Bunbury im Südwesten des Bundesstaates gesehen.

Miller schaute sich das Phantombild an, das zeigen sollte, wie der Mörder heute aussehen könnte. Das Schnurrbärtchen war verschwunden, die Brille hatte jetzt ein dünnes Drahtgestell, das Gesicht war rundlicher und hatte ein paar Falten mehr, das Haar war schütter geworden und grau. Ein Opa wie aus dem Bilderbuch, nur dass er am Tag des Pokalfinales in einem tristen Backstein-Reihenhaus in Sunderland seine schwangere Frau und seinen achtjährigen Sohn umgebracht hatte. Dann, acht Jahre später, hatte er das Gleiche anscheinend am anderen Ende der Welt in Adelaide noch einmal gemacht. Derek Chapman – Davey Arthurs. Hier in Western Australia? Zuletzt war er in Bunbury gesehen worden, nur fünfzig Kilometer von Millers Haus in Busselton entfernt. Seine Nackenhaare kribbelten.

Detective Senior Constable Tim Delaney vom Morddezernat der South Australia Police sagte, er hoffe, die Belohnung und das Bild könnten der Polizei helfen, die nötigen Informationen zu erhalten. »Im Laufe der Jahre ist Chapman mehrmals gesehen worden, was uns zu der Annahme veranlasst, dass er noch lebt und jetzt in einem anderen Bundesstaat wohnt«, erklärte er. »Die Tatsache, dass wir diesen Fall wieder aufrollen, zeigt, wie ernst wir die Information aus Western Australia nehmen.

Wir hoffen, dass wir Chapman zum Aufgeben bewegen können. Siebenundzwanzig Jahre sind eine lange Zeit, wenn man ein so großes Verbrechen begangen hat. Es muss schwer auf Chapmans Gewissen lasten.

Darüber lächelte Miller grimmig. »Ein frommer Wunsch.«

Es ist entsetzlich, dass ein Vater seine Frau und seine Kinder im eigenen Zuhause ermorden konnte. Wir möchten diesen Fall wirklich abschließen.«

»Das möchten wir alle.« Stuart Miller griff nach dem Telefon.

6

Donnerstag, 9. Oktober. Vormittag.

Nein, in Hopetoun gab es kein China-Restaurant. Und das *The Taste of the Toun* war geschlossen. Das Restaurant befand sich in einem düsteren, gedrungenen Ziegelbau, dem vorletzten Gebäude an der Veal Street. Das letzte war das Port Hotel, eine einhundert Jahre alte zweistöckige Sandstein-Festung, in der sich ein Pub befand, ebenfalls geschlossen. Danach kam nur noch das Südpolarmeer, ganz bis hin zur Antarktis. Cato schaute über die weite, funkelnde Wasserfläche und nahm sich vor zu fragen, ob der Laden im Ort Badehosen verkaufte. Auf der anderen Straßenseite, im McCulloch-Park, drehten sich ein paar Kleinkinder schläfrig auf einem Kinderkarussell, während ihre Mütter an einem Picknicktisch Cola Light schlürften. Auch eine Schutzhütte stand dort, mit Blick auf den Strand. Tess zufolge war sie ein Treffpunkt für die gefrusteten Jugendlichen Hopetouns, die dort mit Drogen und Sex experimentierten.

»Wenn ich mir das so überlege, ich habe ihn eine Weile nicht gesehen«, sagte sie stirnrunzelnd.

»Wen?«

»Den gefrusteten Jugendlichen.«

»Was, nur einer?«

»Seit sein Bruder einen Job in der Mine hat, ja.« Sie schwieg, um weiter über die Situation nachzudenken. »Na ja, ein paar von den Teenagern sind hin und wieder ein bisschen reizbar, aber es gibt nur einen Jungen im Ort, der ein Fall für unsere Statistik werden wird.«

»Vor allem, wenn er seine sexuellen Experimente ganz allein macht«, bemerkte Jim Buckley.

Cato wägte die Karriere und die psychologischen Vorteile im Viehdezernat und eine Versetzung nach Hopetoun gegeneinander ab. Kaum ein Unterschied.

»Spricht man den Ortsnamen übrigens Hope*toon* aus, wie Car*toon,* oder Hope*town,* wie Stadt der Hoffnung?«, fragte er.

»Die älteren Einheimischen sagen Hopet'n, sie verschlucken also den letzten Vokal. Aber die Zugezogenen sind ihnen inzwischen zahlenmäßig überlegen, deswegen kannst du den Namen aussprechen, wie du willst, Hauptsache, du zahlst.«

Ende der Lektion eins von Tess Maguire. Sie fügte noch hinzu, dass man im Pub auch essen könne.

»Huhn mit Reis auf der Speisekarte?«, fragte Cato, weil er gerade an Flippers letzten Mageninhalt dachte. Sie mussten wirklich einen besseren Namen für den armen Burschen finden, am besten seinen tatsächlichen.

»Im Pub und im Restaurant kriegt man eher Steak oder Fisch und Pommes und so. Hühnchen, na ja, vielleicht für die Freundin. Aber die Nachfrage nach Reis ist nicht besonders groß.«

Anscheinend hatte Tess in der relativ kurzen Zeit, die sie jetzt in Hopetoun lebte, beide Speisekarten recht gut auswendig gelernt – was allerdings keine große Leistung war. Reis hatte sie auf beiden noch nie gesehen. Daher hatte es auch keinen Sinn, mit den Besitzern über Gäste zu sprechen, die kürzlich bei ihnen gespeist hatten. Flippers Henkersmahlzeit stammte aus keinem der beiden gesundheitsbewussten Esslokale Hopetouns. Höchstwahrscheinlich hatte der Tote eine zu Hause gekochte Mahlzeit verzehrt, aber wo war sein Zuhause?

Nach all dem Gerede über Essen war die Vormittagspause überfällig. Sie besorgten sich Kaffee an dem mobilen *Snak-Attack,* einem Wohnwagen, der zu einem Kiosk umgebaut worden war und auf einem unbebauten Grundstück gleich neben dem Supermarkt parkte. Als Jim Buckley den jungen Mann hinter der Theke anscheinend wiedererkannte, bekam er ein Stück Kalten Igel umsonst.

»Geht aufs Haus«, zirpte der Wirt mit übertriebener Jovialität, während er sich darauf konzentrierte, Milchschaum in die Pappbecher zu löffeln. Dunkle Locken, blaue Augen, daran gewöhnt, von seinen Kunden, oder besser Kundinnen, bewundert zu werden. Offenbar hieß er Justin.

»Schon lange hier, Justin?«, fragte Buckley im Plauderton.

»Ungefähr sechs Monate, nettes Fleckchen, was?«, erwiderte Justin, stets zu einem Lächeln bereit.

»Und davor?«, bohrte Buckley.

Justins Lächeln erstarrte zunehmend.

»Fremantle, Margaret River; meine Freundin hat in Margaret River gewohnt. Ihr gehört die Bude hier.«

Die Freundin trudelte ein. Ein Hingucker. Sie beglückte alle mit einem spröden Lächeln und dem Zurückwerfen ihrer langen dunklen Locken.

Buckley strahlte anerkennend. »Sieht aus, als wären Sie ein gemachter Mann, Justin.« Er zwinkerte und winkte mit dem Kalten Igel. »Bis demnächst.«

Cato sah Buckley mit fragend hochgezogener Augenbraue an und erhielt als Antwort ein zweites Zwinkern.

Im Wagen des Viehdezernats, der Allradantrieb hatte, fuhren sie zur Buhne hinunter. Tess hatte misstrauisch das Stierkopf-Logo auf der Autotür beäugt. Als Cato den Motor aufheulen ließ, glaubte er zu hören, wie sie leise »brrmm, brrmm« sagte. Dann blickten sie auf den Seal Rock, der etwa dreihundert Meter vor der Küste lag. Mit der Stille des frühen Morgens war es längst vorbei. Die Sonne schien zwar weiterhin, aber eine steife Brise aus Südwest hatte eingesetzt. Im Laufe des Tages würde sie noch kräftiger werden. Auf dem Felsen lagerten drei oder vier braune Gestalten, zum Schutz gegen den Wind und die sprühende Gischt aneinandergeschmiegt. Cato nahm an, dass es Seehunde waren. Buckley wanderte draußen umher, rauchte und sprach in sein Handy. Die Windstöße trieben seine Worte in die andere Richtung, sodass Cato nur ein kurzes Bruchstück der Unterhaltung mitbekam.

»Dafür hab ich zu viel zu tun, sagen Sie es mir doch einfach jetzt, verdammt noch mal.«

Cato saß auf dem Fahrersitz, Tess hinten. Beide interessierten sich angelegentlich für die Aussicht. Faszinierend. Sie hätte schöner nicht sein können. Ozean, Berge, Strände. Ozean. Berge. Strände.

Ozean. Berge. Strände.

Cato brach das Schweigen. »Ist es hier immer so windig?«

»Meistens.«

Er sah in den Rückspiegel. Begegnete ihrem Blick. »Und wie ist es dir ergangen? Seit … seitdem?«

»Seit wann? Seit du mich verlassen hast? Oder seit ich fast gestorben wäre?«

»Beides.«

»Gut. Danke der Nachfrage.«

»Keine Ursache.«

Na, das konnte ja heiter werden, dachte Cato bei sich.

Tess' Handy summte. Jemand aus der Nachbarschaft des Pubs beschwerte sich über Bierflaschen in seinem Vorgarten, Glasscherben auf der Straße und dass an seinem Wagen die Antenne und die Seitenspiegel abgebrochen worden waren.

»Und er fragt sich, wann die Polizei etwas gegen die Bergarbeiter unternimmt, dieses Mischlingspack«, berichtete Tess. »Das Leben geht weiter.«

Sie sah erleichtert aus, dass sie aus dem Bullenmobil in einen richtigen Polizeiwagen umsteigen würde. Doch Cato vermutete, dass das nicht der einzige Grund für ihre Erleichterung war. Jim Buckley beendete sein Telefongespräch, schnippte seine Zigarette weg und kletterte mit besorgter Miene wieder in den Land Cruiser.

»Alles in Ordnung?«, fragte Cato.

»Jau. Wohin jetzt, Meister?«

»Zurück zur Ermittlungszentrale, mal sehen, was unser Goldjunge Greg so gemacht hat. Und ein bisschen nachdenken.«

»Find ich gut.«

»Und wann kriegt ihr endlich den Arsch hoch und stoppt das alles?«

Unter seinen buschigen Augenbrauen sah Donald Rundle wütend zu Tess hoch. Seit fünf Minuten schimpfte er ununterbrochen, und trotz aller Bemühungen und ihrer Ausbildung hatte Tess es nicht fertiggebracht, auch nur ein Wort einzuwerfen. An einem Punkt hatte sie gemerkt, wie ihre Hand zum Taser wanderte, der an ihrem Gürtel hing, aber sie beherrschte sich. Rundle verlagerte sein Gewicht auf den anderen Fuß und zertrat dabei noch mehr Glas, als wolle er seine Beschwerde unterstreichen. Für ihn gelte *My home is my castle,* bla, bla, bla. Er war wirklich ein hundertfünfzigprozentiger Engländer. In einem erneuten Versuch, seine Jammertirade zu unterbrechen, hob Tess die Hand.

»Okay, Don, hören Sie, ich setze noch einen weiteren Bericht auf, aber Sie müssen auch mit den Leuten vom Pub sprechen, damit die Bescheid wissen.«

»Dieses geldgierige Arschloch, solange der ein bisschen Knete macht, sind wir anderen ihm doch scheißegal.«

»Und reichen Sie eine Beschwerde bei der Gaststättenaufsicht ein«, fügte Tess hinzu. »Ich habe Ihnen ja letztes Mal den Namen und die Telefonnummer gegeben. Soll ich Ihnen das noch mal aufschreiben?«

Tess setzte ihre leicht erhobene »Altenpflege«-Stimme ein und bemühte sich, wenigstens den Anschein von Ernsthaftigkeit zu erwecken. Es half nichts.

»Ich bin alt, aber weder taub noch senil. Da gibt es einen Unterschied.« Finster sah Rundle sie an. »Ich bin hier hergezogen, weil ich ein bisschen Ruhe und Frieden haben wollte, und das hatte ich auch, bis diese verdammte Mine aufgemacht wurde und dieser Lümmel den Pub übernommen hat.«

Lümmel? Allmählich fühlte Tess sich wie in einer alten Folge der Polizeiserie *The Bill.* Sie begutachtete Don Rundles unbezahlbare Aussicht über die Straße auf das Südpolarmeer; ja, sie befand sich noch in Hopetoun, nicht in Sun Hill. Gerade wies Don erneut auf seinen abgebrochenen Seitenspiegel und die Antenne hin. Da dudelte ihr Handy und rettete sie: Greg wollte wissen, ob sie Lust auf eine Fahrt in den

Busch habe. Tess hob die Hand, um Rundles Geschimpfe Einhalt zu gebieten.

»Sorry, Don, ich muss weg. Dringende Polizeisache.«

Als Erstes rief Stuart Miller die Auskunft an und verlangte die Nummer der Polizei in Adelaide. Er vermutete zwar, dass Detective Tim Delaney sich bereits in Western Australia befand, hoffte aber, dass man in Adelaide den Kontakt zu ihm herstellen konnte. Sie ließen ihn warten, zur Musik von AC/DCs »Highway to Hell«. Miller hatte das Stück eine Weile nicht gehört. Ein Splitter belangloses Musikwissen tauchte aus den Tiefen seines Hirns auf: War bei AC/DC nicht inzwischen ein Mann aus Newcastle Leadsänger? Ein Geordie also ... Aber wenn schon, der stammte ja aus Newcastle, nicht aus Sunderland. Dazwischen lagen zwölf Meilen, und diese zwölf Meilen trennten Welten. Er hatte früher ein Kinderlied gesungen, *Geordie lost his Liggie*, über einen Jungen, der seine Murmel verloren hatte, *doon the netty*, in der Toilette war sie verschwunden. Genau. Miller fragte sich, wie der Sänger mit seinem mörderischen Akzent sich wohl mit der übrigen Band verständigte. Durch Handzeichen? Seine Gedanken schweiften ab, wanderten überall hin, nur nicht zu der Aufgabe, die jetzt anstand. Er fühlte sich eingerostet und schwerfällig. Das war nicht mehr seine Welt.

Innerhalb von zwei Jahren nach den Arthurs-Morden war er aus der Polizei ausgeschieden. Während der Fall allmählich an Bedeutung verlor, war ihm immer weniger nach Bleiben zumute gewesen. Er versuchte es in einem privaten Sicherheitsdienst, wie viele Ex-Polizisten, hatte aber zu viel Phantasie, um die Arbeit anständig zu machen. An einem stürmischen nordischen Wintertag war er dann in Newcastle in der Nähe der Tyne Bridge am Australia House vorbeigegangen und hatte wieder einmal die Plakate von der Harbour Bridge in Sydney gesehen, in Sonnenschein getaucht. Diesmal war er hineingegangen. Jennys jüngere Schwester Maggie, eine Krankenschwester, war im vergangenen Jahr ausgewandert und schickte immer wieder Postkarten, die mit Wörtern wie »sonnig«, »warm« und »Strand« gespickt waren. Die letzte, gerade vor vierzehn Tagen, hatte zwei neue Informationen enthalten: »Freund« und »Polizist«. Jenny hatte bei diesen Neuigkeiten die Augen verdreht. Doch wie auch immer, sechs Monate später hatte er mit Jenny und Graeme, damals elf, im Flieger nach Australien gesessen – und an einem kalten, stürmischen Wintertag waren sie in Perth gelandet. An dem Tag hatte Miller laut gelacht und danach nie mehr zurückgeblickt.

Endlich entschloss sich in Adelaide jemand, ans Telefon zu gehen. Miller erzählte seine Geschichte einem hochnäsigen kleinen Wichser im Morddezernat in South Australia, der deutlich zu verstehen gab, dass er ihn für einen Spinner hielt. Immerhin versprach diese Flachpfeife, die Einzelheiten so bald wie möglich an Detective Senior Constable Delaney weiterzugeben. Miller knallte den Hörer auf und starrte wutentbrannt das Telefon an. Dann sah er auf die Wanduhr und rechnete sich aus, wie spät es in Sunderland war. Vier Uhr morgens – *It's four in the morning* – war das nicht eine Zeile aus einem Lied von Leonhard Cohen? Er wählte eine weitere Nummer.

Die Ermittlungen von 1981 ergaben, dass er Frau und Kinder mit Stromschlägen getötet und erschlagen hatte …

Der gleiche Tathergang wie im Fall Arthurs.

Davey Arthurs war wie vom Erdboden verschluckt gewesen. Man fand nicht mehr über ihn heraus, als dass er 1946 geboren war, fast genau neun Monate nach dem Kriegsende in Europa, typisch für den Babyboom der Nachkriegszeit. Er hatte als Elektriker auf Werften gearbeitet, war ein paar Mal wegen Trunkenheit und Ruhestörung vorbestraft worden und trug auf dem linken Unterarm ein eigenhändig gestochenes Tattoo mit den Buchstaben CK. Seine Mutter und sein jüngerer Bruder lebten damals noch, sie wohnten in Sunderland und konnten nicht verstehen, warum Davey etwas so Schreckliches getan hatte, und auch seine Schwiegermutter hielt ihn für einen ganz netten Kerl. Dabei hatte er doch ihre Tochter und ihren Enkelsohn umgebracht … Niemand wusste, wer CK war, vielleicht eine Jugendfreundin?

Um Menschen mit elektrischem Strom zu ermorden, waren eine Menge kalter Berechnungen nötig. Dass jemand einen Menschen erschlug, war dagegen irgendwie noch nachvollziehbar, selbst wenn es das eigene Kind war, so abseitig, so wahnsinnig das auch sein mochte. Selbst dass jemand die Beherrschung verlor, war in gewisser Weise einleuchtend. Aber Starthilfekabel an Frau und Kind anzuklemmen, plus und minus, minus und plus – äußerte sich so das Böse? Stuart Miller hatte keinen Sinn mehr in seiner Arbeit gesehen, solange jemand ein derartiges Verbrechen begehen und im Prinzip weiter frei herumlaufen konnte. Mit der Freiheit, es wieder zu tun. Am anderen Ende ging niemand dran, aber Miller konnte sich nicht überwinden, den Hörer aufzulegen. Er horchte einfach auf das hypnotisierende Klingeln. Dann ein Klicken, ein Fummeln, ein Rascheln und ein Ächzen.

»Lawton. Wer ist da?«

»Chris. Hier ist Stuey Miller.«

Eine leichte Verzögerung oder ein Nachhallen der Stimmen, während sie um den Erdball reisten. Sie hatten über die Jahre hinweg Kontakt gehalten, Chris Lawton betrachtete Miller auch nach dieser langen Zeit und seinen vielen Beförderungen immer noch ein wenig als Mentor. Inzwischen war er Assistent Chief Constable der Northumbria Police und galt als sicherer Kandidat für den bald neu zu besetzenden Posten des Polizeipräsidenten. Als er jetzt hörte, wer am Apparat war, ließ er seinen Big-Boss-Ton fallen.

»Stu. Was gibt's? Zu dieser frühen Stunde hoffentlich was Gutes, sonst ... Mein Gott, erst vier Uhr!«

»Ich glaube, ich habe vielleicht Davey Arthurs gefunden.«

Arthurs in Western Australia zu lokalisieren bedeutete, ihn in einem Gebiet aufzuspüren, das etwa die Größe Westeuropas vor dem Fall des eisernen Vorhangs hatte, das wusste Miller. Aber er beschloss, Lawton nicht mit dieser kleinen Nebensächlichkeit zu behelligen.

»Verdammte Kiste. Wo denn? Bist du sicher?«

Miller erzählte ihm, was er wusste, und schrieb sich Lawtons Faxnummer auf, um ihm den Zeitungsartikel zu schicken. Lawton hatte auch etwas von Einscannen und Mailen gesagt, aber Miller wusste nicht, wovon er da redete. Er versprach, dem Morddezernat in South Australia Lawtons Kontaktdaten zu übermitteln, damit sie Verbindung aufnehmen und ihre Unterlagen abgleichen konnten. Dabei fiel ihm etwas ein.

»Chris, wie stehen eigentlich die Chancen, dass ich die Akten vom Fall Arthurs noch mal einsehen kann?«

Lawton nahm wieder die Stimme des stellvertretenden Polizeipräsidenten an. »Du bist im Ruhestand und ganz und gar draußen, Stuart. Dabei wollen wir es belassen, hm? Regelungen und das ganze Zeugs; wir müssen solche Sachen heutzutage streng nach Vorschrift machen.«

Miller wusste, dass er keine Möglichkeit hatte, ihn umzustimmen. Lawton peilte eine große Karriere an und würde sie für nichts und niemanden gefährden. Er brachte einen munteren Tonfall zustande.

»Kein Problem, Chris, aber tu mich auf dem Laufenden halten, ja? Das würde mir viel bedeuten. Alte Freundschaft rostet nicht?« Miller bettelte fast und hasste sich und Lawton dafür.

»Alles klar. Du klingst übrigens schon fast wie ein Aussie, alter Freund. Ja, wir hören voneinander. Und, Stuey, danke für die Info.«

Miller legte auf. Das war's also. Nach fünfunddreißig Jahren hatte er ihnen einen wasserdichten Hinweis auf Sunderlands berühmtesten ungelösten Fall geliefert, der zumindest einen Schmierfleck auf Lawtons ansonsten makellosem Lebenslauf hinterlassen hatte. Und das Resultat?

Ja, wir hören voneinander.

Er erinnerte sich an ein Bild, an eine Szene von dem Tag damals: Detective Constable Chris Lawton würgte ergebnislos im Garten von Maud Street 11. Der Fall, bei dem eine schwangere junge Frau und ihr kleiner Sohn das Leben verloren hatten, hatte Miller den Glauben an seine Arbeit und an sich selbst genommen. Ausgeschlossen, dass er sich jetzt kaltstellen ließ.

Greg Fisher hatte Cato eine Notiz hinterlassen. Tess und er waren zur Starvation Bay und zur Mason Bay rausgefahren, um mit den Bootsbesitzern zu reden, hatten ihre Handys und den Funk aber an, sodass sie erreichbar waren. Greg hatte die Vermisstenmeldungen aus dem ganzen Bundesstaat mit den

Infos über den Toten abgeglichen, und in Catos Posteingang wartete eine Zusammenstellung der in Frage kommenden Fälle. Er loggte sich ein. Auf der Liste standen etwa ein Dutzend Männer, die vom Alter her passten. Einige waren schon vor bis zu zehn Jahren verschwunden. Andere waren zuletzt an abgelegenen Orten oben im Norden oder in Wüsten-Außenposten gesehen worden, oder aber im Outback, als sie aus einem Pub stolperten, der gerade geschlossen wurde. Reisende, Bahnhofsangestellte, Bergarbeiter, die auf eine Mitfahrgelegenheit warteten, auf Hilfe bei einer Autopanne, auf jemanden, der sie retten würde. Manche waren wahrscheinlich zu Fuß losgezogen und nie zurückgekehrt. Vier strich Cato als zweifelhaft von der Liste. Zeiten, Entfernungen und Umstände passten nicht. Von drei anderen öffnete er die Fotos. Sie erschienen ihm entweder zu groß, zu klein, zu alt, zu jung oder zu hellhäutig. Zu hellhäutig? Auch wenn Dr. Harry Lewis sich nicht darauf festlegen wollte, Cato war jetzt überzeugt, dass der Tote, den er gesehen hatte, kein Weißer war. Alles Weitere jedoch war reine Spekulation. Damit standen noch fünf Männer auf Gregs Liste. Aus dem Augenwinkel sah Cato, dass Jim Buckley die Füße auf den Schreibtisch gelegt hatte und die Tageszeitung durchblätterte. Reißerische »Wir sind alle verloren, todsicher verloren«-Schlagzeilen. Doch Buckley schien gar nicht zu lesen, sondern war weit, weit fort.

Cato wandte sich wieder seiner Liste zu. Ein vermisster Geschäftsmann aus Perth, achtunddreißig; zuletzt gesehen vor etwa einem Jahr in einem Schwulen-Nachtklub in Northbridge. Für seine Frau war das ziemlich überraschend gewesen, und sie trauerte jetzt ein bisschen weniger, als sie es sonst vielleicht getan hätte. Italienischer Abstammung, Carlo Donizetti, mittelgroß, von mittlerer Statur. Eine Möglichkeit? Cato las weiter. Einer sprang ihm ins Auge. Vor zwei Jahren war eine Fregatte der Royal Australian Navy in den Hafen von Albany an der Südküste eingelaufen, nachdem sie im Südpolarmeer von einem japanischen Walfänger einen kranken Harpunier aufgenommen hatten. Herzinfarkt. Cato erinnerte sich noch an den Aufschrei in den Medien. Sonst menschenfreundliche Naturschützer protestierten laut, man hätte das Schwein sterben lassen sollen. Das Marineschiff hatte sich auf einer gemeinsamen Übung mit indonesischem, singapurischem, thailändischem und malaysischem Militär befunden. Ein indonesischer Matrose war auf die australische Fregatte abgestellt worden, Lieutenant Riri Yusala. Fünfundzwanzig Jahre alt. Mittelgroß. Schlanker Körperbau. Nach zwei Tagen in Albany hatte er das Schiff verlassen. Daraufhin hatte man ihn zum illegalen Einwanderer erklärt, aber gleichzeitig gingen die Behörden auf Nummer sicher, indem sie ihre »Besorgnis um sein Wohlergehen« zum Ausdruck brachten. Albany, nur einen Katzensprung von Hopetoun entfernt, keine vier Stunden Autofahrt auf dem South Coast Highway nach Westen. Cato betrachtete das Foto. Glatter Teint und jungenhaftes Gesicht. Der Mann wirkte gut genährt und wohlhabend. Hatte eine Ausbildung. Außerdem hatte er eine Frau und zwei kleine Kinder. Nichts Konkretes; es war reiner Instinkt, der Catos Herz schneller schlagen ließ. Riri Yusala.

»Warum hast du das Schiff verlassen, und wohin bist du verschwunden?«, fragte Cato. »Und bist du die Leiche in der Tiefkühltruhe auf dem Vormittagsflug nach Perth?«

7

Donnerstag, 9. Oktober. Später Vormittag.

Tess hatte ziemlich üble Laune, während Greg Fisher den Polizeiwagen gerade wieder durch eins der riesigen Schlaglöcher holpern ließ, die die Regengüsse der vergangenen Woche ausgewaschen hatten. Dann bog er scharf auf die Mason Bay Road ab. Schon die ganze Fahrt über war Tess still und gereizt gewesen. Ursache dafür war nicht Don Rundle, der jammernde Tommy. Nein, es war Cato Kwong, ihr Exfreund, der sie zur Weißglut brachte. Er kam angegondelt, als wäre zwischen ihnen nie etwas gewesen, als wäre alles in bester Ordnung, solange man nur nicht daran rührte. Richtig, er hatte das Thema angeschnitten, als sie draußen an der Buhne geparkt hatten, aber es hatte offensichtlich auf seinem Zettel gestanden, zwischen »Zahnpasta kaufen« und »Mord aufklären«. Punkt 6: »Bei Tess alle Gedanken daran wegzaubern, dass ich ein Dreckskerl bin, weil ich sie nämlich verlassen habe und ihr immer noch nicht gesagt habe, warum.« Häkchen dran. Erledigt. Und weiter mit der Arbeit, die gerade anstand, denn jetzt waren ja alle einigermaßen zufrieden. Tess prustete, und Greg warf ihr einen komischen Blick zu.

An einer Pipeline, die sich durch das niedrige, staubige Gestrüpp schlängelte, arbeitete ein Bautrupp. Tess wusste, dass sie sich etwa zwanzig Kilometer weit nach Norden hinzog, bis zur Mine. In der anderen Richtung, nach Süden, würde die Wasserleitung an der Mason Bay enden, in einem umzäunten Gelände gleich neben dem Campingplatz. Auf dem Schild am Straßenrand stand, diese Pipeline führe zu der neuen Entsalzungsanlage, die die beträchtlichen Mengen Süßwasser für den Bedarf der Nickelmine liefern solle. Tess betrachtete die Landschaft. Sanft wogende Hügel, bewachsen mit dem für die Küstenregion typischen aromatischen Buschwerk, und darüber ein weiter blauer Himmel.

»Verdammt schön, was?«, sagte Fisher und sprach damit ihre Gedanken aus. Sie nickte, was er offenbar als Ermunterung zum Weitersprechen verstand.

»Aber die meisten Leute hier aus der Gegend sind vor etwa hundert Jahren weggezogen. Das waren Auntie Daisys Leute, von meiner Tante mütterlicherseits. Sie wurden durch ein Massaker vertrieben, nachdem einer von euren ›Pionieren‹ von einem Speer durchbohrt worden war. Auntie Daisy sagt, damit sollte der dreckige kleine Scheißkerl dazu gebracht werden, die jungen Nyungar-Mädchen in Ruhe zu lassen.«

Tess hatte bisher nur mit halbem Ohr zugehört, aber jetzt horchte sie auf. Zum ersten Mal, seit sie nach Hopetoun gekommen war, hörte sie die Geschichte der Gegend aus einer anderen Perspektive.

»Ja, er ist daran gestorben, deswegen wollten sie uns eine Lehre erteilen. ›Die Eingeborenen zivilisieren‹ – so nennen sie das.«

Greg wusste alles darüber, erzählte er Tess, weil er nämlich in Pinjarra aufgewachsen war, etwas südlich von Perth, wo ein weiteres berüchtigtes Massaker stattgefunden hatte. Seine Mutter hatte ihn davor gewarnt, den Job hier unten anzunehmen.

»Sie hat gesagt: ›Diese Gegend ist einfach zu traurig, Gregory. Auntie Daisys Leute fahren da gar nicht mehr hin, und wenn sie es doch tun, halten sie nicht an. Sie schließen ihre Autofenster, halten sich die Nasen zu und fahren durch bis auf die andere Seite.‹«

Tess sah ihren jungen Kollegen an. Die Geschichten aus seiner Familie waren voller Dinge, die sie niemals ergründen würde.

»Und wieso bist du dann trotzdem hier?«

Greg hob eine Hand vom Lenkrad, in einer Geste, die besagte: So ist das Leben. Wenn man sich zu Anfang seiner Karriere aufs Land versetzen lasse, diene man da schon einen Teil seiner Zeit ab, erklärte er, und komme dann schneller dahin, wo man eigentlich hin wolle. Trotz seiner hellen Haut stehe er vor einer unsichtbaren Barriere, das wisse er, er müsse also lernen, mitzuspielen.

»Guck dir Detective Kwong an, der hat es nach oben geschafft.«

Offenbar hatte ihn also auf der Jobmesse Kwongs Gesicht von den Rekrutierungsplakaten angestarrt und ihn ermutigt, sich zu bewerben.

»Jedenfalls, wenn es für mich in dieser Gegend zu schwierig wird, muss ich einfach den Atem anhalten, wie Tante Daisy, und durchrasen.«

Tess hatte ihrem milchgesichtigen Kollegen gegenüber ein vages Mitgefühl und wachsenden Respekt empfunden – bis er Cato Kwong als Inspirationsquelle anführte. Kein gutes Timing. Sie stöhnte. Ein Blick in ihr Gesicht sagte Greg, dass er sich den Rest der Geschichtsstunde lieber für einen anderen Tag aufsparen sollte.

Einer der Bauarbeiter hielt ein rotes Stoppschild hoch, und eine Planierraupe fuhr vor ihnen auf die unbefestigte Straße und wirbelte eine erstickende Staubwolke auf. Greg hielt an. Er kannte den Mann mit dem Stoppschild, es war Travis Grant, der mit ihm zusammen bei den Sharks in Hopetoun Rugby spielte. Travis trug den gleichen Leuchtoverall, den hier heutzutage fast alle anhatten, und dazu auf der Nase eine verspiegelte Surf-Sonnenbrille. Seine blond getönte Igelfrisur war strubbelig und staubverklebt. Er hatte ein breites Lächeln und war dem legendären Cricketspieler Shane Warne wie aus dem Gesicht geschnitten, auch wenn er vielleicht nicht ganz seine Statur hatte. Jetzt nickte er ins offene Fenster herein, nahm Tess' Anwesenheit zur Kenntnis und grinste Fisher an.

»Greg, wie geht's, wie steht's?«

»Travis, alter Freund, was macht das Knie?«

»Wird allmählich. Zur nächsten Saison müsste es wieder gehen. Wo wollt ihr hin?«

»Bloß nach Mason und Starvo.« Greg deutete auf die Wasserleitung. »Sieht aus, als hättet ihr es fast geschafft.«

»Ja, vielleicht noch ein Monat, dann kommt der große Augenblick. Muss bloß dafür sorgen, dass diese faulen Säcke den Arsch hochkriegen.« Travis Grant deutete mit dem Daumen über die Schulter auf die verschwommenen menschlichen Gestalten in der Staubwolke hinter ihnen. »Na, und sonst? Hat Kane wieder auf dem Parkplatz an der Starvo Donuts gedreht? Oder löst ihr gerade den mysteriösen Fall vom verschwundenen Surfski?«

Greg richtete sich auf seinem Sitz auf. »Hau bloß ab, Travis. Heute ist es was Ernstes, hast du denn noch nicht von der Leiche gehört?«

Nein, von einer Leiche hatte Travis nichts gehört. »Dabei bin ich seit Sonntag hier draußen auf dem Campingplatz«, sagte er. »Was ist denn passiert?«

»Ist gestern angespült worden. Sieht nach Haien aus, aber wir schließen auch was anderes nicht aus.«

Tess warf ihm einen warnenden Blick zu. Zu viel Information für die Öffentlichkeit und zu früh. Sie machte eine vage Kopfbewegung nach Süden in Richtung Mason Bay.

»Ist Ihnen hier in den letzten Tagen irgendwas Ungewöhnliches oder Verdächtiges aufgefallen, Travis?«

»Zum Beispiel?«

»Fremde Leute, Boote, die zu ungewöhnlichen Zeiten an- oder abgelegt haben, alles, was irgendwie komisch oder nicht normal sein könnte.«

Travis kniff die Augen zusammen und warf über die Schulter einen Blick auf die geisterhaften Schatten hinter ihm im Staub.

»Die Saukerle da, die sind doch fast alle komisch und nicht normal. Die meisten kenne ich gar nicht. Verstehen kann ich sie auch nicht. Und sie machen eine Menge verrückten Scheiß. Von mir aus könnt ihr die ganze verdammte Bande einbuchten. Aber erst, wenn sie ihren Job gemacht haben.«

»Danke, Travis, sehr hilfreich.« Tess ging der arrogante Mr Grant schon längst auf die Nerven.

Travis warf einen beiläufigen Blick auf die zurücksetzende Planierraupe. »Und was haben Starvo und Mason damit zu tun?«

Greg Fisher rehabilitierte sich, indem er sich nicht in die Karten gucken ließ. »Wissen wir noch nicht. Halt einfach die Augen offen, ja?«

Die Planierraupe hatte den Weg frei gemacht, und obwohl Travis das Schild noch nicht umgedreht hatte, wagte Greg es schon, wieder loszufahren. Im Rückspiegel konnte Tess noch sehen, wie Travis ihnen den Stinkefinger zeigte und dazu sein breites Shane-Warne-Lächeln aufsetzte. Dann verschwand er im Staub.

Stuart Miller war zu aufgekratzt, um zu Hause herumzuhängen und auf einen Anruf zu warten, der vielleicht nie kommen würde. Schließlich konnte Senior Constable Tim Delaney sich überall in Western Australia aufhalten: oben im Norden im roten Staub oder in einer dieser seelenlosen Vorstädte am Rand von Perth oder aber auch ganz in der Nähe. Vielleicht hatte er Davey Arthurs sogar schon festgenommen. Davey Arthurs alias Derek Chapman. Stuart wusste, dass er eigentlich nicht so denken durfte, aber er konnte nicht anders: Er wünschte sich, dass Davey Arthurs noch auf freiem Fuß war. Er wollte derjenige sein, der ihn einsperrte, auch wenn es mehr als dreißig Jahre zu spät war.

Er ging ins Bad, um sich Wasser ins Gesicht zu spritzen, sich abzukühlen und frischzumachen. Das Gesicht im Spiegel war gebräunt, aber schlaff, zu gut gelebt, das braune Haar wich kaum zurück, ergraute aber rasch. Ein schöner dichter Haarschopf – der lag in der Familie, zusammen mit dem hohen Blutdruck. Hatte er heute schon seine Pillen genommen? Er konnte sich nicht erinnern. Auch das lag in der Familie – Alzheimer. In seinem Kopf herrschte Chaos, doch seine Augen sagten ihm genau, wo er stand. Doch es war nicht die bleiche Narbe im rechten Augenwinkel, und es waren auch nicht die strahlenförmigen Lachfältchen ringsherum. Nein, es war seine Schwäche. Er hatte es als Cop nicht gepackt, weil er zu weich war. Arthurs einsperren? Er wollte sich doch nichts vormachen. Er hatte kein Recht auf den Fall Arthurs. Er war weggelaufen, hatte dem Blut und dem Gemetzel den Rücken gekehrt. Besiegt. Eine junge Mutter mit eingeschlagenem Schädel und ihr kleiner Sohn, an sie gelehnt, die Hand auf ihrem Knie. Er hatte sie im Stich gelassen. Alles, was er aufzuweisen hatte, waren schlechte Träume und solche Tage wie heute.

»Hör auf zu träumen«, sagte er zu dem Gesicht im Spiegel.

Aber er wusste, dass er Arthurs nicht loslassen konnte. Oder dass Arthurs ihn vielleicht nicht loslassen würde. War es in »dem Traum« in der vergangenen Nacht darum gegangen? War dieser Traum eine Vorahnung gewesen?

Miller griff nach einem breitrandigen, weichen Hut, seiner Sonnenbrille und seinem Handy und trat nach draußen in die Hitze hinaus. Fast hätte sie ihn dazu gebracht, seine Pläne zu ändern und sich wieder im dunklen, klimatisierten Schlafzimmer zu verkriechen. Aber er blieb fest. Er ging den Uferpfad entlang nach Westen in die Stadt. Rechts vor ihm erstreckte sich die lange hölzerne Seebrücke fast zwei Kilometer weit in die Geographe Bay hinein. Der berühmte Busselton Jetty. Das Wasser war unnatürlich blau, und an einem Tag wie diesem wahrscheinlich von Millionen kleiner Quallen verseucht. Sie hielten sich in diesem scheinbar vollkommenen Paradies immer knapp unter der Oberfläche auf und erinnerten mit einem bösen Brennen daran, was das Leben sonst noch auf Lager hatte.

Es ist entsetzlich, dass ein Vater seine Frau und seine Kinder im eigenen Zuhause ermorden konnte.

Davey Arthurs, Derek Chapman. Wo bist du?

Miller war schweißüberströmt und außer Atem. Als er aufsah, stellte er fest, dass er die zwei Kilometer in die Stadt schon zurückgelegt hatte. Wo war die letzte Viertelstunde geblieben? Seine Augen brannten vom salzigen Schweiß. Das Polohemd war auf Brust und Rücken festgeklebt. Er befand sich an einem Kreisverkehr. Links Busseltons Restaurant- und Cafémeile, rechts die Seebrücke und der Strand, geradeaus nicht mehr viel. Miller stand da wie ein verwirrter Rentner, der vergessen hat, wer, wo und warum. Er war mit den Gedanken überall, bloß nicht hier auf dieser verdammten Erde. Seine Hand pochte. Er brauchte einen Moment, um zu begreifen, dass es sein Handy war. Er ging dran.

»Hallo.«

»Tim Delaney.«

Kein »Hallo, ist da Mr Sowieso?«. An jedem anderen Tag hätte Miller dem jungen Schnösel einen Vortrag über gute Telefonmanieren gehalten, auch wenn das vermutlich nur ein Symptom für seinen niedrigen Testosteronspiegel gewesen wäre, für sein Grantiger-Greis-Syndrom. Aber heute? Heute war er dermaßen durcheinander, dass er nicht mal mehr wusste, in welche Richtung er gehen sollte. Er ließ sich an einem freien Tisch vor einem Coffee-Shop nieder und erzählte Detective Delaney seine Geschichte. Das dauerte eine Weile, und Miller war bewusst, dass er wahrscheinlich wie ein verwirrter Tattergreis wirkte. So fühlte er sich jedenfalls. Und Delaney hatte ihn offenbar auch nicht ganz unvoreingenommen angerufen: Seine Antworten waren mit unverbindlichen Brummlauten gespickt. Vielleicht hörte er außerdem auch noch schlecht. Er bat Miller immer wieder, etwas zu wiederholen. Doch dann musste der Groschen gefallen sein, denn auf einmal schien Delaney ihn ernst zu nehmen. War es die Ähnlichkeit mit dem Tathergang, den Miller geschildert hatte?

»Ihr Akzent«, unterbrach Delaney ihn, »ist das der Akzent, den man Geordie nennt?«

Offenbar hatten auch die dreißig Jahre in Australien Stuart Miller nicht ganz in Slim Dusty verwandeln können.

»Ja, das ist richtig.«

Die Stimme am anderen Ende klang plötzlich munter. »Ist genau der gleiche Akzent wie der von Derek Chapman, kann also nicht nur Blödsinn sein, was Sie mir da erzählen, wenn Sie genauso reden wie er. Wir wollen uns treffen.«

Jim Buckley blickte vom Unterhaltungs- und Klatschteil der Zeitung auf und grinste.

»Ich hab ihn.«

Cato scrollte sich immer noch durch die Vermissten und überprüfte, ob er etwas übersehen hatte.

»Haben Sie was gesagt?«

»Dieser Justin. Der Kerl aus dem Imbisswagen. Hab ihn wiedererkannt.«

»Und?«

»Vor drei, vier Jahren, beim Pferderennen, beim Perth Cup, da hab ich ihn angehalten. Hatte 'n hübsches Mädel mit im Wagen. Lange Beine, blond, Privatschultyp, bisschen frech. Wusste nicht, wann sie den Mund halten musste.«

»Und deswegen haben Sie ihn verhaftet? Weil Sie seine freche, langbeinige Blondine gern selbst auf dem Beifahrersitz gehabt hätten?«

»Hätt ich gemacht, wenn ich gekonnt hätte. Nein. Er hatte einen großen Beutel mit Ecstasy im Handschuhfach und auf dem Rücksitz einen neuen Spieler von den Fremantle Dockers mit seiner Schnecke. Simpson hieß er, wurde letztes Jahr rausgesetzt, weil er über den Durst getrunken hat. Seine Schnecke hatte einen ziemlich dicken Arsch, wenn ich mich recht erinnere.«

Staunend schüttelte Cato den Kopf. »Fotografisches Gedächtnis, verblüffend. War die Schnecke mit dem dicken Arsch blond oder brünett?«

»Ein Rotschopf. Hübsche Tussi, aber mit Pferdezähnen. Jedenfalls ist Justin aus der Sache mit dem Ecstasy gut rausgekommen. Guter Anwalt, der vertritt auch die Biker und die kriminellen Banden. Nicht billig.«

Cato horchte auf. »Früher hat Justin die einigermaßen Reichen und Berühmten mit Ecstasy versorgt, und jetzt serviert er in Hopetoun Kaffee und Burger? Ist doch ein Abstieg, oder? Ich frage mich, vor wem oder was er sich versteckt.«

Buckley faltete seine Zeitung zusammen. »Denken Sie das Gleiche wie ich?«

»Mittagessen?« Cato nickte.

Buckley stand auf, griff nach seiner Jacke, hielt dann aber inne. »Wie zweckdienlich ist das für Ihre Wasserleiche?«

Cato musterte Buckley. »Zweckdienlich. Also, ich hätte nie gedacht, dass ich dieses Wort mal aus Ihrem Mund hören würde.«

Tess und Greg hatten in der Mason Bay kein Glück. Es war mitten in der Woche, und der Strand war verlassen, nicht einmal tourende Senioren hielten sich dort auf. Sie sahen sich ein bisschen um, auf den Stellplätzen am Ufer und auf den steilen, sandigen Fußwegen zum Strand hinunter. Aber was suchten sie denn eigentlich? Eine rauchende Schusswaffe, ein blutiges Messer, ein unterschriebenes Geständnis? Sie fanden nichts dergleichen und auch nichts anderes. Schließlich fuhren sie weiter, bis zur Starvation Bay waren es etwa zwanzig Kilometer. Hier gab es immerhin ein paar Hütten und eine richtige Bootsrampe. Greg setzte seine Geschichtsstunde fort, und Tess war aufgetaut und wieder empfänglicher dafür.

»Die Starvation Bay erhielt ihren Namen von den ersten Weißen, die herkamen, denn die dachten, sie müssten hier verhungern. Sie sahen das viele Essen vor ihrer Nase nicht, bloß weil es ihnen nicht auf einem Teller vorgesetzt wurde, mit blitzblankem Besteck und schönen weißen Servietten.«

Offenbar zeugten sämtliche Namen, die die weißen »Entdecker« an diesem Küstenabschnitt verteilt hatten, von ihrer Ignoranz: Starvation Bay – die Hungerbucht, Mount Barren – der unfruchtbare Berg … sie hatten die Gegend als »wertlos« bezeichnet, obwohl es hier Leben in Hülle und Fülle gab.

Sie hielten an, und Tess öffnete ihren Sicherheitsgurt. »Du bist ein Quell des Wissens, Greg, weißt du das eigentlich?«

Das Wasser war ruhig und in der zunehmenden Hitze des Tages leuchtend blau. Die Bucht selbst war vor dem Südwestwind geschützt, aber hinter der Landzunge konnte Tess die gischtgekrönten Wellen sehen. Hier jedoch, in einem geschützten Winkel am westlichen Ende, war alles ruhig. Ein grüner Land Rover, ein Oldtimer aus den siebziger Jahren, parkte an der Bootsrampe, sein Anhänger stand leer im Wasser. Wer das auch sein mochte, er rechnete nicht damit, dass er die Rampe heute mit jemand anders würde teilen müssen, oder aber es war ihm egal.

Sie hörten den Außenborder, bevor sie ihn sahen, dann umrundete ein kleines Aluboot die Landzunge. Der alte, bärtige Seebär am Ruder trug eine speckige Eagles-Kappe, ein langärmeliges blaues Arbeitshemd und Khakishorts. Er winkte kurz. Nachdem er das Boot hereingesteuert hatte, half Greg ihm, es auf den Trailer zu bugsieren. Aus der Nähe wirkte der Seebär etwas jünger, Tess schätzte ihn auf Anfang sechzig. Er und Greg hatten einen minimalistischen Gruß ausgetauscht, ein knappes Lächeln und wachsame Blicke, während sie das Dingi festzurrten. Der Alte war nicht besonders neugierig auf seinen jungen Helfer. Doch Greg nahm die Sache in die Hand.

»Was gefangen?«

»Bisschen Wittling, Hering, Stachelmakrele. War schon besser.«

Britischer Akzent. Mit einem Anflug von australischem Näseln, er war also nicht gerade erst rübergekommen. Unter der Mütze hervor blinzelte der Mann zu Greg Fisher hinüber.

»Sie sind von der Polizei?«

Greg blickte auf seine Uniform hinunter, drehte sich zum Polizeiwagen um und schaute Tess an. Dem Mann entging offenbar nichts.

»Ja, stimmt, Greg Fisher. Aus Hopetoun. Und das ist Sergeant Maguire.«

Sie schüttelten sich die Hände. Der alte Mann konzentrierte sich weiter auf Greg Fisher. War er Frauen gegenüber schüchtern?, fragte Tess sich. Alte Schule? Oder schwul? Na ja, er war Brite, da war alles möglich. Tess war froh, dass Greg die Sache übernommen hatte. Der Seebär kratzte sich den Nacken.

»Neu hier, mein Sohn?«

»Seit etwa drei Monaten.«

»Ja, hab schon gedacht, dass ich Sie hier noch nie gesehen habe. Aber ich war in letzter Zeit auch nicht viel in Hopey. Im Laden in Ravy ist die Auswahl größer. Besseres Fleisch. Besseres Grünzeug.«

Tess sah, dass Greg Fishers Augen schon glasig wurden, das war ja Gesprächsstoff für Omas.

»Jedenfalls, äh, sorry, ich habe Ihren Namen nicht verstanden.«

»Weil ich den auch noch nicht gesagt habe, mein Sohn. Billy Mather.«

»Also, Bill, wir haben nämlich bei Hopey eine Leiche am Strand gefunden, und wir versuchen gerade rauszukriegen, wer es ist und wie er da hingekommen ist.«

Mathers Augen wurden schmal. »Eine Leiche?«

Tess hielt sich zurück, um nicht wieder einzugreifen. Greg war in Gefahr, dem Typen zu viele Informationen zu geben, obwohl er ihn eigentlich nur mit ein paar Brocken aus der Reserve locken sollte. Das war immer eine Gratwanderung. Was brachten sie den Leuten heutzutage auf der Polizeischule eigentlich noch bei? Sie würde nachher ein Wörtchen mit ihm reden.

»Haben Sie hier in den letzten Tagen etwas Ungewöhnliches bemerkt, Mr Mather? Fremde oder Leute, die zu merkwürdigen Zeiten kamen und gingen?«

Mather legte einen Arm locker auf den Bootsanhänger und machte mit der anderen Hand eine knappe Bewegung in Richtung Campingplatz.

»Letzte Woche sind hier ein paar Wohnmobile gewesen, alte Säcke, die ihre Rente verjubeln, bevor sie abkratzen.«

Greg hatte sein Notizbuch gezückt. »Ihnen ist nicht aufgefallen, was das für Wohnmobile waren?«

Mather nickte. »Doch, beide Britz, leicht zu merken für einen Briten wie mich.« Er lachte leise und lud sie ein, über sein Witzchen mitzulachen. Greg kam ihm mit einem kurzen, aufmunternden Lächeln entgegen. Tess nicht.

»Wie viele Personen im Britz?«

»In jedem zwei, Paare. Alt. Könnte sie nicht beschreiben. Für uns junge Leute sehen die Oldies doch alle gleich aus, was, mein Sohn?«

Greg lächelte wieder, geduldig. »Wann sind sie weitergefahren? Haben Sie mit ihnen gesprochen?«

»Näh, hochnäsige Mittelschichts-Dumpfbacken. Winken einem so zu, hallöchen, aber tu bloß nich näherkommen, dazu das entsprechende Lächeln. Am Wochenende sind sie alle wieder abgedampft. Zwei Nächte waren sie hier. Haben zusammen fünf Flaschen Chardonnay leer gemacht. Gucken Sie mal in der Mülltonne nach.« Er wies mit dem Daumen über die Schulter.

Tess betrachtete den alten Kerl mit neuen Augen: Er war doch nicht ganz so lässig und naiv, wie es zuerst den Anschein gehabt hatte. Und dem alten Klassenkampf der Briten war er auch nicht abgeneigt.

»Sonst noch etwas?«, fragte Greg.

»Sonst fällt mir nichts mehr ein, mein Sohn.«

Greg sah aus, als ärgere es ihn, dass er als »mein Sohn« bezeichnet wurde. Er war zur Polizei gegangen, um nicht mehr wie ein Kind behandelt zu werden. Heute klappte das nicht so richtig.

»Dann vielen Dank, Mr Mather ...«

»Billy.«

»Billy.« Und wenn wir Sie noch mal brauchen, wie können wir Sie erreichen?«

Mather zeigte auf einen Wohnwagen etwa hundert Meter weiter hinten auf dem Campingplatz.

»Wenn ich da nicht bin, bin ich entweder zum Fischen draußen oder sonst irgendwo. Ich würde Ihnen ja meine E-Mail-Adresse und meine Handynummer geben, aber die funktionieren hier draußen nicht so gut.«

Greg und Tess bedankten sich noch einmal und fuhren wieder los. Das Funkgerät erwachte stotternd zum Leben, und Tess nahm den Anruf an. Er gehörte zu denen, vor denen ihr in letzter Zeit graute.

Es war noch nicht ganz Mittag. Eine kleine Versammlung von Mamas, Kleinkindern und Kinderwagen hatte sich um den Picknicktisch vor Justins *Snak-Attack* zusammengefunden. Von der Freundin war nichts zu sehen. Cato und Buckley lächelten und nickten den Mamas grüßend zu, während sie sich der Theke näherten. Justin hatte ihnen den Rücken zugekehrt und löffelte gerade Milch und Schaum in einen Becher. Er drehte sich wieder um und brachte ein Lächeln zustande.

»Wieder da, die Herren? Der Kaffee schmeckt Ihnen offenbar.«

Buckley zückte seinen Ausweis.

»Vor drei Jahren, beim Perth Cup. Sie, der Spieler von den Dockers, ein paar Frauen und ein Beutel Ecstasy. Wissen Sie noch?«

Das Lächeln hielt. Die Mamas waren ganz Ohr. Justin schnippte mit den Fingern, als fördere er eine lange vergessene Erinnerung zutage.

»Detective ...«

»Buckley«, sagte Buckley. »Und Ihr Nachname ... Woodward?«

»Ja, ganz richtig. Ich bin natürlich freigesprochen worden. Erinnern Sie sich? Ist das letzte Mal gewesen, dass ich irgendwelchen Freunden meinen Wagen geliehen habe. Heutzutage kann man doch nie wissen, hab ich recht?«

Er zwinkerte den Mamas zu. Cato meinte, mindestens zwei von ihnen erröten zu sehen.

Buckley hatte gerade erst angefangen. »Können Sie für einen Moment rauskommen, Justin?«

»Wieso?«

»Weil es nicht leicht ist, Sie zu vernehmen, wenn wir hier unten stehen und Sie da oben im Dunkeln hinter einem Fliegengitter.

»Vernehmen?«

»Wir können auch alle ins Büro zurückfahren, wenn Ihnen das lieber ist.«

Die Mamas taten nicht mehr so, als hörten sie nicht zu. Sie starrten Buckley und Cato an, und das nicht gerade freundlich. Justin war es, der dafür sorgte, dass alles ruhig blieb. Er stieg hinten aus dem Wagen aus und kam zu ihnen nach vorn, mit einem Lächeln bis über beide Ohren.

»Aber gern, meine Herren, also, was kann ich für Sie tun?«

»Was dagegen, wenn wir uns den Wagen mal ansehen,

Justin?«, fragte Buckley, schon auf dem Treppchen. Justin fuhr sich durch die Locken und lächelte geduldig.

»Ganz wie Sie möchten.«

Während Buckley schon mit viel Trara Schubladen und Schränke öffnete und wieder schloss und von verschiedenen Gefäßen die Deckel abschraubte, machte Cato eine Kopfbewegung die Straße entlang, um anzudeuten, dass Justin und er einen kleinen Spaziergang unternehmen sollten.

»Was macht denn ein Mann wie Sie in einem Provinznest wie diesem, Justin?«

»Wollen Sie mich abschleppen?«

Cato lächelte schwach, grimmig. »Wie wär's, wenn Sie meine Frage beantworten würden?«

Woodward verschränkte die Arme und wippte auf den Fersen. »Mal Seeluft zur Abwechslung. Und hier lässt sich gut Geld machen, wegen der Mine und so.«

»Nach allem, was ich so höre, leben Sie gern auf großem Fuß. Verkehren gern mit Promis und Schickeria, gehen zu den besten Partys, verkaufen da die besten Drogen. Hopetoun? Mmh.« Cato schüttelte den Kopf.

Woodward verdrehte die Augen. »Ich hab eine reine Weste. Hab niemandem irgendwas verkauft, außer Kaffee.« Er senkte die Stimme und öffnete in einer beschwichtigenden Geste die Handflächen. »Sehen Sie, ich gebe ja zu, dass ich früher ein wildes Kerlchen gewesen bin. Da war ich jünger. Menschen verändern sich. Ich möchte jetzt ein ruhiges, geordnetes Leben führen.«

Er fixierte Cato mit einem festen Blick, wollte zweifellos einen ehrlichen, aufrichtigen Eindruck machen. Doch das klappte nicht. Buckley hatte seine Blitzdurchsuchung beendet. Er kam aus dem Wagen herunter und zog sich den Zeigefinger über die Kehle. Sie hatten beide nicht erwartet, dass er etwas finden würde, sie wollten einfach ein bisschen auf den Busch klopfen. Woodward sah unruhig hin und her, und nun hielt Cato seinen Blick fest.

»Ein ruhiges Leben führen oder den Kopf einziehen? Haben Sie sich in letzter Zeit mit jemandem angelegt, Justin?«

Wieder das Lächeln bis über beide Ohren. »Ich doch nicht, ich bin mit allen gut Freund.«

Catos Handy summte. Er sah auf das Display; es war Tess. Er hob die Hand, damit Justin blieb, wo er war, und ging dran.

»Wir brauchen euch drüben im Bergwerk«, sagte Tess. »Da gibt es Probleme.«

»Probleme? Welcher Art?«

»Eine Schlägerei, bis zu zwanzig sind beteiligt. Der Sicherheitsdienst von der Mine kommt nicht damit klar.«

»Was hat das mit Jim und mir zu tun?«

Tess wurde sauer. »Wir brauchen möglichst viele. Sieh einfach zu, dass du deinen dämlichen Arsch bewegst und komm sofort her.«

Sie legte auf. Cato schaute auf das Handy, als hätte es ihm soeben die Hand verbrannt. Er gab Buckley ein Zeichen, dass es dringend war, und sie sprinteten zum Wagen. Justin beobachtete, wie sie losfuhren. Cato schaute in den Rückspiegel. Die Erleichterung in Justins Gesicht war ihm nicht entgangen.

8

Donnerstag, 9. Oktober. Früher Nachmittag.

Das Blut sauste Tess in den Ohren, als sie den Polizeiwagen im Höchsttempo, mit Flasher und heulender Sirene, auf das umzäunte Gelände fuhr. Am liebsten hätte sie gekotzt. So war es jetzt immer, wenn sie es bei einem Einsatz möglicherweise mit Gewalttätern zu tun bekommen würde: Seit Karratha, seit Johnno Djukic.

Ihr Kollege in Ravy, Sergeant Paul Abbot, war ein stattlicher Mann, aber mit der unsicheren Körpersprache, die ihn für alle, die das ausnutzen wollten, als leichte Beute kennzeichnete. Er liebte seinen geregelten Arbeitstag. Wenn außerhalb der Bürozeiten ein Verbrechen geschah, interessierte ihn das nicht sonderlich. Sein Assistent, Mitch Biddulph, ein Bauernjunge mit rundem Kopf und imposantem Brustkasten, schien der Klopperei etwas motivierter und enthusiastischer entgegenzusehen, doch Tess war besorgt, denn er hatte jetzt schon diesen leeren Blick, den man von traumatisierten Kriegsveteranen kannte. Greg wirkte einfach ein bisschen blass. Schließlich waren sie kein Sondereinsatzkommando und auch nicht entsprechend ausgerüstet. Tess stürzte sich ins Getümmel.

Anscheinend fanden drei verschiedene Prügeleien gleichzeitig statt und wurden von erwachsenen Männern in Leuchtoveralls auf dem Spielplatz für große Jungs ausgetragen. Verrückt gewordene Teletubbies. Tess zückte ihren Gummiknüppel und löste mit der freien Hand den Taser. Sie würden sich eine Schlägerei nach der anderen vornehmen. Nachdem Tess sich versichert hatte, dass Greg, Paul und Mitch ihr den Rücken stärkten, trat sie auf die Kämpfer zu, die ihnen am nächsten waren. Ein großer Maori trampelte auf einer kleineren Gestalt herum, die zusammengekrümmt am Boden lag, während zwei andere Burschen an seinem Hals hingen und versuchten, ihn wegzuziehen. Bisher waren sie damit nicht weit gekommen. Das erinnerte Tess an ein internationales Rugby-Spiel, das sie vor ein paar Jahren im Fernsehen gesehen hatte. Jonah Lomu von den All Blacks war die Flanke entlanggerannt, während vier englische Spieler wie Liliputaner an ihm hingen. Tess rief die übliche formale Warnung, aber niemand hörte darauf. Da stellte sie sich direkt vor den Maori und feuerte ihm aus einem Meter Entfernung die Nadelelektroden in die Brust. Er stöhnte und ging zu Boden. Die Jungs kamen mit den Handschellen. Es war ein schneller Erfolg, der auf die anderen Streithähne die gewünschte Wirkung hatte: Sie hörten auf. Wie formulierten die Amis das noch? *Shock and awe.*

Vier Männer vom Sicherheitsdienst der Mine standen nervös herum. Sie waren es zwar gewöhnt, beim Bier kräftig vom Leder zu ziehen, waren aber bis heute nie richtig auf die Probe gestellt worden. Ihre Stärke bestand darin, am Tor die Pässe zu kontrollieren. Ihr Leiter, der, seiner Wampe nach zu urteilen, bei einer recht ordentlichen Menge Bier vom Leder gezogen hatte, half seinen Männern, die Gladiatoren auseinanderzuschieben, bis sie in sicherer Entfernung voneinander standen. Tess rief ihn zu sich, während ihre Kollegen sich um den Mann am Boden kümmerten.

»Was ist hier denn passiert?«

Auf seinem Schildchen stand Karl Moore, Security Supervisor. Ja, richtig, gute Arbeit, dachte Tess. Moore räusperte sich, um das Verschen aufzusagen, das er sich offenbar zurechtgelegt hatte.

»Erst gab es Streit und dann war der Teufel los.«

Das hätte Tess sich wohl auch noch selbst zusammenreimen können. »Zwischen welchen Parteien?«

»Zwischen den regulären Arbeitern und den Vertragsarbeitern.«

»Was?«

Moore sah Tess an, als sei sie ein bisschen schwachsinnig und deutete hilfreich auf die beiden Gruppen. »Orange Overalls gegen gelbe Overalls.«

Jetzt sah Tess es auch: der Maori, benommen und in Handschellen, trug einen blau und gelben Leuchtoverall; der andere Mann, immer noch bewusstlos, war in Blau und Orange. Auch alle anderen Kampfhähne gehörten einer der beiden Gruppen an – gelb oder orange. Inzwischen waren sie zu Zuschauern geworden, warfen sich aber immer noch böse Blicke zu und wechselten Schimpfworte. Die orangefarbene Gruppe bestand hauptsächlich aus englischsprachigen Weißen. In der gelben Gruppe waren die Vereinten Nationen versammelt, Maoris, Philippiner, Inder, Chinesen und Afrikaner, und dazu ein paar wildäugige, rothaarige Mel-Gibson-Verschnitte, die aussahen, als seien sie ausschließlich sich selbst gegenüber zu Loyalität verpflichtet. Tess wandte sich wieder an den Security Supervisor.

»Worum ging es bei der Schlägerei?«

Moore zuckte die Achseln und deutete auf den Maori. »Fragen Sie den da.«

Tess hockte sich neben den großen Mann, der jetzt in Handschellen und mit dem Gesicht nach unten ganz ungefährlich auf dem Kies lag. »Also, worum?«

Er hatte traditionelle Tätowierungen im Gesicht, eine blutige Nase und ein aufgeplatztes Auge, das rasch zuschwoll. Nun öffnete er das gesunde Auge.

»Verpiss dich.«

Tess seufzte und schaute zu seinem Opfer hinüber. Der Mann lag immer noch wie ein Fötus zusammengekrümmt auf dem Boden und rührte sich nicht. »Wie sieht er aus?«

Greg Fisher hielt Mimik und Stimme ganz neutral, als er vorschlug, einen Krankenwagen zu rufen. Karl, der Security Supervisor, berichtete ihm, das sei bereits geschehen – er war wohl doch nicht so unbrauchbar, wie es den Anschein gehabt hatte. Tess trat zu dem Opfer, um es sich aus der Nähe anzusehen. Das Gesicht des Mannes sah aus wie eine Pastete, die auf den Boden gefallen war. Doch so zerschlagen es auch sein mochte, Tess erkannte es sofort: Das war Kane Stevenson, der Donut King.

Detective Senior Constable Tim Delaney war nicht so groß, wie er am Telefon geklungen hatte. Stuart Miller schätzte, dass er nur gerade eben die Anforderungen an die Mindestgröße erfüllte, wenn es so etwas heute überhaupt noch gab. Oder vielleicht nahmen sie es in Adelaide auch nicht so genau. Jedenfalls war er schick, trug trotz der sengenden Hitze Anzug und Krawatte und wirkte dabei so, als würde ihm das nichts ausmachen. Er sagte, er sei gerade in Bunbury gewesen, einer rasch expandierenden Hafenstadt zwei Stunden südlich von Perth und an der Küste entlang vierzig Minuten von Busselton entfernt. Soweit bekannt war, war Derek Chapman vor über zehn Jahren in Bunbury zum letzten Mal gesehen worden. Miller und Delaney hatten sich im Equinox Café niedergelassen, mit Blick auf den Busselton Jetty, und sprachen so leise, dass das unbekümmerte Geplauder der Touristen ringsherum ihre Unterhaltung übertönte. Stuart Miller wirbelten alle möglichen Fragen durch den Kopf; er schnappte sich eine davon.

»Sie haben gesagt, Arthurs, oder Chapman, würde genauso klingen wie ich. Woher wissen Sie das? Wann haben Sie denn seine Stimme gehört? Ist das nicht alles lange vor Ihrer Zeit gewesen?«

Detective Delaney verzog den Mund zu einem Lächeln.

»Derek Chapman, Royalist bis auf die Knochen. Der Besuch der Queen in Adelaide, im März 1977. Er ist mit Frau und Kind dabei, mit dem Ältesten von den dreien, die er dann ein paar Jahre später umgebracht hat. Er schwenkt sein Fähnchen und wird von dem lokalen ABC-Nachrichtensender auf der Straße befragt.«

Miller dachte zurück: 1977, die Sex Pistols mit »Anarchy in the UK« und »God Save the Queen«. Er selbst und seine junge Familie hatten gerade ihren ersten Sommer in Perth erlebt: blauer, blauer Himmel und Sand, der ihnen die Füße verbrannte, Welten entfernt von dem Pessimismus, dem Grau und dem industriellen Niedergang im Nordosten Englands. Und Davey Arthurs war die ganze Zeit irritierend nah gewesen.

»Nach den Morden von 1981 hat der Reporter das Band aus dem Archiv ausgegraben. Er hatte das Foto in den Nachrichten gesehen und sich an den schwärmenden Engländer mit dem komischen Akzent erinnert. Offenbar hatte man die Aufnahmen damals nicht verwendet, weil niemand auch nur ein Wort von dem verstehen konnte, was er da sagte. Aber man hatte sie zu Lehrzwecken behalten. Als Warnung für die Reporter, wen sie nicht interviewen sollten.«

Miller schüttelte den Kopf, der Anflug eines Lächelns zuckte um seine Mundwinkel. Dieses Thema war ihm nur allzu vertraut. Während seiner eigenen dreißig Jahre im Exil hatten seine Gesprächspartner ihn zahllose Male nur fassungslos angesehen. Stuart Miller und Davey Arthurs – beide brauchten Untertitel.

Delaney erklärte, er gehöre zu einer neu eingerichteten Abteilung, die sich mit ungelösten Fällen beschäftige. Zum Start hatten sie diesen berühmten Fall mit den grauenhaften Einzelheiten und den alten, aber hoffentlich noch verwendbaren Spuren ausgewählt. Das digital verbesserte Phantombild half, den Fall auch für die Öffentlichkeit des 21. Jahrhunderts attraktiv zu machen, und die Medien konnten gar nicht genug davon kriegen. War das also, überlegte Miller im Stillen, bloß eine Publicity-Übung für die Polizei in South Australia? Und eine nette kleine Ablenkung von den Berichten über Korruption und Inkompetenz in den Reihen der Freunde und Helfer? Doch Delaney schien seine Gedanken zu lesen.

»Aber es ist nicht bloß ein PR-Gag. Wir glauben wirklich, dass wir ihn schnappen können.« Delaney sah Miller mit einem Blick an, der ausdrücken sollte, dass es ihm ernst war. Doch Miller war nicht überzeugt.

»Western Australia ist groß, und Ihre Info ist – wie alt, zehn Jahre? Er könnte überall sein. Er könnte umgezogen sein. Er könnte tot sein.«

»Deswegen der Aufruf an die Öffentlichkeit. Wir bekommen auf der 1800-Nummer in Adelaide schon Anrufe.«

»Und?«

»Er wurde in Port Hedland gesehen, in Pannawonica, Perth, Fremantle, Bunbury, Albany, Kalgoorlie ...« Delaney lächelte ironisch, »immer mit hundertprozentiger Sicherheit.«

»Welche dabei, die glaubwürdig klangen?«

»Wir bearbeiten sie noch. Wir wollen den Anrufen nachgehen. Mein Kollege ist gerade in Perth und koordiniert das.«

Delaney beugte sich vor, als wolle er Miller ins Vertrauen ziehen, als wolle er ihm verraten, dass Chapman mit an Sicherheit grenzender Wahrscheinlichkeit quicklebendig war. Wenigstens zwei der Personen, die berichteten, den Mann gesehen zu haben – was, zugegebenermaßen schon ein Jahr oder länger her war –, hatten ihn auch gehört. Einer der Zeugen, ebenfalls Brite, hatte es sogar fertiggebracht, den Gesuchten, den er kurz vor letztem Weihnachten in einer Raststätte getroffen hatte, überzeugend nachzuahmen. Sein Akzent verriet ihn einfach. Über diesen letzten Punkt ließ sich nicht streiten, Miller sah jedoch an Delaneys Körpersprache, dass dieser immer noch nicht ganz offen mit ihm sprach. Es war ein Katz-und-Maus-Spiel, der Kripobeamte wollte ihn noch nicht abschreiben, weil er eben vielleicht doch noch etwas anzubieten hatte. Aus diesem Grund wollte Delaney ihn glauben machen, dass er seine Informationen an ihn weitergab, er wollte den alten Kerl einfach bei der Stange halten. Miller hatte damit gerechnet; schließlich war er selbst Polizist gewesen, und den Instinkt, mit verdeckten Karten zu spielen, kannte er nur allzu gut. Es hatte keinen Sinn, dagegen anzugehen, er musste einfach so viel wie möglich aus Detective Delaney herausbekommen, und diese Begegnung hier war wahrscheinlich seine einzige Chance.

»Was können Sie mir zum Tathergang sagen?«

»Sieht so aus, als wollte er wirklich sichergehen, dass seine Opfer tot waren. Ihnen die Schädel einzuschlagen, hätte eigentlich reichen sollen. Aber er war ganz besonders gründlich.«

Miller spürte, wie seine Kiefer- und Nackenmuskulatur sich anspannte und sein Mund trocken wurde. »In den Medienberichten war von Tötung durch Stromschlag die Rede. Wie?«

Fast geistesabwesend ließ Delaney sein Handy auf dem Tisch kreisen.

»Starthilfekabel, irgendein Apparat, ein Stecker in der Wand. Sehr erfinderisch.«

Miller nickte grimmig. »Klingt alles, als sei es derselbe Mann, oder?«

Jetzt wollte Delaney etwas von Miller. »Haben Sie eine Ahnung, wie sich die große Frage nach dem Warum beantworten ließe?«

Miller verzog die Lippen. »Zu meiner Zeit gab es noch keine Profiler, kein psychologisches Gequatsche. Nur gut und böse.« Ja, er spielte den erfahrenen Staatsmann, das Urgestein, und war stolz darauf, aber er musste zugeben, dass ein psychologisches Profil von Arthurs verdammt nützlich gewesen wäre. Er warf den Ball übers Netz zurück.

»Hat Ihr Psychologe sich die Unterlagen zu dem Fall angesehen?«

Delaney nickte. »Unser Psychologe ist eine Sie.«

Miller legte die Fingerspitzen zusammen. »Und was sagt sie?«

Delaney hörte auf, sein Handy kreiseln zu lassen, und schaute darauf nach der Uhrzeit. »Sie nimmt an, dass er schlicht und einfach wahnsinnig ist.«

Miller spürte, dass ihr Treffen sich dem Ende näherte. »Und wie lange haben Sie Zeit, bevor Ihnen der Geldhahn zugedreht wird und Sie wieder nach Hause gerufen werden?«

Delaneys Gesicht wurde hart. »Das ist meine Sache.«

Nicht mehr lange, vermutete Miller. Detective Senior Constable Tim Delaney: ein Mann, der sich bemühte, einen Mörder dingfest zu machen, aber mit knappem Budget und wenig Zeit. Er war unter Druck, musste Ergebnisse liefern – so war es immer schon gewesen. Davey Arthurs / Derek Chapman brauchte nichts weiter zu tun, als vierzehn Tage unterzutauchen, dann würde alles wieder seinen gewohnten Gang gehen.

»Kann ich irgendwas tun, um zu helfen?«

»Zum Beispiel?« Für Millers sensibilisierte Ohren war Delaneys Antwort nicht mehr weit vom Spott entfernt. »Sehen Sie, ich weiß es zu schätzen, dass Sie die Kontakte zur Polizei in Northumbria vermittelt haben, das dürfte uns ein bisschen mehr Hintergrund liefern. Aber solange Sie keinen Zauberstab haben oder den Mann zufällig irgendwo auf offener Straße niederringen können, weiß ich nicht, wie Sie uns behilflich sein wollen, Stuart.«

Delaney hatte offensichtlich seine Hausaufgaben gemacht. Miller war seit dreißig Jahren nicht mehr bei der Polizei. Dieser Fall hatte ihn vernichtet. Er war längst besiegt, gestrandet, fett und bequem im Ruhestand. Was hatte er noch zu bieten? Er las die Herablassung in Delaneys Augen und wandte den Blick ab.

»Ja, stimmt … ich weiß es auch nicht.«

Delaney stand auf und streckte die Hand aus.

»Also, Stuart, danke für den Hinweis, sehr nützlich. Hier ist meine Karte. Rufen Sie an, wenn Ihnen noch irgendwas einfällt, okay?«

Und weg war er, ein aufgeweckter, erfolgreicher junger Mann im Anzug. Miller, ein alberner alter Knacker in ausgebeulten Shorts und verklebtem Polohemd, rührte sich nicht von der Stelle.

Als Cato und Buckley ankamen, war schon alles vorbei. Unterwegs war ihnen ein Krankenwagen mit Flasher, aber ohne Sirene entgegengekommen. Cato sah, dass Tess, Greg und zwei weitere Beamte verschiedene Leute befragten, die in getrennten Gruppen herumstanden, sich Notizen machten und Namen aufschrieben. Ein paar kleinlaute Männer vom Sicherheitspersonal drückten sich am Rand herum, sie wirkten überflüssig und rauchten zusammen. Einer der Polizeiwagen war besetzt, und aus der Zelle im hinteren Teil ertönten Flüche und Tritte. Der Akzent klang nach Kiwi. Jim Buckley ging hin, schlug ein paarmal mit der flachen Hand gegen das Fenster und sagte, er solle die Schnauze halten. Doch das half nicht. Die kleine Gruppe um Tess schien viel zu nicken und zu lächeln. Vermutlich handelte es sich um Management und PR-Leute, dachte Cato, und er ging hin, um sich einen Einblick zu verschaffen.

Tess funkelte ihn wütend an. »Wie schön, dass ihr dazustoßen konntet.«

Cato lächelte ihr zu, dann ließ er den Blick weiterwandern und streckte die Hand aus. »Detective Senior Constable Philip Kwong.«

Ein Mann in einem sauberen, gebügelten blau und orangefarbenen Overall ergriff sie. Er hatte die gesunde Sonnenbräune eines Managers, gute Zähne, ein festes Kinn und einen durchdringendem Blick.

»Marnus van der Kuyp, Geschäftsführer.«

Durch und durch Südafrikaner. Sein Kollege war etwas kleiner und rundlicher, und es sah aus, als habe er die Aufgabe, nett zu den Leuten zu sein.

»Bruce Yelland, Community Relations.«

»Da hat's heute wohl ein bisschen Ärger gegeben?«, konstatierte Cato das Offensichtliche.

Yelland zuckte die Achseln und lächelte. »Sorry, dass wir Sie hier rausgerufen haben, war mehr oder weniger ein Sturm im Wasserglas.«

»Ein Mann musste ins Krankenhaus«, erinnerte Tess ihn.

»Ja, ja, schrecklich«, schwenkte Yelland sofort um. »Die Verantwortlichen sind hier natürlich nicht mehr tragbar, das versteht sich von selbst. Null Toleranz bei so einem Verhalten, ohne Ausnahme.«

Aber Tess ließ sich nicht abwimmeln. »Wir müssen der Sache trotzdem auf den Grund gehen. Da wird es Anklagen geben. Vielleicht müssen wir auch wiederkommen und noch mal mit einigen von den Leuten reden. Und mit Ihnen selbstverständlich auch.«

Cato spielte den Liebenswürdigen, während Tess Yelland und Van der Kuyp fest ansah. Letzterer nickte und lächelte ihr kurz zu. Aus dem wenige Meter entfernten Polizeiwagen hörte man erneut einen Hagel von Tritten und ein: »Ihr Arschlöcher, lasst mich hier raus!« Bruce Yelland sah aus, als hätte er heute Probleme, sich an seine Stellenbeschreibung zu halten. Doch er zwang sich zu einem weiteren Lächeln, und sein Blick besagte: »Jungs sind nun mal so.«

»Selbstverständlich, Sie können auf unsere volle Kooperation zählen, Sergeant.« Er wandte sich an Cato. »Schön, Sie kennenzulernen, Philip. Sie müssen mal irgendwann hier rauskommen, dann machen wir eine große Besichtigungstour.«

»Sehr gern«, sagte Cato mit breitem, freundlichem Grinsen.

Die hohen Tiere fuhren wieder ab. Die Verstärkung aus Ravy war mit der Erfassung der Namen fertig und machte sich rasch mit Cato und Buckley bekannt. Dann fuhren die beiden mit ihrem lärmenden Gefangenen ebenfalls wieder los.

»Gott sei Dank.« Buckley zog eine Zigarette heraus und zündete sie an.

Cato nickte Tess zu, dass sie sich ein wenig aus dem Rauch entfernen sollten.

»Was war denn los?«

»Ein Streit zwischen den regulären Arbeitskräften und den ausländischen Vertragsarbeitern ist eskaliert. Der Maori im Kastenwagen hat auf einem jungen Mann herumgetrampelt. Ich kenne den jungen Typen, daher würde es mich gar nicht wundern, wenn er den Maori provoziert hat. Er hat ordentlich was abgekriegt, aber er wird's überleben. Ist gerade zur Untersuchung im Krankenhaus. Sonst gibt es an Verletzungen hauptsächlich kleinere Wunden und blaue Flecken.«

»Und worum ging es?«

»Soweit ich bisher gehört habe, bestehen von Anfang an Spannungen zwischen Einheimischen und Zugezogenen, Australiern und Ausländern, Festangestellten und Vertragsarbeitern. Der übliche Mist, wir hier und die da.«

Cato nickte. Immer wieder das alte Spiel. Gruppenkonflikte waren das tägliche Brot der Polizeiarbeit, ja, und Alkohol. Ach so, und Idioten auch. Alle drei.

Tess seufzte und kniff sich in die Nase. »Anscheinend hat sich die Situation hier, was den Arbeitsschutz angeht, in den letzten paar Tagen zugespitzt. Gestern hat es einen Unfall gegeben, aus einem Rohr ist eine Chemikalie ausgelaufen. Offenbar war einer der ausländischen Vertragsarbeiter dafür verantwortlich. Als sie ihn angeschrien haben, er solle den Notschalter umlegen, konnte er sie nicht verstehen. Inzwischen hat die ätzende Flüssigkeit dem armen Kerl im Tank die Beine verbrannt.«

Cato erinnerte sich an den Krankenwagen, den er gestern Abend auf dem Weg zur Obduktion in Ravensthorpe gesehen hatte; das war also der Mann gewesen, der hinter den Doppeltüren die erstickten Schreie ausgestoßen hatte. Cato hoffte, dass es gelungen war, genügend medizinisches Personal zusammenzutrommeln, das im Buschkrankenhaus aushelfen konnte.

»Aber da müssten sie sich doch ans Management wenden, oder?«

Tess zuckte die Achseln. »Die haben jetzt alle Einzelverträge. Heutzutage ist es nicht so leicht, Rückgrat zu zeigen. Da ist es einfacher, den Frust am Kollegen auszulassen.«

Jim Buckley war zu ihnen getreten. Er runzelte die Stirn. »Dann war also der Kiwi schuld, dass die Säure ausgelaufen ist? Nach allem, was ich gehört habe, ist sein Englisch doch gar nicht so schlecht.«

Tess' Mund zuckte, sie lächelte. »Nein, es war einer von den Chinesen, aber die Arbeitsmigranten halten zusammen. Anscheinend hat es hier in den letzten paar Monaten so viel böses Blut gegeben, dass sich jetzt bloß einer von ihnen eine Verletzung zuziehen muss, und gleich fühlen sich alle verletzt.«

»Verdammte Ausländer«, sagte Buckley. Seine Augen funkelten boshaft.

Cato konzentrierte sich auf Tess. »So, und was jetzt, Chefin?«

Nach seinen Maßstäben war diese Frage eine Entschuldigung dafür, dass er weniger als hilfreich gewesen war, als sie ihn vorhin um Unterstützung gebeten hatte. Ihre Blicke trafen sich, und zum ersten Mal, seit er angekommen war, hörte Cato einen Hauch Wärme in Tess' Stimme.

»Wir wollen mit unseren Gladiatoren sprechen. Du und Greg, ihr nehmt den Brecher, der wird in Ravy im Knast sitzen, wenn der Arzt seine Schrammen und Blutergüsse untersucht hat. Ich fahre ins Krankenhaus und sehe mal, wie sich das ›Opfer‹ so macht.« Tess schwieg kurz. »Jim, könnten Sie mir bitte dabei helfen?«

Buckley wirkte überrascht und ein wenig besorgt. Wahrscheinlich war er es nicht gewohnt, dass jemand ihn mit dem Vornamen ansprach oder sogar »bitte« sagte – und zweifellos fragte er sich, warum Tess ihn überhaupt dabeihaben wollte. Das fragte Cato sich auch.

9

Donnerstag, 9. Oktober. Nachmittag.

Der Brecher hieß, wie sich herausstellte, David Tahere. Sein Auge war genäht worden, man hatte ihn festgenommen und die Formalitäten erledigt, und als Cato in Ravensthorpe auf die Wache kam, saß er lammfromm im Vernehmungsraum. Cato hatte Greg Fisher nach Hopetoun zurückgeschickt. Er sollte weiter im Fall Flipper ermitteln, damit man den Tag nicht ganz und gar als verloren abschreiben musste. Der Stuhl, auf dem der Maori saß, hätte von der Spielgruppe im Ort stammen können, so wenig Würde und Bequemlichkeit bot er dem Mann. Tahere blickte mit dem Auge, das er noch richtig öffnen konnte, zu Cato hoch.

»Sind Sie 'n Bulle?«

»Ja. Detective Senior Constable Kwong.« Cato nahm ihm gegenüber Platz.

»Sehn nich so aus.«

»Muss meine clevere Verkleidung sein. Was ist heute da draußen passiert, David?«

»Bin in 'ne Schlägerei reingeraten.«

»Das hatte ich vermutet. Jetzt steht Ihnen eine Anklage wegen Körperverletzung bevor.« Cato hatte David Tahere bereits im Computer gefunden. »Nicht das erste Mal, Sie haben schon eine Vorgeschichte.«

»War nicht meine Schuld. Er hat angefangen.«

»Originell.«

»Und Sie können der kleinen Polizistin sagen, wenn sie nochmal mit diesem Zapper-Dingsda auf mich losgeht, schiebe ich ihr das Ding in den Arsch und zünde sie an wie einen Weihnachtsbaum.«

Da er Tess kannte, glaubte Cato nicht, dass Tahere da große Chancen haben würde. »Mann, einer liegt im Krankenhaus. Es ist ernst. Sieht ganz so aus, als würden Sie dafür in den Knast gehen. Also erzählen Sie mir, was passiert ist, wir brauchen Ihre Sichtweise für die Akten.«

»Das erzähle ich meinem Rechtsbeistand.« Tahere sah sich um, als hätte sein Anwalt sich vielleicht gerade hinter der Tür versteckt. »Wo ist der überhaupt?«

»Der braucht vielleicht eine Weile bis hier unten. Wir sind auf dem Land. Und da sprechen wir von Tagen, nicht von Stunden.«

Das stimmte nicht ganz, aber Cato war scharf darauf, die Sache zu beschleunigen und sich wieder dem Fall Flipper zuzuwenden. »Sie wissen, dass Sie deswegen Ihren Job verloren haben, oder?«

Tahere seufzte und schüttelte den Kopf. »Und alles wegen diesem mickrigen Quasselkasper, diesem weißen Schwein.«

Cato sah seine Notizen durch. »Stevenson?«

Der Brecher knurrte. »Hab ich doch gesagt, oder?«

»Der sieht aber nicht danach aus, als würde er sich mit jemandem von Ihrem Kaliber anlegen.«

»Hat er auch nicht. Er und seine beiden Kumpel sind auf einen von den kleinen Schlitzaugen losgegangen ... nichts für ungut ...«

»Kein Problem.«

»Und das stand mir bis sonstwohin. Die haben uns schon seit Wochen dauernd angeschissen. Er hat's verdient.«

»Wollen Sie jetzt eine Aussage machen, David?«

»Ja.«

Cato hielt seinen Stift über dem Notizblock bereit. Tahere sah ihn aus seinem gesunden Auge an.

»Verpiss dich.«

Auf dem Weg nach Ravensthorpe sah Tess immer wieder in den Rückspiegel und erfreute sich an dem Anblick des leicht verdutzten Cato Kwong im Wagen hinter ihr. Die Nachmittagssonne stand noch hoch am Himmel, und im Landesinneren war die Temperatur um etwa zehn Grad gestiegen. Tess schaute zu Jim Buckley hinüber, der den Beifahrersitz ausfüllte und dem, wie es schien, ganz unbehaglich zumute war.

»Wie läuft's denn so mit Ihnen und Cato im Viehdezernat?«

»Ja, gut.«

»Viel zu tun?«

»Sie kennen das ja.«

Tess konnte es sich recht gut vorstellen; meistens machte sie in Hopetoun mehr oder weniger das Gleiche. Man vertrieb sich die Zeit so angenehm wie möglich.

»Wie sind Sie ins Viehdezernat geraten?«

Buckley sah sie mit abwehrendem Blick an. »Ich hab das so gewollt.«

Tess überlegte, ob ihm klar war, dass seine Antwort nicht ganz eindeutig war. »Ich war überrascht, dass Cato auch dabei ist. Hatte gedacht, das wäre nicht so sein Ding.«

Buckley entspannte sich sichtlich, da es nun nicht mehr um ihn ging, sondern um Cato.

»Ich glaube, er hatte das nicht so geplant.«

»Nein, das ist kein typischer Schritt auf der Karriereleiter.« Zu spät wurde Tess bewusst, dass Buckley so etwas vielleicht gar nicht gern hörte. »Ich meine, für jemanden wie Cato.«

»Soll heißen?«

Buckley war jetzt in der Offensive, und es fing an, ihm Spaß zu machen. Tess fuhr trotzdem fort.

»Überflieger. Auf der Überholspur. Das war Cato.«

Jim Buckley grinste spöttisch. »Wollen Sie noch ein paar andere Ausdrücke? Wie wär's mit ›Arschloch‹ oder ›korrupt‹ oder ›Pestbeule‹?«

Tess starrte geradeaus auf die Straße und packte das Lenkrad ein wenig fester.

»Cato? Wann war das denn? Was ist da passiert?«

Es fiel ihr schwer, das zu glauben, aber Buckleys Blick sprach Bände.

»Können Sie sich noch erinnern, wie in Cockburn die Zeitungsfrau umgebracht wurde?«

Wie hätte sie nicht? Der Fall hatte traurige Berühmtheit erlangt. Jim Buckley schob seinen Sitz ein wenig zurück, streckte die Beine aus und begann ganz entspannt mit seiner Geschichte.

»Bei einem Raubüberfall wurde einer Frau der Schädel eingeschlagen. Da haben sie sich das erste arme Schwein gegriffen, das ihnen auf der Straße begegnet ist, und ihm das angehängt. Die großen Tiere, wie Detective Inspector Mick Hutchens, haben ihm dann das ›Geständnis‹ entlockt.«

Buckley winkte Tess hoffnungsvoll mit seinem Päckchen Zigaretten, aber sie schüttelte ablehnend den Kopf. Mit noch größerem Genuss erzählte er weiter.

»Kwongie war damals ein ehrgeiziger junger Kerl im Hinterzimmer, es war einer seiner ersten Fälle. Sein Job war es, dafür zu sorgen, dass die Zeugenaussagen zu dem Geständnis passten, das Hutchens ergaunert hatte. Als dann die Kacke am Dampfen war, weil sie den wirklichen Mörder gefunden hatten – natürlich ganz zufällig, wie immer –, kam bei der Untersuchung raus, dass allein das Goldkind nachweisbare schriftliche Spuren hinterlassen hatte.«

»Aber in den Nachrichten ist sein Name damals nicht gefallen«, erklärte Tess, die nicht hinnehmen wollte, was sie da hörte.

»Vielleicht haben die PR-Leute einen Bambusvorhang aufgehängt.« Buckley schniefte. »Schließlich war er doch der junge Mann auf dem Plakat, das für den neuen multikulturellen Polizeidienst geworben hat, da sollte dieses tolle Image doch nicht beschädigt werden, oder?«

Tess machte sich nicht die Mühe zu antworten.

»Wenn er so ausgesehen hätte wie wir anderen Bauernjungs mit unseren Kartoffelnasen, dann hätten sie ihn vielleicht im Regen stehen lassen. Jedenfalls, der langen Geschichte kurzer Sinn: Hutchens wurde seitwärts und abwärts versetzt. Ganz runter bis nach Albany. Und Ihr Freund Cato wurde zurückgestuft, wir kriegten ihn im Viehdezernat aufs Auge gedrückt. Eigentlich doch eine Beleidigung für uns, oder nicht?«

Cato. Dreck am Stecken. War das möglich? Doch, natürlich. Jeden Tag gerieten Cops in Versuchung, zu weit zu gehen. Geld. Erfolg. Rache. Faulheit. Es konnte unzählige Gründe dafür geben, aber keine Entschuldigung, nein, ihrer Meinung nach nicht.

»Ich frage mich, warum er nicht ausgestiegen ist«, sagte Tess, ebenso zu Buckley wie zu sich selbst.

»Die Chinesen haben doch so was mit ›das Gesicht verlieren‹ und so, oder?«

Tess schaltete die Klimaanlage ein. »Der Unterricht in Kulturbewusstsein hat bei Ihnen wirklich Früchte getragen, Jim.«

Kane Stevenson war genäht und gesäubert worden und gerade vom Röntgen zurückgekehrt. Von einer Schädelfraktur oder Schädelverletzung war zwar nichts zu sehen, aber man wollte ihn über Nacht zur Beobachtung dabehalten, vorausgesetzt, dass eine hinreichend qualifizierte Nachtwache gefunden werden konnte. Kane saß halb aufgestützt im Bett, von dicken weichen Kissen umgeben. Ein kleiner verlorener Junge. Die großen braunen Augen mit den langen Wimpern, die ihm viel Ärger eingebracht und ihn vor viel Ärger bewahrt hatten, waren zugeschwollen, seine Nase war gebrochen und seine Lippen aufgeplatzt. Er sah aus, als hätte er einen Fußabdruck im Gesicht. Wahrscheinlich passend zu David Taheres rechtem Stiefel. Tess hatte beinahe Mitleid mit ihm; es brauchte nicht viel, um die Erinnerungen an ihre eigene Zeit im Krankenhaus zu wecken. Das Gute daran war allerdings, dass Kane Stevenson jetzt zumindest für eine Weile auf der Straße zum Flughafen kein Gummi mehr verbrennen würde. Karma hieß das Wort, das einem dazu einfiel.

Die Krankenschwester, eine betont fitte, betont blonde junge Frau, freute sich auf ihren Dienstschluss in einer halben Stunde und auf das anschließende Basketball-Training.

Sie hatte deutlich zu verstehen gegeben, dass sie entschlossen war, ihren Terminplan einzuhalten. Auf ihrem Namensschild stand »Briony«. Tess fand, »Brunhilde« hätte besser zu ihr gepasst.

»Er ist immer noch ziemlich angeschlagen, also bitte nur ein paar Minuten. Morgen müsste er dann besser in Form sein, um Fragen zu beantworten.«

Wenn jemand anders Dienst hat, hätte Brunhilde hinzufügen können. Tess überlegte, ob sie salutieren solle, bedankte sich aber stattdessen mit einem bloßen Nicken. Als Brunhilde das Krankenzimmer verließ, fiel Tess auf, dass Jim Buckley dabei ihre Waden inspizierte. Jämmerlich. Tess beugte sich zu Stevenson hinunter.

»Kane? Sind Sie wach?«

Ein Laut, halb Stöhnen, halb Knurren drang aus dem zerschlagenen Mund.

»Sergeant Tess Maguire ist da, junger Mann. Können Sie sprechen?«

Die gleiche Antwort und dazu ein Gurgeln. Tess schaute zu Buckley hoch.

»So auf die Schnelle führt das zu nichts. Sollen wir bis morgen warten?«

Ein Zucken in Stevensons lädiertem Gesicht. Buckley sah es.

»Kane? Mein Name ist Detective Sergeant Jim Buckley. Ich glaube, so schlecht geht es Ihnen gar nicht. Aber Sie wollen uns nicht hier haben. Warum nicht, Kane?«

Kane erschlaffte und spielte wieder toter Mann.

Buckley ließ nicht locker. »Es heißt, Sie hätten angefangen. Sie hätten lautstark über die Asiaten hergezogen, über die Ausländer. Deswegen hat der Maori Sie vermöbelt. War das so?« Nichts. Buckley beugte sich dicht zu Stevensons Ohr hinunter. »Ich wünsche Ihnen eine gute Nachtruhe, Kane, wir kommen morgen wieder vorbei.«

Stuart Miller hatte den ganzen Tag gegrübelt. Detective Delaney hatte ihn sanft, aber bestimmt auf seinen Platz verwiesen, und das wurmte ihn. Nicht zuletzt, weil Delaney wohl nicht ganz falsch lag. Was hatte er denn noch zu bieten? Jenny hatte den Versuch, sich mit ihm zu unterhalten, aufgegeben und sich in ihr Büro in der Einliegerwohnung zurückgezogen, um ein paar Zeugnisse zu schreiben. Er war ins Internet gegangen und hatte nach neuen Berichten über die Morde in Adelaide im Jahr 1981 gegoogelt. Es war im Grunde so, wie der *West Australian* es zusammengefasst hatte: Eine Mutter und ihre drei kleinen Kinder waren durch Stromschlag getötet und erschlagen und anschließend in den Holden gepackt und in den Busch gefahren worden. Ein makaberer Familienausflug. Derek Chapman, Davey Arthurs. Warum hatte er die Tat wiederholt? Gab es da einen psychischen Auslöser oder war er, wie Delaneys Psychologin es ausgedrückt hatte, schlicht und einfach wahnsinnig? Daraus ergab sich eine weitere Frage: Wie war er an die Papiere herangekommen, die ihm erlaubt hatten, seine Identität zu wechseln und nach Australien einzureisen? Und die wichtigste Frage von allen: Hatte er seit den Morden in Sunderland und Adelaide abermals getötet?

Miller war mit seinem Latein am Ende. Bei der Suche nach einem Mörder war Google keine ausreichende Hilfe. Er musste die Fallberichte der Chapman-Morde lesen, er brauchte die Unterstützung der Polizei, aber Delaney hatte ihm den Kopf getätschelt und gesagt, er solle das doch den Profis überlassen, oder etwas in der Art. Der einzige Mensch, den er innerhalb des Systems kannte, zumindest in der westaustralischen Polizei, war sein Schwager, der Mann von Jennys Schwester. Maggie hatte ihren Polizeifreund von damals tatsächlich geheiratet. Er war ein ungehobelter Armleuchter und machte gern Dienst nach Vorschrift, aber außer ihm war da niemand. Jennys Schwester war vor etwas über zwei Jahren gestorben, und seitdem hatten sie mit dem Armleuchter-Schwager sogar noch weniger Kontakt. Gerade wurden die Kinder des Nachbarn, die draußen auf der Straße spielten, ins Haus gerufen, denn die Abenddämmerung setzte ein. Sie wurden in die Geborgenheit eines Zuhauses und einer Familie hineingerufen. Millers Entschlossenheit wuchs; er konnte es sich nicht leisten, wählerisch zu sein. Er suchte in dem zerfledderten Adressbuch und fand die Handynummer.

»Jim. Hier ist Stuart … der Mann von Jenny.«

Eine Pause entstand. Miller konnte praktisch hören, wie das eingerostete Gedächtnis am anderen Ende knirschend ansprang.

»Stuart, ey, Bursche, was kann ich für dich tun?«, sagte Jim Buckley, indem er den singenden Akzent und die typische Vokalfärbung seines Schwagers karikierte.

Miller hörte die gezwungene Munterkeit und das Bemühen um Höflichkeit. Er räusperte sich. »Hast du heute in die Zeitung geguckt?«

Der Tag des Endspiels, und die heimische Mannschaft hat verloren, haushoch. Macht nichts. Im Karratha Hotel ist schwer was los. Karratha, Western Australia, ist das Epizentrum des Bergbau-Booms. Der Alkohol fließt in Strömen, die Musik wummert; es gibt nur noch Stehplätze, aber bisher erst zwei Prügeleien. Tess und Constable Peter Latham setzen ihr Lächeln auf und treten ein. Auf dem Weg zur Bar stürmen Schweiß-, Testosteron- und Alkoholdünste sowie ein Cocktail an Begrüßungen auf sie ein: »Tach, Kumpel, trink 'n Bier mit«, oder »Verpisst euch, verdammte Schweine«. Tess wirft Pete einen Blick zu, der bedeutet: Bleib in meiner Nähe. Der Manager, Ende fünfzig, ein gedrungener Schrank von einem Mann, beugt sich zu Tess und ruft ihr ins Ohr:

»Irgendein Problem?«

Nein, wir sind hier, weil wir diese Scheiße lieben. Doch stattdessen sagt sie: »Ordentlich was los heute Abend, George?«

Alles juchzt und brüllt, denn gerade hat eine Barfrau beim Münzewerfen verloren, und jetzt hebt sie für die Gäste ihr T-Shirt – ein beliebter Party-Gag in den Grubenstädten, und theoretisch verboten. Tess wirft George ihren strengen Lehrerinnenblick zu. Er zuckt die Achseln.

»Manchmal schlagen sie ein bisschen über die Stränge. Ich red mal mit ihnen.«

In diesem Moment geht eine Bewegung durch die Menge, Gestolper, ein Bierglas fliegt, und Tess ist von Kopf bis Fuß nass. Allmählich stinkt es ihr. Ein Hüne mit kariertem Hemd, roten Haaren und Fußballerfrisur steht viel zu dicht vor ihr: Johnno Djukic, drei Vorstrafen wegen Körperverletzung, und jedesmal lag sein Partner danach ein paar Tage im Krankenhaus. Ein richtig netter Kerl.

»Das war Zahl. Ich hab gewonnen. Zeig uns deine Titten, na los.«

Sein Atem könnte einen Achtzylinder antreiben.

»Zurück, und benehmen Sie sich«, fährt Tess ihn an.

Djukic hebt in gespielter Angst die Hände und grinst sie breit an. Seine Augen aber bleiben hart. Toller Witz, oooh, aaah und ts-ts kommt von seinen Kumpeln. Tess reckt den Hals, um zu sehen, wo Pete ist. Die lauten, wütenden Stimmen weiter hinten an der Bar beantworten ihre Frage. Pete liefert sich gerade einen Schreikampf mit einem Skinhead, der, seinen Augäpfeln nach zu urteilen, zusammen mit seinem Drink auch Drogen konsumiert hat. Er ist total überdreht, Argumenten nicht mehr zugänglich und will Blut sehen. Tess hat die Hand am Schlagstock und versucht, Pete auf sich aufmerksam zu machen.

Ein Glas zersplittert, die Menge ist wieder in Bewegung, ein Barhocker fliegt durch die Luft. Tess spürt ein qualvolles Reißen, als jemand sie an den Haaren packt, dann liegt sie zusammengekrümmt auf dem Boden, während die Männer treten, trampeln und spucken. Sie schaut ein letztes Mal hoch, versucht, Gesichter zu erkennen, für später – falls es ein Später gibt. Johnno Djukic ist dabei und macht eifrig mit, trampelt mit den anderen, ebenso wie ihre Kollegen Pete und Greg Fisher, Jim Buckley und Cato. Tess glaubt, dass es nie mehr aufhört. Sie weiß einfach, dass sie sterben wird. In der Ferne heult eine Sirene. Heult und heult.

Tess wachte auf. Sie rang nach Luft und weinte wieder einmal. Ihr Wecker wimmerte. Sie stellte ihn aus.

10

Freitag, 10. Oktober. Früher Morgen.

Ermittlungszentrale. Freitagmorgen, Punkt acht. Cato wollte sich kurz mit allen besprechen. Er hatte das Gefühl, dass der Tag gestern ein bisschen für die Katz gewesen war. Den jungen Mann vom *Snak-Attack* aufzuscheuchen und die Schlägereien im Bergwerk zu beenden, hatte sie alle ganz schön auf Trab gehalten, sie aber der Lösung der Rätsel um Flipper nicht nähergebracht.

Cato war früh aufgewacht, entschlossen, die Sache voranzutreiben. Er wollte den vermissten Lieutenant Riri Yusala aufspüren. War er Flipper? Außerdem wollte er ein bisschen auf den Busch klopfen. Der kleine Besuch bei Justins Kaffeewagen gestern war vielleicht eine Ablenkung gewesen, hatte ihn aber auch auf eine Idee gebracht. Hopetoun war eine Kleinstadt – da konnte es doch gar nicht so schwer sein, ein Gerücht in Umlauf zu bringen und dann zu beobachten, was passierte. Wer konnte wissen, wer oder was sich da vielleicht unvermutet zeigte? Cato setzte dabei auf Pam, die allwissende, alles sehende und alles ausplaudernde Empfangsdame; er war ganz bewusst sehr kurz angebunden gewesen, als er auf dem Weg zum Frühstück seinen Zimmerschlüssel bei ihr abgegeben hatte. Ganz offensichtlich ein Mann, der viel im Kopf hatte, viele Geheimnisse, und es hatte hervorragend funktioniert. In ihrer Doppelrolle als Empfangsdame und Frühstückskellnerin war Pam abwartend bei ihm stehen geblieben.

»Wie geht's denn mit Ihren Ermittlungen voran, Inspector?«

Cato freute sich über die Beförderung. »Gut, danke.«

Er trug wirklich dick auf, spielte den geistesabwesenden Geheimniskrämer.

»Ich hab gehört, dass Drogen im Spiel sind. Ein Syndikat.« Pam sprach die einzelnen Silben des letzten Wortes in gedämpftem, atemlosem Tonfall aus und ließ sich dabei die erste Silbe auf der Zunge zergehen. Sündig.

Cato tat so, als sei er erschrocken, dass sie so viel wisse. Er schaute sich in dem fast leeren Speisesaal um und machte eine beruhigende, beschwichtigende Bewegung mit den Händen.

Pam nickte wissend. »Ihr Kollege, kommt er heute auch zum Frühstück?«

Cato machte ein unnatürlich neutrales Gesicht. »Da bin ich nicht sicher, er erledigt gerade ein paar Anrufe.« Er sah auf seine Armbanduhr. »Hier ist es jetzt sieben ...«

Er gab sich den Anschein, als versuche er, Zeitzonen zu berechnen. Mehr brauchte Pam nicht. Es war nicht nur ein Drogensyndikat, nein, es war ein internationales Drogensyndikat, und sie hatte es hier nicht einfach mit gewöhnlichen Polizisten zu tun. Sie hastete davon, um seinen Kaffee zu holen. Cato lächelte vor sich hin und fragte sich, wie weit das Gerücht wohl bis heute Abend im Städtchen kommen würde. Der Nachteil war, dass die Gerüchteküche wahrscheinlich auch die Medien mitversorgen würde, etwas, das Hutchens im Moment erklärtermaßen nicht wünschte. Aber Cato stand unter Zeitdruck; in ein paar Tagen sollte eine von Hutchens' Marionetten ihn ablösen, und er hoffte, dass ein rasches Ermittlungsergebnis seiner Karriere dienlich sein würde, und zwar so sehr, dass er Hutchens' Missvergnügen über dieses Spielchen ruhig in Kauf nehmen konnte. Doch dann runzelte er die Stirn. Waren es nicht schnelle Ergebnisse und kleine Spielchen gewesen, über die er ursprünglich gestolpert war?

Ein höfliches Hüsteln von Jim Buckley brachte ihn in die Gegenwart und in die Ermittlungszentrale zurück. Cato fiel auf, dass Buckley immer noch zerstreut wirkte. Constable Greg Fisher berichtete gerade von der Fahrt zur Mason Bay und zur Starvation Bay und von dem Gespräch mit Billy Mather. Nichts davon hatte etwas wirklich Interessantes ergeben, bis auf den Tipp, dass die Senioren durchgezogen waren. Als Fisher nach dem Krawall im Bergwerk nach Hopetoun zurückgekehrt war, hatte er den Rest des Nachmittags damit verbracht, Nachforschungen über die reisenden Senioren anzustellen. Er hatte schnell Glück gehabt. Das Überwachungsvideo der Tankstelle am Supermarkt in Hopetoun zeigte, wie am vergangenen Freitag ein Britz-Wohnmobil betankt worden war. Das passte in Billy Mathers Zeitfenster. Greg hatte das Nummernschild notiert und die Firma angerufen.

»Das ergab den Namen und die Handynummer des Mieters: Mr Kevin Redmond aus Newcastle, New South Wales, der inzwischen in Esperance auf einem Stellplatz mit Stromanschluss angekommen war. Zweihundert Kilometer an der Küste entlang nach Osten«, fügte Fisher für die Großstädter aus Perth hinzu.

Mr Redmond hatte wie ein Engländer geklungen. Greg Fisher bemerkte, in letzter Zeit könne man sich ja kaum noch rühren, weil es von denen nur so wimmelte, und Jim Buckley nickte dazu säuerlich. Redmond bestätigte, dass er und seine Frau am letzten Wochenende in Starvation Bay Halt gemacht hatten, sie hätten aber nichts Ungewöhnliches bemerkt. Das andere Wohnmobil hatten die Schwester seiner Frau und ihr Mann gemietet, und Redmond bezweifelte, dass den beiden etwas aufgefallen war, denn sonst hätte das sicherlich die etwas eintönigen abendlichen Gespräche aufgepeppt. Redmond hatte seinen Schwager ans Telefon geholt, und der hatte es bestätigt.

»Bis auf …«, Fisher machte es spannend.

»Bis auf was?«, fragte Cato ungeduldig.

»In der ersten Nacht, also von Donnerstag auf Freitag, ist er aufgestanden, weil er pissen wollte. Prostata.«

»Ja?«, sagte Cato.

»Etwa um Viertel nach zwei – er hat die Uhrzeit auf der Mikrowelle gesehen –, ist er rausgegangen, und da hat er unten an der Bootsrampe Lichter bemerkt. Hat sich nichts weiter dabei gedacht. War zu sehr damit beschäftigt zu pissen und wieder ins Bett zu gehen.«

Strahlend lehnte Greg Fisher sich zurück.

»Nächtliche Lichter an der Bootsrampe in der Starvo.« Jim Buckley umfasste nachdenklich mit der rechten Hand sein Kinn. »Das könnte der Wendepunkt im Fall Flipper sein.«

Greg Fisher nickte begeistert, bis ihm klar wurde, dass

Buckley das sarkastisch gemeint hatte. Cato wollte die Besprechung jedoch noch nicht ganz abschreiben.

»Der Alte, dieser Fischer …«

»Mather?«, half Greg weiter.

»Ja, der hatte nichts von Lichtern gesagt, oder?«

Greg zuckte die Achseln. »Vielleicht hat er geschlafen? Oder er ist schwerhörig? Oder hat's einfach vergessen?«

»Möglich, oder wer weiß, vielleicht lügt er auch oder hat etwas zu verbergen. Können Sie noch mal hinfahren und das überprüfen?«

Fisher errötete. »Klar.«

Er beendete seinen Bericht und zog sich hastig zurück. Nein, er war noch nicht dazu gekommen, den Schiffsverkehr zu überprüfen, aber ja, er würde sich gleich darum kümmern, danach mit ein paar Bootsbesitzern im Ort sprechen und anschließend wegen dieser Lichter zu Mather fahren.

Als nächster war Cato an der Reihe. Er berichtete von der Vermisstenliste und den beiden Personen, die ihn interessierten – Riri Yusala und, eher weniger, der verkappte italienische Schwule Carlo Donizetti. Das rief bei dem ansonsten mürrischen Jim Buckley ein Grinsen hervor. Die Telefonnummern der beiden zuständigen Beamten waren angegeben, eine in Perth für Donizetti und eine in Albany für Yusala: Das war Mick Hutchens' Domäne. Cato wollte das heute weiterverfolgen. Tess Maguire sah ihn an. Er konnte ihren Blick nicht deuten, es war, als würde sie ihn kaum kennen. Privat. Zutritt verboten.

»Ich kümmere mich um die Schlägerei im Bergwerk«, sagte Tess. »Ich will mit Kane Stevenson sprechen und mit ein paar anderen, von denen wir die Namen aufgenommen haben. Damit werde ich den größten Teil des Tages zu tun haben.«

Ihr Gesichtsausdruck forderte Cato dazu heraus, ihr zu widersprechen, aber er schwieg. Jim Buckley fragte Tess, ob sie ihn bei der Befragung von Stevenson dabeihaben wolle. Sie verneinte. Überraschenderweise wirkte er enttäuscht.

Tess brach nach Ravensthorpe auf. Greg Fisher telefonierte bereits wegen des Schiffsverkehrs. Cato gab Buckley die

Nummer von dem Beamten für Donizetti und übernahm selbst Riri Yusala und das Büro in Albany. Er wählte.

»Julie Silvestri, Kriminalpolizei in Albany.«

Die Stimme am anderen Ende klang, als würde sie durch eine triefend nasse Matratze geleitet. Cato stellte sich vor und erklärte der Frau dann, was er wollte. Sie brauchte einen Moment, um den Fall in ihrem Computer zu finden. Cato hörte das Klackern der Tastatur und schweres Atmen durch den Mund. Julie Silvestri war erkältet.

»Da ist er«, krächzte sie. »Riri Yusala, vermisst seit … Februar 2006. Sieht aus, als hätte er hier in Albany das Schiff verlassen … Marineübung … Walfänger … Ich nehme an, das haben Sie alles schon gelesen?«

Cato bestätigte das und fragte, was sie ihm sonst noch über den Fall berichten könne.

»Frau und zwei Kinder zu Hause in … Sulawesi?« Nicht leicht auszusprechen, wenn die Nase dicht war.

»Ja, auch das habe ich schon gelesen«, sagte Cato.

Weiteres Klackern der Tastatur. »Wurde angeblich mehrmals gesehen, das wurde aber nie bestätigt: das erste Mal war etwa einen Monat nach seinem Verschwinden, auf einer Baustelle in Perth. Ein Wachmann hat ihn da entdeckt, der hat Ambitionen, Sam Spade zu spielen. Das ist sein Hobby, er durchkämmt die Vermisstenseiten, der arme Kerl. Aber deswegen hat er Yusala erkannt, oder jedenfalls hat er sich das eingebildet. Er vermutete, Yusala würde da schwarzarbeiten. Wenn es tatsächlich Yusala war, war er schon wieder weg, als wir die Sache überprüft haben, und er hatte auch bereits einen neuen Namen … Freddy Sudhyono. Der Vorarbeiter konnte anhand des Fotos nichts bestätigen. ›Die sehen doch alle gleich aus‹, hat er gesagt.«

»Und das zweite Mal?«

»In Fremantle in der Markthalle: wieder einen Monat später. Jemand hat gemeint, er hätte ihn da an einem Saté-Stand arbeiten sehen. Das ist ein bisschen glaubhafter.« Julie Silvestri zog die Nase hoch und schien Schleim in der Kehle aufzufangen.

Das Geräusch ließ Cato erschaudern. »Warum?«

»Der Mann, der ihn gesehen hat, war bei der australischen

Marine und gerade auf Urlaub. Er war mit Yusala auf demselben Schiff gewesen. War sich sicher, dass es Yusala war, hat es aber erst sechs Wochen später gemeldet. Dass Yusala als vermisst galt, hat er nämlich erst mitgekriegt, als er bei sich zu Hause auf die Polizeiwache kam. Da musste er seinen Sohn abholen, den hatten sie aufgegriffen, weil er als Minderjähriger getrunken hatte oder irgendwas. Und da hat er beim Warten das Plakat mit den Vermissten gesehen.«

»Und warum macht man sich dann ›Sorgen um sein Wohlergehen‹, wenn er doch beim letzten Mal gesund und munter gesehen wurde?«

»Unsere Kollegen in Fremantle sind daraufhin wieder zum Saté-Stand gefahren. Es heißt hier, ich zitiere: ›Die Besitzerin des Standes war außer sich vor Angst.‹ Sie war Vietnamesin, Penny Nguyen, und hat ausgesagt, sie habe gesehen, wie Freddy – zu dem Zeitpunkt hat er noch den gleichen Namen verwendet –, sie habe also gesehen, wie er sich etwa vor einer Woche eines Abends nach der Arbeit mit zwei Typen gestritten hat. Sie hätten ihn in ein Auto gezerrt und seien schnell weggefahren. Seitdem war er nicht mehr gekommen.«

Cato beugte sich vor und packte den Hörer ein wenig fester. »Irgendeine Beschreibung von den Männern oder vom Auto?«

»Australier. Weiß. Groß. Sowohl die Typen als auch das Auto. Mehr konnte sie nicht sehen, es war zu dunkel, und es ging alles zu schnell und so weiter. Keine weiteren Zeugen, wie es scheint.«

»Und seitdem nichts mehr?«

»Nichts.«

»Was ist mit seiner Familie oder mit der indonesischen Marine? Haben die irgendwelche wichtigen Informationen über ihn beigesteuert?«

»Jedenfalls ist da nichts in der Akte. In der indonesischen Marine hat sein Verschwinden anscheinend keine großen Wellen geschlagen.«

Sie prustete los wegen ihres Witzchens und lud Cato zum Mitlachen ein. Er brachte einen gekünstelten Lacher hervor und hörte, wie Silvestri sich fein säuberlich die Nase putzte, erst das eine Nasenloch, dann das andere, weg vom Telefon – über ihren eigenen Witz loszuplatzen war wohl keine gute Idee gewesen.

»Sie glauben, dass er Ihre Wasserleiche ist?«

»Kann sein. Aber die Markthalle von Fremantle ist weit weg, und es ist lange her, dass er da gesehen wurde«, sagte Cato.

»Vielleicht haben sie ihn mitgenommen, um ihn irgendwie zu warnen, und als er später die Gelegenheit bekam, ist er abgehauen?«

»Kann sein.«

»Kann sein, kann sein, mein Herzelein. Kann ich sonst noch was für Sie tun?« Silvestri nieste, und der Hörer explodierte in Catos Ohr hinein.

»Trinken Sie eine schöne heiße Zitrone und nehmen Sie Paracetamol. Danke, Julie.«

»Kann ich eine Paracetamol haben?«

Die Stimme triefte vor Selbstmitleid und war leicht verzerrt, denn sie kam aus Kane Stevensons aufgeplatzten Lippen. Aber immerhin redete er, das war schon mal erfreulich, fand Tess. Die Krankenschwester beantwortete Kanes Bitte mit einem Kopfschütteln.

»Erst in vier Stunden wieder.«

Es war nicht die stramme Brunhilde, fiel Tess auf. Jim Buckley wäre enttäuscht gewesen, denn die Schwester heute war älter, eine matronenhafte Frau, hätten manche wohl gesagt. Auf ihrem Namensschild stand »Jill«. Jill verließ den Raum, und Tess lächelte Kane Stevensons einem halb geöffnetem Auge grüßend zu.

»Sie sehen heute schon viel besser aus, Kane.«

Ein Brummen. Das gesunde Auge schloss sich.

»Hab Kopfschmerzen. Der verdammte Maori. Gehört eingesperrt.«

»Ist er schon. Wir werden eine Aussage von Ihnen brauchen, vom Opfer, für den Prozess.«

Das Auge öffnete sich wieder. »Prozess?«

»Körperverletzung – das ist ein schweres Verbrechen, darauf steht Gefängnis.«

»Gut.«

Tess hielt Notizbuch und Stift parat. »Also, was ist passiert?«

»Dieser große verdammte Maori hat mich halb totgetreten.«

»Warum? Wie kam es dazu?«

»Keine Ahnung. Ich hab gar nichts gemacht, er hat angefangen.«

»Wir haben Zeugen, die ausgesagt haben, dass Sie die ausländischen Arbeiter beschimpft haben, die Vertragsarbeiter. Stimmt das?«

»Hab mich bloß um mein Team gekümmert.«

Tess ließ den Blick zum Krankenblatt am Fußende seines Bettes wandern; es sagte ihr nichts.

»Um Ihr Team?«

»Arbeitsschutz. Die Schlitzaugen haben null Ahnung, mit denen gibt es dauernd Unfälle. Man versucht, mit ihnen zu reden, und sie können kein Wort Englisch. Nicht mal ›Mach das verdammte Ventil zu‹. Ein Kumpel von mir ist neulich fast hopsgegangen wegen diesen unbrauchbaren Arschlöchern.«

»Haben Sie einen der Vertragsarbeiter tätlich angegriffen, Kane?«

»Bisschen angerempelt und geschubst – weiß nicht mehr, wer wann was gemacht hat. Ich erinnere mich bloß noch an diesen großen …«

»Maori, ja, Kane, ich hab's begriffen. Sobald Sie wieder einigermaßen auf dem Damm sind, setzen wir eine richtige Aussage für den Prozess auf, schriftlich und mit Unterschrift, okay?«

»Auf jeden Fall. Dann kommt das Schwein hinter Gitter. Den werden wir schon los, so oder so, was?« Kane Stevenson lächelte, zuckte aber zusammen, als seine kaputte Lippe wieder aufplatzte.

Tess steckte ihr Notizbuch weg. »Ganz genau. Übrigens, haben Sie schon gehört? Sie sind anscheinend auch gefeuert. Sie brauchen sich keine Sorgen mehr zu machen, dass Sie Ihr Team verteidigen müssen. Kopf hoch, Kane, *keep smiling*.«

Stuart Miller war in übler Laune aufgewacht. Als er seinen Schwager gebeten hatte, ihm bei der Suche nach Arthurs zu helfen, hatte der ihn ganz kurz abgefertigt. Erstens habe er zu viel zu tun und Wichtigeres im Sinn. Zweitens sei das ja, als würde man die Nadel im Heuhaufen suchen. Und drittens gebe es heutzutage Vorschriften über den eigenmächtigen Zugriff auf die Datenbanken der Polizei. Na, schönen Dank, du miesepetriger opportunistischer alter Arsch. Jim Buckley war nie dafür gewesen, Arbeit mit nach Hause zu nehmen. Miller erinnerte sich an die ersten Familienweihnachten: Jenny und Maggie machten sich mit allen Kindern an den Strand davon, und er wurde zu Hause gelassen, um mit diesem halb besoffenen und halb schlafenden Idioten von Schwager Konversation zu machen. Obwohl Stuart damals ja schon nicht mehr bei der Polizei gewesen war, wäre die Arbeit ein naheliegendes, verbindendes Gesprächsthema gewesen. Aber kein Sterbenswörtchen davon. Ganz egal, wie oft Stuart ihm mit einer Anekdote den Ball zuspielte, Jim beförderte ihn jedesmal mit einem Rülpsen und dem Aufreißen einer neuen Dose ins Abseits. Die Rückkehr der schreienden Kinder und der nächste Teller voll Truthahn erschien Miller dann geradezu als Rettung. Bei ihrem üblichen gehetzten Frühstück heute Morgen hatte er versucht, Jenny das alles zu erzählen, aber er sah, dass sie in Gedanken bei dem kommenden Schultag war. Mit ihrem starken Edinburgher Akzent brachte sie ein mehr oder weniger teilnahmsvolles »Ach, du armer kleiner Wicht« zustande, dann gab sie ihm ein Küsschen auf die Wange, tätschelte ihm den Po, sagte, sie liebe ihn, und ließ ihm wieder eine Liste mit Arbeiten da, die erledigt werden mussten.

Miller ließ sich auf einen Stuhl am Küchentisch plumpsen und schnippte gereizt die Aufgabenliste weg. Er griff nach der Zeitung von gestern und vertiefte sich wieder in den Artikel über den ungelösten Fall, er wollte ihm eine Idee entlocken, was er tun sollte. Nachdem er ihn noch zwei- oder dreimal gelesen und eine zweite Tasse Tee getrunken hatte, entdeckte er es endlich.

Die Presseabteilung der Polizei hat außerdem ein Bild von Chapman veröffentlicht, das auf Informationen einer Frau beruht, die ihn gekannt hat. Sie berichtete, sie habe ihn 1998, 17 Jahre nach den Morden, in Bunbury im Südwesten des Bundesstaates gesehen.

Wer war diese Frau? Woher kannte sie den Mörder? Unter welchen Umständen hatte sie ihn gesehen? Das war vor der neuen Publicity-Aktion gewesen, denn das Phantombild war nach ihren Angaben erstellt worden. Was also hatte die Polizei aus South Australia zu dieser Frau in Western Australia geführt? Was verbarg Detective Tim Delaney vor ihm? Stuart Miller griff nach dem Telefon und der geprägten Visitenkarte, die der junge Anzugträger ihm dagelassen hatte.

Sechs senkrecht, neun Buchstaben: *Nimmt dir ungeplant den Atem.* Cato nickte, ließ den Kuli klicken und setzte die Antwort ein. »Totschlag.« Der Kaffee kam. Verstohlen zog Cato die Seiten mit dem Kreuzworträtsel aus der Zeitung, faltete sie zusammen, steckte sie in die Jackentasche und packte die Zeitung dann auf den Stapel zurück, wo auch die Illustrierten lagen. Plötzlich stand Jim Buckley hinter ihm und klatschte knapp über Catos Kopf in die Hände.

»'ne Motte, ich hab sie, muss aus Ihrer Brieftasche rausgeflattert sein. Armes Viech, war vom Tageslicht ganz geblendet.«

Cato überhörte die Stichelei und musterte seinen Partner. »Alles klar zu Hause?«

Er konnte nicht anders, er musste die Nase in Jim Buckleys persönliche Angelegenheiten stecken, eher aus Neugier als aus echter Besorgnis. Seit dem Frühstück schien Buckley in jeder freien Minute leise aber heftig in sein Handy zu sprechen. Gerade hatte er es wieder getan, war draußen auf und ab getigert, hatte geraucht und geredet, während sie auf den Kaffee warteten. Sie saßen an einem Tisch auf der oberen Terrasse des *Taste of the Toun*. Die Aussicht über das Südpolarmeer war großartig. Es war ein schöner Tag, und der Wind war bereits erwacht, ein Ostwind, aber trotzdem kühl, denn er kam vom Meer. In Perth kam der Ostwind aus der Wüste und war heiß und gnadenlos. Die oberste Terrasse des Restaurants war ein bisschen eng, mit extrakleinen Tischen und Stühlen und einem schrägen Dach, unter dessen niedrigster Stelle man nicht mehr stehen konnte. Sowohl Cato als auch Buckley mussten die Köpfe einziehen, wenn sie sich dort aufhielten. Wäre Buckley grün gewesen, dann hätte er aufs Haar Shrek geglichen, der unabsichtlich in die Hütte der sieben Zwerge geraten war.

»Gut«, sagte Buckley.

Cato verstand den Hinweis. »Toll«, sagte er.

Buckleys Telefongespräch mit dem Beamten in Perth, der für den Fall Donizetti zuständig war, war ergebnislos verlaufen. Donizetti war nie wieder gesehen worden – spurlos verschwunden, Bankkonto unberührt, keine Zahlungen mit der Kreditkarte, nichts. Ursprünglich war der Verdacht auf einen Freund gefallen, der wegen häuslicher Gewalt vorbestraft war, und dieser Freund blieb zwar auch weiterhin interessant, aber ohne Leiche und ohne Fingerzeige der Gerichtsmedizin hatte man nichts in der Hand. Außerdem hatte es in den vorangegangenen Wochen in der Gegend eine Reihe von Angriffen auf Schwule gegeben. Da konnte man sich also etwas aussuchen.

Inzwischen war Greg Fisher bienenfleißig gewesen: Er war zu dem alten Mann in der Starvation Bay zurückgefahren, doch der hatte weiterhin behauptet, er habe durchgeschlafen und nichts gesehen oder gehört, was mit Lichtern auf der Bootsrampe zu tun hatte. Es tue ihm leid, dass er nicht weiterhelfen könne, hatte er gesagt. Außerdem hatte Fisher die Hafenmeister in Adelaide, Esperance, Albany und Fremantle gebeten, den Schiffsverkehr der vergangenen Tage in ihren Häfen zu überprüfen und darauf zu achten, ob Personen als vermisst gemeldet worden waren. Er hatte sich mit Fischereigenossenschaften an wichtigen Orten im Osten und Westen in Verbindung gesetzt, um zu erfahren, ob Fischer über Bord gegangen waren, und jetzt stand er draußen an der Buhne und unterhielt sich an der Rampe mit Bootsbesitzern.

Buckley schlürfte geräuschvoll seinen Kaffee. »Glauben Sie, dass dieser Indonesier der Gesuchte ist?«

»Kann sein.« Cato zuckte die Achseln, Buckley sollte nicht

denken, dass diese Möglichkeit ihn sonderlich in Erregung versetzte.

»Ziemlich weit hergeholt, wenn Sie mich fragen.«

»Vermutlich haben Sie recht.« Nach einem Schluck von der Brühe, die sich hier Kaffee schimpfte, verzog Cato das Gesicht. »Vielleicht sollten wir wieder zu Justin gehen. Auch wenn er vielleicht ein schmieriger Dealer ist, Kaffee kochen kann er.«

Buckleys Miene hellte sich auf. »Na, wir müssen ja auch noch etwas mit ihm klären. Sie haben doch gemeint, dass er ganz schön erleichtert wirkte, als er uns gestern von hinten gesehen hat.«

Cato erkannte, dass Buckley nur zu gern wieder die Art von Polizeiarbeit gemacht hätte, die er kannte. Dealer unter Druck setzen, gestohlene Traktoren aufspüren, alles war besser als diese Bemühungen, ein Stück verwesendes Treibgut zu identifizieren, das vermutlich von einem ausländischen Fischkutter gefallen war. Draußen an der Buhne hatte Greg seine Gespräche mit den Bootsbesitzern beendet. Er gestikulierte zu ihnen hinauf und richtete dann die Daumen nach unten, kein Glück gehabt. Cato entschied sich, Buckley seinen Wunsch zu erfüllen.

»Gut, nehmen Sie Greg mit und reden Sie nochmal mit Justin. Vielleicht kriegen Sie ja raus, vor wem oder was er sich versteckt. Aber, Jim …« Buckley hatte schon begonnen, sich zu erheben, gebückt stand er unter der niedrigen Decke, mit dem Zigarettenpäckchen in der Hand, »nicht grob werden, wir wollen ja nicht, dass unser Jungspund sich schlechte Angewohnheiten zulegt, oder?«

Cato lächelte. Er hatte das als Scherz gemeint, als freundschaftliche Geste unter Männern. Buckley jedoch verzog spöttisch den Mund. »Und Sie glauben wohl, Sie sind der Richtige, um Ratschläge zu geben, wie man gute Polizeiarbeit macht?«

Catos Lächeln erstarb.

Der Ranger legte den Rückwärtsgang ein, als er sich im Außenborder der Höhle näherte. Auf dieser Seite von Quoin Head, einer abgelegenen Bucht etwa vierzig Kilometer westlich von Hopetoun im Fitzgerald River National Park, war das Meer recht ruhig. Eine Landzunge schützte die Bucht vor dem auffrischenden Ostwind, der weiter draußen Wellen mit weißen Schaumkronen aufpeitschte. Das Khakihemd des Rangers war vollkommen durchnässt von der Gischt, die er beim Rausfahren abgekriegt hatte. Die Höhle an der Westseite der Landzunge war etwa acht Meter hoch und ebenso breit. Er wusste, dass sie etwa fünfzehn Meter lang war und sich allmählich verengte, bis sie am Ende nur noch ungefähr so hoch und breit war wie ein Kind. Und dunkel war es da hinten drin.

Am vergangenen Nachmittag hatte ein Angler gemeldet, dass am Eingang der Höhle etwas auf dem Wasser treibe, ein Seehund vielleicht, oder ein Hund? Der Angler hatte die Sache nicht weiter verfolgt, weil die Wellen zu Brechern wurden. Vielleicht war das Tier von einem Hai verletzt worden oder hatte sich in einem Netz oder einer Angelschnur verfangen. Robbentier, Schluss mit dir, dachte der Ranger, sie kommen und sie gehen, sie leben und sie sterben. Aber falls sich herausstellen sollte, dass es ein Hund war, ein Haustier, oder, Gott bewahre, sogar ein Mensch, dann war das eine ganz andere Geschichte. Wie auch immer, es gehörte zu seinem Job, da nachzusehen, und eigentlich hatte er im Moment auch nicht viel anderes zu tun.

Er schaltete seinen Handscheinwerfer ein und suchte damit das Wasser ab, das gegen die Höhlenwände plätscherte. Der Außenborder tuckerte im Leerlauf – der Ranger wollte nicht, dass das Blechboot über einen der tückischen Felsen am Höhleneingang schrammte. Es konnte echt nervig sein, hier unten Ersatzteile auftreiben zu müssen. Noch ein rascher Blick, und er würde sich wieder davonmachen.

Weiter hinten, vor der bemoosten Höhlenwand, schimmerte etwas im Lichtstrahl der Lampe. Für einen Seehund oder einen Hund war es zu klein, aber möglicherweise war es ein Teil eines Tieres. Der Ranger stellte den Außenborder ganz ab und ließ das Boot einen Moment lang treiben. Er hatte eine zwei Meter lange Stange mit einem Netz vorne dran dabei, aber selbst als er sie vom Bug des Bootes aus nach vorn streckte, kam er nur bis auf zwei Meter an den merkwürdigen Gegenstand heran. Draußen vor dem Höhleneingang hatte der Wind inzwischen gedreht, er kam jetzt von Süden, und die See wurde selbst hier am geschützten Ende der Bucht rauer. Eine Woge schob das kleine Boot weiter in die Dunkelheit hinein und drückte es scheppernd an eine Seitenwand. Als er sich erneut möglichst weit aus dem Bug reckte, stieß er gegen eine kleine, gezackte Felsnase. Sie schrappte an seiner Schläfe hinunter, was höllisch wehtat.

»Scheiße.«

Sein Fluch hallte ringsum von den Höhlenwänden wider und hinaus über das blaue Wasser der Bucht. Inzwischen war der Ranger dem Objekt viel näher, und er richtete den Lichtstrahl darauf.

»Scheiße«, sagte er wieder. Diesmal leiser.

11

Freitag, 10. Oktober. Früher Nachmittag.

»Wo ist denn Quoin Head?«, fragte Cato Tess, als sie in westlicher Richtung über die Schotterstraße rumpelten. Der zerklüftete, mit Felsbrocken übersäte Mount Barren erhob sich rechts vor ihnen, so als wolle er sich als Drehort für *Herr der Ringe* bewerben. Aus der Nähe wirkte er irgendwie kleiner als aus der Ferne.

»Ungefähr vierzig Kilometer in den Nationalpark rein. Schön zum Campen, wenn er nicht gerade wegen Buschbrand oder Waldschäden geschlossen ist«, antwortete Tess. »Aber wir treffen Steve Bell, so heißt unser Mann, gleich da oben im Rangerhaus.«

Jim Buckley hockte zusammengesunken auf dem Rücksitz und wirkte nachdenklich. Seine Stippvisite bei Justin hatte offenbar nichts ergeben, der *Snak-Attack* war geschlossen, und der Betreiber war nicht da gewesen. Zu ihrer Linken breitete sich jetzt weit das blaue, schäumende Südpolarmeer aus, und draußen, am Rand der bekannten Welt, waren im Dunst einige Inseln zu erahnen. Auch Wolken hingen da draußen, als dunkler Fleck am fernen Horizont, aber sie sahen aus, als würden sie südlich an Australien vorbei in die Große Australische Bucht ziehen, ohne diesen Teil der Küste zu behelligen.

Tess bog nach links in einen tief ausgefahrenen Feldweg ab, der zu einem Haus aus grünem Holz und Faserbeton, ein paar Schuppen, einem Regenwassertank und einer Wetterstation führte. Die Aussicht von der vorderen Veranda war unbezahlbar, über das unberührte niedrige Gebüsch blickte man auf den Ozean. Gelegentlich ragte eine Hakea aus dem Buschwerk heraus, in ihrer dunklen, verkrusteten Haut leuchteten diamantförmige orange und rote Wunden. Der Frühling war tatsächlich da, und seine Schwingungen ließen die Luft geradezu summen.

Steve Bell wartete draußen schon auf sie. Sein Rangerhemd hatte Blutflecken, und seine blonden Koteletten waren blutverklebt. Ein großes Pflaster verdeckte nur knapp die Schürfwunde, die sich links an seinem Gesicht hinunterzog. Ansonsten bot er den Anblick des stets fitten, robusten und gesunden Mannes, der sich viel im Freien aufhält. »Da drin.« Er nickte zu einem verrosteten Kühlschrank hin-über, der auf der Veranda stand, einem alten Ding, in dem normalerweise Bier und Fleisch zum Grillen aufbewahrt wurden.

Cato ging hin und öffnete die Tür. Da lag er, der »Kopf von Quoin Head«. Im größten Gefrierbeutel, den seine Frau hatte finden können, erklärte Bell. Sie hatte sich verzogen, denn gleich war die Schule aus, und sie wollte die Kinder fernhalten, bis sowohl der Kopf als auch die Polizei wieder verschwunden waren. Nichts für ungut.

»Kein Problem«, beruhigte Cato ihn.

Der Kopf lag im obersten Fach auf der Seite. Die Augen fehlten, das Haar war schwarz oder jedenfalls dunkel. An Nase, Ohren und Lippen hatten Fische oder Krebse geknabbert, und am Kinn hing weicher, bemooster Seetang. Es war ein Männerkopf.

Jim Buckley lugte Cato über die Schulter. »Sieht Ihnen ja zum Verwechseln ähnlich, Kollege«, sagte er.

Cato starrte auf das Whiteboard in der Ermittlungszentrale, auf den eingekringelten Namen in der Mitte: Flipper. Der Kopf befand sich mittlerweile im Flugzeug nach Perth, auf dem Weg zum restlichen Körper. Die beiden Teile von Flipper waren auf der Prioritätenleiter der Rechtsmedizin jetzt ein paar Sprossen nach oben geklettert, und man hatte Cato mitgeteilt, er könne in den nächsten achtundvierzig Stunden mit einem vorläufigen Bericht rechnen. Ihm ging das zwar nicht schnell genug, aber er musste sich damit zufrieden geben. Buckley hatte recht gehabt, der Kopf sah tatsächlich chinesisch aus. Jedenfalls sicher nicht so wie der des indonesischen Marineleutnants Riri Yusala.

Die einzigen Chinesen, die Cato bisher in der Gegend gesehen hatte, waren der Mann in der Telefonzelle an der Main Street, gleich am ersten Tag, und die Chinesen, die in der Mine arbeiteten und sich an Raufereien beteiligten. Sollte er da weitersuchen? Hätte er gleich von Anfang an den Blick darauf richten sollen? Cato machte sich bewusst, dass er erst seit zwei Tagen in der Stadt war, auch wenn es ihm länger vorkam. Aus der Mine war keine Vermisstenmeldung gekommen, aber schließlich hatte auch niemand nachgefragt, ob dort jemand verschwunden war. Vielleicht hatten sie es gar nicht bemerkt? Anscheinend arbeiteten dort über zweitausend Leute, die meisten nur vorübergehend, und dabei waren ausländische Arbeiter und Leiharbeiter noch gar nicht mitgezählt.

Jemand hustete, und Cato wurde bewusst, dass sie alle da saßen und darauf warteten, dass er etwas sagte – Greg Fisher, Tess Maguire und Jim Buckley. Geduldig erhofften sie sich weise Worte von Sherlock, dem verfluchten Kwong.

»Was jetzt, Meister?«, fragte Buckley, als könne er Gedanken lesen.

Buckleys spitze Bemerkung im *Taste of the Toun* wurmte Cato immer noch, aber nur weil sie, wie alle unbequemen Wahrheiten, ins Schwarze getroffen hatte. Man hatte ihn abserviert, weil er faul, schludrig, inkompetent, arrogant und korrupt gewesen war. Er war ein Schandfleck gewesen. Daran gab es nichts zu rütteln. Aber wie war es dazu gekommen? Sein erster Tag bei der Kripo: bemühtes Händeschütteln, säuerliches Nicken und wissende Blicke. Zwar nicht alle, aber doch die große Mehrzahl war überzeugt, dass Cato Kwong der neue Liebling war. Er gehörte zu einer geschützten Art, war das zeitgemäße Gesicht der Polizeiarbeit in Western Australia, das Gesicht auf dem Rekrutierungsplakat. Aber sie sollten erfahren, dass er ein guter Polizist war, er würde es allen zeigen. War das der Tag gewesen, an dem er anfing, sich etwas vorzumachen, sein erster Tag bei der Kripo? Hatte er im Innersten selbst geglaubt, er stünde unter Artenschutz?

Jedenfalls schien er in diesen ersten Monaten ohne Uniform kugelsicher zu sein. Detective Inspector Mick Hutchens nahm ihn unter seine Fittiche, zeigte ihm, wie man es machte. Ein schnelles Ergebnis nach einer Reihe von Einbrüchen, Mick Hutchens drückte für die Presse bescheiden die Brust heraus, und Cato Kwong schob im Hintergrund den Festgenommenen in Handschellen in den Wagen, wobei er stolz das dunkelblaue Abzeichen der Kripo präsentierte. Dann flog ein groß angelegter Drogenanbau in Hydrokultur auf: Cato Kwong hatte den entscheidenden Tipp von misstrauischen Nachbarn bekommen, und als die Western Power den Stromzähler ablas, erhärtete das Ergebnis seinen Verdacht. Diesmal stand Detective Senior Constable Philip Kwong vorn vor den Kameras, und was sie da sahen, gefiel ihnen.

Schließlich, an einem kühlen Wintermorgen, wurde in Cockburn die Zeitungshändlerin Maria Lazzara tot aufgefunden, mit eingeschlagenem Schädel und leerer Ladenkasse. Ein niederträchtiger, nicht lohnender Gelegenheits-Raubüberfall, jemand hatte ihr einen kräftigen Schlag mit einem stumpfen Gegenstand versetzt und anscheinend Gefallen daran gehabt. Die Kripo in Fremantle übernahm den Fall, Detective Inspector Mick Hutchens leitete die Ermittlungen. Cato Kwong erhielt die Aufgabe, die wenigen Zeugenaussagen abzugleichen. Die erste stammte von einer Krankenschwester, die im Taxi zu ihrer Frühschicht im Krankenhaus in Fremantle gefahren war. Das Taxi hatte vor einer Ampel gehalten, und durch den kalten Nieselregen hatte sie in der Morgendämmerung Licht und einen Mann im Laden bemerkt: gedrungen, mittelgroß, mit rötlichem Haar. Warum war er ihr aufgefallen? Er wirkte etwas verwahrlost, irgendwie nicht richtig. Er sah aus, als gehöre er da nicht hin. Eine weitere Zeugin, eine angehende Lehrerin auf einem Moped, hatte plötzlich bremsen müssen und wäre bei den rutschigen Straßenverhältnissen fast gestürzt, denn ein Mann war vor ihr auf die Straße gelaufen: mittelgroß, gedrungen, rötliches Haar. Der Zeitungsladen befand sich gleich um die Ecke. Die Uhrzeit stimmte. Am späten Vormittag hatten sie ihn: Peter Beaton – ein hochgewachsener, dünner Taugenichts und Alkoholiker mit einem Spinnennetz-Tattoo im Nacken und niederträchtigen, nicht lohnenden Gelegenheits-Raubüberfällen auf dem Kerbholz. Eine Streife hatte Beaton aufgegriffen, weil er sich verdächtig verhalten hatte, nur vier Straßen vom Tatort entfernt. Mick Hutchens und ein weiterer Senior Detective knöpften sich den Mann vor. Nach zwei Tagen hatten sie ein Geständnis. Und neun Monate später ließ ein Gericht ihn einsperren, lebenslänglich.

Wie bald hatte Cato Kwong gewusst, dass das alles Humbug gewesen war? Erst, als die Koalition aus drängelnden Journalisten und Weltverbesserern acht Jahre nach Peter Beatons Inhaftierung Berufung einlegte? Oder schon, als Hutchens ihn eine halbe Stunde, nachdem Beaton sein Geständnis unterzeichnet hatte, zur Seite nahm und von ein paar Ungereimtheiten sprach, die ausgebügelt werden mussten? Zum Beispiel? Zum Beispiel war der Verhaftete groß und mager, hatte dunkles Haar und ein riesiges Spinnennetz-Tattoo auf dem Hals, das anscheinend niemand bemerkt hatte. Die Zeuginnen aber hatten von einem mittelgroßen Mann mit rötlichem Haar gesprochen. Keine Sorge. Cato Kwong würde sich darum kümmern. Er kontaktierte die Krankenschwester aus dem Taxi. Sie kannte das Spiel schon, weil sie mehrmals mit Polizisten ausgegangen war. Ja, vielleicht hatte sich der Mann, den sie aus einer Entfernung von dreißig Metern durch den morgendlichen Nieselregen gesehen hatte, gerade gebückt, damit wäre die Sache mit der Größe geklärt. Sie war sich ziemlich sicher, dass sein Haar rötlich gewesen war, aber ja, es war wirklich alles ein bisschen schnell gegangen. Vielleicht rötlich-dunkel? Die angehende Lehrerin blieb unbeirrbar, der Mann war mittelgroß und gedrungen gewesen und hatte rötliches Haar gehabt. Schließlich war sie ganz nah dran gewesen und seinetwegen fast vom Moped gestürzt. Sie änderte ihre Aussage nicht.

Hutchens und Cato besprachen die Sache. Vielleicht war das jemand anders gewesen, der sich gerade zufällig in der Gegend aufgehalten hatte? Vielleicht war es am besten, die Lehrerin nicht als Zeugin einzubestellen, sondern ihre Aussage verschwinden zu lassen und nur die der Krankenschwester und das Geständnis zu verwenden. Vielleicht dämmerte es Detective Senior Constable Philip Kwong an diesem Punkt, dass er Scheiße baute? Doch wenn dem so war, unternahm er nichts dagegen. Peter Beaton hatte sich schuldig bekannt und saß jetzt hinter Gittern. Fall abgeschlossen. Cato Kwongs Stern ging weiter auf, und kurz darauf war er Detective Sergeant mit Aussicht auf Mick Hutchens' Job.

Im Laufe der Jahre gewann die Kampagne zur Befreiung Beatons an Intensität. Sie fanden einen unabhängigen Rechtsmediziner, der nachwies, dass Maria Lazzaras Wunden nicht von der Waffe stammen konnten, die im Geständnis beschrieben worden war. Die Formen und die Tiefe der Eindrücke stimmten nicht. Hutchens hatte vor Wut geschäumt. »Wunden? Eindrücke? Was wissen die denn schon? Erdbeermarmelade ist nun mal Erdbeermarmelade.«

Ein unabhängiges Team für ungelöste Fälle sollte die Beweise erneut untersuchen. Was die Mordwaffe anging, stimmte man dem unabhängigen Rechtsmediziner zu. Angesichts der Zeugenaussagen hob man die Augenbrauen, insbesondere als sich herausstellte, dass die Aussage der angehenden Lehrerin ganz hinten in der Akte lag und vor Gericht nicht verwendet worden war. Dann ließ man die Fingerabdrücke vom Tatort durch den neuen Wahnsinns-Computer laufen. Bingo, sie stimmten mit denen eines polizeibekannten Verbrechers überein, der im Bunbury Regional Prison saß, wegen eines niederträchtigen, nicht lohnenden Gelegenheits-Raubüberfalls mit Gewaltanwendung. Mittelgroß. Stämmig. Rötliches Haar. Peter Beaton, der allererste Mörder, bei dessen Einbuchtung Cato mitgewirkt hat, war der Falsche. Die Kacke war am Dampfen. Köpfe mussten rollen, und der einzige eindeutige, konkrete Verstoß gegen die Vorschriften, die Spur auf dem Papier, der handfeste Beweis, führte zu Detective Sergeant Philip Kwong. Dem Goldjungen. Der unter Artenschutz stand. Die Leute am Ende der Nahrungskette ernteten ein missbilligendes Kopfschütteln und das gefürchtete Ts-ts, aber sie blieben auf dem Weg nach oben. Detective Inspector Mick Hutchens wurde nahegelegt, über eine vorzeitige Pensionierung nachzudenken, aber er stellte sich auf die Hinterbeine und schickte sie alle zum Teufel. Also versetzte man ihn stattdessen nach Albany. Cato Kwong, der nicht mehr auf der Roten Liste gefährdeter Arten stand, wurde degradiert und zum Viehdezernat versetzt, denn man hoffte, dass er den Hinweis verstehen und still und leise in der Versenkung verschwinden würde. Seine Karriere war praktisch vorbei. Das hatte er damals längst gewusst: Es war eine Karriere gewesen, die auf Selbsttäuschung und Lügenmärchen aufgebaut war. Das Viehdezernat war genau der richtige Platz für ihn.

»Meister?«, wiederholte Jim Buckley.

Cato schüttelte sich aus seiner Zeitschleife heraus. »Die Mine, die Vertragsarbeiter, die Leiharbeiter – wir brauchen eine Liste aller Nationalchinesen und aller australischen Chinesen, die sie in ihren Büchern haben. Dann sprechen wir die Männer alle einzeln an. Oder nein, wir besorgen uns die Liste mit sämtlichen Arbeitnehmern. Wir suchen hier ja nicht nur ein Opfer, sondern auch einen Täter.«

Greg Fisher streckte die Hand hoch, als wäre er in der Schule, merkte dann aber, was er da tat, und senkte die Hand wieder.

»Es ist nicht nur die Mine ...« Alle Gesichter wandten sich ihm zu, und er errötete, der gute Junge. »Hier in der Gegend herrscht generell ein Mangel an Arbeitskräften. Die Mine zieht alle Facharbeiter ab, daher holen sie für das Baugewerbe Migrationsarbeiter ins Land, Installateure und Elektriker und Leute für Erdarbeiten und für vieles andere.«

Cato nickte. »Richtig. Dehnen Sie die Suche aus, auf die Bauunternehmen und die Leiharbeiter in der neuen Siedlung und so weiter. Tess und Greg, ihr kennt die Gegebenheiten und die Leute hier besser als wir. Könnt ihr beide das tun?« Weiteres Nicken. Cato schaute zu Buckley hinüber. »Und wir lassen uns das Bergwerk zeigen.«

Tess überflog die Liste, die sie von einer der größeren Leiharbeitsfirmen, der Dunstan Construction Industries in Ravensthorpe, erhalten hatte. Sie fand etwa zwanzig chinesisch anmutende Namen, alles Leute, die nachweislich in der Mine arbeiteten. Alle hatten gestern ihren Lohn bekommen und die Zahlungen mit ihren Unterschriften quittiert. Tess und Greg befanden sich auf dem Rückweg nach Hopetoun, um einen kleineren Unternehmer aufzusuchen, der Arbeitskräfte für den Bau der Wohnsiedlungen in der Umgebung zur Verfügung stellte. Die Sonne stand tief im Westen, und die Barren Ranges lagen wie ein riesiger, schlafender schwarzer Hund am Horizont. Der Pub füllte sich sicherlich schon. Heute Abend würde ihr normaler Job sie ganz in Anspruch nehmen: Besoffene im Pub, so wie eh und je.

Tess spürte, wie ihre Brust sich zusammenzog, wie ihr Magen sich verkrampfte. Nach dem ersten Drittel der Liste, zwischen Kyle Dixon und Frank Duncan, der Name. John Djukic. Angestellt in der Mine als Fahrer eines Wassertankers. Da war er, der Mann, der versucht hatte, sie totzutreten, und straffrei davongekommen war. Der Liste war zu entnehmen, dass Johnno Djukic von Esperance aus pendelte – fünf Tage Arbeit, vier Tage frei –, und während der Arbeitstage in einem Wohncontainer im Dorf an der Mine lebte. Djukic: rotblonde Fußballerfrisur und kohlschwarze Augen, der Sprössling einer trunksüchtigen Schottin und eines tobsüchtigen Serben. Von beiden hatte er die schlechtesten Gene geerbt. Djukic, wie er ihr winkend und grinsend durch den Gerichtssaal Kusshändchen zuwarf, während sein Anwalt sich eine Geschichte über Chaos und Verwirrung zurechtspann, die das Geschehen im Karratha Hotel charakterisiert hätten. In seinem Plädoyer warf er so viele vernünftige Zweifel auf, dass man Djukic laufen ließ.

Als der Urteilsspruch kam, hatte Tess selbst schon zu zweifeln begonnen. War es wirklich Djukic gewesen, der sie in dem Gewühl getreten und auf ihr herumgetrampelt hatte, als sei es persönlich gemeint? Sie wusste, dass noch andere beteiligt gewesen waren, hatte die Männer aber nicht identifizieren können, und das war zum Teil das Problem. »Hat sie denn etwas gegen rotblonde Männer?«, hatte Djukics Anwalt gewitzelt. Ihr junger Kollege Pete Latham war so schwer verletzt worden, dass eine weitere Laufbahn bei der Polizei ausgeschlossen war: ein halbes Ohr abgebissen, eine Augenhöhlen-Fraktur und teilweiser Verlust der Sehkraft auf dem linken Auge. Seine Karriere war vorüber, bevor sie richtig begonnen hatte. Johnno Djukic. Hatte er wirklich versucht, sie umzubringen? Doch, was Tess anging, lautete die Antwort immer noch: ja.

»Was ist denn?« Das war Greg Fisher. Erschrocken sah er sie vom Fahrersitz her an.

»Wie?«

»Du … weinst du?«

Tess hatte es gar nicht gemerkt. »Ach was. Konzentriere dich lieber aufs Fahren.«

»Klar, Chefin, sorry.«

Tess wischte sich das Gesicht ab und beschäftigte sich weiter mit der Liste. John Djukic hatte gerade vier Tage Pause. Am Montag sollte er wiederkommen. In drei Tagen.

»Ganz schön groß«, stimmte Buckley zu.

»Modernste Technik«, informierte Bruce Yelland sie mit einer stolzen, alles umfassenden Armbewegung.

Ein Loch in der Erde, dachte Cato bei sich.

Die Sonne strahlte den Gipfel des Mount Barren an. Die dunklen Wolken, die ausgesehen hatten, als würden sie ganz ungefährlich im Süden vorbeiziehen, waren hinter dem Gebirgszug aufgestiegen und brodelten jetzt, weil ein Gewitter darin tobte. Aus den tintenvioletten Cumulonimbuswolken sprudelte es in Pink, Orange, Grau und Blau. Der Wind verstärkte sich gelegentlich zu Böen, die den Pritschen-PKW in die Seite knufften. Es sei spät am Tag und der Vorlauf sei extrem kurz, hatte Big Boss Marnus van der Kuyp mit starrem Lächeln erklärt, aber er könne da sicherlich was machen. Er hatte Yelland aus einer Krisen-Planungs-Konferenz der Mine herausrufen lassen, damit er sie gebührend empfangen konnte. Nein, informierte Yelland Cato knapp, wobei er als echter Profi höflich und verbindlich blieb, sie planten gegenwärtig keine Krise. Das machte Cato auch nicht schlauer. Yelland versprach ihnen die stark abgekürzte Version der Führung. Cato und Buckley versicherten ihm, sie wüssten das sehr zu schätzen.

Van der Kuyp hatte die Personalabteilung schon angewiesen, ihnen eine Liste mit allen Angestellten der Western Minerals auszuhändigen, sowohl den festen als auch den Zeitarbeitskräften, unter der Voraussetzung, dass sie die Angaben über die Arbeitnehmer vertraulich und nach den Regeln des Datenschutzes behandelten. Cato hatte verständnisvoll genickt und gelächelt, was aber nicht hieß, dass er sich dem fügen würde. Die Führung war ein Extra, nicht unbedingt zweckdienlich – wieder dieses Wort – für die Ermittlungen, aber Cato bekam allmählich ein Bauchgefühl, dass die Mine bei der Aufdeckung des Mordes an Flipper eine zentrale Rolle spielte. Die stark abgekürzte Version der Tour passte ihm gut, vorerst jedenfalls. Er wollte einfach mal sehen, was in diesem verdammten, technisch supermodernen Loch in der Erde vor sich ging. Und ob es möglicherweise einen Mann das Leben gekostet hatte.

Ein riesiger Muldenkipper rumpelte in einer Staubwolke an ihnen vorbei, ein Dreihundert-Tonnen-Ungetüm, das aussah wie ein Spielzeug, ein Hochleistungsspielzeug. Bruce Yelland machte eine Kopfbewegung in die Richtung des Giganten und streckte zum lässigen Gruß einen Finger vom Lenkrad hoch. »In seiner Rohform ist das Nickel da drin pro Tonne über zwanzigtausend Dollar wert. Vereinfacht ausgedrückt – und wenn man die Aufbereitungs- und Veredelungsstufen nicht mit einbezieht –, ist jeder Container auf jedem Lastzug, der Nickel von hier zum Hafen nach Esperance bringt, etwa eine Viertelmillion wert. Und das ist nur ein einziger Container an einem Tag. Addieren Sie das mal für eine Woche, einen Monat, ein Jahr.«

Was Cato anging, handelte es sich da um Monopoly-Geld, die Währung eines Wunderlandes, eine Nummer zu groß für ihn. Wie diese nichtssagenden Grafiken und Schaubilder am Ende der Abendnachrichten, wenn man den Teekessel aufstellte und erst wieder zurückkam, wenn es etwas Verständlicheres gab, wie Sport und Wetterbericht. Bloß dass diese Grafiken und Schaubilder in den letzten paar Wochen alle in Richtung Süden gewiesen hatten, während die

Experten Hühner geschlachtet, die Innereien inspiziert und voller Überzeugung die finanzielle Apokalypse prophezeit hatten. Yelland wusste offensichtlich, dass die Apokalypse überall sonst auf der Welt eintreten konnte, aber nicht hier.

»Diese Mine wird fünfzig Jahre lang Ertrag abwerfen. Die Erschließungskosten beliefen sich auf zwei Milliarden Dollar. Das bedeutet, dass die Western Minerals Group sich langfristig hier niedergelassen hat. Die Zeiten, als Hopetoun eine Ansammlung von Fischerhütten war, sind endgültig vorbei.

»Dann schadet es dem Geschäft also auch nicht, wenn hier und da mal eine Leiche gefunden wird?«, bemerkte Cato, ohne ernsthaft eine Antwort zu erwarten.

Yelland zuckte die Achseln, er war sich wohl nicht sicher, worauf diese Frage abzielte. »Wir haben Bergwerke auf der ganzen Welt. In Afrika, Nord- und Südamerika, Asien, überall. Selbstverständlich liegen unsere Angestellten uns am Herzen, und unser Ziel ist immer, das Beste für sie zu tun. Aber das hier ist die ganz reale Welt, und es muss weitergehen. Der Tod? Gehört mit zum ewigen Kreislauf des Lebens, hat jemand mal gesagt, glaube ich.«

»Simba«, sagte Jim Buckley.

»Was?« Cato und Yelland drehten sich beide zu ihm um.

»Der König der Löwen«, erklärte er selbstbewusst.

Erst kurz vor Feierabend beantwortete Detective Tim Delaney die AB- und SMS-Nachrichten, die er von Stuart Miller erhalten hatte. Miller ging vor Frust schon fast die Wände hoch, als sein Anruf endlich kam. Delaney klang weit entfernt, wie am Rand eines Funklochs. Er kam gleich zur Sache.

»Wieso interessieren Sie sich für die Frau?«

»In der Zeitung stand, dass sie die Letzte war, die Chapman gesehen hat. Sie hat Ihnen das Phantombild geliefert. Wer ist sie also, woher kennt sie ihn, und wie kommt es, dass Sie diese Frau kennen?«

»Wollen Sie mich veräppeln, Stuart?«

»Was?«

Miller hatte keine Ahnung, wovon er sprach, aber plötzlich hatte sich etwas verändert, und er musste es zu fassen kriegen, bevor es ihm wieder entglitt. Er probierte es aufs Geratewohl.

»Das ist die Frau, die ihm entkommen ist. Als Sie vor ein paar Wochen die Akten mit den ungelösten Fällen abgestaubt haben, sind Sie endlich dazu gekommen, Tathergänge in den Verbrechenslisten der anderen Bundesstaaten zu überprüfen. Diese Möglichkeiten der Information und der Kooperation gab es damals, 1981, noch nicht, jedenfalls nicht im großen Stil. Das Beste, was Sie sich erhoffen konnten, war eine weitere Leiche, aber sie haben das große Los gezogen – eine Überlebende.«

»Seit wann wissen Sie das?«

Nun ja, Miller hatte den ganzen Nachmittag Zeit gehabt, darüber nachzugrübeln und Spekulationen anzustellen, aber wissen tat er es, wenn er ehrlich war, erst seit dreißig Sekunden. Doch er antwortete geheimnisvoll: »Ich habe meine Kontakte.«

»Die hatten Sie bisher nicht erwähnt. Stuart, einem Mann mit Ihrer Erfahrung brauche ich nicht zu sagen, dass das hier kein Spiel ist.«

Das ist ein Fortschritt, dachte Miller. Plötzlich war er nicht mehr der lächerliche alte Knacker, sondern ein »Mann mit Erfahrung«, selbst wenn er seine Einsichten erst beim Sprechen entwickelte.

Delaney schien eine Entscheidung zu treffen.

»Wir quälen uns hier oben im Norden gerade von Pannawonica nach Paraburdoo …« Daher die schlechte Verbindung, wurde Miller klar, »und Sie stecken Ihre Nase in den Fall, da kann ich sagen, was ich will, stimmt's?«

»Ja.«

»Dann lassen Sie uns halbe-halbe machen. Wenn Sie irgendwas rauskriegen, geben Sie mir zuerst Bescheid, okay?«

Miller nickte, aber da Delaney das durchs Telefon nicht sehen konnte, zählte es vielleicht nicht. »Ich brauche einen Namen und eine aktuelle Telefonnummer von ihr, von der Überlebenden.«

»Zu spät, sie ist tot.«

Miller packte das Telefon fester. »Wann? Wie?«
»Vor acht Jahren. Hat sich umgebracht.«
»Und woher haben Sie dann das Phantombild?«
»Das hat sie damals mit der Kripo in Bunbury zusammen erarbeitet. Wir haben es nur vergrößert. Wir hatten uns entschieden, ihren Tod aus den Zeitungen herauszuhalten, weil wir nicht unnötig Wirbel machen wollten.«
Miller rieb sich die Schläfen, während er sich bemühte, einen klaren Gedanken zu fassen. »Hat sie Verwandte?«
»Stuart, ich möchte nicht, dass Sie die Leute belästigen, bloß um Ihre Neugier zu befriedigen. Ihre Familie hat schon genug durchgemacht. Wieso würde Ihnen das helfen, Chapman zu finden?«
»Da haben Sie recht. Ich wollte bloß ... ich weiß nicht, die Angehörigen könnten ja vielleicht etwas erzählen, was ihnen selbst nichts weiter bedeutet und womit auch Sie nichts anfangen können, Tim, was für mich aber ganz wichtig ist.« Miller seufzte genervt. »Hören Sie, ich muss wirklich Einsicht in die Ermittlungsakte haben. Ich arbeite hier halb blind.«
»Geht nicht, mein Freund. Ist nicht erlaubt.« Eine weitere Denkpause auf Delaneys Seite. »Es gibt einen Bruder. Ich rufe ihn an, mal sehen, ob er mit Ihnen sprechen will. Erwarten Sie aber nicht zu viel davon.«
Delaney legte auf. Stuart Miller blieb mit dem Telefon in der Hand und einem dummen Grinsen im Gesicht sitzen. So eine Nummer hatte er seit über dreißig Jahren nicht mehr abgezogen.

Freitagabend in Hopetoun, fast Mitte Oktober, der Sommer schon ganz nah. In ein paar Wochen würden die Uhren zurückgestellt, oder vor, oder was auch immer, um Energie zu sparen, und dann würde es um diese Uhrzeit noch hell sein. Nicht dunkel, kalt, windig und am Pissen. Wenn Tess in diesem Moment aufgewacht wäre und ihr jemand erzählt hätte, es sei noch mitten im Winter, hätte sie das nicht überrascht. Nein, es hätte sie sogar erleichtert. Denn dann wäre alles ein Traum gewesen, kein Flipper, kein Cato. Kein Johnno Djukic.

»Willst du einen?«, Greg Fisher hielt ihr eine Tüte mit Gummidinosauriern hin.

»Danke.«

Sie nahm sich gleich zwei und stopfte sie in den Mund: grüner und lila Geschmack. Mit einem Schluck Thermoskaffee spülte sie die beiden runter. Greg und Tess parkten auf dem Kiesstreifen vor den neuen Tennisplätzen, auf halber Höhe der Veal Street, und warteten auf Pubbesucher, um sie pusten zu lassen. Ein schlichtes Vergnügen, aber bei diesem Wetter fuhr niemand gern in der Gegend herum.

Tess war kurz zu Hause gewesen, hatte geduscht, einen Happen gegessen und ihre Thermoskanne gefüllt, bevor sie Greg zur Abendschicht traf. Melissa hatte ihr eine SMS geschrieben, dass sie bei einer Freundin sei und wahrscheinlich dort übernachten werde. Tess hatte noch keine von Melissas Freundinnen näher kennengelernt, war aber erleichtert, dass ihre Tochter welche hatte. Greg ließ geistesabwesend Chips zwischen den Zähnen zerkrachen. »Thins«, stand auf der Tüte, als würde allein diese Aufschrift dafür sorgen, dass man wunderbarerweise davon schlank wurde. Beliebter Spruch bei der Polizei: Wenn die bösen Buben dich nicht kriegen, dann schafft's mit Sicherheit das Junkfood. Tess schaute ihren Partner an. Sie sah schon Anzeichen für die Hängebacken und den Bierbauch, die Greg mit vierzig haben würde. Aber eigentlich musste sie sich an die eigene Nase fassen. Wie lange war es her, dass sie regelmäßig Korbball gespielt hatte, sodass ihre Figur davon profitieren konnte? Zu lange.

Greg deutete ihren Blick falsch. »Willst du?«

Er bot ihr seine Tüte mit Thins zur Inspektion an. Honig-Soja-Huhn oder so was. Tess schob die Hand hinein und nahm sich ein paar.

»Spielstunde.« Er warf seine Chipstüte auf den Rücksitz, startete den Wagen, schaltete den Flasher ein und stellte die Scheibenwischer auf höchste Stufe, um die Windschutzscheibe vom peitschenden Regen freizuhalten.

Ein tiefergelegter, frisierter Pritschen-PKW, ein weißer Ford Falcon, kam vom Pub heraufgeschossen, dabei schleuderte er leicht von einer Seite auf die andere, und die Musikanlage wummerte mit voller Lautstärke. Der Polizeiwagen mit seinem Licht hätte ebenso gut das Elektromobil eines Rentners sein können, so wenig Beachtung schenkte ihm der Raser, als er im Regen vorbeizischte. Tess hielt sich am Handgriff über der Tür fest und wappnete sich: Der Polizeiwagen schleuderte auf dem Kies, als sie von ihrem Parkplatz aus zu einer wilden Verfolgungsjagd starteten. Vor ihnen, oben auf dem Hügel, wo die Straße aus der Stadt hinausführte, befand sich der einzige Kreisverkehr. Ohne sein Tempo zu verringern, flog der weiße Wagen darüber hinweg. Tess schrie Greg an, er solle ihm das nicht nachmachen. Das tat er auch nicht, jedenfalls nicht ganz. Jetzt lagen fünfzig Kilometer freie Straße vor ihnen, bis nach Ravensthorpe. Wenn der Fahrer vor ihnen wollte, konnte er sie abhängen; der Polizeiwagen vermochte bei dieser Geschwindigkeit nicht mitzuhalten, und die Sicht war so miserabel, dass sie das Autokennzeichen niemals entziffern würden. Doch der weiße Wagen verlangsamte sein Tempo und hielt an. Greg Fisher schlug mit der flachen Hand aufs Lenkrad.

»Verdammte Arschlöcher.«

In seinem Blick lag etwas Gefährliches, das Tess noch nie gesehen hatte, jedenfalls nicht bei ihm.

»Du bleibst hier. Ich mache das.«

Sie löste den Sicherheitsgurt und stieg aus. Greg stieg ebenfalls aus, blieb aber an der offenen Fahrertür stehen und gab das Autokennzeichen des weißen Wagens zur Überprüfung durch. Tess stemmte sich gegen Wind und Regen, in einer Hand die Taschenlampe, in der anderen den Alkoholtest. Als sie sich der Fahrertür näherte, wurde das Fenster heruntergelassen und die Welt draußen mit extra lautem Gewummer beschallt.

»Stellen Sie bitte die Musik aus.«

Der Fahrer: Ende zwanzig, Dreitagebart, starker Geruch nach Zigaretten, Jack Daniels und Cola. Und Schweiß. Angenehm.

»Klar doch. Irgendein Problem?«

»Überhöhte Geschwindigkeit und Gefährdung des Straßenverkehrs ist das eine.«

»Sind doch schon zwei, oder?«

Im Wageninneren gab es ein heiseres Gegacker, als wäre das der größte Witz des Jahrhunderts.

Tess streckte die Hand aus und schnippte mit den Fingern. »Führerschein bitte.«

Während der Fahrer herumsuchte, beugte Tess sich vor, um sich die Mitfahrer anzusehen. Auf dem Beifahrersitz ein ähnliches Exemplar: männlich, Ende zwanzig, dreckiger Penner. Auf dem Rücksitz noch ein Mann: gleiches Baujahr, aber etwas gepflegter, fast schon schickimicki, nach dem, was Tess sehen konnte. Er wurde von zwei jungen Frauen flankiert, vielleicht war er der Köder. Die eine schien am Gesicht des Hübschen zu kleben und zog gerade, ohne ihr Publikum zu beachten, an seinem Reißverschluss. Tess räusperte sich und ließ den Lichtstrahl auf das glückliche Paar fallen. Die beiden lösten sich voneinander und wandten die Köpfe.

»Oh, hi Mum«, sagte Melissa, als käme sie gerade aus der Schule nach Hause.

12

Freitag, 10. Oktober. Kurz vor Mitternacht.

Amphetamine, Ecstasy und GHB-Fantasy, auch unter der Bezeichnung K.-o.-Tropfen bekannt – alles in kleinen Mengen, für den persönlichen Gebrauch, dafür aber genug Alkohol, um eine ganze Kompanie abzufüllen. Das war die Ausbeute nach der Durchsuchung des frisierten Falcon und der festgenommenen Minenarbeiter. Plus eine Videokamera und ein paar Pornohefte. Melissa und ihre Freundin Stacey waren beide bis oben hin mit Ecstasy und mindestens einem halben Dutzend Alcopops zugedröhnt. Die Männer dagegen alle stocknüchtern, wie die Bluttests zeigten. Tess schauderte es, wenn sie daran dachte, wo und wie dieser Abend hätte enden können. Die Männer waren vorerst in Gewahrsam genommen und zur Dienststelle nach Ravensthorpe gebracht worden. Tess fragte sich nach wie vor, warum sie angehalten hatten, trotz allem, was sie im Auto gehabt hatten, trotz ihrer offenkundigen Absichten und trotz ihrer überlegenen Pferdestärken, und warum sie dann so ruhig und fügsam geblieben waren, obwohl sie es doch nur mit zwei Bullen zu tun hatten, und das auf einer dunklen, stürmischen, ansonsten menschenleeren Landstraße. Vielleicht waren sie ja einfach alte Hasen, die das alles nicht zum ersten Mal erlebten und wussten, dass sie gute Chancen hatten, morgen wieder draußen zu sein.

Melissas Freundin Stacey befand sich wieder im Schoß ihrer Familie. Kein überschwängliches Dankeschön der Eltern dafür, dass Tess und Greg ihre Tochter vor den Absichten dieses üblen Trios gerettet hatten, sondern nur böse Blicke, als wären die beiden Polizisten irgendwie für ihr missratenes Kind verantwortlich. Und endlich war auch Melissa zurück im Schoß ihrer Familie, sprich zu Hause bei Tess Maguire. Tess saß um Mitternacht mit einem lauwarmen Lemon Ruski am Küchentisch, während ihre vierzehnjährige Tochter in ihrem Zimmer ihren großen Rausch ausschlief. Senior Sergeant Tess Maguire in ihrer von der Regierung eingerichteten Küche, die erst noch zum Zuhause werden musste. Vielleicht, wenn sie ein paar Fotos aufhängte, statt sie in den zerfledderten Umschlägen zu lassen, die jetzt vor ihr auf dem Küchentisch lagen. Draußen heulte der Wind, als litte er Todesqualen. Der Regen trommelte auf das Blechdach. Irgendwo in der Nähe schlug bei jedem Windstoß ein offenes Tor, und ein Hund bellte sich heiser. Tess' Kehle war so zugeschnürt, ihre Brust so eng, dass sie das Gefühl hatte, nie wieder richtig atmen zu können. Was ihr aber noch viel mehr Angst machte als diese Empfindung, war die Erkenntnis, dass sie sich das eigentlich wünschte. Sie hätte widerstandslos einschlafen können, um nie mehr aufzuwachen.

Die Fotos: eine Hochzeit in Broome am Cable Beach, auf Tess' erstem Posten nach Cato; Blumen im Haar, ein schlichtes Kleid. Schlank. Barfuß. Mike, ihr neuer Mann, hält sie in den Armen und schaut ihr in die Augen. Ein anderes, auf dem er hinter ihr steht, er hat die Arme um sie gelegt, und sie ruhen auf ihrem Bauch, in dem Melissa schon versucht, sich freizustrampeln. Tess sieht direkt in die Kamera, soll der Apparat es doch wagen, diesen glücklichen Tag anzuzweifeln, und die Kamera tut ihr den Gefallen und ertappt Mike tatsächlich dabei, wie er anderswo hinschaut. In die Richtung, wo diese Frau aus der Bank steht.

Noch mehr Fotos. Mike ist nicht mehr drauf. Tess mit Melissa, jetzt vier: eine Geburtstagsparty, alles rosa. Immer noch in Broome, im Garten. Tess wartet auf den Richtigen. Er kam nicht. Dann noch eins: Melissa, noch nicht zehn, entdeckt schwarz, als Farbe sowohl für ihre Kleidung als auch für ihre Stimmungen. Wieder eine Gartenparty, Tess' Vierzigster? Eine weitere Versetzung, eine neue Stadt; wieder ein Haus von der Regierung; und wieder eine neue Schule für Melissa, siebtes Schuljahr, die Karratha Primary.

John Djukic. Er hatte versucht, ihr das Leben zu nehmen, dessen war sie sich sicher. Er hatte es nicht geschafft. Oder doch? Tess hatte sich vollkommen hoffnungslos und ohnmächtig gefühlt, als die Tritte und Schläge auf sie hinunterhagelten. Sie war völlig gebrochen gewesen. Nach diesem Schock blieb sie gefühllos, noch lange, nachdem die gebrochenen Knochen, die Risse in den Organen, die Wunden und Blutergüsse verheilt waren. Etwas in ihr war zerbrochen und würde nie wieder heilen. Melissa hatte das gespürt. Wie auch nicht? Melissa hatte es gespürt und einen Teil davon in ihre eigene zerbrechliche junge Seele aufgenommen, als Dunkelheit, die sie nun miteinander teilten. Tess trank einen Schluck Ruski; er schmeckte ekelhaft süß. Wann hatte sie angefangen, dieses Gesöff zu mögen? Mit Mike? In Pilbara? Im Dienst? Alle drei lagen lange zurück – bis auf den Dienst, den hatte sie nicht quittiert, noch nicht. Tess kippte den Rest des Getränks in die Spüle und ließ sich auf ihr ungemachtes Bett fallen. Sie musste schlafen, doch sie wusste, dass der Schlaf auf sich warten lassen würde. Wie immer. Tess warf einen Blick auf die rezeptpflichtigen Schlaftabletten auf ihrem Nachttisch. Sie betrachtete die Pillen länger als sonst, dann löschte sie das Licht und lag da.

Der Regen trommelte so laut auf den Ventilatorkasten draußen vor Catos Motelzimmer, dass er Tote hätte aufwecken können. Cato Kwong aber war noch hellwach, und das hatte nichts mit der Tasse Pulverkaffee in seiner Hand zu tun. Er saß auf dem Bett und hatte die Namenslisten aus der Mine und von den Unternehmern, die Greg Fisher vor Feierabend erstellt hatte, auf der geblümten Decke ausgebreitet. Auch die Fotos von Flippers Obduktion lagen da. War das wirklich erst zwei Abende her? Dazu ein Ausdruck von Dr. Harry Lewis' vorläufigen Ergebnissen. Die Bögen hatten zusammen mit den Fotos an der Rezeption in einem Umschlag auf Cato gewartet, als er von der Führung durch die Mine zurückkehrte. Pam, die wissbegierige Rezeptionistin, hatte Cato zögernd den dicken Brief überreicht, mit Falten im Gesicht vor lauter Neugier.

»Päckchen für Sie, Inspector.«

Cato fragte sich, wie seine Flüsterpropaganda sich wohl entwickelt hatte, welche Formen das kleine Gerücht inzwischen angenommen hatte und ob sich daraus etwas ergeben würde. Die Nachricht vom schwimmenden Kopf hatte bereits eine Anfrage vom *Esperance Express* zur Folge gehabt, und Cato hatte den Journalisten ganz schnell an Detective Inspector Hutchens verwiesen, der ihm ein bisschen Sand in die Augen streuen sollte. Es war nur eine Frage der Zeit, bevor er weitere Anrufe erhalten würde. Er schätzte, dass er höchstens noch einen Tag hatte, bevor die Messlatte im Fall Flipper höher gelegt werden würde.

Jim Buckley war in den Pub gegangen, um etwas zu essen und, seinem entschlossenen Gesicht nach zu urteilen, sich volllaufen zu lassen. Cato hatte sich Fisch und Fritten vom *Taste of the Toun* geholt und in seinem Zimmer Fernsehen geguckt. Der Freitagabendkrimi: In einer Stunde – höchstens – war der Fall gelöst. Er hatte Jane angerufen, in der Hoffnung, mit Jake reden zu können, stattdessen aber auf den Anrufbeantworter gesprochen. Vielleicht nicht das Schlechteste. Jane und ihm fiel es immer schwerer, höflich zueinander zu sein, und sie verbarg sich hinter einer Maske entschlossener Fröhlichkeit. Verständlich. Sie hatte die ganze Wucht seiner Bitterkeit und Enttäuschung abgekriegt, als man ihn nach den Korruptionsermittlungen im Regen hatte stehen lassen. Wer wollte denn weiter mit so einem Mann zusammenleben? Jake, seinen eigenen Sohn, hatte er eigentlich noch gar nicht richtig kennengelernt. Cato fragte sich, ob es dafür inzwischen zu spät war.

Irgendwann am Abend war ein Auto an seinem Fenster vorbeigedonnert, mit laut wummernden Bässen – so etwas hatte er, seit er Anfang der Woche Perth verlassen hatte, nicht mehr gehört. Er bekam beinahe Heimweh. Aber nur beinahe. Der Freitagabend in Hopetoun ging allmählich in den Samstag über, und hier saß Cato Kwong auf seinem Bett und dachte über einen Toten nach, einen toten Chinesen. Er hatte ihre Gesichter gesehen. Buckley. Tess. Greg. Der Ranger. Ein toter Chinese, das müsste doch genau dein Ding sein. So, wie ein toter Weißer genau ihr Ding wäre? In Perth hatte er das auch erlebt. Bei Bandenkämpfen in Northbridge; eine Weile hatte er im Dezernat zur Bekämpfung von Bandenkriminalität gearbeitet. Die Kollegen hatten gedacht, er hätte Einblick in die vietnamesischen Straßengangster und ihre Denkweise. Klar. Einblick. Die Schlitzaugen machen es möglich.

Manchmal vergaß Cato, dass seine Vorfahren Chinesen gewesen waren. Er konnte die Sprache nicht; der letzte in seiner Familie, der Chinesisch gesprochen hatte, war ein Urgroßvater in Victoria gewesen, der ein Pogrom auf den Goldfeldern überlebt hatte. Aber jetzt kombinierte seine kleine Schwester Susan das Mandarin-Studium mit ihrem MBA, denn sie hatte die Absicht, im Bergbau-Boom groß abzusahnen und von dem gierigen Appetit der Chinesen auf den roten Staub Australiens zu profitieren. Dass sie Chinesen waren, hatte in der Erziehung der Geschwister keine große Rolle gespielt. Eher im Gegenteil, seine Eltern, insbesondere sein Vater, hatten sich Mühe gegeben, dieser Tatsache keine Bedeutung beizumessen. Cato Kwong fühlte sich nicht als Chinese, auch wenn er nicht wusste, wie sich das anfühlen sollte. Er konnte über viele Stunden, ja selbst Tage, vergessen, dass er Chinese war. Aber normalerweise gab es dann immer wieder etwas, das ihn an seine Abstammung erinnerte.

Cato sah sich ein Foto von Flipper auf dem Edelstahltisch im Ravensthorpe-Hospital an, dann die Namensliste. Alle Arbeiter waren gerade erst persönlich erschienen, alles hatte seine Richtigkeit. Wer also war Flipper? Cato dachte an den ersten Tag zurück und an den Chinesen, den er vom Auto aus in Hopetoun in der Telefonzelle gesehen hatte. Jetzt erinnerte er sich auch an den Leuchtoverall, den der Mann getragen hatte – gelb und blau. Tess hatte ihn über den Boomtown-Farbcode aufgeklärt: Der Mann war also ein Vertragsarbeiter, sonst hätte er das Orange der Angestellten von der Mine getragen. Cato überflog die Liste der Leiharbeitsfirmen. Es gab vier große Unternehmen und ein paar kleinere. Auf vier von den Listen fand er gar keine chinesisch klingenden Namen. Damit blieben Dunstan Industries mit zwanzig und SaS Personnel mit sechzehn Chinesen übrig. Er griff zu Stift und Notizheft und notierte sich die Aufgaben für den kommenden Tag.

Jim Buckley beendete den Anruf und schob das Handy in seine Jackentasche. Er stand auf dem kurzen Steg für die Fischerboote am Ende der Buhne und pisste nun lange, laut und befriedigend ins Südpolarmeer. Dabei rülpste er eine Mischung aus Bourbon und Cola aus. Der Regen hatte nachgelassen und war zu einem gemeinen, unablässigen Nieseln geworden, das in kalten Rinnsalen seinen Nacken hinunterfloss. Der Wind war immer noch böig, aber das Schlimmste war vorbei; in ein paar Stunden würde er schwach wie ein Kätzchen sein. Und dann noch ein paar Stunden, und der Morgen würde kommen. Ein Windstoß hob den Deckel der Mülltonne, und in die salzige Brise mischte sich ein beißender Geruch nach Angelködern und Bier. Schatten huschten über den gelben Fleck aus Lampenlicht, und eine nervöse Möwe flog von ihrem Sitzplatz auf einer Duckdalbe hoch. Die Wolkendecke riss bereits auf; ein Halbmond und eine Million leuchtender Sterne, die man in Perth nie zu sehen bekommen würde, schimmerten hindurch.

Jim Buckley sah die Sterne nicht, und er spürte auch keinen Windhauch. Er nahm die Kälte der Regentropfen, die ihm über Gesicht und Hals liefen, nicht wahr, sie hätten ebenso gut der sanfte, warme Atem einer Geliebten sein können. Jim Buckley hatte Krebs. Er fraß an seinem Dickdarm, und die Metastasen breiteten sich längst in seinem ganzen Körper aus. Die Ergebnisse der Biopsie hatten das bestätigt. Das Spiel war aus. Er hätte diesen Befund in einem Gespräch unter vier Augen erhalten sollen, aber sein Arzt hatte schließlich nachgegeben, denn sie kannten sich schon so lange. Am späten Nachmittag war er zumindest bereit gewesen, am Telefon zu bestätigen, was Buckley schon seit zwei Monaten gewusst und vor sich selbst geleugnet hatte. Jim Buckley, mit fünfzig Witwer, mit zweiundfünfzig Großvater, würde mit dreiundfünfzig höchstwahrscheinlich tot sein.

Buckley dachte an seine Abschiedsworte nach dem Gespräch mit seinem Schwager, und bei dem Gedanken, dass er vielleicht noch eine gute Tat getan hatte, bevor er den Löffel abgeben musste, lächelte er grimmig. Gleich morgen früh würde er Kwong, Tess und Greg Fisher zusammenholen, und gemeinsam würden sie ein letztes bisschen Arbeit erledigen. Richtige Polizeiarbeit, nicht diesen verdammten Quatsch, diese Jagd nach Gespenstern. Buckley schnippte seine Zigarette in das strudelnde Wasser unter sich und rülpste noch mehr Jim Beam in die kalte Nachtluft. Er hatte Hopetoun satt, er würde seine Sachen packen und zum Sterben nach Hause fahren.

Hinter ihm knirschte leise der Kies.

Als der Schlag auf den Kopf kam, fühlte er sich wie eine süße Erlösung an.

13

Samstag, 11. Oktober. Morgendämmerung.

An seiner Lage war eindeutig zu erkennen, dass er es nicht hatte kommen sehen. Dunkle Blutflecken tränkten die alten Planken des Anlegestegs. Jim Buckleys Beine waren in einem völlig unnatürlichen Winkel verdreht. Cato Kwong erhob sich aus der Hocke und rieb sich mit beiden Handflächen die Augen. Er wünschte, er könnte das Bild auslöschen, sich den Tag aus den Augen reiben und neu starten.

Der Anruf war etwa um fünf gekommen, von einem Fischer, der früh rausfahren wollte, um sich die ruhigere Wetterlage und den klaren Himmel zunutze zu machen. Der Mann hatte Tess angerufen, und sie hatte die Nachricht an Cato und an Greg Fisher weitergegeben. Jetzt standen sie alle zusammen in fassungslosem Schweigen um Jim Buckley herum. Dr. Terhorst war aus dem Bett gerissen worden und schloss soeben seine vorläufigen Untersuchungen ab, doch das Ergebnis war offensichtlich. Jemand hatte Jim Buckley den Schädel eingeschlagen, mit einem großen Stein, der etwa einen Meter von ihm entfernt lag. Blut und Haare klebten daran. Cato schüttelte den Kopf, um ihn freizukriegen. Schon der Fall Flipper hatte ihn ganz schön gefordert. Und jetzt das.

Der Regen hatte erst in der vergangenen Stunde nachgelassen. Möglich, dass sie auf dem nassen Kies einen Fußabdruck oder zumindest ein Stück davon finden würden, aber Cato war heute Morgen nicht optimistisch. Da würde die Spurensicherung in Hopetoun eine Menge Glück brauchen. Er streifte sich Schutzhandschuhe über und hockte sich wieder hin, dann griff er unter Buckley und in seine Jackentasche. Ein Handy, noch an. Cato überprüfte die Anrufliste und notierte sich alle kürzlich gewählten Nummern und eingegangenen Anrufe. Die Hosentaschen lieferten Schlüssel, lose Münzen und eine Brieftasche. Cato klappte sie auf: Kreditkarten, Krankenversicherungskarte und fünfundachtzig Dollar in Scheinen. Eine Quittung von einem Geldautomaten mit der Uhrzeit von gestern Abend. Führerschein, Dienstausweis, eine Mitgliedskarte von einem Videoverleih in Perth, ein Foto von einem kleinen Kind. Alles schien aktuell und korrekt zu sein. Cato reichte die Sachen an Tess weiter, die sie einpackte.

Es war jetzt kurz vor sechs. Hopetoun erwachte allmählich, unter einem blauen Himmel mit ein paar langgezogenen weißen Federwolken und in dem frischen Geruch, den ein kräftiger Regenguss mit sich bringt. Obwohl es Samstag war, fuhren die Schichtarbeiter zur Mine hinaus, manche mit eigenem Fahrzeug, andere mit dem Bus, der sie vor dem Supermarkt abholte. Auch ein paar Fischer fingen früh mit der

Arbeit an, und außerdem waren schon Jogger und Walker unterwegs. Tess hatte ihren Wagen quer vor der Zufahrt zur Buhne geparkt und sie damit für den Verkehr gesperrt. Fußgänger allerdings kamen weiterhin durch. Einige schlenderten schon zum Tatort herüber, um ihre morbiden Gelüste zu befriedigen. Tess nickte Greg Fisher zu, der aus seinem Dösen hochfuhr und sofort handelte, indem er die Arme weit ausbreitete, als wolle er die Leute verscheuchen. Dr. Terhorst sagte Cato, was dieser bereits wusste, aber jetzt war es wenigstens amtlich.

»Wissen Sie, wer so was tun würde?«

»Dann würde ich nicht hier stehen, Doktor.«

»Richtig. Glauben Sie, dass eine Verbindung zu Ihrem anderen Fall besteht?«

Cato zuckte die Achseln. »Das bezweifle ich, aber wir sind da bisher nicht weitergekommen.«

Terhorst tätschelte Cato die Schulter: »Dann sorge ich dafür, dass Harry Lewis wieder nach Ravensthorpe kommt?« Cato nickte, und Terhorst ging zu seinem Wagen.

Cato öffnete sein Handy, scrollte bis zur Nummer von Detective Inspector Mick Hutchens hinunter und holte tief Luft.

Hutchens wurde am späteren Vormittag in Hopetoun erwartet, spätestens mittags. Er hatte Cato angewiesen, den Medien nichts zu sagen. Voraussichtlich würden sie sich ohnehin innerhalb von wenigen Stunden auf die Neuigkeiten stürzen. Im Fall von Flipper hatte die Polizei das verhüten können, aber niemand bezweifelte, dass diese Geschichte sich in Windeseile verbreiten würde. Außerdem war das hier jetzt ein richtiger Job und hatte Priorität. Cato kannte Hutchens inzwischen gut genug; der Mann würde auf Gefechtsstation gehen und voller Wonne eine große Ermittlung mit öffentlicher Anteilnahme durchführen. Falls jemand vor die Kameras treten sollte, würde er das selbst sein. Er würde eine Handvoll Leute aus seinem Team in Albany mitbringen, und nachher sollten noch ein weiteres halbes Dutzend Mitarbeiter des Dezernats für schwere Straftaten mit dem Flieger aus Perth kommen.

»Wir nehmen die Fingerabdrücke und die DNA von der ganzen verdammten Stadt und machen sie alle fertig, wenn wir müssen.«

Nach den letzten Worten knallte er den Hörer auf, ohne Catos Reaktion abzuwarten. Ein toter Cop, da wurden alle Hebel in Bewegung gesetzt, sogar für einen Mann, den Hutchens selbst noch vor zwei Tagen als unbrauchbaren Vollidioten bezeichnet hatte. Aber jetzt war alles anders: Buckley war einer von ihnen gewesen. Es würde einen Riesenzirkus geben, erkannte Cato niedergeschlagen, als er sein Handy zuklappte.

Sieben Uhr dreißig. Der Tatort war inzwischen abgesperrt und gesichert. Greg und Tess spannten mit Hilfe der beiden Beamten aus Ravensthorpe, Biddulph und Abbott, eine Plane über den entsprechenden Teil des Stegs. Die Zufahrt zur Buhne und zum Gelände ringsherum wurde jetzt sowohl durch Tess' Wagen als auch durch ein paar unglückselige Sicherheitsleute versperrt, die man aus dem Bergwerk ausgeliehen hatte. Der Fischer, der die Leiche gefunden hatte, hatte eine Aussage gemacht. Das Motel hatte die Anweisung erhalten, Jim Buckleys Zimmer nicht zu reinigen und es bis auf Weiteres verschlossen zu halten. Bis Mick Hutchens' Zirkus in der Stadt aufschlug, gab es nichts mehr zu tun. Cato wusste, dass seine Chancen, weiterhin am Fall Flipper oder sogar am Fall Buckley zu arbeiten, praktisch gleich Null waren. Jim Buckley, nicht mehr bloß eine abweisende, frustrierende Nervensäge. Cato warf einen Blick auf den leblosen Körper. Jim Buckley, jetzt ein Mordfall.

»Nicht gerade klein, was?«, bemerkte Greg Fisher, während er das letzte Spannseil der Plane am Geländer befestigte.

»Was?« Cato tauchte aus seinen finsteren Grübeleien auf.

»Der Stein.«

Cato betrachtete den Brocken. Er dachte an Buckleys große, massige Gestalt. »Nein.«

»Die mussten schon ziemlich stark sein.«

Cato wandte sich ab. »Die Ermittlungen wollen wir lieber den Erwachsenen überlassen, mein Freund. Die werden ganz bald hier sein.«

Greg wirkte gekränkt. Einen Moment lang hatte Cato ein schlechtes Gewissen, redete es sich dann aber aus. Das hier war kein Job für zarte Egos, so was konnte man sich erst im Management leisten. Tess hatte gerade ihre Ecke der Plane festgezurrt und warf Cato einen vorwurfsvollen Blick zu. Sie sah beschissen aus.

»Wild gefeiert gestern Abend?«, fragte Cato und führte die gerundete Hand zum Mund, so als hielte er ein Trinkgefäß.

Plötzlich hatte Tess die Hände an seiner Kehle, zornig blitzte sie ihn an, während ihr gleichzeitig die Tränen in die Augen stiegen.

»Halt die Klappe, du selbstgefälliges Schwein. Du Versager! Verpiss dich doch, ab nach Hause.« Greg versuchte, Tess wegzuziehen, aber sie schüttelte ihn ab. »Sag deinem Kumpel Hutchens und den ganzen anderen krummen Hunden aus Perth, dass wir eure komische Hilfe nicht brauchen.«

Cato wandte sich ab, und sein Gesicht war so finster wie am Vorabend die Wolken.

Vor dem *The Deck Cafe* holte Greg ihn ein. Es war das einzige Lokal in Hopetoun, das er nicht mit Buckley ausprobiert hatte, das hatten sie nicht mehr geschafft. Auf den Kaffee im *Taste of the Toun* konnte Cato gut verzichten; er hatte auch so schon einen bitteren Geschmack im Mund, und Justins *Snak-Attack* war geschlossen. Normalerweise wäre es jetzt geöffnet gewesen, damit die Minen-Manager sich für die Frühschicht ihre Cappuccinos holen konnten, aber heute war zu. Cato saß draußen vor *The Deck Cafe* an einem Tisch, hatte das Gesicht in die frühe Morgensonne gehoben und die Augen geschlossen. Wenn er die Augen nicht aufmachte und nicht zu viel nachdachte, fühlte es sich fast an wie im Paradies. Doch er öffnete sie wieder und sah, dass Greg Fisher ihn musterte.

»Ja?«, sagte er gereizt.

»Früher habe ich von Ihnen geträumt.«

Cato war nicht sicher, wo das hinführen würde. »Ja?«, wiederholte er.

»Sie waren auf dem Rekrutierungsplakat drauf, auf der Jobmesse. Als meine Freunde alle gesagt haben: ›Fisher geht der Krone dienen‹ und mich als ›Kokosnuss‹ beschimpft haben, ›außen braun, innen weiß‹ und als ›Verräter‹, da habe ich an Ihr Bild auf dem Plakat gedacht. Sogar im Schlaf. Sie haben damals mit mir gesprochen: ›Hör nicht auf die Deppen, Gregory‹, haben Sie gesagt.«

Zum ersten Mal an diesem Tag lächelte Cato.

Greg stand immer noch am Tisch und sah auf ihn herunter. »›Tritt vor‹. Das stand auf dem Rekrutierungsplakat. ›Tritt vor‹. Aber wenn wir Sie brauchen, damit Sie die Sache in die Hand nehmen, laufen Sie weg. Was ist denn los?«

Cato verschluckte sein erstes Lächeln des Tages. Greg nickte zufrieden, das war angekommen.

»Tess hat Probleme mit Melissa, das ist ihre Tochter. Wir haben gestern Abend einen Wagen gestoppt. Melissa saß auch drin. Sie ist erst vierzehn.«

Cato war ganz Ohr, er hatte gar nicht gewusst, dass Tess überhaupt eine Tochter hatte, und noch dazu eine, die Ärger machte. Aber woher auch? Seid er sie verlassen hatte, hatten sie kein tiefergehendes Gespräch mehr geführt. »Und weiter?«

»Sie war mit einer Freundin und drei jungen Typen im Auto, total zugedröhnt mit Ecstasy und Alkopops. Die Männer hatten K.-o.-Tropfen, Ecstasy, Alkohol und eine Videokamera dabei. Die hatten was geplant.«

Cato pochte das Blut in den Ohren. »Alles in Ordnung mit Melissa?«

»Ja, aber Tess war total erschrocken.«

»Wo sind sie jetzt?«

»In Ravy in Gewahrsam.«

»Anklagepunkte?«

Hilflos zuckte Greg die Achseln. »Drogenbesitz. Gefährdung des Straßenverkehrs. Sie kennen das Spiel – es ist schwer, Leute wegen einer so vagen Sache wie ›böse Absichten‹ festzuhalten. Wahrscheinlich werden sie heute Vormittag wieder entlassen.«

»Aber nicht, bevor ich mit ihnen geredet habe. Bleiben Sie

hier. Sie und Tess bewachen den Tatort und warten auf Hutchens. Ich komme nachher wieder.«

Cato nahm seinen Kaffee mit und sprang in den Geländewagen des Viehdezernats.

Er wusste nicht, warum er nach Ravensthorpe raste, um die Dreckskerle zur Rede zu stellen. Das hatte doch gar nichts mit ihm zu tun. Vielleicht wollte er einfach irgendwas machen, um zu beweisen, dass er sich nicht ausschließlich für sich selbst interessierte. Etwas machen? Was denn zum Beispiel? Vielleicht wollte er einfach jemanden schlagen? Vielleicht wollte er auch nur eine Weile aus Hopetoun raus, weg von Tess Maguire, weg von Jim Buckley und weg von seinem eigenen Versagen. Vielleicht konnte er letztlich doch nicht mit seiner verdammten Nabelschau aufhören. Zur Ablenkung schaltete er das Radio ein und drückte den Sendersuchlauf, bis er einigermaßen Empfang hatte. Die Four Tops – »Walk away, Renée«. Geh weg, Renée.

Vortreten – Weglaufen.

Der junge Fisher hatte ihm eine verpasst. Cato fand einen Klassiksender und entschied sich für Cellomusik. Die Sonne stieg höher, über dem wogenden gelben Raps tanzten Kohlweißlinge im sanften Morgenwind. Der Himmel war jetzt praktisch wolkenlos. Bachstelzen, Gelblappen-Honigfresser und Würgerkrähen sausten zwischen den Eukalyptusbäumen an der Straße hin und her. Was für ein herrlicher Tag, um sich des Lebens zu freuen. Hatte Jim Buckley sich im Pub jemanden zum Feind gemacht? Das war nicht schwer: Zu viel Alkohol, ein Stups, ein falscher Blick, beim Poolbillard gewinnen, wenn man das nicht sollte, sich zur falschen Zeit am falschen Ort aufhalten. Heutzutage war man schneller tot, als man dachte. Buckley war immer eindeutig als Bulle zu erkennen gewesen, und das hatte er auch gewusst. Und er hatte es ausgekostet. Selbst im Tutu und mit rosa Perücke hätte man ihn als Polizisten identifiziert. Hatte jemand ihn erkannt? Jemand, der ein Hühnchen mit ihm zu rupfen hatte? Buckley hatte einen gewissen Ruf. Er machte nie einen Rückzieher, wich niemals einer Schlägerei aus, fing manchmal gern selbst eine an, wenn er es für nötig hielt oder wenn ihm gerade danach war. Cato musste mit dem Inhaber des Pubs und mit den Gästen sprechen. Nein, korrigierte er sich, Detective Inspector Hutchens und sein Team würden das alles prima erledigen.

Hatte es etwas mit den vergangenen paar Tagen zu tun? Mit Flipper kamen sie augenscheinlich nicht weiter. Und sonst? Mit der Auflösung der Prügelei im Bergwerk hatten sie nichts zu tun gehabt, die war vorbei gewesen, als sie ankamen. Tess hatte Buckley in ihrem Wagen mitgenommen, was bedeutete das? Hatte sie auf dieser Fahrt die Infos über Catos Vergangenheit erhalten, von Buckley? Vielleicht, wahrscheinlich sogar, aber war das zweckdienlich gewesen? Cato lächelte, das war Buckleys Wort. Zweckdienlich. Und dann fiel der Groschen.

Ich hab ihn.

Justin. *Snak-Attack.*

Wie zweckdienlich ist das für Ihre Wasserleiche?

Ein Gesicht von früher, hatte mit Speed und Ecstasy gedealt, mit Drogen, die gestern Nacht in dem Wagen mit Tess' Tochter gefunden worden waren. Und mit K.-o.-Tropfen: War Justin wieder im Geschäft und erschloss sich als neuen Markt die Date-Rape-Drogen? Justin Woodward. Hatte heute und gestern Morgen geschlossen, das Geschäft mit der Frühschicht verpasst. Warum? Nachts gefeiert? Verschlafen? Abgehauen? Woodward, der Catos Frage, vor wem oder was er sich versteckte, nicht beantwortet hatte. Sein erleichtertes Gesicht, als sie zu der Prügelei im Bergwerk abgerufen worden waren. Sie hatten nicht die Möglichkeit gehabt, ihn noch einmal zu besuchen und herauszufinden, was eigentlich los war. Hatte Woodward eine Verbindung zu den Drecksäcken mit ihrem Auto voller Drogen? Hatte Jim Buckley deshalb sterben müssen? Cato freute sich richtig auf sein Schwätzchen mit den Jungs im Gefängnis von Ravy.

Stuart Miller hatte kein Auge zugetan. Jim Buckleys mitternächtlicher Anruf war aus heiterem Himmel gekommen. Jim war überzeugt gewesen, dass Davey Arthurs sich dort in Hopetoun aufhielt. Er wollte sich heute Morgen ein bisschen umtun und dann würden sie Arthurs festnehmen.

Schlimmstenfalls hatte er sich eben geirrt. Miller hatte sich die ganze Nacht lang herumgewälzt. Jenny hatte schließlich aufgegeben und sich ins Gästezimmer verzogen, um richtig schlafen zu können. In seinem Bauch wühlte es. Wenn es nun nach all der Zeit tatsächlich Arthurs war? Miller lachte leise über das Paradox, dass ausgerechnet ein alter Knochen wie Jim Buckley, der bloß noch seine Zeit ableistete, den Mörder hochnahm. Miller sah auf die Uhr. Früher Vormittag. Hatten sie sich den Mann, der vielleicht Arthurs war, schon geschnappt? Er schrieb eine SMS an Buckley. Sie sollte nicht zu dringlich klingen, und er machte sich auf eine Enttäuschung gefasst: *Wie läuft's? Stu*

Inzwischen war er nach Bunbury unterwegs, das war eine Fahrt von vierzig Minuten. Detective Tim Delaney hatte ihn zurückgerufen und ihm die Nummer eines Brian Munro gegeben, das war der Bruder der Frau, die Arthurs Mordversuch überlebt hatte, nur um dann wenige Jahre später Selbstmord zu verüben. Stuart hatte die Nummer angerufen, noch ohne den Namen der toten Frau zu kennen. Brian Munro hatte ihn dann informiert: Vicki. In einer halben Stunde wollten sie sich treffen. Munros Frau würde zum Einkaufen sein, und die Kinder waren schon lange aus dem Haus. Miller hatte begriffen, das hier ging nur sie beide etwas an.

Brian Munro bewohnte ein großzügiges neues Haus mit Blick auf den Indischen Ozean. Die Schlafzimmer befanden sich unten, Küche und Wohnbereich waren oben und öffneten sich auf einen breiten Balkon hinaus, auf dem ein riesiger Grill stand. Bei der Planung des Hauses hatte man in erster Linie an die Aussicht gedacht und an den Lebensstil, den dieser Blick den Bewohnern ermöglichen würde. Es mochte an die zwei Millionen wert sein. Die Temperatur war nach der unangenehmen Hitze Mitte der Woche gefallen, und der nächtliche Regen hatte für Erfrischung gesorgt. Draußen auf dem bewegten Wasser jagten ein paar Kite-Surfer über die Gischt. Munro trat mit einem Tablett, auf dem Tassen, Milch und ein Kaffeebereiter standen, auf den Balkon heraus. Er war Mitte vierzig und eher zierlich, mit dem lebensfremden Aussehen eines Bibliothekars oder Wissenschaftlers. Dabei war er Tim Delaney zufolge ein gewiefter Geschäftsmann, Besitzer von einem halben Dutzend Unternehmen des Hotel- und Gaststättengewerbes, die über den Südwesten von Western Australia verstreut waren. Man sollte diesen Mann, hatte Delaney überflüssigerweise hinzugefügt, nicht unterschätzen.

Munro kam rasch zur Sache. »Also, was wollen Sie wissen? Und warum?«

Miller wusste nicht recht, wie viel Unwissen er zugeben durfte, daher erzählte er Munro ein wenig von seiner eigenen Geschichte, angefangen mit jenem Tag im Mai 1973. Währenddessen sah er, dass Munro sich entspannte und ihm nun glaubte, dass er tatsächlich der Mann war, als der er sich ausgab.

»Sie hören sich ganz ähnlich an wie er. Ihr Akzent. Wir kannten ihn natürlich nicht als Davey oder Derek. Für uns war er Bob.«

»Bob?« Dieser Name war Miller neu.

Munro nickte. »Bob Kerr.«

Fast hätte Miller sich an seinem Kaffee verschluckt. Arthurs hatte also den Namen von Bobby Kerr angenommen, dem Mannschaftskapitän von Sunderland im Pokalfinale 1973. Dieser sentimentale kleine Sadist, damit verdarb er Miller eine schöne Erinnerung. Miller tarnte sein Prusten als Husten zum falschen Zeitpunkt.

Munro trank selbst einen Schluck. »Möchten Sie ein Foto von Vicki sehen?«

»Gerne.«

Sie stellten ihre Tassen ab und gingen in den offenen Wohnbereich. In einer Regalwand, die in erster Linie Unterhaltungselektronik und DVDs beherbergte, stand eine Reihe von Fotografien. Miller entdeckte sie sofort: Die junge Frau in den Zwanzigern, zur Feier ihrer Abschlussprüfung im Talar. Das Foto war 1986 aufgenommen worden, bevor sie »Bob« kennengelernt hatte. Langes blondes Haar und ein wissendes Lächeln, sie glich der jungen Frau auf dem Bild in der Wohnung damals in Sunderland aufs Haar. Arthurs selbst war nicht gerade eine Schönheit und sicher zehn bis fünfzehn Jahre älter als sie. Was hatte sie in ihm gesehen?

»Aus Vickis erster Ehe war die Luft raus. Es kribbelte nicht mehr. Sie sagte, Bob würde sie zum Lachen bringen, nicht nur mit seinem komischen Akzent, er hatte offenbar auch eine Menge Humor.«

Munro lachte bitter auf. Er nahm ein schweres, dickes Album mit weiteren Fotos aus dem Regal und blätterte die Seiten durch.

»Das ist sie, nachdem das Schwein mit ihr fertig war.«

Miller bemühte sich, keine Regung zu zeigen. Oben rechts am Kopf war viel Wiederherstellungschirurgie nötig gewesen. Trotzdem war sie furchtbar entstellt und, dem Foto nach zu urteilen, auf der rechten Seite blind. Miller sog scharf die Luft ein.

»Wann ist das passiert?«

»1998, im Februar, da waren sie etwa vier Jahre zusammen. Sie sprachen davon, dass sie später im Jahr endlich heiraten wollten. Zu dem Zeitpunkt hatten sie schon ein Kind, Shelley. Sie war drei.«

Miller wollte es zwar nicht, aber er wusste, dass er die Frage stellen musste. »Hat sie ... hat das kleine Mädchen ...?«

Munros trauriges Kopfschütteln und die Tränen in seinen Augen sagten genug.

Miller hakte nach, obwohl es ihm selbst zuwider war, aber er musste es einfach wissen. »Wie kommt es, dass Vicki überlebt hat?«

Munro fasste sich wieder. »Das Schwein hat nicht kräftig genug zugeschlagen, und sein kleines elektrisches Gerät hat nicht funktioniert. Muss wohl eine Sicherung rausgeflogen sein oder so was. Wer weiß? Die Polizei hat damals auch vermutet, dass er vielleicht gestört wurde, vielleicht hat es an der Tür geklopft.« Munro schloss das Fotoalbum und stellte es ins Regal zurück. »Es hat sie vernichtet. Eigentlich ist sie an dem Tag so gut wie gestorben, an dem Tag, als er ihr Shelley genommen hat. Vicki war danach halb blind, entstellt, ihr Gehirn war geschädigt. Sie konnte nicht mehr richtig sprechen, nicht mehr richtig laufen. Dieses böse, verrückte Arschloch muss beseitigt werden.«

Miller nickte. »In der Zeitung stand, dass er noch 1998 gesehen wurde?«

»Wir haben der Polizei damals eine Beschreibung gegeben. Wir hatten auch Fotos von ihm, beziehungsweise Vicki hatte welche, aber die hat er mitgenommen, zusammen mit den Negativen.«

Keine Spuren hinterlassen, das hatte er aus den Verbrechen in Sunderland und in Adelaide gelernt.

»Aber er wurde gesehen?«, bohrte Miller nach.

»Das war gegen Ende des Jahres. Vicki war noch im Krankenhaus, sie ist im Prinzip neun Monate in der Klinik gewesen. Eines Tages guckte sie auf ihrer Station aus dem Fenster, und da war er unten auf dem Parkplatz, stand einfach da und starrte hoch. Vielleicht suchte er nach einer Möglichkeit, die Sache abzuschließen. Vicki gab der Polizei Bescheid, aber sie konnten keine Spur von ihm finden. Einer hat sogar vermutet, sie hätte sich das vielleicht bloß eingebildet.«

»Deckt sich die Beschreibung, die Sie damals der Polizei gegeben haben, mit dem, was kürzlich in der Zeitung stand?«

»Ziemlich gut. Wir haben ihnen damals noch mehr Einzelheiten gegeben, aber vermutlich interessieren sie sich jetzt vor allem für das, was sie für das Phantombild brauchen.«

»Gibt es etwas, das Sie für wichtig halten, das aber in den jüngsten Presseberichten nicht drinstand?«

Munro kratzte sich das Kinn und fummelte dann an seinem Hemdsärmel herum. »Er hatte ein Tattoo, ganz schlecht gemacht, er hatte es selbst gestochen, die Buchstaben ›CK‹. Weil er sich bei uns als Bobb Kerr vorgestellt hatte, nahmen wir an, dass es die Initialen eines Verwandten waren.«

Miller verzog das Gesicht; damit bestand für ihn kein Zweifel mehr daran, dass Arthurs, Chapman und Kerr ein und derselbe Mann waren. Aber wer war CK?

»Noch etwas?«

Munro schüttelte den Kopf. »Ich erinnere mich, dass Vicki etwas Eigenartiges zu mir gesagt hat, irgendwann, nachdem das alles passiert war. Sie sagte, sie hätte oft versucht, ihn nach seiner Vergangenheit zu fragen, nach seiner Kindheit. Und er meinte dann immer, er hätte keine Vergangenheit. Aber das hilft nicht richtig weiter, wenn man ihn identifizieren will, oder?«

Miller konnte sich diese Aussage nicht erklären. Munro

schaute auf die Uhr. Vielleicht erwartete er seine Frau bald zurück? Doch Miller brauchte noch eine letzte Information.

»Vickis Selbstmord, wann war das? Was ist da passiert?«

»Das war etwas über ein Jahr später, Anfang 2000. Eines Nachts ist sie auf den Aussichtsturm da hinten auf dem Berg geklettert und runtergesprungen. Am nächsten Morgen haben wir sie gefunden.« Mit erstickter Stimme brachte er hervor: »Ich hatte nicht einmal gewusst, dass sie rausgegangen war.«

»Keine Zweifel an der Todesursache? Mit Sicherheit ein Suizid?«

Schon allein der Gedanke daran schien Munro zu schmerzen. »Wie gesagt, innerlich ist sie an dem Tag gestorben, als ihr die Tochter genommen wurde. Danach war sie nur noch eine leere Hülle. Übrigens hatte sie sich einen Zettel angeheftet.«

»Was stand darauf?«

Munro zuckte genervt die Schultern und sah wieder auf die Uhr. »Da stand: ›Hab genug. Vicki.‹ Wo ich das gerade sage …«

Es war Zeit zu gehen. Während Munro ihn zur Haustür brachte, murmelte er: »Ich habe es Delaney gesagt, und Ihnen sage ich es jetzt auch. Wir wollen nicht mehr mit euch sprechen. Entweder, ihr macht euren Job und findet ihn, oder ihr schließt diese Geschichte ab, damit wir das auch können.«

Sie schüttelten sich die Hände, und Miller wandte sich zum Gehen.

»Aber …« Munro atmete tief durch, und Miller drehte sich noch einmal um. »Falls Sie ihn wirklich finden sollten, tun Sie mir den Gefallen und bringen Sie das Schwein um. Sonst mache ich das selbst, so wahr mir Gott helfe.«

Der Aussichtsturm auf dem Marlston Hill war fünfundzwanzig Meter hoch. Von oben konnte man Brian Munros Haus sehen, den Hafen von Bunbury, die Koombana Bay, den größten Teil der Stadt und den Indischen Ozean. Nachdem Miller die Wendeltreppe aus Beton hinaufgestiegen war, rang er erst mal nach Luft. Das Geländer war für ihn fast brusthoch. Er blickte auf den betonierten Parkplatz hinunter. Wie und warum sollte eine halb blinde, gehbehinderte Frau mit geschädigtem Hirn mitten in der Nacht den ganzen Weg hierher zurücklegen, über die hohe Brüstung klettern und sich in den Tod stürzen? Es musste doch einfachere Methoden geben, sich umzubringen. Oder hatte Davey Arthurs nachgeholfen? Es war durchaus denkbar, dass Arthurs ihr einen Abschiedszettel abverlangt oder ihre Handschrift gefälscht hatte. Niemand würde sich den Zettel allzu genau ansehen.

Vielleicht hatte Vicki Munro das alles tatsächlich allein bewältigt, aber wenn das nicht der Fall war und Arthurs die Hand im Spiel gehabt hatte, taten sich zwei neue Aspekte auf. Erstens verwischte er nun tatsächlich mit peinlicher Sorgfalt seine Spuren, und zweitens beschränkte er sich nicht mehr auf seine übliche Methode des Tötens.

»Die sind weg.«

»Was?«

»Weg. Ungefähr vor einer Stunde haben wir sie freigelassen. Gegen Kaution, bis zum Gerichtstermin irgendwann später. Sie hatten ihre Ausweise und Führerscheine und das alles bei sich. Höfliche Jungs, haben sich anständig benommen, wenn man bedenkt.«

Der diensthabende Polizist in Ravy, Bernie Tilbrook, war gerade von einer Woche Urlaub zurückgekehrt, vom Angeln und Zelten drüben an der Bremer Bay, auf der anderen Seite des Nationalparks. Er hatte die rötlichbraune Haut eines Farmers und ein gut genährtes Gesicht, reif für den bevorstehenden Ruhestand. Er sah generell gern in jedem Menschen ein bisschen Gutes. Das alles hatte Cato ihrem einleitenden Wortgeplänkel, ganz im Stil des Viehdezernats, entnommen.

»Wenn man was bedenkt?«, knurrte Cato.

»Wenn man bedenkt, welcher Verdacht da in Bezug auf ihre Absichten im Raum steht. Ist doch alles nur Spekulation, vielleicht hatten sie bloß eine Party geplant, alles im gegenseitigen Einvernehmen und so.« Tilbrook zwinkerte ihm zu.

»Mit vierzehnjährigen Kindern? Und die sind alle, was, so um die Fünfundzwanzig, gehen schon auf die Dreißig zu?«

»Die Mädchen hatten ihnen erzählt, sie wären achtzehn. Das kann man heutzutage ja gar nicht mehr sehen, oder?«

Cato schüttelte den Kopf, mit dem Unsinn brauchte man ihm nicht zu kommen. »Die Akten, Sie haben die Männer doch erkennungsdienstlich behandelt? Fotografiert?«

Allmählich verlor Bernie Tilbrook seine aus dem Urlaub mitgebrachte Lebensfreude. »Ein bisschen Höflichkeit wäre gar nicht verkehrt. Ja, wir haben sie erkennungsdienstlich behandelt und fotografiert. Wir können das genauso gut wie ihr da oben in Perth. Mitunter sogar besser.«

»Das höre ich heute nicht zum ersten Mal.« Cato lächelte schwach und bemühte sich, etwas verspätet, um einen besänftigenden Tonfall.

»Wird wohl auch nicht das letzte Mal sein«, sagte Tilbrook. »Da drüben liegt der Schmöker.«

Cato öffnete den Ordner und schaute sich die Namen und die Anklagepunkte an. Er las sich die Namen laut vor: »Jonah Silver, siebenundzwanzig. Bevan Tuckey, achtundzwanzig. Scheinen noch nie straffällig geworden zu sein. Beide arbeiten im Bergwerk.«

»Machen doch heute alle, oder?«, brummelte Tilbrook ohne aufzusehen.

Der letzte Name ließ Cato hellhörig werden. »Freddy Bataam, sechsundzwanzig.«

Er blätterte weiter und fand das Foto. Das Haar war ein bisschen länger, aber trotzdem hatte er hier ganz ohne Zweifel das hübsche, jugendlich scharf geschnittene Gesicht von Riri Yusala vor sich, Lieutenant der indonesischen Marine.

14

Samstag, 11. Oktober. Später Vormittag.

»Unser Adonis.«

Tess erkannte ihn sofort, aber nicht als Riri Yusala. Sie hatte den Namen zwar bei der Besprechung von Cato gehört, war aber noch nicht dazu gekommen, die Akte Flipper zu studieren, daher hatte sie auch das Foto auf der Vermissten-Website noch nicht gesehen. Sie kannte ihn als den Schönling, den Mann, den ihre Tochter im Auto des Kotzbrockens zu wummernden Bässen auf dem Rücksitz begrapscht hatte. Kein Wunder, dass die Kerle sich so gut benommen hatten: Sie waren nicht nur einfach clever gewesen, weil sie schnell wieder freigelassen werden wollten, sondern wenigstens einer von ihnen hatte wirklich etwas zu verbergen.

»Zuletzt wurden sie auf dem Weg nach Westen gesehen«, bestätigte Cato grimmig.

Tess starrte weiter auf das Foto. »Shit.«

Cato hätte es selbst nicht besser ausdrücken können. Er hatte Bernie Tilbrook gebeten, ganz freundlich, eine Suchmeldung herauszuschicken, aber inzwischen konnte der Wagen in einem Umkreis von zwei- bis dreihundert Kilometern überall sein. Cato und Tess fuhren gerade zu Justin Woodward nach Hause. Der Kaffeewagen war und blieb geschlossen, sehr zur Bestürzung der hübschen jungen Mamas in Hopetoun. Greg Fisher und die Polizei aus Ravy kümmerten sich um den Tatort. Hutchens hatte per SMS die neueste Nachricht durchgegeben: Er würde in etwa einer Stunde ankommen. Falls Woodward tatsächlich für den Mord an Jim Buckley in Frage kam, dann wollte Cato nicht auf die schweren Geschütze warten, bevor er Nachforschungen anstellte. Das hier konnte seine erste und letzte Chance sein, den Fall aufzudecken.

Er warf einen Seitenblick auf Tess. »Tut mir leid wegen vorhin.«

»Ja.« Sie sah ihm nicht in die Augen, sondern zeigte durch die Windschutzscheibe nach links. »Da ist es, gleich hinter dem blauen Hyundai.«

Woodwards Zuhause war ein cremefarbenes Gebäude aus Faserbeton in der Barnett Street, die parallel zu Hopetouns Hauptstraße verlief. Sie kamen vor dem Haus zum Stehen. Kein Lebenszeichen. Kein Auto in der Einfahrt. An einer knorrigen Weidenmyrte im Vorgarten lehnte eine Motocross-Maschine. Der Ständer war abgebrochen, und die Räder waren dreckig und verrostet. Auf der vorderen Veranda hing zwischen zwei Pfosten eine gestreifte Hängematte mit Troddeln, beschwert von einem Kissen und einem Buch. Das Buch war *Moby Dick*, nach etwa einem Viertel war eine Ecke eingefaltet. Weiter, als er je gekommen war, fiel Cato auf. Er klopfte an die Haustür. Drinnen kläffte ein Hund, aber keine Menschenseele reagierte. Cato versuchte, die Tür zu öffnen. Abgeschlossen.

Sie gingen an der Seite vorbei zu einer Pforte, die in den Garten führte. An einer niedrigen Pergola auf der hinteren Terrasse hing ein Klangspiel, aber der Wind war noch nicht stark genug, um Töne hervorzulocken. Der Hund kläffte immer noch, aber wenigstens war es bloß ein Kläffen, kein wütendes, angriffslustiges Gebell. Der Hundenapf stand draußen auf der Terrasse, einer von diesen Doppelten, mit Trockenfutter in der einen und Wasser in der anderen Schüssel. Eine Hundeklappe war nirgends zu sehen. Warum hatten sie den Hund im Haus gelassen, wenn sie weggefahren waren? Waren sie in aller Eile aufgebrochen? Cato trat an die Glastüren, um ins Haus zu schauen. Er hörte ein scharrendes Geräusch hinter sich und erstarrte.

»Siehst du was?«, wisperte Tess.

»Nein«, zischte er mit rasendem Herzklopfen.

»Warum flüstern wir dann?«, wisperte sie wieder.

Plötzlich ein hektisches Scharren und Poltern. Beide sprangen zurück, Tess griff nach ihrer Pistole, und Cato stolperte und fiel über eine Aloe Vera. Es war der Hund, der kläffend und schwanzwedelnd mit den Pfoten an der Glastür kratzte.

»Scheiße«, brüllte Cato.

Er hielt sich den Daumen der linken Hand, der schmerzhaft pochte. Er war draufgefallen. Ausgerenkt, wie es aussah.

Tess unterdrückte kaum ihr Kichern, als sie die Pistole wieder ins Holster schob. »Alles klar?«

»Nein.« Cato bettete seine verletzte Hand unter der rechten Achsel. »Sieht so aus, als wäre niemand zu Hause, und die Genehmigung zum Einbrechen haben wir nicht. Noch nicht. Lass uns gehen.«

»Was ist mit dem Hund?«

»Was?«

»Der Hund. Er ist im Haus, aber Futter und Wasser stehen hier draußen.«

»Mir kommen die Tränen«, sagte Cato hartherzig.

Noch einmal hundert Kilometer zum Buschkrankenhaus hin und wieder zurück zu fahren, und das nur, damit sich jemand seinen ausgerenkten Daumen ansah, erschien Cato ein bisschen übertrieben. Es war verlockend, nicht in Hopetoun zu sein, wenn Hutchens und das A-Team ankamen, aber das wäre Weglaufen gewesen, und das hatte Cato satt. Daher saß er jetzt mit einer halb vollen Tüte Tiefkühlerbsen, die Tess ihm mit einem Taschentuch um den Daumen gebunden hatte, in der Ermittlungshütte. Tess war tief in Gedanken versunken. Das Whiteboard hatte sich seit dem ersten Tag kaum verändert. Nichts als ein paar Namen und Telefonnummern und das Wort Flipper in der Mitte, eingekringelt und mit einem Fragezeichen versehen.

Tess brach das Schweigen. »Was machen wir mit Woodward und dem Rest?«

Cato zuckte die Achseln. »Wir geben die Informationen an Hutchens weiter, wenn er kommt. Ab jetzt hat er die Leitung.«

»Und mit Flipper und den Listen mit Chinesen?« Sie gab dem Blatt Papier vor sich einen Stups.

»Das Gleiche. Ab jetzt trifft Hutchens die Entscheidungen.«

»Und wir drehen uns um und stellen uns tot, was?«

Cato zuckte nur wieder die Achseln. Viel klarer würde er sich heute auch nicht mehr ausdrücken. Er konnte sehen, dass es Tess in den Fingern juckte, etwas zu unternehmen, und zwar nicht unbedingt etwas Konstruktives. Er erinnerte sich, wie sie heute früh auf ihn losgegangen war. Und musste zugeben, dass er Angst vor ihr gehabt hatte. Es war ja nicht so, als wäre er zum ersten Mal mit Wut und potenzieller Gewalttätigkeit konfrontiert gewesen, aber bisher hatte er dabei immer mit irgendwelchen Strolchen zu tun gehabt, und bei denen konnte Cato abschalten. »Wir gegen die anderen«, das war einfach. »Ich gegen dich« war ein bisschen komplizierter und verstörender.

Tess fand Papierkram, hinter dem sie sich verstecken konnte, und stach mit ihrem Stift auf ein Formular ein. Nachdem Cato sich noch ein paar Minuten ihrer Körpersprache ausgesetzt hatte, nahm er seine Tüte mit gefrorenen Erbsen und ging zur Tür.

Auf dem Rückweg zur Buhne hinunter kam Cato am *Snak-Attack* vorbei. Immer noch geschlossen. Ein Grüppchen von Stepford-Mamas hatte sich entschlossen um Justins Picknicktisch versammelt, so als ließe er sich durch ihre Loyalität und ihre Anwesenheit zwingen, wieder zu erscheinen und ihnen ihren morgendlichen Latte macchiato zuzubereiten. Eine der jungen Frauen erkannte Cato wieder, wohl von dem Tag, als Buckley und er Justin einen Besuch abgestattet hatten. Sie funkelte ihn böse an, er war ganz eindeutig schuld daran, dass aus ihrem morgendlichen Kaffeestündchen wieder einmal nichts geworden war. Vielleicht hatte sie recht.

Die Sonne stand hoch am Himmel und hatte, ebenso wie der Wind, an Kraft gewonnen. Constable Greg Fisher lehnte an der Motorhaube seines Polizeiwagens, den er quer auf der Zufahrtsstraße geparkt hatte. In der Nähe lungerten Neugierige herum, sahen zu der Plane und dem Absperrband auf dem Steg hinüber und versuchten, etwas aus Fisher herauszubekommen. Doch der verzichtete offenbar inzwischen auf sein PR-Training und verließ sich auf seinen bösen Blick, um sie zu verscheuchen. Einer erfinderischen Katastrophentouristin aber war es gelungen, seine Straßensperre zu umgehen. In einem Kayak fuhr sie vom Strand aus direkt an den Steg, um sich mit fröhlichem Lächeln zu erkundigen, was denn da los sei. Sergeant Paul Abbott aus Ravensthorpe beugte sich zu ihr hinunter und zitierte sie mit gekrümmtem Zeigefinger ganz zu sich heran. Während sie näher kam, mit ihren leuchtend gelben Paddeln auf das Wasser schlug, fixierte er sie.

»Das geht Sie überhaupt nichts an, und wenn Sie nicht sofort verschwinden, verhafte ich Sie.«

Abbott informierte Cato, dass Buckleys Handy am Vormittag gepiept habe. Durch den transparenten Asservatenbeutel las Cato die SMS. Von einem Freund offenbar, der es noch nicht wusste: *Wie läuft's? Stu*

Nicht gut, mein Lieber, gar nicht gut. Cato notierte sich die Nummer des Absenders und schrieb sie mit auf seine Liste. Dann ging er langsam um Buckleys Leiche herum. Sie hatte bereits ihre Form verändert, schien ein wenig eingesunken und geschrumpft zu sein. Der Geruch wurde stärker. Hutchens musste jetzt bald kommen, sonst würde es wirklich unerfreulich werden.

»Wenn man vom Teufel spricht«, murmelte Cato leise.

Zwei zivile weiße Opel Commodore fuhren auf Greg Fishers Straßensperre zu. Ein knapper Wortwechsel, und Greg setzte zurück und machte ihnen den Weg frei. Die Wagen holperten über Schlaglöcher und Schotter bis einen Meter vor Catos Füße. Die Beifahrertür des vorderen Wagens öffnete sich schon, bevor er zum Stillstand gekommen war. Detective Inspector Mick Hutchens: graues, nach vorn gekämmtes Haar, das ein finsteres, rundliches Gesicht mit durchdringenden blauen Augen umrahmte. Er war zwar einen halben Kopf kleiner als Cato, machte das aber durch Kampfgeist und Arbeitseifer wett.

»Euch kann man nicht mal einen ganz simplen Job anvertrauen. Unglaublich.«

»Danke, gut. Wir halten alle tapfer durch nach der Tragödie.«

Cato konnte nicht anders, er musste ihm eine patzige Antwort geben. Schon zum zweiten Mal an diesem Tag ging jemand auf ihn los.

»Sei du bloß still«, zischte Hutchens und blies ihm dabei aus nächster Nähe seinen sauren Reiseatem ins Gesicht.

Hutchens drängte sich an Cato vorbei und kniete sich neben Buckley. Er guckte nur, mehr konnte er nicht tun. Auch seine Beifahrerin war jetzt ausgestiegen. Sie wirkte zu jung, um schon bei der Kripo zu sein, oder wurde Cato einfach alt? Groß. Braunes Haar, zu einem nüchternen Pferdeschwanz gebunden, klares Gesicht und selbstbewusster Blick, der von Privatschule in Perth und guten sportlichen Leistungen sprach. Sie streckte Cato die Hand hin.

»Lara …«

Croft?, überlegte Cato.

»Sumich.«

Händeschütteln. Ihr Griff war fest, machte klar, dass sie präsent war, aber nicht versuchte, irgendetwas zu beweisen.

Aus dem zweiten Commodore stieg ein Mann aus, gleicher Jahrgang wie Lara. Er protzte mit einem zu festen Händedruck und einer knalligen Krawatte.

»Detective Constable Mark McGowan.«

»Hi, Mark«, sagte Cato.

Lara Sumich zog ein Paar Papierschuhe über und machte sich an die Arbeit. Sie filmte den Tatort mit einer Videokamera und fügte leise Kommentare hinzu, während sie um die Leiche herumschritt. McGowan folgte ihr und machte mit einer Nikon Standbilder. Hutchens hatte nach seiner Begutachtung des Tatorts nichts hinzuzufügen und bat darum, einen Krankenwagen zu rufen, der Buckley abholen sollte, sobald Lara fertig war. Die Leiche hatte vier Stunden länger als nötig auf dem Steg gelegen, aber immerhin war sie jetzt von einem richtigen Kripobeamten inspiziert worden.

»Familie?« Hutchens machte eine Kopfbewegung zu Buckley hinüber.

Alle sahen Cato an. Ihm wurde klar, dass er absolut gar nichts über Jim Buckley wusste, weil er sich nie richtig für ihn interessiert hatte – außer in den letzten paar Tagen, und selbst das war mehr gelangweilte Neugier als echtes Interesse gewesen. Warum war Jim in diesen letzten achtundvierzig Stunden so merkwürdig und verstört gewesen? Hatte das etwas mit seiner Ermordung zu tun gehabt?«

»Ich weiß es nicht. Wir haben eigentlich nie richtig…«

»Zwei erwachsene Söhne, die Frau ist im vorletzten Jahr gestorben. An einem Aneurysma. Letztes Jahr ist er Opa geworden, die kleine Enkelin heißt Samantha.«

Alle drehten sich um. Es war die Stimme von Greg Fisher, der gerade den Polizeiwagen wieder quer auf die Straße gefahren hatte.

Bei dem Trupp, der mit der Nachmittagsmaschine aus Perth kam, befand sich auch ein Team von Forensikern. Hutchens hatte nur einen Blick auf den Polizeicontainer in Hopetoun geworfen und verächtlich geprustet. Er requirierte die Gemeindehalle gleich neben dem Telecenter und tat die Proteste des Bootscooters Club, der genau an diesem Nachmittag dort sein Training abhalten wollte, mit einer Handbewegung ab. Die Vorsitzende des Tanzklubs, eine große Frau mit Turnhallenstimme, drohte ihm an, ihn beim Landkreispräsidenten zu melden.

»Ich glaube, Sie haben ihr gerade ihr weiches, schmachtendes Country-Music-Herz gebrochen, Boss«, bemerkte Lara Sumich aus dem Mundwinkel.

Sie hatten die paar Stichworte zu Flipper noch in der Seenotrettungsstelle vom Whiteboard abgeschrubbt und die Tafel dann die etwa fünfzig Meter bis zur Gemeindehalle gerollt. Von der Bühne hatten sie Klapptische und Stapel mit Stühlen heruntergeschleppt. Hutchens sorgte dafür, dass dieses Tableau zur Verbrechensbekämpfung ganz exakt nach seinen Vorstellungen aufgebaut wurde. Vorläufig sollten sie ihre eigenen Handys und Laptops verwenden, bis morgen dann eine voll ausgestattete mobile Befehlsstelle eintreffen würde. Der Raum war riesig, schmuddelig, kalt und hallig. Und um Klassen besser als der Ermittlungscontainer.

In einer Ecke stand ein altes Klavier, mit einer Staubschicht überzogen, unter der die weiße Farbe abblätterte. Es sah aus, als hätte es seit Jahren keine Melodie mehr von sich gegeben. Geistesabwesend ließ Cato den Finger über den staubigen Deckel gleiten. Hutchens zu hören, wie er seine Befehle brüllte, erinnerte ihn an Tatorte vor langer Zeit, als er sich noch auf dem aufsteigenden Ast befand und der kleine Schützling des Detective Inspectors war. Er warf einen Blick zu der selbstbewussten Schulsprecherin hinüber, Lara Sumich. War sie das neue Goldkind?

Der Tatort wurde weiterhin von Polizisten bewacht, für die Spurensicherung. Tess Maguire war zu den Kripoleuten in die Gemeindehalle gekommen. Hutchens begrüßte sie und warf einen Blick zu Cato hinüber, der jedoch so tat, als hätte er das nicht gesehen. Bevor sie loslegten, wollte Hutchens ein Briefing, wie er es ausdrückte, als er gleich mit der Tür ins Haus fiel. Schön. Cato informierte sie, wer die Leiche gefunden hatte und wann, berichtete von den vorläufigen Ergebnissen des Arztes und schilderte die Umstände, unter denen sie Jim Buckley zuletzt gesehen hatten. Die Sache mit Justin Woodward behielt er für sich, seiner Ansicht nach war das bisher reine Spekulation. Er wollte nicht, dass Hutchens etwas überstürzte, diesen katastrophalen Weg waren sie schon einmal gegangen. Außerdem hegte Cato die Hoffnung, dass er die Gelegenheit bekommen würde, ein Kaninchen aus dem Hut zu zaubern.

Hutchens erteilte barsch ein paar Anweisungen. »Lara, Sie sprechen nochmal mit dem Fischer, der die Leiche gefunden hat. Nehmen Sie den Polizisten mit, der die ursprüngliche Aussage aufgenommen hat ... Greg? Hieß er so?« Tess Maguire nickte bestätigend. Lara ging. Hutchens wandte den Kopf. »Mark?«

Detective Constable McGowan hob eine Augenbraue, das musste er im Fernsehen in irgendeinem Krimi gesehen haben. »Chef?«

»Sie gehen runter zum Pub. Kriegen Sie raus, ob es da Filme von einer Videoüberwachung gibt. Wenn ja, beschlagnahmen.«

»Wird gemacht.«

»Bevor Sie gehen ...«

McGowan blieb stehen, er war mit Feuereifer dabei. »Ja, Chef?«

»Organisieren Sie Kaffee, Milch, Gebäck und so was. Meinetwegen Tim Tams, die sind immer lecker.«

McGowans Blick verfinsterte sich. Hutchens und seine Schokoladenkekse. Cato unterdrückte ein Husten.

»Sobald Sie dazu kommen«, forderte Hutchens ihn mit einem ermunternden Lächeln auf. Steifbeinig und mit grimmiger Miene verließ McGowan den Raum. Nun waren Tess, Cato und Hutchens unter sich.

»Also ...« Hutchens Lächeln verschwand und er sah Cato in die Augen. »Jetzt erzähl mal, was du uns verschwiegen hast.«

Das war's dann wohl mit dem Karnickel, dachte Cato verdrossen.

15

Sonntag, 12. Oktober. Kurz nach Mitternacht.

Der Hund fing wieder an zu kläffen. Es war eine stille, ruhige Nacht, trotz des Hundes. Der Mond schien hell, nur noch ein paar Tage bis Vollmond. Es war, als gäben die Sterne allein schon genug Licht zum Sehen. Einer erlosch vor Catos Augen. Aber da oben gab es noch Millionen mehr.

Sie hatten Justin Woodwards Haus in der Barnett Street umstellt. Am Nachmittag waren die Leute aus Perth angekommen. Drei Beamte hatten sich von den anderen getrennt, um am Tatort die Spurensuche vorzunehmen. Nach einer Einweisung von Hutchens brachte das restliche halbe Dutzend den Nachmittag damit zu, die Angestellten und die Gäste des Pubs zu befragen, um sich ein Bild von Jim Buckleys letzten Stunden zu verschaffen. Eine Besprechung vor der Razzia hatte in einigen Punkten schon Klarheit gebracht. Offenbar hatte es keine Prügeleien gegeben, keinen Streit, keine verschütteten Drinks. Und Buckley hatte auch nicht beim Poolbillard gewonnen. Er hatte einfach still an der Bar gesessen und sein Essen verzehrt – Steak und Pommes, wie die Barfrau sich zu erinnern meinte – und getrunken und in die Luft gestarrt. Hin und wieder hatte er mit anderen Gästen geplaudert, aber dabei war nichts Ungewöhnliches geschehen. Mitten am Abend war er für kurze Zeit verschwunden, dann aber wiedergekommen und bis zur

Schließung des Pubs, etwa um Mitternacht, geblieben. Ja, sagte die Barfrau, Justin Woodward und seine Freundin waren am frühen Abend auch dagewesen, noch bevor Buckley gekommen war. Kurz nachdem er den Pub betreten hatte, waren die beiden dann wieder gegangen.

Lara Sumich und Mark McGowan hatten den Nachmittag und den Abend einen Steinwurf weit von Woodwards Haus im Streifenwagen zugebracht. McGowan war wegen der Sache mit den Tim Tams immer noch mürrisch und unkommunikativ. Sumich löste rasch ein Kreuzworträtsel und schickte dann ein paar anzügliche MMS an ihren Gelegenheitsfreund. Dabei stellte sie sich die Aufgabe, ihre gepiercte linke Brustwarze mit ihrem Handy abzulichten, ohne dass McGowan es merkte. Das gelang ihr. Justin Woodward und seine Freundin waren kurz nach 21:50 Uhr wieder in ihre Einfahrt eingebogen.

Cato warf einen Blick in die Einfahrt. Jetzt stand der Wagen dort, einer von diesen kleinen Jeeps, die sich überschlagen, wenn man eine Kurve zu schnell nimmt, und wie nasse Pappe zerknautschen, wenn man gegen einen Baum fährt. Er war Anfang der Neunziger gebaut worden, schwarz mit verspielten Farbklecksen in Pastelltönen auf den Seiten. Das Segeltuchverdeck war brüchig, ausgeblichen und über der Beifahrerseite zerrissen. Aus dem Loch im Dach guckte eine Angelrute heraus. Inzwischen wussten sie, dass das Fahrzeug auf den Namen der Freundin zugelassen war, auf Angelique. Den Unterlagen zufolge stammte sie aus Frankreich. Sie war etwa vor zwei Jahren nach Australien gekommen, und jetzt lebte sie mit ihrem Freund in Hopetoun. Auch Woodwards Akten, die offiziellen wie die inoffiziellen, wurden ausgegraben. Bisher hatte man ihm nichts nachweisen können, aber in nicht allzu ferner Vergangenheit hatte er sich in ganz schlechter Gesellschaft aus der Drogenszene sehen lassen.

Als Cato das hörte, machte sich in seinem Magen ein kaltes, ekelhaftes Gefühl breit. Hatte er mit seinem kleinen Gerücht unbeabsichtigt in die Aktivitäten eines echten Drogen-Sündikats, wie die Klatschbase Pam es ausgedrückt hätte, eingegriffen? Hatte er den unglückseligen Jim Buckley, indem er ihn als Spitzenermittler in der Drogenszene ausgegeben hatte, seinem Mörder ausgeliefert? Cato weigerte sich, das zu glauben; er war hier doch in Hopetoun, nicht in Mexiko oder Kolumbien. Kläff. Kläff. Kläff. Niemand hatte recherchiert, ob der Hund gemeldet war.

Hutchens nickte, McGowan setzte die Türramme ein, und die Tür flog ins Haus und krachte drinnen gegen eine Wand. Ein Quietschen, und das Gekläff hörte auf. McGowan, Hutchens und Lara Sumich rannten mit gezogenen Waffen durch das Haus und riefen die üblichen Warnungen. Cato blieb, wie man ihn angewiesen hatte, mit Tess und Greg Fisher vorn im Garten und hörte sich alles an. Viel Krach und Gepolter, eine Frau schrie, laute Männerstimmen, dumpfe Schläge, ein Keuchen und ein Stöhnen. Dann Weinen.

Justin Woodward wurde von McGowan und Sumich nach draußen gebracht. Er trug Handschellen, und anscheinend war seine Nase gebrochen. Mark McGowans Gesicht sah entspannt und selbstzufrieden aus. Offenbar war es ihm gelungen, die Tim Tams an jemandem auszulassen. Lara Sumichs Miene war nicht so leicht zu deuten. Sie reichte Woodward ein Papiertuch, um die Blutung zu stillen. Jetzt war die Razzia-Party vorbei, und die Gäste machten sich auf den Heimweg. Da fand Angelique den Hund, ein kleines schwarzes Ding, zwischen der Haustür und der Wand. Genick gebrochen.

»Lily.« Sie sank auf die Knie und begann zu schluchzen, wiegte das schlaffe, leblose schwarze Fellbündel in den Armen. McGowan lachte hämisch, Hutchens sagte kopfschüttelnd »Ts-ts«. Justin Woodward sah Cato an, als er abgeführt wurde.

Cato Kwong konnte nicht schlafen. Die Trupps aus Perth und Albany hatten das halbe Motel übernommen. Ein paar verärgerte Gäste waren in die Häuschen auf dem Campingplatz und in das Fertigdorf der Arbeiter gleich vor der Stadt umquartiert worden, um Platz für Catos neue laute Nachbarn zu machen. Seit seiner Ankunft hatte Hutchens mit dem

Wort »Mordermittlungen« herumgefuchtelt, und das hatte Wirkung gezeigt. Nur ein Zimmer blieb leer: das von Jim Buckley. Es war mit Klebeband abgesperrt worden und sollte am Morgen weiter nach Hinweisen auf Buckleys Ableben durchsucht werden. Wieder sah Cato auf das dunkelrote Display des Radioweckers. Zwanzig nach drei. Aus dem Zimmer nebenan hörte er Plaudern, Lachen, Musik und Gläserklirren. Kripobeamte unterwegs, Kripobeamte, die Überstunden machten. Cato wusste, dass er sie nicht dazu bringen konnte, leiser zu sein, und er wollte es auch gar nicht erst versuchen. Gestern schon hatten sie ihm merkwürdige Blicke zugeworfen. Ja, sie wussten, wer er war. Sie kannten seine Geschichte, oder jedenfalls das, was aus der Gerüchteküche davon durchgesickert war, und sie wussten von seinem Status bei diesen Ermittlungen. Er war ein Niemand. Ganz offiziell.

Justin Woodward war verhaftet und vernommen worden, ohne dass Cato auch nur im Geringsten daran beteiligt gewesen wäre. Seine Arbeit war getan gewesen, als er Hutchens über seinen Verdacht informiert hatte. Verdacht? Spekulationen, Rätselraten, hatte Cato noch ergänzen wollen, aber Detective Inspector Hutchens hatte nicht zugehört. Cato hatte ja selbst nicht richtig zugehört. Er überlegte, wie lange es dauern würde, bis das Gerücht, das er in die Welt gesetzt hatte, zu ihm zurückkehren und ihn beißen würde. Nicht lange, vermutete er. Am Morgen wollten sie mit Befragungen von Tür zu Tür beginnen. Sobald sie an die Tür von Pam kamen, würde die Aufmerksamkeit sich wieder auf Cato richten. Hatte er aus lauter Dummheit einem Mörder ein falsches Motiv geliefert? Wäre Buckley noch am Leben, wenn Cato nicht das Gerücht über die Drogenermittlungen in die Welt gesetzt hätte? Er durfte gar nicht darüber nachdenken. Und schließlich wäre Justin ohnehin verdächtigt worden, und man hätte in jedem Fall vermutet, dass Drogen im Spiel waren. Cato Kwong machte einfach gerade aus einer Mücke einen Elefanten. Aber es war und blieb eine Tatsache: Wahrscheinlich klebte Blut an seinen Händen. Ein schnelles Ergebnis im Fall Woodward wäre für alle Beteiligten nicht schlecht.

Hutchens und Lara Sumich hatten den *Snak-Attack*-Burschen nach Ravensthorpe ins Gefängnis gebracht. Hutchens hatte vor Wut gekocht, weil es so absurd war, dass es in Hopetoun keinen sicheren Polizeigewahrsam gab. Hundert Kilometer hin und zurück, bloß um jemanden einzusperren, was für eine Scheiße.

Nebenan ging ein Glas zu Bruch, was mit Gelächter und dumpfen Schlägen beantwortet wurde. Cato fluchte. Er stand auf, spritzte sich Wasser ins Gesicht und zog Shorts und ein T-Shirt an. Dann schaltete er den Wasserkocher ein, riss ein Tütchen mit Pulverkaffee auf und öffnete auf der Suche nach Milch die Kühlschranktür. Keine da, er würde ihn schwarz trinken müssen. Die Akte Flipper lag auf seinem Nachttisch. Hutchens hatte den Fall noch nicht angesprochen, offenbar stand er auf seiner Liste nicht besonders weit oben. Cato goss kochend heißes Wasser in seine Tasse, schlug die Akte auf und setzte sich hin, um zu lesen.

Namen. Chinesische Namen. Englische Namen. Einige wirkten spanisch, philippinisch, afrikanisch, holländisch – oder südafrikanisch? Osteuropäische Namen, ein paar arabische und indische, alles im winzigen Hopetoun versammelt, wirklich die Vereinten Nationen. Die globalen Bewegungen der Arbeitsmigranten: An manchen Orten, so wie hier, waren die Fähigkeiten eines Mannes oder einer Frau eine begehrte Ware, für die man höchste Preise erzielen konnte. In anderen Teilen der Welt waren Arbeitskräfte so billig und so leicht zu ersetzen, dass der Einsatz von hundert Menschen preisgünstiger war als der eines Traktors.

Hopetoun. Ein Supermarkt, ein Pub, ein Immobilienmakler, der zu schwindelerregend hohen Boomtownpreisen Schuppen am Strand anbot, eine Bäckerei, zwei Coffee-Shops und Justin Woodwards Imbisswagen – wegen unvorhergesehener Umstände vorübergehend geschlossen. Alle nahmen zumindest leicht erhöhte Preise, aber es war immer noch nicht einfach, hier den Lohn auszugeben, der sich im Schnitt offenbar auf zwei- bis dreitausend Dollar pro Woche belief. Doch es gab genügend Anzeichen für Konsum: teure Wagen mit Vierradantrieb, die aussahen, als würden sie nie die Straße verlassen, Jetskis, Quads, große Boote. Man frönte dem Luxus. Der winzige Ort war voll davon, der Boom war überall sichtbar. Cato überlegte. War es erst vier, jetzt fünf Tage her, dass er hier angekommen war? Ja, aber es hatte ihn schon gepackt, war ihm schon unter die Haut gedrungen. Bilder, Klänge, Sinneseindrücke, die er in den vergangenen Tagen unbewusst aufgenommen hatte. Diese Selbstsicherheit. Oder Überheblichkeit? Eine feste Überzeugung, dass dieser aufgeblähte Wohlstand richtig war, angemessen und dauerhaft. Während auf der ganzen Welt die Aktienmärkte zusammenbrachen, glich dieses kleine Städtchen an der Südküste von Western Australia einem Leuchtfeuer der Hoffnung auf einer Insel unbeirrbarer Zuversicht. Die Mine war auf fünfzig Jahre hin angelegt. Sie gehörte zu einer Branche, die allein im letzten Jahr – was hatte Bruce Yelland gesagt? – fünfzig Milliarden Dollar erwirtschaftet hatte. Gemanagt wurde sie von einem der größten Big Players der Welt, WMG, der Western Minerals Group, mit einem Nettowert, der so hoch war wie das Bruttoinlandsprodukt mancher kleinerer Staaten. Der Aufschwung, gesegnet sollte er sein, zusammen mit allen seinen Trittbrettfahrern. WMG, und wer waren die anderen Namen oben auf den Arbeiterlisten? Dunstan Construction Industries und SaS Personnel, diese Firmen lieferten dem Boom Arbeitskräfte und boten noch weitere Dienstleistungen an. Über die WMG wusste Cato, dank Bruce Yelland, inzwischen ein bisschen mehr. Aber wer waren die anderen?

Cato zerrte seinen Laptop aus der Hülle, schob das Netzteil in die Steckdose und das Kabel in die Internetbuchse und loggte sich ein. Noch gab es in diesem Motel keine drahtlose Verbindung, aber er war sicher, dass das bloß eine Frage der Zeit war. Von nebenan hörte er Bewegungen, die klangen, als würden die Partygäste endlich aufbrechen. Die Website von Dunstan fand er schnell: *Dunstan Industries – Bauausführung für Industrieanlagen und Privathäuser – Global denken, lokal handeln.* Wie niedlich. Mit Sitz in Ravensthorpe, Eigentümer James Dunstan. In der oberen rechten Ecke ein passbildgroßes Foto von einem lächelnden Mann mittleren Alters, der Typ, dem man gern seine Kinder anvertraut hätte. Derzeitige Projekte: Wohnsiedlung Barren

Pastures, Mehrzweckgebäude für die Rettungsdienste in Hopetoun, Meerwasserentsalzungsanlage für die WMG, Arbeiterdorf an der Nickelmine für die WMG und so weiter und so fort. Was Halliburton für den Irakkrieg war, vermutete Cato, war Dunstan für den Boom in Hopetoun.

SaS Personnel. Die Website für eine Firma, die in Hertfordshire bei London saß und sich auf Sicherheitskräfte spezialisiert hatte. Australien war nirgends erwähnt. Nein, das musste ein anderes Unternehmen sein. Cato schränkte die Suche auf Australien ein. Nichts. Er versuchte, die Firma über eine Website der Regierung zu finden, *Tax and Industry Regulation*. Da hatte er sie, Stevenson and Sons Personnel, abgekürzt SaS Personnel, Personalbeschaffung. Die Direktorin, Sekretärin und einzige Teilhaberin war eine Grace Stevenson. Geschäftsführer: Keith Stevenson. Eingetragener Firmensitz: Dempster Street, Esperance. Cato dachte an Kane Stevenson, der im Ravensthorpe Hospital lag. Bestand da eine Verwandtschaft? Das würde er am Morgen weiterverfolgen. Er loggte sich aus, klickte seinen Laptop in den Ruhezustand und wünschte, er könnte das Gleiche auch für sich selbst tun.

16

Sonntag, 12. Oktober. Früher Morgen.

Sonntagmorgen. Hopetoun schlief aus. Selbst den enthusiastischsten Anglern war es zu stürmisch, um sich hinauszuwagen. Cato Kwong zog den Reißverschluss seiner Jacke zu und trat fröstelnd aus seinem Motelzimmer. Er war so in Gedanken versunken, dass er nicht bemerkte, wie Lara Sumich aus dem Nebenzimmer kam. Sie stießen zusammen. Cato zuckte zurück und hob seinen ausgerenkten Daumen, um ihn zu inspizieren: Er sah aus, als sei er möglicherweise durch den Stoß wieder eingerenkt worden. Lara Sumich entschuldigte sich, lächelte geistesabwesend und wollte sich entfernen.

»Was gefunden?«

»Wie bitte?«

Cato nickte zu der Tür hinüber, aus der sie gerade gekommen war. »In Buckleys Zimmer, gab's da was Interessantes?«

Lara drehte sich um, als wolle sie sich vergewissern, dass sie über das gleiche Zimmer sprachen. »Nein, nein, wir haben noch gar nicht damit angefangen. Ich habe nur kontrolliert, ob alles noch gesichert ist. Ich wohne direkt nebenan und hab gedacht, ich hätte da drinnen etwas gehört.«

»Und?«

»Schien alles in Ordnung zu sein.«

Cato nickte. »Und wie ist es gestern Abend mit Woodward gelaufen?«

»Gut.«

»Volles Geständnis, unterschrieben und alles?«

»Noch nicht.«

»Schon gefrühstückt?«

»Noch nicht.«

»Wollen Sie mir Gesellschaft leisten?«

Lara antwortete mit einem Augenzwinkern und einem verführerischen Lippenkräuseln. Cato spürte, dass er rot wurde, wie ein Teenager.

»Kann nicht, sorry. Treffe mich mit dem Chef zur nächsten Runde mit Woodward…« Sie zeigte auf das Schild an der Tür auf der anderen Hofseite. »Und das Restaurant ist ohnehin geschlossen.«

In Hopetoun musste der frühe Vogel am Sonntagmorgen anscheinend warten, bis der Wurm ausgeschlafen hatte.

Detective Inspector Mick Hutchens erschien aus seinem Zimmer zwei Türen weiter, frisch gekämmt und rasiert, im sauberen weißen Hemd und mit einem dunkelroten Power-Schlips. Er rechnete damit, heute den Medien Rede und Antwort zu stehen, auch wenn es vorerst nur das Lokalfernsehen war, die zweite Garde. Die Paradetruppe aus Perth wurde Montagmorgen erwartet, gleich mit dem ersten Flug.

»Morgen, Cato. Kann's losgehen, Lara?«

»Klar, Boss.«

Lara drückte auf die Fernbedienung für den Commodore, die Schlösser sprangen auf und die Blinker blinkten.

Cato stellte Hutchens die gleiche Frage, die er Lara gestellt hatte: »Wie ist es mit Woodward gelaufen?«

»Gut«, sagte Hutchens.

»Was hat er gesagt?« Cato ließ nicht locker.

»Er sagt, er war es nicht.«

Kapitulierend hob Cato die Hände. Die Rollläden waren runtergegangen, und er war ausgeschlossen. »Okay, ich hab's begriffen.«

»Gut«, sagte Hutchens und schlug die Autotür zu.

Lara gab Gas und winkte Cato kurz zu, als sie vom Parkplatz fuhr.

Cato sah ihnen nach und wartete darauf, dass die Hitze aus seinem Gesicht wich – und nicht nur aus seinem Gesicht. Mit einem Lippenkräuseln und einem Irisflackern konnte Lara Sumich von Schulsprecherin auf Femme fatale umschalten. Beeindruckend. Immerhin, ein weiterer Tag – ein weiterer Tag, und man hatte ihn immer noch nicht aus dem Fall Flipper rausgekickt. Er klappte sein Handy auf und tippte eine Nummer ein.

»Wo wohnst du?«

»Warum?« Tess klang verschlafen und schlecht gelaunt.

Cato sah auf die Uhr, es war erst kurz nach sieben, an einem Sonntagmorgen. Allmählich verlor er das Gefühl für die normale Zeit, dafür, wie andere Leute lebten. Er war fast die ganze Nacht lang wach gewesen und stand trotzdem wieder in den Startlöchern. Warum ging es den anderen nicht auch so?

Tess' Stimme wurde härter, sie musste auf die Uhr gesehen haben. »Ist dir klar, wie früh es ist?«

»Ungefähr fünf nach sieben?«

»Cato?«

»Ja?«

»Verpiss dich.«

Aufgelegt. Er wählte erneut.

»Was ist denn?« In ihrer Stimme lauerte etwas Gewalttätiges.

»SaS Personnel, Stevenson and Sons – Direktorin: Grace Stevenson. Geschäftsführer: Keith Stevenson. Sind die mit Kane verwandt?«

Jetzt war Tess hellwach. »Keith ist der Vater. Grace kenne ich nicht. Ich habe immer gedacht, die Mutter hieße Kerry. Grace … Grace. Tante? Schwester?«

»Also, wo wohnst du?«

»Warum?«

»Hast du jemals versucht, an einem Sonntagmorgen hier irgendwo eine gute Tasse Kaffee zu kriegen?«

»Ich habe mir noch nie Gedanken darüber gemacht, wo ich eine gute Tasse Kaffee herkriege, nirgends und zu keiner Tageszeit. Du musst endlich mal ein geregeltes Leben führen, du Kaffeesnob.«

Aber sie gab ihm trotzdem ihre Adresse.

»Currawong Gardens«, sagte Cato.

Das war die Adresse, die für Grace Stevenson angegeben wurde. Sie brüteten über Tess' privatem Laptop und studierten noch einmal die Details der Firma. Um gleichzeitig lesen zu können, mussten sie am Küchentisch dicht zusammenrücken, für Tess' Empfinden ein bisschen zu dicht, und dann auch wieder nicht. Seine Nähe rief Erinnerungen an eine Art von Intimität wach, die sie schon seit Jahren nicht mehr erlebt hatte. Er roch noch genauso; die Erinnerung war beunruhigend und gefährlich, noch etwas in ihrem Leben, das sie fast dazu brachte, sich völlig zu vergessen. Melissa schlief noch. Als Teenager würde sie nicht vor zehn auftauchen. Bis dahin waren es noch zweieinhalb Stunden. Tess wurde bewusst, dass sie lustvoll rechnete und plante, und im Geiste ohrfeigte sie sich dafür.

Cato war vom Motel aus zu Fuß gegangen. Bis zu ihrem Haus, das auf einem Hügel in der halb fertiggestellten neuen Siedlung Mary Ann Waters lag, hatte er zehn Minuten gebraucht und Tess damit Zeit gegeben, sich einigermaßen ordentlich zurechtzumachen. Nicht einfach. Ihr Haar stand nach allen Seiten ab, wie das der Katzenlady in den *Simpsons*, an ihrer Schläfe hatte sich eine Falte von ihrem zusammengeknautschten Kopfkissen eingedrückt, und an ihren Atem durfte man gar nicht denken. Nach einer Fünf-Minuten-Dusche samt Zähneputzen und in einer sauberen Jogginghose fühlte sie sich deutlich besser. Sie rettete ihr Lieblings-T-Shirt aus dem Wäschekorb und schnupperte daran – das ging noch.

»Currawong Gardens, Hopetoun«, wiederholte Cato.

»Das ist eine Seniorenresidenz mit selbstständigen Wohneinheiten und Altenpflege.«

»Eine was?«

»Ein Altersheim, wenn man aus der Stadt rausfährt, durch den alten Teil, liegt an der Straße nach Starvation Bay. Vor ein paar Wochen haben sie einen Einbruch gemeldet. Hat sich dann aber herausgestellt, dass sie ihren Ehering abgelegt hatte, weil sie Wäsche waschen wollte. Und das hatte sie vergessen.«

»Grace?«, fragte Cato verblüfft.

»Nein, irgendein altes Muttchen.«

Cato sah Tess an, als wäre sie selbst ein bekloptes altes Weiblein, nur noch einen Klick von Currawong Gardens entfernt. Er nahm die Zügel wieder in die Hand, und der Gedankenfluss strömte aus dem toten Arm zurück in den großen Strom.

»Grace ist hier als Direktorin, Sekretärin und einzige Teilhaberin aufgeführt.«

Tess griff zum Telefon und rief in Currawong Gardens an. Sie fragte, ob dort eine Grace Stevenson arbeite oder wohne. Ja, bestätigte die Frau am anderen Ende, aber sie sei gerade beschäftigt.

»Womit?« Tess gab sich zu erkennen und setzte ihre Senior-Sergeant-Stimme ein.

»Sie wird gerade saubergemacht. Letzte Nacht ist ein kleines Malheur passiert.«

Zu viel Information so früh an einem Sonntagmorgen.

»Wie alt ist Mrs Stevenson?«

»Letzte Woche sechsundachtzig geworden, hat aber nicht viel davon mitgekriegt, die Arme.«

Tess riskierte es. »Hat sie sehr oft Besuch von ihrem Sohn Keith?«

Ein Zungenschnalzen. »Seit der sie vor drei Jahren hier abgeliefert hat, hat er sich nicht mehr blicken lassen. Aber der Enkel besucht sie hin und wieder. So ein netter Junge.«

»Kane?«

Wieder ein Schnalzen. »Nein, Jai, der Kleine, der geht noch zur Schule. Ein richtiger Schatz.«

Tess runzelte die Stirn, dann bedankte sie sich und legte auf. Sie berichtete Cato, was sie erfahren hatte, ließ das unappetitliche Detail aber weg. Er schenkte ihnen nochmal Kaffee ein. Wenn er sich nachnahm, entsprach die schwarze Flüssigkeit offenbar seinen hohen Maßstäben.

»Klingt nicht gerade nach dem typischen machtbesessenen Firmendirektor, der ein anscheinend sehr profitables Unternehmen leitet.«

Tess' Achselzucken ging in eine Nackendehnung und dann in ein Gähnen über, bei dem sie die Arme zur Decke streckte. Aus dem Augenwinkel bemerkte sie Catos bewundernden Blick, als der Stoff sich über ihrer Brust spannte, doch er bemühte sich, so zu tun, als würde er gar nicht hinsehen. Manchmal war er ein offenes Buch. Tess lächelte leise. Zeit, das Skalpell herauszuholen.

»Wie geht's deiner Frau?«

»Jane? Gut. Doch.« Catos Lächeln war gezwungen, seine Stimme unnatürlich munter.

»Seid ihr schon lange verheiratet?«

»Sieben Jahre.«

Das verflixte Siebte.

»Kinder?«

»Ein Junge, sechs Jahre alt. Er heißt Jacob, wir nennen ihn Jake.«

»Bestimmt fehlt er dir.«

»Ja, das ist wahr.«

Das klang ehrlich, keine Frage, aber es schien ihn selbst ein wenig zu überraschen.

»Und Jane fehlt dir bestimmt auch«, soufflierte Tess.

»Klar. Natürlich.«

»Und warum bist du dann nicht zu Hause?«

»Was?«

»Hutchens wird beide Fälle übernehmen wollen. Deine

Arbeit hier ist mehr oder weniger getan. Du kannst zu deiner Familie zurück. Das willst du doch, oder?«

Catos Nicken war nicht überzeugend.

Tess wägte ab, was sie erfahren hatte – aber dann fragte sie sich, warum sie sich überhaupt so sehr dafür interessierte. Plötzlich kam ihr eine Erinnerung an einen heißen Sonntagmorgen zwischen den Laken in den Sinn. Mit Cato Kwong, aber das war lange, lange her und weit, weit weg. Sie beruhigte ihr klopfendes Herz und nahm den Faden wieder auf.

»Komm, wir besuchen Keith Stevenson.«

Sichtlich erleichtert über diesen Kurswechsel, stellte Cato seine Tasse ab und sah sie erwartungsvoll an.

Tess hob die Hand. »Warte, ich muss erst noch meine *Desperate-Housewives*-Kluft ausziehen. Also, trink in aller Ruhe deinen Kaffee aus.«

»Gut geschlafen, Justin?«

Hutchens klatschte seine Akte und sein Notizbuch auf den Tisch und zog scharrend einen Stuhl zurück. Lara Sumich bezog direkt hinter Woodward Stellung, am Rand seines Gesichtsfeldes. Der Vernehmungsraum war das Standardmodell, vier Wände, ein Tisch und drei Stühle. Die Uhr hinter Woodward verkündete allen, dass es zwanzig nach acht war. Ein kleines Fenster aus der Kolonialzeit hoch oben in einer der Wände bot den Blick auf einen blauen Himmel, jagende Wolken und den Ast eines Eukalyptusbaumes, der im Wind zitterte. In einer Ecke war oben eine Videokamera angebracht, eine moderne Beigabe. Hutchens war an diesem Morgen voller Tatendrang, und das sollte Woodward sehen. Der Hauptverdächtige gab als Reaktion auf seine Frage ein Schnauben von sich und verzog die Lippen.

»Ich deute das als Nein.« Hutchens strahlte.

Er hatte der Nachtschicht Anweisungen gegeben: Ständiges Pfeifen, laute Gespräche, Gepolter, kreischende Handyklingeltöne und dergleichen. Es war erst fünf Stunden her, dass sie die letzte Vernehmung beendet hatten. Woodward konnte von Glück reden, wenn er überhaupt eine Stunde Schlaf gekriegt hatte. Außerdem hatte Hutchens dafür gesorgt, dass das Frühstück, das man Woodward serviert hatte, so unappetitlich wie nur möglich ausgefallen war. Die Nachtschicht hatte ihm allerdings düster versichert, das Gasthaus am Ort liefere das Essen ohnehin nicht anders.

Woodward strich sich durch die dunklen Locken. Er hatte tiefe Schatten unter den Augen und musste sich rasieren. Seine Nase war rot und angeschwollen, aber nicht gebrochen. Der blaue Papieranzug, den die Polizei in solchen Fällen ausgab, raschelte. Woodwards eigene Kleidung lag jetzt irgendwo unter einem Mikroskop. Hutchens schnippte den Deckel von seinem Cappuccino-Becher ab, schnupperte übertrieben genießerisch und trank einen Schluck.

Woodward machte den ersten Zug. »Wo ist mein Anwalt?«

»Heute ist Sonntag, auf dem Land. Wir tun unser Bestes. Ich hoffe, dass Sie uns in der Zwischenzeit helfen, Justin.«

»Und wenn nicht?«

»Dann warten wir einfach, bis er oder sie eintrudelt und machen morgen weiter.«

Keine Antwort. Hutchens nahm das als Zustimmung.

»Muss Ihnen den Tag verdorben haben, Justin.«

Woodward hob einen Mittelfinger und rieb sich dann damit Schlaf aus dem Augenwinkel.

Hutchens blieb hartnäckig. »Als Detective Sergeant Buckley plötzlich aufgetaucht ist.«

Ein Achselzucken.

»Sie hatten sich gerade so schön mit Ihrer Freundin niedergelassen …« Hutchens tat, als würde er seine Notizen durchsehen, »mit Angelique. Tolle Frau.«

Woodward hielt den Blick starr auf die Tischplatte gerichtet.

»Französin?«

Tischplatte.

»Touristenvisum, läuft in wenigen Wochen ab, sehe ich hier gerade.«

Tischplatte plus ein verächtliches Kopfschütteln. »Ist das alles, was Sie können?«, schien es zu sagen.

»Und da kommt der große Jim Buckley angerauscht und vermasselt Ihnen alles.«

Tischplatte und vorgetäuschte Langeweile.

»Wusste Angelique von ihrer Dealer-Vergangenheit?«

»Wieso denn? Ich habe keine. Ich bin nicht verurteilt worden.«

»Oh, er kann sprechen!«

Hutchens lehnte sich zurück und verschränkte die Arme. Kurswechsel.

»Wo sind Sie und Ihre Freundin hingegangen, nachdem Sie den Pub verlassen hatten?«

»Nach Hause.«

»Warum?«

»Zum Ficken.«

»Und ihre Drinks haben Sie halb ausgetrunken stehen lassen«, sagte Hutchens, als wäre das ein Sakrileg.

»Gibt Wichtigeres.«

Lara Sumich nickte zustimmend. Hutchens warf ihr einen ärgerlichen Blick zu.

»Jim Buckley war gerade reingekommen. Sind Sie deshalb gegangen?«

»Ich habe Ihnen doch schon gesagt, warum wir weg sind. Wir waren geil. Sie konnte es kaum abwarten.«

Woodward drehte den Kopf und sah Lara an, als würde sie das verstehen, ganz im Gegensatz zu Hutchens. Da lag er wohl nicht verkehrt. Wieder ein warnender, wütender Blick in Laras Richtung.

»Woher kennen Sie Freddy Sudhyono?«

»Wen?«

»Freddy Bataam, auch unter dem Namen Riri Yusala bekannt, Indonesier.«

Eine Drehung der Hände und ein unterdrücktes Gähnen.

»Ihr Geschäft ist doch heutzutage bestimmt eine Goldgrube.«

»Mit dem Kaffee? Ja, wir kommen ganz gut zurecht«, stimmte Woodward zu.

Hutchens beugte sich vor und sah ihn scharf an.

»Mit Ecstasy. Amphetaminen. K.-o.-Tropfen. Und Bergleuten mit Geld wie Heu.«

Ein genervter Blick, ein gekränkter Blick. »So was mache ich nicht, Inspector. Koffein. Das ist die Droge, mit der man clever Geld machen kann. Hopetoun schreit ja nach gutem

Kaffee. Die Brühe, die die anderen hier fabrizieren, schmeckt doch wie Scheiße.«

Hutchens trank einen Schluck von seinem Cappuccino. »In dem Punkt haben Sie nicht Unrecht.«

Lara stellte ihren Becher ungeöffnet zurück.

Hutchens machte eine Pause, blätterte mit großem Getue die Akte durch und las seine Notizen. »Was hat Jim Buckley übersehen, als er Ihren Wagen durchsucht hat?«

Diesmal ein Lidflattern und ein allzu lässiges Schulterzucken. »Nichts. Er hat sich umgesehen. Konnte nichts finden, weil es da nichts zu finden gab.«

»Warum hatte Jim Buckley Ihre Handynummer in seinem Handy gespeichert?«

Wieder ein Lidflattern, und das Schulterzucken war diesmal noch etwas übertriebener, während der Blick wieder auf der Tischplatte ruhte.

»Er hat Sie am Freitagnachmittag angerufen, etwa um Vier. Sie haben fast drei Minuten lang miteinander gesprochen. Worüber?«

Tischplatte. Zucken über dem rechten Auge.

»Worüber, Justin?«

»Keine Ahnung.«

»Was soll das denn heißen?« Hutchens schlug mit der flachen Hand auf den Punkt auf der Tischplatte, den Justin so interessant zu finden schien.

Woodward lehnte sich zurück und verschränkte die Arme. »Ich glaube, jetzt warte ich doch lieber auf meinen Anwalt.«

17

Sonntag, 12. Oktober. Vormittag.

Cato und Tess brauchten nicht weit zu gehen. Die Stevensons wohnten etwa zwölf Häuser die Straße hinauf, auf der teuren Seite, in einem zweistöckigen, protzigen Klotz mit Blick auf das Südpolarmeer. In der stark abschüssigen Einfahrt lag auf einem Trailer die *Kerry*, ein neun Meter langes

Fischerboot. Auf dem Rasen vor dem Prunkbau stand ein brandneues Quad, und über dem Carport hing ein Basketballreifen. Ein silberner Prado, ein neues Modell, besetzte einen der beiden Parkplätze, und ein staubiger Hilux mit Vierradantrieb und der Aufschrift SaS Personnel den anderen. Insgesamt war es ein für den Boom recht typisches Haus hier in Hopetoun. Schon bevor die beiden Besucher die Haustür erreichten, wurde sie geöffnet.

»Habt ihr dieses verdammte Maorischwein angeklagt?«

Kerry Stevenson, liebende Mutter eines Sohnes, der offenbar kein Wässerchen trüben konnte. Sie hatte große braune Augen, schulterlanges, schwarz gefärbtes Haar und einen Junk-Food-Körper, der von einem schlabbrigen Jogginganzug verhüllt wurde. Cato schätzte sie auf irgendetwas zwischen vierzig und sechzig. Ihre sonnengebräunte, faltige Haut war viele Jahre den australischen Elementen ausgesetzt gewesen. Sie zog einmal lange an ihrer Zigarette und wartete auf eine Antwort. Ohne Cato zu beachten, fixierte sie Tess und ihre Uniform. Tess lächelte.

»Hi, Kerry. Wie geht's Kane?«

»Der leidet.«

»Ist er schon aus dem Krankenhaus raus?«

»Morgen. Wieso wisst ihr das denn noch nicht? Und was ist jetzt mit diesem Maori?«

»Alles unter Kontrolle«, beruhigte Tess Mrs Stevenson.

»Und was wollt ihr dann hier?«

»Kurz mit Keith sprechen. Ist er da?«

Kerry drehte ihnen den Rücken zu und brüllte in den Flur: »Keith! Die Bullen! Für dich!«

Keith Stevenson war wie ein Pit Bull gebaut, hatte aber das freundliche Aussehen eines Bauernjungen, wie viele Männer hier in der Gegend. Erst gestern schienen die Haare ergraut zu sein, erst gestern hatte der Bauch sich selbstständig gemacht, dabei hatten sie doch gerade neulich noch auf dem Schulhof ihre gutmütigen rauen Spiele gespielt. Gutmütig, aber fest entschlossen zu siegen. Keith wischte sich die Hände an seinem *Born-to-Fish*-T-Shirt ab und streckte Cato eine hin.

»Geht's um Kane?«

Ernsthaft. Authentisch. Besorgt. Kumpelhaft. Er führte sie durch den Flur in die Küche. Kerry schien weniger begeistert zu sein, dass Cato über ihre Schwelle trat.

In der Küche der Stevensons waren alle der Menschheit bekannten Geräte ausgestellt, doch sie wirkten wenig benutzt, was irgendwie unheimlich war. Auf der Theke standen die Reste eines warmen Frühstücks und zwei Tassen Kaffee. Cato knurrte der Magen. Der offene Essbereich, der sich an die Küche anschloss, wurde von einem Plasmafernseher beherrscht. Davor auf dem Fußboden saß ein Junge, vielleicht zehn oder elf, und klickte wild auf einer Spielkonsole herum: Jai, vermutete Cato, der goldige kleine Bub, der seine Oma in Currawong Gardens besuchte. Jai knallte eifrig alle und alles ab, was ihm unter die Augen kam, Blut spritzte, Körper flogen auseinander. Er drehte nicht einmal den Kopf, um die Besucher in Augenschein zu nehmen. »Der gefrustete Nachwuchs«, sagte Tess lautlos zu Cato, mit einer Kopfbewegung in Jais Richtung. Das war er also. Explosionen und Schüsse hallten durch den Raum, bis Keith die Fernbedienung fand und den Ton ausschaltete.

»Sorry, mein Freund«, sagte der Papa mit einem nervösen, beschwichtigenden Grinsen und einem Augenzwinkern.

Der Junge drehte sich kurz um und warf ihm aus seinen dunklen Augen, den Augen seiner Mutter, einen finsteren Blick zu. Auf der Oberlippe hatte er eine Narbe von einer Gaumenspalten-OP. Er bemerkte, dass Cato die Narbe aufgefallen war, hob verlegen die Hand an die Stelle und verdoppelte gleichzeitig die Finsterkeit in dem Blick, mit dem er Cato ansah. Offensichtlich hatte er für seine Besuche bei Oma im Pflegeheim eine andere Persönlichkeit auf Lager.

Keith hielt seinen Kaffeebecher hoch und hob fragend eine Augenbraue. Die Aussichten waren gut: Die Küche bot sowohl eine Espresso- als auch eine Cappuccinomaschine. Cato nickte eifrig. Keith Stevenson strahlte, griff in einen Schrank und förderte ein Glas löslichen Kaffee zutage. Tess verkniff sich ein Schmunzeln und lehnte das Angebot ab.

»Also. Kane?«, hakte Keith Stevenson nach.

»Eigentlich sind wir aus einem anderen Grund hier.«

Auch ohne Ton lenkte der riesige, flackernde Plasmabildschirm ab. Der kleine Jai starrte darauf, klickte mit doppelter Geschwindigkeit auf der Spielkonsole herum und richtete Blutbäder an.

»Und worum geht es?« Keith löffelte Kaffeepulver in einen Becher.

Cato schüttelte den Kopf, als der Hausherr auf das Zuckerschälchen deutete, nickte aber zum Milchkarton. »SaS Personnel.«

Keith konzentrierte sich auf das Milcheinschenken. »Ja?«

»Ihre Firma.«

»Richtig.«

»Aber auf den Namen Ihrer Mutter.«

Kerry Stevenson schnaufte und zündete sich an der Glut ihrer Kippe die nächste Zigarette an. Sie und ihr Mann wechselten einen Blick. Er stellte die Milch wieder in den Kühlschrank.

»Richtig. Sie ist eine ... stille Teilhaberin.«

»Sehr still«, bestätigte Tess. »Warum haben Sie die Firma auf den Namen einer Frau eintragen lassen, die über achtzig ist und laut Aussage der Pflegekräfte in Currawong Gardens kaum noch für sich selbst sorgen kann?«

Keith Stevenson blieb reglos stehen, den Kessel mit kochendem Wasser in der Hand. »Ist das verboten? Was soll denn das?«

Nicht mehr besorgt und umgänglich. Aber den Kaffee konnte Cato jetzt vergessen. Glück im Unglück.

»Wenn das verboten ist, suche ich das Gesetz heraus und gebe Ihnen Bescheid. Bis dahin ermitteln wir möglicherweise wegen Mordes.« Catos Stimme war so kalt wie der Blick seines Gastgebers.

»Der Bulle? Und was bitteschön hat das mit uns zu tun?« Keith Stevenson lachte bitter. »Ist doch zum Heulen, da hat man mal irgendwann irgendwas ausgefressen, und ihr sorgt dafür, dass man das bloß nicht vergisst. Also wollt ihr mir die Geschichte jetzt anhängen?«

Cato ärgerte sich im Stillen. Sie hatten es versäumt, Keith Stevensons Namen ins System einzugeben, bevor sie ihn besuchten, daher wussten sie nichts über seine Vergangenheit. Hausaufgaben nicht gemacht.

»Nein, nicht die Sache von gestern, hier geht es um die Leiche, die vor ein paar Tagen am Strand gefunden wurde. Wir glauben, dass es ein Chinese ist. Möglicherweise einer von den Arbeitern hier aus der Gegend.«

Stevenson rührte in seinem Kaffee. »Ja, und wir haben Ihnen doch die Liste gegeben, oder? Alle haben eigenhändig unterschrieben, als sie am Donnerstag ihren Lohn kriegten. Da fehlt keiner.«

»Wie funktioniert das mit der Auszahlung? Stehen sie dafür Schlange?«, fragte Tess.

»Sie kommen im Laufe des Tages, je nachdem, in welcher Schicht sie arbeiten, unterschreiben und nehmen die Lohnabrechnung mit. Das Geld wird direkt aufs Konto überwiesen.«

»Und wenn jemand an dem Tag krank ist?«

»Dann bittet er normalerweise einen anderen, für ihn zu unterschreiben.«

»Ist das in dieser Woche vorgekommen?«, fragte Cato.

»Ich spreche mal mit dem Vorarbeiter.«

»Danke.«

Cato konnte nicht anders. Da Stevenson ihm gerade entgegengekommen war, musste er noch weitergehen. »Übrigens haben Sie die Frage noch nicht beantwortet.«

Stevenson war gereizt. »Welche?«

»Warum Sie eine alte, gebrechliche Frau in einem Pflegeheim als rechtmäßige Eigentümerin Ihrer Firma eingesetzt haben.«

Keith Stevenson deutete auf die Haustür. »Ist nicht Ihr Bier, mein Freund. Wird Zeit, dass Sie gehen.«

Jai nahm das als Stichwort, um den Ton seines Spiels wieder einzuschalten. Maschinengewehrfeuer prasselte durch die Stevensonsche Küche, und irgendein Kerl erlebte sein blaues Wunder, aber hallo.

Miller googelte mal wieder. Er hatte sich in sein Arbeitszimmer eingeschlossen, während Jenny im Garten herumwerkelte, Unkraut jätete, pflanzte, Sträucher beschnitt und die Frühlingssonne genoss. Von Jim Buckley war immer noch keine Nachricht gekommen, und er ging auch nicht ans

Telefon. Wahrscheinlich wieder mal Verarschung. Davey Arthurs in einem Pub in Hopetoun unter den wachsamen Augen seines Schwagers? Das hatte doch zu schön geklungen, um wahr zu sein. Das Treffen mit Brian Munro hatte Miller die ganze Nacht lang keine Ruhe gelassen. Etwas, das Arthurs zu Vicki Munro über seine Vergangenheit gesagt hatte. Dass er keine habe. Was bedeutete das? Miller hatte die Berichterstattung über den Mord in Adelaide bereits durchforstet, und jetzt wollte er zurück nach Sunderland, Mai 1973. Ob die Sachen schon im Internet standen? Es gab nur eine Möglichkeit, das herauszufinden.

Eine Suche auf der Seite des *Sunderland Echo* ergab, dass die Berichte im Netz nicht weit genug zurückreichten. Man konnte sich aber die alten Ausgaben von damals bestellen, wenn man ein paar Wochen warten wollte. Wollte Miller nicht. Er versuchte es mit den großen Tageszeitungen, schließlich waren die Morde so grauenvoll gewesen, dass sie auch überregional Interesse gefunden hatten. Miller las die Artikel darüber. In seinem Magen wühlte es, als seine eigenen Erinnerungen hochkamen, er fand jedoch nichts, was er nicht schon gewusst hätte. Seine Fähigkeiten im Umgang mit dem Internet waren rudimentär. Er wusste zwar, wie man suchte, aber nicht unbedingt, wo, und auch nicht, wie man durch die Flut von Müll hindurchwatete, die bei jedem Klick auf einen einströmte. Er ertrank in belanglosem Kleinkram. Dabei fiel ihm ein Dokumentarfilm ein, den er kürzlich im Fernsehen gesehen hatte, über einen Rockstar aus den geburtenstarken Jahrgängen, der seinen Stammbaum erforschte. Ein Meister der Sologitarre, aber am Computer eine alte Oma – sie mussten seinen Strom von Flüchen mit Pieptönen überblenden. Miller kannte das Gefühl.

Die Volkszählung. Die Rockgröße hatte es geschafft, im Internet die Volkszählung zu finden, oder zumindest hatte das Filmteam dem Musiker gezeigt, wie man das machte. Ob die Daten der Familie Arthurs und der damaligen Bewohner der Maud Street 11 etwas Neues ergeben würden? Vielleicht tauchte ja CK irgendwo auf? Miller tippte auf der Tastatur herum. Die Volkszählung von 1971 führte David, Christine und Stephen Arthurs in der Maud Street 11 auf. Daveys

Beruf: Werftelektriker. So weit, so gut. Er suchte noch früher, verfolgte Arthurs zur Volkszählung davor, 1961 – da war er fünfzehn gewesen. Damals hatte er mit seiner Mutter Elizabeth und seinem kleinen Bruder Andrew in Southwick gelebt, stellte Miller fest, nicht weit von den Werften entfernt. Beruf der Mutter: Verkäuferin. In den zehn Jahren bis 1971 war die Familie also ein bisschen in der Welt vorangekommen, von Southwick nach Fulwell. Ein winziger Schritt auf der Stufenleiter des Klassensystems, das in jenen Tagen – und vermutlich immer noch – alles beeinflusste. Auch das war ein Grund dafür gewesen, dass Miller sich aus dem Staub gemacht hatte. Davey, seine Mutter und sein kleiner Bruder ... aber wo war der Vater? Tot? Abgehauen?

Die Volkszählung von 1951. David, Andrew, Elizabeth und William (Vater) wohnten im gleichen Haus in Southwick. Davey war fünf, Andrew zwei, die Mutter Hausfrau und der Vater Werftarbeiter. Und das war alles? 1941 hatte es wegen des Krieges keine Volkszählung gegeben. Und in beiden Jahrzehnten war kein CK zu finden. Miller lehnte sich zurück und rieb sich die Augen. Und was jetzt? Er dachte an seine eigene Kindheit zurück: 1951 war er acht Jahre alt gewesen. Er war 1943 gezeugt worden, als sein Vater sich unerlaubt von der Truppe entfernt hatte, um vor seiner Versetzung nach Nordafrika ein letztes Mal seiner Gattin beizuwohnen. Darauf waren zwei höllische Jahre in der Wüste gefolgt. Miller tastete nach der Narbe über seinem rechten Auge: Es hatte Zeiten gegeben, da hatte er sich gewünscht, eine deutsche Kugel hätte das bösartige alte Schwein erwischt. Als der Alte nämlich nach dem Krieg zurückgekommen war, hatte der Albtraum für seine Familie erst begonnen. Nach der Entlassung aus dem Kriegsdienst hatte Vater Miller einen Facharbeiterjob in einer der Schwermaschinenbau-Fabriken erhalten, die die Werften und die Kohlebergwerke belieferten. Er wurde relativ gut bezahlt, hatte immer genug Geld für Alkohol. Im Gegensatz dazu hatte der Lohn von Arthurs' Vater, dem Werftarbeiter, sicher nicht weit gereicht. Waren diese schweren Zeiten für Davey Arthurs der Anfang von allem gewesen? Miller mochte das nicht glauben. Viele Leute hatten es schwer gehabt. Und nur ganz wenige davon waren zu Serienmördern geworden. Nein, da musste etwas anderes im Spiel gewesen sein. Aber was?

Miller sprang zur Volkszählung 1931 zurück und suchte nach Davey Arthurs' Vater. William John Arthurs, damals zwölf, lebte mit Mutter, Vater und Schwestern in Seaburn. Von Fulwell aus nur den Berg hinunter. In einer der großen Doppelhaushälften, nur zwei Straßen vom Strand entfernt. Williams Vater, Daveys Großvater, war Bankdirektor. Davey Arthurs' Vater wurde also in Wohlstand und in ein privilegiertes Leben hineingeboren, landete nach dem Krieg aber in einem beschissenen, schlecht bezahlten Job und in einem schäbigen Vier-Zimmer-Reihenhaus. Wie war das passiert? Und wohin war der Vater zwischen den Volkszählungen von 1951 und 1961 verschwunden?

Jenny gab ihm durchs Fenster ein Zeichen, dass er den Wasserkocher anstellen solle. Als Antwort hob er den Daumen.

»Ein umtriebiges Kerlchen«, bestätigte Cato.

Sie hatten sich im Ermittlungsschuppen eingeloggt und sahen sich die Berichte über Keith John Stevenson an, geboren am 26. April 1956. Die ersten Lebensjahre hatte er in den Vorstädten im Norden von Perth verbracht. Als Teenager war er für Ladendiebstahl, Autodiebstahl, Körperverletzung, Trunkenheit und ordnungswidriges Verhalten bestraft worden. Perth in den sechziger und frühen siebziger Jahren, begrenztes Freizeitangebot. Keith entwickelte sich stetig weiter. Mit zwanzig und dreißig trieb er sich mit Männern, die für Nötigungen und Erpressungen bekannt waren, in den Nightclubs von Northbridge herum und kassierte die entsprechenden Strafen, für schwere Körperverletzung, Waffen- und Drogenbesitz. Perth in den achtziger Jahren: Der Finanzskandal WA Inc und Geld wie Heu. Dann toppte Keith alles Vorangegangene: In den frühen Neunzigern wurde er wegen Totschlags angeklagt. Bei einem heftigen Streit in einem Pub in Fremantle hatte er einem amerikanischen Matrosen, Vater von drei Kindern aus Alabama, einen kräftigen Schlag verpasst. Der Matrose hatte sechs Wochen im Koma gelegen, bevor man dann die Geräte abgeschaltet hatte.

Stevenson wurde vom Vorwurf des Totschlags freigesprochen, saß aber ein Jahr wegen einer geringfügigeren Körperverletzung.

»Seitdem nichts mehr, seit über fünfzehn Jahren hat er sich nicht das Geringste zuschulden kommen lassen«, sagte Tess.

»Bekehrt?«, überlegte Cato.

Tess schüttelte den Kopf. »Denkste.«

»Mit solchen Vorurteilen kommst du aber im modernen Polizeidienst in Western Australia nicht weit.«

»Hopetoun ist schon weit genug, danke.« Tess tippte mit dem Finger auf die Liste der Beschäftigten. »Also, wann machen wir den Anwesenheitsappell?«

Cato gähnte. Die schlaflose Nacht holte ihn jetzt doch ein.

»Der kann bis morgen warten. Damit fangen wir die neue Arbeitswoche an. Ist dir das recht?«

Tess war überrascht, nicht nur über seine Bereitwilligkeit, noch zu warten, sondern auch darüber, dass ihm wichtig war, was sie dachte.

»Klar.« Sie zuckte die Achseln und wandte sich in Gedanken schon dem Rest ihres Sonntags zu: waschen, aufräumen und versuchen, mit Melissa zu kommunizieren. Und überlegen, was sie wegen Johnno Djukic unternehmen würde, der morgen wieder zur Arbeit erscheinen sollte.

Cato sah sie an. »Alles in Ordnung?«

»Ja«, sagte Tess. »Ja, alles gut.«

Beim Vormittagstee erzählte Stuart Miller seiner Frau, was er gemacht hatte, was der Grund dafür war, dass er sich den ganzen Morgen im Arbeitszimmer eingeschlossen hatte. Wenigstens habe er nicht auf Pornoseiten rumgesurft, witzelte er.

»Vielleicht solltest du das aber mal tun. Das könnte hier ein bisschen neuen Schwung reinbringen«, erwiderte sie niedergeschlagen. Aber sie hatte ebenfalls angebissen.

Davey Arthurs war schließlich Teil ihrer gemeinsamen Geschichte. Er hatte ihnen beiden das Leben so schwer gemacht. Und die offenen Fragen faszinierten Jenny. Wie war es gekommen, dass Arthurs' Vater, vor dem Krieg ein Sprössling aus der wohlhabenden Mittelschicht, später in relativer Armut landete? Und was war zwischen Daveys fünftem und fünfzehntem Geburtstag mit seinem Dad geschehen?

Jenny kannte sich am Computer besser aus als Stuart, und als Teil eines Schulprojektes hatte sie Schülern beigebracht, ihren Stammbaum zu recherchieren. Also, noch mal ganz von vorn: William Arthurs' Sterbeurkunde.

Stuart Miller staunte, mit welcher Geschicklichkeit seine Frau im Cyberspace herumsauste. Außerdem verblüffte es ihn, wie wenig Information das Netz auf dem Gebiet der Genealogie bereithielt. Dafür umso mehr über Anoraks und Eisenbahnfanatiker, was für ein Glück. Doch endlich hatte Jenny es gefunden: William John Arthurs, Todesdatum 19. September 1953, Alter dreiunddreißig, Todesursache: Ersticken. Obwohl das nicht nötig gewesen wäre, hatte der Arzt hilfreicherweise in Klammern »erhängt« hinzugefügt. Sterbeort: das Reihenhäuschen in Southwick. Als Davey Arthurs gerade sieben war, hatte sein Vater, wie es schien, Selbstmord begangen. So also war William verschwunden. Aber warum hatte er das getan?

Anschließend sah Jenny nach, was William John Arthurs im Krieg gemacht hatte. In der Datenbank des Imperial War Museum war er als Lieutenant der Durham Light Infantry aufgeführt, so wie es sich für den Sohn eines Bankdirektors gehörte – und er hatte in Dunkirk gekämpft, in Nordafrika und bei der Landung der Alliierten in Salerno. Im Februar 1945, wenige Monate vor Kriegsende, war er aus gesundheitlichen Gründen ausgemustert worden. Schwere Depressionen und Katatonie. Kriegstraumata. Daveys Vater war wahrscheinlich nicht mehr in der Lage gewesen, einer verantwortlichen, besser bezahlten Tätigkeit nachzugehen; selbst die Arbeit auf der Werft musste sehr anstrengend für ihn gewesen sein. Davey und Andy zu zeugen war wohl ungefähr alles gewesen, wozu er noch getaugt hatte. Aus irgendeinem Grund hatte seine Mittelschichts-Familie ihn seinem Schicksal überlassen. Niemand hatte den heimkehrenden Helden wieder in das große Haus in Strandnähe in Seaburn eingeladen, damit er sich von seinen Kriegstraumata erholen konnte. Wie reizend.

Jenny Miller lehnte sich mit triumphierendem Blick zurück. »War es das, was du gesucht hast?«

Miller nickte beeindruckt. »Alles sehr interessant, aber was hat es damit zu tun, dass sein Sohn Davey zu einem so bösen, heimtückischen Verbrecher wurde?«

Jenny streckte sich und gähnte. »Hm, ja, ich hab jetzt genug davon, muss Hefte korrigieren.« Ihre Hand schwebte zögernd über der Maus, dann zwinkerte sie ihrem Mann zu und stieß ihm spielerisch den Ellbogen in die Rippen. »Es sei denn, du willst eine von deinen kleinen blauen Pillen einwerfen und ein paar Pornos gucken.«

18

Montag, 13. Oktober. Früher Morgen.

Guan Yu trat aus seinem Caravan in das Zwielicht der Morgendämmerung hinaus. Fröstelnd legte er beide Hände um seinen Teebecher und hob ihn an den Mund. Im Osten kündigten die hohen Cirruswolken mit ihren rosa und roten Streifen den Sonnenaufgang an. Wie ein Fächer breiteten sie sich über einen Himmel aus, der so hoch und weit war, dass Guan sich niemals daran gewöhnen würde. Dies war die beste Zeit des Tages, denn er hatte ein paar Momente für sich, um den Frieden, die Stille, die reine Luft und die Weite zu genießen. So viel Weite. Er schlug dreimal laut mit der flachen Hand gegen den Wagen. Drei Arbeitskollegen drinnen, die nur langsam aus dem Bett kamen. Wenn vier erwachsene Männer in einem Caravan schnarchten und furzten, der kaum groß genug war für zwei, war es draußen in der frischen Morgenluft am schönsten.

Der Caravan stand auf einer Lichtung im Busch, in der Südostecke eines riesigen, vernachlässigten Grundstücks, das als Paddy's Field bezeichnet wurde. Guan Yu hatte keine Ahnung, wer dieser Paddy war. Soviel er wusste, gehörte dieses Land ihrem Arbeitgeber, aber den sahen sie nie – ein großer Mann, zu beschäftigt. Zu beschäftigt, um sich um sein Land und seine Tiere zu kümmern, dachte Guan, als ein paar abgemagerte, verwahrloste Schafe aus respektvoller Distanz jämmerlich blökten. Guan Yu schlug erneut dreimal gegen die Wagenwand. Die Schafe nahmen Reißaus, seine Arbeitskollegen regten sich, fluchten und furzten. Einer fing an, sich Nase und Rachen freizuröcheln, und die anderen fielen im Chor ein. Guan schwenkte die Rückstände in seinem Becher und goss sie auf einen kleinen Haufen Mallee-Wurzeln. Das erinnerte ihn daran, dass er für das abendliche Feuer neue Wurzeln suchen musste.

Zwanzig Meter entfernt wurde die Tür eines zweiten Caravans aufgestoßen, und während die Sonne in der Ferne über die Bäume stieg, tauchten aus dem Wagen weitere schläfrige Chinesengesichter auf. Sie stimmten in den Chor mit ein, machten ihn zur schnaubenden Kakophonie. Drei Männer in einem Wagen, der für vier gedacht war. Seit Chen weg war, hatten sie etwas mehr Platz. Von der anderen Seite des Grundstücks kam der Minibus näher. Er holperte über den ausgefahrenen Feldweg und hielt quietschend zwischen den beiden Caravans. Das Fenster wurde heruntergelassen, und Travis Grant streckte den Kopf heraus, die Zigarette im Mundwinkel und die verspiegelte Sonnenbrille oben auf dem Kopf.

»Wachi-wachi, zacki-zacki. Arbeiten los-los?«

Guan Yu nickte und lächelte, wie es von ihm erwartet wurde. Er fragte sich, warum Mr Grant ein so merkwürdiges Englisch sprach und gar nicht fragte, wo Chen war. Nie.

Justin Woodward sollte ruhig mindestens noch ein halbes Stündchen schmoren. Detective Inspector Mick Hutchens hatte auf der Polizeiwache in Ravensthorpe das Büro von Sergeant Bernie Tilbrook requiriert. Das war nicht gut angekommen, aber Hutchens war das scheißegal. Er hatte jetzt endlich die vorläufigen Obduktionsergebnisse von Dr. Harry Lewis, der Buckleys Untersuchung bis zum späten Sonntagvormittag hinausgeschoben hatte. Das war Hutchens' Stimmung nicht gerade zuträglich gewesen, außerdem hatte er soeben gehört, dass sich die Ankunft der zusätzlichen

Beamten und der mobilen Befehlsstelle um weitere vierundzwanzig Stunden verzögern sollte. Während der Obduktion hatte Hutchens den Mund gehalten. Er würde den aufgeblasenen kleinen Blödmann später drankriegen, wenn die Arbeit erledigt war.

Jim Buckley hatte nicht nur eine, sondern zwei große Kopfwunden. Es sah so aus, als hätte der Mörder ihm den Stein zuerst aus geringer Entfernung, vielleicht weniger als einem Meter, von hinten gegen den Hinterkopf geschlagen, um ihn außer Gefecht zu setzen. Als Buckley dann lag, hatte er oder sie nachgesetzt und ihm den Stein erneut, diesmal von oben, auf den Kopf gehauen. Beim zweiten Mal war das mit einer derartigen Wucht geschehen, dass der Mörder den Stein hochgehoben und mit großer Kraft nach unten geschmettert haben musste. Das hatte Buckley getötet. Kaum elegant, aber sicherlich effektiv, war Lewis' überflüssige Feststellung. Es hatte keinen offensichtlichen Kampf gegeben, keinen offensichtlichen Körperkontakt zwischen Opfer und Angreifer. Aber höchstwahrscheinlich hatte der Mörder Spritzer von Jim Buckleys Blut abbekommen.

Buckley hatte den Bauch voller Steak, Pommes, Salat, Bourbon und Cola. Keine ungewöhnlichen Medikamente im Blut – er nahm nur Mittel gegen zu hohen Blutdruck und Cholesterin. Was sie nicht erwartet hatten, was die weitere Untersuchung aber bestätigte: Buckleys Eingeweide waren mit Krebs durchsetzt. Wäre er nicht ermordet worden, dann wäre er wahrscheinlich ohnehin innnerhalb von etwa sechs Monaten gestorben. Dr. Lewis hatte nichts dagegen, dass die Leiche der Familie übergeben wurde. Hutchens konnte keinen besonderen Vorteil darin sehen, Buckley noch einmal von irgendeinem Fachidioten in Perth untersuchen zu lassen. Die wichtigen Organ-, Blut- und Gewebeproben hatten sie ohnehin schon entnommen. Buckleys ältester Sohn war verständigt worden. Hutchens wollte nicht allzu viel darüber nachdenken, was die Familie im Moment durchmachte. Er wusste, für sie war es wichtig, dass sie das arme Schwein begraben oder einäschern konnten, und er wollte ihnen nicht im Weg stehen. Auch dem Polizeipräsidenten lag daran, diesen Prozess zu beschleunigen. Die Bestattung eines Polizisten war immer eine gute Möglichkeit, Herzen, Hirne und Etatvorlagen auf einen Nenner zu bringen.

Der Tatort hatte für die Forensiker nicht viel hergegeben. Regen und andere Verschmutzungen hatten Abdrücke, Fasern und andere potenziell nützliche Teilchen in eine trübe Brühe verwandelt, wie Hutchens Einsatzleiter, Duncan Goldflam, sagte. Im Motelzimmer gab es ebenfalls zu viele Abdrücke und Fasern von vorherigen Bewohnern und Personal, als dass es sich wirklich gelohnt hätte, hier weiter zu suchen, doch die Sorgfaltspflicht schrieb das vor. Buckleys Habseligkeiten und sein Laptop wurden untersucht, aber auch dabei kam nichts heraus. Irgendein kleiner Hinweis auf Justin Woodward hätte schon gereicht, aber bisher hatten sie nichts gefunden. Auf dem Überwachungsvideo des Pubs war nur zu sehen, wie Buckley an der Bar saß – wie er trank, aß, auf den Fernseher starrte, auf die Barfrau starrte, dann wieder in die Luft starrte und im Laufe des Abends gelegentlich ein paar beiläufige Worte mit anderen Gästen wechselte. Zu sehen war auch, dass Buckley den Pub mitten am Abend für etwa zehn Minuten verließ und dann zurückkehrte. Justin Woodward und seine Freundin gingen früh und ließen ihre halb ausgetrunkenen Drinks zurück. Die Suche nach dem weißen Turbo-Pritschen-PKW, der wahrscheinlich Woodwards Kumpanen gehörte – dem Indonesier und seinen beiden schmierigen Genossen – hatte null gebracht. Das Handy hatte die Nummer von Woodward ausgespuckt, das war ein Plus, aber abgesehen davon nur die Nummer einer Arztpraxis und eine weitere Privatnummer, von einem Familienangehörigen in Busselton. Alles in allem hatten sie nichts in der Hand, das wusste Hutchens.

Justin Woodward wusste es auch und sein Anwalt ebenfalls. Henry Hurley war gestern mit dem Spätnachmittagsflug aus Perth gekommen: klein, mit Koboldgesicht und überraschend muskulös. Er trieb Sport, um seine mangelnde Größe wettzumachen. Hurra-Henry. Ein Schmierenadvokat aus der Stadt, der Hutchens und seinen Kollegen vom Dezernat für schwere Straftaten gut bekannt war. Er vertrat normalerweise Bandenmitglieder und Biker und war nicht billig; aber Justins Vater bezahlte. Er hatte zu viel zu tun, um selbst zu kommen und seinen Sohn zu unterstützen, aber er setzte alle Hebel in Bewegung und zückte sein Scheckbuch, um ihm zu helfen. Hutchens hatte bereits von Leuten, die in der Nahrungskette der Polizei weiter oben standen, gesteckt bekommen, dass der gesellschaftlich angesehene Unternehmer Patrick Woodward seine Beziehungen spielen ließ und der Polizei sowie Juristen- und Politikerkreisen in den Ohren lag, dass sein Sohn schikaniert würde. Die Botschaft an Hutchens lautete, dass er ihn bis zum Ende des Tages entweder anklagen oder freilassen solle. Henry Hurley hatte bereits seine Empörung über die grobe und unrechtmäßige Behandlung, die seinem Klienten widerfahren war, zum Ausdruck gebracht und alle wissen lassen, dass er damit an die Öffentlichkeit gehen würde. Hutchens hatte genickt und den kleinen Wichser angelächelt. Sollte er doch.

Henry und Justin saßen an einer Längsseite des Tisches, Hutchens und Lara Sumich an der anderen. Lara wusste Bescheid, ihr war klar, dass es keine zwingenden Beweise gab. Sie sah aus, als wäre sie am liebsten anderswo. Hutchens machte eine Vorstellungsrunde und nannte Zeit und Datum für das Protokoll. Er wusste, dass es wahrscheinlich die letzte Sitzung mit Woodward sein würde und dass sie ihn wohl würden laufen lassen müssen, es sei denn, jemand kam mit einem unwiderlegbaren Beweis hereingestürzt oder Woodward brach zusammen und gestand alles; beides war unwahrscheinlich. Seit Sonntagmorgen, als er beschlossen hatte, auf seinen Anwalt zu warten, hatte Woodward nichts mehr preisgegeben. Vorher hatte er cool und entspannt gewirkt und anscheinend für alles eine Erklärung gehabt – wenn er sich die Mühe machte zu antworten. Für alles – nur nicht für den Anruf von Buckleys Handy, der etwa um vier am Freitagnachmittag auf seinem Handy eingegangen war. Die Frage danach hatte ihn aus dem Konzept gebracht. Hutchens hätte seine Überstunden verwettet, dass Hurley und Justin diese Lücke inzwischen gestopft hatten. Doch das sollte ihn nicht davon abhalten, noch einen Versuch zu machen. Nachdem er gemütlich die einleitenden Formalitäten und dann noch einmal die bekannten Geschichten durchgegangen war, um sich zu vergewissern, dass Woodward bei seiner Version blieb – und das tat er –, kam Hutchens auf den Kern der Sache zu sprechen.

»Der Anruf, Justin, den Sie am Freitagnachmittag von dem Verstorbenen erhalten haben; wir müssen noch klären, um was es da ging.«

Woodward nickte hilfsbereit, jetzt erinnerte er sich. »Ja, Mr Buckley hat mich angerufen, das ist richtig …« Mr Buckley, nett formuliert. »Er hat gesagt, er hätte bei der Durchsuchung meines Wagens etwas verlegt. Ein Schlüsselbund.«

»Und Sie haben …« Hutchens tat so, als prüfe er ausführlich seine Notizen, »drei Minuten und sechsundvierzig Sekunden gebraucht, um das zu besprechen?«

»Ja, er hat mir die Schlüssel beschrieben, und wir haben versucht, uns vorzustellen, wo er sie hingelegt haben könnte.«

»Beschreiben Sie mir die Schlüssel.«

Ein Lidflackern, Woodward hatte die Lüge unnötig ausgeschmückt. Zeit für den Rückzieher. »Ehrlich gesagt, ich habe eigentlich gar nicht richtig zugehört. Ich habe mich gerade fertiggemacht, weil ich mit Angelique ausgehen wollte. Wir haben darüber gesprochen, wo Mr Buckley gesucht hatte, wo er sie hingelegt haben konnte. Aber ich hatte nichts gesehen, als ich an dem Tag abgeschlossen habe.«

»Und das war alles?«

»Das war alles.«

»Warum konnten Sie mir das nicht gestern schon sagen?«

Justin nickte wieder, bereitwillig und kooperativ. »Ich hatte furchtbar schlecht geschlafen. Ich bin erst nach drei ins Bett gekommen, wie Sie ja alle wissen.« Diesmal ein Blick zu Lara hinüber, der sie mit einbezog. »Ich war einfach am Limit, ich konnte nicht mehr. Schlafentzug. Kann ganz schlimme Folgen haben, das ist Ihnen ja bekannt.«

Henry Hurley tätschelte seinem Klienten tröstend die Hand und schenkte Hutchens einen halb tadelnden, halb mitleidigen Blick. »War da noch etwas, womit wir Ihnen helfen sollten, Inspector?«

Der Reisebus rollte auf den Vorplatz der Raststätte und hielt vor dem Bürocontainer der Dunstan Industries, wo eine ganze Flotte von Minibussen darauf wartete, Gruppen von Leiharbeitern auf verschiedene Baustellen zu bringen. Die Bremsen zischten, und die Türen schoben sich auf. Eine Prozession schläfriger Männer und Frauen in Leuchtoveralls wanderte in den Sonnenschein hinaus. Tess Maguire sah auf die Uhr, 8:30. Die meisten Passagiere dieses Busses waren bereits mindestens zwei Stunden wach, denn sie waren von Esperance nach Ravensthorpe gefahren, und jetzt stand ihnen eine zehnstündige Schicht bevor. Nachdem Tess selbst auch in der vergangenen Nacht wieder zu wenig Schlaf bekommen hatte, konnte sie exakt nachvollziehen, wie sie sich fühlten. Sie saß in ihrem Privatwagen, einem acht Jahre alten grauen Subaru, und war in Zivil. Das hier war streng genommen keine Polizeiarbeit. Da erschien er in der Tür des Busses.

John Djukic. Keine Fußballerfrisur mehr, aber die rostrote Haarfarbe war geblieben. Er war frisch rasiert. Hatte ein bisschen zugenommen. Lange Fahrten zur Arbeit setzten dem Körper genauso zu wie Flüge zur Arbeit, vielleicht sogar noch mehr. Gasthausessen und das Leben im Arbeiterquartier waren Gift. Djukic und sein Trupp von Brüdern und ein paar Schwestern trotteten wenige Meter an Tess' Subaru vorbei. Sie machte keinen Versuch, sich zu verstecken. Fast wollte sie, dass er sie bemerkte. Doch er ging einfach vorbei und stieg in einen Minibus, dessen handgeschriebenes Schild hinter der Windschutzscheibe besagte, dass er zur Nickelmine hinausfuhr. Einer nach dem anderen brummten die Minibusse mit ihren Ladungen von Arbeiterbienen los. Tess wurde bewusst, dass sie in der letzten Minute oder so vergessen hatte zu atmen. Sie öffnete das Wagenfenster und sog tief die Landluft ein. Doch die Luft war bitter vom blauen Rauch hastig angesteckter Zigaretten und knisterte von dem Staub, den die Fahrzeuge aufgewirbelt hatten. Tess ließ den Motor an und folgte der Fahrzeugkolonne.

Es war ein höchst eigenartiges Gefühl. Vormittag auf einer staubigen, ungeteerten Straße gleich außerhalb von Hopetoun. Ein stiller Tag, der stetig wärmer wurde. Cato Kwong legte schützend die Hand über die Augen, denn die kleine Ansammlung weißer Bürocontainer am Eingang des Geländes, das bis zum Ende des Jahres die Barren Pastures Neubausiedlung werden sollte, blendete ihn. Kein Seeblick von hier aus, aber die neuen Bewohner würden sich auf herrliche Sonnenuntergänge über den Barren Ranges ein paar Kilometer weiter westlich freuen können. Im Osten und im Norden Raps, so weit das Auge reichte. Im Süden dehnte sich Hopetoun langsam immer weiter aus und griff nach dem Frieden und der Gelassenheit des Landlebens, das auf der Reklametafel hoch über ihnen so verlockend beschrieben wurde: *Lebe deinen Traum in Barren Pastures*, auf den Ödwiesen.

Sehr eigenartig: Sechzehn Chinesen waren aufgerufen, sich vor Cato Kwong aufzureihen. Er stellte sich die Szene aus der Vogelperspektive vor. Sie hätte die Bühne für ein typisches Kung-Fu-Event abgeben können, wenn die Männer nicht alle blau und gelbe Leuchtoveralls getragen hätten. Außerdem wirkten sie nicht kampfbereit, sondern reichlich verwundert über Catos Erscheinen und seine Rolle als Zenmeister Kwong. Das anfängliche leise Gemurmel, als sie auf den Parkplatz der Barren Pastures geführt wurden, war verstummt. Jetzt beobachteten sie nur noch und warteten ab.

Heute wurde Cato von Greg Fisher begleitet. Tess hatte angerufen und gesagt, sie habe zuerst noch etwas anderes zu tun. Fisher schien den Vorarbeiter zu kennen, Travis Grant. Er gab Grant einen Stups, der daraufhin Cato zunickte, er könne beginnen. Cato fing an, die Namensliste vorzulesen. Es gab leises Gelächter und Gekicher über die Aussprache einiger Namen, aber während Cato vielleicht keinen Job als Nachrichtensprecher bekommen hätte, war er doch deutlich besser als Travis Grant mit seinem Pidgin für taube Ausländer. Sobald ein Chinese seinen Namen erkannt hatte, trat er vor, winkte, lächelte und nickte, als werde er gerade für das Finale des Hundert-Meter-Rückenschwimmens vorgestellt.

»Hai Chen.«

Nichts. Niemand trat vor.

Cato las den Namen noch einmal vor. Immer noch nichts. Einige Chinesen husteten oder schauten angestrengt sonstwo hin, nur nicht zu Cato.

Travis Grant schob seine verspiegelte Sonnenbrille hoch und sah sich ein bisschen um. »Hat jemand Hai Chen gesehen? Hai Chen?«, wiederholte er laut.

Nichts.

Cato beschloss, weiterzumachen, alle anderen abzuhaken und dann auf diesen einen zurückzukommen. Er fuhr fort, bis der letzte der Männer vorgetreten war. Dann sah er sich die Liste noch einmal an.

»Hai Chen?«, sagte er unsicher und wiederholte den Namen.

Travis Grant zuckte die Achseln. »Muss die Biege gemacht haben. Kommt vor.«

»Wo wohnt er denn?«

»In China?«

Cato sah Grant scharf an. »Ich bin jetzt nicht in der Stimmung für so was. Zeigen Sie mir, wo er gewohnt hat, dieser … Hai Chen.«

Er spürte, wie jemand ihm auf die Schulter tippte, und drehte sich um. Da stand einer der Chinesen, trat einen halben Schritt zurück und verbeugte sich vor Cato. Das Gesicht kam Cato irgendwie bekannt vor, oder war es einfach, dass diese Chinesen für ihn alle gleich aussahen? Dann erinnerte er sich, sein erster Tag in Hopetoun, der Mann in der Telefonzelle an der Main Street.

»Chen tot. Ich ihn totmachen.«

Der Mann nickte eifrig und streckte die geballten Fäuste vor sich aus, die Handgelenke dicht nebeneinander. Cato wusste nicht, was er tun sollte. Handschellen hatte er nicht mitgebracht.

19

Montag, 13. Oktober. Später Vormittag.

Guan Yu befand sich in der Polizeistation Ravensthorpe in Gewahrsam. Er bewohnte die Zelle, die Justin Woodward gerade geräumt hatte. Seit vor vier Jahren das große Osterangeln in Hopetoun außer Kontrolle geraten war und man aus Albany und Esperance Verstärkung geholt hatte, war in der Dienststelle in Ravensthorpe nicht mehr so viel Betrieb gewesen. Cato stand total unter Strom. Gestern zu dieser Zeit war Flipper noch ein nicht identifizierter Fleischklumpen gewesen, man hatte nur vermuten können, dass er aus China kam. Und jetzt hatte er einen Namen, er hieß Hai Chen und war offenbar von seinem Landsmann Guan Yu umgebracht worden. Nicht zu fassen.

Die Fragen nach dem Wie, Wann, Wo und Warum würden warten müssen, bis der Dolmetscher aus Perth da war. Frühestens am späten Nachmittag. Die Chinesen sollten heute nicht mehr arbeiten, hatten aber die Anweisung, auf der Baustelle zu bleiben, bis jemand wusste, wie es weitergehen sollte. Inzwischen fuhren Cato und Greg Fisher in einem Mini-Konvoi hinter Travis Grant her zu Paddy's Field hinaus. Da hatten Hai Chen und Guan Yu in Caravans gewohnt, die ihr großzügiger Arbeitgeber, SaS Personnel, ihnen freundlicherweise zur Verfügung gestellt hatte. Keith Stevenson war bereits dorthin beordert worden und sollte sich mit ihnen treffen. Die Inhaberin und Direktorin der Firma, Grace Stevenson, war offenbar indisponiert.

Cato wollte sehen, ob es irgendwelche persönlichen Gegenstände von Hai Chen gab. Er brauchte seine DNA oder einen anderen Hinweis, der bestätigte, dass Flipper und Chen ein und dieselbe Person waren. Travis Grant im Pritschen-PKW vor ihm wurde von einem der Chinesen begleitet, der besser Englisch konnte als die anderen und bei der Arbeit als Vermittler fungierte. Geschrieben sah der Name des Mannes wie ein Zungenbrecher aus: Xi Xue. Aber gesprochen klang er etwa wie »Schi Schuei«. Catos Unfähigkeit, flüssiges und glaubhaftes Mandarin zu produzieren, war weiterhin eine Quelle der Erheiterung. Er wollte nicht einmal versuchen, eine Erklärung dafür abzugeben. Wissen Sie, das ist nämlich so – ich bin nicht so chinesisch, wie ich aussehe, es fing alles mit meinem Ururgroßvater in Bendigo an, und so weiter und so fort. Sein Handy piepte schwach, der Akku war fast leer; er hatte vergessen, es über Nacht aufzuladen. Er prüfte den Empfang. Nichts. Eine gute Ausrede dafür, Hutchens nicht anzurufen und ihn nicht über die Entwicklungen zu informieren.

Paddy's Field befand sich in einer Ecke eines Tausend-Morgen-Grundstücks, das Keith Stevenson gehörte. Es lag auf halbem Weg zwischen Hopetoun und Ravensthorpe und gleich südlich von dem behelfsmäßigen Flughafen. Praktisch. Nachkommen eines der Gründerbarone aus der ersten Landbesetzer-Generation hier in der Gegend hatten vor sechs Jahrzehnten Bäume und Vegetation von dem Land entfernt. »Eine Million Morgen pro Jahr«, hatte der Slogan gelautet. Das Ergebnis: wogendes Hügelland, mit Getreide und Erde bedeckt, vom Salz erstickt. Die Landbesetzer-Barone waren auf andere Branchen umgestiegen und hatten nutzlose Flurstücke wie dieses an Leute wie Keith Stevenson verkauft. Zu dem Zeitpunkt hatte niemand gewusst, warum er das Land haben wollte. Er war nicht der Typ, der Landwirtschaft betrieb. Aber die Nähe zum Flugplatz, der eine neue Nickelmine mit Milliardenumsätzen bediente, war jetzt ein Hinweis.

Diesen Ausflug in die Lokalgeschichte hatte Cato Greg Fisher zu verdanken, der es sich zur Aufgabe gemacht hatte, die Menschen, die Geschichte und das Land, das er jetzt als sein Fleckchen Erde bezeichnete, zu verstehen. Er erklärte, das sei seine Art, Respekt zu zeigen. Es war derselbe Charakterzug, der ihn veranlasst hatte, in freien Momenten mit Jim Buckley zu plaudern und innerhalb von zwei Tagen das herauszufinden, was Cato in den sechs Monaten, die er mit dem Mann zusammengearbeitet hatte, nicht erfahren hatte. Es ließ Cato nachdenklich werden und imponierte ihm auch, und offenbar wusste Fisher das, denn er machte ein selbstzufriedenes Gesicht. Der Wagen vor ihnen blinkte und bog nach rechts in einen Feldweg ab.

»Was wissen Sie über den Vorarbeiter? Über Grant?«, fragte Cato.

»Trav? Ich spiele Rugby mit ihm. Er trinkt gern was und schubst ganz gern mal beim Spielen. Und er ist hinter den Mädels her. Müsste sich ein bisschen anständiger benehmen, wenn er mit Farbigen zu tun hat, aber abgesehen davon ist er in Ordnung.«

»Vertrauen Sie ihm?«

Fisher sah Cato an. »Klar. Glaub schon. Wieso?«

Cato zuckte die Achseln, er wusste es noch nicht. Im Grunde war Travis Grant nichts weiter als Stevensons rechte Hand bei SaS. Vielleicht gefiel Cato einfach Grants Auftreten nicht oder die Gesellschaft, mit der er sich umgab.

Vor ihnen lag jetzt eine Ansammlung von baufälligen Schuppen und eine halb verfallene Scheune mit morschen Tragebalken und verrostetem Wellblechdach. Etwa fünfzig Meter dahinter schimmerte ein Wäldchen aus Teebäumen im Hitzedunst. Auf einer Lichtung mittendrin standen zwei Wohnwagen. Zu Skeletten abgemagerte Schafe wanderten in Gruppen umher und blökten kläglich in die stehende, heiße Luft. Sie versammelten sich hoffnungsvoll um einen rostigen Wassertrog, der aber nichts weiter bot als ein paar Zentimeter grünen Schlamm. Über dem eingetrockneten Kadaver dessen, was möglicherweise ein Lamm gewesen war, hingen dichte Wolken von Fliegen. Cato tauschte einen Blick mit Greg Fisher, der angewidert die Nase verzog. An jedem anderen Tag wäre dieser Ort ein Spitzenkandidat für ein bisschen Zuwendung vonseiten des Viehdezernats gewesen.

Grants Wagen hielt am vorderen Caravan. Cato und Fisher stoppten daneben. Grant sprang aus dem Auto und zog seine Sonnenbrille auf die Nase herunter. Er zündete sich eine Zigarette an, dann breitete er als spöttischen Willkommensgruß die Arme aus.

»Trautes Heim …«

Nervös lächelnd kam Xi Xue von der Beifahrerseite her um den Wagen herum.

»Wie viele wohnen hier?« Cato richtete seine Frage an Grant.

»Acht ... normalerweise.«

Cato begutachtete die Unterkünfte; die Wohnwagen waren klein, rund, Sunbeam Cruiser aus den achtziger Jahren. Sie erinnerten ihn an Ferien in der Kindheit und einfachere, glücklichere Zeiten. In ihren besten Tagen mochte in einem dieser Caravans ein Paar bequem Platz gefunden haben, solange die beiden sich gut verstanden. Jetzt aber waren die Wagen rostig, verbeult und auf Steine aufgebockt und sollten jeweils vier Männern eine Bleibe bieten.

Mitten auf der Lichtung, in einem Kreis aus kleinen Felsbrocken und Ziegelsteinen, lagen die qualmenden Überreste eines Lagerfeuers. An den Ziegelsteinen lehnte eine vom Feuer geschwärzte Kochplatte. Um den Feuerplatz herum standen verschiedene billige Plastikstühle und Picknickbänke, und gleich dahinter lag ein Stapel Mallee-Wurzeln als Feuerholz. Unter einem Stuhl ein Abtropfgestell aus Plastik, mit Tellern, Besteck, Bechern und Töpfen, alles ordentlich gestapelt und mit einem rot karierten Geschirrtuch abgedeckt. Die Behausungen mochten heruntergekommen wirken, aber die Bewohner hielten sich etwas zugute auf ihr spartanisches Reich. Nirgends lag Müll herum.

»Wasser?«, fragte Greg Fisher, der seine Empörung über das, was er als Zustände wie in der Dritten Welt betrachtete, kaum verbarg.

Travis Grant zeigte mit dem Daumen über die Schulter auf die Schuppen und die Scheune fünfzig Meter hinter ihm.

»Da drüben ist ein Hahn.«

»Toiletten? Duschen?«, bohrte Fisher nach.

»Klo und Dusche in einem der Schuppen, und auf den meisten Baustellen gibt es auch Duschen. Ist das hier eigentlich eine Besichtigung von der Gewerkschaft oder was?«

Cato beugte sich dicht zu Grants Ohr und sagte mit leiser, monotoner Stimme: »Spielen Sie sich lieber nicht so auf, und lassen Sie die Pöbeleien. Und jetzt zeigen Sie mir Hai Chens Wagen.«

Grant verfärbte sich ein wenig, erholte sich aber schnell

wieder. Er wandte sich an Xi Xue und fragte überlaut in seinem Cartoon-Pidgin:

»Hai Chen, welcher Caravan? Wo wohnen?«

»Er wohnt in dem da.« Xi Xue deutete auf die andere Seite des Lagerfeuers.

Während sie hinübergingen, überlegte Cato, ob Xi das Präsens aus sprachlichem Unvermögen verwendet hatte, oder ob er damit Grant mit seiner herablassenden Art sanft hatte zurechtweisen wollen.

Mick Hutchens stand wieder ganz am Anfang. Auf Befehl von oben hatte er Justin Woodward laufen lassen müssen. Bisher hatte er keine Beweise gegen ihn, bloß ein Bauchgefühl, dass der Mann ein schleimiger kleiner Mistkerl war. Leider würde das Gericht aber mehr brauchen als das. Und jedenfalls hatte dieser Scheißkerl Freunde, die auf hohen Posten saßen. Obwohl es hier um Ermittlungen in einem Mordfall ging – und noch dazu war es ein Mord an einem Polizisten gewesen –, waren diese Leute so einflussreich, dass sie Woodwards Freilassung bewirkt hatten, die in Hutchens' Augen sehr verfrüht war. Henry Hurley, Woodwards Rechtsanwalt, war wieder nach Perth abgezogen. Er hatte Hutchens mit einem süffisanten Lächeln seine Karte dagelassen. Mick Hutchens wusste, dass sie sich nicht zum letzten Mal gesehen hatten. Aber die nächste Runde würde an ihn gehen, das jedenfalls war seine feste Absicht.

Für fünf Uhr nachmittags war eine Besprechung angesetzt. Bis dahin sollten alle da sein, und alles sollte seinen Platz gefunden haben. Für sechs Uhr war eine Pressekonferenz geplant, aus der ein Bericht live in den Abendnachrichten übertragen werden sollte. Nachdem die Redakteure in Perth sich ein Wochenende lang auf die freien Lokalreporter verlassen hatten, hatten sie jetzt selbst die Initiative ergriffen. Die Glamourweiber waren eingefallen und streunten durch Hopetoun, gierten nach Zitaten und beschwerten sich, weil der Wind so unsanft mit ihren Frisuren umging. Das Motel war voll, der Caravanpark war voll, das Containerdorf der Arbeiter war voll. Es war der reine Medienzirkus, und Hutchens war als Direktor vorgesehen.

Die mobile Befehlsstelle war eingetroffen und stand jetzt auf der Kiesfläche vor der Gemeindehalle. Bis die IT-Nerds mit dem Nachmittagsflug kommen und alles anschließen würden, war das Ding ungefähr so nützlich wie ein Kamingitter aus Schokolade. In Esperance waren ein paar Leute in Zivil und einige überschüssige Beamte in Uniform freigestellt worden. Sie würden heute Nachmittag herüberkommen, um die Handlangerarbeiten zu übernehmen. Und, da er gerade daran dachte, wo war eigentlich Cato Kwong? Hutchens hatte erwartet, dass er wie ein übler Geruch herumhängen und ihn nerven würde, weil er auch ein bisschen Ermittlungsarbeit machen wollte. Schmollte Cato vielleicht? Das wäre ja nicht das erste Mal. Cato, Tess Maguire und dieser junge Fisher waren überzählige Kräfte, die er jetzt gut hätte gebrauchen können, aber die drei waren verschwunden wie Küchenschaben, wenn man das Licht anmacht. Hutchens nahm sich vor, sie aufzuspüren.

Lara Sumich und Mark McGowan durchforschten Zeugenaussagen nach Mustern oder Ungereimtheiten. Einige der Befragungen an den Haustüren hatten eine Räubergeschichte über ein internationales Drogenkartell, verdeckte Ermittler und die Leiche am Strand zutage gefördert. Das war der falsche Mord! Kleinstädte und ihre Gerüchteküchen, verdammt noch mal, Hutchens schüttelte angewidert den Kopf. Dabei fiel ihm ein, dass er sich informieren musste, was eigentlich mit dem kopflosen Torso los war, denn Woodward brannte ihm ja jetzt nicht mehr auf den Nägeln. Ein weiterer guter Grund, Cato Kwong herzuholen. Er probierte es auf dem Handy. Nur eine Ansage, ausgeschaltet oder kein Empfang. Hutchens schmiss sein Handy in den Korb für die Eingangspost und durchbohrte es mit den Blicken.

Ein paar Beamte aus dem Dezernat für schwere Straftaten hatten die Aufgabe erhalten, Woodward und seine Freundin zu observieren, nicht allzu unauffällig. Von Angelique hatten sie ein freches Winkewinke und von Justin den Stinkefinger bekommen. Das glückliche Paar war zu Freunden auf der anderen Straßenseite gezogen, bis ihr Haus wieder in Ordnung war und ihr beschlagnahmtes Eigentum zurückkam. Bisher hatte die Spurensuche weder am Tatort oder in Buckleys Motelzimmer noch in Woodwards Haus oder Auto etwas gefunden, das unmittelbare Konsequenzen gehabt hätte. Allerdings wurden derzeit noch Kleidung, Schuhe und der Filter der Waschmaschine auf Blutspuren untersucht, ebenso wie Woodwards Mülltonne. Der Imbisswagen stand bewacht in einem umzäunten Hof hinter der Gemeindehalle und wurde einer peniblen Durchsuchung unterzogen. Man hatte Woodward den Wagen zwar schon für gestern Abend versprochen, aber Hutchens hatte einen Vorwand gefunden, um ihn noch über Nacht dazubehalten. Die beiden Dinge, die ihm keine Ruhe ließen, waren Buckleys Anruf und die Tatsache, dass er kurz vor seinem Tod den Kaffeewagen durchsucht hatte.

Der Einsatzleiter der Forensiker, Duncan Goldflam, ließ seine Einsachtzig behutsam auf den zerbrechlichen Klappstuhl vor Hutchens Schreibtisch sinken. Er wirkte mürrisch.

»Was rausgekriegt?«, brummelte Hutchens, obwohl er die Antwort schon wusste.

»Nicht viel.«

»Was heißt das?«

»Genau das, Chef, keine Blutspuren, nirgends. Wir müssen noch ein paar Dinge überprüfen, um festzustellen, ob weitere Analysen gerechtfertigt sind. Dann sind wir durch.«

»Was für Dinge?«

Goldflam zuckte die Achseln. »Zeug aus dem Kaffeewagen. Küchenhandschuhe, ein paar leere Tupperdosen, den Filter von der Spüle, ein paar ungeöffnete Kartons mit Kaffee.

»Wer macht das?«

»Robertson und Hamlyn.«

Das waren zwei Kriminalbeamte aus Perth, die viel Erfahrung hatten. In diesem Augenblick kam der Jüngere der beiden, Mark Hamlyn, hereingeschlendert, immer noch in seinem Papieranzug und mit Überschuhen und Gesichtsmaske. Er zog die Maske nach unten und entblößte einen von Aknepickeln gesäumten, aber breit lächelnden Mund.

»Hab was für Sie, Chef.«

Der Sunbeam-Caravan war schäbig, und drinnen herrschte ein säuerlicher Geruch nach Männerschweiß, ungewaschener Kleidung, Zigaretten und Fischsoße. Kein Wunder, dass die Bewohner möglichst viel Zeit draußen am Lagerfeuer verbrachten. Jeder Zentimeter Platz war ausgenutzt. Kleidung, Lebensmittel, ein Fernseher, DVDs, ein CD-Spieler, ein Kartenspiel, ein Schachspiel und ein bisschen Krimskrams machten sich hier Platz streitig, der einfach nicht vorhanden war. Xi Xue und Cato standen gebückt in dem dunklen, winzigen Innenraum mit dem ätzenden Geruch. Travis Grant und Greg Fisher hatten sich draußen postiert. Normalerweise hätten sie ein munteres Geplänkel über Rugby oder über das neueste Stadtgespräch angefangen, aber jetzt herrschte ein unbehagliches Schweigen, und Fisher beäugte seinen Mannschaftskameraden mit Misstrauen.

Im Wageninneren machte Cato eine alles umfassende Geste. »Hier hat Hai Chen gewohnt?«

Xi Xue nickte.

»Gibt's hier was, was ihm gehört?«

Ein Kopfschütteln, und Xi führte Cato wieder nach draußen. Der Chinese bückte sich und zog eine staubige, vollgestopfte Reisetasche unter dem Caravan hervor. Offenbar hatten die Mitbewohner den nun verfügbaren Platz schleunigst selbst in Beschlag genommen. Cato zog sich Handschuhe über, hockte sich hin und begann, die Tasche durchzusehen. Fisher breitete eine Plastikplane aus und legte Asservatenbeutel in verschiedenen Größen zum Verpacken der einzelnen Gegenstände bereit. Grant setzte sich auf einen der Plastik-Campingstühle, zündete sich eine weitere Zigarette an und täuschte mit viel Getue Desinteresse vor. Xi hielt sich am Rand von Catos Blickfeld auf, er machte ein etwas bekümmertes Gesicht.

Cato begann, in Buckleys Aufnahmegerät zu sprechen. In der letzten Aufnahme war es um einen Kuhkopf gegangen, das war lange, lange her und lag weit, weit zurück. Cato nannte Uhrzeit, Datum, Ort und zählte die Anwesenden auf.

»Arbeitsanzug – Hosen und Hemd – dunkelblau und neongelb. Ungewaschen.«

Er reichte die Stücke an Fisher weiter, der sie mit Schildchen versah und einpackte. Die Liste wurde länger: Schuhe, Socken, Unterwäsche, Freizeithemden, Hosen, eine Jacke. Cato zog den nächsten Gegenstand aus der Reisetasche.

»Kleine schwarze Tasche, Inhalt...« Er zog den Reißverschluss auf, »Toilettenartikel – Zahnpasta, Zahnbürste, zwei Rasierer, Seife, Nagelknipser, Shampoo, Kamm.«

Cato war zuversichtlich, dass sich hier die DNA-Probe finden lassen würde, die sie für den Nachweis brauchten, dass Hai Chen tatsächlich Flipper war. Er grub wieder in der Reisetasche: ein zerfledderter gelber DIN-A4-Umschlag. Stück für Stück zog er den Inhalt heraus.

»Ein chinesischer Pass...« Cato blätterte ihn durch, »auf den Namen Hai Chen ausgestellt. Geburtsdatum: 1. Oktober 1976.«

Zweiunddreißig Jahre alt. Cato betrachtete das Foto. Es hatte hinreichend Ähnlichkeit mit dem Kopf, den er vor ein paar Tagen im Kühlschrank des Rangers gesehen hatte. Weiter fand er im Umschlag einige Briefe und Visaformulare, die er sich später ansehen würde. Übrig blieben ein paar Fotos: Auf einem stand Chen neben einer Frau, er hatte ein Kleinkind auf den Schultern, sie ein Baby in den Armen – ein Picknick irgendwo in China. Greg Fisher schrieb ein Schildchen dazu und packte es ein.

Detective Constable Mark Hamlyn winkte Detective Inspector Hutchens mit einer Tupperdose.

»Ice. Crystal Meth«, fügte er unnötigerweise als Erklärung für Hutchens hinzu.

Hutchens lächelte. »Na so was.«

»Nur winzige Staubspuren; hier hat eine Tüte dringelegen, die war undicht.«

»Wunderbar.« Hutchens strahlte.

Goldflam und Hamlyn strahlten mit. Alles strahlte. Echte Strahlemänner.

»Und hier gibt's noch mehr.« Mark Hamlyn zeigte in einen Karton, der einen kräftigen Duft nach Filterkaffee verströmte. Zwischen zwei Schichten von Kaffeepäckchen lag ein flacher, transparenter Umschlag. »Ecstasy.«

Geschätzt etwa zweihundert Tabletten. War es das, was Jim Buckley bei seiner Durchsuchung von Justin Woodwards Wagen gefunden hatte? War es das, was er für sich behalten hatte? Was ihm zum Verderben geworden war?

Hutchens' Augen blitzten. »Wir kriegen dich, du kleines Arschloch, und wenn wir dich das nächste Mal holen, dann bist du geliefert.«

Guan Yus Wohnwagen auf der anderen Seite des Lagerfeuers war der Zwillingsbruder von Chens Caravan. Die gleiche finstere Enge mit dem beißenden Geruch, vielleicht noch verstärkt, weil hier weiterhin vier Menschen wohnten. Wenn Guan mit Chen zusammengelebt hätte, hätte das allein schon als Mordmotiv ausreichen können: zu wenig Bewegungsfreiheit oder ein Furz oder ein lautes Schnarchen zu viel. Aber Guan wohnte im anderen Wagen und musste folglich ein anderes Motiv gehabt haben. Immerhin schien der Mann ja bereit zu sein, ein umfassendes Geständnis abzulegen, daher würde die ganze Geschichte hoffentlich ans Licht kommen, sobald der Dolmetscher eingetroffen war. Bis dahin mussten Guan Yus Siebensachen verpackt werden, denn vielleicht konnten die Ergebnisse der kriminaltechnischen Untersuchung das Geständnis untermauern.

Ein leises Rumpeln in der Ferne kündigte einen weiteren Wagen an. Ein silberner Prado mit Vierradantrieb brummte über das Gelände und kam rutschend neben Greg Fishers Polizeiwagen zum Stehen. Keith Stevenson stieg aus. Richtig glücklich wirkte er nicht.

»Was soll das denn hier?«

Travis Grant sprang beflissen aus seinem Campingstuhl auf und bemühte sich, zielstrebig auszusehen. Xi Xue versuchte, sich unsichtbar zu machen. Greg Fisher war eifrig damit beschäftigt, Guan Yus Kleidungsstücke in Asservatenbeutel zu verpacken. Cato Kwong erhob sich neben der ramponierten Reisetasche, die Guan als Kleiderschrank gedient hatte, langsam aus der Hocke.

»Mr Stevenson, freut mich, dass Sie es einrichten konnten.«

Stevenson beachtete Cato gar nicht, sondern wandte sich

dem uniformierten Fisher zu und sprach ihn an. Er brüskierte und provozierte Cato absichtlich.

»Das hier ist Privatbesitz. Ich hoffe, Sie haben einen Durchsuchungsbefehl.«

Cato kämpfte um seine Selbstbeherrschung. »Wir führen hier Mordermittlungen durch, und wir wären ihnen dankbar, wenn Sie sich kooperativ verhalten würden, Mr Stevenson.«

Jetzt entschloss Stevenson sich endlich, Cato Beachtung zu schenken. »Und wenn nicht?«

»Wenn nicht, dann sorge ich dafür, dass es demnächst überall von Kripoleuten nur so wimmelt, auf dem Gelände hier, in Ihrem Büro und in Ihrem Wohnhaus. Wir werden sämtliche Unterlagen durchsuchen und alles auf den Kopf stellen, und dazu werden wir uns viel Zeit nehmen.«

Stevenson schnaubte. »Dann viel Glück, Jackie Chan. Das werden Sie nämlich brauchen.« Er richtete seinen Zorn auf Travis Grant. »Sobald dieser Kerl weg ist, sorgen Sie dafür, dass hier Feierabend ist. Ich will diese Schlitzaugen nicht mehr auf der Lohnliste und auch nicht mehr auf meinem Grund und Boden haben. Schicken Sie die Leute zurück …« Auf dem Rückweg zu seinem Wagen streifte er Cato. »Alle – ohne Ausnahme.«

»Damit werden Sie warten müssen, bis wir alles erledigt haben, Mr Stevenson. Ich erkläre dieses Grundstück zum Tatort. Ohne meine Erlaubnis wird hier nichts hinzugefügt und auch nichts entfernt.«

»Na, ich bin hergekommen und jetzt entferne ich mich wieder. Bis später.«

Stevenson knallte die Wagentür zu und der Motor sprang an. Cato winkte ihm zu.

»Worauf Sie sich verlassen können«, murmelte er.

20

Montag, 13. Oktober. Nachmittag.

»Danke, dass du mir das erzählt hast.«

DI Hutchens meinte das nicht sarkastisch, er wirkte ungewöhnlich ruhig. Dabei hatte Cato eine Explosion erwartet. Sie saßen im engen Schuppen der Seenotrettung, nicht in der luxuriösen Gemeindehalle. Cato Kwong hatte den Anschiss möglichst ohne Zeugen über sich ergehen lassen wollen.

Er hatte die Ermittlungen im Fall Flipper in die Hand genommen, weil Hutchens anscheinend nicht daran interessiert gewesen war, doch hatte Hutchens ihn nicht dazu bevollmächtigt. Er hatte einen einheimischen Geschäftsmann, eine Stütze der Gesellschaft, vor den Kopf gestoßen. Er hatte die Wohnwagen von Polizeikräften durchsuchen lassen, ohne dass sein Chef das offiziell abgesegnet hatte. Er hatte Greg Fisher angewiesen, alle Asservatenbeutel von Paddy's Field mitzunehmen und sie bei Hutchens' Forensikern abzuliefern. Das Team wartete jetzt auf die Genehmigung vom Chef, sonst würden sie die Sachen nicht mit der Kneifzange anfassen. Weiterhin hatte Cato einen Mann in Gewahrsam genommen, dem eine Anklage wegen Mord bevorstand. Und zu guter Letzt hatte er einen Dolmetscher aus Perth angefordert, was sicher eine Menge Kosten verursachen würde, und auch das ohne Genehmigung. Das alles hörte Hutchens jetzt zum ersten Mal. Außerdem hieß es inzwischen, im Fall Buckley seien Probleme aufgetaucht. Und aus all diesen Gründen rechnete Cato mit einem Donnerwetter.

Tess Maguire war zu einem Vorfall in der Grundschule gerufen worden. Sie wirkte bedrückt, doch Cato hatte auch ein halbirres Funkeln in ihren Augen gesehen. Aber er hatte selbst zu viel am Hals, um weiter darüber nachzudenken. Jetzt meinte er, trotz Hutchens' ungewöhnlicher Ruhe auch in seinen Augen ein verrücktes Schimmern wahrzunehmen. Vielleicht war da etwas im Busch. Vielleicht sollte er mal in den Spiegel sehen – falls in seinen Augen dann auch dieser irre Schimmer lag, würde ihn das nicht wundern.

Hinter der geschlossenen Tür des Seenotrettungsschuppens hatte Cato alles auf den Tisch gepackt: den treibenden Kopf in der Höhle, die Verbindung zu den Chinesen, SaS Personnel, auch bekannt unter dem Namen Keith Stevenson, mit der Oma als Direktorin. Dann waren da Guan Yu, der sich als Mörder gemeldet hatte, Hai Chen, die Caravans und die Tatsache, dass die Forensiker bestätigen mussten, dass es sich bei Flipper tatsächlich um Chen handelte. Während Cato berichtete, nickte Hutchens und kritzelte hier und da Notizen. Er hörte zu, statt aufzubrausen.

Nun griff er zu seinem Handy und gab den Forensikern den Auftrag, an dieser neuen Aufgabe zu arbeiten, solange im Fall Buckley alles still blieb.

»Der Übersetzer – wann soll er kommen?«

»Er ist eine Sie. Mit dem Nachmittagsflug.«

Der Airport von Ravensthorpe bestand nur aus einer Start- und Landebahn, einem Schuppen und einem Stück Land. Die Flüge waren alle Charterflüge der Western Minerals und boten nur begrenzt Plätze für Außenstehende – normalerweise nur dann, wenn Kapazitäten frei waren. In den letzten paar Tagen aber hatten Polizisten, Journalisten, Anwälte und jetzt auch noch eine Dolmetscherin die Truppe in Blau und Neonorange zahlenmäßig übertroffen. Wenn das so weiterging, würde die WMG bald Sonderflüge einsetzen müssen, nur um ihr eigenes Personal zur Mine und zurück transportieren zu können. Hutchens ließ Cato wissen, dass er bereits einen missmutigen Anruf aus der Personalabteilung erhalten hatte, deren Kooperation jetzt am seidenen Faden hing.

»War ja nicht gerade höflich von dir, dass du mir mit der Genehmigung zuvorgekommen bist.«

Hutchens versuchte, sauer auszusehen, kriegte das aber nicht ganz hin. Ihm stand deutlich ins Gesicht geschrieben, dass er sich ein Loch in die Mütze freute. Besser konnte es ja kaum kommen. Zwei Morde in seinem Zuständigkeitsbereich, eins der Opfer war sogar Polizist – und in einem Fall hatte er schon ein gutes, schnelles Ergebnis erzielt, während e im anderen von deutlichen Fortschritten berichten konnte, und das alles rechtzeitig zu den Abendnachrichten.

»Sorry, Chef. Ja, und wie soll es jetzt weitergehen?« Catos schwache Versuche, Reue und Gehorsam zu zeigen, waren nicht zu übersehen, aber Hutchens hatte offenbar Wichtigeres im Sinn. Er sah erst auf seine Uhr, dann schaute er Cato an.

»Du machst mit dem Chinesen weiter. Sobald die Dolmetscherin da ist, startest du mit der ersten Vernehmung. Danach sehen wir weiter.«

Cato gelang es nicht, seine Freude zu unterdrücken.

Doch Hutchens gab nicht alles aus der Hand. »Ich möchte, dass jemand aus meinem Team dabei ist.« Cato nickte misstrauisch. »Mark McGowan hat gerade nicht so viel zu tun. Den nimmst du mit.«

Cato zwang sich zu einem Lächeln und einem Nicken als Dankeschön. Er war so sehr mit seinen eigenen Gedanken beschäftigt, dass er nicht fragte, wie es im Fall Jim Buckley voranging. Hutchens erzählte es ihm trotzdem. Er hoffte, dass er in ein oder zwei Tagen genug Beweise haben würde, um Justin erneut zu verhaften und den Fall abzuschließen. Das war Cato neu.

»Wirklich? Ich dachte, er wäre aus dem Schneider.«

»Er ist entlassen, bis weitere Ermittlungsergebnisse vorliegen. Das ist ein Unterschied, erinnerst du dich?«

»Und worin besteht der deutliche Fortschritt?«

»Die Spurensicherung war im Kaffeewagen, Spuren von Drogen.«

Cato nickte langsam, mit neutralem Gesichtsausdruck. Hutchens sah ihm in die Augen.

»Hier in der Stadt geht so ein Ammenmärchen um, über einen Undercover-Einsatz wegen Drogenkriminalität, soll etwas mit der Leiche am Strand zu tun haben. Schon gehört?«

Cato schüttelte den Kopf und zuckte die Achseln.

Hutchens ließ nicht locker. »Diese blöden Hinterwäldler hier haben doch glatt ihre Morde durcheinandergebracht. Buckley ist schließlich der Fall mit der Verbindung zu Drogen. Der andere, wie heißt er noch, Flipper, hat null damit zu tun. Stimmt doch, oder?«

Cato hielt es nicht mehr aus, er war nicht in der Stimmung zu einem Katz-und-Maus-Spiel. »Ich habe das Gerücht in die Welt gesetzt, wollte ein bisschen auf den Busch klopfen. Zu dem Zeitpunkt hatten wir nichts anderes.«

Hutchens lehnte sich zurück und verschränkte die Hände hinter dem Kopf. »Und hast du erreicht, was du dir davon versprochen hattest?«

Cato wich seinem Blick aus, er sah nur noch verschwommen, die Brust war ihm eng geworden. Aber er konnte sich gerade noch zusammenreißen. Der Gedanke, den er die letzten Tage immer wieder zu ersticken versucht hatte, tobte jetzt wild in seinem Kopf herum und ließ sich nicht mehr wegschieben.

»Jim Buckley ist tot. Ich glaube, ich bin vielleicht der Auslöser gewesen.« Seine Stimme bebte. »Ich weiß gar nicht, was ich da sagen oder tun kann.«

Hutchens seufzte. »Ich auch nicht, Cato, mein Freund.«

Am Telefon hatte die Lehrerin gesagt, sie habe Jai Stevenson nach der Schule noch dabehalten, um mit ihm über sein Schwatzen, sein Stören und seine Tierlaute zu sprechen. Tess hatte ins Telefon genickt, als wisse sie genau, wovon Kate McLernon da sprach. Die Arme, erst fand sie auf ihrem Morgenlauf einen Rumpf ohne Kopf, dann hatte sie einen verrückten Schüler, der drohte, sich selbst zu verletzen. »Geben Sie jetzt lieber kein Geld für ein Lotterielos aus, das wäre verschwendet«, hatte Tess gescherzt und gesagt, sie sei schon unterwegs.

Als Tess ankam, saß Jai auf einem hohen Stapel aus Stühlen in einer Ecke neben den Dicken Bohnen, die in recycelten Milchkartons keimten. Er drückte sich ein Taschenmesser gegen die Kehle. Die meisten Kinder waren nach Hause gegangen, nur einige wenige rannten noch draußen auf dem Schulhof herum. Sie stießen Tierlaute aus, die jetzt nach der Schule eher akzeptabel waren. Jai, sein Messer und seine Kehle bemerkten sie überhaupt nicht. Er baumelte summend mit den Beinen. Dass er sich gestochen hatte und dass ihm eine dünne Blutspur den Hals hinunterlief, schien er nicht zu merken. Er sah der Lehrerin unverwandt in die Augen und bemühte sich sehr, nicht zu grinsen, was ihm aber nicht gelang.

Tess nickte der Lehrerin zu und trat ein. Draußen scheuchte Greg Fisher die Kinder vom Schulhof und nach Hause. Andere Lehrer, denen nicht klar war, was da vor sich ging, wunderten sich über die plötzliche Polizeipräsenz. Fisher verscheuchte auch sie. Tess setzte sich ein paar Meter von Jai entfernt auf die Ecke eines Pultes. Hinter seinem Kopf hing, mit Blu-Tack ans Fenster geklebt, das Klassenfoto – eine bunte Horde von Kindern, die in die Kamera blinzelten. Da stand er, in der zweiten Reihe, der Dritte von links, die senkrechte dunkelrote Narbe auf der Oberlippe half, ihn zwischen den anderen zu erkennen. Der junge Störenfried in Hopetoun. Wenn er einen guten Tag hatte, konnte man ein schüchternes Kind in ihm sehen, das sich verzweifelt nach Freunden, Freude und einer fairen Chance sehnte. An schlechten Tagen, so wie heute, sah er finster und heimtückisch aus, ein häßlicher Fleck auf der kindlichen Unschuld ringherum.

»Hallo Jai, was geht hier ab?«

Er verdrehte die Augen und deutete auf sein Messer. »Da. Was glauben Sie wohl?«

Tess tat, als würde sie es jetzt erst bemerken. »Ach ja, das Messer. Also, was soll das alles, Jai? Was läuft hier?«

»Die da.« Er deutete mit dem Kinn in Richtung der Lehrerin.

»Mrs McLernon?«

»Ms hört sie lieber.«

Tess grinste und verdrehte ebenfalls die Augen, als stecke sie mit Jai unter einer Decke. »Na gut, dann also Ms. Was hat Ms McLernon dir getan?«

»Hat mich geärgert.«

Ms McLernon sah mit undurchdringlicher Miene aus dem Fenster.

»Nicht schon wieder.« Tess warf der Lehrerin einen vorwurfsvollen Blick zu. »Was hat sie denn diesmal gemacht?«

»Hat gesagt, ich würde Krach machen. Stören und so'n Scheiß. Die alte Fotze. Immer hackt sie auf mir rum.«

Ms McLernon schniefte und trommelte mit den Fingern auf einem Pult.

Tess nickte, als stimme sie zu. »Na so was. Und was ist mit dem Messer? Wieso hilft das?«

»Ich bring mich um. Hab den Scheiß satt.«

»Ja?«

»Ja.«

Da geht's uns beiden ähnlich, dachte Tess, man musste doch etwas Sinnvolleres mit seiner Zeit anfangen können, als sich mit Dumpfbacken wie den Stevensons herumzuschlagen. Zum Beispiel den früheren Peiniger verfolgen. Sie war dem Konvoi mit dem Kleinbus, in dem Djukic saß, von Hopetoun in Richtung Ravensthorpe nachgefahren, bis dahin, wo die Straße zur Mine abzweigte. Dort hatten ihre Wege sich vorläufig getrennt. Jeder Moment war von John Djukic besetzt, wenn sie wach war – und zu viele, wenn sie schlief. Tess wünschte, das wäre anders. Ein leichter Wind wehte ein fotokopiertes Worträtsel von einem Pult hinunter; raschelnd flatterte es Tess vor die Füße. Es sah aus, als ginge es dabei ums Wetter. Sie konnte einige der mit gelbem Marker umkringelten Wörter erkennen: BLITZ und DONNER.

»Ich habe eine bessere Idee.«

»Welche denn?« Jais kleine dunkle Augen wurden schmal.

»Weißt du noch, wie ich euch Kinder im Polizeiauto mitgenommen habe? Mit Sirene und allem?«

Jai prustete höhnisch, das war offensichtlich etwas für Babys. Noch vor drei Monaten war er hin und weg gewesen, die neue Polizistin hatte da was für Herz und Hirn geboten, aber das reichte jetzt nicht, nicht mehr. Jai ließ seine Stimme so monoton klingen, wie er konnte.

»Wow. Cool.« Er zeigte ihr den Stinkefinger.

Tess verlor die Geduld. Elf Jahre alt, und sie konnte schon den Mann sehen, zu dem er werden würde, ein bösartiger, manipulativer Feigling, wie der elende John Djukic.

»Hast du mal gesehen, wie die hier funktionieren?« Sie nahm die Elektroschockpistole vom Gürtel und hielt ihm die Waffe hin.

Jais Augen wurden groß. Er sagte es noch einmal, aber diesmal meinte er es ehrlich.

»Wow. Cool.« Wie hypnotisiert beugte er sich vor.

Tess zog den Taser zurück. »Erst musst du das Messer weglegen, Jai. Gib es mir, ja?«

Jai senkte das Messer und griff nach der Elektroschockpistole. »Kann ich die jetzt haben?«

»Klar.«

Tess wollte sie ihm reichen, aber er griff schon danach. Als Tess versuchte, die Pistole festzuhalten und ihm das Messer zu entwinden, kam es zu einer kleinen, ungeschickten Rangelei. Plötzlich schrie Jai Stevenson auf und fiel wie ein Stein zu Boden.

Greg Fisher streckte den Kopf in den Raum und betrachtete die Szene: Ein kleiner Junge lag stöhnend auf dem Fußboden, während Tess gerade ihren Taser wieder am Gürtel festhakte.

»Ach du Scheiße, Tess, hast du wirklich gerade das getan, was ich vermute?«

»Was haben Sie gemacht?« Hutchens' guter Tag verwandelte sich allmählich in einen schlechten.

»Ich hab ihn getasert, Sir.« Tess Maguire schaute auf ihre Füße hinunter. Sie überlegte, wie groß wohl die Chance war, dass es in Hopetoun ein Erdbeben gab, das den Boden der Gemeindehalle aufreißen würde, damit er sie verschlingen konnte.

»Er ist doch erst elf Jahre alt.«

Nein. Hutchens war derjenige, der den Boden aufriss und Leute in einem Stück verschlang. Tess kratzte sich die Nase, sie wusste nicht, ob sie loskichern oder schluchzend zusammenbrechen sollte.

»Im nächsten Monat wird er zwölf, Sir.«

»Trotzdem ist er noch ein Kind, Scheiße noch mal«, zischte Hutchens.

»Er hatte ein Messer, er war eine Gefahr für sich selbst und andere. Die Waffe ist eigentlich eher zufällig losgegangen. Und ich hatte sie sowieso nur auf Warpfaktor zwei.«

Hutchens holte tief Luft. »Warum heute, Tess? Warum gerade heute?«

Sie betrachtete angelegentlich einen Fleck hoch oben an der Wand hinter ihm.

Hutchens schloss die Augen und zwickte sich in den Nasenrücken. »Wie geht's ihm denn? Ist er wieder munter?«

Tess' Gesicht hellte sich auf. »Oh ja. Seine Mutter hat ihn abgeholt. Er ist wieder putzmunter, vielleicht sitzt ihm der Schreck noch ein bisschen in den Knochen.«

»Na, das kann ich mir vorstellen. Fünfzigtausend Volt.«

Hutchens Handy trällerte einen Klingelton aus Hawaii Five-O. Er ging dran und hörte einen Moment zu.

»Kein Kommentar.« Hutchens klappte das Handy zu. »Channel Nine will wissen, ob es etwas mit dem Mord an Jim Buckley zu tun hat, dass hier ein Elfjähriger getasert wurde.«

Cato blickte von seiner Akte auf. »Sind wir soweit?«

Verdächtiger und Dolmetscherin nickten einhellig. Cato sagte Namen, Uhrzeit, Datum und Ort für die Aufnahme an. Es war halb sechs, und der Himmel draußen war noch hell. Guan Yu war auf seine Rechte hingewiesen worden und hatte über die Dolmetscherin bestätigt, dass er, zumindest für den Augenblick, auf das Recht, einen Anwalt dabeizuhaben, verzichtete. Die Dolmetscherin, Jessica Tan, vor einer Stunde aus dem Flugzeug gestiegen, war intelligent, tüchtig und bereit zum Loslegen. Cato kannte diesen Typ, er war mit vielen von der Sorte zur Schule gegangen. Ehrlich gesagt war er selbst einer davon. Gewissenhaft, immer Klavier geübt, immer Hausaufgaben gemacht. Immer alles sehr, sehr gut gemacht – außer in diesem Fall. Jessica Tan sah aus, als sei sie etwa zehn Jahre jünger als er. Er fragte sich kurz, ob sie wohl mit den Tans in der Straße, in der er aufgewachsen war, verwandt war. Wahrscheinlich nicht. Jeder, der nicht Arzt, Zahnarzt oder Rechtsanwalt war, war für jene Familie Tan damals ein jämmerlicher Versager gewesen. Nur Dolmetscherin? Kam gar nicht in Frage.

Sie gingen Guan Yus Daten durch. Achtundzwanzig Jahre alt, verheiratet, ein Kind, eine Tochter. Heimatadresse in Chengdu, Provinz Sichuan, China. Von Beruf Schweißer, seit etwa sechs Monaten in Australien. Sein Vertrag lief über ein Jahr. Hai Chen, der ebenfalls aus Chengdu kam, hatte ihn für die Arbeit in Australien angeworben.

»Mr Guan, Sie haben mir heute gesagt, dass Sie Hai Chen getötet haben.«

Jessica übersetzte Guan Yu diesen Satz. Er hatte ihn bereits halb verstanden, nickte bestätigend und antwortete auf Catos Insistieren hin mit einem deutlichen »Ja« für die Aufnahme.

»Berichten Sie, was passiert ist.«

Ein tiefes, bebendes Luftholen auf der anderen Seite des Tisches, dann sprach Guan, und Jessica übersetzte nahezu simultan.

»Das war am Donnerstag. Wir hatten wieder alle an der Wasserleitung gearbeitet.«

Cato dachte an die Projektliste auf der Website des Unternehmens zurück, an die Pipeline von der Entsalzungsanlage zur Mine.

»Zehn Tage ohne Pause, Überstunden. Von der Morgendämmerung bis fast in die Dunkelheit.«

Cato nickte ihm zu, er solle weitersprechen.

»Wir saßen ums Feuer. Haben gegessen. Müde. Wollten schlafen. Es war schon dunkel.«

»Wer ist wir? Wie viele? Die Namen?«, hakte McGowan nach.

Guan Yu berichtete: fünf Männer, die anderen waren im Toilettenschuppen oder schliefen schon. Er nannte ihre Namen, McGowan schrieb sie auf, und Jessica Tan kontrollierte die Schreibweise. Cato fluchte im Stillen. Dieses Abfragen von Details hätte er gern für einen späteren Durchlauf aufgehoben. Er wollte Guan nicht von seinem Gedankengang ablenken. Als er McGowan einen entsprechenden Hinweis ins Ohr flüsterte, nickte dieser kurz.

Es stellte sich heraus, dass donnerstags immer ausstehende Abgaben bezahlt wurden. Das war logisch, weil der Donnerstag der Zahltag war. Hai Chen war der Arbeitsvermittler. Er hatte die Anwerbung in China organisiert und dafür eine Kommission von SaS, der Leiharbeitsfirma, erhalten. Außerdem hatte er mit jedem einzelnen der Männer eine prozentuale Abgabe ausgemacht. Chen sprach am besten Englisch und fungierte von Anfang an als Vermittler. Jeden Donnerstagabend sammelte er von jedem seiner fünfzehn chinesischen Arbeitskollegen fünfzig Dollar in bar ein.

Mark McGowan runzelte die Stirn. »Fünfzehn? Aber in den Wohnwagen auf Paddy's Field leben doch bloß sieben oder acht Leute. Wo sind die anderen?«

Jessica dolmetschte. »Sie wohnen in zwei weiteren Wagen auf Barren Pastures.«

McGowan rechnete es schnell im Kopf aus. Siebenhundertfünfzig pro Woche, zusätzlich zu Chens eigenem Lohn. Er stieß einen leisen Pfiff aus. »Nicht schlecht.«

Cato schaute Guan Yu an. »Wie viel verdienen Sie in der Woche?«

»Fünfhundert.« Guan nickte und hob die Daumen. »Gut, ja?«

McGowan prustete verächtlich. »Ein McBurger-Lohn.«

Cato funkelte ihn wütend an und wandte sich wieder seinem Gegenüber zu. »Also haben Sie Chen jede Woche zehn Prozent abgegeben?«

»Ja.«

»Weiter. Donnerstagabend bekam Mr Chen also sein Geld.«

»Ich hatte das Geld nicht.« Guan Yu blickte auf die Tischplatte.

»Warum nicht?« Wieder McGowan, der weit zurückgelehnt und mit verschränkten Armen auf seinem Stuhl hing.

»Ich weiß nicht.«

»Was ist das denn für eine Antwort?«, fuhr McGowan ihn an.

»Ich brauchte es für meine Familie.« Guans Augen wurden feucht.

Cato beugte sich vor, ein Bild des Mitgefühls. »Und was ist dann passiert?«

»Er hat mich ausgeschimpft, laut, vor den anderen Männern. Er hat mich geohrfeigt.«

Jessica Tan beendete die Übersetzung, indem sie die schlagende Bewegung nachahmte, die Guan gerade vorgemacht hatte. Die Uhr an der Wand tickte. In einem Büro in der Nähe klingelte ein Telefon. Cato wartete ab, bis Guans Atmung sich wieder beruhigt hatte.

»Und dann?«

»Er ist weggegangen, hat gelacht und mich beleidigt und mit dem Geld gewinkt...«

Jessica Tan bewegte lässig ihr Handgelenk hin und her, die Geste eines Mannes, der mit einem Bündel Geldscheine protzt. Guan Yu sagte etwas und zog sich den Zeigefinger über die Kehle. Jessica Tan lieferte die Übersetzung.

»Ich hab ihm die Kehle durchgeschnitten. Ich habe das fette, gierige Schwein verbluten lassen.«

21

Montag, 13. Oktober. Später Nachmittag.

Tess Maguire blieb einen Moment draußen vor dem Fenster stehen und betrachtete die Szene. Melissa lag auf dem Sofa und guckte *Deal or No Deal,* anscheinend ohne irgendetwas davon aufzunehmen. Der Fernseher war auf volle Lautstärke gestellt, obwohl die Show ohnehin nicht gerade leise war, und Tess hatte den Lärm die halbe Straße hinunter gehört. Die Kabel vom iPod hingen Melissa aus den Ohren, und vier Flaschen Lemon Ruski lagen ausgetrunken vor dem Sofa auf dem Fußboden. Mit lautem Gerassel stieß Tess die Fliegengittertür zur Küche auf.

»Was soll das denn hier?«

Tess kam für ihre Verhältnisse relativ früh nach Hause. Es war ein kurzer, allerdings turbulenter Tag gewesen. Sie war Johnno Djukic nachgefahren und hatte einen Elfjährigen getasert, was ihr wahrscheinlich eine Anklage wegen Körperverletzung von den Eltern einbringen würde. Ein Idiot aus Albany hatte sie zurechtgewiesen und ihr befohlen, den Rest der Woche freizumachen und, Zitat: »mit sich selbst ins Reine zu kommen, Himmelherrgott nochmal.« Die schienen zu glauben, dass sie Probleme mit ihrer Wut hatte, dass sie vielleicht noch nicht wieder vollkommen gesund war und von weiteren Therapiestunden profitieren könnte. Wutmanagement-Training? Was denn noch? Diese verdammten

Idioten. Tess sah zu ihrer Tochter hinüber. Und jetzt auch das noch.

»Schalt den Mist aus. Wirf die Flaschen in den Müll. Geh unter die Dusche und mach dich frisch, Scheiße noch mal. In zehn Minuten will ich dich hier wieder sehen. Wir müssen sprechen.«

Melissa verdrehte die Augen. Abgesehen davon regte sie sich nicht.

Tess versuchte es noch einmal, lauter. »Hast du mich gehört?«

Nicht mal ein Achselzucken.

Tess packte die Fernbedienung und schaltete den Fernseher aus, dann wandte sie sich ihrer Tochter zu, die weiter Langeweile und Gleichgültigkeit vortäuschte. Am liebsten hätte Tess sie geschlagen. Mit ausgestreckter Hand beugte sie sich vor, und Melissa zuckte zurück. Tess riss ihr die Kopfhörer aus den Ohren, griff nach den Alkopop-Flaschen und schleuderte sie in den Müll.

»Gut, dann reden wir eben hier. Also, was ist los?«

»Nichts. Lass mich in Ruhe.«

Endlich rührte Melissa sich. Sie sprang auf, stürmte in ihr Zimmer und knallte die Tür hinter sich zu.

»Melissa! Komm zurück!«

Von der anderen Seite der Tür ertönte ein Kreischen, das klang, als käme es aus der tiefsten Hölle.

»Hau ab!«

Die Tür flog auf und Tess saß rittlings auf ihrer Tochter, die jetzt auf dem Bett lag. Ihr Gesicht war brennend rot vor Wut, in ihrem Kopf brauste es und ein heißer Dunst vernebelte ihr Blickfeld. Eine Hand hatte sie in Melissas Kragen gekrallt, die andere ballte sie jetzt zur Faust. Sie holte aus.

»Mum!« Vor Entsetzen riss Melissa die Augen weit auf. »Mum, hör auf!«

Der Bann war gebrochen. Tess schaute in das verängstigte Gesicht unter ihr. Sie senkte die Faust. »Oh Gott, Mel. Das tut mir so leid.«

Melissas Gesicht verzog sich zum Weinen. Sie sah aus wie eine Vierjährige. »Geh raus. Bitte, geh einfach raus.«

Tess stand auf und verließ das Zimmer, völlig am Ende. Wie sollte sie das, was sie gerade getan hatte, jemals wieder gutmachen?

»Zeigen Sie mir, wie sie ihm die Kehle durchgeschnitten haben. In welcher Hand hatten Sie das Messer?«

Guan Yu wartete die Übersetzung ab, dabei sah er Jessica Tan an, als suche er Anleitung. Sie machte unsichere Handbewegungen, schließlich war sie Dolmetscherin, nicht Anwältin. Cato erhob sich und forderte Mark McGowan auf, sich ebenfalls hinzustellen. Er trat hinter McGowan, hielt ihn mit dem linken Arm von hinten fest und führte dann die rechte Hand in einer schneidenden Bewegung vor seinem Hals entlang.

»So?«

Guan Yu schüttelte den Kopf. Cato ließ sein Opfer los.

»Dann zeigen Sie es mir. Hier, Mr McGowan ist jetzt Hai Chen.«

McGowan ermutigte Guan, lockte ihn mit dem gekrümmten Zeigefinger. Guan Yu stand mit einem nervösen Kichern auf und platzierte sich hinter ihm. Cato machte ihm ein Zeichen, dass er anfangen solle. Der geständige Mörder trat einen Schritt vor und griff McGowan mit der linken Hand behutsam ins Haar.

»Diese Mann sehr groß, Chen nicht so groß.« Guan ließ McGowans Haarschopf los.

Cato bat seinen Kollegen, ein wenig in die Knie zu gehen. »Besser?«

Guan nickte. »Ja, bitte noch bisschen. Gut.«

Wieder machte Guan einen Schritt nach vorn, griff mit der linken nach McGowans Hinterkopf und schob die rechte Faust mit dem ausgestreckten Daumen voran auf einen Punkt dicht unter McGowans rechtem Ohr zu. Er tat, als ziehe er eine Klinge zurück, dann stach er noch einmal zu, jetzt vorne in den Hals, und zog die Klinge bis zur ersten Stichwunde durch. Falls Guan Yu dabei von grausigen Erinnerungen an diese Nacht voller Blut und Terror überfallen wurde, gab sein Gesicht nichts davon preis: Er hätte ebenso gut an einem ruhigen Abend in Chinatown eine Pekingente aufschneiden können. Mark McGowan schielte, griff sich an die Kehle und streckte in gespieltem Entsetzen die Zunge heraus. Jessica Tan konnte ein nervöses Kichern nicht unterdrücken. Guan Yu steuerte ein hohes, piepsiges Hi-hi zu diesem makaberen Spaß bei. Cato beruhigte sie alle wieder. Er ließ Guan und McGowan auf ihren Plätzen stehen.

»Was ist dann passiert?«

»Ist umgefallen. Tot.« Guan Yu kam bemerkenswert gut ohne die Dolmetscherin aus.

»Woher wissen Sie, dass er tot war?«

Diesmal wartete Guan wieder die Übersetzung ab, und Cato wartete auf seine Antwort.

»Vielleicht ist er nicht sofort gestorben. Er hat Geräusche gemacht. Gegurgelt. Gestöhnt. Vielleicht hat es ein paar Minuten gedauert. Viel Blut.«

»Hat jemand das gesehen?« McGowan hatte sich seinen Stift und sein Notizbuch vom Tisch geangelt.

»Natürlich, alle müssen es gesehen haben.«

»Was haben die anderen gemacht?«

»Nichts.«

»Nichts?« Cato ließ sich das noch einmal von Jessica bestätigen.

»Nichts.«

»Niemand hat versucht, ihm zu helfen?«

»Nein«, antwortete Jessica für Guan Yu. »Wir haben ihn alle gehasst, wir haben alle zugeguckt, wie er gestorben ist.«

Cato Kwong sah auf die Uhr. Inzwischen war es draußen dunkel, kurz nach acht. Klar, dass alle müde wurden. Jessica Tans Übersetzungen dauerten länger, die Hirne arbeiteten nicht mehr reibungslos. McGowan gähnte, als ginge es um sein Leben. Dass sie sich den ekelhaften Kaffee aus dem Lokal die Straße hinunter einverleibt hatten, hatte weder etwas für ihre Lebensgeister gebracht noch für ihre Geschmacksknospen. Jetzt noch weiterzumachen war kontraproduktiv, aber Cato wollte unbedingt erfahren, wenigstens in aller Kürze, wie Hai Chen nach seinem Tod auf einem Feld im Landesinneren, zwanzig Kilometer vom Meer entfernt, zu einer verstümmelten Wasserleiche am Strand von Hopetoun geworden war. Soweit er wusste, konnte Guan Yu nicht so einfach über ein Auto verfügen und schon gar nicht über ein Boot. Ermutigend lächelte Cato Guan und der Dolmetscherin zu.

»Wir machen ganz bald Schluss. Für heute nur noch ein paar Fragen.«

Sie nickte, er solle fortfahren. Guans Nicken wirkte weniger begeistert, allmählich schien es ihm langweilig zu werden, einen Mord zu gestehen.

»Sie haben also beobachtet, wie er gestorben ist. Was ist anschließend mit der Leiche geschehen?«

»Wir haben ihn zugedeckt, mit einem …« Guan und die Dolmetscherin suchten nach dem Wort, »mit einem Zelttuch …«

»Mit einer Plane?«

»Ja, mit einer Plane, und ihn über Nacht liegen gelassen. Ich wollte ihn dann am Morgen begraben.«

»Sie haben die Leiche also über Nacht liegen gelassen. Mit einer Plane zugedeckt?« Nicken. »Und was dann, sind Sie schlafen gegangen?«

»Nein, wir haben ums Feuer gesessen und Whisky getrunken. Ganz viel Whisky.«

Ja, was denn sonst, wo doch ein paar Meter weiter eine Leiche lag, dachte Cato.

»Und am Morgen haben Sie die Leiche begraben?«

Cato war angespannt; wenn die Antwort ja lautete, wie war die Leiche dann am Strand gelandet? Doch Guan Yu schüttelte den Kopf. Hatte er auf geheimnisvolle Weise einen Wagen mit Vierradantrieb und ein Boot herbeigezaubert? Hatte ihm jemand geholfen? War Cato kurz davor, den geheimnisvollen Fall Flipper aufzuklären?

»Nein.«

»Nein? Warum nicht?«

Guan Yu kratzte sich den Nacken und hüstelte verlegen. »Hai Chen war weg.«

Kein Platz in der Herberge. Müde lächelte Stuart Miller Pam an, die Empfangsdame im Fitzgerald River Motel, und klappte seine Brieftasche zu. Nicht zu glauben, dass die Fahrt so lang gewesen war, Stunden um Stunden, insgesamt fast neun. Zugegeben, er hatte sich auf den Nebenstraßen des südlichen Weizengürtels verfahren, als er – wie der Mann in der Raststätte am Albany Highway ihm versichert hatte – eine wirklich gute Abkürzung nehmen wollte. Sie hatte sich als kurviger, schilderloser, von Kängurus wimmelnder Albtraum erwiesen. Jetzt war er da, es war dunkel, und er war erschöpft und hungrig. Das Motel war voll und das Restaurant war geschlossen. Willkommen in Hopetoun.

Jenny war ans Telefon gegangen, als gestern, am Sonntagabend, der Anruf gekommen war. Ihr Neffe Tony war drangewesen, Jim Buckleys Ältester. Offenbar hatten sie das ganze Wochenende gebraucht, um sich so weit von den Nachrichten zu erholen, dass ihnen einfiel, ihre Tante Jenny anzurufen. Bloß für den Fall, dass es sie interessierte, hatte Tony gesagt. Kein Wunder, dass Jim weder ans Telefon gegangen war noch seine SMS beantwortet hatte. Das Begräbnis war noch ein paar Tage hin. Bisher war Jims Leiche noch gar nicht freigegeben worden. Offenbar war es entweder am späten Freitagabend oder sehr früh am Samstagmorgen passiert. Doch Miller wusste bereits, dass es morgens passiert war, denn Jim hatte ja kurz nach Mitternacht noch mit ihm telefoniert, er hatte gelallt, im Hintergrund Windgeräusche und Wasser. Wellen? Wie lange hatte er da noch zu leben gehabt? Eine Minute? Eine Stunde?

Miller ließ den Holden Statesman an, ein neues Modell, und verließ den Parkplatz des Motels. Er fuhr in die Richtung, wo er das Meer vermutete. Gegenüber vom Pub sah und hörte er die Brandung am Strand, ein milchweißes Schäumen im Mondlicht. Von der Hauptstraße links ab führte eine Zufahrt zu einer breiten Buhne, die am äußersten Ende von einer einzelnen Lampe beleuchtet wurde. Der Pub wirkte leer, würde wohl gleich schließen. Im Restaurant daneben war alles dunkel. Miller fuhr auf die Buhne hinauf, rollte knirschend über den Schotterweg mit seinen Furchen und Schlaglöchern und hielt dann unter der Lampe an dem kleinen Anlegesteg.

Klar, er hatte sich bereit erklärt, alle neuen Erkenntnisse an Detective Tim Delaney weiterzugeben, aber irgendwie hatte er das noch nicht geschafft. Sein schlechtes Gewissen nagte ein ganz klein wenig, vor allem, weil Delaney heute alles wettgemacht hatte, er hatte ihm nämlich telefonisch eine Antwort auf eine Frage gegeben, die ihn sehr beschäftigt hatte. Wie hatte Arthurs, ein einfacher Werftarbeiter aus Sunderland, es geschafft, sich eine neue Identität zu verschaffen, um ins Ausland zu reisen? Delaney hatte die Einwanderungsbehörde veranlasst, alle Personen, die um 1973 eingereist waren, zu überprüfen. Damals hatte es zwar noch keine elektronische Datenverarbeitung gegeben, aber in den Akten der Visumstelle in Sydney hatte man tatsächlich jemanden gefunden, der sein Visum überzogen hatte: Andrew Arthurs, Sunderland, Großbritannien. Davey Arthurs' jüngerer Bruder, gleiche Körpergröße und Davey auch sonst so ähnlich, dass kein Unterschied zu erkennen war. Davey hatte den Pass seines kleinen Bruders benutzt, ganz einfach.

»Er ist also nicht Der Schakal«, hatte Delaney am Telefon gesagt. »Er ist bloß ein fieser, schäbiger, opportunistischer kleiner Köter.«

»Sehr wahr«, hatte Miller zugestimmt, »aber das heißt auch, dass er mit einer ganz schönen Portion tierischer Gerissenheit ausgestattet ist.«

Würde er Delaney überhaupt wissen lassen, dass er hier an der Südküste eine glühend heiße Spur hatte? Vielleicht. Vielleicht auch nicht. Miller hatte immer noch die Phantasie, dass er Arthurs festnehmen würde, der Mountie kriegte seinen Mann doch immer. Er kippte die Rückenlehne zurück, nahm als provisorische Decke seine Jacke vom Rücksitz und versuchte zu schlafen.

Cato Kwong wusste, dass er das eigentlich nicht tun sollte, aber er konnte nicht schlafen, und der Drang war zu stark. Die Einsatzzentrale, wie der große Raum in der Gemeindehalle jetzt genannt wurde, lag im Dunkeln. Alles war still. In dünnen Strahlen fiel das Mondlicht durch die Eukalyptusbäume an der Straße, und eine sanfte Brise zupfte an ihren Blättern. Keine Menschenseele unterwegs. Cato steckte einen Schlüssel in das Schloss der dünnen Sperrholztür und drehte den Knauf. Es war ein Zweitschlüssel, den McGowan erhalten hatte, als Mitglied des offiziellen Teams. Auf der Rückfahrt von Ravensthorpe hatte Cato ihm weisgemacht, er habe seinen eigenen, ebenfalls offiziell ausgegebenen Schlüssel im Gefängnis gelassen und wolle nur kurz an die Datenbank, um etwas zu überprüfen. McGowan hatte gegähnt, die Lüge akzeptiert und ihm den Schlüssel gegeben.

Die Tür öffnete sich mit einem rostigen Quietschen, das Licht ließ Cato aus. Er wusste, wo er hin wollte, und steuerte direkt auf die hintere Ecke der Halle zu. Er setzte sich auf den Hocker und hob den Deckel. Im Mondlicht schien der abblätternde weiße Lack des alten Klaviers wieder zu glänzen. Cato trat die Pedale; das linke war besonders schwergängig. Er ließ die Finger über die Tasten laufen, aufwärts und abwärts. Die unteren Töne waren zum größten Teil verstimmt. Die Arpeggios in der linken Hand würden heikel werden.

Er begann mit Chopins Nocturne in b-moll, Opus 9, Nummer 1. Es war eins der drei Stücke für das Examen gewesen, das er mit fünfzehn abgelegt hatte, noch jung genug, um als Wunderkind zu gelten, auch wenn er eigentlich schon kein Kind mehr gewesen war. Die anderen beiden waren Rumänische Volkstänze von Bartók und ein Impromptu von Schubert gewesen. Aber der Chopin war sein Lieblingsstück: ergreifend, melancholisch und leidenschaftlich, wie seine Klavierlehrerin, Miss Grabowski, gesagt hatte. Zu ihrem großen Kummer war sie hundert Jahre zu spät geboren und lebte in Fremantle, nicht in Warschau. Sie war eine Lehrerin der alten Schule und zischte verächtlich, wenn Cato erwähnte, dass die meisten seiner kleinen Freunde nach der Suzuki-Methode lernten.

»Wir sind Künstler, Philip; wir malen hier nicht nach Zahlen.«

Nach fünf Jahren Unterricht bei ihr hatte er Haare auf den Knien und Muskeln in den Beinen bekommen, seine Hände waren groß geworden, aber immer noch flink genug, um die Kantilene zu bewältigen.

Jetzt spielte er sein Lieblingsstück, ließ die Finger über die Tasten wandern. Nachdem er so oft daran gescheitert war und Miss Grabowski ihre zittrige Hand auf seine gelegt hatte, um ihn zu führen, hatte sie eines Tages schließlich verkündet, mit Schweißtröpfchen auf der Oberlippe und einem Akzent, den sie von ihren Ahnen übernommen hatte: »Du bist so weit.«

Aber im Prüfungsraum, unter den stahlharten Blicken der Prüfungskommission, wurde ihm klar, dass das nicht stimmte. Er erstarrte. So viele seiner »kleinen Freunde« in den Suzuki-Klassen hatten diesen Auftritt mühelos hinter sich gebracht, weil regelmäßiges Vorspielen vor Publikum fester Bestandteil ihres Unterrichts war. Er stolperte durch das Nocturne und verpatzte alle Aussichten auf eine weitere Karriere. Gedemütigt, mit heißem Kopf und Tränen in den Augen war er aus dem Prüfungsraum gestürzt und hatte seine Noten in die nächste Mülltonne geschleudert. Das Erste, was er draußen auf der Straße gesehen hatte, waren zwei Polizisten gewesen, die einen jungen Mann die Straße entlanghetzten, bevor sie ihn dann am helllichten Tage zusammenschlugen. In diesem Moment wurde Philip Kwong klar, was er mit seinem Leben anfangen wollte.

Es hatte lange gebraucht, bis er wieder Freude daran fand, für sich selbst Klavier zu spielen, als beruhigendes, meditatives Vergnügen. Und er hatte seither gelernt, dass Polizeiarbeit mehr war als das, was er nach dem Vorspiel auf der Straße miterlebt hatte. Er war als Wunderkind ein Versager gewesen, als Kopf auf dem Polizeiplakat ein Versager, und ein brillanter Ermittler war auch nicht aus ihm geworden.

Mit einigen dumpfen, verstimmten Tönen beendete Cato das Nocturne. Er war relativ ruhig und im Frieden mit sich und der Welt. Umso mehr erschrak er, als im Schatten plötzlich Beifall geklatscht wurde. Lara Sumich kam mit einem übermütigen Lächeln durch einen Strahl Mondlicht geschlendert und drängte sich neben ihn auf den Klavierhocker.

»Bravo«, flüsterte sie.

Ihre Schulter dicht an seiner, genauso wie ihre Hüfte, ihr Oberschenkel und ihr Knie. Ihr Parfüm war dezent, roch nach Moschus und war vermutlich sehr teuer. Im Mondlicht war auf ihrem Hals ein Schimmer von Schweiß zu sehen.

Cato kam es vor, als sei die Temperatur tatsächlich ein bisschen gestiegen.

»Wie geht's mit dem Fall voran?«, erkundigte Lara Sumich sich beiläufig.

»Ich denke daran, mir eine anständige Arbeit zu suchen. Vielleicht Cato, der Tischler?«

»Der Ältere oder der Jüngere?«

»Wie bitte?«

»Haben Sie eben nicht darauf angespielt? Auf den Staatsmann im alten Rom? Ich kann mich nicht erinnern, ob es Cato der Ältere oder Cato der Jüngere war, aber einer von den beiden stand für Unbestechlichkeit.«

»Ihre Ausbildung war die Investition wirklich wert, jeden einzelnen Cent.«

Lara kräuselte die Lippen. »Wohlgemerkt, dieser Cato war auch als verklemmter, strenger Fanatiker bekannt.«

»Ich muss zugeben, dass das eher nach mir klingt.

Lara klimperte ein paar Takte aus »Für Elise«.

»Lust auf ein Duett?«

Sie spielten eine ausgelassene, überschäumende Klimperdiklimper-Version von »Chopsticks« und konnten sich hinterher vor Gekicher kaum halten, als wären sie Teenager. Dann, während der Hall noch zwischen den alten Gipsplattenwänden verklang, legte Lara Cato Kwong eine Hand weit oben auf den Oberschenkel, drückte ihm einen langen, nassen Kuss auf den Mund und ließ die Finger über seinen Reißverschluss flattern, als sie die Lippen wieder löste.

»Gute Nacht, Detective Kwong.«

Und weg war sie. Fassungslos, mit hochrotem Kopf und pochendem Unterleib ließ sie Cato zurück. Erst später ging ihm auf, dass er es versäumt hatte, sie zu fragen, was sie zu dieser nächtlichen Stunde eigentlich hier gesucht hatte.

Tess Maguire hatte eine Ginflasche halb leer gemacht. »Mother's Ruin« nannten manche das Zeug. Melissa war nicht aus ihrem Zimmer gekommen, hatte die Einladung zum Abendessen ignoriert. Tess hatte ihr Essen selbst kaum angerührt. Es stand mitten auf dem Küchentisch, Muschelnudeln, ganz schlicht mit Bolognese aus dem Glas übergossen, die jetzt unter der Sechzig-Watt-Birne erstarrte. Draußen war es dunkel, still und kühl, ein wolkenloser Abend mit Millionen von Sternen.

Im Hintergrund brummelte leise das Radio, eine späte Talk-Sendung, in der die globale Finanzkrise diskutiert wurde und die Frage, wann und ob sie an die Gestade dieses weiten braunen Landes gespült werden würde. Trotz der sogenannten Turbulenzen waren die Stimmen ruhig und vernünftig, fast einschläfernd. Tess war gerade mit ihrer eigenen Krise befasst und sann über mögliche Heilmittel nach. Da standen sie aufgereiht auf dem Tisch, bereit zur Inspektion. Schlaftabletten, Beruhigungsmittel, Antidepressiva. Rauf. Runter. Rauf. Runter. Der Arzt hatte Medikamente verschrieben, als gehöre die Pharmafirma ihm. Keins hatte gewirkt. Keine dieser Pillen hatte es geschafft, ihr System von Johnno Djukic zu reinigen. Tess Maguire drehte die Deckel der Behälter auf, einen nach dem anderen, kippte ihren Inhalt vor sich auf den Tisch und mischte die Tabletten wie Scrabblesteine.

22

Dienstag, 14. Oktober. Früher Morgen.

»Quatsch.«

Das war Mick Hutchens' unmittelbare Reaktion auf die Nachricht, dass Hai Chens Leiche sich, Guan Yu zufolge, einfach in Luft aufgelöst hatte. Cato Kwong drehte die Handflächen nach oben; er hatte keine Antwort darauf. Und inzwischen gingen ihm auch die Fragen aus. Sein Hirn fühlte sich an, als wäre es mit Altöl überzogen. Hutchens saß an seinem Schreibtisch in der Gemeindehalle. Die Sonne war eben aufgegangen und brach hinter den Baumwipfeln hervor. Draußen wurde unter Gehämmer, Gerassel und Geschimpfe gerade die mobile Befehlsstelle vom Anhänger auf ihr neues Zuhause, den Parkplatz der Gemeindehalle, hinuntergelassen. So, wie das da lief, bestand durchaus die

Chance, dass beide Mordfälle aufgeklärt würden, bevor man das Ding überhaupt benutzen konnte.

»Ganz genau, das hat er gesagt.« Cato stand, er war zu angespannt, um sich zu setzen. Er trat an das verstaubte alte Klavier und hob den Deckel. Geistesabwesend betrachtete er die vergilbenden Elfenbeintasten und das heiße, verstörende Erinnerungsbild von seinem mitternächtlichen Stelldichein mit Lara Sumich.

»Quatsch«, wiederholte Hutchens. »Bleib dran. Der erzählt dir doch eins vom Pferd.«

»Wieso? Er hat den Mord ja schon gestanden. Was hätte er dann davon, dass er von der Leiche nichts weiß?«

»Keine Ahnung, was er sich dabei denkt, aber bleib dran. Wir wollen seine Geschichte von vorne bis hinten stimmig haben, bis hin zu diesem Fleischklumpen am Strand.«

Cato nickte seufzend. Er trank einen Schluck Kaffee und genoss den aromatischen, milden Geschmack. Inzwischen war die Einsatzzentrale mit einem Kaffeebereiter und mehreren Tüten einer Brasil-Mischung aus dem Supermarkt ausgestattet, zu Boomtown-Preisen natürlich. Schon besser, dachte Cato, aber eigentlich war es höchste Zeit, dass sich der Mordverdacht gegen Justin Woodward zerschlug, damit der wieder das tun konnte, was er am besten machte: guten starken Kaffee. Mit der freien Hand klimperte Cato eine Zwei-Finger-Version der Anfangstakte von »I don't like Mondays«. Von den Boomtown Rats.

Hutchens war beeindruckt. »Nur gut, dass heute schon Dienstag ist. Hab nicht gewusst, dass du Klavier spielst.«

»Bin eben Chinese.« Cato deutete auf sein Gesicht. »Also, wie weit bist du mit Woodward?«

Hutchens zog einen Mundwinkel nach oben. »Die Drogenspuren im Kaffeewagen stammen von Ecstasy und Crystal Meth, ist nachgewiesen.«

Cato stieß einen Pfiff aus. »Schön. Sonst noch was?«

Hutchens schüttelte den Kopf. »Wir gehen gerade die Telefonate durch, die Bankkonten, die Zeugenaussagen. Und sprechen mit dem Geheimdienst in Perth, ob irgendwas über Woodward gemunkelt wird.«

Oder über Jim Buckley, dachte Cato, wollte aber nicht

schlecht über den Toten sprechen. Doch er äußerte seinen Gedanken trotzdem. Hutchens begegnete seinem Blick.

»Ja. Das auch.«

Lara Sumich erschien in der Tür, hellwach und voller Tatendrang. »Ist das hier privat?«

»Nein«, sagten sie wie im Chor.

Lara beschenkte beide Männer mit einem Lächeln, und Cato bekam noch ein Irisflackern gratis dazu, dann schritt sie durch den großen Raum bis zu der kleinen Küche an der Rückseite. Ihre Schuhe klackerten laut auf den Jarrahdielen. Sie schnippte den Wasserkocher ein und ließ einen Teebeutel in eine Tasse fallen. Hutchens goutierte jede ihrer Bewegungen, und Cato beobachtete Hutchens und wartete darauf, dass sein Blut sich wieder beruhigte. Wie alt war er denn dieser Tage, fünfzehn? Er musste sich zusammenreißen, schließlich war er theoretisch alt genug, um ihr Vater zu sein.

Er räusperte sich, um Hutchens auf sich aufmerksam zu machen. »Ich fahre hoch nach Ravensthorpe. Besteht die Aussicht, dass Hai Chens Sachen heute kriminaltechnisch untersucht werden? Damit es weitergeht?«

Cato erschrak, als er seinen fast bittenden Tonfall hörte. Hutchens hatte Flipper schon abgehakt, vermutlich dachte er an Lara oder an den Fall Buckley, oder aber er plante seinen nächsten Karriereschritt.

»Ich spreche mit Duncan und sage ihm, dass er dich anrufen soll.«

Mark McGowan wartete an der Tür, frisch geduscht und rasiert. Er hob das Kinn in Catos Richtung. »Und wir nehmen jetzt Mr Yu in die Zange? Soll's losgehen?«

»Mum. Wach auf.«

Tess Maguire regte sich und öffnete ein Auge. Sie war im Sessel eingeschlafen, und ihr Nacken hatte sich verkrampft, sodass ihr Kopf mit leicht erhobenem Kinn auf der Seite lag, als sei sie tief in Gedanken versunken.

»Mum.« Melissas Stimme, etwas eindringlicher, mit einer Spur von Panik.

Tess' Schläfen pochten und ihr Nacken fühlte sich an, als

sei er in Beton gegossen. Und dann erst ihr Magen. Taumelnd stand sie auf, schwindlig vor Kater-Kopfschmerzen, stürzte in die Toilette und kotzte sich die Seele aus dem Leib. Sieben Minuten verbrachte sie dort, bis ihr Bauch leer war und nur noch bittere Galle blieb. Galle und die hämmernde Migräne.

»Ekelhaft«, schniefte Melissa und reichte ihrer Mutter eine Tasse Tee.

Tess beäugte den Tee misstrauisch, beschloss dann aber, dass sie nichts zu verlieren hatte. Er schmeckte wunderbar.

»Musst du nicht in der Schule sein?«, krächzte sie.

»Musst du nicht arbeiten?«

»Hab Urlaub wegen zu viel Stress.«

»Ich auch.«

Tess brachte ein Lächeln zustande. Melissa war nie um eine Antwort verlegen, von wem hatte sie das wohl? Ein Blick aus dem Fenster sagte Tess, dass sich ein herrlicher Frühlingstag ankündigte.

»Hast du Lust, schwimmen zu gehen?«

Melissa schüttelte den Kopf. »Nee. Ich dachte, ich dusche jetzt mal. Dann mache ich vielleicht mein Zimmer sauber. Oder gehe spazieren.«

Tess nickte langsam. »Möchtest du Gesellschaft haben?«

»Nein. Jetzt nicht. Danke.«

Melissa sah aus, als wolle sie noch etwas sagen. Tess wartete ab, und ihre Tochter tat ihr den Gefallen.«

»Ich dachte, ich sollte hier die Verantwortungslose, Durchgeknallte sein.«

Ausgeschimpft, von einer Vierzehnjährigen. Aber das Gute daran war, dass es ihre längste Unterhaltung seit Wochen gewesen war.

Ein Klopfen an der Windschutzscheibe. »Aufwachen, mein Freund. Alles klar da drinnen?«

Stuart Miller schlug die Augen auf und fuhr hoch. Ein Krampf schoss ihm in den Nacken und in die rechte Schulter, weil seine Muskeln so verspannt waren. Er ließ sein Fenster herunter, blinzelte und lächelte in das besorgte, wettergegerbte Gesicht, das sich zu ihm beugte.

»Ja, danke…« Er wies mit dem Daumen über die Schulter in Richtung Stadt. »Kein Platz in der Herberge. Ich bin spät angekommen.«

Der Angler grinste und hob erleichtert die Daumen. »Kein Problem, ich dachte schon, Sie wären vielleicht der nächste Tote. Die sterben hier nämlich wie die Fliegen.«

Miller wischte sich ein bisschen Schlafsabber vom Kinn und tat, als wisse er von nichts. »Wie meinen Sie das?«

»Ein Polizist ist ermordet worden, genau hier. Am Wochenende.«

»Oh Gott.« Miller stieß einen Pfiff aus und schüttelte den Kopf. »Haben sie den Kerl gefasst, der das gemacht hat?«

»Ist noch nicht offiziell, aber ich habe gehört, dass sie am Sonntag jemanden hopsgenommen haben. Drogen, vermuten sie: ein kolumbianisches Syndikat. Beliefert wahrscheinlich die Bergarbeiter.« Der Angler nickte weise, dann streckte er die Hand durch das offene Fenster. »Davo.«

»Stuart.«

Sie schüttelten sich die Hände.

Miller hatte den Kopf schief gelegt, anders konnte er ihn auch kaum halten, denn er schien in dieser Position eingerastet zu sein. »Sie haben gesagt, die sterben wie die Fliegen – das klingt, als wäre es mehr als einer gewesen?«

»Ja, ein paar Tage davor lag eine Leiche am Strand. Oder jedenfalls Teile davon. Ohne Kopf, heißt es.« Davo verzog das Gesicht.

»Haben die beiden Fälle etwas miteinander zu tun?« Miller betätigte einen Hebel, um die Rückenlehne wieder aufzurichten.

»Wer weiß?« Davo klopfte sich mit dem Zeigefinger auf den Nasenflügel. »Seit die Mine eröffnet wurde, geht diese Stadt vor die Hunde. Aber jetzt muss ich sehen, ob die Fische anbeißen. Freut mich, dass Sie nicht die nächste Leiche sind. Bis später.« Davo winkte zum Abschied und schlenderte ans Ende des Stegs, stellte seinen Klappstuhl auf und öffnete seinen Angelkasten.

Stuart Miller gähnte, streckte sich, ließ ein paar Wirbel knacken und startete den Wagen. Die Sonne war aufgegangen, und das Meer war ruhig und blau. Es würde ein herrlicher Tag werden. Miller knurrte der Magen, und er machte sich auf die Suche nach Frühstück.

Tess Maguire streckte den Arm nach vorne aus, zog die gekrümmte Hand durchs Wasser zurück und hob dann den Ellbogen zum nächsten trägen Zug. Der Ozean war kristallklar, erfrischend kühl und spiegelglatt. Kein Lufthauch war zu spüren. Bei jedem Zug glitzerte die Sonne durch die Wasserperlen, tropfende Diamanten. Nichts war zu hören, nur die Bewegungen und das Platschen eines Menschen im Wasser – und dieser Mensch war sie selbst. Unter Wasser trieben Klumpen von braunem Seetang über den Sand, ein Vorhang aus winzigen Fischchen hob sich, teilte sich, weil eine Horde Heringe ihn aufschreckte. Tess konzentrierte sich auf ihre Schwimmzüge, fasste ins Wasser und zog den Arm zurück, dabei machte sie regelmäßige, kräftige Beinschläge. Sie hatte den Strand ganz für sich. Von der Buhne aus schwamm sie immer am Ufer entlang nach Westen in Richtung Bootsrampe, bis deren Pontons zwanzig Meter links von ihr lagen. In der Ferne erhoben sich der Mount Barren und die Berge des Nationalparks so klar und scharf wie eine Fotografie. Etwas regte sich unten im Sand vor ihr und richtete sich auf: ein Stachelrochen mit etwa einem Meter Spannbreite. Er schlug mit den schwarzen Flügeln und dem peitschenartigen Schwanz, während er ins tiefe Wasser davonglitt.

Noch eine Bewegung, ein flinker Schatten links von ihr im tieferen Wasser. War das noch der Stachelrochen? Tess bekam rasendes Herzklopfen. Noch nicht eine Woche war es her, dass auf der anderen Seite der Buhne zwei Haie Flipper im flachen Wasser abgelegt hatten. Die Bezeichnung Flipper war haften geblieben, obwohl der Tote inzwischen offenbar einen Namen hatte. Da bewegte es sich wieder, diesmal rechts von ihr. Tess stoppte, trat Wasser und sah sich um. Wie sagte man immer? *Der dich kriegt, den siehst du nicht.* Warum konnte es hier keinen einzigen schönen Moment ohne Schrecken geben? Da wieder, diesmal vor ihr, es schwamm auf sie zu. Nun war es deutlich zu sehen: ein ganz junger Seelöwe, glatt, hellbraun, mit dunkelbraunen Flecken.

Er bewegte sich im Wasser mit vollendeter Anmut, erst sauste er einmal um Tess herum, dann schwamm er unter ihr, in die gleiche Richtung wie sie. Im Weiterschwimmen drehte er sich auf den Rücken und sah jetzt direkt zu ihr auf. Der Frechdachs lächelte. Tess prustete und lachte, schluckte Salzwasser, hustete, spuckte und lachte noch mehr. Jetzt war sie wieder ganz bei sich. Sie stellte die Füße in den Sand, hielt den Kopf aber weiter unter Wasser und verfolgte, wie der Seelöwe mit flinken Bewegungen hierhin und dorthin und rundherum schwamm, während sie sich das Herz aus dem Leib flennte.

Bevor Cato nach Ravensthorpe aufgebrochen war, hatte er noch seine E-Mails gecheckt. Im Posteingang hatte er die Berichte gefunden, die die Rechtsmedizinerin in Perth über den Rumpf, ehemals bekannt als Flipper, und den Kopf aus Quoin verfasst hatte. Er hatte beide ausgedruckt, um sie auf der Fahrt zu lesen. Beim Lesen im Auto wurde ihm schlecht, also riss er sich zusammen, überflog die Berichte nur und bemühte sich, die Einzelheiten möglichst schnell aufzunehmen. Sie saßen in einem Commodore der Kripo aus Albany. McGowan hatte eine CD mit Musikstücken voller Wiederholungen eingeschoben, die textlich nicht allzu anspruchsvoll waren. Er schien zufrieden zu sein, nickte im Rhythmus mit dem Kopf, bewunderte die Aussicht und schien kein Bedürfnis nach Unterhaltung zu haben. Das kam Cato gelegen.

Die gute Nachricht war, dass Kopf und Rumpf von derselben Leiche stammten. Das half. Außerdem entsprachen die Schnittspuren am Hals des Kopfes denen am oberen Ende der Wirbelsäule des Torsos. Die Zähne waren in recht gutem Zustand, daher sollte es möglich sein, sie mit den Zahnarztbefunden abzugleichen – wenn die chinesische Zahnärzteschaft tüchtig war und es überhaupt Befunde gab. So weit war alles gut. Cato schmeckte die salzige Galle, die die Reisekrankheit ankündigte. Er blickte von den Ausdrucken auf und sah nach vorn auf die Straße, um seinen wühlenden Magen zu beruhigen. McGowan hörte auf, zur Musik zu nicken.

»Alles okay?«

»Ja. Klar. Ich denke bloß nach.«

»Strengen Sie sich nicht zu sehr an. Sie sehen ein bisschen angeschlagen aus.«

Der innere Aufruhr legte sich. Cato riskierte einen weiteren Blick auf den Bericht: nichts über Guan Yus anschauliche Beschreibung, wie er Hai Chen die Kehle durchgeschnitten hatte. Ob die Spuren davon durch die Zeit im Wasser getilgt worden waren? Am Ende des Berichtes stand als Kontakt eine Handynummer, und Cato wählte sie.

»Stephanie Kennedy.«

Sie gehörte zu den führenden Rechtsmedizinern in Perth. Und, dem Klang ihrer Stimme nach zu urteilen, auch zu den müdesten. Cato schaute auf die Uhr am Armaturenbrett, 7:05. Er erschrak.

»Entschuldigen Sie, dass ich Sie schon so früh störe.«

Cato stellte sich vor und erklärte, um welchen Fall es ging. »Frau Dr. Kennedy ...«

»Professor«, korrigierte sie ihn.

»Frau Professor. Erinnern Sie sich, ob Sie etwas wie Messerwunden am Hals gefunden haben?«

»Steht das im Bericht?«

»Nein.«

»Dann offenbar nicht.«

Cato schilderte ihr die Szene, die Guan Yu beschrieben hatte, und schnitt das Thema an, ob es vielleicht einen Einfluss auf die Wunden haben könnte, wenn das Gewebe mehrere Tage lang dem Salzwasser ausgesetzt war.

»Ja, zweifelsohne, aber derartige Schnittwunden hätten trotzdem feststellbar sein müssen.«

»Ihrer Ansicht nach gibt es also keinen Hinweis auf Messerwunden am Hals?«

»Korrekt.«

»Woran ist er denn dann gestorben?«

Am anderen Ende ertönte ein genervtes Seufzen. »Haben Sie eigentlich meinen Bericht gelesen, Mr Kwong?«

Cato spürte, dass ein Angriff bevorstand, den er selbst verschuldet hatte. »Ich gehe ihn gerade durch.«

»Dann hätten Sie ihn vielleicht erst ganz lesen sollen, bevor Sie mich belästigen. Seite zwei unten: Im Schädel steckte eine Kugel. Er wurde erschossen.«

Cato schüttelte den Kopf und schaute noch einmal hin. Ja, da stand es, klar und deutlich.

»Erschossen«, sagte Cato blöde.

McGowan zwinkerte ihm zu.

»M-m-mh«, sagte Professor Kennedy herablassend am anderen Ende. »Ganz richtig. Und die beiden anderen wichtigen Ergebnisse: Ganz kürzlich wurde ihm das Nasenbein gebrochen und eine klaffende Wunde am Hinterkopf beigebracht. Ist das alles, Mr Kwong?«

»Ja, danke, Frau Professor.«

Mit einem »Ts-ts-ts« beendete sie das Gespräch.

»Da hat uns also jemand Märchen erzählt«, bemerkte Mark McGowan.

Cato ließ einen kleinen Rülpser los, der ihm helfen sollte, seinen Magen zu beruhigen.

23

Dienstag, 14. Oktober. Vormittag.

»Als Sie am nächsten Morgen aufgewacht sind, hatten Sie also vor, etwas wegen der Leiche zu unternehmen.«

Cato Kwong sprach mit neutraler Stimme und ausdruckslosem Gesicht. Undurchschaubar, das Wort hatten sie immer für ihn benutzt. Der undurchschaubare Mr Kwong.

»Ja, aber sie war weg.« Guan Yu nickte. Er war bestrebt, es ihm recht zu machen.

Jessica, die Dolmetscherin, sah so strahlend und frisch aus, wie es nach einer Nacht im Ravensthorpe Motel nur möglich war – schließlich war es nur bequeme dreißig Schritt von der Bar des Ravensthorpe Hotels entfernt.

Sie waren die ganze Geschichte noch einmal durchgegangen, und Guan Yu blieb bei seinen Ausführungen von gestern, einschließlich des Blödsinns, dass er Hai Chen die Kehle durchgeschnitten hatte. Mark McGowan ließ die Leine lang, und Guan Yu wickelte sie sich um den Hals.

»Wie Sie sagen, die Leiche war verschwunden, aber wir

möchten gern Schritt für Schritt vorgehen und so viele Einzelheiten hören wie möglich.« McGowans Stimme klang beruhigend. Sie hatten beschlossen, für heute die Rollen zu tauschen: McGowan der Gute, Cato der Böse. Sie erwarteten zwar nicht, dass Guan darauf hereinfallen würde, aber sie hatten einfach Lust auf ein bisschen Abwechslung. »Also, um wie viel Uhr sind Sie aufgewacht?« McGowans Tonfall war jetzt drängend, wissbegierig.

»Um fünf.«

McGowan machte sich eine Notiz. »Um fünf. Und wo wollten Sie ihn beerdigen?«

»Er war weg«, beharrte Guan in der Übersetzung von Jessica Tan, die seine Verwirrung offenbar allmählich teilte. Warum ritten die beiden auf der geplanten Beerdigung einer Leiche herum, die verschwunden war?

»Ja, später war er weg. Aber das wussten Sie zu dem Zeitpunkt noch nicht. Sie hatten geplant, um fünf aufzuwachen und noch vor der Arbeit etwas wegen Hai Chen zu unternehmen?« McGowan lächelte ermunternd.

Guan Yu zog die Augenbrauen zusammen, dann zuckte er die Achseln. »Ihn begraben.«

»Wie. Wo.« Cato – barsch, der böse Cato.

»Mit einem Spaten, im Busch hinter den Schuppen.«

»Zeigen Sie mal.«

Cato zeichnete einen kleinen Lageplan mit den Wohnwagen und den Schuppen. Er schob Notizblock und Stift über den Tisch. Guan zögerte, wählte dann eine Stelle und platzierte dort ein Kreuzchen.

»Sie allein? Oder hatten Sie Hilfe?« Cato behielt seinen kalten Blick bei.

»Er war weg. Wir haben es nicht gemacht«, sagte Guan Yu, und Jessica übersetzte seine Irritation.

»Wir?«, fuhr Cato ihn an.

»Ich«, sagte Guan Yu.

McGowan nahm einen kleinen Kurswechsel vor. »Und was haben Sie gedacht, als Sie gesehen haben, dass die Leiche weg war?«

»Was?«

»Was haben Sie da gedacht? Fanden Sie das nicht merkwürdig? Haben Sie danach gesucht? Haben Sie Ihre Freunde gefragt, ob sie den Toten irgendwo gesehen hatten?«

McGowan und wieder sein aufmunterndes Lächeln. Allmählich erwärmte Cato sich für ihn.

Und Guan Yu ebenfalls; er setzte eine bestürzte Miene auf und zog Mark McGowan ins Vertrauen. »Doch, sehr merkwürdig. Ich dachte bei mir, wie kann das sein? Ich habe mich ringsherum umgeschaut, aber nichts.« Er öffnete die Augen weit und hob die Handflächen, um seine Worte zu veranschaulichen, und Jessica ahmte seine Geste nach.

»Komisch.« McGowan schüttelte langsam und mitfühlend den Kopf. »Und dann haben Sie einfach gefrühstückt und da gesessen und gewartet, bis der Bus zur Arbeit kam, ja?«

Guan nickte und fügte ein »Ja« für die Aufnahme hinzu.

»Und haben Sie noch weiter darüber nachgedacht? Wohin Chens Leiche wohl verschwunden sein konnte? Wer sie vielleicht weggeholt haben konnte?«, fragte McGowan.

Guan zuckte die Achseln. »Ein Rätsel.«

»Ja, das ist es wirklich. Und was ist mit Mr Grant, mit Travis, hat er nicht gefragt, wo Chen war?«

Guan schüttelte nachdrücklich den Kopf.

Cato beugte sich über den Tisch zu ihm und sagte langsam und drohend: »Ist doch Unsinn. Alles Blödsinn! Und jetzt versuchen wir's noch mal. Aber diesmal will ich die Wahrheit hören.«

Guan wartete ab, bis Jessica Tan übersetzt hatte, obwohl er ganz offensichtlich schon verstanden hatte.

Cato klopfte mit dem Finger auf die braune Akte vor sich. »Vielleicht muss ich es Ihnen erklären. Wir haben jetzt den Kopf und den Körper von Hai Chen. Wir haben medizinische Tests gemacht. Wir wissen, dass er nicht erstochen wurde, sondern erschossen. Also sagen Sie mir, wo Sie die Pistole versteckt haben, nachdem Sie ihn umgebracht hatten.«

Während Jessica übersetzte, wechselte Yuans Gesichtsausdruck von echter Bestürzung zu Angst.

»Pistole? Nein. Keine Pistole.«

»Bingo.«

Lara Sumich klappte ihr Handy zu. Detective Inspector Hutchens sah auf die Uhr, biss die Zähne zusammen und machte ihr ein Zeichen, das so unhöflich unterbrochene Gespräch fortzusetzen. Lara trank einen Schluck Kräutertee und lächelte genussvoll, als hätten sie den ganzen Vormittag Zeit zum Plaudern. Spannte sie ihn absichtlich auf die Folter oder was?

»Das war das Dezernat für organisierte Kriminalität«, sagte sie.

Die Geheimdienstabteilung des Dezernats für organisierte Kriminalität in Perth hatte soeben eine Verbindung zwischen Justin Woodward und Freddy Bataam alias Freddy Sudhyono alias Riri Yusala hergestellt. Zugegeben, diese Verbindung war vielleicht etwas weit hergeholt und stellenweise nicht ganz hieb- und stichfest, denn sie wurde nur durch nachtragende Klatschmäuler, den Buschfunk und bloße Vermutungen bestätigt. Aber war so was nicht meistens die Grundlage für Geheimdienstarbeit? Staaten waren schon aufgrund von schwächeren Beweisen in den Krieg gezogen, und bei der Polizeiarbeit gab es keine Zufälle. Anscheinend hatte Freddy Undsoweiter sehr schlechten Umgang im Schmuddel-Drogenland gepflegt, ständig Schulden gemacht und sich mit den falschen Leuten angelegt. Eigentlich hätte man ihn festnehmen und abschieben müssen, weil er sein Visum überzogen hatte, aber er war dem Dezernat für organisierte Kriminalität weiterhin nützlich; anscheinend denunzierte er schon auf den kleinsten Wink hin. Die Denunziationen und die Drogenschulden ließen vermuten, dass er gern gefährlich lebte. Das Dezernat für organisierte Kriminalität hatte ihn als Freund eines Freundes eines Freundes von Woodward gespeichert.

Hutchens runzelte die Stirn. Für sich genommen war diese Info weniger als beeindruckend, aber als Teil eines größeren Ganzen war sie, na ja, schon etwas mehr wert. Positiv bleiben.

»Die Sache gegen den hohen Herrn entwickelt sich zufriedenstellend«, murmelte er. »Graben Sie weiter, Lara. Apport.«

Hutchens hatte fast den ganzen Vormittag damit verbracht, durchs Telefon Reporter anzuknurren, die es mehr zu interessieren schien, dass eine Polizistin einen kleinen Rotzlümmel getasert hatte, als dass ein Polizist ermordet worden war. Nachdem er Lara abgefertigt hatte, zog Hutchens sich wieder in die Schaukel seiner schlechten Laune zurück.

»Wo ist Tess Maguire?«, bellte er.

Greg Fisher stand mit einem Bündel Papier unsicher am Whiteboard. Er war als Mädchen für alles eingezogen worden. »Sie ist zu Hause, Sir. Sie haben ihr anscheinend gesagt …«

»Herholen. Sofort.«

Greg Fisher griff zu einem Telefon.

Duncan Goldflam streckte den Kopf durch die Tür. »Das müssen Sie sehen, Chef.«

Lara Sumich wandte den Kopf.

»Was denn jetzt schon wieder?«, knurrte Hutchens.

»Ich glaube, es wird Ihnen gefallen.«

Goldflam zwinkerte seinem Boss zu und krümmte den Zeigefinger. Das war eine Geste, die man nur wagen konnte, wenn man lange genug mit Hutchens zusammengearbeitet hatte und ihn gut kannte. Auf Goldflam traf beides zu. Hutchens folgte ihm nach draußen. Sie trampelten die drei Stufen hoch in den Wagen der Forensiker.

Goldflam schloss die Tür und senkte die Stimme. »Das passt.«

»Was passt, Himmelherrgottnochmal?«

»Jim Buckleys Haar auf der Jeans, die Woodward in der Mordnacht getragen hat.«

»Ich dachte, die Tests wären alle gleich am ersten Tag gemacht worden?«

»Wir haben alles noch mal kontrolliert, für den Fall, dass wir etwas übersehen hatten. Als wir die Drogenspuren gefunden hatten, dachten wir, es könnte sich lohnen, alles nochmal sorgfältig zu prüfen.«

Hutchens musterte Goldflam und seine eifrige kleine Schar einen Augenblick lang.

»Bingo«, sagte er dann anerkennend.

Tess Maguire nickte dem Kriegsveteranen Russell zu, der wie üblich an seinem Tisch vor dem Supermarkt saß. Aber er sah durch sie hindurch, als sei sie ein Rauchfähnchen, und studierte weiter den *West Australian* des Tages. Kurzzeitig degradierte er die Lotterielose und die Sammelbüchse für die *Returned and Services League of Australia* und machte sich mit den Nachrichten aus aller Welt vertraut. Tess schüttelte den Kopf und lächelte vor sich hin. Der alte Miesepeter. Sie überlegte, wie lange sie wohl in Hopetoun würde leben müssen, bevor er ihre Existenz zur Kenntnis nahm. Im Laden griff sie nach Milch, Brot, Teebeuteln und Filterkaffee. Letzterer sollte als Leckerei für Cato dienen, sie selbst trank schon lange Instantkaffee. Wollte sie sich bei Cato, dem Kaffeesnob, einschleimen? Warum? Sie zuckte die Achseln und handelte sich damit in der Kassenschlange einige merkwürdige Blicke ein. Einfach so die Achseln zu zucken war schon fast so schlimm wie Selbstgespräche zu führen. Die Kassiererin jedoch, eine Frau mit rauer Stimme und hartem Gesicht, strahlte sie an.

»Morgen, Tess, wie geht's denn so?«

Tess war so verblüfft, dass sie sich fast umgedreht hätte, um zu sehen, ob sich hinter ihr eine zweite Tess versteckte. Normalerweise war diese Kassiererin das weibliche Pendant zum Kriegsveteranen Russell – man konnte sie nicht gerade als überschwänglich herzlich bezeichnen.

»Gut, danke, und selbst?«

»Gut, ja.«

Tess leistete Detektivarbeit und las das Schild auf der Uniform der Frau. Margie. Das sagte ihr nichts.

»Super.«

Tess nickte strahlend und packte ihre Sachen in eine Einkaufstasche. Mit einem Augenzwinkern reichte Margie ihr das Wechselgeld. Da Tess nicht recht wusste, was sie tun sollte, zwinkerte sie zurück.

»Bis dann, meine Liebe«, sagte Margie fröhlich.

Tess' Handy dudelte: Greg Fisher.

»Hutchens will dich sehen.«

»Ja?«

»Ja. Dringend.«

»Okay. Bin gleich da.« Tess klappte das Handy zu. Das Schwimmen und der Seelöwe versanken bereits in der Vergangenheit.

Als sie die Einkaufstasche in den Kofferraum stellte, stoppte neben ihr in der Parkbucht quietschend ein silberner Prado. Bevor die Wolke von Zigarettenmief ganz entweichen konnte, wurde die Fahrertür zugeschlagen. Auf dem Rücksitz saß mit wehleidigem Gesicht Jai Stevenson.

»Verdammtes Biest.« Kerry Stevenson pflanzte sich vor Tess auf.

»Hi, Kerry«, sagte Tess.

»Sie hätten ihn umbringen können.«

Es war schon eine Weile her, dass es in der Veal Street zu einem handfesten Streit gekommen war. Die wenigen Kunden und Passanten hatten beste Plätze und taten erst gar nicht so, als wollten sie nicht alles mitkriegen. Tess' neue beste Freundin Margie war zu einem Päuschen nach draußen gekommen. Selbst Kriegsveteran Russell hatte sich hinter seinem Tisch hervorgewagt und stand nun mit verschränkten Armen neben Margie. Tess meinte, ein Glitzern in seinen Augen zu sehen.

»Das ist wohl weder der richtige Zeitpunkt noch der richtige Ort, Kerry.«

»Ist Ihnen ein bisschen zu öffentlich, was?«, fauchte Kerry. »Sie foltern Kinder lieber ungestört.«

Tess drängte sich an ihr vorbei und stieg ein.

»Sie hören noch von uns«, zischte Kerry.

Ein nikotingelber Finger pochte gegen Tess' Fahrerfenster. Während seine Mum weiter tobte, saß Jai mit seinem Gollum-Lächeln auf dem Rücksitz. Als Tess den ersten Gang einlegte, zwinkerte Kriegsveteran Russell ihr zu. Oder hatte sie sich das bloß eingebildet? Dann hob Margie, die Kassiererin, die Daumen und zeigte pantomimisch, wie sie Russell neben sich taserte. Sie schielte und streckte die Zunge heraus, grinste und hob noch einmal die Daumen. Endlich war Tess in Hopetoun akzeptiert. Sie warf einen letzten Blick in den Prado. Jais Lächeln war verschwunden.

Stuart Miller tippte Greg Fisher auf die Schulter.

»Haben Sie ein Momentchen Zeit?«

Der junge Polizist schien über den Körperkontakt nicht besonders erfreut zu sein. »Was kann ich für Sie tun, Sir?«

Miller streckte ihm die Hand hin. »Stuart.«

Greg Fisher nannte seinen Namen und schüttelte die dargebotene Hand. »Ja, Stuart?«

»Jim Buckley, er war nämlich mein Schwager.«

Fisher entspannte sich sichtlich. »Ach richtig, ja. Tut mir leid wegen Jim. Eine ganz furchtbare Geschichte, schrecklich.«

»Was genau ist denn passiert?«

»Vielleicht sollten Sie lieber mit meinem Vorgesetzten sprechen, mit Inspector Hutchens, er ist drinnen.«

»Ja, das will ich natürlich tun, aber der Mann ist bestimmt sehr beschäftigt. Vielleicht täten Sie mir einfach eine Kurzversion geben?«

Stuart Miller lächelte ermunternd, aber Greg Fisher fiel nicht darauf herein.

»Können Sie sich ausweisen, Mr…?«

»Miller.« Er zeigte Fisher einen Ausweis.

»Danke, Stuart. Also, ich glaube, es ist wirklich am besten, wenn Sie mit Inspector Hutchens sprechen.« Greg Fisher deutete auf die Tür zur Gemeindehalle.

Miller seufzte, lächelte und folgte ihm.

Der junge Polizist öffnete die Tür und winkte ihn höflich hindurch. »Wissen Sie, Stuart, dieser Akzent, den Sie haben. Sie klingen genauso wie ein Mann, mit dem ich kürzlich gesprochen habe.«

»Wenn er von sich aus einen Mord gesteht, spielt es dann noch eine Rolle, wenn die Geschichte nicht ganz hieb- und stichfest ist? Vielleicht muss man bloß seinem Gedächtnis ein bisschen auf die Sprünge helfen.« Mark McGowan schlürfte geräuschvoll seinen Erdbeer-Milkshake.

Cato wollte ihm nicht auf die Nase binden, dass er diesen Weg schon einmal gegangen war und sich die Finger verbrannt hatte. Böse verbrannt. Aber wahrscheinlich wusste McGowan das ohnehin. »Vor Gericht muss alles stimmig sein, sonst stehen wir als Idioten da. Oder noch schlimmer …«

Sie machten gerade eine Pause im *Country Cafe*, von der Polizeiwache in Ravensthorpe ein Stück den Berg hinunter. Cato hatte ein Kännchen Tee bestellt; was den Kaffee in dieser Gegend anging, wurde er zunehmend misstrauischer. McGowan mümmelte einen Energieriegel zu seinem grellrosa Milkshake. Musste was mit der Fitnesswelle zu tun haben, sinnierte Cato. Nachdem Jessica Tans Verblüffung über den Gang der Dinge immer größer geworden war, hatte sie Guan Yu dringend geraten, ohne einen ordentlichen Anwalt nicht weiter auszusagen. Er hatte sofort zugestimmt. Jetzt war ein Anwalt aus Albany unterwegs, der im Laufe des Nachmittags eintreffen sollte.

»Was soll das denn alles? Was will er erreichen?« McGowan schlürfte wieder rosa Flüssigkeit durch den langen schwarzen Strohhalm.

Cato hatte keine Ahnung. Es passte alles vorne und hinten nicht. Sie hatten das Geständnis fast gehabt, aber dann war ein schneller Erfolg im Fall Flipper plötzlich in weite Ferne gerückt. Vielleicht war genau das der Punkt: Es sollte kein schneller Erfolg werden. Karma – eins von Janes Lieblingskonzepten. In der Vergangenheit hatte ein sogenannter schneller Erfolg Cato das Genick gebrochen. Jetzt musste er in gewisser Weise dafür bezahlen.

»Entweder denkt er sich die Geschichte während der Vernehmung aus …«

»Ja, aber warum?«, fragte McGowan.

»Weil er auffallen will? Wäre ja nicht das erste Mal, dass irgendeine arme Sau einen Mord gesteht und ihn gar nicht begangen hat.«

McGowan begegnete kurz Catos Blick, dann schaute er durchs Fenster in die Ferne.

»Oder deckt er jemanden?« McGowan zerknüllte die Hülle seines Energieriegels.

»Die Frage habe ich mir auch gestellt. Aber warum?« Cato drückte das letzte Quäntchen Geschmack aus seinem Teebeutel.

»Vielleicht hat er Schulden? Oder er hat Angst?«

»So viel Angst, dass er lieber eine lange Gefängnisstrafe wegen Mordes absitzt?«

Geräuschvoll saugte McGowan den letzten Rest seines Milkshakes durch den Strohhalm. »Wie Sie schon gesagt haben, er wäre nicht die erste arme Sau, die so denkt.«

Detective Inspector Mick Hutchens schüttelte Stuart Miller die Hand, sprach ihm sein Beileid aus und versicherte ihm, dass sie alles in ihrer Macht Stehende taten, und ja, sie würden der Verbindung zu dem ungelösten Fall im Morddezernat in South Australia nachgehen, blabla. Hutchens konnte sehen, dass Miller ihm kein Wort glaubte. Miller hatte geschildert, wie Jim Buckley ihn am Freitag um Mitternacht angerufen hatte, überzeugt, dass er diesen Davey Arthurs alias Derek Soundso im Pub gesehen hatte. Eine Stunde später war Buckley tot gewesen.

Hutchens nickte geduldig. »Ja, ja, schon möglich, aber Jim hatte stark getrunken, er konnte nicht sicher sein, dass es sich um den Gesuchten handelte. Wenn er sich wirklich sicher war, warum hat er den Mann dann nicht nach dem Ausweis gefragt? Hat er nicht. Also hatte dieser Davey Arthurs, falls er es war, doch gar keinen Grund, ihn zu überfallen, oder?«

Miller verlagerte sein Gewicht auf den anderen Fuß und atmete geräuschvoll aus. Unzufrieden. Aber Hutchens war gerade richtig in Fahrt.

»Im besten Fall ist es Zufall gewesen, Stuart. Aber ich wette, dass da eine Verwechslung vorlag.« Er machte in übertriebener Weise deutlich, dass er Miller ins Vertrauen zog, zwei alte Hasen unter sich. »Unter uns gesagt, mein Freund, wir haben jemanden im Verdacht. Wir müssen nur noch einige Dinge klären. Geben Sie uns noch ein paar Tage.«

Er tätschelte Miller den Arm. »Nun gehen Sie schon«, sagte diese Geste. Und Miller ging.

Hutchens Telefon klingelte. Er hörte einen Moment lang zu, und ein Grinsen breitete sich auf seinem Gesicht aus. »Schön, danke, wir schicken sofort jemanden rüber.« Er bedankte sich noch einmal bei dem Anrufer, legte auf und lächelte Lara an. »Lust auf eine kleine Spritztour? Nach Albany. Die haben da einen Freddy Bataam eingebuchtet. Und wollen wissen, ob wir mit ihm sprechen möchten.«

Freddy Bataam, hoffentlich der letzte Nagel in Justin Woodwards Sarg. Lara Sumich griff nach ihren Autoschlüsseln und hüpfte fast aus dem Raum. Ihr Pferdeschwanz wippte vor Freude. Hutchens kannte das Gefühl.

24

Dienstag, 14. Oktober. Nachmittag.

»Das ist absolut unzulässig.«

Amrita Desai schüttelte voller Empörung den Kopf. Jessica Tan zeigte mit einem ernsten Nicken ihre Zustimmung. Cato Kwong und Mark McGowan boten wohlwollendes Lächeln im Doppelpack. Guan Yu nahm das alles auf und gab wenig preis. Allmählich wurde es im Vernehmungsraum voll und heiß. Die Klimaanlage war kaputt. Jemand hatte einen Tischventilator gebracht, doch der richtete ein Chaos in den Papieren an. Durch das kleine, hohe Fenster fiel ein Strahl der Spätnachmittagssonne auf die Szene: zwei auf der einen Seite des Tisches, drei auf der anderen. Cato hatte gerade die Vorbereitungen für die Vernehmung getroffen, und die junge, blitzgescheite Anwältin von der Rechtshilfe in Albany hatte ihren Protest sofort aufnehmen lassen.

»Ich wiederhole, das ist absolut unzulässig.«

Sie bezog sich auf die vorherige Vernehmung von Guan Yu, die ohne rechtlichen Beistand erfolgt war.

»Wollen wir fortfahren?« Detective Constable Mark McGowan klickte gereizt mit seinem Kuli und sah die versammelte Gesellschaft mit erhobenen Augenbrauen an. Er war in der Minderzahl, der einzige Weiße im Raum, und das war er wohl nicht gewöhnt.

Guan antwortete mit einem eifrigen Nicken. Er saß zwischen den beiden Frauen. So nah war er dem weiblichen Geschlecht sicherlich seit Monaten nicht mehr gewesen.

Parfümduft hing berauschend in der stickigen Luft des kleinen Raumes. Obwohl die Situation so grotesk war, sah Guan Yu aus, als fände er allmählich Vergnügen daran. Cato beobachtete alles, er merkte, wie ihm der Tag entglitt.

Er führte sie an den Anfang von Guans Geschichte zurück und bat ihn zum wiederholten Mal, über den vergangenen Donnerstagabend zu sprechen, an dem Hai Chen sein Geld bekommen hatte, und zu schildern, was am Lagerfeuer vor sich gegangen war. Wieder blieb Guan bei seiner Geschichte. Als er zu der Beschreibung kam, wie er Chen getötet hatte, griff die Anwältin ein.

»Nein, nein, nein. Wir müssen unterbrechen. Ich muss mich mit meinem Klienten besprechen.«

Cato knirschte mit den Zähnen. »Haben Sie nicht schon darüber gesprochen? Sie haben zwei Stunden mit ihm allein verbracht, bevor wir die Vernehmung wieder aufgenommen haben.«

»Zwei Stunden Beratung und Vorbereitung auf eine Vernehmung, die zu einer Anklage wegen Mordes führen könnte? Also wirklich, Detective Kwong.«

»Aber er hat uns die Szene schon mindestens zweimal geschildert.«

»Ohne jegliche Rechtsberatung.« Amrita Desai unterstrich ihre Worte, indem sie mit ihrem Stift auf die Tischplatte klopfte.

»Die hatte er abgelehnt.«

»Er ist Chinese. Er spricht kaum Englisch.«

»Er hatte eine Dolmetscherin«, warf McGowan ein.

»Das heißt doch nicht, dass er, oder dass sie …« Rasch zeigte sie mit dem Finger auf Jessica Tan, »begriffen hat, welche Rechte er hat.«

»Die haben wir ihm doch vorgelesen, bevor wir angefangen haben.« McGowans Stimme wurde lauter.

»Juristenlatein. Wie können Sie wissen, ob er die Bedeutung und die Konsequenzen der Worte, die Ms Tan für ihn übersetzt hat, tatsächlich verstanden hat?«

Cato warf einen Blick zu Jessica Tan hinüber. Sie sah ein bisschen eingeschnappt aus. Wahrscheinlich dachte sie, sie hätte gute Arbeit geleistet, und jetzt wurden ihre Fähigkeiten als Dolmetscherin plötzlich von dieser ... Anwältin in Zweifel gezogen.

»Vernehmung unterbrochen um 17:12 Uhr.« Cato nickte McGowan zu. Sie sammelten ihre Sachen zusammen und gingen zur Tür.

»Wie schon gesagt, wir sind überzeugt, dass der Taser unabsichtlich während eines Kampfes abgeschossen wurde, und ich muss betonen, dass die beteiligte Polizistin rechtmäßig vorgegangen ist. Es gab eindeutige Hinweise darauf, dass der junge Mann eine Gefahr für sich und andere darstellte.«

Vor der Einsatzzentrale in der Gemeindehalle von Hopetoun hatte eine Horde von Journalisten Detective Inspector Mick Hutchens aufgelauert. Die Blitzlichter der Kameras warfen einen unheimlichen Schein auf das Gesicht des Überfallenen.

Eine Frage aus der Menge: »War es zwei erwachsenen Polizeibeamten nicht möglich, den kleinen Jungen auf andere Weise zu überwältigen? Machte die Situation wirklich den Einsatz einer Waffe erforderlich, die einen Stromstoß von fünfzigtausend Volt abgeben kann?«

Mick Hutchens streckte die Arme aus und machte Handbewegungen nach unten, um die Erregung der Meute zu dämpfen. »Wir haben Ermittlungen in dieser Sache aufgenommen, und die Polizistin ist in einen anderen Bereich versetzt worden. Bis wir alle Fakten haben, kann ich keine weiteren Kommentare abgeben.«

»Dann wird gegen Sergeant Maguire also disziplinarisch vorgegangen?«

»Das habe ich nicht gesagt.«

Tess Maguire nahm die Fernbedienung und schaltete die Glotze aus. Welche Floskeln Mick Hutchens auch verwenden mochte, ja, Tatsache war, dass gegen Sergeant Maguire disziplinarisch vorgegangen wurde. Sie war von ihren normalen Aufgaben entbunden worden, bis das Ergebnis der Ermittlungen feststand. Das war das Fazit ihrer Vorladung in die Gemeindehalle heute gewesen. Tess war ruhig und überraschend gelassen geblieben, als Mick Hutchens sie informierte, dass Sergeant Paul Abbott in dieser Woche zwischen Ravensthorpe und Hopetoun pendeln würde, um ihre Routineaufgaben mit zu übernehmen. Aber da es in Hopey zur Zeit von Polizisten nur so wimmelte, konnte man nicht mal ungestraft ein Lollipapier auf die Straße werfen. Tess' Vollzeitjob konnte also von einer Teilzeitvertretung erledigt werden, und das zeigte doch recht deutlich, wie sehr sie im Moment auf ihrer Stelle gebraucht wurde.

Sie fühlte sich gut. Das morgendliche Schwimmen hatte sie in mehr als einer Hinsicht neu belebt. Der Job war ätzend, und sie konnte gern auf ihn verzichten. Die Konfrontation mit Kerry auf dem Parkplatz war erhellend gewesen. Tess war im Städtchen jetzt der Star des Monats, weil sie das tiefe Verlangen nach roher Gerechtigkeit befriedigt hatte – an einem kleinen Kind, du liebe Güte. So sehr der Junge das nach allem, was im Laufe der Jahre vorgefallen war, auch verdient haben mochte, eigentlich war es nicht ihre Aufgabe, Kinder zu tasern. Tess war bewusst, dass es langsam immer mehr Mode wurde, gleich den Taser zu benutzen, um irgendwo einzugreifen oder zu bestrafen, dabei war er doch nur als Waffe zur Entschärfung wirklich gefährlicher Situationen gedacht. Und sie hatte diese Mode mitgemacht. Senior Sergeant Tess Maguire war nicht einsatzfähig, das gab sie gern zu. Im Moment war es ihr unendlich viel wichtiger, eine gesundere Beziehung zu ihrer Tochter aufzubauen. Und eine gesundere Beziehung zu sich selbst aufzubauen, war das Wichtigste überhaupt. Dazu aber würde sie erst in der Lage sein, wenn sie sich auf irgendeine Weise von Johnno Djukic freigemacht hatte. Jetzt hatte sie alle Zeit der Welt, um darüber nachzudenken, wie genau sie das anstellen wollte. Vorübergehend beurlaubt. Perfektes Timing.

»Sieht mir nicht wie Billy Mather aus.«

Greg Fisher betrachtete den Zeitungsausschnitt, den Stuart Miller ihm gegeben hatte. An die Geschichte aus der vergangenen Woche erinnerte er sich. Doch das Foto hatte ihm nichts gesagt und sagte ihm auch jetzt nichts. Sie saßen in Stuart Millers Wagen, draußen auf der Buhne, an der gleichen Stelle, wo Miller seine beengte, unbequeme Nacht verbracht hatte. Nachdem er die Gemeindehalle wieder verlassen hatte, hatte Miller sich sofort auf die Suche nach dem jungen Polizisten gemacht; der Bursche hatte etwas von komischen Akzenten gesagt. Doch Fisher war erst am späten Nachmittag zu sprechen gewesen, und so hatte Miller die Stunden bis dahin damit verbracht, sein Notizbuch auf den neuesten Stand zu bringen. Der Bericht über seine Nachforschungen und Beobachtungen diente ihm als Sicherheit. Falls er den Herzinfarkt bekam, der in den letzten Jahren gedroht hatte, sollte seine Arbeit nicht umsonst gewesen sein. Er wollte nicht, dass noch eine Chance vertan wurde, Davey Arthurs dranzukriegen, selbst wenn das hieß, dass Detective Tim Delaney die Lorbeeren dafür kassieren würde. Das Notizbuch lag im Handschuhfach, neben seinen Herztabletten.

Die Sonne ging über den Barren Ranges im Nationalpark unter und ließ die Welt orange und rosa erglühen. Das Meer kräuselte sich im leichten Abendwind. Einige Angler standen am Ende des Anlegers und hofften, dass ein paar Heringe für das Abendessen anbeißen würden. In der dunstigen Ferne fischten winzige Silhouetten vom Strand aus nach größerer Beute. Das Bild war so friedlich wie auf einer Postkarte. Doch die beiden Männer sahen es nicht. Sie waren wie hypnotisiert von den Gräueltaten, die Derek Chapman alias Davey Arthurs alias Bobby Kerr verübt hatte. Aber war er auch Billy Mather?

Greg Fisher schüttelte den Kopf und gab Miller den Zeitungsausschnitt zurück. »Ich kann da keine Ähnlichkeit sehen.«

»Aber Sie haben doch gesagt, er hat den gleichen Akzent wie ich, und Jim Buckley hat gesagt, dieser Mann, mit dem er an dem Abend im Pub gesprochen hatte, war mit ziemlicher Sicherheit Davey Arthurs. Sehen Sie sich das Foto noch mal an, bitte.« Miller schob Fisher den Zeitungsausschnitt wieder zu.

»Tut mir wirklich leid, ich glaube nicht, dass es sich um denselben Mann handelt.« Allmählich verlor Fisher die Geduld. Miller bat ihn noch einmal, Billy Mather zu beschreiben. Der junge Mann seufzte tief und tat ihm den Gefallen.

»Ungefähr eins fünfundsiebzig groß, graues, kurzgeschnittenes Haar, kurzer Bart, blaue Augen, mager.«

Miller überlegte, rechnete im Stillen Zentimeter in Fuß und Zoll um. Von der Größe her konnte es Arthurs sein, und auch die Augenfarbe stimmte. Gut, auf dem Phantombild war er eher dicklich als mager, aber warum konnte Fisher die Ähnlichkeit nicht sehen?

»Die Nase …«, erklärte Greg. »Billy Mathers Nase ist nicht besonders groß. Seine Ohren stehen nicht ab. Die ganze Gesichtsform.« Fisher klopfte auf das Foto und schüttelte nachdrücklich den Kopf. »Falls er das ist, sieht er ganz anders aus als vor dreißig Jahren.«

Miller faltete den Zeitungsartikel zusammen. »Das tut Michael Jackson auch. Wo wohnt Mather? Ich will ihn selbst sehen.«

Greg Fisher sah auf die Uhr am Armaturenbrett. »Zwanzig vor sieben, ich bin nicht mehr im Dienst.«

Miller blickte auf und grinste. »Worauf warten wir dann noch?«

»Mein Klient hat eine Aussage vorbereitet, die ich auf seinen Wunsch hin für ihn vorlesen möchte.«

Cato Kwong schloss die Augen, verschränkte die Arme und lehnte sich zurück. Das Geständnis und die wundersame Aufklärung des Falles Flipper lösten sich gerade in Luft auf. Mark McGowan schaute böse über den Tisch. Amrita Desai befeuchtete ihre purpurroten Lippen und begann vorzulesen. Cato nickte langsam; in vieler Hinsicht hatte er das vorhergesehen, schon als sie zur Tür hereingekommen war. Ihr Klient sei ein einfacher Mann, sagte sie, er beherrsche die englische Sprache nur sehr beschränkt, er sei nicht ausreichend über seine Rechte informiert worden und auch nicht angemessen darauf hingewiesen worden, dass alles, was er möglicherweise sagte, Konsequenzen haben konnte. Die Folge war, dass er seine früheren Aussagen jetzt zurückzog. Die Anwältin reichte Cato eine Kopie.

Mark McGowan explodierte. »Der Arsch hat zweimal gestanden. Er hat sich von den anderen abgesondert und uns aufgefordert, ihm Handschellen anzulegen. Niemand hat ihn dazu gezwungen. Niemand hat ihn hereingelegt. Das ist doch verdammter Schwachsinn.« Er klatschte mit der Hand auf den Tisch.

Guan Yu und Jessica Tan zuckten zusammen. Amrita Desai blickte ein wenig missbilligend um sich.

Cato warf McGowan einen warnenden Blick zu, bevor er sich erneut Desai zuwandte. »Ist Ihr Klient bereit, weitere Fragen zu beantworten?«

»Selbstverständlich, er ist bereit, Sie zu unterstützen, so gut er kann.«

Cato wandte sich an Guan Yu. »Berichten Sie mir, was am Donnerstagabend passiert ist, als Hai Chen sein Geld eingesammelt hat. Berichten Sie, wie er gestorben ist.«

»Ich erinnere mich nicht«, übersetzte Jessica Tan.

25

Dienstag, 14. Oktober. Abend.

»Der hat wohl gern seine Ruhe, was?«

Stuart Miller war jetzt knapp vierundzwanzig Stunden in Hopetoun. Seit fast zwei Tagen hatte er weder geduscht noch sich rasiert. Sein Gesicht war mit grauen Stoppeln überzogen. Seine Kleidung nahm allmählich ein Eigenleben an. Sie waren bei Greg Fisher vorbeigefahren, weil dieser seine Uniform gegen Jeans und T-Shirt und den Polizeiwagen gegen seinen privaten Pick-up hatte eintauschen wollen, einen ramponierten, fünfzehn Jahre alten Hilux. Während Fisher sich drinnen umgezogen hatte, hatte Miller einen wunderschön erhaltenen Land Rover von 1970 vorbeifahren sehen. Einen echten Oldtimer, anders als diese Rostlaube.

Das Fahrwerk des Wagens war im Eimer, aber immerhin hatte er Vierradantrieb, falls der gebraucht wurde. Der junge Mann hatte gesagt, auf einigen Abschnitten der Schotterstraße nach Starvation Bay hinaus konnten nach einem kräftigen Regen fast über Nacht Schlaglöcher entstehen, die einem die Achsen zerlegten. Schlaglöcher oder nicht, die Fahrt spielte einem durch Arthrose eingeklemmten Nerv in Millers Kreuz übel mit. Er hatte nicht damit gerechnet, dass man zu Billy Mathers Behausung vierzig Kilometer über eine ungeteerte Straße fahren musste. Er war müde und hungrig, stank und hatte Schmerzen.

Greg Fisher wich einem Känguru aus, das plötzlich durch den Busch krachte und über die Schotterpiste hüpfte.

»Hat was von einem Einsiedler, unser Billy. Ein Individualist. Der Outback ist voll von denen.«

Fisher hatte ganz offensichtlich seinen Spaß. Und warum auch nicht, vielleicht würde er einer der Hauptakteure bei der Lösung eines über dreißig Jahre alten rätselhaften Mordfalls sein. Für die Karriere eines jungen Kerls war das unbezahlbar. Und wenn nichts dabei herauskam? Ach, es war ein schöner Abend für so eine Fahrt, klar und still – aber es war wirklich verdammt holprig. Miller verzog das Gesicht, als der Wagen schlingernd auf den Weg zur Starvation Bay abbog.

Ein nahezu voller Mond warf sein Licht flackernd auf das Südpolarmeer. Ein sanfter Wind trug ihnen das Kratzen und Zwitschern von abendlichem Tierleben zu. In Billy Mathers Wohnwagen war Licht. Sie hielten und sprangen aus dem Wagen, Miller reckte sich und drückte das Kreuz durch, um alles Abgeknickte, Verkrampfte und Schmerzende zu entspannen. Eine Wäscheleine flatterte sacht. Unter einer Plane, die zwischen dem Caravan und einem Eukalyptusbaum als provisorisches Vordach aufgespannt war, standen ein Klapptisch und ein ausgefranster alter Liegestuhl. Auf dem Klapptisch waren Ringe von Kaffeetassen zu sehen, unter dem Liegestuhl lagen ein paar sehr abgelatschte Flipflops. Es roch, als habe kürzlich jemand gekocht: Fleisch, Eier. Und da war noch ein Geruch, Miller konnte ihn nicht identifizieren.

Er war unruhig, wusste aber nicht, warum. War es einfach, dass er aus der Übung war? Miller schaute sich um, und dann sah er es, durch die Bäume, nur wenige Meter entfernt: Da parkte der klassische alte Land Rover, den er vorhin in der Stadt gesehen hatte. Zufall – oder war Mather ihnen gefolgt? Oder was sonst? Millers Unbehagen wuchs. Abgesehen davon keine Spur von Leben auf dem Campingplatz, keine Wohnmobile, keine tourenden Senioren. Billy Mather hatte den Platz offenbar ganz für sich allein. Warum also war er nicht erschienen, als Greg Fishers Klapperkiste schnaufend und rumpelnd herangerattert war?

»Billy!«, rief Greg. »Sind Sie zu Hause? Hier ist Greg Fisher. Der Polizist aus Hopey, wissen Sie noch?«

Nichts. Vielleicht schlief er. Miller pochte an die Tür. Sie warteten. Keine Reaktion. Fisher sah Miller an und zuckte die Achseln. Die Vorhänge vor den Fenstern waren zugezogen. Miller versuchte, durch eine Lücke zu schauen. Er konnte einen Herd und ein Spülbecken sehen, ein paar Teller und Tassen, nicht abgewaschen. Keine Spur von Billy Mather. Ein klagender Vogellaut stieg aus den Bäumen auf, gefolgt von Rascheln und Geflatter. Dieser Geruch kitzelte Miller wieder in der Nase, was war das bloß?

»Ob die Tür aufgeht?«, sagte Greg.

Miller drehte den Knauf. Während die Tür aufschwang, gab es ein raspelndes, kratzendes Geräusch, und der Geruch wurde stärker. Zu spät wurde Miller klar, was das war. Gas. Der Wohnwagen explodierte.

Miller lag auf dem Rücken, gelähmt. Seine Kleidung brannte, sein Gesicht war wund. In der Dunkelheit knisterten und zischelten Flammen. Seine Augen fühlten sich an wie zugeklebt, alles war verschwommen. Greg Fisher konnte er weder hören noch sehen. Doch dann nahm er neben sich jemanden wahr, ein Fuß scharrte, jemand kauerte sich hin, ein warmer Atem an seinem Ohr.

»Wissen Sie, mein Freund, Sie kommen mir sehr bekannt vor. Ich tue Gesichter ja nicht vergessen, ich nicht.«

Ein klickendes Geräusch, es war ein Fingerschnippen, jetzt erinnerte der Mann sich.

»Detective Sergeant Miller? Stimmt's? Ja, das hab ich mir gedacht. Hab ihr Foto im *Sunderland Echo* gesehen. Hab es noch Ewigkeiten in meinem Notizbuch aufgehoben.«

Miller versuchte zu sprechen.

»Sorry, das hab ich nicht verstanden, junger Mann. Hey, das ist übrigens ein schöner Wagen, den Sie da haben. Fällt allerdings hier in der Gegend ziemlich auf. Da erkennt man einen Fremden schon von weitem.«

Miller roch verbranntes Fleisch, und ihm wurde bewusst, dass es sein eigenes war.

»Nun, und wie haben Sie mich gefunden? Haben wir das alles unserem Wunderknaben da drüben zu verdanken? Ihm und seinen Fangfragen über die Lichter auf der Bootsrampe? Ich hatte nichts damit zu tun, deswegen habe ich geschwiegen. Das ist es, was die Leute nie lernen. Kümmere dich um deinen eigenen Kram, dann kann auch nichts schiefgehen.«

Miller hatte keine Ahnung, wovon er sprach. Er wollte nur, dass die Schmerzen aufhörten. In der Ferne hörte er einen Motor. Davey Arthurs wandte sich zum Gehen. Miller fasste nach seinem Arm. Er spürte, wie jemand ihn an der Schulter tätschelte.

»Nein, Landsmann, Sie tun jetzt mal schön hierbleiben und sich ausruhen. Ich bin gleich wieder da.«

26

Mittwoch, 15. Oktober. Morgendämmerung.

Cato rümpfte die Nase. Ein stechender Geruch erfüllte die Luft, es stank nach Rauch, geschmolzenem Gummi und Plastik. Verkohlte Kleidungsstücke hingen an einer absurd heilen Wäscheleine, die über die Verwüstung zu spotten schienen. Detective Inspector Mick Hutchens und sein Forensiker, Duncan Goldflam, waren in ein Gespräch vertieft. Mark McGowan, ohne Schlips und in Hemdsärmeln, notierte die Aussagen eines fassungslosen reisenden Senioren und seiner verstörten Ehefrau. Lara Sumich sah aus, als hätte sie nicht geschlafen; sie war die drei oder vier Stunden von Albany hergefahren und dann gleich zur Unglücksstelle gekommen. Dafür allerdings wirkte sie frisch und munter. Ab und zu begegnete sie Catos Blick und erwiderte ihn eine beunruhigende Sekunde zu lange. Soeben befragte sie den

Besitzer des Caravans, einen schockierten, grauhaarigen alten Einsiedler namens Billy. Blauweißes Absperrband sicherte den Bereich um die immer noch schwelenden Überreste ab. Cato Kwong wusste eigentlich gar nicht, was er hier sollte. Soweit er sehen konnte, war er überflüssig und wurde nicht gebraucht. Vielleicht wollten sie ihn gern als Helfer dabeihaben, falls sie mit dem Gittersystem ermitteln sollten, oder aber sie brauchten ihn zum Kaffeekochen.

Die Starvation Bay lag so ruhig da wie ein Mühlteich, und am heller werdenden Himmel breiteten sich orange und rosa geränderte Wolken aus und kündeten den Sonnenaufgang über dem Unglücksort an. Ein Löschwagen der freiwilligen Feuerwehr Hopetoun hielt die Stelle feucht. Auch die kürzlichen schweren Regenfälle hatten geholfen, die Ausbreitung der Flammen zu verhindern. Nicht auszudenken, was es sonst für eine Feuersbrunst hätte geben können. Ein Brandermittler war auf dem Weg von Albany hierher, und weitere hielten sich in Perth bereit, für den Fall, dass sie gebraucht wurden. Immer noch erhellten Bogenlampen die Brandstelle, für die Fotografen und für die Spurensicherung. Die Krankenwagen waren schon lange fort: Einer in Richtung Flugplatz, wo der fliegende Notarzt den Patienten nach Perth mitnehmen sollte, der andere zum Krankenhaus in Esperance, zwei Fahrstunden Richtung Osten. Tess Maguire begleitete den Patienten im Krankenwagen nach Esperance. Hutchens hatte sie trotz ihrer Suspendierung mitten in der Nacht aus dem Bett getrommelt, ihr und Cato dann aber kaum Beachtung geschenkt. Er hatte eindeutig schon genug um die Ohren.

Cato stand hinter dem Absperrband, betrachtete den Unglücksort und versuchte, das wenige, was er wusste, zu verstehen. Greg Fisher und ein älterer Mann, Jim Buckleys Schwager – laut Hutchens offenbar ein englischer Ex-Polizist –, waren schwer verletzt auf dem Boden vor einem ausgebrannten Wohnwagen gefunden worden. Der Besitzer war ein gewisser William John Mather. Da hinten stand er, Lara sprach gerade mit ihm. Er war auch derjenige, den Fisher in Verbindung mit dem Fall Flipper zum Schiffsverkehr befragt hatte. Mit dem ins Stocken geratenen Fall Flipper, bei dem sie jetzt nur mit Schufterei und akribischen Ermittlungen weiterkommen würden, weil Guan Yu sein Geständnis zurückgezogen hatte. Die Geschichte wiederholte sich, und Cato lernte nicht daraus.

Greg Fisher war nicht in Uniform gewesen, als man ihn fand. Und es war seine eigene, mit Hitzeblasen übersäte Schrottkiste, nicht der Polizeiwagen, die etwas weiter weg auf der anderen Seite des angesengten Eukalyptusbaumes parkte. Dieser Besuch war also anscheinend kein offizieller Polizeieinsatz gewesen. Jim Buckleys Schwager und der junge Greg Fisher – was hatten sie vor, als sie diesen Einsiedler an einem dunklen Abend mitten im Nirgendwo aufsuchten? Es hatte eine Explosion gegeben, wahrscheinlich Gas. Etwa um zehn Uhr hatte Billy Mather die Männer gefunden, bei der Rückkehr von einer abendlichen Angelfahrt. Er hatte zwei tourende Senioren, die spät in ihrem Wohnmobil angekommen waren, überreden können, so weit zurückzufahren, bis ihr Handy Empfang hatte, und das Unglück zu melden. Währenddessen hatte er sich, so gut er konnte, um die Verletzten gekümmert.

Es hatte sie schlimm erwischt. Greg Fisher, unterwegs zum Esperance Hospital, hatte Verbrennungen zweiten Grades am Oberkörper. Der Zustand des anderen Mannes war wesentlich ernster; jemand hatte gesagt, er würde wahrscheinlich das Augenlicht verlieren. Cato konnte die markierten Stellen sehen, wo man Fisher und Miller gefunden hatte. Die Forensiker schlossen gerade die Video- und Fotoaufnahmen ab und schalteten die Bogenlampen aus. Lara Sumich beendete ihr Gespräch mit Billy Mather; jemand hatte eine Tasse Tee aus einer Thermoskanne für ihn aufgetrieben. Jetzt saß er benommen auf einem Klappstuhl neben der Absperrung, starrte in die Luft und hielt die warme Tasse in beiden Händen. Auch Hutchens und Goldflam brachten ihr Gespräch zu Ende.

Mit einem lässigen Winken zitierte der Chef alle zu sich und versammelte sie außer Hörweite der Zeugen. Goldflams Forensiker führten weiter ihre Analyse des Unglücksortes durch. Hutchens nickte Lara kurz zu.

»Der Alte, was hat er erzählt?«

Sie überflog ihre Notizen. »Wie im ersten Anruf schon gemeldet wurde, kam er etwa um zehn vom Angeln zurück – er konnte es nicht genau sagen, Uhrzeiten sind nicht so sein Ding. Da sah er die Flammen und fand Fisher und Miller. Zur gleichen Zeit kam das Paar im Wohnmobil an. Er brachte sie dazu, dreimal die Null anzurufen, und ist selbst hiergeblieben und hat versucht zu helfen …«

»Ja, das wissen wir alles schon. Warum haben die beiden ihn besucht?«

Lara zuckte die Achseln. »Das weiß er nicht. Er hat Greg Fisher wiedererkannt, von früheren Begegnungen im Zusammenhang mit dem Torso am Strand …«, sie sah Cato in die Augen, »aber den anderen Mann, Stuart Miller, kennt er nicht.«

»Er hatte keine Ahnung, warum diese beiden Männer abends die lange Fahrt nach hier draußen gemacht haben? Warum sie ihn besuchen wollten?«

»Nein, Boss.«

»Jim Buckleys Schwager war früher selbst Polizist. Er interessiert sich für den Eigenbrötler hier und nimmt Greg Fisher zur Unterstützung mit. Und angeblich weiß keiner, warum?«

Schulterzucken und ausdruckslose Gesichter. Hutchens wirkte skeptisch, aber was er auch denken mochte, er behielt es für sich. Dann wandte er sich Mark McGowan zu.

»Was haben Sie rausgefunden?«

McGowan blätterte seinen Notizblock durch. »Mr und Mrs Hale, Peter und Nancy aus Toowoomba. Machen die ›Australien sehen und dann sterben‹-Rundfahrt. Sie sind gestern Abend spät angekommen, so um zehn oder halb elf. Sie waren falsch abgebogen und hatten sich festgefahren. Als sie ankamen, die Flammen und so weiter.« Er zeigte mit dem Daumen über die Schulter auf Billy Mather, der immer noch in die Luft starrte – oder angestrengt die Ohren spitzte, da war Cato sich nicht sicher. »Der alte Mann rannte wie ein Irrer herum. Er hat sie überredet, per Handy Hilfe zu holen, denn hier ist ein Funkloch, deswegen hat er ihnen sozusagen erklärt, wo sie hin mussten.«

»Als sie nach dem Anruf wiederkamen, was haben sie

da gemacht, was haben sie gesehen?«, drängte Hutchens.

»Sie haben sich nach besten Kräften um die beiden gekümmert, bis etwa eine Stunde später Hilfe kam. Außerdem haben sie ein paar Eimer Wasser in die Flammen gekippt, aber das hat nichts gebracht.«

Hutchens sah auf die Uhr. »Sonst noch was?«

»Nein, Sir, nichts.«

»Hat er was gefangen?«, fragte Cato Lara.

»Was?«

»Er war doch zum Angeln draußen. Hat er was gefangen?«

Sie gähnte. »Ich frage ihn, wenn Sie möchten. Wollen Sie auch wissen, welchen Köder er benutzt hat?«

»Nicht nötig, ich sehe später selbst nach, danke.«

Cato fing sich einen schrägen Blick von Hutchens ein, der dann da weitermachte, wo er aufgehört hatte, und seine Anweisungen brüllte.

»Mark, können Sie die Leute im Krankenwagen und Tess Maguire anrufen? Ich will wissen, wie es den Patienten geht. Wenn Greg Fisher sprechen kann, soll sie ihn fragen, was er gestern Abend hier wollte.«

McGowan rief sein »Ja, Sir«, und Hutchens wandte sich Paul Abbott zu, der gegenwärtig in Hopetoun Dienst tat.

»Organisieren Sie ein paar Leute aus Ravensthorpe oder Esperance, die sollen hier rauskommen und auf den Brandort aufpassen, wenn die Spurensicherung abgeschlossen ist. Und sobald Mr Mather im Krankenhaus durchgecheckt worden ist, bringen Sie ihn nach Ravy ins Motel. Organisieren Sie Kleidung und so was für ihn und sorgen Sie dafür, dass jemand eine Weile bei ihm bleibt, bis sichergestellt ist, dass er okay ist. Wir holen ihn dann später zu einem Gespräch.«

Als Nächste war Lara Sumich dran.

»Lara, Sie können mit mir zurückfahren …«, er warf ihr die Autoschlüssel zu, »und mir von Ihrer Fahrt nach Albany erzählen. Einer von den anderen soll Ihren Wagen zurückbringen.«

Nachdem alles geklärt war, blinzelte Hutchens Cato zu. »Wir sehen uns dann in der Zentrale. Wir müssen was besprechen.«

Während Cato ihnen nachsah, überlegte er, was Hutchens wohl mit ihm besprechen wollte. Abgesehen von den knappen Sätzen zum Schluss hatte er ihm keine Beachtung geschenkt. Er war nicht an den neuesten Nachrichten über Guan Yu interessiert gewesen. Er hatte Cato keine bestimmte Aufgabe am Brandort zugewiesen. Er hatte sich nicht freundlich verabschiedet. Was wollte er damit ausdrücken? Das ist es, was du verpasst? Willkommen in deiner Welt – im Abseits. War Hutchens so bösartig, dass er einen Mann nachts aus dem Bett holte, nur um ihn spüren zu lassen, dass er so unbrauchbar war wie billige chinesische Importware? Ja, das war er wohl. Aber Cato hatte den Verdacht, dass da auch noch etwas anderes mitspielte. War das in irgendeiner Weise ein Test, eine Prüfung? Hatte Hutchens ihn absichtlich an den Rand geschoben, weil er wusste, dass Cato sich dort am liebsten aufhielt? Cato schüttelte den Kopf. Zu tiefschürfend, zu bedeutungsvoll, zu früh am Tag.

Ein alter grüner Land Rover mit Anhänger parkte an der Bootsrampe. Cato lugte durch die Wagenfenster. Die üblichen Utensilien: Straßenatlas, Hustenbonbons, eine Baseballkappe und eine gepackte Reisetasche im Fußraum hinter dem Fahrersitz. Der alte Mann musste eine Reise geplant haben, bevor seine Welt auf den Kopf gestellt wurde. Hinter dem Wagen mit dem Anhänger lag Mathers kleines Boot, halb auf der Rampe, halb im Wasser. Wenn die Flut kam, konnte es möglicherweise wegschwimmen. Mather musste die Flammen gesehen haben, herausgesprungen sein und es nur schnell ein Stück auf die Rampe hinaufgezogen haben, um es notdürftig zu sichern. Cato zog Schuhe und Strümpfe aus, krempelte seine Jeans hoch und zog das Boot ganz aus dem Wasser. Der Ozean fühlte sich an seinen Füßen und zwischen den Zehen angenehm kühl an. Er schaute in das Boot hinein: eine Angel, eine halbvolle Tüte mit Oberflächenköder und eine weitere Tüte mit Köder; Tintenfischstücke, mit Gummiband zusammengebunden, auf dem Grund eines roten Plastikeimers. Kein Wasser im Eimer und kein Fisch. Ein schwaches Ergebnis für den Abend. Eine Thermoskanne, sie fühlte sich voll an. Cato drehte den Deckel ab und roch daran. Kaffee. Ein gehaltvoller, warmer Duft.

Hatte Mather bei all der Aufregung vergessen, seinen Kaffee zu trinken? Oder waren seine Thermoskanne noch voll und sein Eimer noch leer, weil er noch gar nicht zum Angeln rausgefahren war? Wenn Letzteres stimmte, warum hatte er dann gesagt, er sei vom Angeln gekommen? Cato unterdrückte ein Gähnen. Das sollten Hutchens und seine Spitzendetektive herausfinden. Und der letzte Gegenstand auf der Inventarliste: eine zusammengerollte und ein wenig feuchte Zeitung von gestern. Cato wägte Möglichkeiten und Konsequenzen ab. Würde er Indizien verderben, wenn er den Kaffee trank und das Kreuzworträtsel klaute? Vielleicht. Wahrscheinlich sogar. Er schenkte etwas Kaffee in den Becher der Thermoskanne und schlürfte. Er hatte schon schlechteren getrunken.

»Wollen Sie mitfahren?«

Es war McGowan, der ihn vom Campingplatz aus rief. Billy Mather war an der hinteren, halb geöffneten Tür des Wagens stehen geblieben. Paul Abbott saß schon auf dem Fahrersitz und schaute McGowan erwartungsvoll an. Die Polizeitruppe hatte die beiden Polizeiwagen mit Vierradantrieb requiriert und einen Prado vom Motelbesitzer ausgeliehen. Die Commodores der Kripo wären auf der zerlöcherten Straße unbrauchbar gewesen.

»Nein danke!«, rief Cato zurück und hielt die Schlüssel für den Wagen des Viehdezernats hoch. McGowan nickte, winkte, sagte etwas zu Mather und sprang neben Abbott in den Polizeiwagen. Billy Mather blickte ein wenig länger zu Cato hinunter, bevor er hinten einstieg. Cato wurde bewusst, dass er einen Becher mit Mathers Kaffee in der Hand hielt und seine Zeitung unter den Arm geklemmt hatte. Der arme Kerl hatte seine Bleibe, seine Thermoskanne und seinen *West Australian* verloren, alles auf einen Schlag. Cato Kwong, Mr Sensibel.

Cato schlenderte die Bootsrampe wieder hinauf und weiter zur schwarzen Ruine von Mathers Zuhause. Er näherte sich dem blau-weißen Absperrband und begrüßte Duncan Goldflam mit einem Nicken. Goldflam war ein eingefleischter Hutchens-Anhänger. Er reagierte mit einem säuerlichen, misstrauischen, kaum wahrnehmbaren Kopfzucken.

Cato ignorierte sein abweisendes Verhalten. Er deutete zum ausgebrannten Wohnwagen hinüber. »Was meinen Sie?«

»Wozu?«

»Der Caravan, war das ein Unfall?«

»Wer fragt danach?«

Cato zuckte lässig die Achseln; dabei wäre er am liebsten Goldflam auf dem Kopf herumgesprungen und hätte dem Scheißkerl eine Lektion in Höflichkeit erteilt. Cato Kwong, wiedergeborener Aggro Boy; wo kam das her?

»Der Chef hat mich gerade gebeten, mir das mal anzusehen. Zweite Meinung«, log er.

Goldflam wusste offensichtlich nicht, ob er ihm glauben sollte, doch dann entschied er wohl, dass es ohnehin keine Rolle spielte. »Scheint mir koscher zu sein. Meinetwegen. Umsehen ja, aber nichts anfassen.«

Die Feuerwehrleute, die Sanitäter, Mather und die Senioren auf großer Tour sowie Fisher und Miller hatten Abdrücke im Sand und im Kies hinterlassen. Das Wasser aus den Feuerwehrschläuchen und den Eimern hatte alles, was Cato sehen konnte, durchtränkt. Eigentlich war es nicht nötig, hier noch auf Zehenspitzen herumzulaufen. Außerdem sah es nach einem Unfall aus, nicht nach einem Verbrechen. Cato näherte sich dem Epizentrum der Explosion.

Der Wohnwagen war eigentlich nur noch eine schwarze Hülle. Drei Wände und der größte Teil des Daches waren in der großen Hitze zusammengefallen, ebenso der größte Teil des Fußbodens. Eine Hälfte der Wand, an der sich der Herd befand, war stehen geblieben. Von dieser Stelle war die Explosion ausgegangen. Die Reifen waren geschmolzen, doch die Metallteile und das Fahrgestell des Wohnwagens existierten noch. Es gab kaum Anzeichen dafür, dass etwas von Mathers persönlichen Besitztümern das Inferno überlebt hatte. Cato bemerkte ein Flattern auf dem Boden. Er kniete sich hin, um es sich anzusehen, ein verkohlter Rest von etwas, das wie braunes Packband aussah. Es klebte auf dem Rand dessen, was von der Wohnwagentür übrig geblieben war. Etwa zehn Zentimeter über der Stelle, wo der Türknauf gewesen war.

»Haben Sie das hier gesehen?«

Goldflam kam herüber und hockte sich neben ihn. Als Cato das Stück ganz aus der Nähe betrachtete, sah er, dass auf dem Klebeband kleine rote Punkte aus Papier oder Farbe klebten. Goldflam musterte Cato mit einem Seitenblick.

»Könnte was sein. Oder auch nicht. Ich nehme es mit zur kriminaltechnischen Untersuchung.« Goldflam fotografierte das verzogene, rauchgeschwärzte Stück der Tür und packte es ein. »Wenn Sie noch was sehen, Sherlock, rufen Sie mich.«

»Armes Schwein«, murmelte Cato.

»Wie war das?«

»Der alte Knacker, nichts mehr da.« Cato deutete mit seiner frisch ergatterten Zeitung auf die Verwüstung.

Goldflam ließ die Verschlüsse seines Arbeitskoffers zuschnappen. »Sieht aus, als wäre sein einfaches Leben jetzt noch einfacher geworden.«

»Ohne Scheiß?«

»Das hat er gesagt.«

Sie saßen im Prado des Motels, Lara Sumich auf dem Fahrersitz. Soeben hatte sie Hutchens Justin Woodward auf dem Silbertablett serviert, und das hatten sie Freddy Bataam alias Riri Yusala zu verdanken. Sie befanden sich wieder auf dem geteerten Teil der Straße, etwa zehn Kilometer östlich von Hopetoun. Links von ihnen schimmerte bis zum Horizont das Blau des Südpolarmeers. Draußen in der Ferne schwebte wie ein Fleck eine dunkle Wolke; vielleicht erreichte sie die Küste, vielleicht auch nicht, der Wetterbericht stand noch aus. Über ihren Köpfen rüttelte ein Falke im sanften Morgenwind, dann stürzte er sich auf sein Frühstück hinunter. Ein paar Krähen ließen sich ein kürzlich überfahrenes Tier schmecken und blieben bis zum letzten Moment auf der Straße sitzen, bevor sie flügelschlagend und mit verächtlichem Kopfschütteln aus dem Weg hüpften.

Hutchens schüttelte ebenfalls den Kopf und lächelte. »Justin Woodward hat Jim Buckley umgebracht, weil er von ihm erpresst wurde?«

Lara hielt den Blick auf die Straße gerichtet. »Klingt logisch, Boss. Jim hat Drogen im Kaffeewagen gefunden, Cato gegenüber aber nichts gesagt. Dann hat er Woodward später angerufen und wollte für sein Dichthalten ein Stück vom Kuchen abhaben. Und Woodward hat mit seinen Geschäftspartnern darüber gesprochen und die Sache dann auf seine Weise aus der Welt geschafft.«

Hutchens klopfte zerstreut mit dem Zeigefinger gegen das Beifahrerfenster. »Schön. Tolle Geschichte. Und Bataam, Yusala, oder wie auch immer er heißt, hat das bestätigt?«

»Das wird er noch, Boss, versprochen.«

Hutchens sah sie mit festem Blick an. »Dann fügt sich also alles sehr schön zusammen.«

Lara schenkte ihm ein kokettes, bewunderndes Lächeln, Ehre, wem Ehre gebührt. »Sie haben den Fall geknackt, Boss. Sollen wir ihn holen?«

Hutchens nickte. »Holen Sie Woodward, aber fassen Sie ihn diesmal mit Samthandschuhen an, nett und zivilisiert, bitte. McGowan soll im Büro bleiben.«

Cato machte sich aus zwei Tütchen einen doppelt starken Kaffee und rubbelte sich weiter die Haare trocken. Nach einer schlaflosen und, für ihn, vergeudeten Nacht draußen an der Starvation Bay waren eine Dusche und eine weitere Dosis Koffein Voraussetzung dafür, dass er den restlichen Tag überstand. Er wickelte sich das Handtuch um die Hüften, trank einen Schluck Kaffee und überflog Billy Mathers Kreuzworträtsel. Doch heute Morgen war sein Hirn ganz geschafft vom vielen Rätselraten. An diesem Unglücksort war offenbar nicht alles so, wie es auf den ersten Blick schien – und die erste und wichtigste Frage war: Was hatten Greg Fisher und der Engländer überhaupt da gesucht? Während Cato aus seinem Motelfenster in die morgendliche Stille der Veal Street hinausschaute, sah er Lara Sumich vom Joggen zurückkommen. Einmal schnell nach Albany und zurück und eine schlaflose Nacht hatten ihr offensichtlich nicht viel anhaben können. Was hatte sie vor? Sie sah ihn durchs Fenster und winkte. Cato spürte, wie sich da unten etwas regte, und er erinnerte sich an ihre nächtliche Begegnung in der Gemeindehalle. Er begann, von fünfzig aus rückwärts zu zählen, um der Regung Herr zu werden.

Es klopfte. Er öffnete die Tür. Lara, erhitzt vom Laufen, mit dunklen Schweißflecken zwischen den Brüsten und unter den Armen. An den normalen Stellen.

»Morgen«, sagte sie und blies sich mit vorgeschobener Unterlippe kühlende Luft ins Gesicht.

»Die Ruchlosen finden keinen Frieden?«, sagte Cato.

Zu spät wurde ihm bewusst, dass sein Handtuch sich deutlich vorwölbte. Lara lächelte, trat ins Zimmer und kickte mit dem Absatz die Tür zu.

»Nein, keinen Frieden, noch nicht.«

Sie zog ihr Top und ihre Shorts aus, streifte die Laufschuhe ab und schob Cato aufs Bett, wobei sie sein Handtuch löste. Dann ließ sie sich rittlings auf ihm nieder. Die Bewegung war langsam und ging tief.

Sie beugte sich vor, ihr Haar streifte sein Gesicht. Sie schob ihm einen Nippel in den Mund. Catos Zunge spielte mit dem Ring. Er hatte erwartet, dass so ein Piercing erotisch sein würde, aber eigentlich fühlte es sich an, als würde man in seinen Cornflakes ein Plastikspielzeug finden. Trotzdem, Lara schien recht zufrieden zu sein.

»Die Ruchlosen finden keinen Frieden.« Sie schloss die Augen und packte ihn fester. Ihr Atem ging schneller.

Nach sieben Monaten Zölibat konnte Cato nicht länger an sich halten. Kurz darauf erschauerte Lara und brach auf ihm zusammen.

»Ordentlich durchgevögelt«, murmelte sie, und ein Schluchzen drang aus ihrer Kehle, als sie kam.

»Ich auch«, stöhnte Cato.

Lara öffnete die Augen, etwas erschrocken, als hätte sie vergessen, dass er da war.

27

Mittwoch, 15. Oktober. Später Vormittag.

»Und wie sieht dein nächster Schritt aus?«

Detective Inspector Mick Hutchens verschränkte die Arme, lehnte sich zurück, beobachtete ihn und wartete ab. Cato war innerlich weit weg. Schuldgefühle quälten ihn, obwohl seine Ehe längst völlig zerrüttet war. Gleichzeitig wurde ihm jetzt erst bewusst, wie nötig er es gehabt hatte, dass jemand es ihm ordentlich besorgte. Hutchens rief ihn mit einem Husten wieder ins Hier und Jetzt zurück. Cato sammelte sich und breitete seine Gedanken vor ihm aus.

»Die übrigen Bewohner der beiden Caravans befragen. Wir brauchen mehr Dolmetscher.«

»Wie viele?«

»Drei oder vier wären gut. Zwei würden auch schon helfen.«

Hutchens machte sich eine Notiz und nickte Cato zu, er solle fortfahren. Bisher war die Unterredung relativ schmerzlos verlaufen. Cato vermutete, dass Mark McGowan seinen Chef bereits informiert hatte, dass er ihm berichtet hatte, wie Guan Yus Aussagen sich verändert hatten, seit Amrita Desai dabei war. Das rasche Ergebnis im Fall Flipper hatte sich verflüchtigt, die ganze Geschichte war in sich zusammengefallen.

»Wir müssen die Habseligkeiten des Toten unter die Lupe nehmen und Guan Yus Sachen auch, wir müssen die Caravans offiziell zum Tatort erklären und Duncan Goldflam hinschicken, damit er sich das alles genau ansieht. Bisher haben wir ja ein bisschen geschludert, weil es …«, Cato wählte seine Worte mit Bedacht, »für den Einsatz der Ressourcen andere Prioritäten gab.« Er ignorierte Hutchens' Stirnrunzeln. »Außerdem müssen wir das Gelände noch gründlicher nach einer Mordwaffe absuchen und feststellen, womit die Leiche zum Meer transportiert wurde. Irgendjemand muss doch was gesehen haben.«

»Wen brauchst du zur Unterstützung?«

Cato biss sich irritiert auf die Unterlippe. Eigentlich hätte Hutchens ihn doch längst seinem Schicksal überlassen müssen, oder? Wer kam denn in Frage? Greg Fisher kannte sich in der Gegend aus und war daher gut zu gebrauchen gewesen, aber im Moment war er außer Gefecht gesetzt, und Tess Maguire war ja, theoretisch zumindest, vorläufig beurlaubt. Jim Buckley war tot. Ja, viel war passiert in der Woche, seit Cato an einer heißen, staubigen Straße außerhalb von Katanning Hutchens' Anruf entgegengenommen hatte.

»Mark McGowan ist auf dem Laufenden, wenn du ihn weiterhin entbehren kannst …«, sagte Cato. Hutchens hob eine Augenbraue und lächelte vor sich hin, während er sich weitere Notizen machte.

»Und Tess Maguire kennt sich hier in der Gegend aus.«

Hutchens warf ihm einen warnenden Blick zu. »Lass uns ein paar Tage abwarten, dann sehen wir weiter. Bis dahin nimm jemanden von den Leuten aus Ravensthorpe.«

Cato nickte und sprach weiter. »Wir brauchen dringend Unterstützung für die Forensiker und Hilfe bei der Verwaltungsarbeit sowie Polizeibeamte oder Freiwillige für die breiter angelegte Suche, aber eigentlich …« Cato taxierte Hutchens – wenn schon, denn schon. »Ich brauche ein paar mehr Kripobeamte. Man muss diese Sache hier ordentlich machen oder gar nicht.«

Hutchens explodierte nicht. Er nickte bloß, zuckte die Achseln, lächelte. »In ein paar Tagen müssten wir Leute vom Fall Buckley für dich haben.«

»Wirklich? Was ist passiert?« Zuletzt hatte Cato gehört, dass Hutchens in dem Fall gegen Mauern lief, genauso wie er selbst im Fall Hai Chen.

»Lara Sumichs kriminalistische Arbeit, einige Forensiker und ein Zeuge haben Justin Woodward wieder in den Fokus gerückt. Wir holen ihn heute zurück.«

Das erklärte, warum Lara so unermüdlich, so betörend, so verwirrend war. Cato stieg die Hitze ins Gesicht, aber er bemühte sich, das mit einem Husten und einer nüchternen Frage zu überspielen. »Ein Zeuge?«

Hutchens warf ihm seinen typischen schrägen Blick zu. »Dein Freund aus der indonesischen Marine, Yusala. Er sagt, Justin war es. Schwört Stein und Bein.«

Ein Wunder, dachte Cato.

Tess Maguire saß am Fußende von Greg Fishers Bett. Er hatte in einem Nebentrakt des Esperance District Hospital ein Einzelzimmer bekommen. Man hatte ihn an einen Tropf und an Monitore gehängt, mit den üblichen Schläuchen, Kabeln und Pieptönen. Die rechte Hälfte seines Gesichts und seines Brustkorbs, seine rechte Schulter und sein rechter Arm waren in Gaze und leichte Verbände gehüllt. Sein raspelkurzes dunkles Haar war auf der rechten Seite fast ganz abgesengt, und auch hier war sein Kopf mit Gazestücken bedeckt. Dieser Körperbereich hatte am meisten von der Explosion abbekommen. Fisher war sediert und bekam starke Schmerzmittel. Er hatte Glück, dass er überhaupt noch lebte. Die Verbrennungen waren zwar nicht so schwer, wie man zuerst geglaubt hatte, aber es bestand nach wie vor die Möglichkeit, dass er an Schulter, Brust, Ohr und Wange Hauttransplantationen brauchte. Nach dieser Feuerprobe würde er nicht mehr ganz so jugendlich sein und sein Gesicht würde nicht mehr so frisch aussehen wie vorher. Das war das Fazit des Gespräches, das die Ärztin, eine junge Frau mit ernstem Gesicht, die Tess kaum älter zu sein schien als ihre eigene Tochter, mit Gregs in Tränen aufgelöster Mutter geführt hatte.

Vanessa Fisher war mit dem Auto von Pinjarra nach Perth gefahren, hatte dort einen Direktflug nach Esperance genommen und war am Vormittag angekommen. Auf diese Weise war sie schneller gewesen und hatte nicht durch die verfluchte Gegend um Ravensthorpe fahren müssen. Ihrer Ansicht nach waren Gregs Verletzungen die unmittelbare Konsequenz davon, dass er an einem so traurigen und bösen Ort einen Job angenommen hatte. Er hätte auf die Warnungen seiner Familie hören sollen. Dagegen konnte Tess nichts einwenden.

Sie hatte Gregs Mutter ermuntert, sich doch eine Pause zu gönnen, Kaffee und einen Happen Lunch, solange ihr Sohn noch schlief, und hatte ihr hoch und heilig versprochen, sie auf dem Handy anzurufen, falls Greg inzwischen aufwachen sollte. Tess studierte sein schlafendes Gesicht unter der Sauerstoffmaske, die langen, gebogenen Wimpern, noch so jung. Sie erstickte ein aufsteigendes Schluchzen, das sie selbst überraschte. Was hatte er gestern Abend da draußen bei Billy Mathers Lagerplatz gesucht, meilenweit von allem entfernt? Hutchens war nicht der Einzige, der das wissen wollte, auch Tess war neugierig. Schließlich war Greg ihr Partner. In den Monaten seit Beginn seiner Probezeit hatte sie ihn allmählich kennengelernt und angefangen, ihn zu mögen. Er war begeistert, energiegeladen und ehrgeizig. Tess erinnerte sich an dieses Gefühl. Doch obwohl sie Partner waren, hatte sie von seinem Vorhaben nichts gewusst. Lernte er jetzt schon, Geheimnisse zu haben, seine eigenen Ziele zu verfolgen? Oder war sie in letzter Zeit so unmöglich gewesen, dass er nicht mit ihr hatte sprechen können?

Greg bewegte sich ein wenig im Schlaf, um die Augen und auf der Stirn bildeten sich Furchen. Er war mit Jim Buckleys Schwager zusammen da draußen gewesen, mit Stuart Miller, der vor Urzeiten selbst Polizist gewesen war. Das hatte McGowan berichtet, als er sie in Hutchens' Auftrag angerufen hatte. Warum hatten die beiden sich für Mather interessiert? Tess wusste nicht genug, um Vermutungen anstellen zu können. Wenn Greg erst aufgewacht war, würde sie vielleicht schlauer sein. Bis dahin nahm sie sich eins der Hochglanz-Klatschmagazine von dem kleinen Stapel, den die wohlmeinende Krankenschwester ihr dagelassen hatte. Ein Popstar, dessen Teenager-Ruhm allmählich verblasste, war immer wieder in der Suchtklinik und durfte ihre Kinder nicht sehen, ein A-Promi-Powerpaar in Hollywood war wieder schwanger, und kürzlich hatten einige Promis bei der Wahl ihrer Garderobe voll ins Klo gegriffen. Mit der Realität von Tess' Alltagsleben in Hopetoun hatte das alles beruhigend wenig zu tun. Greg regte sich wieder und begann zu schnarchen. Tess drängte ihn im Stillen, endlich aufzuwachen, hatte aber sofort ein schlechtes Gewissen deswegen. Okay, sie hatte ihn nicht nur aus rein altruistischen Motiven im Krankenwagen nach Esperance begleitet. Sie hatte hier in der Stadt noch andere Dinge zu erledigen und wollte lieber früher als später damit weiterkommen.

Greg schniefte und öffnete ein Auge. »Tess?« Die Stimme klang ausgedörrt, krächzend.

Tess legte die Illustrierte weg, schenkte Wasser in einen Becher und hielt ihn Greg an die Lippen. »Du siehst richtig scheiße aus.«

»Danke.«

»Deine Mutter ist gerade zu einem Päuschen rausgegangen. Kommt gleich wieder.«

»Ja, gut.« Er sah erschöpft aus, als könne er sofort wieder einschlafen.

»Was ist da draußen passiert, Greg?«

»Ich hatte gehofft, du könntest mir das sagen.« Dann runzelte er die Stirn, er erinnerte sich an etwas. »Wie geht es Stuart?«

»Sie haben ihn nach Perth gebracht. Ich warte noch auf Nachricht.«

»Schlimm?«

Tess nickte. »Warum seid ihr da draußen gewesen, Greg? Warum der Besuch bei Billy Mather?«

»Stuart dachte, Billy könnte ein gesuchter Mörder sein, ein alter Fall aus England. Ich selbst konnte die Ähnlichkeit nicht erkennen.«

»Ähnlichkeit?«

»Auf dem Foto. War irgendwann letzte Woche im *West Australian*.«

»Wie ist Stuart darauf gekommen, dass es Mather sein könnte?«

Greg krächzte wieder und trank noch einen Schluck Wasser. »Ich hatte ihm erzählt, dass er den gleichen komischen Akzent hat wie Mather. Außerdem hat Jim Buckley Stuart in der Mordnacht noch angerufen. Buckley war sich sicher, dass er den Mann auf dem Zeitungsfoto an dem Abend in Hopey im Pub gesehen hatte.«

»Diesen Mather?«

»Das wollten wir eben rauskriegen. Stuart wollte ihn treffen, um zu sehen, ob er es wirklich war.«

»Und war er's?«

Greg veränderte seine Lage und zuckte zusammen. »Das wissen wir immer noch nicht. Der Wohnwagen ist explodiert. Soweit ich weiß, hat Stuart Mather gar nicht gesehen.«

Dass Stuart Miller, wie das Krankenhaus in Perth mitgeteilt hatte, Billy Mather aller Wahrscheinlichkeit nach niemals sehen würde, behielt Tess für sich.

Cato Kwong und Mark McGowan hatten sich in die friedliche Abgeschiedenheit des Seenotrettungsschuppens zurückgezogen. In der Gemeindehalle war die Atmosphäre kurz vor dem Siedepunkt. Die Medienleute hatten Wind von einigen bedeutsamen Entwicklungen bekommen und wuselten draußen auf der Kiesfläche herum. Einige hatten auch schon von der Explosion an der Starvation Bay gehört und zählten zwei und zwei zu allen möglichen unsinnigen Ergebnissen zusammen. Detective Inspector Hutchens schien nichts dagegen zu haben, sie nach Herzenslust spekulieren zu lassen. Er und Lara Sumich waren bereits in einem Konvoi aus drei Wagen zum Gefängnis in Ravensthorpe aufgebrochen. In den anderen beiden Wagen, getrennt natürlich, saßen Justin Woodward und seine Freundin Angelique. Begleitet wurden sie von Kripobeamten mit steinernen Mienen, die aussahen, als seien sie in einer Ork-Fabrik am Stadtrand von Albany speziell für diesen Zweck gezüchtet worden. Der Verdächtige und seine Freundin sollten in Ravensthorpe schmoren, bis Woodwards Rechtsbeistand eintraf, der hastig aus Perth herbeigerufen worden war. Cato hatte lächeln müssen, als er gesehen hatte, wie Hutchens mit neuem Schneid und einem breiten Grinsen zur Tür gegangen war. Der kampflustige kleine Depp war in seinem Element gewesen.

McGowan hatte die Personalliste vor sich und telefonierte gerade mit Keith Stevenson, um ein Treffen mit den Bewohnern der beiden Caravans zu organisieren. Keiths Drohungen, die chinesischen Arbeiter zu feuern und nach Hause zu schicken, waren natürlich nur heiße Luft gewesen, um Cato zu beeindrucken. Tatsächlich standen die Chinesen alle noch auf der Lohnliste, wohnten immer noch in ihren nicht gerade gesundheitsfördernden Unterkünften und schufteten weiterhin zehn Stunden am Tag. McGowan stellte das Telefon laut, weil Cato auch etwas von dem Gespräch haben sollte. Stevenson hatte sein polterndes Gehabe nicht abgelegt.

»Warum lasst ihr Scheißbullen mich nicht einfach in Ruhe? Das ist doch schlicht und einfach Schikane.«

McGowan bemühte sich, ihn zu besänftigen. »Keith, alter Freund. Ich versuche doch bloß, meinen Job zu machen. Genau wie Sie.«

»Wieso ›alter Freund‹? Das verbitte ich mir«, knurrte Stevenson.

McGowan gab seine Beschwichtigungsversuche auf. »Wir möchten die Leute heute um drei bei Ihnen im Büro sprechen, Mr Stevenson, sonst kommen wir und suchen nach ihnen. Wenn Sie uns weiterhin Steine in den Weg legen, müssen wir Ihren Betrieb schließen, solange wir unserer rechtmäßigen Arbeit nachgehen. Dann kriegen Sie keinen Cent mehr rein, bis wir alles unter Dach und Fach haben. Also, bis um drei.« Er klappte das Handy zu.

Cato applaudierte pantomimisch.

McGowan wirkte ein bisschen nervös. »Und wo bringen wir diese ... Leute alle unter?«

»Wir können ja eins von Stevensons mobilen Büros requirieren. Das ist das Mindeste, was er für uns tun kann.«

McGowan lächelte. »Allmählich gefällt mir Ihr Stil, Cato.«

Cato wandte sich den beschrifteten Habseligkeiten von Guan Yu und Hai Chen zu. Er hatte bereits etwa ein halbes Dutzend Beamte aus Ravensthorpe, Ongerup und Lake Grace losgeschickt, die unter Aufsicht von Duncan Goldflam Paddy's Field durchkämmen sollten. Der Umkreis, in dem Polizeiverstärkung angefordert wurde, wuchs exponentiell zu den überraschenden Wendungen in den beiden Mordfällen. Cato verfluchte die Tatsache, dass er Paddy's Field nicht schon längst hatte absuchen lassen. So war einige Zeit verstrichen, in der Beweisstücke hatten entfernt oder von den Elementen zerstört werden können. Für den späteren Nachmittag hatte er sich zu einem Gespräch mit dem Vorarbeiter, Travis Grant, verabredet. Grant holte die Leute jeden Tag von

Paddy's Field ab und brachte sie wieder zurück. Hatte er etwas Ungewöhnliches bemerkt? Musste er doch. Zum einen war an jenem Morgen ein Arbeiter, der eine Schlüsselposition innehatte, nicht erschienen. Allen Berichten zufolge hatte Chen die Chinesen angeworben und war der wichtigste Mittelsmann zwischen Arbeitgeber und Arbeitnehmern geblieben. Grant jedoch warf ihn einfach mit den anderen in einen Topf, als einen aus der gesichtslosen Arbeiterhorde, der mal wieder krank gemacht hatte. Das war Blödsinn, aber Cato Kwong hatte es ungeprüft durchgehen lassen.

Er öffnete den ersten Plastikbeutel: Guan Yus Arbeitsvertrag mit SaS Personnel. Cato erinnerte sich, wie der Mann fröhlich die Daumen gehoben hatte, als er ihnen stolz von seinem Wochenlohn von fünfhundert Dollar erzählt hatte. Auf dem Papier sah das nach einer ganz anständigen Entlohnung aus. Sein Arbeitgeber übernahm ihn als gelernten Migrationsarbeiter für die Dauer des Vertrags bis zu einem Maximum von zwei Jahren. Die Reisekosten von China nach Australien und zurück wurden vom Arbeitgeber bezahlt. Guan Yu sollte den gesetzlichen Mindestlohn erhalten, knapp über dreiundvierzigtausend australische Dollar pro Jahr. Cato rechnete: Das waren etwas über achthundert pro Woche, nach Steuern und anderen Abzügen etwa fünfhundert Dollar. So weit, so gut, in diesem Punkt hatte Guan Yu also nicht gelogen.

Worin bestanden die Abzüge? Unterkunft, Arbeitskleidung, Agenturgebühren, die tägliche Fahrt zur Baustelle und zurück. Cato schnaubte. Die uralten, schrottigen Caravans waren die Unterkunft, Travis Grant und sein Minibus waren für die Fahrten zuständig, dann kam die Provision für die SaS-Agentur und so weiter und so fort. Allmählich begriff er, wo Keith Stevenson sich sein dickes Stück vom Kuchen abschnitt. Außerdem hatte Guan berichtet, dass Chen von jedem Mann pro Woche fünfzig Dollar nahm. Wie viel blieb den Leuten danach noch übrig? Die offiziellen Abzüge, wie Steuern und so, sorgten dafür, dass die achthundert Dollar auf fünfhundert zusammenschrumpften. Die Abzüge von SaS führten zu weiteren Einbußen. Aber Guan glaubte, er bekomme fünfhundert ausbezahlt. War es das gewesen? Hatte er herausgefunden, dass er nicht die Geldsumme kriegte, die er erwartet hatte? Und Chen die Schuld daran gegeben?

Cato fischte aus Hai Chens Besitztümern einen Umschlag heraus. Hai Chen hatte einen ähnlichen Vertrag wie Guan, nur dass er als Anwerber einen höheren Lohn bekam, fast fünfzigtausend pro Jahr. Außerdem hatte er von SaS Personnel eine einmalige Provision dafür erhalten, dass er die Anwerbung auf chinesischer Seite organisiert hatte. Fünftausend Dollar von SaS plus seine wöchentliche Beteiligung von fünfzig Dollar pro Mann, bei sieben Kollegen in Paddy's Field plus acht weiteren, die auf Barren Pastures in einem Container pennten. Fünfzehn mal fünfzig pro Woche in einem Zeitraum von bis zu zwei Jahren. Nach den Begriffen der Märchenland-Währung, die gegenwärtig die Bergbaustädte umspülte, war das bloß ein bisschen Wechselgeld, aber relativ gesehen hatte Hai Chen sich eine goldene Nase verdient.

Hai Chens Kontoauszüge jedoch sagten noch etwas ganz anderes aus: Jede Woche kamen Gutschriften von knapp über viertausendfünfhundert Dollar. Er erhielt den Lohn für sich und für alle seine Kollegen auf sein Konto – zweifellos war das für alle Beteiligten eine verwaltungstechnische Vereinfachung. Vielleicht glaubten seine Kollegen sogar, dass er ihr Geld gut für sie aufbewahrte. Doch tatsächlich sahnte er weitere einhundert Dollar pro Woche pro Mann ab und überwies Woche für Woche etwa eintausendfünfhundert auf ein weiteres Konto, das auf seinen Namen lief. Die Chinesen zahlten Chen also eine »Provision« von nicht fünfzig, sondern etwa einhundertfünfzig Dollar pro Woche, das waren dreißig Prozent ihres Lohnes, nicht zehn Prozent. Auf Chens zweitem Konto lagen derzeit fast fünfundsechzigtausend Dollar. Er schwamm wirklich im Geld. Cato sah noch die übrigen Dokumente in Chens Sammlung durch. Dabei fiel ihm nichts weiter auf. Aber falls Guan Yu irgendwie Wind von dieser Abzocke bekommen hatte, war das ein eindeutiges Mordmotiv. Jedenfalls waren Männer schon für viel weniger gestorben.

Cato überprüfte einen weiteren Umschlag: Chens private Briefe. Briefe von zu Hause, Fotos von Kindern, von der Ehefrau, eine Hochzeit im Familienkreis. Nichts. Cato sah noch einmal genauer hin. Auf einem der Hochzeitsfotos war ihm etwas aufgefallen. Es war eine Aufnahme von einer großen Gruppe: in der Mitte Hai Chen und seine Braut, und ringsherum Eltern, Großeltern, Schwiegereltern, die ganze Großfamilie. Cato hatte das Foto schon beim ersten kurzen Durchsuchen von Chens Siebensachen draußen auf Paddy's Field gesehen, den Einzelheiten aber keine sonderliche Beachtung geschenkt. Jetzt jedoch stach es ihm ins Auge. Auf der einen Seite nämlich, in Schale geworfen für Chens Hochzeitsalbum, mit Fliege und einem breiten Lächeln, stand niemand anderes als Guan Yu.

28

Mittwoch, 15. Oktober. Nachmittag.

Der Mietwagen war nicht gerade ein unauffälliges Überwachungsfahrzeug. Ein taubenblauer Hyundai Getz mit großen Leihwagen-Aufklebern in den Seitenfenstern und auf der Heckscheibe. Ein Wagen für eine Sekretärin, mit einem schönen Schminkspiegel. Tess Maguire betrachtete ihr Spiegelbild. Sie war fast die ganze Nacht wach gewesen, und als der Anruf kam, dass sie in der Starvation Bay gebraucht wurde, hatte sie für eine Dusche keine Zeit mehr gehabt. Sie brauchte nicht nur ein bisschen Lippenstift, um sich sehen lassen zu können.

Esperance, die Bay of Isles – von hier aus hatte Tess einen schönen Blick darauf. Der Getz stand in einer Parkbucht mit Aussicht auf das Südpolarmeer. Unmittelbar links von Tess ragte der lange Anlegesteg in einem Bogen in die funkelnde blaue Bucht hinein. Zu ihrer Rechten lag der Hafen, in dem die Schiffe mit Blei und Nickel abgefertigt wurden, dieser Ladung aus dem giftigem Feenstaub, der in den letzten drei oder vier Jahren auf die Touristenstadt hinabgerieselt war. Wie nannten die Buddhisten oder die Daoisten oder wer immer das noch? Yin und Yang? Diese schönen Inseln draußen in der Bucht, einst die Lieblingsverstecke von Piraten, Halsabschneidern und Frauenschändern. Greg Fisher hatte ihr Geschichten über die Seehundfänger erzählt, die aufs Festland kamen, Frauen und Mädchen der Nyungar entführten und sie in ihre Lager auf den Inseln verschleppten, auf Nimmerwiedersehen. Ein Bild der Schönheit, das einen Schauplatz des Schreckens kaschierte. Yin und Yang. Die junge Frau, die auf dem Steg entlangschlenderte, während ihr kleines Kind unsicher neben ihr her torkelte. Eine junge Mutter und ihr lieber kleiner Knirps: Frau und Kind von Johnno Djukic, dem trampelnden Monster; Yin und Yang.

Tess trank in kleinen Schlückchen ihren Cappuccino vom *Coffee Cat*-Wagen, einer beliebten Attraktion hier am Strand. Der Kaffee war super, Cato hätte nichts dagegen einzuwenden gehabt. Sie dachte daran, ihn anzurufen, um mal zu hören, wie es bei ihm lief und warum er noch nicht zu seiner Familie zurückgekehrt war. Cato, der Geheimnisvolle. Aber Cato konnte warten, ja. Tess hatte zu tun. Greg Fisher schlief jetzt friedlich, bewacht von seiner verzweifelten Mutter. Tess hatte sich entschuldigt und war aufgebrochen. Sie war direkt zum *Bay of Isles*-Mietwagenverleih gegangen und hatte genommen, was gerade da war. Dann hatte sie den Getz vor dem Haus geparkt, das Djukic als Adresse angegeben hatte, und darauf gewartet, dass etwas passierte. Etwa eine Stunde später war ihre Geduld belohnt worden.

Sie war Mutter und Kind gefolgt, als sie das kleine Haus aus Faserbeton, ein paar Straßen vom Strand entfernt, verließen. Mrs Djukic hatte keinen Grund anzunehmen, dass der Hyundai hinter ihrem rostigen weißen Datsun sie verfolgte. In einer derartigen Welt lebte sie nicht, nur sehr wenige tun das. Tess wusste nicht, warum sie ihr auflauerte; John Djukic war zweihundert Kilometer weit weg in der Mine. Tess dachte darüber nach: Sie vermutete, dass sie so viel wie möglich über ihn wissen wollte. Erkenne deinen Feind. Und damit konnte sie ebenso gut hier anfangen. Mrs Djukic und der kleine Djukic, ein süßer Knopf mit seiner süßen Mama, Johnnos Stolz und Freude. Tess beschloss, sie anzusprechen.

»Schöner Tag heute.«

Die junge Frau lächelte und nickte als Antwort, dann hob

sie das Kind hoch, um es schützend zu knuddeln. War sie schüchtern? Oder Fremden gegenüber misstrauisch? Oder einfach Tess gegenüber misstrauisch? Dieser Tess nach ihrer schlaflosen Nacht, mit ausgezehrtem Gesicht und unfrisiert? Die junge Mutter war Asiatin, vielleicht Thailänderin? Der kleine Junge war etwa ein Jahr alt. Europäische Züge mischten sich mit den asiatischen, aber kein Anzeichen für Johnnos verrückte schwarze Augen oder für sein rotes Haar. Glucksend spielte der Kleine mit der Perlenkette seiner Mutter. Der Seewind frischte auf. Tess zog ihre Windjacke fester zusammen, dabei spürte sie das Gewicht ihrer Dienstwaffe in einer der Innentaschen. Sie blickte vom Steg hinunter, und gerade in diesem Augenblick tauchte ein Seelöwe auf und nickte mit seinem schnurrbärtigen Kopf zu den Betrachterinnen hoch. Es war ein schönes Tier mit glattem, glänzendem Körper und großen braunen Augen. Tess erinnerte sich an ihr Schwimmen mit seinem jungen Artgenossen. An die Reinheit und Schönheit jenes Momentes, der sie gleichzeitig hatte lachen und weinen lassen. Yin und Yang? Oder einfach ein Symptom dafür, dass ihre Psyche aus dem Gleichgewicht geraten war?

»Ich bin Tess.«

Sie lächelte, winkte dem kleinen Jungen ein wenig zu und schnitt eine Grimasse. Die junge Frau nickte, erwiderte ihr Lächeln und drückte ihr Kind noch etwas fester an sich.

»Ein tolles Kind.« Mit einer beiläufigen Geste deutete Tess auf den Kleinen.

Die Frau lächelte wieder, diesmal entschuldigend. »Sorry. Englisch nicht gut.«

Tess nickte und lächelte verständnisvoll, viel Nicken und Lächeln heute. Sie stützte sich auf das Geländer, das dafür sorgte, dass niemand die fünf oder sechs Meter in die aufgewühlte See hinunterstürzte.

»Wo kommen Sie her?«

»Thailand.«

»Ach so. Urlaub?«

»Nein, nein. Hier wohnen.«

»Tess«, sagte Tess erneut und zeigte auf sich.

»Koo. Und das Johnny.« Sie klopfte dem Kind sanft auf den Rücken.

»Süß.«

»Danke.«

Tess sog die salzige Brise ein und lächelte wieder. Im Umkreis von zweihundert Metern oder mehr war keine Menschenseele zu sehen. Koo und der kleine Johnny. Sie wandte sich den beiden zu. Ein Schubs, und sie lägen im Wasser. Tess war sich ziemlich sicher, dass die Mutter nicht schwimmen konnte.

»Mann arbeitet?«

»Ja. Weit weg in Mine.« Wieder tätschelte sie ihren kleinen Sohn. »Johnny Papa vermissen.«

Tess betrachtete die beiden. Sie kamen aus einer anderen Welt. Sie waren unschuldig und hatten nichts mit der Geschichte zwischen ihr und Johnno Djukic zu tun. Geschichte, ganz genau. Die beiden ins Wasser schubsen und zusehen, wie sie ertranken. Klar, das würde alles lösen. Nein. Suizidal, Kinder fertigmachen und jetzt auch noch Mordgedanken Fremden gegenüber hegen: War das Wahnsinn? Die Worte ihrer Tochter fielen ihr wieder ein.

Ich dachte, ich sollte hier die Verantwortungslose, Durchgeknallte sein.

Tess wandte sich ab und überlegte, was sie tun konnte, um das Gefühl zu lindern, dass ihr die Brust zersprang.

»Also, ich muss jetzt gehen. Schön, Sie kennengelernt zu haben, Koo.«

»Okay, bye-bye!« Koo hob die Hand des kleinen Johnny und half ihm, Tess zuzuwinken. Ein unsicheres Lächeln erhellte sein Gesichtchen.

Tess winkte ein wenig zurück und zog wieder eine witzige Grimasse. »Bye-bye.«

Es war wirklich und wahrhaftig Zeit weiterzugehen.

»Wer ist ihr Kumpel, Trav?«

Travis Grant nickte knapp zu seinen Kumpanen an der Bar hinüber, zwinkerte und tat sein Bestes, um ganz lässig zu wirken. Doch das klappte nicht. Sich hier im Port Hotel vor allen Kollegen zu treffen, war Cato Kwongs Idee gewesen.

Nein, also wirklich, Cato hatte darauf bestanden: Das war seine Runde. Sie hatten sich in eine dunkle Ecke nahe der Hintertür verzogen, wo Travis sein Möglichstes tat, um mit der abblätternden, angestoßenen Wand hinter sich zu verschmelzen. Cato dagegen gab sich große Mühe, hoch aufgerichtet dazustehen. Er fiel auf wie ein großer bunter chinesischer Hund.

»Prost.« Cato hob seinen grellgrünen Zitronen-Limonen-Sprudel. Er weidete sich an dem offensichtlichen Unbehagen des Jüngeren, stieß laut mit seinem Limoglas gegen Travis' Bierglas und sog dann geräuschvoll an seinem Strohhalm. Es war später Nachmittag, Mittwoch, nur eine Handvoll Gäste, aber sie alle kannten Trav. Auf den beiden Plasmabildschirmen lief eine Nachmittags-Soap, ohne Ton. Zwei Männer spielten Poolbillard. Draußen, auf der anderen Straßenseite, wurde das Südpolarmeer vom Nachmittagswind aufgepeitscht. Die Hauptstraße von Hopetoun wirkte wie die Hollywoodkulisse einer Geisterstadt. Travis Grant jedenfalls sah aus, als sei ihm gerade ein Geist erschienen.

Cato trank noch einen Schluck von seinem leuchtend grünen Drink und stellte das Glas dann auf den hohen Tisch zurück. Er seufzte laut und schmatzte zufrieden mit den Lippen. »SaS. Stevenson and Sons, stimmt's?«

»Ja, was ist damit?«

»Sind das Keith und Kane?«

Grant prustete. »Nee, denkste. Stevenson steht für die Oma im Altersheim. Keith ist der Sohn.«

Cato nickte, als hätte er das schon selbst herausgefunden. »Warum wird die Oma als Direktorin der Firma geführt?«

Grant betrachtete den Bierdeckel. »Hab ich nichts mit zu tun.«

»Und Sie sind Keiths rechte Hand, Sie schmeißen mehr oder weniger den Alltag, stimmt das?«

Grants Brustkorb blähte sich leicht: »Kann man so sagen, er saust in der Gegend rum und macht die Geschäfte und schreit die Leute an, und ich sorge dafür, dass im Betrieb alles rundläuft.«

Cato nickte wieder, dann tat er so, als fiele ihm plötzlich etwas ein. »Aber Kane hat doch jetzt keinen Job mehr, die

Mine hat ihn gefeuert. Er ist der Sohn und der Erbe des Familienunternehmens. Dann vertreten Sie ihn bloß vorläufig oder wie?«

Wieder ein Prusten und ein Kopfschütteln. »Ach, unser Krisenkerlchen Kane? Soll das ein Witz sein? Den würde Keith ja nicht mal zum Einkaufen schicken.«

»Nein? Wie kommt's?«

Travis Grant zählte an den Fingern ab: »Kann den Mund nicht halten, bringt sich ständig in Schwierigkeiten, kriegt nicht mal einen kinderleichten, gut bezahlten Job in der Mine gebacken.«

»Dann mögen Sie ihn also nicht besonders«, bemerkte Cato.

»Der verdammte Idiot«, bestätigte Grant. »Sie haben ihn zum Teamleiter gemacht, fünfzehn Riesen extra. Er hatte nichts weiter zu tun als das Maul zu halten und den Leuten nicht in die Quere zu kommen, denn die wissen, was sie tun. Aber sogar das hat er vermasselt. Hat sich mit einem Maori angelegt, der zwei von seiner Sorte auf einmal verfrühstücken könnte, so eine Scheiße.« Grant schüttelte angewidert den Kopf. »Er hat gedacht, die hätten das mit dem Teamleiter wirklich ernst gemeint, hat geglaubt, er wäre beliebt. Dabei wollten sie bloß dem Daddy einen Gefallen tun – damit Kane aus dem Weg war. Dieser Schwachkopf.«

Cato hatte einen Gedanken und verfolgte ihn aus reiner Neugier. »Und was ist mit dem Junior?«

»Mit dem unglaublichen Balg? Das ist der Kümmerling in dem Wurf. Kerry hat ihn gekriegt, da war sie für so was schon zu alt. Der ist schon kaputt rausgekommen.« Grant verzog seine Oberlippe nach oben wie Elvis und schielte, um zu veranschaulichen, was er meinte. »Sie wollen ihn dafür entschädigen, also lassen sie ihm immer seinen Willen.«

»Er ist was Besonderes, ja?«

»Jedenfalls glaubt er das, und sie sagen es ihm auch dauernd. Und er kann nicht damit umgehen, dass das außer seiner Familie niemand so sieht. Kriegt alle naselang Tobsuchtsanfälle. Dass eure Polizei-Tussi ihm eins mit dem Taser gegeben hat, das war die beste Nachricht der Woche. Vielleicht seid Ihr doch gar nicht so übel, was?« Grant schlürfte nachdenklich von seinem Bier und lächelte vor sich hin. »Kane ist stinksauer deswegen. Der Papa nimmt den kleinen Pinscher abends meistens mit raus zum Schießen: Karnickel, Kängurus, Emus, Katzen – mit Kane hat er das nie gemacht.«

Cato hatte genug über die Familienverhältnisse gehört und wechselte das Thema. »Vorletzter Freitag, erinnern Sie sich noch?«

Travis tat, als überlege er angestrengt. »Was ist damit?«

»Wenn Sie morgens die Leute von Paddy's Field abholen, wann machen Sie das?«

Travis studierte den Boden seines Glases. »Kommt drauf an, wie weit die Arbeitsstelle gerade weg ist. An einem Tag können sie auf einer Baustelle arbeiten, am nächsten auf einer anderen.«

»Und an dem Tag?«

»So um halb sechs, sechs.«

»Da war es noch dunkel, oder?«

»Glaub nicht. Die Sonne war wohl gerade aufgegangen, dann ist es normalerweise schon hell genug.«

»Hell genug für was?« Cato legte den Kopf schräg.

»Dass man sehen kann, ohne Scheinwerfer.« Travis Grant hatte kapiert. Die Unterhaltung bewegte sich wieder auf gefährlichem Territorium.

»Haben Sie an dem Morgen was gesehen?«, fragte Cato.

»Ein paar Caravans, Schafe...« Travis lächelte listig vor sich hin. »Ein paar Schlitzaugen.«

»Irgendwas, was anders war als sonst? Ungewöhnlich? Unerwartet?«

»Zum Beispiel?« Travis hielt Catos Blick eine Sekunde lang stand, dann schaute er sich träge im Raum um.

»Das sollen Sie mir sagen.«

»Nein. Nichts.« Mit einem langen Zug trank Travis sein Bier aus. »Sind wir fertig?«

Cato schüttelte den Kopf und bestellte mit einem Winken eine weitere Runde. Die Barfrau schaute Travis an, als frage sie ihn um Erlaubnis. Er zwinkerte ihr beruhigend zu.

Cato sah auf die Uhr an der Wand, halb fünf. Neue Nachrichten auf den Bildschirmen: Nach den Diagrammen zu urteilen waren es heute die Banken und die Bergleute, die den Aktienmarkt in die finsteren Tiefen der Hölle hinunterzogen. Niemand warf einen zweiten Blick darauf. Inzwischen hatte Mark McGowan, unterstützt von Sergeant Paul Abbott und Jessica Tan aus Ravensthorpe, vermutlich angefangen, mit den anderen Bewohnern der beiden Caravans zu sprechen. Von Duncan Goldflam und dem Suchtrupp auf Paddy's Field war bisher keine Nachricht gekommen.

Cato bedeutete Travis, sich näher zu ihm zu beugen, weil er etwas Vertrauliches mit ihm besprechen wollte. »Warum schützen Sie die?«

»Wen?«

Cato deutete mit dem Daumen über die Schulter in die Richtung von Paddy's Field, über zwanzig Kilometer entfernt. »Die Chinesen, einer von denen hat ja schon gestanden. Was bedeutet das für Sie? Ich dachte, Sie würden uns viel mehr helfen, Travis.«

Die Getränke kamen. Grant zwinkerte der Barfrau erneut zu und lächelte. Mehr als nur Freunde, mutmaßte Cato.

Travis trank einen langen Zug, wischte sich mit dem Handrücken den Schaum von den Lippen und beschenkte den Raum mit einem sprudelnden Rülpser. »Ich schütze niemanden. Machen Sie mit denen, was Sie wollen. Hab ich nichts mit zu tun.«

»Also war an dem Morgen nichts anders als sonst?«

»Nichts.«

»Und was ist damit, dass einer der Chinesen nicht zur Arbeit erschienen ist? Haben Sie sich nicht gefragt, wo er steckte?«

Ein theatralisches Achselzucken. »Hat eben krank gemacht. Wäre ja nicht das erste Mal gewesen.«

»Und Sie haben nicht im Caravan nachgesehen, nicht schnell mal nach ihm geguckt?«

»Wieso denn? Nix Arbeit, nix Geld. In diese Flohlöcher würden mich keine zehn Pferde reinkriegen, wer weiß, was man sich da drinnen holt.«

»Chen soll Ihr Mittelsmann gewesen sein, und er ist nicht zur Arbeit gekommen. Und da sagen Sie, Sie wären kein bisschen neugierig? Würde Keith so was denn nicht wissen wollen?«

Es war nur ein schnelles Flackern, aber Cato hatte es gesehen. Unsicherheit. Angst? Da würde er später nachbohren. Jetzt versuchte er es aus einer anderen Richtung.

»Sagen wir mal, jemand will sich krank melden, wie kontaktiert er Sie?«

»Was?«

»Ich nehme an, Sie möchten doch möglichst früh erfahren, ob jemand krank ist, damit Sie Ersatz organisieren können, oder?«

»Kann sein.« Wieder lächelte Grant listig. »Oder vielleicht nehmen wir die Leute, die da sind, einfach härter ran.«

Cato stocherte ein bisschen im Dunkeln. »Chen war Ihr Mittelsmann. Er hatte doch sicher ein Handy, oder?«

»Ja, aber das hätte da draußen nicht funktioniert. Kein Empfang.«

Und unter Hai Chens gesammelten Habseligkeiten befand sich auch gar kein Handy, fiel Cato auf.

»Wie war seine Handynummer?«

»Was?«

»Chens Nummer. Sie haben ihn doch in Ihrer Kontaktliste stehen, oder?«

Travis nickte, griff in seine Tasche und scrollte seine Telefonnummern durch. Cato schrieb Chens Nummer auf, um sie für die weiteren Ermittlungen zu verwenden.

»Dann bringt ein Handy da draußen also nicht viel?«

»Nein, aber wenn man etwa einen Kilometer nach Norden läuft, kommt man zur Landebahn. Da hat man dann Empfang.«

»Klingt ja wie im Paradies.«

»Das hält sie fit.« Travis grinste spöttisch.

Die späte Nachmittagssonne war hinter jagenden Wolken verschwunden, deren Schatten die Szene in der Bar plötzlich noch mehr verdüsterten. Cato sah, dass Travis die Geduld verlor und keine Lust mehr zur Mitarbeit hatte: Kein Augenkontakt, gelangweilte Gesten, Blicke auf die Armbanduhr.

»Wo sollten die Leute an dem Tag arbeiten?«

Travis tat so, als müsse er wieder nachdenken. »Am vorletzten Freitag, sagen Sie?«

Cato nickte.

»Dieses Team hat vermutlich an der Süßwasser-Pipeline gearbeitet. Draußen an der Mason Bay Road.«

»Wie weit ist das von ihrer Unterkunft entfernt?«

»Luftlinie vielleicht dreißig Kilometer?«

»Und die Leute kommen nur dahin – oder auch anderswohin –, wenn Sie sie fahren?«

»Ganz richtig, ich bin eigentlich bloß ein besserer Chauffeur, mehr nicht.«

»Aber gut bezahlt.«

Travis schaute über den Rand seines Glases. »Jeder gegen jeden, mein Lieber. Wir müssen ja alle sehen, wie wir klarkommen. Die kommen schon ganz gut zurecht, Ihre Freunde da draußen, keine Sorge. Viel besser als zu Hause, vermute ich mal.«

»Gibt Keith Ihnen denn auch anständig was ab?«

Ein Stirnrunzeln und wieder ein unsicheres, misstrauisches Flackern.

Cato hüpfte um die Fragen herum und ließ Travis keine Zeit, zur Ruhe zu kommen. »Also haben die Leute auf Paddy's Field überhaupt keinen Zugang zu einem Fahrzeug, außer über Sie?«

»Soweit ich weiß.« Travis nickte irritiert, es fiel ihm schwer, sich zu konzentrieren.

»Wenn also Guan Yu, wie er sagt, am Donnerstag vor einer Woche da draußen einen Mann umgebracht hat und die Leiche am Freitagmorgen verschwunden war, dann muss er Hilfe gehabt haben. Und der einzige Mensch mit Auto, den er kennt, das sind Sie, Travis.«

Grant knallte sein Glas auf den Tisch und hob abwehrend beide Hände. »Nichts da, Freundchen. Was die Ärsche da verbrochen haben, ist denen ihr Bier. Ich hatte damit nichts zu tun.«

Im Pub wurde es still, so wie man es manchmal im Film sah. Die Barfrau griff nach der Fernbedienung und stellte den Ton zu *Reich und schön* an. Jemand fand gerade heraus, dass er mit seiner lange verloren geglaubten unehelichen Schwester geknutscht hatte. Cato betrachtete die Gesichter der hartgesottenen Nachmittagstrinker, die nie reich gewesen und schon lange nicht mehr schön waren. Kein Wunder, dass die Serie ihnen ohne Ton lieber war; zu sehr wie im wirklichen Leben. Einer von Travis' Kumpanen sah von seinem Poolbillard auf und schlug sich mit dem Stock in die Hand.

»Alles okay, Trav?«

Cato war bewusst, dass ein weiterer Kumpel sich lautlos rechts hinter ihn gestellt hatte. Er packte sein Glas Limonensprudel, nicht gerade die coolste Waffe, aber seine Pistole war im Bullenmobil eingeschlossen. Wenn er zuerst dem Kerl mit dem Billardstock Limonensprudel über den Kopf gießen und dann Travis' Gesicht auf die Tischkante hauen würde, könnte er gewinnen, überlegte er. Das Problem war nur, dass er nicht sehen konnte, ob der Kollege hinter ihm auch etwas in der Hand hielt, ein Radler vielleicht.

Travis traf eine Entscheidung, aber erst, nachdem er Cato deutlich zu verstehen gegeben hatte, wer hier in der Überzahl war. »Ja, alles gut.«

Die paar Trinker nahmen ihre Gespräche wieder auf, und auf dem Billardtisch klickten erneut die Kugeln.

Catos Stimme war kaum ein Murmeln. »Was haben diese Ärsche gemacht, Travis?« Keine Antwort. »Und wenn Sie denen nicht geholfen haben, wer war es dann?«

Travis schüttelte den Kopf und starrte in die Tiefen seines Glases. »Fragen Sie mich doch nicht, Sie sind ja von der Kripo, und wenn Sie mich nicht verhaften wollen, bin ich hier jetzt durch. Danke für das Bier.«

Travis sprang von seinem Hocker, die Autoschlüssel klimperten in seiner Hand.

Cato deutete mit dem Kopf darauf. »Lassen Sie mir die Schlüssel hier.«

»Ich habe nur die beiden Bierchen getrunken, Sie können mich ja pusten lassen, wenn Sie wollen.« Travis wandte sich zur Tür.

Catos Stimme wurde hart. »Hierlassen. Die Spurensicherung wird sich den Wagen anschauen wollen.«

»Dann aber bitte ganz offiziell. Entweder Sie besorgen sich ein Papier, oder Sie hauen jetzt ab.«

Den letzten Satz sagte Travis so laut, dass alle ihn hörten. Die Tür schloss sich hinter ihm. Vom Poolbillard-Tisch kam ein Juchzer. Die Barfrau sah erhitzt aus.

Cato fand ihn draußen auf der anderen Straßenseite in einer Parkbucht. An den Pubfenstern wimmelte es plötzlich von Gesichtern. Travis Grant hatte die Fahrertür des Minibusses schon geöffnet und kletterte gerade auf den Sitz. Cato gab der Tür einen Tritt, sodass sie mit voller Wucht gegen Grants rechte Seite krachte, gegen Bein, Arm und Schulter. Ein unterdrückter Schmerzensschrei und ein Strom von Flüchen. Cato riss die Tür wieder auf, zerrte Travis aus dem Wagen und legte ihn mit dem Gesicht in den Schotter, wobei er dafür sorgte, dass es ein paar Kratzer abkriegte. Er steckte die Autoschlüssel in die Tasche, kniete sich auf Travis' Rücken, legte ihm Handschellen an und zog ihn dann auf die Füße.

»So, jetzt gehen wir und kümmern uns um den Papierkram, ja?«

Travis' Kumpel hatten den Pub verlassen und steuerten zielstrebig über die Straße auf sie zu. Cato Kwong entdeckte ein Brüllen in sich.

»Zurück!«

Sie gehorchten. Im Polizeigriff führte Cato Travis mitten auf der Veal Street die etwa hundert Meter bis zur Polizeiwache im Seenotrettungsschuppen hinunter.

29

Mittwoch, 15. Oktober. Früher Abend.

»Das ist einfach ungeheuerlich!«

Henry Hurley war eingetroffen. Detective Inspector Mick Hutchens machte eine beschwichtigende Geste. Zumindest hielt er sie wohl für beschwichtigend – auf einen zufälligen Beobachter hätte sie auch bedrohlich wirken können. Hutchens hatte Boxerhände, hart und überraschend groß, sie verrieten, dass der untersetzte, forsche Kripobeamte ursprünglich aus dem Straßenkampf-Milieu stammte. Er hatte Hurra-Henry zwei Minuten für seine zu erwartende Schimpftirade zugestanden. Jetzt war die Zeit dieses Kobolds in Nadelstreifen abgelaufen.

Justin Woodward hatte eine verwegene, hochmütige Miene aufgesetzt. Lara flüsterte Hutchens zu, dass er sie an Hugh Grant erinnere.

»An wen?«, flüsterte Hutchens mit einem verstohlenen Blick in ihre Bluse zurück.

Natürlich wusste er, wer Hugh Grant war. Das war doch dieser britische Schauspieler, der in den USA bei einem Blowjob mit einer Nutte verhaftet worden war. Geile Nummer.

Lara begann, die Papiere in eine Mappe zu schieben. Sie wirkte ungeduldig. Auf dem Weg hierher hatten sie besprochen, dass sie diesmal an der Reihe war, den bösen Cop zu spielen. Bei dem Gedanken hatte Hutchens einen leichten, erregenden Schauder verspürt. Nebenan wurde ruhig und geduldig die Freundin, Angelique, mürbe gemacht, von ein paar zweitklassigen Kripobeamten mit kalten Augen und ausdruckslosen Stimmen. Sie suchten nach Rissen in ihrem Alibi. Das musste wie eine qualvolle Betriebsprüfung durch die Finanzbeamten der Hölle sein. Wenn sie nicht unter den erbarmungslosen Fragen zusammenbrach, dann würde sie vermutlich vor lauter Langeweile zusammenklappen, denn sie würde die beiden stundenlang anschauen müssen. Hutchens räusperte sich, als Stichwort für alle weiterzumachen.

»Hier sind neue Indizien ans Licht gekommen, Mr Hurley. Wir brauchen die Unterstützung Ihres Mandanten, damit wir Fragen beantworten können, die sich aus diesen Entwicklungen ergeben.«

»Hat er die Freiheit, jederzeit den Raum zu verlassen?«

»Selbstverständlich«, log Hutchens.

Sie hatten ihre Strategie schon ausgearbeitet. In jedem Fall hatte Hutchens die Absicht, Justin Woodward heute offiziell wegen Mordes anzuklagen. Falls Woodward bereitwillig weitere Fragen beantworten sollte, schön. Aber auch wenn er zumachte, war Hutchens zuversichtlich, dass er den Fall in der Tasche hatte. Woodward war schon Geschichte, tot und begraben. Und übermorgen sollte in Perth Jim Buckleys

Beerdigung stattfinden. War das nicht die beste Grabrede, die der arme Kerl sich hätte wünschen können? Hurley und Woodward hatten ihr Geflüster beendet. Der Rechtsanwalt nickte knapp. Also los.

Lara hörte auf, ihre Papiere herumzuschieben. Die Aufnahme lief, die Formalitäten waren erledigt. »Erzählen Sie mir von Freddy Bataam.«

»Von wem?« Justin Woodward zog wieder genau wie Hugh Grant eine Augenbraue hoch.

»Freddy Bataam, Indonesier, alias Freddy Sudhyono, sein richtiger Name ist Riri Yusala.«

»Sie haben mich letztes Mal schon nach ihm gefragt. Wie ich da schon sagte, ich habe nie von ihm gehört.«

»Nein?«

»Nein.«

»Merkwürdig. Er kennt Sie.«

Woodward sah mit seinem Schlafzimmerblick zu Lara hoch und zuckte die Achseln.

»Ein Achselzucken ist keine Antwort auf meine Frage, Mr Woodward.«

»Auf welche Frage?«

»Freddy Bataam behauptet, er würde Sie kennen. Bleiben Sie bei Ihrer Aussage, dass Sie ihn nicht kennen?«

»Richtig.«

»Er sagt, er sei ihr Lieferant.«

Woodward verdrehte die Augen und schüttelte den Kopf.

Sein Anwalt stieß einen genervten Seufzer aus. »Ist das Ihr neues Indiz, Mr Hutchens? Die Behauptung eines Verbrechers?«

»Wer hat gesagt, er wäre ein Verbrecher?« Hutchens mit eisiger Stimme.

Hurley machte eine wegwerfende Handbewegung zu Lara hin, der Subspezies im Raum. »Ihre Kollegin. ›Lieferant‹, hat sie gesagt.«

Lara zog einen Bogen aus ihrer Mappe. »Mr Yusala, oder Freddy Bataam, ist nicht vorbestraft.«

Und als Folge ihrer kleinen Unterhaltung in Albany würde das vorläufig auch so bleiben. Der Wagen voller Drogen und minderjähriger Mädchen würde sich in ein

Rauchwölkchen auflösen. Das jedenfalls hatte sie ihm versichert. Hutchens hatte beifällig gelächelt, als er das hörte, solchen Quark hätte er dem Schwein ebenfalls untergejubelt.

Henry Hurley schüttelte den Kopf. »Wenn das alles ist, was Sie haben, dann beenden wir diese Farce jetzt.«

Hutchens machte wieder die bedrohlich beschwichtigende Bewegung mit seinen Boxerhänden. »Wir müssen uns noch mit ein paar anderen Dingen befassen.«

Justin Woodward tätschelte seinem Anwalt zuversichtlich den Arm und zwinkerte Hutchens zu. »Aber gerne doch.«

Travis Grant war wegen Widerstands gegen die Staatsgewalt verwarnt und dann nach Hause geschickt worden, zu Fuß. Sein Minibus wurde beschlagnahmt, und ein müder, missmutiger Duncan Goldflam delegierte die Aufgabe, ihn einmal flüchtig auf mögliche Spuren hin durchzusehen, an seinen pickeligen Assistenten Mark Hamlyn. Cato hätte es lieber nicht so flüchtig gehabt, aber er wollte nicht zu hoch pokern. Es war unwahrscheinlich, dass die Leiche mit dem Minibus transportiert worden war; das Fahrzeug hätte Vierradantrieb haben müssen, um mit einem Boot im Schlepp ganz bis zur Starvation Bay rauszukommen. Außerdem hatte der Minibus keine Anhängerkupplung – aber wer konnte wissen, was seine Durchsuchung ergeben würde? Zumindest war er für einen Tag oder so aus dem Verkehr gezogen, und das würde den Betrieb von SaS Personnel hoffentlich noch weiter stören. Alles, was Keith Stevenson und Travis Grant das Leben schwer machte, war für Cato von Vorteil. Dabei fiel ihm ein, er musste ja noch den Tierschutzverein anrufen, wegen der klapperdürren Schafe auf Paddy's Field.

Das Absuchen der Schafweide hatte nichts ergeben. Keine Mordwaffe, keine Leichenteile, keine frisch aufgeworfene Erde, kein Blutbad. McGowans kleines Ermittlungsteam befragte noch immer die Bewohner der Caravans, und er hatte noch nichts verlauten lassen. Cato sah auf seine Uhr: schon nach sieben. Er beschloss, Feierabend zu machen, er hatte genug. Klar, nach der Explosion von Mathers Wohnwagen waren sie alle die ganze Nacht auf den Beinen gewesen, aber dieses Gefühl der totalen Erschöpfung hatte erst in den letzten beiden Stunden oder so eingesetzt. Hatte es ihn einfach alles eingeholt? Nein. Es war die Gewalt Travis Grant gegenüber gewesen, die ihn so ausgelaugt hatte. Ach so, ja, und Lara Sumich. Cato hatte noch etwas anderes festgestellt. Er war müde, ja, aber die verkrampften Knoten in Hals und Schultern waren verschwunden. Mehr brauchte es dazu nicht? Bloß einen guten Fick und einmal ordentlich zuschlagen? Jämmerlich. Trotzdem, so war es wohl.

Cato schaltete den Computer aus und suchte nach einem Schlüssel für den Seenotrettungsschuppen. Greg Fisher hatte einen und Tess Maguire hatte zweifellos den anderen. Wo sie sich wohl gerade aufhielt? Vermutlich war sie in Esperance inzwischen fertig und auf dem Rückweg. Cato klickte das Sicherheitsschloss zu und ließ die Tür hinter sich zufallen. Wie er wieder reinkam, darüber würde er sich Gedanken machen, wenn es so weit war. Der Wind hatte sich gelegt. Es war noch hell draußen, ein perfekter Abend für ein Barbecue, wenn er Familie oder Freunde oder auch nur Kollegen gehabt hätte. Er fragte sich, wie es Lara Sumich wohl ging. Ihre Begegnung am Morgen verblasste bereits in unwirklicher Ferne. Cato versuchte, das nervige Gefühl abzuschütteln, dass sie nicht zusammen gevögelt hatten, sondern dass Lara ihn aufs Kreuz gelegt hatte.

Dabei fiel ihm etwas ein. Schuldbewusst überlegte er, Jane und Jake anzurufen. Er jonglierte mit dem Handy in der Handfläche, dann zog er seine Brieftasche hervor und sah sich das Foto darin an. Es war in glücklicheren Zeiten aufgenommen worden, an der Little Salmon Bay auf Rottnest. Cato hinter der Kamera, Jane sonnengebräunt und lächelnd in rotem Badeanzug, gelben Schwimmflossen und mit blauer Schnorchelausrüstung. Und Cato konnte sich nicht entsinnen, dass Jake jemals so glücklich ausgesehen hatte wie auf diesem Foto. Es war genau drei Tage, bevor man ihn zu der internen Befragung geladen hatte, entstanden. Cato steckte sein Handy wieder ein; er wusste nicht, was er den beiden sagen konnte, um sie auch nur ansatzweise für das zu entschädigen, was er ihnen angetan hatte. Nachdenklich wanderte er zum *Taste of the Toun*, um sich die Speisekarte anzusehen.

Justin Woodward war bleich geworden. Er sah aus, als wolle er sich übergeben. Langsam schüttelte er den Kopf, den Blick auf seinen Lieblingspunkt auf der Tischplatte geheftet. Henry Hurley machte sich auf seinem gelben Schreibblock wie wild Notizen. Mick Hutchens beugte sich vor, mit hochgezogenen Augenbrauen, als höre er das alles zum ersten Mal. Lara zählte die Punkte an den Fingern ab.

»Also, da haben wir die Tatsache, dass Sie den Pub verlassen haben, ohne auszutrinken, gerade als Jim Buckley hereinkam. Wir haben ein längeres Telefongespräch zwischen Buckley und Ihnen am Vortag. Wir haben Freddy Bataam, Ihren Lieferanten, der uns berichtet hat, dass Sie am selben Tag vorher im Pub mit ihm gesprochen haben und dass Sie, Zitat, sich um Buckley kümmern wollten. Wir haben das Video aus der Überwachungskamera des Pubs. Es bestätigt, dass Sie und Freddy Bataam zur gleichen Zeit dort gewesen sind…«

Leider zeigte das Video die beiden nicht im Gespräch, aber es würde hoffentlich Yusalas Aussage unterstreichen.

»Wir haben Ecstasy-Pillen und Spuren von Crystal Meth in Ihrem Imbisswagen gefunden, und wir haben Jim Buckleys Haare auf Ihrer Jeans.« Lara deutete mit dem letzten Finger in seine Richtung.

Woodward starrte auf den Tisch. »Sie sind verrückt. Das ist alles nicht wahr.«

»Doch, Justin. Soll ich Ihnen sagen, was meiner Ansicht nach passiert ist?«

Woodward schüttelte wieder den Kopf. Wenn das eine ablehnende Antwort sein sollte, ignorierte Lara sie.

»Sie haben sich hier mit Ihrer Freundin ein neues Leben aufgebaut – Kaffee und Kuchen, das lief gut, und daneben Ecstasy und Ice für die Bergleute mit Geld in der Tasche. Da kommt Detective Sergeant Jim Buckley in die Stadt, ein Gesicht aus der Vergangenheit, und er erkennt sie wieder. Der Wagen wird durchsucht, und Jim Buckley findet die Drogen anscheinend nicht. Große Erleichterung. Dann ruft er Sie an. Er hat den Stoff doch gefunden, und er will den Mund halten, aber dafür will er Geld von Ihnen …«

Woodward prustete und schüttelte nachdrücklich den Kopf. Er verzog die Lippen. »Das ist Blödsinn. Bei dem Anruf von Buckley ging es um seine Schlüssel. Nur eine einzige Sache an der Geschichte war anders, Angelique hat nämlich den Anruf entgegengenommen, nicht ich, deswegen hatte ich mir Sorgen gemacht. Ich habe erst später davon erfahren, als sie es mir erzählt hat. Ich wollte sie aus der ganzen Sache raushalten.«

Lara seufzte und sprach weiter. »Freddy Bataam kommt in die Stadt, um seine Ware abzuliefern. Sie erzählen ihm von Buckley, sieht so aus, als könnte Ihr lukratives kleines Unternehmen ins Schleudern geraten. Er will wissen, was Sie dagegen zu tun gedenken. Sie schulden ihm immer noch Geld für die letzte Lieferung. Er wird ungeduldig, er kennt ein paar fiese Leute. Sie sagen ihm, dass Sie das erledigen werden. Später kommt Jim Buckley in den Pub. Will er eine Antwort von Ihnen? Will er sein Geld? Sie verlassen den Pub. Gehen nach Hause. Denken nach. Sie überlegen, was da zu tun ist. Sie nehmen Ihren Mut zusammen …«

»Verdammtes Scheißmärchen. Ich gehe jetzt.« Woodward tat so, als wolle er aufstehen.

Hutchens beugte sich über den Tisch und schob ihn sanft auf seinen Sitz zurück. »Fast fertig.«

Lara war in Fahrt. »Später kommen Sie dann wieder. Sie sehen, dass Buckley noch im Pub ist. Sie warten ab, bis er geht. Sie folgen ihm zur Buhne hinunter. Er ist beschäftigt, er telefoniert auf seinem Handy, er raucht. Er hört nicht, wie Sie sich von hinten nähern. Sie heben einen von diesen großen Steinen auf, aus denen die Buhne aufgeschichtet wurde. Sie schlagen ihm damit gegen den Hinterkopf. Er liegt auf dem Boden, ist aber noch nicht tot. Sie machen ihn kalt. Nicht elegant, nicht raffiniert, aber die Sache ist erledigt.«

Justin Woodward sprang von seinem Stuhl auf, hechtete über den Tisch und packte Lara an der Kehle. Ihr Stuhl flog nach hinten, und die beiden landeten ineinander verkrallt auf dem Fußboden. Hutchens schaute interessiert zu. Mr

Scheißfreundlich sah im Moment nicht mehr so gut aus wie sonst. Seine Lippen waren mit Speichel besprenkelt, eine Rotzblase hing an seiner Nasenspitze, die blutunterlaufenen Schlafzimmeraugen quollen aus den Höhlen. Seine Hände hielten Laras Hals fest umschlossen, die Daumen drückten in ihre Luftröhre.

Henry Hurley hüpfte von einem Bein aufs andere und wedelte dabei mit den Händen wie ein Entenküken, das vorzeitig zum Fliegen gezwungen wird. Ein paar Uniformierte stürzten zur Tür herein und sahen zu Hutchens hinüber, um Anweisungen zu erhalten. Er löste die Pistole vom Gürtel des Mannes, der ihm am nächsten stand, kniete sich hin und drückte Justin Woodward den Lauf in den Nacken.

»Das reicht, mein Freund«, sagte er sanft, wie zu einem Sohn.

Woodward sackte in sich zusammen. Besiegt. Er fing an, leise zu schluchzen. Lara Sumich schob ihn weg und machte sich daran, ihre Fassung wiederzugewinnen.

Hurley wedelte immer noch mit den Händen. »Ich muss wirklich protestieren.«

Hutchens gab dem Polizisten die Waffe zurück und wandte sich an Hurra-Henry. »Gehen Sie vor. Nur zu. Lara, klagen Sie Mr Woodward wegen Mordes an und sperren Sie ihn ein.«

30

Donnerstag, 16. Oktober. Morgendämmerung.

Jenny Miller schauderte es. Diese jammervolle, zum Teil in Verbandmull gehüllte Gestalt, die an Schläuchen, Monitoren und Infusionen hing, konnte doch nicht Stuart sein. Das Haar auf der rechten Kopfseite war verbrannt. Von dort bis etwa zur Mitte seines Brustkorbs und seines rechten Armes war nur rosarotes, rohes Fleisch zu sehen. Das rechte Ohr war ein unförmiger Klumpen. Das rechte Auge fehlte. Der Geruch in der Luft stammte nicht nur von den Krankenhauschemikalien. Es roch nach Kochen. Aber vielleicht war das auch einfach der Frühstückswagen, der gerade seine Runde machte. Für das Ohr und die rechte Gesichtshälfte würde Wiederherstellungschirurgie nötig sein. Und sonst überall Hauttransplantationen. Die Ärztin sagte, Behandlung und Therapie würden Monate und Jahre dauern. Nach und nach würde er dann wieder halbwegs wie ein Mensch aussehen, aber er würde nie wieder der Mann sein, der er einmal gewesen war. Anscheinend war die Ärztin eine international anerkannte Kapazität auf dem Gebiet der Behandlung von Verbrennungen. Warum also konnte sie ihn nicht wieder zu Stuart machen?

Jenny hatte die ganze Nacht an seinem Bett gesessen. Er hatte einen Cocktail aus Beruhigungsmitteln, Schmerzmitteln und weiß Gott was noch bekommen und war bewusstlos. Auch Jenny hatte man Medikamente angeboten, zur Linderung ihres eigenen Schmerzes, aber sie hatte abgelehnt. Das war nicht ihre Art. Sie hatte während dieser unruhigen Nacht an ihre gemeinsamen Jahre gedacht: an die frühe Zeit in Sunderland, als Stuart noch bei der Polizei gewesen war und sie nach dem College in Edinburgh ihren ersten Job gehabt hatte. Nach dem Studium in Schottland hatte sie in Geordieland arrogante Engländer unterrichtet. Stuart hatte ehrgeizig und leidenschaftlich gearbeitet und war nur selten zu Hause gewesen. Trotzdem, sie hatten viel gelacht und gute Zeiten und gute Freunde gehabt. Dann die Morde beim FA-Cup-Finale. Sie hatten einen Schatten über die ganze Stadt geworfen, über ihre Familie und ganz besonders über Stuart. Als wäre an jenem Tag tief in seinem Inneren etwas zerschlagen worden. Seitdem war er traumatisiert, so wie Davey Arthurs' Vater nach seinen Kriegserlebnissen.

Australien, ein neuer Anfang. Sonnenschein, Strände, Fliegen. Alles war fremd und neu, aber dann auch wieder nicht. Sie lebten sich ein, die Familie wuchs, sie kamen zu Wohlstand, zogen nach Busselton und die Kinder zogen aus. Graeme, ihr Ältester, hatte zwar eingeräumt, dass Busselton ein hübsches kleines Städtchen sei, doch für ihn fühle es sich an wie ein offenes Gefängnis für Ruheständler. »Auf halbem Weg ins Paradies«, hatte er es genannt. Im Grunde waren Stuart und sie glücklich. Na ja, jedenfalls zufrieden. Sie fühlten sich wohl. Zusammen. Das hatte Jenny als gegeben hingenommen, bis sie ihn vor zwei Jahren beinahe verloren hätte: die Schmerzen in der Brust, die Angst vor einem Herzinfarkt und jetzt das Pillen-Programm. Zu dem Zeitpunkt war sie selbst überrascht gewesen, wie sehr ihr daran lag, ihn nicht zu verlieren. Es war ein machtvolles Gefühl gewesen. Dieses Gefühl brauchte sie jetzt wieder, mehr denn je.

Jenny Miller betrachtete ihren schlafenden Mann. In zwei Wochen war ihr vierzigster Hochzeitstag. Sie betete, dass sie die Kraft haben würde, das alles zusammen mit ihm durchzustehen. Sie betete, dass sie für ihn da sein könnte und würde, in guten und in schlechten Zeiten, wie sie es gelobt hatte. Sie betete, dass sie später sein rohes, vernarbtes Gesicht anschauen und den Mann sehen könnte, den sie einst geheiratet hatte. Kalte Panik stieg in ihr auf. Ihr graute. Bereits jetzt spürte sie, dass sie dem nicht gewachsen war.

Davey Arthurs, der Pokalfinale-Mörder. Stuart war überzeugt gewesen, dass der Mann auf dem Zeitungsfoto Davey war. Dann hatte er einen Anruf von Jim Buckley bekommen, der hatte ihn angeblich unten an der Südküste gesehen. Stuart war Feuer und Flamme gewesen, wie seit ihrer Hochzeit nicht mehr. Jane hatte sich sogar selbst von seiner Begeisterung anstecken lassen, wenn auch nur kurz. Hatte ihm bei der blöden Googelei geholfen, hatte seine Obsession noch angeheizt. Schon am nächsten Tag kam dann die schreckliche Nachricht von Jims Tod, und gleich am Montagmorgen hatte Stuart seine Taschen gepackt, mit wildem Blick. Und jetzt hatte sie ihn zurückbekommen, blind, bei lebendigem Leibe verbrannt und für sein Leben gezeichnet. Nicht zum ersten Mal wünschte Jenny Miller sich, Davey Arthurs wäre gleich nach der Geburt erdrosselt worden.

Mick Hutchens trat aus der Einsatzzentrale in der Gemeindehalle in das Sonnenlicht des frühen Morgens hinaus. Rechts und links neben ihm stellten sich Lara Sumich und einige uniformierte Beamte auf, um das Bild bunter und effektvoller zu machen. Kameras wurden auf Schultern geschwungen, Mikrofone nach vorn gestreckt. Hutchens ordnete seine Gesichtszüge zu etwas, das gewichtigem Ernst ähnelte.

»Heute Morgen kann ich die Erklärung abgeben, dass ein Mann angeklagt worden ist, Detective Sergeant James Buckley ermordet zu haben …«

Lara Sumich lächelte kurz; sie trug einen bunten Seidenschal um den Hals, der ausschließlich dazu diente, auf die nur halb darunter versteckten blauen Flecken aufmerksam zu machen.

Hutchens war noch nicht fertig. »Justin Anthony Woodward ist nach Albany gebracht worden und wird heute im Laufe des Tages vor einem Ermittlungsrichter erscheinen …«

Eine Frage aus der Menge: »Sie hatten ihn doch neulich schon einmal verhaftet, dann aber wieder freigelassen. Was hat sich geändert?«

»Neue Indizien sind ans Licht gekommen, die wir zu gegebener Zeit vorlegen werden.«

»Ist Mr Buckleys Familie schon informiert?« Das war Belinda Thingy von Channel Nine, Anteil nehmend und einschmeichelnd.

»Ja, die Familie wurde informiert. Morgen findet Sergeant Buckleys Beerdigung statt, und selbstverständlich sind unsere Gedanken zur Zeit in erster Linie bei seiner Familie.«

Hutchens kam zum Ende, er beantwortete zwar noch ein paar Fragen, aber seine Körpersprache drückte aus, dass es Zeit zum Gehen war. Die Reporter gaben vor den Kameras ihren Sermon ab und schlossen sich dann dem Massenexodus nach Albany an.

Tess Maguire schlürfte aus ihrem Teebecher und stellte das Radio aus. *Snak-Attack*-Justin, von Hutchens wegen Mordes an Jim Buckley verhaftet. Schwer zu glauben, aber zu was Menschen fähig waren, überraschte sie schon lange nicht mehr. Das ergab sich aus ihrem Job. Hoffentlich würde der Hutchens-Zirkus bald seine Zelte abbrechen, damit sie alle wieder zum normalen Alltag zurückkehren konnten – von dem Vorwurf, dass sie den Jungen getasert hatte, einmal abgesehen. Und natürlich gab es auch noch Cato und Flipper. Vielleicht sollte sie mal anrufen und ihn fragen, wie es lief.

Melissa winkte, als sie aus dem Haus zum Schulbus ging, nicht richtig fröhlich, sondern eher entschlossen, unabhängig.

Tess winkte zurück: »Schönen Tag dir. Bis heute Nachmittag.«

Wie die mustergültige Familie Walton in Waltons Mountain – beinahe.

Tess fühlte sich ausgeruht und wohl. Gestern am frühen Abend war sie aus Esperance zurückgekehrt. Sie hatte ordentlich gegessen, kurz und ohne Konfrontation mit Melissa gesprochen und war früh ins Bett gekommen. Was sie mit dem taubenblauen Getz anfangen sollte, hatte sie sich noch nicht überlegt. Irgendwann musste der Wagen zur Autovermietung in Esperance zurück. Koo und der kleine Johnny: Was machten die beiden bei einem Ungeheuer wie Djukic? Sollte sie Koo warnen, sie über das wahre Wesen ihres Mannes aufklären? Ihr raten, sich zurückzuziehen, solange es noch Zeit war? Nein, dazu hatte sie in Esperance die Möglichkeit gehabt, ohne sie jedoch zu nutzen. Sich in Djukics Leben einzumischen, würde ihre eigenen Qualen nur verlängern. Tess trank ihren Tee aus und ging unter die Dusche.

»Herzlichen Glückwunsch.« Cato meinte es ehrlich.

Mick Hutchens mimte ganz kurz Bescheidenheit, dann nahm er das wohlverdiente Lob an. Ehre, wem Ehre gebührt. Er winkte großmütig zu Lara Sumich hinüber, die in der Nähe an einem Schreibtisch saß und mit Albany telefonierte, um noch einmal zu überprüfen, ob für Justin Woodwards Erscheinen vor Gericht alles organisiert war.

»Lara hat natürlich ganz viel Vorarbeit geleistet, sie ist wirklich eine Perle. Sie wird es weit bringen, wenn ich nicht aufpasse.«

Als Antwort lächelte sie sittsam. Hutchens wandte seinen huldvollen Blick wieder Cato zu. »Jetzt werden wir die Ermittlungen in dem Fall ein bisschen entspannter angehen. Erzähl mal, wie weit du gekommen bist.«

Cato berichtete. Er war froh, dass er sich auf die Arbeit konzentrieren musste, denn sonst hätte er auf die Stelle gestarrt, wo Laras Hals in ihre Schulter überging. Er hatte bisher weder etwas über die Spurensuche im Minibus gehört noch etwas von Paddy's Field erfahren, außerdem wartete er auf einen Bericht von Mark McGowan über die Befragung von Chens und Guans Mitbewohnern. Travis Grant wusste mehr, als er zugab, und schützte wahrscheinlich Keith Stevenson, seinen Chef, vor weiteren Nachforschungen. Die Verträge und die Kontoauszüge schienen auf eine größere finanzielle Abzocke in Kombination mit Ausbeutung hinzudeuten. Da Cato jetzt Hai Chens Handynummer hatte, wollte er sich seine Telefonlisten besorgen. Und, nicht zu vergessen, inzwischen war wissenschaftlich bewiesen, dass Guan Yus Mordgeständnis reiner Blödsinn war.

Hutchens zog die Nase hoch. »Was für ein Schlamassel.«

»Du drückst es mit einem Wort aus.«

»Wer sagt, dass du hier nicht einfach einem Phantom nachjagst?«

Cato tat so, als würde er die Frage nicht verstehen. »Wie meinst du das?«

»Ausbeutung, skrupellose Bosse, fehlende Handys, schwachsinnige Geständnisse. Niemand interessiert sich auch nur die Bohne für diese verdammte Chen-Geschichte – außer dir. Warum schicken wir diese verlogenen Streithähne nicht einfach nach Hause und legen die Sache zu den Akten?«

Cato fiel keine Antwort ein, in der nicht weltfremde Begriffe wie Wahrheit, Gerechtigkeit, richtig und falsch vorgekommen wären. Er hatte den deutlichen Eindruck, dass Mick Hutchens, nachdem sein Job erledigt und seine Aufgabe erfüllt war, seinen Schreibtisch abräumen und sich wieder nach Albany verziehen wollte. Cato wollte ihn nicht aufhalten, und zu viel Diskutieren hätte genau das bewirkt.

»Wie wäre es, wenn ich die Punkte, die zur Zeit noch auf der Liste stehen, abarbeite? Und wenn sich nichts zeigt – was ja wahrscheinlich ist –«, fügte er hinzu, um seinen Chef zu beruhigen, »bringe ich das hier zu Ende und schließe die Sache bis zum Wochenende ab.«

Hutchens rechnete. Heute war Donnerstag, Woodward

stand vor Gericht, war in Haft; morgen Buckleys Beerdigung. Ja, wenn Cato bis zum Wochenende hier alles abschließen wollte, war ihm das recht. Cato fragte ihn nicht, ob der Beginn oder das Ende des Wochenendes gemeint war. Er beschloss, das eigenständig zu entscheiden.

Hutchens wirkte abgelenkt. »Willst du zur Beerdigung?«

Darüber hatte Cato noch gar nicht richtig nachgedacht. »Was meinst du denn dazu?«

»Du warst doch sein Kollege, sein Partner, ich bin überrascht, dass du fragst.«

Cato nickte. »Ja, ich will hin.«

»Heute Abend um acht geht ein Flug, ich organisiere dir einen Platz. Bis dann.«

Da er offenbar entlassen war, stand Cato auf, um zu gehen, aber Hutchens war doch noch nicht fertig.

»Diese Sache mit dem explodierten Caravan, was hältst du denn davon?«

Cato zuckte die Achseln. »Bisschen merkwürdig. Duncan Goldflam glaubt anscheinend, dass es einfach ein Unfall war. Aber warum sind die beiden überhaupt da rausgefahren?«

Hutchens setzte ein schlechtes Pokerface auf. »Sie hatten einen Verdacht, meinte der junge Fisher. Tess Maguire hat im Krankenhaus mit ihm gesprochen. Anscheinend dachte Stuart Miller, ein Mann auf einem Zeitungsfoto, der wegen eines alten Mordfalls gesucht wird, könnte unser Einsiedler sein. Miller hatte an dem Tag mit mir gesprochen. Er hat mir von einem Fall erzählt, an dem er vor über dreißig Jahren zu Hause in England gearbeitet hatte, gleicher Tathergang. Übel.«

Daher das schlechte Pokerface, vermutete Cato. Hutchens wusste mehr über Millers Beweggrund, zur Starvation Bay hinauszufahren, als er zugab. Er war richtig erschüttert.

Hutchens entfaltete ein schön gebügeltes Taschentuch und putzte sich die Nase. »Jedenfalls findet Fisher, dass das Phantombild diesem Mather überhaupt nicht ähnlich sieht.«

Lara Sumich beendete ihr Telefonat und schlenderte nach hinten in die Küche. Bestimmt, um sich noch einen Kräutertee zu holen, schloss Cato. Mick Hutchens weidete sich einen Moment lang an dem Anblick, dann wandte er sich mit leiserer Stimme wieder an Cato. »Die Sache ist, dieser Engländer hat in der Mordnacht einen Anruf von Jim Buckley gekriegt, Buckley hat ihm gesagt, dass dieser Mordverdächtige sich in Hopetoun aufhält. Wahrscheinlich liegt eine Verwechslung vor, und es ist mit Sicherheit reiner Zufall, dass Woodward Jim Buckley ausgerechnet in der Nacht umgebracht hat, aber ich mag offene Fragen nicht. Und du auch nicht, denke ich.«

Sie warfen sich einen Blick zu, der von einem Jahre zurückliegenden Fall sprach.

»Also, wie wär's, wenn du in den nächsten Tagen hier ein bisschen für mich herumschnüffeln würdest? Wenn du die Zeit brauchst, können wir die Sache mit dem Chinesen auch noch ein paar Tage weiterlaufen lassen, wenn du möchtest…«

Cato lächelte. War es bei den Tests und Prüfungen also darum gegangen? Cato, der einsame Wolf, sollte seinem Chef mal wieder den Rücken freihalten? Hutchens öffnete seine Schreibtischschublade und reichte Cato einen DIN-A5-Umschlag.

»Den haben sie gestern aus Millers Auto geholt. Er hatte vor Fishers Haus geparkt. Weil so viel anderes los war, ist das untergegangen.«

Cato öffnete den Umschlag. Ein Notizbuch mit Spiralbindung lag darin.

Hutchens schnippte mit den Fingern zum Notizbuch hin. »Ich hab gestern Abend schon mal ein bisschen darin gestöbert. Das meiste ist Geschwafel, aber irgendwas hat Miller einfach keine Ruhe gelassen. Du bist doch ein helles Köpfchen, vielleicht kapierst du es ja.«

Cato wollte sich nicht von dem ablenken lassen, was er als seine wichtigste Aufgabe betrachtete: Flipper. Er schmiedete das Eisen, so lange es heiß war. »Vielleicht könntest du mir bis zum Ende des Wochenendes ein bisschen Unterstützung dalassen? McGowan? Ein paar Forensiker?«

Hutchens tat so, als würde er kurz darüber nachdenken, dann nickte er. »Gut, behalte McGowan, das erspart mir sein muffeliges Gesicht auf der Rückfahrt nach Albany. Und ich rede mit Goldflam und seinem Team, ob sie ein paar Tage länger bleiben können.«

»Danke.«

Entlassen. Cato begab sich auf schnellstem Wege in die Küche. Es war ein schmaler, enger Raum. Lara spülte gerade einen Becher aus, der Wasserkessel kochte schon fast.

»Morgen«, sagte Cato.

»Hi.« Wieder dieses Lächeln, halb spöttisch.

»Ich hab gedacht, vielleicht hast du Lust, dass wir uns nachher treffen?«

»Was?«

»Nachher. Auf einen Drink oder so?«

Dampf stieg aus dem Wasserkocher auf, als er auf der Arbeitsfläche blubberte und sich schüttelte. Lara legte ihre Hand auf Catos Hand.

»Hör mal, du bist ein netter Kerl und gar nicht schlecht im Bett.« Der Kocher schaltete sich aus. »Und zu dem Zeitpunkt war das genau das, was ich wollte.«

Auweia. Cato konnte ihr nicht länger in die Augen sehen und studierte das Blumenmuster auf ihrem Becher, während sie ihren Tee aufgoss.

»Aber was …«, Lara machte eine Pause, »feste Freunde angeht«, sie sah ihn fast entschuldigend an, »ist mir meine eigene Altersgruppe irgendwie lieber.«

Während sie sich auf dem Weg aus der Küche an Cato vorbeidrängte, tätschelte sie ihm tröstend die Schulter.

»Er ist weg.«

Das wurde allmählich zum Alltag. Erst Riri Yusala und die angehenden Vergewaltiger, jetzt das hier. Bernie Tilbrook, der diensthabende Beamte, war gleich neben dem Motel in Ravensthorpe gewesen, um sich um das Wohlergehen von Billy Mather zu kümmern. Doch offenbar hatte seit Mathers Ankunft niemand mehr nach ihm gesehen. Das Zimmer war leer und das Bett sah nicht so aus, als hätte jemand darin geschlafen. Mather war tatsächlich verschwunden, spurlos und mit einem Vorsprung von bis zu vierundzwanzig Stunden.

Cato biss die Zähne zusammen und blieb ruhig, obwohl er versucht war, sein Handy aus dem Wagenfenster zu schleudern. »Meinen Sie, Sie können veranlassen, dass ein paar von Ihren Leuten in der Stadt herumfahren? Vielleicht geht er ja nur kurz spazieren oder besorgt sich was Süßes oder so.« Cato glaubte das selbst nicht. »Inzwischen können Sie vielleicht über das Polizeinetz eine Suchmeldung herausgeben?«

Tilbrook seufzte, als sei er komplett mit Arbeit eingedeckt und als bringe diese Bitte jetzt das Fass zum Überlaufen. »Ja, das kann ich organisieren, denke ich.«

»Danke, Bernie.«

»Kein Problem, Constable.«

Cato klappte sein Handy zu und trat aufs Gaspedal. Auf dem leeren Beifahrersitz des Land Cruisers vom Viehdezernat lagen eine Kopie der Akte Buckley und das Video, das die Überwachungskamera des Pubs in der Mordnacht gemacht hatte. Beides hatte Cato Hutchens zu verdanken, der die Sachen unter dem Vorwand seiner Sorgfaltspflicht als Teamleiter von seinen Untergebenen angefordert und sie dann rasch und in aller Stille an Cato weitergegeben hatte.

Hutchens hegte offenbar irgendwelche Bedenken wegen Lara Sumich. Warum? Was ging da vor? Er war ganz offensichtlich scharf auf sie; das konnte Cato nur zu gut verstehen. Hutchens hatte einen gewissen Ruf, hier und da wurde etwas von sexueller Belästigung gemunkelt, doch zu mehr war es nie gekommen. War es das? Suchte er nach einer Möglichkeit, Lara unter Druck zu setzen, und überließ Cato die Drecksarbeit? Oder ging es tatsächlich um die edle Suche nach der Wahrheit über den Mord an Jim Buckley? Edel? Wahrheit? Diese Worte assoziierte Cato normalerweise nicht mit Mick Hutchens. Wie auch immer, Billy Mather war ausgebüxt, daher konnten Hutchens, die Akte und die Videos jetzt warten. Cato kehrte um. Man kann nur eine sinnlose Unternehmung zur Zeit verfolgen.

»Guan Yu hat Hai Chen nicht mit einem Messer getötet. Er hat ihm mit einem Knüppel den Schädel eingeschlagen.«

Jessica Tan beendete ihre Übersetzung mit einer entsprechenden Geste. Stellen Sie sich das so vor, Knüppel auf den Kopf. Cato seufzte ungeduldig. Das hier ähnelte allmählich diesem blöden Brettspiel Cluedo, bei dem man durch geschickte Fragen den Mörder identifizieren musste. Hatte Guan Yu auf der Weide mit dem Dolch gemordet oder am Lagerfeuer mit dem Stück Kantholz? Weder noch. Jemand hatte Hai Chen erschossen, aber niemand bekannte sich zu der Tat. Mark McGowan ließ zerstreut und einigermaßen finster seine Fingerknöchel knacken.

Xi Xue sah zu Jessica hinüber, sie sollte übersetzen, was die Polizisten von dieser Offenbarung hielten. Nicht sehr viel.

McGowans Blick war böse. »Das ist Unsinn. Wir wissen doch, dass er erschossen wurde.«

»Erschossen?«, fragte Xi Xue nach, diesmal war keine Übersetzung nötig.

»Erschossen«, bestätigte Mark McGowan, »wie wäre es also, wenn Sie uns jetzt die Wahrheit sagen und mit dem Scheiß aufhören?«

Jetzt war ein bisschen kreatives Dolmetschen angesagt, aber Xi kapierte, was gemeint war. Doch er ließ sich nicht beirren. »Keine Waffe, kein Schießen. Sie hatten Streit. Guan hat Chen mit dem Holz geschlagen. Hat uns gesagt, er hat ihn getötet. Wir haben am Feuer gesessen und uns betrunken. Am Morgen war Chens Leiche weg.«

Zumindest in Teilen schien Xi Xues Geschichte mit Guans Version übereinzustimmen: Chen hatte die allwöchentlichen Zahlungen verlangt, zwischen ihm und Guan war es zum Streit gekommen, Guan hatte ihn getötet – auch wenn die beiden Chinesen sich über die Methode nicht einig waren und der offizielle Befund der Rechtsmedizinerin wiederum etwas anderes aussagte. Dann wieder Übereinstimmung: Ja, sie hatten sich am Feuer betrunken, hatten Hai Chens Leiche eiskalt ignoriert, und am Morgen war der Tote fort. Warum also dieser Schwachsinn mit Kehle durchschneiden und jetzt der Knüppel auf den Kopf?

»Chen wurde erschossen«, sagte Cato beharrlich.

Xi Xue war genauso beharrlich. »Nein. Nicht von Guan Yu. Guan hat ihn erschlagen, er hat ihn nicht erschossen.«

Cato unterbrach die Vernehmung und trat mit McGowan in einen stürmischen, sonnigen Morgen auf der Baustelle von Stevenson und Sons hinaus. LKWs rumpelten hin und her und wirbelten Staubwolken hoch, die vom böigen Wind zu kleinen Sandteufeln aufgepeitscht wurden. Bobcats, Planierraupen, Sicherheitswesten, Schutzhelme, Wassertankwagen, das Knistern von Walkie-Talkies, Handyklingeln: die Sinfonie einer Boomtown. Drüben in seinem Büro stand der Dirigent und Choreograph, Keith Stevenson, am Fenster und starrte hinaus auf die beiden Polizisten. Cato begegnete seinem Blick. Der Dirigent zeigte ihm den Stinkefinger und wandte sich ab.

»Der mag Sie nicht, was?«, bemerkte McGowan.

»Das werde ich schon überleben.«

Cato zeigte mit dem Daumen rückwärts in die Richtung des Bürocontainers, wo Xi Xue und Jessica auf der obersten Stufe saßen und aus Wasserflaschen tranken. Xi nutzte die Gelegenheit zu einer Dosis Nikotin.

»Wie passt seine Geschichte zu den Aussagen der anderen, mit denen Sie gesprochen haben?«

»Er ist der Erste, der uns hilft. Die anderen haben total zugemacht. Wie die drei Affen.«

Cato machte eine Kopfbewegung nach hinten zu Xi. »Und wieso reagiert er anders?«

McGowan fröstelte, denn trotz der höhersteigenden Sonne war der Wind kühl. »Hat, im Gegensatz zu den anderen, keine Angst? Ist zu dumm, um den Mund zu halten? Erzählt uns Märchen, weil er in Wirklichkeit selbst der Mörder ist? Suchen Sie sich was aus.«

Cato blinzelte, weil ein vorbeirumpelnder Lastwagen ihm Staub ins Gesicht schleuderte. »Gehen Sie alles noch einmal mit ihm durch. Dann bringen sie Jessica Tan zurück nach Ravensthorpe. Bestellen Sie auch Amrita wieder ein. Ich möchte heute Nachmittag noch mal mit Guan sprechen.«

Sie verabredeten eine Zeit, und Cato sprang wieder in den Land Cruiser.

McGowan stemmte die Absätze in den Kies. »In Buckleys Fall gibt es ein gutes Ergebnis, höre ich.«

»Ja. Hutchens ist zufrieden.«

»Das hat er mir erzählt. Er hat auch gesagt, dass ich noch ein paar Tage mit Ihnen zusammen an dieser Sache hier arbeiten soll.«

Cato nickte. »Das wäre schön.«

»Ja?« McGowan sah außergewöhnlich erfreut aus, dass er so erwünscht war.

Cato nickte. »Ohne Sie könnte ich das gar nicht bewältigen.«

»Glauben Sie, dass wir hier zu einem Ergebnis kommen?«

Cato war selbst überrascht von seiner Zuversicht. »Ja, ganz bestimmt.«

Er wusste noch nicht, warum, aber allmählich glaubte er das wirklich.

31

Donnerstag, 16. Oktober. Früher Nachmittag.

Etwas so Furchtbares hatte sie seit Jahren nicht mehr gesehen. Der Gestank war grässlich. Ganze Wolken von Fliegen schwebten über den Kadavern. Sie konnte nicht mehr zählen. Es waren so viele, diese Augen, die ins Nichts starrten. Der Wind zerzauste die Eukalyptusbäume und befreite kurzzeitig vom Gestank des Todes. Wenn er nachließ, blieben nur noch Hitze und Schweigen. Das Schweigen der Lämmer, bisher waren es mindestens dreißig.

Sie wischte sich mit dem Handrücken über die Stirn und zupfte an ihrer Uniformbluse, die auf der schweißnassen Haut klebte. Unter dem Logo der Tierschutzorganisation war ihr Name aufgestickt: Cheryl. Mit grimmiger Miene nickte sie ihrer Kollegin zu, einer bezopften Schülerin mit Nasenpiercing, die gerade ein Praktikum absolvierte. Das hier war schon für einen alten Hasen wie Cheryl grauenvoll; für einen jungen Hüpfer wie Brittany musste es ein Blick in die Hölle sein. Wie kam man bloß auf so einen Namen? Brittany hatte sich etwa fünfzig Meter entfernt gegen die Windrichtung postiert und klickte bei jedem weiteren grausigen Fund mit Zählgerät und Kamera. Cheryl stand gerade neben einer leeren Tränke. Dort war die Zahl der toten Tiere noch größer.

»Igitt, ekelhaft.« Brittany verzog angewidert das Gesicht.

Das Büro in Albany hatte einen anonymen Hinweis erhalten und ihn sofort an Cheryl in Esperance weitergegeben, weil sie eine Autostunde näher dran war. Das Praktikum der Schülerin verlief zu ereignislos und Cheryl war es leid zuzusehen, wie das junge Mädchen gähnte und mit ihrem Handy spielte. Daher hatte sie entschieden, einen schönen Ausflug mit Brittany zu unternehmen. Schön ... Jemand hatte einen halbherzigen Versuch gemacht, einige Kadaver auf einen Haufen zu packen, vielleicht mit dem Gedanken, sie irgendwann zu beseitigen. Etwa hundert Meter entfernt standen zwei alte, aber offensichtlich bewohnte Caravans. Bei der Vorstellung, so nah bei den verwesenden Tieren zu wohnen, schauderte es Cheryl. Als sie sich näher an den stinkenden Kadaverhaufen heranwagte, sah sie auf der anderen Seite etwas herausragen. Ein paar Zentimeter von einem Stock, dessen Ende anscheinend mit Blut überzogen war. Verzweifelt schüttelte Cheryl den Kopf. Irgendein kranker Scheißtyp hatte die Schafe mit diesem Knüppel erschlagen.

»So geizig, dass sie nicht mal eine Kugel opfern wollten, um die Tiere zu erlösen. Scheißkerle.«

Am Ende des Stockes flatterte etwas, und Cheryl beugte sich hinunter, um es besser sehen zu können. Sie erwartete Wolle, aber das Büschel sah aus wie Menschenhaar.

»Wie war die Hochzeit?«

»Was?«

Cato schob das Foto über den Tisch Guan Yu zu, der wieder von der Dolmetscherin Jessica und der Anwältin Amrita flankiert wurde. »Hai Chens Hochzeit. Das sind Sie doch, oder?« Cato tippte mit dem Zeigefinger auf das Foto.

Neben Cato beugte Mark McGowan sich vor. Beide stützten sich mit verschränkten Armen auf den Tisch. Erwartungsvoll. Ungeduldig. Cato hatte McGowan auf der Herfahrt eingeweiht. Heute wollten sie Guans Lügenmärchen ein für alle Mal aufklären. Rat suchend, blickte Guan Jessica und Amrita an, aber eine Übersetzung war nicht nötig, und die Frage war wirklich einfach.

»Das sind Sie doch, oder?«, wiederholte Cato, nicht mehr im Plauderton.

»Ja.«

»Lassen Sie mich raten. Das Foto sieht aus, als sei das die Familie der Braut oder des Bräutigams. Die Braut ist Ihnen ein wenig ähnlich. Also, Chen ist Ihr Schwager, stimmt's?«

»Ja.«

»Und Sie haben nicht daran gedacht, uns das eher zu erzählen?«

Guan beriet sich mit Jessica, und diese wandte sich an Cato. »Sie haben nicht gefragt.«

Mark McGowan legte den Finger auf die Lippen, als sei ihm gerade etwas klar geworden.

»Aha, dann sind Sie also deswegen in Streit geraten? Er hat nicht nur seine Kollegen ausgenommen, sondern sogar seine Verwandten.«

Guan tat, als verstehe er nicht.

Amrita beugte sich vor, die Finger ineinander verschränkt. »Ich erinnere Sie daran, dass mein Klient nicht verpflichtet ist, irgendeine dieser Fragen zu beantworten.«

»Und ich erinnere Sie daran, dass er einen Mord gestanden hat, ob Sie dieses Geständnis jetzt zurückziehen wollen oder nicht, und dass wir durchaus das Recht haben, diese Fragen zu stellen, wenn wir der Sache auf den Grund gehen wollen.« McGowan klopfte mit seinem Stift auf den Tisch, um das zu betonen.

Cato musterte Guan Yu einen Moment lang und beschloss, ein Risiko einzugehen. Eines, das er Mark McGowan nicht angekündigt hatte. »Die Vernehmung wird unterbrochen.« Er gab die Uhrzeit an und schaltete das Aufnahmegerät aus. »Ich glaube eigentlich nicht, dass Ihr Klient einen Menschen getötet hat, Miss Desai.«

Verblüfft wandte McGowan sich seinem Kollegen zu. So hatte er es sich nicht vorgestellt, Guan Yu endgültig dranzukriegen.

Cato ignorierte ihn. »Ich glaube gern, dass er sich mit ihm gestritten hat, vielleicht sogar geprügelt. Und ich glaube auch, dass Hai Chens Leiche verschwunden ist. Aber dieser Quatsch, dass er ihm die Kehle durchgeschnitten hat, bringt uns nicht weiter. Chen wurde erschossen. Ihr Klient denkt sich seine Märchen aus, während er sie erzählt. Warum?«

Amrita Desai räusperte sich, als wolle sie sprechen, aber Cato schnitt ihr das Wort ab.

»Reden Sie mit ihm. Wenn er jemanden schützt, kümmern wir uns um ihn. Wenn er wirklich nicht weiß, was passiert ist, sollte er uns das sagen, aber er muss wissen, dass ich diesen ganzen zeitaufwändigen Quatsch heute gern hinter mich bringen möchte. Wir können ihn trotzdem vor Gericht stellen, obwohl er sein Geständnis widerrufen hat, obwohl es Zeugen für eine gewaltsame Auseinandersetzung gibt und obwohl Chens Kontoauszüge auf krumme Geschäfte schließen lassen. Ich habe schon erlebt, dass Gerichte bei schlechterer Beweislage verurteilt haben. Ihrem Klienten steht eine lange Zeit in einem australischen Gefängnis bevor. Ich persönlich denke, dass weder er noch seine Frau und seine Kinder das verdient haben.«

Cato erhob sich von seinem Stuhl und nickte dem aufmerksamen Guan Yu zu. »Ganz einfach. Entweder helfen Sie uns, oder ich gehe jetzt und lasse Sie in dem Schlamassel, in den Sie sich da reinmanövriert haben, allein.«

Jim Buckley sah aus, als sei er tief in Gedanken versunken. Soeben hatte er sein Abendessen an der Bar beendet und sich einen weiteren Jim Beam mit Cola bestellt. Er saß in dem langen, schmalen Raum an einem hohen Tisch in der Nähe des Fensters, links stand die Jukebox und rechts von ihm hingen Haifischkiefer an der Wand. Die Überwachungskamera hoch oben hinter der Bar erfasste ihn gerade noch im oberen Randbereich. Sie nahm nur jede zweite Sekunde auf, daher bewegten sich die Menschen auf dem Film ruckartig. Die Zeitangabe zeigte, dass es noch früh am Abend war, kurz nach sieben. Gelegentlich schaute Buckley nach rechts oben. Dort befand sich der Flachbildschirm des Pubs, wahrscheinlich liefen gerade Nachrichten.

Während Cato darauf wartete, dass Amrita Desai und ihr Klient entweder Farbe bekannten oder kooperierten, vertrieb er sich die Zeit damit, dass er das Video ansah. Mark McGowan telefonierte hinter Duncan Goldflam her, um zu erfahren, ob es bei der Forensik neue Ergebnisse gab. Cato hatte sich den unbenutzten Büroraum und das Gerät von

Bernie Tilbrook geborgt. Tilbrook war so wenig hilfsbereit gewesen wie sonst auch, doch etwas an Catos Auftreten hatte den Bürohengst davon abgehalten, es zu übertreiben. Justin Woodward und seine Freundin hatten ihre Drinks einfach stehen lassen und waren von der Bildfläche verschwunden, ohne Jim Buckley auch nur einen Seitenblick zuzuwerfen. Weil das Videobild nicht groß und die Qualität minderwertig war, war Cato sich nicht ganz sicher, aber er meinte zu sehen, dass Buckley lächelte, als sie gingen. Gestalten glitten vor der Kamera vorbei: Wer sich nach der Arbeit einen Drink gegönnt hatte, verließ den Pub, und die abendlichen Zecher trafen ein. Manche, wie Buckley, blieben einfach, wo sie waren. Wie viel von diesem Filmmaterial hatten die Ermittler angesehen? Hatten sie aufgehört, als Justin und seine Freundin hinausgegangen waren, weil sie sich ganz auf Justin konzentriert hatten?

Es gab zwei CDs mit jeweils etwa drei Stunden Film. Cato wusste nicht, nach was er suchen sollte, und konnte daher den schnellen Vorlauf nicht riskieren. Aber er hatte weder die Zeit noch die Geduld, sechs Stunden lang auf einen Bildschirm zu starren. Er scrollte die Kontaktliste seines Handys durch und fand die Nummer, die er brauchte. Tess Maguire ging beim ersten Klingeln dran.

»Hello stranger«, sagte Cato.

»Auch nicht stranger als du.«

Es war eine gegenseitige Begrüßung aus alter Zeit, wenn sie nachts ihren Schichtdienst abgeleistet hatten. In ihrer Stimme lag ein Lächeln, eine schöne Abwechslung.

»Bist du im Moment sehr beschäftigt?«, erkundigte er sich.

»Ja, aber hallo, ich liege auf dem Sofa und gucke Dr. Phil, der erklärt mir gerade, wie ich einen Draht zu meinen Kids kriegen kann.«

»Klingt, als wärst du für den Job, an den ich denke, angemessen qualifiziert.«

Cato schilderte die Situation, und Tess war bereit und in der Lage, sich die Überwachungsfilme anzusehen. Er würde dafür sorgen, dass einer von den Leuten aus Ravensthorpe ihr die CDs vorbeibrachte.

»Ich dachte, ich wäre persona non grata. Die Verrückte, die auf dem Dachboden lebt.«

»Warst du schon immer und wirst du immer bleiben. Hutchens ist cool, der macht sich vom Acker, und die Medienleute auch. Und solange er dich nicht sieht – aus den Augen, aus dem Sinn.«

»Na, ich bin eher von Sinnen, wenn ich dir dabei helfe.«

»Du hast einen Gefallen bei mir gut.«

»Ich komme darauf zurück.« Tess legte auf.

Die Tür zu Catos engem Büro öffnete sich quietschend, und Bernie Tilbrook streckte den Kopf in den Raum.

»Diese Inderin will Sie sprechen.«

»Ich zuerst ...« McGowan drängte sich hinter Tilbrook ins Zimmer, komplimentierte ihn mit einem Lächeln hinaus und schloss die Tür. »Ein paar Neuigkeiten von Goldflam.«

»Ja?« Cato konnte an McGowans Gesicht nichts ablesen, vielleicht, weil McGowan selbst nicht wusste, was er davon halten sollte.

»Dieses rote Papier, das ihr in Mathers Caravan gefunden habt, ist ein Teil von einer Streichholzschachtel. Marke Redhead.«

Cato nickte, eine Streichholzschachtel und das Klebeband, das sie gefunden hatten. Wenn man die Reibfläche an eine Türkante klebte und ein Bündel Streichhölzer an den Türrahmen, hatte man, simsalabim, eine einfache, nicht ganz zuverlässige, aber potenziell sehr effektive Sprengfalle, sobald die Tür geöffnet wurde – vorausgesetzt, die Gashähne waren aufgedreht. Aber eine derartige Falle musste von innen angebracht werden. Wie war der Täter danach aus dem Caravan rausgekommen? Durchs Fenster? Durch die Lüftung im Dach? Höchstwahrscheinlich, es sei denn, er war ein Phantom und konnte seine Gestalt verändern. Cato wurde klar, dass er einen Kaffee brauchte, einen guten, großen.

»Sonst noch was?«

»Duncan war gerade auf dem Weg zu Paddy's Field. Da kam ein Anruf vom Tierschutzverein, über einen Stock mit Blut und Menschenhaar dran, so jedenfalls sah es aus. Er hat gesagt, er meldet sich wieder.«

»Anscheinend haben wir unser Stück Kantholz gefunden«, sagte Cato.

»Und ich habe kräftig mit dem Holz zugeschlagen, und er ist umgefallen. Tot.«

Jessica Tan beendete den Satz wieder mit einer Pantomime. Bisher stimmten Guan Yus neue Geschichte und Xi Xues Aussage überein – ein Streit, ein Stück Holz, kein Messer und keine Schusswaffe. In gewisser Weise war das ein Fortschritt. Guan war wie ausgewechselt, hilfreich bis zum Gehtnichtmehr. Das Besäufnis am Lagerfeuer und die fehlende Leiche am Morgen stimmten ebenfalls überein. Wie konnte es also sein, dass Hai Chen erschossen worden war? Wohin war die Leiche verschwunden? Und was hatte Guan dazu gebracht, sich zu dem Mord zu bekennen und dann diese Lügengeschichte zu erzählen, dass er Hai Chen die Kehle durchgeschnitten hatte?

»Mr Stevenson.«

»Was?« Cato und McGowan beugten sich gleichzeitig vor.

»Mr Stevenson hat gesagt, dass Chen tot war.« Guan zog den Zeigefinger über seine Kehle, und Jessica ahmte ihn nach.

»Er weiß, dass ich Geld für meine Tochter zu Hause brauche. Sie ist krank.«

Guan Yu und Jessica Tan konferierten kurz und suchten nach der richtigen Übersetzung für die Krankheit. Endlich wandte Jessica sich wieder an Cato.

»Leukämie.«

Guan nickte und fuhr fort, als habe er gerade von Windpocken gesprochen. »Mr Stevenson hat gesagt, er würde weiter Geld schicken. Er würde alles in Ordnung bringen. Keine Sorge.«

Cato verstand es immer noch nicht. »Warum ist er denn zu ihnen gekommen? Woher wusste er von der Schlägerei? Woher wusste er, dass Chen tot war?«

»Ich hatte es Travis erzählt. Ich habe gesagt, dass wir Streit hatten und dass Chen tot war, aber dass er am Morgen dann verschwunden war.«

Cato runzelte die Stirn. Travis hatte versäumt, das zu erwähnen. »Dann haben also Travis und Mr Stevenson die Leiche weggeschafft?«

Guan zuckte die Achseln. »So muss es gewesen sein.«

Cato schüttelte den Kopf, das ergab immer noch keinen Sinn. »Als Sie aufgewacht sind, war die Leiche weg. Woher wussten die beiden denn, dass sie rausfahren und die Leiche abholen sollten?«

Guan zuckte wieder die Achseln, er versuchte wirklich zu helfen. »Mr Stevenson hat gesagt, ich soll mir keine Sorgen machen. Polizei interessiert sich nicht für Chinesen, schon gar nicht für einen schlechten Mann wie Hai Chen. Polizei interessiert sich nicht dafür, dass er tot ist. Ich soll nur den Mund halten.«

»Und wenn nicht?«

»Dann wollte er mich ohne Geld zurückschicken. Keine Medikamente mehr für meine Tochter.

»Aber warum haben Sie dann gestanden? Sie hätten doch bloß schweigen müssen.«

»Alle haben gesehen, dass wir Streit hatten. Mr Stevenson hat gesagt, ich wäre derjenige, mit dem Sie sprechen wollen würden, falls Sie Interesse an Chen hätten. In dem Fall würde er sich um alles kümmern.« Guan Yu lächelte traurig, während Jessica ihre Übersetzung beendete. »Und Sie haben sich tatsächlich für einen toten Chinesen interessiert, Mr Stevenson hat sich geirrt. Vielleicht hat er nicht mit einem chinesischen Polizisten gerechnet?«

Mark McGowan lehnte sich zurück und verschränkte mit skeptischem, kampflustigem Blick die Arme. »Haben Sie denn Ihr Geld wiederbekommen?«

»Was?«

»Chen hatte sich doch gerade von allen seinen wöchentlichen Anteil geben lassen. Er war tot. Er brauchte es nicht mehr.«

Guan errötete und schaute auf den Fußboden. »Ja, wir haben es uns zurückgeholt.«

Das erklärte, warum alle sich wie die drei Affen verhalten hatten. Sie hatten einem Toten Geld abgenommen, auch wenn dieses Geld ihnen eigentlich gehörte. Cato fiel etwas aus seinem Gespräch mit Travis Grant ein.

»Chens Handy, haben Sie ihm das auch weggenommen?«

»Nein. Es gehörte uns ja nicht. Wir haben nur das genommen, was uns gehörte.«

»Und die Brieftasche, was haben Sie damit gemacht?«

»Haben wir ihm auch wieder in die Tasche gesteckt.«

Handy und Brieftasche fehlten, lagen inzwischen wahrscheinlich in vierzig Metern Tiefe am Grunde des Südpolarmeeres. In Catos Hirn war kein Platz mehr, er brauchte eine Pause.

»Eine Frage noch: Was sollte dieser ganze Blödsinn mit dem Messer und dem Kehle-Aufschlitzen?«

Guan sah Cato an, als habe er nicht mehr alle Tassen im Schrank. »Das hat Mr Stevenson doch gesagt. Hai Chen tot.«

Wieder zog Guan sich den Zeigefinger quer über die Kehle. Das war es. Guan Yu hatte Stevensons Geste für Tod oder Ende allzu genau genommen. Er hatte tatsächlich geglaubt, er solle gestehen, dass er Chen die Kehle durchgeschnitten habe.

Endlich war es klar wie Kloßbrühe, aber jetzt hatte Cato sogar noch mehr Fragen: Wie war Hai Chens Leiche von Paddy's Field ins Südpolarmeer gelangt? Wer hatte ihn erschossen und warum? Und wie passten Keith Stevenson und Travis Grant in diese Geschichte?

32

Donnerstag, 16. Oktober. Früher Abend.

Eine bunte Lichterkette zog sich über den Balkon im ersten Stock vorne vor dem gesichtslosen Protzbau der Stevensons. Von der Rückseite kamen Stimmengewirr, Gläserklirren, das tiefe Wummern von Musik und der Duft von gegrilltem Fleisch. Im Westen ging als greller Klecks am blutroten Himmel die Sonne unter. Von der Anhöhe, auf der sich hier in der Wilkinson Street die »Millionaire's Row« befand, hatte man eine atemberaubende Sicht auf die Barren Ranges. Cato Kwong aber ignorierte die Landschaft, er war mit seinen Gedanken anderswo. Er hob den Riegel an der Seitenpforte und gesellte sich zu den Feiernden hinter dem Haus.

Etwa dreißig Gäste standen in Grüppchen zu dritt und zu viert auf der großzügigen Kalkstein-Terrasse und auf der weitläufigen, gepflegten Rasenfläche. Cato erkannte Travis Grant, der sich gerade über eine Kühlbox beugte und den ungeladenen Gast nun finster ansah. Neben ihm stand Kane Stevenson, dessen Gesicht gut verheilte. Zwei Bardamen aus dem Pub leisteten ihnen Gesellschaft. Ansonsten sah Cato keine bekannten Gesichter. Gerade lief Babyboomer-Musik: Daddy Cool, »Eagle Rock«. Manche Gäste drehten sich kurz nach Cato um, als er die Terrasse betrat, wandten sich jedoch wieder ihren Gesprächen zu, weil sie sahen, dass sie ihn nicht kannten. Einige wenige jedoch musterten ihn unauffällig. Sie hatten nicht erwartet, einen der chinesischen Arbeiter in Keiths Garten anzutreffen, hielten es aber für unhöflich, ihn anzustarren. Keith Stevenson dagegen stand einfach nur da und glotzte.

Über seinem untersetzten, kräftigen Körper spannte sich ein Rugby-Top der Eagles. Dazu trug der millionenschwere Geschäftsmann Surfshorts und Flipflops. Daddy Cool persönlich. Aus einer Faust ragte eine schwitzende Flasche Corona heraus. In der anderen Hand hielt er die Grillzange. Er war gerade dabei gewesen, dicke Fleischbrocken umzudrehen, auf einem Grill mit Grillplatte, der für Catos ungeschulten Blick die Größe einer Tischtennisplatte hatte. Dabei hatte der Gastgeber sich mit einem hochgewachsenen, distinguiert wirkenden Mann von Mitte fünfzig unterhalten. Dessen graues Haar war kurz geschnitten, und er sah aus, als hielte er sich durch regelmäßiges Tennis oder Laufen in Form. Geld schien ihm aus allen Poren zu strömen, und er beäugte Cato mit gelassener Neugier. Sie war gegenseitig, denn Cato kannte sein Gesicht irgendwoher, konnte ihn aber nicht einordnen, noch nicht. Keith Stevenson beschloss offenbar, sich in Gastfreundschaft zu versuchen.

»Mr Kwong, Philip, stimmt das? Kann ich Ihnen ein Bier besorgen?«

Stevenson achtete darauf, keine Worte zu verwenden, die auf Polizei hindeuten konnten.

Cato durchkreuzte diese Absicht mit klarer, selbstbewusster Stimme. »Nein danke, Mr Stevenson, ich bin dienstlich hier, nicht zum Vergnügen. Polizei.« Er zückte seinen Ausweis, um das zu unterstreichen.

Die Unterhaltungen in der Nähe gerieten ins Stocken und brachen ab. Gäste, die Cato vor wenigen Minuten noch ignoriert hatten, drehten sich jetzt um und betrachteten ihn genauer.

Keith Stevenson lächelte seinem großen, eleganten Gesprächspartner resigniert zu: Das waren eben die Prüfungen, die das Leben und die leitenden Funktionen so mit sich brachten. Er deutete auf die geöffneten Glastüren und die Küche dahinter. »Vielleicht sollten wir ins Haus gehen, Mr Kwong.«

»Nein. Mir passt das hier gut, danke.«

Das Fleisch duftete herrlich. Es war mariniert, und Cato erschnupperte einen Hauch von Knoblauch, Sojasoße, Zitrone und Chili. Ihm wurde bewusst, dass er einen Bärenhunger hatte.

Doch es sah nicht so aus, als wollte der Gastgeber ihm in absehbarer Zeit etwas anbieten. »Dann sagen Sie, warum Sie hier sind«, forderte Keith ihn auf.

Kerry Stevenson hatte ihren großen Auftritt durch die Glastüren auf die Terrasse. Für die Party hatte sie sich in Schale geworfen, hatte das Joggingzeug gegen eine gebügelte lange Hose und ein Glitzer-T-Shirt eingetauscht. Durch einen blauen Kringel Zigarettenrauch starrte sie Cato mit einem Auge an.

»Was will er, Keith?«

Um der Gäste willen brachte Keith ein Lächeln zustande. »Nur kurz mit mir sprechen, Schatz, dann ist er wieder weg. Also, in welcher Weise kann ich Ihnen behilflich sein, Officer?«, fragte er mit übertriebener, an Komik grenzender Höflichkeit.

Doch Cato hatte es nicht eilig. Träge betrachtete er seine Umgebung. »Schönes Haus, Keith. Sie haben Ihre Schäfchen im Trockenen.«

Stevenson antwortete mit einem blasierten Schulterzucken. »Die Früchte harter Arbeit, der wohlverdiente Lohn.«

Cato nickte. »Nicht schlecht für einen Ex-Ganoven und Erpresser. ›Ex‹ ist doch richtig, oder?«

Stevensons aufgesetztes Lächeln erstarrte, und die übrigen Partygespräche verstummten nun ebenfalls. Alle spitzten die Ohren. »Mal ehrlich, mein Freund, nennen Sie das ›Polizeiarbeit‹? Sie befinden sich hier auf meinem Grundstück und beleidigen mich vor meinen Gästen. So geht's nicht.«

Der große, reiche Mann trat mit ausgestreckter Hand vor. »Ich glaube, wir sind uns noch nicht vorgestellt worden. Ich bin Jim Dunstan.«

Jetzt erinnerte Cato sich: der Mann von der Website der Dunstan Industries. Dunstan Industries, der Halliburton von Hopetoun. Cato schüttelte ihm die Hand; Dunstans Griff versuchte nicht, irgendetwas zu beweisen, das hatte er nicht nötig. Allerdings gelang es ihm auch nicht, als Schutzschalter zu fungieren. Cato Kwong und Keith Stevenson ließen sich von ihrem einmal eingeschlagenen Weg nicht abbringen.

Cato machte den nächsten Zug. »Ihre Arbeiter, in den Caravans auf Paddy's Field, wie viel nehmen Sie von denen dafür, dass sie in dem erbärmlichen Dreck hausen dürfen?«

Stevenson drehte rasch mit der Grillzange einen Fleischbrocken um und drückte darauf, sodass er brutzelte. »Wenn die wie die Schweine wohnen wollen, ist das doch denen ihr Problem, ich bin bloß der Vermieter und tue ihnen einen Gefallen. Wir leben hier in einer Boomtown, ein Dach über dem Kopf gibt's nur mit Aufpreis.«

Cato schaute zum Himmel hinauf und kniff die Augen zusammen, als müsse er sich konzentrieren. »Einhundertfünfzig pro Mann pro Woche. Vier Männer in einem Caravan, der halb so groß ist wie Ihre Küche. Das sind sechshundert in der Woche. Davon könnte man selbst bei den hohen Preisen hier in Hopetoun ein ziemlich großes Haus mieten. Richtig gerechnet?«

»Und Sie wollen Bulle sein? Sie klingen ja wie so einer vom Betriebsrat.«

Aus dem Publikum ertönte Prusten und leises Lachen.

Cato ließ sich nicht beirren, er zählte an den Fingern ab: »Dann fünfzig pro Woche von jedem für die Fahrten, also für Travis und den Minibus. Eine einmalige Zahlung für die Arbeitsanzüge, zwei für jeden, jeweils hundert Dollar. Dann der Flug von China hierher und zurück, die Provision für den Agenten und so weiter.«

Theatralisch blickte Stevenson auf seine Armbanduhr. »Also, ein bisschen plaudern ist ja ganz nett, aber…«

»Die Arbeiter glauben, mit fünfhundert in der Woche auf die Hand verdienen sie gut, aber sie kriegen ja nicht mal das, oder? Nach diesen ganzen Abzügen haben die Leute Glück, wenn gerade mal zweihundert, zweihundertfünfzig dabei rauskommen. Für zehn Stunden am Tag, sechs Tage die Woche. Wie viel ist das, etwa vier Dollar pro Stunde? Da wären sie doch besser dran, wenn sie in einem Fast-Food-Schuppen arbeiten würden.«

Hier und da hörte man im Publikum verlegenes Hüsteln.

»Und wenn die Männer sich beschweren, können Sie sie einfach wieder nach Hause schicken und den nächsten Schub ordern.«

»Sind Sie fertig?«

Es war ein leises Knurren; Stevenson kam ein paar Schritte näher. Nein, Cato war noch nicht fertig. Außerdem war ihm eine Veränderung in Jimmy Dunstans Gesicht aufgefallen: Abscheu, aber auch ein leises Schuldgefühl waren in seiner Miene zu lesen. Er machte mit seinen ausländischen Arbeitern das Gleiche, vielleicht war er nicht ganz so korrupt, aber dafür möglicherweise in größerem Maßstab. Größere Projekte, mehr Arbeitnehmer, er schürfte nicht so tief, dafür aber auf einem größeren Gebiet. Geschickter, vornehmer.

Cato hielt sich nicht zurück. »Und das Niederträchtige daran ist, dass Sie das Geld ja nicht mal brauchen. Die Verträge, die Sie abgeschlossen haben, machen Sie in jedem Fall zu einem reichen Mann, aber Sie müssen sich eben alles unter den Nagel reißen, einfach, weil Sie die Möglichkeit dazu haben. Und dabei verstecken Sie Ihre geschäftlichen Angelegenheiten hinter einer ganz normalen Firma und lassen Ihre hinfällige alte Mutter als rechtlich verantwortliche Inhaberin auftreten. Wie reizend.«

Stevenson ballte mehrmals hintereinander die Fäuste.

Cato trat dicht vor ihn. »Einmal Erpresser, immer Erpresser; musste Chen deshalb sterben? Haben die anderen das mit den zusätzlichen Abzügen herausgefunden? Die Chinesen haben gedacht, Chen hätte sie ausgenommen. Dabei sind Sie es gewesen, Stevenson, und zwar von Anfang an.«

Stevenson war schnell. Mit einer einzigen geschmeidigen Bewegung warf er sich nach vorn, rammte Cato seinen Kopf ins Gesicht und brach ihm die Nase, sodass Cato vor Schmerz einen Moment lang nichts sehen konnte. Er tastete nach einer Waffe, irgendeiner. Seine Hand schloss sich um ein Glas mit Dijon-Senf. Er ließ es an Stevensons Schläfe zerkrachen. Aber Stevenson machte weiter. Er drehte Cato den Arm auf den Rücken, bis er fast auskugelte, so, wie die Polizei es normalerweise mit Bösewichten machte. Die freie Hand legte er Cato auf den Hinterkopf und drückte ihn Richtung Grillfleisch, bis sein Gesicht ganz nah über der heißen Grillplatte war, über der sehr heißen Grillplatte. Cato fuhr mit der freien Hand durch die Luft, bekam aber nichts zu fassen als glühend heißes Metall. Er war machtlos, war Stevenson ganz und gar ausgeliefert. Irgendwo hinten im Publikum lachte jemand kehlig, wahrscheinlich Travis, der Zauberlehrling, der sich jetzt durch seinen Meister rächen ließ.

Der Duft der würzigen, brutzelnden Marinade konnte einem das Wasser im Mund zusammenlaufen lassen, aber jetzt war sie zu nah, vielleicht noch zwei Zentimeter entfernt, und ließ Catos Augen tränen. Aus seiner zerschlagenen Nase tropfte Blut, es zischte und blubberte auf der heißen Platte. Catos Gesicht begann zu glühen. Stammte dieser neue Geruch nach angebranntem Fleisch von ihm?

»Das reicht, Keith.«

Es war Jim Dunstan, und er klang gebieterisch. Stevenson drückte Catos Gesicht noch ein Stückchen tiefer auf die Grillplatte hinunter, und Cato spürte, wie etwas von Stevensons Kopf in seinen Nacken tropfte. Eine lauwarme, fettige Mischung aus Schweiß, französischem Senf und Blut aus der tiefen Schnittwunde über dem linken Ohr seines Folterknechtes.

»Keith. Das reicht.«

Als riefe man einen Pitbull bei Fuß. »Lass bloß die Finger von mir und meiner Familie«, zischte Stevenson Cato ins Ohr, »sonst grille ich dich nächstes Mal über dem offenen Feuer.« Er lockerte seinen Griff. »Und jetzt verpiss dich.«

Als Konversationsstoff war diese Szene schwer zu überbieten. Sie war das, was australische Plaudertaschen als »echten Barbecue-Stopper« bezeichneten.

Cato Kwong senkte den Kopf und schlich wie ein geprügelter Hund durch die Seitenpforte nach draußen. Alle Blicke folgten ihm, und das peinliche Schweigen ließ seine einsamen Schritte auf den Kalksteinplatten noch lauter klingen. Er hielt sich ein Taschentuch vor die zerschlagene Nase, um die Blutung zu stillen. Doch gleichzeitig half ihm das blutgetränkte Tuch, sein breites Grinsen zu verstecken. Er wusste, als Stevenson ihn mit dem Gesicht auf die Grillplatte hinuntergedrückt hatte, war er der Wahrheit so nah gewesen, dass er sie fast hatte schmecken können.

Erst als er die halbe Wilkinson Street hinuntergegangen war, fiel es Cato wieder ein. Er hätte den Abendflug nach Perth nehmen sollen, um zu Jim Buckleys Beerdigung zu gehen. Vor dem verblassenden Orange des Himmels im Westen sah er die winzige Silhouette des Flugzeugs, das gerade nach Norden abdrehte. Doch nun kippte sein Horizont und drehte sich ebenfalls. Cato hielt sich am nächsten Torpfosten fest.

»Du siehst ja schrecklich aus.« Das war Tess Maguire, die auf ihrer vorderen Veranda saß, mit einem Gin Tonic neben sich auf einem Tischchen.

»Danke.«

Cato hob den Kopf, und Tess konnte nun genau sehen, was Stevenson angerichtet hatte. Mit drei schnellen Schritten war sie bei Cato und geleitete ihn zu einem Sitzplatz auf ihrer schattigen Veranda.

»Isst du denn nie?«

»Wie bitte?«

Mit zurückgelegtem Kopf, das Taschentuch an der Nase, schwenkte Cato die halbe Packung Tiefkühlerbsen. »Die haben wir doch schon für meinen Daumen benutzt.«

Tess lächelte grimmig und stellte ihm auch ein Gin Tonic auf das Tischchen. »Keith Stevenson, vermute ich?«

»Wie hast du das erraten?«

»Ich kann seine Einfahrt von hier aus sehen. Hab gesehen, wie du da rausgetorkelt bist.«

»So viel zum würdevollen Abgang, linker Bühnenausgang.«

»Ich hoffe, ihm geht's jetzt noch schlechter als dir.«

»Ja, kann sein, dass er eine Weile braucht, um die Soßenflecken aus seinem Hemd zu kriegen.«

»Mein Held! Was ist denn passiert?«

Während Cato schluckweise seinen Gordon mit Tonic trank und immer wieder seine blutende Nase abtupfte, erzählte er Tess alles. Von dem Bericht der Rechtsmedizinerin über Hai Chens tatsächliche Todesursache, von den widersprüchlichen Gesprächen mit Guan Yu, von den anderen chinesischen Arbeitern und von Travis Grant, von den Kontoauszügen, vom Tierschutzverein und von dem Stück Kantholz. Als Cato seinen anonymen telefonischen Hinweis auf die Schafe erwähnte, schnalzte Tess in gespielter Missbilligung mit der Zunge. Er schloss damit, wie Guan Yu ihnen schließlich reinen Wein eingeschenkt hatte und wie er mit Stevenson aneinandergeraten war.

Als er geendet hatte, lehnte Tess sich in dem billigen Rohrsessel zurück und runzelte die Stirn. »Glaubst du wirklich, dass Stevenson Chen erschossen hat?«

Cato zuckte die Achseln, was mit zurückgelegtem Kopf gar nicht so leicht war.

Die Sonne war zwar untergegangen, aber der Wind hatte sich gelegt. Es war ein stiller und nicht zu kalter Abend mit einem großen runden Mond, der im Osten am Himmel schwebte. Die gedämpften Geräusche von Stevensons Abendgesellschaft trieben den Hügel hinunter bis zur Veranda der Maguires auf der ärmlichen Seite der Straße. Zum ersten Mal, seit er auf ihre Veranda zugestolpert war, schaute Cato Tess richtig an. Sie trug Jeans und eine weite Baumwollbluse, und ihre bloßen Füße lagen gekreuzt auf dem niedrigen Tischchen vor ihnen. Ihre Zehennägel waren frisch lackiert, das Fläschchen mit dem Nagellack stand noch neben einer

Schale mit Erdnüssen. Tess sah gut aus. Cato blickte auf seine eigene blutverkrustete Kleidung hinunter und roch tierisches Fett und Marinade, ein Andenken an seine Begegnung mit Stevensons Grillplatte.

»Hunger?«, fragte Tess.

»Nicht mehr.«

Tess kam auf ihr Thema zurück. »Dass Keith Stevenson ein Gauner ist, wissen wir schon lange, und dass er ein fieser Chef ist, überrascht mich auch nicht. Aber ein kaltblütiger Mörder?«

»Diese Chinesen haben weder zu Schusswaffen Zugang, noch zu Autos noch zu Booten, aber das alles wurde in diesem Fall gebraucht.«

»Woher weißt du das?«

»Die Männer sind ganz und gar von Grant und Stevenson abhängig, die müssen sie fahren. Auf Paddy's Field hat niemand von Schusswaffen gesprochen. Die Chinesen sind sich einig, dass es zu einer Auseinandersetzung kam und dass Guan Yu das Opfer mit einem Knüppel geschlagen hat, aber die Nachricht von der Kugel in Chens Kopf war eine echte Überraschung. Jemand anders hat ihn erschossen, und ich wette, dass es entweder Grant oder Stevenson war oder beide.«

Tess schlürfte von ihrem Drink. »Und wie willst du das beweisen?«

Cato sah den Hügel hinauf auf die steile, von Flutlicht erhellte Einfahrt und die Lichterkette an Stevensons Palast. Die *Kerry*, das stolze Boot, lag auf ihrem Trailer, daneben stand ein silberner Prado, und Stevensons Firmenwagen parkte davor. Cato klopfte seine Taschen nach seinem Handy ab und suchte dann die Nummer von Duncan Goldflam.

Als er mit dem Telefonat fertig war, schaute Tess ihn über den Rand ihres Glases hinweg an. »Brauchst du nicht einen Durchsuchungsbefehl, um sein Haus auf den Kopf zu stellen?«

Cato legte den Kopf zurück, schob sich die Packung mit den angetauten Tiefkühlerbsen auf den Nasenrücken und schloss die Augen. »Gewalt gegen einen Polizeibeamten, ein sehr schweres Verbrechen. An diesem Supergrill, den er da stehen hat, klebt überall mein Blut.«

Tess stellte ihren Drink ab und ließ einen Eiswürfel zwischen den Zähnen zerkrachen. »Mach's dir mal nicht zu gemütlich. Ich muss dir was zeigen.«

Jim Buckley hatte großes Interesse an einer Person links von ihm gezeigt. In weniger als zwei Minuten hatte er viermal in die Richtung geguckt. Für wen auch immer Jim sich da interessierte, er oder sie war auf dem Bildschirm nicht zu sehen, weil er sich außerhalb vom Bildfeld der Überwachungskamera befand. Tess hatte die Situation auf der zweiten CD gefunden, etwa nach dem ersten Viertel. Die Zeitangabe zeigte 20:46 Uhr am Freitagabend. Da hatte Jim Buckley noch etwa drei oder vier Stunden zu leben gehabt. Während Tess im schnellen Vorlauf die Stelle suchte, hatte sie auch auf Riri Yusala und seine Genossen hingewiesen, die ihre Tochter Melissa und deren Freundin aus dem Pub geleiteten. Tess und Cato hatten sich nur einen Blick zugeworfen, Worte waren nicht nötig gewesen. Nach dem ersten unfeinen Starren schaute Buckley eher beiläufig und diskret nach links, dafür aber länger. Tess verglich das mit den Blicken eines Mannes, der nicht so aussehen will, als würde er einer Frau in den Ausschnitt glotzen. Dabei lächelte sie rätselhaft und richtete sich aus ihrer bequemen Haltung wieder gerade auf. Cato wurde klar, dass sie ihn erwischt hatte. Er überlegte, ob er kürzlich durch eine unsichtbare Libidowolke gefahren war. Dann legte er den Kopf zurück und tupfte an seiner Nase herum, um Tess daran zu erinnern, dass er ja indisponiert war.

Kurz darauf, genauer gesagt nach dreieinhalb Minuten, trank Jim Buckley sein Glas aus und ging aus dem Bild. Zwölf Minuten später kehrte er zurück und begab sich gleich an die Theke, rechts im Bildfeld.

»Er bestellt seinen Drink und …«, Tess unterbrach, bis die Stelle kam, »da. Er nickt jemandem zu, der nicht mit drauf ist, einem Mann, schätze ich.«

»Wieso einem Mann?«

»Das ist ein Jungs-Nicken. Zurückhaltend, ein ›Was-machtdas-Auto‹-Nicken. Ich fang gern eine Unterhaltung mit dir an, aber wenn du keine Lust hast, ist mir das auch recht. So ein Nicken ist das.«

Cato war beeindruckt und auch etwas erschrocken. Er wusste, dass er keine Chance hatte, vor solchen intuitiven Fähigkeiten etwas zu verbergen. Inzwischen waren sie von Gin zu Kaffee übergegangen. Tess trank einen Schluck und zwinkerte ihm zu wie in alten Zeiten.

»Da kommt noch mehr.«

Wieder ließ sie ein paar Minuten vorlaufen. Jim Buckley war jetzt nur noch halb zu sehen, am rechten unteren Rand des Bildfeldes, und er hatte sich der nicht sichtbaren Person zugewandt. Die Körperbewegungen deuteten auf eine Unterhaltung hin. Dann drehte Buckley sich zur Theke und bestellte wieder etwas zu trinken, obwohl sein Jim Beam mit Cola noch halb voll war. Die Hand einer Barfrau schob ihm ein Glas Bier hin und Jim reichte es aus dem Bild hinaus.

»Buckley gibt einen aus, offiziell, nachweislich.« Cato hätte noch weiter herumwitzeln können, erinnerte sich aber daran, dass er über einen Toten sprach.

Tess ließ den Film weiter vorlaufen. »Nach ein paar Minuten hört das Gespräch auf und Buckley geht wieder zu seinem Hocker an der hinteren Wand. Er guckt den ganzen restlichen Abend nicht mehr in die Richtung.« Tess fand die Stelle, die sie suchte. »Um 23:49 Uhr, der Pub ist inzwischen fast leer, verlässt Jim den Raum.«

Sie beobachteten, wie er austrank, Kleingeld in die Hand sammelte und es dann in die Tasche steckte. Nach acht Whiskey-Cola schwankte er jetzt ein wenig, nickte in Richtung Theke und zum linken Bildrand hin. Auf der anderen Straßenseite begann ein Fußweg, der ihn zur Buhne hinunterführte. Hundert Meter durch den Regen über nassen Kies und Schlaglöcher würden ihn zu dem kurzen Holzsteg für die Angler bringen, der nach Westen hin über die Bucht in Richtung Nationalpark zeigte. Dort würde ihm jemand mit einem Felsbrocken von der Größe eines Fußballs den Schädel einschlagen. Während sie beobachteten, wie die letzten Gäste von rechts nach links den Pub verließen, sahen Cato und Tess ihn gleichzeitig. Tess drückte auf Pause. Das Einzelbild war ein wenig verschwommen, aber es gab keinen Zweifel, wer der kleine, drahtige Mann mit der Mütze war: Billy Mather, der Einsiedler von der Starvation Bay.

»Zufall?« Cato glaubte das selbst nicht.

Tess lehnte sich zurück und trank einen großen Schluck von ihrem abkühlenden Kaffee. »Normalerweise heißt es doch, dass es so was nicht gibt. Das sagen jedenfalls die Mick Hutchens dieser Welt. Wie viel vom Fall Justin Woodward ist ›Zufall‹?«

Cato zählte auf, was er der Akte entnommen hatte. »Die Spurensicherung; Buckleys Haar auf Woodwards Jeans; Telefongespräche zwischen Buckley und Woodward; Drogenspuren im Imbisswagen; und, nicht zu vergessen, Riri Yusala hat ihn angeschwärzt.«

»Unser Adonis, na, das ist ja wirklich mal ein vertrauenswürdiger Zeuge. Ein Drogendealer und Vergewaltiger, der mehrere Jahre im Knast vor sich hat und anschließend dann die Abschiebung.«

»Aber was ist mit den Ergebnissen der Forensiker?«, fragte Cato unbeirrt.

Tess nickte, in diesem Punkt gab sie ihm recht, doch dann runzelte sie die Stirn. »Die kriminaltechnischen Ergebnisse, auch wenn sie nicht eindeutig sind, sind normalerweise gut dafür, die Gerichte rumzukriegen. Aber wenn sie diese Ergebnisse doch schon vom ersten Tag an gehabt haben, warum haben sie Woodward dann überhaupt wieder laufen lassen? Zusammen mit den Telefongesprächen hätte das doch ausreichen müssen, um ihn festzuhalten, oder nicht?«

Cato kannte den Fall nicht gut genug, um diese Frage zu beantworten. In seinem Schädel pochte es, und er musste für morgen früh einen Durchsuchungstrupp organisieren.

Tess begann, Gläser und Becher wegzuräumen. Cato erhob sich, um ihr zu helfen. Er schwankte, weil er zu schnell aufgestanden war, keine gute Idee, wenn man gerade einen Stoß mit dem Kopf bekommen hatte. Tess streckte einen Arm aus, um ihn zu stützen, und ihre Blicke trafen sich. Sie lehnten sich aneinander; sein heißer Atem in ihrem Gesicht, seine

Hand umfasste ihren Nacken unter dem Ohr, die Finger streichelten ihr Haar.

Tess schloss die Augen und drückte den Kopf gegen seine Hand wie eine liebebedürftige Katze. »Warum bist du gegangen, Cato? Was war an uns so verkehrt?«

Selbst nach all den Jahren wusste Cato die Antwort nicht. »Ich bin ein Feigling. Ein Idiot. Keine Ahnung ... sorry.«

Sie spürte die Anspannung in seinem Körper. Die Liebkosungen, die vor einem Moment noch so selbstverständlich gewirkt hatten, fühlten sich jetzt gedankenlos und linkisch an. Der Augenblick war vorbei.

Tess löste sich aus der Umarmung. »Tut mir leid, ich habe zwölf beschissene Monate hinter mir. Ich komme jetzt erst allmählich drüber weg. Das ist keine gute Idee. Das Letzte, was ich jetzt brauchen kann, ist ein nostalgisches Techtelmechtel mit Cato Kwong«, sie lächelte entschuldigend, »wie verlockend das auch sein mag.«

Er seufzte. »So sieht mein ganzes Leben aus.«

Tess sah sein vertrautes, selbstironisches, Mitleid heischendes Lächeln. Es besagte: »Diese Situation ist ohne mein Zutun entstanden.« Das gleiche Lächeln, das er aufgesetzt hatte, als er sie verließ.

»Cato, versteh das nicht falsch, aber du bist ein feiges, egozentrisches Schwein.«

Er sah aus, als hätte sie ihm eine Ohrfeige verpasst, versteckte sich aber gleich hinter einem reuevollen Lächeln. »Rede bitte nicht um den heißen Brei herum, nur raus mit der Sprache.«

»Du bist vor mir weggelaufen, weil du feige bist, und aus dem gleichen Grund bist du für Hutchens umgefallen und hast dir Probleme eingehandelt, und du machst sogar deinen beschissenen Job im Viehdezernat weiter, bloß weil du nicht den Mumm hast, deutlich zu sagen, was richtig und was falsch ist. Wenn du wirklich das Gefühl hast, dass dir übel mitgespielt wurde, dann kündige und besorge dir eine anständige Arbeit. Worauf wartest du denn? Dass jemand sich bei dir entschuldigt und zugibt, dass du recht hattest und die anderen unrecht?«

Cato sah zu Boden. Mit rotem Kopf und stinksauer.

Tess legte ihm sanft die Hand auf die Brust. »Sag was.«

Er schaute über ihren Kopf hinweg. »Du hast dir anscheinend schon alles zurechtgelegt.«

Sie trat einen Schritt zurück. »Werd endlich mal erwachsen, Cato. Du hast dabei geholfen, einen Unschuldigen einzusperren, weil du falsch gehandelt hast. Aber was dich wirklich quält, ist die Tatsache, dass ausgerechnet du erwischt worden bist und andere nicht. Jetzt suhlst du dich in dieser bitteren Märtyrer-Scheiße. Ist doch ganz egal, wer alles damit durchgekommen ist. Du hast Unrecht getan, also trag es mit Fassung und mach weiter, anstatt alle um dich herum mit deinem ... Gift anzustecken.«

Cato brummte der Schädel; lag das an Stevensons Kopfstoß oder an etwas anderem? Tess hatte wirklich ihre Hausaufgaben gemacht: War es bei ihrer kurzen Autofahrt mit Jim Buckley um dieses Thema gegangen? Wie lange war das mittlerweile her, eine Woche?

Ihr Blick war jetzt milder. »Und deine Ehe ist auch im Eimer, oder? Sag mir, dass ich mich irre.«

»Bist du jetzt fertig?«

Tess schüttelte den Kopf. »Du musst wirklich aufhören wegzulaufen, wenn es zu schwer wird. Lass dir das von einer Frau sagen, die Bescheid weiß, Cato: Wenn du dieses Gift nicht aus deinem System rauskriegst, wird es dich auffressen.«

Vortreten – Weglaufen. Erst Greg Fisher, jetzt Tess Maguire. Was war das, die Cato-kriegt-eins-aufs-Dach-Woche?

»Aber jetzt bist du fertig?«

»Ja.« Sie gab ihm einen Kuss auf die Wange. »Denk mal drüber nach. Bitte, ja?«

Cato hielt den Blick fest auf einen neutralen Punkt an der Wand gerichtet.

33

Freitag, 17. Oktober. Morgendämmerung.

Es war ein bunter Haufen: Duncan Goldflam und einer seiner Assistenten standen in blauen Schutzanzügen und mit Gesichtsmasken bereit. Mark McGowan, ausgerüstet mit blauen Papierüberschuhen, Maske und Gummihandschuhen, würde sie unterstützen, und Paul Abbott und Mitch Biddulph aus Ravensthorpe sowie ein paar junge Beamte, die man aus Esperance herangeholt hatte, würden im Haus mithelfen. Das Team war so bunt zusammengewürfelt, weil Cato für diese Razzia keine Genehmigung von einem höheren Vorgesetzten hatte. Doch darüber würde er sich später den Kopf zerbrechen. Er unterdrückte ein Gähnen. Statt zu schlafen hatte er über die bitteren Wahrheiten nachgegrübelt, die Tess ihm serviert hatte. Er begegnete ihrem Blick; es schien ihr nach wie vor nicht besonders leid zu tun. Cato wusste, dass er sich nur noch mehr Scherereien einhandelte, weil er sie zur Mitarbeit aufgefordert hatte. Sie war zwar im streng disziplinarischen Sinne nicht beurlaubt, aber solange die Ermittlungen wegen des Taser-Vorfalls noch liefen, sollte sie doch lieber unsichtbar bleiben. Zum Teufel damit – sie gehörte zu den ganz wenigen Menschen, denen er vertraute.

Blauschwarze, orange gefleckte Kumuluswolken bauschten und drängelten sich am Osthimmel und erwarteten den großen Auftritt der Sonne. Ein leichter Wind wehte durch die Wilkinson Street und rollte eine leere Getränkedose vor sich her. Cato nickte Tess zu, und sie drückte auf die Klingel neben Keith Stevensons Haustür. Drinnen schlug ein Hund an. Es war ein tiefes, markiges Gebell, von einem Tier, das mehr Substanz hatte als Justin Woodwards selige Lily. Cato bemerkte, dass Tess' Hand über ihrem Taser schwebte. Sie drückte noch zweimal auf die Klingel, dann sah er durch die Milchglasscheibe, wie eine verschwommene Gestalt die Treppe hinunterkam. Mit einem Fluch rief eine Männerstimme den Hund zur Ordnung.

»Wer ist denn da?«

Keith Stevenson schlief in gelben Homer-Simpson-Boxershorts und Billabong-T-Shirt. Er sah verkatert aus, und Cato bemerkte mit einiger Genugtuung, dass der obere Teil seines Ohrs verpflastert war.

Stevenson blinzelte seine Besucher an und schüttelte genervt den Kopf. »Verdammte Scheiße.«

Tess übernahm die Formalitäten, indem sie verkündete, sie verhafte ihn, weil er einen Polizeibeamten angegriffen habe. Sie erklärte sein Haus zum Tatort und wedelte ihm mit etwas, das aussah, als könnte es ein Durchsuchungsbefehl sein, vor dem Gesicht herum.

Stevenson jedoch ließ Cato nicht aus den Augen. »Verdammtes Weichei«, zischte er.

Cato ignorierte ihn und gab Anweisungen für die Durchsuchung von Haus, Garten und Schuppen.

Oben an der Treppe ertönte Kerry Stevensons rauchiges Krächzen. »Keith, was ist denn bloß los? Wer ist da an der Tür?«

»Dieser Arsch von Jackie Chan. Steh auf und mach uns 'n Kaffee, Schatz, ja?«

»Ihr könnt mich alle.«

Tess und Paul Abbott führten Stevenson in den offenen Wohnraum, legten ihm Handschellen an und drückten ihn sanft aber bestimmt in einen Sessel. Erst als er den Rückfahrwarner eines LKWs piepen hörte, fiel endlich der Groschen.

Sein Blick wurde hart. »Was ist da draußen los?«

Cato hatte seine Antwort parat. »Ich glaube, ich habe gestern, als ich weggegangen bin, das Boot gestreift. Mein Blut klebt daran. Das hilft uns, für die Anklage wegen Körperverletzung ein vollständiges Bild von der Reihenfolge der Ereignisse zu erhalten.«

»Ist doch Quatsch mit Soße. Wofür wollen Sie das Boot in Wirklichkeit haben?«

Cato wiederholte sein Sprüchlein, dass Körperverletzung ein schweres Vergehen sei und so weiter.

»Gab es Zeugen für diese angebliche Körperverletzung?« Stevensons Augen funkelten.

»Etwa dreißig in Ihrem Garten.«

»Hat sich einer davon gemeldet?«

»Die Ermittlungen laufen.«

»Das ist doch alles ein Witz. Mein Anwalt wird Sie mit Vergnügen fertigmachen.«

Cato unterließ es zu erwähnen, dass ein zweiter Abschleppwagen unterwegs war, um den Prado und den SaS-Wagen zu holen.

Auf der Treppe, die aus dem offenen Wohnraum direkt ins Stockwerk darüber führte, entstand ein Handgemenge. Cato trat an den Fuß der Treppe, um zu sehen, was los war. Kane Stevenson spielte für seinen kleinen Bruder Jai den Helden, er lag jetzt mit dem Gesicht nach unten oben an der Treppe, während zwei Beamte aus Esperance auf seinem Rücken knieten und ihm Handschellen anlegten. Anscheinend hatte er das Vokabular und die blumige Ausdrucksweise seiner Eltern übernommen. Neben ihm stand mit großen Augen der elfjährige Jai in grünen Bart-Simpson-Boxershorts. Niedlich: Vater und Sohn im Partnerlook.

Jais Mutter schob sich in einem Morgenmantel aus violettem Samt und mit Kapuze an ihm vorbei. »Jai, zieh dir was an, aber hoppla, und komm runter.« Sie blickte auf ihren Ältesten hinunter, dessen Gesicht tief in den flauschigen Teppich gedrückt war.

»Kane, sei doch nicht so bescheuert, Schatz.«

Duncan Goldflam streckte den Kopf durch die Hintertür und bat Cato mit einem Nicken, zu ihm in den Garten hinauszukommen. Seine Helfer und Mark McGowan standen an der Schuppentür, bewaffnet mit einer orangefarbenen Kettensäge, offenbar einer Husky, und einem Asservatenbeutel.

»Freuen Sie sich nicht zu früh«, warnte Goldflam, »die ist nicht gerade mit dem Blut von Ihrem Chinesen bedeckt, denn jemand hat sie kürzlich geputzt. Aber …« Goldflam gestattete sich ein Grinsen, »unser erster Eindruck ist, dass er das nicht besonders gründlich gemacht hat.« Er nickte über die Schulter zum Haus hinüber. »Diese Kerle sind normalerweise entweder zu faul, zu eingebildet oder zu blöd, um ihre Spuren richtig zu vernichten. Sie denken, niemand könnte ihnen was. Und da fallen sie dann meistens mit auf die Nase.«

Goldflam machte seinem Assistenten ein Zeichen, die Kettensäge in den Asservatenbeutel zu stecken.

Cato erwärmte sich für ihn. Obwohl der Mann ganz offensichtlich seinem Chef Hutchens die Treue hielt, war er letztlich doch ein Profi, dem es Freude machte, üble Burschen dranzukriegen. »Hoffen wir mal, dass Sie recht haben. Irgendwas von einem Gewehr gesehen?«

Goldflam schüttelte den Kopf. Cato runzelte die Stirn, eigentlich hätten sie eine Schusswaffe finden müssen. Im Pub hatte Travis Grant doch erzählt, dass Keith den jüngeren Sohn, Jai, mit auf die Kängurujagd nahm, was er mit dem älteren Bruder Kane nie gemacht hatte.

In diesem Moment hörten sie den Schuss im Haus.

»Leg das Gewehr weg, Jai«, rief Cato.

Der gefrustete Jugendliche war bewaffnet und gefährlich. Niemand wusste genau, wo er sich befand, bloß dass er oben irgendwo mit dem Kleinkalibergewehr seines Vaters herumhantierte und damit gerade auf Steve Dempster geschossen hatte. So hieß der junge Polizist aus Esperance, der oben an der Treppe lag. Ein dunkler Fleck breitete sich hinten auf seinem blauen Uniformhemd aus, und Blut tropfte durch die offene Treppe auf die Jarrahdielen in der Küche darunter. Kane Stevenson, immer noch in Handschellen, lag weiterhin auf dem Bauch. Steve Dempsters Partner, Corey Sowieso, lag zwischen Kane und der Wand, und sein flehentlicher Blick bat darum, dass jemand ihn aus der Schusslinie holen möge. Der arme Kerl hatte eingenässt, vielleicht auch noch schlimmer, dem üblen Gestank nach zu urteilen. Alle anderen hatten sich unten hinter der Küchentheke versammelt.

»Jai, leg das Gewehr weg.« Diesmal war es Tess, sie trat hinter der Theke hervor an den Fuß der Treppe.

»Komm zurück!«, zischte Cato.

Tess überhörte das. Sie löste ihre Waffe vom Gürtel und hob den Fuß auf die erste Treppenstufe. Cato fand es plötzlich unfassbar, dass er Leute unvorbereitet und ungeschützt in diese Situation gebracht hatte. Zugegeben, die nächsten kugelsicheren Westen gab es erst im drei Stunden entfernten Albany, aber ihm war gar nicht in den Sinn gekommen, dass etwas Gefährlicheres auf sie zukommen könnte als eine mögliche Rauferei mit Stevenson.

»Jai, ich bin's, Tess. Weißt du noch?«

Ein Prusten und ein Kichern. »Na klar.«

Geduckt ging Cato zu Kerry hinüber, die gelassen aus einem Becher Kaffee trank.

»Gibt es noch einen anderen Weg nach oben?«, flüsterte er.

Sie schüttelte den Kopf und schwenkte ihren Becher vage in Richtung Treppe. »Ich an Ihrer Stelle würde der Zaubermaus da sagen, sie soll mal lieber nichts riskieren. Mein Jai ist irre nachtragend, das hat er von seinem Vater. Sind eben Schotten. Die können nichts vergessen.«

Keith Stevenson warf seiner Frau einen bösen Blick zu. Er hielt Cato seine gefesselten Handgelenke hin. »Nehmen Sie mir die Handschellen ab, dann gehe ich hoch und kümmere mich um Jai.«

Cato schüttelte den Kopf, aber etwas Besseres wollte ihm im Moment auch nicht einfallen.

»Ich will nicht, dass mein Sohn erschossen wird«, brummte Stevenson. »Ich bin der Einzige, auf den er hört. Und einen haben Sie doch schon verloren.« Er deutete mit dem Kinn auf Tess, die bereits auf der dritten Treppenstufe stand und noch sieben vor sich hatte. »Wollen Sie denn, dass die da auch noch dran glauben muss?«

Tess' Kopf war nun fast in einer Höhe mit dem Fußboden im Obergeschoss, nur noch wenige Zentimeter, dann würde sie sich in der Schusslinie befinden. Und nur zwei Schritte noch und sie konnte die schlaffe, ausgestreckte Hand von Steve Dempster berühren.

»Jai, ich kann von hier aus sehen, dass er noch atmet, aber wir müssen ihn schnell ins Krankenhaus bringen.«

Ihr war durchaus bewusst, dass der Junge nach der letzten Begegnung mit ihr, nach den fünfzigtausend Volt, einen Kater gehabt hatte. Und jetzt hatte Jai Stevenson ein Gewehr in der Hand und eine Rechnung zu begleichen.

»Der Mann kann sterben. Aber er hätte nicht auf Kane draufspringen dürfen.«

Tess blickte die Treppe hinauf, Kane Stevenson in die Augen. Er entnahm ihrem Blick, was sie meinte.

»Jai, Alter, mir geht's gut. Keine Sorge. Aber wir müssen den Bullen da schnell zum Doktor bringen. Schmeiß das Gewehr weg und lass die Cops an ihn ran, okay?«

»Nee.«

»Doch, du dummer kleiner Scheißer.«

»Halt dein blödes Maul, Kane, oder ich schieße dich auch tot.«

Tess stieg eine weitere Stufe hoch. Je nachdem, wo Jai sich genau befand und ob er lag, hockte oder stand, konnte sie auf der nächsten Stufe schon in der Schusslinie sein – oder vielleicht sogar jetzt schon. Corey aus Esperance hatte den Versuch, mit der Wand oder dem Fußboden zu verschmelzen, aufgegeben. Tess bemühte sich, den Gestank seiner Angst zu ignorieren. Corey öffnete die Augen und sah, wie nah sie schon war. Wenn er die Hand ausstreckte, konnte er ihren Scheitel berühren. Kane Stevenson lag mit undurchdringlicher Miene neben ihm, immer noch auf dem Bauch. Würde er seinen kleinen Bruder vor Tess warnen oder würde er ihr helfen, diese Situation zu beenden? Auf Kanes anderer Seite schien Steve Dempsters blutender Körper immer kälter und kleiner zu werden.

»Kuckuck, ich sehe dich!«, rief Jai in singendem Tonfall. Er spielte Verstecken mit ihr.

Tess zuckte zusammen und duckte sich instinktiv. Der Elfjährige kicherte.

Draußen im Garten stellten Goldflam und sein Assistent eine Leiter an die Hauswand. Am Fuß der Leiter wartete Mark McGowan mit der Waffe in der Hand auf das Kommando zum Hochsteigen. Aber sie wussten nicht, in welchem Zimmer Jai sich befand. Sie machten Cato durch die Glastür ein

Zeichen, dass er es herausfinden solle. Er wandte sich an die Mutter des Jungen.

»In welchem Zimmer ist er?«

Kerry zuckte die Achseln und sah weg.

»Es besteht wirklich die Gefahr, dass Ihr Sohn heute stirbt, Mrs Stevenson.«

»Nur, wenn ich euch Verbrechern helfe, und das mache ich nicht.«

»Lassen Sie mich mit ihm sprechen.« Es war Keith Stevenson, bittend.

Das war eine Seite an ihm, die Cato nicht erwartet hatte. »Ich muss wissen, in welchem Raum er ist. Ich habe einen schwer verletzten Beamten, der dringend medizinische Hilfe braucht. Die Zeit wird knapp.«

»Im mittleren, aber lassen Sie mich mit Jai sprechen. Ich kann das beenden.«

Zu Mark McGowan gedreht, formte Cato lautlos »im mittleren« mit den Lippen und wandte sich dann wieder an Stevenson.

»Wir wissen beide, warum wir hier sind, oder? Den eigentlichen Grund.«

Stevensons Gesichtsausdruck blieb neutral. »Die angebliche Körperverletzung.«

»Den wahren Grund.« Eindringlich sah Cato Stevenson an.

Stevenson schüttelte empört den Kopf. »Mein Gott, was sind Sie für ein krummer Hund. Mich gerade jetzt in die Zange zu nehmen. Sie feilschen um das Leben meines Sohnes. So was macht doch nur ein gemeiner Scheißkerl, verdammt noch mal.«

»Ich weiß nicht, wovon Sie reden, Mr Stevenson, ich versuche bloß, diese Situation zu beenden.« Cato blickte über Stevensons Schulter hinweg McGowan an und bedeutete ihm mit einem Nicken, mit dem Hochsteigen zu beginnen. McGowan überprüfte ein letztes Mal seine Glock und kletterte die Leiter hoch.

»Was ist das denn da unten für ein Geflüster?« Jais Stimme, unsicher.

»Jai, wir müssen damit aufhören, mein Junge. Gleich ...«

Cato legte Keith Stevenson warnend die Hand auf die Schulter und beugte sich dicht zu seinem Ohr. »Wenn Sie ihn warnen, haben wir noch weniger Chancen. Und dadurch wird seine Situation noch gefährlicher. Überlegen Sie sich das.«

»Was ist gleich, Dad? Was soll das Geflüster, passiert da irgendwas?«

Jais Stimme klang jetzt immer kindlicher, nervöser, ängstlicher, das Spiel machte ihm nicht mehr so viel Spaß.

Keith Stevensons Unterlippe zitterte. »Gleich …« Cato sah ihm in die Augen. »Gleich … ist wieder alles in Ordnung, Jai. Lass uns aufhören, ja?«

»Dad. Da draußen ist jemand am Fenster! Er hat eine Pistole!«

Da Jai abgelenkt war, beugte Tess sich vor, packte Dempster hinten am Kragen und zog ihn drei Stufen nach unten, aus der Schusslinie heraus.

»Dad!«

»Leg das Gewehr weg, mein Junge.« Keith Stevensons Augen flossen über.

»Nein.« Die Stimme des Jungen wurde vor Panik immer lauter.

»Wir müssen damit aufhören, Keith.« Cato sah von Stevenson zu Goldflam, der draußen auf ein Zeichen wartete, das er an McGowan weitergeben konnte. Er wandte sich wieder Stevenson zu.

Stevenson sackte in sich zusammen. »Ich war das mit dem Chinesen. Aufhören. Sofort.«

Cato gab Goldflam das Zeichen, nicht zu feuern, und nahm Stevenson die Handschellen ab. Mit wenigen raschen Schritten lief er die Treppe hinauf und redete Jai dabei ruhig zu. Cato folgte ihm auf den Fersen, mit gezogener Waffe. Der Junge legte das Kleinkaliber folgsam hin, und sein Vater erdrückte ihn fast in einer verzweifelten, angstvollen Umarmung.

Cato legte ihm die Hand auf die Schulter. »Keith Stevenson, ich verhafte Sie wegen Mordes an Hai Chen …«

Stevenson ließ seinen Sohn los und wandte sich Cato zu. Mit leiser, vorwurfsvoller Stimme sagte er: »Was Sie heute getan haben, war einfach unrecht. Wenn Sie ein Kind hätten, wüssten Sie das.« Er stupste Cato mit dem Zeigefinger gegen die Brust. »Und Gott helfe dem Kind, falls Sie tatsächlich eins haben sollten.«

Cato konnte Tess Maguires Gesichtsausdruck nicht deuten. Sie war gerade dabei, einen Krankenwagen zu rufen.

34

Freitag, 17. Oktober. Später Vormittag.

Steve Dempster würde am Leben bleiben. Seine Schulter würde sich nie wieder richtig gesund anfühlen, und er würde nie wieder Sicherheit oder Selbstvertrauen empfinden. Wahrscheinlich würde er nach der Behandlung und der Reha nicht in den Polizeidienst zurückkehren. Er würde sich eine ungefährlichere, lohnenswertere Arbeit suchen, vielleicht als Immobilienmakler oder in der Mine. Und Cato wusste auch jetzt schon, dass Jai Stevenson für seine Tat wahrscheinlich weder ein Gerichtsverfahren noch eine Strafe zu befürchten hatte. Niemand hatte gesehen, wie er den Abzug betätigte. Niemand konnte ihm eine böse Absicht nachweisen. Man würde einen Unfall daraus machen. Der Junge war doch erst elf, um Himmels willen. Cato konnte Keith Stevenson, der im Vernehmungsraum der Polizeiwache in Ravensthorpe ihm gegenüber am Tisch saß, ansehen, dass er das ebenfalls wusste.

»Hai Chen«, sagte Cato.

Für einen Mann, der einen Mord gestanden hatte, wirkte Stevenson eigentlich zu ruhig, auch wenn das Geständnis erfolgt war, während jemand seinem Sohn eine Pistole an den Kopf gehalten hatte. Mark McGowan hatte das Aufnahmegerät eingeschaltet und die Formalitäten erledigt. Jetzt wartete er mit gezücktem Stift und Notizblock.

Stevenson hatte auf sein Recht auf einen Anwalt verzichtet. »Ich habe einen Anruf von Chen gekriegt. Das muss so um elf oder halb zwölf an dem Abend gewesen sein.«

»Von wo? Auf Paddy's Field ist doch kein Empfang, oder?«

»Er ist quer rüber zur Landebahn gegangen. Da hat man Empfang. Und dann haben wir uns verabredet.«

»Wo waren Sie gerade?«

»Ich war mit dem Wagen unterwegs, mit 'm Scheinwerfer auf Jagd, mit dem Jungen, wir waren auf dem Rückweg. Hatten ein paar Karnickel, einen Fuchs und einen Emu erlegt. Den Emu hatte ich für die Katze mitgenommen, frisst sie für ihr Leben gern.«

Die Anruflisten der Handys würden das Telefongespräch bestätigen. Und das Emublut hinten im Wagen würde die Forensiker ein bisschen verwirren.

Cato fuhr fort. »Also haben Sie Jai abgesetzt und sind zu dem Treffen gefahren?«

Ein Augenflackern und eine allzu schnelle Antwort: »Ja, stimmt.«

»Oder haben Sie Jai mitgenommen?«

»Hab ihn abgesetzt.« Diesmal entschiedener. Cato verfolgte die Sache nicht weiter.

»Um wie viel Uhr sind Sie bei der Landebahn angekommen?«

»So um Mitternacht, vielleicht später, hab nicht auf die Uhr geguckt.«

»Wo war Chen?«

»Im überdachten Bereich, vor dem Terminal, er sah gar nicht gut aus.«

»Wie meinen Sie das?«

»Der ganze Kopf voller Blut, und er hat gezittert und rumgebrummelt. Man konnte ihn schon in seinen besten Zeiten schlecht verstehen.«

»Und dann?«

»Ich habe ihn sauber gemacht. Hab ihm Wasser zu trinken gegeben. Hab ihn gefragt, wo er hinwollte.«

»Und?«

»Da ist er ausgetickt. Hat was auf Chinesisch gebrabbelt. Ist auf mich losgegangen.«

»Warum?«

»Fragen Sie ihn doch selbst. Er war verrückt. Geistesgestört.«

»War das, weil seine Betrügereien aufgeflogen waren und er Ihre Hilfe brauchte, um da rauszukommen?«

»Welche Betrügereien denn?« Stevenson hob eine Augenbraue.

»Dass er seine Arbeitskollegen abgezockt hat. Und seinen Schwager.«

»Ganz schön frech, aber sorry, nein, davon wusste ich nichts.«

»Warum haben Sie Guan Yu dazu gebracht, den Mord zu gestehen?«

»Wen?«

»Guan Yu, den Schwager, den mit dem kranken Kind. Er hat Ihnen erzählt, dass er an dem Abend eine Auseinandersetzung mit Chen hatte. War er Ihr Versicherungsschein für den Fall, dass die Sache aus dem Ruder laufen sollte?«

»Aus dem Ruder?«

»Die Leiche wird angespült, und in der Stadt wimmelt es von Bullen, selbst wenn die sich für was anderes interessieren. Es läuft alles ein bisschen ... schief.«

»Hören Sie, das alles ist mir neu, wollen Sie jetzt meine Geschichte hören oder was?«

Cato merkte, worauf Stevenson hinauswollte; sein Wort stand gegen Guans Aussage, dass es eine »Vereinbarung« gegeben habe. Er versuchte es aus einer anderen Richtung. »Was ist mit Travis Grant?«

»Was soll denn mit ihm sein?«

»Hat er Sie nie gefragt, was mit Ihrem Mittelsmann Hai Chen passiert ist?«

Stevenson blickte auf ein Poster an der Wand. »Travis ist nicht der Typ, der Fragen stellt. Der kümmert sich um seine eigenen Sachen. Damit ist er bisher gut gefahren.«

Cato wusste nun, in welche Richtung das ging. Keith Stevenson hatte die letzten paar Stunden darauf verwendet, seine Story auszuarbeiten. Oder vielleicht hatte er sogar schon von Anfang an auf diese Vernehmung gewartet. Eine Auseinandersetzung, ein gewalttätiger Streit, Chen hatte nach dem Kleinkaliber gegriffen, es war unbeabsichtigt losgegangen. Und Stevenson hatte mit einer Leiche dagestanden. Bei seinem Strafregister hätte das nicht gut ausgesehen. Er musste sie also loswerden, das war alles, was er gestehen würde. Keinen Mord, im besten Fall Totschlag und die illegale Entsorgung der Leiche. Es würde fast unmöglich sein, ihm sonst noch etwas nachzuweisen. Mit einem guten Anwalt musste er mit fünf bis sieben Jahren rechnen, und ein Drittel davon würde man ihm wegen guter Führung erlassen.

Cato seufzte. »Und wie sind Sie ihn dann losgeworden?«

»Hab ihn im Boot mit rausgenommen, in die Starvation Bay. Bin ein paar Meilen rausgefahren. Hab ihn an Deck mit der Husky zersägt und dann über Bord geworfen und das Deck mit dem Schlauch abgespritzt.« Stevenson breitete die Arme aus, ein wenig bedauernd, aber was war schließlich dabei?

»Und Chens Kleidung? Seine Brieftasche? Sein Handy?«, fragte Mark McGowan mit gezücktem Stift.

»Auch, alles über Bord.«

Cato ging die Geschichte noch einmal mit ihm durch, überprüfte die Details, achtete auf Ungereimtheiten. Es blieb dabei. Etwa um elf an dem Abend musste Chen aufgewacht sein, benommen und blutend nach seinem Streit mit Guan Yu. Seine Kollegen waren inzwischen betrunken und schliefen, sie hielten ihn für tot und würden sich erst am Morgen seinetwegen Gedanken machen können. Chen wollte sich mit Stevenson treffen, und nachdem er durch die Dunkelheit gestolpert war, bis sein Handy Empfang hatte, rief er ihn an, um etwas mit ihm auszumachen. Warum? Vielleicht glaubte Hai Chen, dass es hier nichts mehr für ihn zu holen gab, weil seine Gaunereien aufgeflogen waren. Aber, noch einmal, warum? Bisher deutete nichts darauf hin, dass Guan Yu vom ganzen Ausmaß der Abzocke wusste, er glaubte immer noch, es handle sich dabei nur um die fünfzig Dollar pro Woche. Bei ihrem Streit an dem Abend war es nur darum gegangen, dass Guan diese wöchentliche Abgabe nicht bezahlen konnte, weiter nichts.

Am Flugplatz folgte dann ein weiterer Streit, diesmal mit Stevenson, und Chen wurde erschossen. Cato lehnte sich zurück und verschränkte die Arme hinter dem Kopf.

»Berichten Sie mir noch einmal von dem Streit, einfach damit wir das klarkriegen.«

»Er hatte 'ne Meise. Hat nur chinesisch geredet. Wurde aggressiv.«

»Weswegen?«

»Weiß der Teufel.«

Cato beugte sich wieder vor, legte die Arme auf den Tisch und verschränkte die Finger. »Kommen Sie, Keith, Sie haben mir erzählt, Zitat: ›Ich war das mit dem Chinesen.‹ Sie müssen doch einen Grund gehabt haben. Chinesisch zu reden und aggressiv zu werden sind keine hinreichenden Gründe. Sie hätten ihn mit einem Schlag außer Gefecht setzen können, ein Mann mit Ihrer Erfahrung.«

Stevenson spiegelte Catos Haltung mit den Armen auf dem Tisch. »Als ich gesagt habe, ich wäre das mit dem Chinesen gewesen, haben Sie mit dem Leben von meinem Sohn gespielt. Ich glaube, das nennt man Nötigung. Trotzdem bin ich jetzt aus freien Stücken hier und helfe freiwillig, diese Geschichte aufzuklären.«

»Bitte, sprechen Sie weiter.«

»Er hat nach dem Gewehr gegriffen. Da hat sich ein Schuss gelöst und ihn am Kopf getroffen, Ende. Das habe ich gemeint, als ich gesagt habe: ›Ich war das mit dem Chinesen.‹ Ich war sozusagen dafür verantwortlich.«

Das war alles, was er zugab. Die Forensiker hatten zu den Einzelheiten des Kampfes keine eindeutigen Ergebnisse und würden Cato niemals den wahren Grund dafür verraten, genauso wenig, wie Keith das tat. Die Geschichte näherte sich dem Ende, und viele Fragen blieben offen und viele Details ungeklärt. Cato konnte nichts daran ändern. Vielleicht hatten Stevenson und Chen bei der Abzocke halbe-halbe gemacht, und Chen hatte gedroht, alles auszuplaudern, wenn er nicht kriegte, was er wollte. Vielleicht hatte Stevenson Hai Chen erschossen, vielleicht hatte jemand anders das getan. Nur Jai kam noch dafür in Frage; dass der Junge mit einem Kleinkaliber umgehen konnte, hatte er ja zweifellos bewiesen. Anschließend hatte Keith Stevenson die Leiche dann hinten in seinen Pritschen-PKW gepackt, das Boot von Zuhause geholt und war aufs Meer hinausgefahren. Und jetzt hielt er wahrscheinlich für seinen Sohn den Kopf hin. Er erwies sich als besserer Vater, als Cato es jemals gewesen war.

»Okay, danke, Mr Stevenson, das sollte reichen, um weiterzumachen.«

Mark McGowan klagte Stevenson formal wegen verschiedener Punkte an, darunter Gewalt gegen einen Polizeibeamten, Behinderung der Justiz und Totschlag. Stevenson lehnte sich zurück und gähnte.

Cato stand auf, um den Raum zu verlassen. »Gut, Mark, dann wollen wir jetzt Jai holen, und natürlich seine Mutter als verantwortliche Erwachsene, und uns seine Version von dem Abend anhören, als er mit seinem Vater auf der Jagd war.«

Keith Stevenson lächelte und behielt seine Gedanken für sich.

Zu den Klängen von »A Whiter Shade of Pale« glitt Jim Buckleys Sarg durch die dunkelroten Samtvorhänge. Detective Inspector Mick Hutchens hätte niemals gedacht, dass Jim ein Fan von Procul Harum gewesen war; aber schließlich hatte er auch niemals gedacht, dass Buckley überhaupt irgendetwas gewesen war, außer vielleicht ein Volltrottel. Immerhin hatte er die grimmige Genugtuung, seinen trauernden Söhnen versichern zu können, dass der Mörder ihres Vaters hinter Gittern saß. Dass Justin Woodward am Vortag in Albany einem Ermittlungsrichter vorgeführt worden war, war das Hauptthema in den Abendnachrichten gewesen. Mick Hutchens war in aller Munde – sogar der Polizeipräsident hatte sich herabgelassen, ihm eine E-Mail mit Glückwünschen zu schicken. Hutchens spürte, dass er Aussicht auf Rehabilitation und Belohnung hatte. Er wollte aus Albany weg, er wollte zur Kripo in Fremantle. Er wollte die knackige Lara Sumich, aber die zierte sich wie eh und je. Er wollte Cato Kwong aus dem Abseits zurückholen; Kwong war zu clever und zu beharrlich für solchen Quatsch wie das Viehdezernat, aber er hatte wieder mal alles vermasselt. Hatte den Flieger verpasst und Jim Buckleys Beerdigung versäumt. Hatte er irgendwo einen Selbstzerstörungs-Knopf, den er immer dann drückte, wenn er zu nah an die obere Liga herankam?

Die Trauernden begaben sich nach draußen. Ihre Zigarettenpäckchen und Feuerzeuge hielten sie schon in den Händen. Handys wurden wieder eingeschaltet, Nachrichten piepten. In der Menge konnte Hutchens Jim Buckleys Schwägerin sehen, die Frau von Stuart Miller. Jemand hatte sie ihm vor Beginn der Trauerfeier gezeigt. Die Arme, sie sah schlimm aus. Sie hatte ihre Schwester verloren und kurz darauf ihren Schwager, und jetzt lag ihr Mann erblindet und bis zur Unkenntlichkeit verbrannt im Krankenhaus. Gerade starrte sie auf ihr Handy, als sei auf dem Display ein Gespenst erschienen.

Hutchens zerbrach sich den Kopf nach Beileidsworten, während er zu ihr hinüberging. »Mrs Miller, ich bin Detective Inspector Mick Hutchens. Ich …«

Ihr Gesicht war kalkweiß geworden. Zornig blickte sie ihn an. »Verdammtes Schwein«, zischte sie.

»Wie bitte? Ich …«

»Sehen Sie sich das an.« Mrs Miller reichte ihm das Handy. Es war eine SMS: *Tut mir leid um Ihren Mann. Mir ist, als hätte ich ihn Jahre gekannt. Ein lieber Mensch. DA*

»Ich verstehe nicht …«

»Das kommt von Stuarts Handy.«

»Wie bitte?«

»DA. Davey Arthurs hat das Handy meines Mannes.«

Angestrengt versuchte Hutchens, ihren Gedankengang nachzuvollziehen. »Davey wer?«

Jenny Miller riss ihm das Handy aus der Hand, und jetzt strömten ihr die Tränen über die Wangen. »Der Mann aus dem Caravan, Sie verdammter Idiot.«

Kerry Stevenson wirkte gelangweilt. Ein bewaffneter Überfall am frühen Morgen, ein verletzter Polizist, Blut auf ihrem Küchenfußboden, ein Sohn, der um ein Haar erschossen worden wäre, und ein Ehemann, dem mehrere Jahre Knast bevorstanden. Doch sie zuckte nicht mit der Wimper. Cato überlegte, ob in dieser Aufzählung noch etwas fehlte. Mrs Stevenson hatte eine Illustrierte vor sich auf dem Tisch liegen, ein Klatschmagazin für Frauen, mit ein paar jungen Supermamas aus Hollywood auf dem Cover. Neben ihr saß in Kapuzen-Sweatshirt und Boardshorts der elfjährige Jai, im

Mund einen halb aufgelutschten Chupa Chup. Cato hatte wieder Mark McGowan neben sich. Er sah aus, als könnte er sich tausend Orte vorstellen, an denen er sich lieber aufhalten würde.

Kerry lehnte einen Rechtsanwalt ab. »Scheiße, wozu brauchen wir denn so'n Rechtsverdreher?«

Cato wollte keine Antwort einfallen. Er führte die beiden zum Abend von Hai Chens Tod zurück. Seine Fragen richtete er in erster Linie an Jai, denn er glaubte, dass er aus dem Jungen eher etwas Vernünftiges herausbekommen würde.

»Wann bist du mit deinem Vater zum Jagen gefahren?«

»So um halb neun.«

»Sicher?«

»Klar, die zweiten Simpsons waren gerade zu Ende, und vorher wollte ich nicht los, auf keinen Fall.«

Mitten in der Woche, während der Schulzeit. Das Thema Schlafenszeit sah man im Stevenson'schen Haushalt offenbar ganz locker.

»Okay. Und wo seid ihr hingefahren?«

»Wo wir immer hinfahren, die John Forrest Road raus, Richtung Phillips River. Da gibt es immer jede Menge zu schießen.« Jai hielt inne. »Ach ja, wie geht's denn dem Cop? Steve hieß er doch, oder?«

Die Ruhe selbst. Erkundigt sich nach dem Mann, dem er heute Morgen in den Rücken geschossen hat, als würde er nach jemandem fragen, der Schnupfen hat. Sehr witzig.

Doch diese Genugtuung gönnte Cato ihm nicht. »Gut. Danke der Nachfrage. Habt ihr an dem Abend was erwischt?«

Jai Stevenson sah Cato an, als sei er schwachsinnig. Natürlich hatte er was erwischt. »Fünf Karnickel, einen Fuchs und einen Emu, den haben wir für Millie mitgenommen.«

»Millie?«

»Die Katze, frisst sie wahnsinnig gern.«

»Sie muss die Scheißviecher ja auch nicht sauber machen, abziehen und kleinschneiden, oder?«, brummelte Kerry. »Stinkt immer durchs ganze Haus.«

»So wie du mit deinen Zigaretten.« Jais Augen wurden dunkel.

»Jetzt riskier hier mal keine dicke Lippe.« Kerry Stevenson streckte ihrem Sohn einen nikotinfleckigen Zeigefinger ins Gesicht.

Jai betupfte seine Narbe, eine reflexhafte Bewegung; als ihm bewusst wurde, dass seine Mutter ihn dazu gebracht hatte, war er doppelt wütend. Kerry lächelte schadenfroh, das hatte gesessen.

Cato klopfte mit seinem Stift auf den Tisch, als sei er tief in Gedanken versunken und wolle alle daran erinnern, wo sie sich befanden und aus welchem Grund. »Wann habt ihr Schluss gemacht?«

Jai zuckte die Achseln. »Weiß nicht, spät.«

»Seid ihr sofort nach Hause gefahren?«

Der Junge sah Cato direkt in die Augen. »Ja.«

Sie hatten sich von Anfang an auf diese Fragen vorbereitet.

»Sicher?«

»Ja, todsicher.« In den Augen des Jungen zeigte sich ein amüsiertes Funkeln.

Wenn schon, denn schon, dachte Cato. »Ich glaube, es war so: Dein Vater hat irgendwann nach elf einen Anruf gekriegt. Er ist zum Flugplatz gefahren. Du warst bei ihm. Da habt ihr den Chinesen getroffen. Mr Chen. Stimmt das bis dahin?«

Jai schaute zum Fenster hoch, spielte den Gelangweilten.

»Es gab Streit. Dein Vater und Mr Chen wurden handgreiflich. Du hattest das Gewehr, und da hast du beschlossen, deinem Vater zu helfen. Du hast den Chinesen erschossen, stimmt's?«

»Nein.«

In den dunklen Augen war ein Schimmer von tapfer zurückgehaltenen Tränen zu erahnen, die Stimme war sanft und ach, so aufrichtig. Eine Show wie diese würde vor Gericht mühelos alle überzeugen. Cato hatte nun, was er wollte, er hatte die Wahrheit – aber er wusste auch, dass er sie niemals würde beweisen können. Dieser rehäugige Elfjährige hatte in den letzten paar Wochen auf zwei Männer geschossen, einer davon war gestorben. Der Junge fand allmählich Geschmack daran, und er würde damit durchkommen. Cato schauderte es bei dem Gedanken, zu was dieses Kind in Zukunft fähig sein würde.

Kerry Stevenson fummelte an ihrem Zigarettenpäckchen herum. »Sind Sie jetzt fertig?«

35

Freitag, 17. Oktober. Nachmittag.

Eigentlich hätte man anstoßen oder auf andere Weise feiern oder irgendein Ritual abhalten sollen, um alles abzuschließen. Der Fall Flipper, der kopflose Rumpf, war gelöst. Keith Stevenson und/oder der kleine Jai waren es gewesen, mit einem Gewehr, am Flughafen. Aber niemandem war nach Feiern zumute. Senior Constable Steve Dempster war mit einer Kugel im Rücken in ein Krankenhaus in Perth geflogen worden. Sein Kollege, Corey Withers, trat zur ersten von vielen Therapiestunden an, weil er sich auf der Treppe der Stevensons in die Hose gemacht hatte. Alle wussten, wie gering die Chance war, dass es für Jai Stevenson zu ernsthaften Konsequenzen kommen würde. Cato betrachtete die Landschaft, die an ihm vorbeisauste, während er von Ravensthorpe zurück nach Hopetoun fuhr. An manchen Tagen war sie voller Leben, üppig und großartig, ein zeitloses Tableau, größer als wir alle, und das war beruhigend. Heute aber wirkte alles grau, öde und armselig.

Im Westen ballten sich schwarze Wolken, da braute sich etwas zusammen. Der Wind hatte aufgefrischt, und dicke Regentropfen klatschten gegen die Windschutzscheibe. Es waren nicht nur Dempsters Schussverletzung und die allgemeine Ernüchterung darüber, dass wahrscheinlich niemand belangt werden würde, die Cato den Gedanken ans Feiern vermiesten. Nein, ein weiterer Grund war, dass sich eigentlich niemand für Flipper interessierte, niemand außer Cato Kwong. Flipper war zu Hai Chen geworden und hatte sich als gierige kleine Ratte erwiesen, die Kollegen und Landsleute ausnahm. Hai Chen, ein chinesischer Migrationsarbeiter, der ins Land geholt worden war, um den Arbeitskräftemangel zu verringern, ein Außenseiter, ein Eindringling. Nicht sehr willkommen und nur gerade eben geduldet.

Auch auf Cato traf diese Beschreibung zu. Ein wandernder Chinese, der gerufen worden war, um Mick Hutchens' Arbeitskräftemangel abzuhelfen. Ein Außenseiter und Eindringling, nicht willkommen und nur gerade eben geduldet. Bernie Tilbrook hatte aus seiner Verachtung kein Hehl gemacht. Mark McGowan hatte eine Weile widerwillig Respekt für die beharrliche Kuriosität Cato Kwong gezeigt. Doch mit dem Abschluss des Falles wanderten McGowans Gedanken natürlich zurück nach Albany und zu seiner nächsten Aufgabe. Von seiner Verpflichtung befreit, schien er Cato Kwong abgeschüttelt zu haben wie ein Hund, der aus einem Regenguss ins Haus kommt.

Cato musste sich zusammenreißen. Oben auf der Anhöhe, von der es nach Hopetoun hinunter ging, schaltete er die Scheibenwischer auf die höchste Stufe, damit sie die Sintflut bewältigen konnten, die auf die Windschutzscheibe herunterprasselte. Durch den Regenvorhang konnte Cato unten am Ende der Straße das schäumende, stahlgraue Südpolarmeer erkennen, das gegen die Buhne schlug und ganze Gischtwände über die Stelle schleuderte, wo Jim Buckley gefunden worden war. Heute sah Hopetoun aus, als sei es ein unendlich öder und einsamer Ort zum Sterben. Cato blickte auf den leeren Beifahrersitz, wo Buckley eigentlich hätte sitzen sollen. Sein Begräbnis war inzwischen vermutlich vorbei. Cato Kwong, arbeitswütig wie immer, war nicht dagewesen, um ihn zu verabschieden, um einem Kollegen Respekt zu erweisen: So viel dazu, dass er sich für den Tod dieses Mannes verantwortlich fühlte.

Auf dem Rekrutierungsplakat stand »Tritt vor« … Aber wenn wir Sie brauchen, laufen Sie weg.

Greg Fisher und Tess Maguire hatten ihn durchschaut. Cato hielt auf dem Motelparkplatz und schaltete den Motor aus. Während er durch die Windschutzscheibe starrte, versuchte er, möglichst wenig zu denken.

Das Tatort-Absperrband war verschwunden. Goldflam musste Jim Buckleys Zimmer am Morgen freigegeben haben. Eine der offen gebliebenen forensischen Fragen, die Cato jetzt endlich würde klären können, bevor er nach Albany zurückfuhr. Die Tür war offen, und draußen stand ein Reinigungswagen. Als Cato das letzte Mal so nah an dieser Tür gestanden hatte, war Lara Sumich herausgekommen. Warum? Angeblich hatte sie ein Geräusch gehört und nachsehen wollen, ob das Zimmer gesichert war. Zu dem Zeitpunkt hatte Cato das so hingenommen, er hatte mit dem Fall nichts zu tun und keinen Grund gehabt, weiter darüber nachzudenken. Jetzt hatte Mick Hutchens Zweifel an Lara angemeldet. Ob hinter seinen Zweifeln oder Befürchtungen lupenreine Motive standen, war eine andere Sache. Wollte er ihr bloß an die Wäsche oder wusste er mehr über Lara und hatte das für sich behalten? Wenn man Hutchens kannte, musste man wohl vermuten, dass es etwa halbe-halbe war.

Cato streckte den Kopf durch die Tür, niemand im Zimmer. Da hörte er hinter sich eine hektische Bewegung.

»Ich wollte das Zimmer gerade saubermachen.«

Es war Pam, und ihr fleischiges Kinn wirkte entschlossen. Dieses Zimmer war schon zu lange nicht benutzt worden, während zahlungskräftige Gäste anderswo hingingen. Seit der größte Teil der Polizisten die Stadt verlassen hatte, glaubte Pam nicht mehr an die Sache mit dem Drogensyndikat. Wahrscheinlich befasste sie sich inzwischen mit neuen Gerüchten.

Cato begrüßte sie mit einem Lächeln, das er der besseren Wirkung halber durch einen wehmütigen, bekümmerten Blick ergänzte. »Sergeant Buckley war ja mein Kollege, mein Partner. Ich wollte mich nur schnell noch ein letztes Mal umsehen. Der alten Zeiten wegen.«

Pam sah ihn an, als sei er nicht ganz bei Trost. »Ist doch bloß noch ein Zimmer. Die anderen haben bestimmt längst alles rausgeholt.« Sie betrachtete sein trübseliges Gesicht einen Moment zu lange und gab nach. »Aber nur ein paar Minuten, okay?«

Cato schaute sich im Zimmer um, nicht sicher, was er eigentlich suchte. Es war ein Abbild seines eigenen Zimmers, funktional, mit einem leicht zu reinigenden violetten Teppich und einem Doppelbett, ungemacht, mit einer schweren synthetischen Decke mit buntem Blumenmuster. Von der Art, die oben diesen großen Umschlag für die Kopfkissen haben und sich immer zu schwer und zu heiß anfühlen, selbst im Winter, bevor sie dann mitten in der Nacht vom Bett rutschen und den Schläfer bibbernd zurücklassen. In den Schubladen der Nachtschränkchen lag nichts außer der Bibel und dem Telefonbuch. Der Kleiderschrank enthielt nur Drahtbügel, zusätzliche Decken und Kopfkissen. Hier gab es nichts, was zur Aufklärung des Falls beigetragen hätte. Auf dem Weg nach draußen fiel Cato noch der Papierkorb auf, und er sah hinein. Ein altes Exemplar des *West Australian* hielt schlaff und still darin Wache. Die Spurensicherung hatte die Zeitung offenbar nicht für interessant gehalten. Cato holte sie heraus und blätterte sie durch bis zum Mittelteil, wo er, wie er wusste, die Kreuzworträtsel finden würde. Das Schnellrätsel hatte Jim Buckley zum größten Teil ausgefüllt, das kryptische Kreuzworträtsel aber unberührt gelassen. Cato faltete die Zeitung zusammen und schob sie in die Tasche. Soeben hatte er die Kreuzworträtsel eines Toten geraubt – wie tief konnte man sinken.

Pam, immer noch ganz Reinigungskraft, kehrte zurück und verabschiedete ihn mit einem entschlossenen Lächeln, das er erwiderte. Cato wusste, dass er eigentlich zu Tess Maguire musste, um die Akte Buckley und die CDs abzuholen, aber nach dem bewaffneten Überfall heute früh und der Lösung des Falles Chen war er, vorsichtig ausgedrückt, fix und fertig. Er stieß die Tür zu seinem eigenen Zimmer auf, warf Handy und Schlüssel auf den Nachttisch und ließ sich aufs Bett fallen. Nachdem er die Schuhe abgestreift hatte, griff er nach dem Kreuzworträtsel und einem Stift und schaltete die Leselampe ein. *Positives Ergebnis entschlossenen Verschließens.* Leicht. »Foto.« *Schieflachen können australische Sportler sich selten, aber schöner wär's doch.* Schieflachen? Was wär da schöner? Nur Fliegen ... aha, Kinderkram. »Skifliegen.« Noch während er die nächste Frage las, schlief er ein.

Cato erwachte und griff nach dem blinkenden und vibrierenden Handy auf dem Nachttisch.

»Ich bin's, Hutchens. Was war denn mit dir?«

»Was?«

»Bei der Trauerfeier. Wo warst du?«

Endlich schüttelte Cato sich wach. Im trüben Licht sah er auf seine Armbanduhr. Halb vier. Durch den Spalt zwischen den Vorhängen konnte er Tageslicht sehen – halb vier nachmittags also.

»Na?« Hutchens wartete auf Antwort.

»Sorry. Ich bin ... aufgehalten worden.«

Cato berichtete ihm alles: Wie Guan Yus Darstellung der Ereignisse endlich Sinn bekommen hatte, von dem Theater beim Barbecue der Stevensons. Hutchens brummte und seufzte zwischendurch und bat um Erklärungen, vor allem um die Einzelheiten der morgendlichen Razzia mit dem Schuss auf Steve Dempster. Dann fasste Cato die Vernehmungen von Keith Stevenson und seinem Sohn zusammen. Als er erklärte, dass er einen Unterschied sah zwischen dem, was er für die Wahrheit hielt, und dem, was das Gericht aufgrund der vorliegenden Beweise wohl beschließen würde, merkte er, dass ihm allmählich die Puste ausging. Dann wartete er auf Hutchens Antwort. Er konnte fast sehen, wie sein Chef am anderen Ende der Leitung verzweifelt den Kopf schüttelte.

»Bestenfalls Totschlag, aber ich wäre nicht überrascht, wenn er mit Notwehr davonkäme. So ein Mist, der Chinese hatte dir angeboten, sich für den Mord einsperren zu lassen, und du hast das abgelehnt. Bei dir kann man darauf vertrauen, dass du ein schönes, einfaches Geständnis, das einen Fall auf Anhieb lösen würde, in ... in einen Scheiß-Schlamassel verwandelst, in ein verdammtes Hundefrühstück.«

»Die Wahrheit ist nicht immer so eindeutig, Sir.«

»Sag das den Erbsenzählern in Perth. Diese Razzia war nicht genehmigt, ein Beamter ist dabei schwer verletzt worden. Ich könnte dich dafür in die Wüste schicken.«

Er machte eine Pause, damit das sacken konnte. Doch Cato ging nicht darauf ein. Hutchens hatte ja recht, er hatte sein Schicksal nicht mehr in der Hand. Und genau so hatte er es gern.

»Und wo ist Stevenson jetzt?«, brummte Hutchens.

»Sitzt in Ravy hinter Schloss und Riegel, morgen geht's dann nach Albany.«

»Papierkram?«

»Auch. Außerdem wirst du mit Bernie Tilbrook telefonieren und ihn zur Freilassung von Guan Yu ermächtigen müssen.«

»Ja? Sicher, dass da nichts ist, weswegen wir ihn einsperren könnten? Körperverletzung, Verschwendung unserer Zeit, Behinderung der Ermittlungen, Nervensäge, irgendsowas?«

»Deine Sache, Sir.« Cato versuchte, das Thema zu wechseln. »Wie war's denn?«

»Was?«

»Die Trauerfeier, Jim Buckley.«

»Er ist tot. Aber es gibt tatsächlich was Neues.« Hutchens erzählte von Stuart Millers Frau und der SMS vom Handy ihres Mannes. Die nicht von ihrem Mann hatte kommen können, weil der bewusstlos auf der Station für Brandverletzte lag.

Cato kam ihm zuvor. »Billy Mather?«

»Ja, oder Davey Arthurs, so nennt sie ihn. Irgendwelche Entwicklungen in dem Fall?«

Cato berichtete, wie weit er gekommen war. Eigentlich nicht sehr weit, denn er hatte ja noch was anderes zu tun gehabt. Aber der Film der Überwachungskamera und jetzt auch noch die SMS deuteten darauf hin, dass Billy Mather als Mörder von Jim Buckley durchaus in Betracht kam.

Cato stellte die naheliegende Frage: »Und was ist dann mit Justin Woodward?«

Ganz zu schweigen von Lara Sumich, die an seiner Überführung maßgeblich beteiligt gewesen war. Buckley, Erpressung, Drogen, allmählich sah das alles wie zusammenkonstruierter Mist aus. Und das kam Cato allmählich nur allzu bekannt vor.

Mick Hutchens murmelte einen Fluch aus seiner Sammlung in den Hörer. Arschloch, dachte Cato, jetzt fällst du selbst in die tiefe Grube, die du Justin gegraben hast.

»Überlass das mir«, sagte Hutchens. »Was die Forensik angeht, ist Woodward nach wie vor geliefert. Aber wir müssen Mather finden.«

Vor seinem inneren Auge sah Cato, wie Lara aus Jim Buckleys Motelzimmer kam und wie sie spät in der Nacht in der Gemeindehalle aus den Schatten auftauchte. Ihr glühender Kuss, der uralte Trick einer Frau, die einen Mann ablenken wollte, weil sie etwas im Schilde führte, nämlich Beweismaterial zu manipulieren und zu fälschen. Möglicherweise hatte Buckleys DNA auf diese Weise den Weg aus seinem Motelzimmer auf Woodwards Kleidung gefunden, und auf diese Weise hatten auch Drogen im Kaffeewagen auftauchen können. Und dann wurde auf den wichtigsten Zeugen nicht allzu raffiniert Druck ausgeübt. Cato kannte die Tricks alle, er hatte sie selbst angewendet. Was hatte sie gesagt, als sie an dem Morgen gekommen war? *Ordentlich durchgevögelt*? Ja, sie hatte ihn aufs Kreuz gelegt, und das in mehr als einer Hinsicht. Und er war nicht der einzige gewesen. Lara hatte die Schlinge um Justin Woodward zugezogen, bis er sich nicht mehr hatte rühren können.

Cato schlug vor, die Forensiker sollten ihr Material noch einmal ganz genau überprüfen; wahrscheinlich war nicht alles so, wie es den Anschein hatte.

»Das heißt?« Hutchens Stimme hatte einen kalten, scharfen Unterton.

»Das heißt, dass einer oder mehrere von deinen Leuten möglicherweise Indizien manipuliert haben.«

»Weißt du eigentlich, was du da sagst?«, zischte Hutchens.

Cato verlor allmählich die Geduld. Seine Zeit in diesem Job näherte sich dem Ende; er hatte wenig oder gar nichts mehr zu verlieren. »Ja. Und du weißt es auch. Tu doch nicht so, als wärst du gekränkt und überrascht. Du hast sie doch schon eine ganze Weile im Verdacht, oder nicht?«

Das Schweigen am anderen Ende der Leitung sprach Bände.

Hutchens holte Luft. »Behalte es für dich. Ich werde das ausbügeln.«

»Ich weiß nicht, ob mir das gefällt, was ich da höre.«

»Keine Spielchen mehr, Cato, ich bringe das in Ordnung. Richtig in Ordnung. Aber finde Mather. Bitte.«

Die Verbindung brach ab. Als Cato das letzte Mal das Wörtchen »bitte« von Mick Hutchens gehört hatte, war es darum gegangen, dass er seinen alten Chef bitte nicht bei der internen Prüfungskommission anschwärzen sollte. Bei der, die dann dafür gesorgt hatte, dass Cato nach Sibirien ins Viehdezernat verbannt wurde. Daher war er sich jetzt nicht sicher, ob dieses »bitte« ein gutes Omen war oder ein schlechtes. Er schaute auf den digitalen Wecker auf dem Nachttisch und gähnte. Noch ein Stündchen pennen konnte nicht schaden, falls er überhaupt wieder einschlafen konnte. Wieder einmal schwirrte ihm der Kopf, und seine Gedanken wollten keine Ruhe geben. Er griff nach der Zeitung. Manchmal wirkte ein Kreuzworträtsel genauso gut wie eine Schlaftablette. Doch der *West Australian* war zusammen mit der synthetischen Bettdecke vom Bett gerutscht und lag aufgeschlagen auf dem Boden. Ein großes Foto fiel Cato ins Auge.

Die Zeitung war von Donnerstag, dem 9. Oktober, dem Tag, nachdem sie in Hopetoun angekommen waren. Von dem Tag also, bevor Jim Buckley den Tod gefunden hatte. Das Phantombild war auf Seite vier, es gehörte zu einer Geschichte über einen nie aufgeklärten Mord, der 1981 in Adelaide geschehen war. Der abgebildete Mann hatte offenbar seine Frau und seine Kinder mit Strom getötet und erschlagen, sie dann in den Busch gefahren und dort liegen lassen. Er hieß Derek Chapman. Das Phantombild zeigte, wie der Verdächtige heute aussehen könnte. In Catos Augen war es Billy Mather zwar ähnlich, aber der Mann auf dem Bild war fleischiger und kahler und hatte Segelohren und eine große Nase. Jim Buckley musste die Geschichte gelesen und das Bild gesehen haben. Hatte vielleicht dieser Ex-Polizist aus England, sein Schwager, ihn darauf hingewiesen? War das der Grund, warum Buckley den Pub nach der Hälfte des Abends verlassen hatte? War er hierher zurückgekehrt, um die Zeitung noch einmal genau zu studieren? Und dann wieder in den Pub gegangen, um mit dem Mann zu sprechen und seinen Verdacht bestätigt zu finden? Offenbar hatte er Arthurs nicht direkt auf seine Vermutung angesprochen. Hey, Kumpel, sind Sie dieser Mörder auf der Flucht? Nein, wenn er so gefragt hätte, wäre auf den CDs aus der Überwachungskamera deutlich mehr Bewegung zu sehen gewesen. Warum aber hatte er aufgrund dieses Verdachts nicht gehandelt, sondern nur still und heimlich seinen Schwager angerufen? Oder hatte er Miller dabeihaben wollen? Allem Anschein nach war Miller ein Besessener, der einen dreißig Jahre alten Fall nicht vergessen konnte. Das konnte Cato gut nachvollziehen. Er erinnerte sich jetzt an die SMS, die an dem Vormittag nach Jims Tod auf dessen Handy eingegangen war: *Wie läuft's? Stu*

Stuart Miller hatte wissen wollen, wie es nach seinem Anruf am Vorabend weitergegangen war. Was also hatte Jim Buckley bei diesem Gespräch davon überzeugt, dass er den richtigen Mann vor sich hatte?

Fast zehn vor vier. Wo fängt man an einem späten Freitagnachmittag an, einen möglichen Mörder zu suchen, der frei herumläuft? Cato griff nach seiner Aktentasche und holte in der Hoffnung auf Inspiration Stuart Millers Notizbuch heraus. Aber alles, was er fand, waren Rätsel und geheimnisvolle Eintragungen.

Wer ist CK!!!

Cato Kwong? Na, schließlich war er doch der Mittelpunkt des Universums, oder?

Vater, Kriegstrauma, Selbstmord?

Vicki Munro – Überlebende: DA sagte, er habe keine Kindheit gehabt

DA, Mutter und Bruder, noch am Leben? Wie viel haben sie gewusst?

Daten, Telefonnummern, Namen, aber alles vor langer Zeit auf der anderen Seite des Erdballs gesammelt. Nichts davon würde Cato helfen, hier und jetzt Billy Mather zu finden. Einen Namen erkannte er wieder, aus dem Zeitungsartikel: DSC Tim Delaney, Morddezernat South Australia, der Beamte für die nicht aufgeklärten Fälle. Cato klappte sein Handy auf und tippte die Nummer von Millers Kontaktliste ab.

»CK?«

»So steht es da.«

Cato hatte Tim Delaneys volle Aufmerksamkeit. Nein, von den weiteren Entwicklungen in dem Fall und von Stuart Millers Unglück hatte er nicht gehört, er war schockiert und gleichzeitig fasziniert, weil möglicherweise eine Verbindung zum Mord an Jim Buckley bestand. Von den Tragödien abgesehen, war Delaney auch ein bisschen sauer, dass Miller ihm so viel vorenthalten hatte, und er ließ Cato wissen, dass er von jetzt an auf eine Menge mehr Glasnost hoffte. Delaney saß bei Catos Anruf in einem Taxi, das gerade den Flughafen von Adelaide verließ. Die Reise nach Western Australia war ergebnislos gewesen, und er war mit leeren Händen zurückbeordert worden, um neue Pläne zu machen. Während der Regen gegen Catos Motelfenster hämmerte und auf Delaneys Seite im Hintergrund Verkehrslärm und Hupen aus Adelaide zu hören waren, versuchten sie jetzt, aus Millers Notizen schlau zu werden.

»Ich habe keine Ahnung, wer CK ist. Weiter.«

»Vater, Kriegstrauma, Selbstmord, Fragezeichen.«

»Keine Ahnung.«

»Vicki Munro – Überlebende, Doppelpunkt, DA sagte, er habe keine Kindheit gehabt.«

»Sie hat einen Mordversuch von Chapman überlebt. Hat in Bunbury gewohnt, bis sie sich dann ein paar Jahre später selbst das Leben genommen hat. Miller muss von ihrem Bruder Brian irgendetwas erfahren haben. Ich werde dem nachgehen. Weiter.«

Das Namensgestöber verwirrte Cato. Der Mann, den er als Billy Mather kennengelernt hatte, war manchen als Chapman und anderen als Arthurs bekannt. Cato machte sich

Notizen, um alles zu behalten. Der nächste Hinweis aus den Miller'schen Aufzeichnungen.

»Mutter, Bruder, noch am Leben, Fragezeichen, wie viel haben sie gewusst, Fragezeichen.«

Delaney stöhnte. »Wir haben die Einwanderungslisten überprüft. Er ist mit dem Pass seines Bruders nach Australien gekommen. Ob er dazu auch die Erlaubnis des Bruders hatte, wissen wir aber nicht. Stuart hat für uns den Kontakt zu seinen früheren Kollegen in England hergestellt. Ich werde sie bitten, einige dieser Dinge weiter zu verfolgen und sich dann an Sie zu wenden. Und sobald Sie diesen Mather finden, rufen Sie uns an, ja?«

Das versprach Cato, und sie legten auf. Er schaute wieder in das Notizbuch. CK. Calvin Klein? Oder fehlten einfach F und U davor? Eine Freundin? Ein Freund? Was auch immer das alles bedeuten mochte, es waren Hinweise auf die Vergangenheit und vielleicht auch auf den Geisteszustand des Mannes, nicht jedoch auf seinen gegenwärtigen Aufenthaltsort. Cato würde nicht umhinkommen, sich ganz altmodisch die Schuhsohlen abzulaufen.

36

Freitag, 17. Oktober. Später Nachmittag.

Billy Mathers Zimmer im Motel in Ravy war verschlossen und versiegelt worden. Cato holte sich den Schlüssel von der Rezeption und verschaffte sich Zugang. Der Raum sah aus wie jedes andere Motelzimmer auf dem Land, vielleicht noch etwas ausgeblichener und verwohnter. Er war kaum benutzt worden; Mather hatte sich nicht lange darin aufgehalten. Eine Plastiktasche mit Toilettenartikeln und einige Kleidungsstücke, die die Polizei in Ravensthorpe ihm als Ersatz für die verbrannten zur Verfügung gestellt hatte. Schließlich war Mathers gesamte Habe beim Brand des Caravans vernichtet worden. Die Tasche und die Kleidung lagen anscheinend unberührt auf dem Extrabett. Er hatte sie nicht mitnehmen wollen, als er abgehauen war. Warum nicht? Er brauchte sie nicht. Warum nicht? Vielleicht besaß er einen geheimen Vorrat? Cato sah wieder den Brandort vor sich: die Reisetasche hinten im Jeep. Wenn Mather tatsächlich der gesuchte Mann war, ein kaltblütiger Killer, der mehrmals zugeschlagen hatte und mehr als dreißig Jahre lang einer Festnahme entgangen war, dann war ihm ein bisschen Vorausplanung natürlich nicht fremd.

Damit war Cato bei der Theorie der Sprengfalle im Caravan. Ein offener Gashahn, Streichhölzer am Türrahmen, schlicht und einfach. Aber warum war Mather nicht unauffällig verschwunden, wie so viele Male zuvor? Warum hatte er mit derart melodramatischem Theater auf sich aufmerksam gemacht? Das zog eine weitere Frage nach sich: Um die Falle zu errichten, musste Mather vorher gewusst haben, wer zu ihm kommen würde und wann. Vielleicht hatte er Stuart Miller in der Stadt erkannt und zwei und zwei zusammengezählt. Vielleicht hatte er die Sprengfalle gebaut, weil er wusste, dass ihm sowohl das Team, das sich mit den alten Fällen beschäftigte, als auch Miller auf den Fersen waren und es daher Zeit war, sich wieder einmal aus dem Staub zu machen. Und hatte er, wenn er früher verschwunden war, vorher nicht stets eine spektakuläre Gewalttat begangen? Vielleicht ließen sich die Leute durch eine großartig inszenierte Nebensache von der Hauptsache ablenken. Dadurch konnte man Zeit gewinnen. Cato schauderte es, als er sich an den Zeitungsartikel erinnerte: Der Mann hatte seine Frau und seine Kinder umgebracht und sie zum Verwesen im Busch liegen lassen. Cato konnte jetzt spekulieren, bis er schwarz wurde, aber das würde ihm nicht helfen, Billy Mather zu finden.

Er kontrollierte die Schränke und Schubladen. Nichts. Das Badezimmer war leer, die Handtücher unbenutzt. Er sah nach, ob es auf dem Anrufbeantworter Nachrichten gab und welche Telefonnummern gewählt worden waren. Fehlanzeige. Der Mann schien wirklich spurlos verschwunden zu sein. Cato verließ das Zimmer und schaute sich nach Überwachungskameras um. Draußen im Hof entdeckte er eine, hoch oben auf einem Pfosten gleich neben der Einfahrt. Im Empfangsbereich gab es eine weitere Kamera, oben in der Ecke hinter der Theke. Cato verabredete mit der gelangweilten jungen Frau, die gerade Dienst hatte, dass er sich die Aufnahmen später ansehen würde. Dann machte er sich auf den Weg, um nach dem Wohlergehen von Keith Stevenson zu sehen.

Stevenson verdrückte gerade sein Abendessen aus Wurstpastete und Pommes, das man ihm aus dem Lokal ein Stück weiter die Straße hinunter ins Gefängnis gebracht hatte. Cato deutete auf den fast leeren Teller.

»Lassen Sie sich nicht stören.«

Stevenson dachte gar nicht daran. Mit bösem Blick piekte er die letzten drei Pommes auf die Gabel und steckte sie in den Mund. Dann ließ er das Besteck klappernd auf den Teller fallen und schob ihn weg.

»Was wollen Sie?«

»Ich brauche Ihre Hilfe.«

»Raus hier, ich habe zu tun.«

Cato zog den Zeitungsausschnitt aus der Tasche und breitete ihn zwischen ihnen auf dem Tisch aus. »Kennen Sie den Mann?«

»Nein. Haben Sie mich nicht gehört?«

»Sehen Sie sich mal dieses Bild an.«

»Scheiße, warum sollte ich?«

»Weil ich diesen Mann dringender haben will als Sie.«

Keith Stevenson betrachtete das Phantombild und zuckte die Achseln. »Wer soll das denn sein?«

»Er heißt Derek Chapman, Billy Mather, David Arthurs. Suchen Sie sich was aus.«

Cato berichtete Stevenson, was der Mann auf dem Bild seiner Frau und seinen Kindern in Adelaide und vermutlich einige Jahre zuvor seiner ersten Frau und seinem Sohn in England angetan hatte und dass man ihn des Mordes an Jim Buckley verdächtigte.

Stevenson hörte ungerührt zu und zuckte wieder die Achseln. »Ein armer Krähenfresser aus South Australia, Engländer und Bullen, wen interessiert denn so was?«

Cato zwang sich, ruhig zu bleiben. »Sie offenbar nicht. Aber es müsste Sie interessieren, dass ich so sehr hinter dem Mann her bin, dass ich Ihnen bei Ihrem Problem helfen würde.«

»Und das heißt?«

»Ich bin bereit, vor Gericht zu Ihren Gunsten auszusagen und damit abzumildern, was immer da auf Sie zukommt.«

»Na toll. Bei den Anwälten, die ich mir leisten kann, erwarte ich sowieso, dass ich ganz bald wieder auf freiem Fuß bin.«

Es war den Versuch wert. »Tut mir leid, dass ich Ihre kostbare Zeit vergeudet habe, Mr Stevenson.«

»Ja, kein Problem.« Aber jetzt konnte Stevenson seine Neugier doch nicht mehr bezähmen. »Und wie sollte ich Ihnen helfen?«

Cato konnte nicht erkennen, ob das Verarschung war. »Sie haben doch Verbindungen, alte Kontakte aus Ihrer ruhmreichen Vergangenheit, und auch neue, seit Sie eine Stütze Ihrer Gemeinde sind. Ich will, dass er gefunden wird. Schnell.«

Stevenson starrte eine Weile auf den Fleck Tomatensoße auf seinem Teller.

»Okay, geben Sie mir ein Telefon.«

Cato runzelte die Stirn, nicht sicher, ob er richtig gehört hatte. »Warum?«

»Weil ich telefonieren will, Blödmann.«

»Ich meine, warum helfen Sie mir, wenn ich Ihnen keine Gegenleistung anbieten kann?«

Stevenson lächelte schwach. »Weil ich helfen kann, weil ich nicht unbedingt so bin, wie Sie glauben, und weil Sie mir dann was schuldig sind. Und jetzt her mit dem Telefon.«

»Die Mutter ist tot, aber der kleine Bruder lebt noch.«

Tim Delaney hatte Nachrichten von der Polizei in Northumbria. Sie hatten in der Vergangenheit geforscht und die Fragen gestellt, die vor fünfunddreißig Jahren hätten gestellt werden sollen. Sie hatten immer gewusst, wer der Mörder gewesen war, hatten ihn aber nicht geschnappt, und da es folglich auch keinen Prozess gegeben hatte, hatte niemand es für nötig gehalten, nach den Motiven zu forschen. Delaneys

Anruf kam gerade, als Cato von Ravy nach Hopey unterwegs war. Er hatte Keith Stevenson sich selbst überlassen und fuhr jetzt mit der Aussicht zurück, einsam zu Abend zu essen und dann früh ins Bett zu gehen. Das Wetter war beschissen, es hatte sich richtig eingeregnet.

Nach dem, was sein kleiner Bruder Andy gesagt hatte, hatte der junge Davey den Suizid seines Vaters offenbar sehr schwergenommen. Sein alter Herr war als Wrack aus dem Krieg zurückgekehrt. In einer Schläfe hatte er einen Krater, groß wie eine Faust, und es war ein Wunder, dass er überhaupt noch lebte. In der Werft hatte man eine leichte Arbeit für ihn gefunden, aber nicht einmal die hatte er richtig machen können. Das mit dem heimgekehrten Helden hatte sich ganz schnell verflüchtigt. Seine Kollegen verarschten ihn schon bald und spielten ihm Streiche. Schließlich hatte er gekündigt und sich dann kurze Zeit später umgebracht. Daraufhin hatte Davey angefangen, Ärger zu machen. Er wurde schwierig, prügelte sich, schwänzte die Schule, klaute und machte Sachen kaputt. Alle hatten Angst vor ihm. Da seine Mutter nicht mehr mit ihm klarkam, ließ sie ihn in die psychiatrische Klinik seiner Heimatstadt einweisen. Die übliche Behandlung zu jener Zeit war die Elektrokrampftherapie: Schocktherapie.

»Nur dass man damals noch keine Betäubungsmittel oder Muskelrelaxanzien eingesetzt hat. Gar nicht schön. Einmal waren seine Zuckungen offenbar so stark, dass er sich den Arm gebrochen hat.« Delaney hatte eindeutig seine Hausaufgaben gemacht. »In seiner Biografie finden sich viele Verbindungen zum Tathergang«, bemerkte er überflüssigerweise.

Cato musste ihm zustimmen, um das zu sehen, brauchte man kein Genie zu sein: durch Stromschlag töten und Elektroschocktherapie, Schädel einschlagen und die faustgroße Kopfverletzung des Vaters, Mütter und Kinder als Zielgruppe, vermutlich, weil Daveys Mutter es gewesen war, die ihn hatte einliefern lassen, während sein kleiner Bruder ungeschoren davongekommen war.

Delaney war in Fahrt. »Außerdem passt das zu Vicki Munros Hinweis, dass Davey gesagt haben soll, er habe nie eine

Kindheit gehabt. Elektroschocktherapie macht das Gedächtnis kaputt.«

»Und die Familie hat damals nicht daran gedacht, das alles zu erwähnen?«

»Niemand hat sie danach gefragt, sagt der jüngere Bruder. Die Polizei von Northumbria vermutet, dass sich dieser Andy ein bisschen ziert. Wahrscheinlich hat er von dem Pass und von Daveys Neigung zu Gewalttätigkeit gewusst, wollte den Bullen aber keinen Freistoß zugestehen. Ich verstehe ihn ja, er will uns nicht die Arbeit abnehmen.«

»Verdammte Scheiße.« Etwas Klügeres fiel Cato nicht ein.

»Schön ausgedrückt«, sagte Delaney.

»Was ist mit diesem CK? Weiß jemand, wer sie oder er war?«

»Nein, aber vielleicht können Sie ihn ja fragen, wenn Sie ihn finden.«

Cato blinzelte zu einem Fleck an der Wand hinüber. »Das mache ich.«

Er legte auf. Jetzt kannten sie also den Mörder und vielleicht sogar das Motiv. Er musste den Scheißkerl nur noch finden. Wie es so häufig der Fall war, hatte auch Davey Arthurs Karriere als Psychopath ihre Wurzeln in einer schwierigen Kindheit, hinzu kamen ein paar unglückselige Gene und eine Neigung zu schwerer Körperverletzung. Vor seinem inneren Auge sah Cato Jai Stevenson vor sich, wie er an seinem Chupa Chup lutschte.

37

Sonntag, 19. Oktober. Vormittag.

Seine Taschen waren gepackt, Cato Kwong war reisefertig. Der Seenotrettungsschuppen blieb abgeschlossen, bis entweder Tess Maguire oder Greg Fisher in hoffentlich nicht allzu ferner Zukunft an ihren Arbeitsplatz zurückkehren würden. Hopetoun war vorübergehend wieder ohne Polizeipräsenz, aber zur Not waren Sergeant Paul Abbott, Mitch

Biddulph und der immer so hilfsbereite Bernie Tilbrook in Ravensthorpe nur einen Telefonanruf und dreißig Minuten schnelle Autofahrt entfernt.

Am Morgen war Cato zu einem Abschiedsbesuch bei Tess gewesen. Sie und Melissa saßen am Küchentisch und sahen alte Fotos durch, lachten, erinnerten sich, klebten einige in ein Album und warfen andere weg. Cato war unerwartet neidisch und hatte das Gefühl zu stören. Tess hatte zwar protestiert, dann aber kaum Einspruch erhoben, als er sich entschuldigte und ging. An der Haustür umarmten sie sich, während Melissa neugierig den Flur entlangsah.

Tess blickte ihm mit ganz offenem Gesicht in die Augen. »Hast du in letzter Zeit irgendwelche großen Entscheidungen getroffen?«

»Ich überlege, den Job an den Nagel zu hängen«, sagte er.

»Wirklich?« Sie sah nicht so aus, als würde sie ihm glauben.

»Wirklich ... wahrscheinlich. Vielleicht.«

Tess küsste ihn leicht auf den Mund. »Na, wenn du Lust hast, am Strand rumzuhängen, dich aushalten zu lassen und gelegentlich mal den Sexsklaven zu spielen, lass es mich wissen. Falls ich den Richtigen bis dahin noch nicht gefunden habe, bin ich vielleicht noch für solche Angebote offen.«

»Vielleicht komme ich darauf zurück.«

Ein letztes kleines Winken und das war's.

Seit Freitag hatte es ununterbrochen geregnet. Hopetoun war gespenstisch ruhig, aber nicht nur, weil der Sonntagmorgen so nass war. Es war, als hätten die unappetitlichen Ereignisse der vergangenen Wochen jetzt endlich ihren Tribut von der Stadt gefordert. Der Boom hatte seine schwärende, hässliche Seite gezeigt: Habgier, Ausbeutung, Drogen, Filz und Brutalität. Auch hier galt, dass Wohlstand seinen Preis hat. Dieses andere Gesicht blieb den braven Bürgern von Hopetoun meistens verborgen. Auch gut. Hoffentlich würde der Regen die vergangenen Wochen wegspülen. Und vielleicht brauchte Hopey dann nur eine schöne Tasse süßen Tee, ein bisschen Knuddeln und eine Nacht gut schlafen. Davon hätte Cato selbst auch gern ein wenig gehabt.

Keith Stevenson hatte ein bisschen telefoniert, und Cato hatte dafür gesorgt, dass das Phantombild eingescannt und per Mail an Stevensons zwielichtige Kontaktleute irgendwo da draußen geschickt wurde. Bisher war nichts dabei herausgekommen. Das Überwachungsvideo des Motels in Ravensthorpe zeigte, dass Mather nicht einmal eine Stunde dort geblieben war, nachdem man ihn nach dem Brand in sein Zimmer gebracht hatte. Und das war alles. Es sah aus, als sei das Gespenst aus England wieder einmal der Festnahme entgangen. Cato hatte versucht, Hutchens weitere Infos zu liefern, aber es gab einfach nicht mehr. Hutchens konnte sein eigenes – wie war nochmal der Ausdruck mit dem Haustier, den er immer benutzte? –, sein verdammtes Hundefrühstück in Albany selbst in Ordnung bringen. Cato war jetzt weg. Er warf seine Reisetasche und die Aktentasche hinten in den Land Cruiser des Viehdezernats und stieg ein. Sein Handy meldete sich. Es war der diensttuende Bernie Tilbrook.

»Nachricht für Sie von Mr Stevenson.«

»Ja?«

»Mir geht's gut, danke. Und Ihnen?«

Cato seufzte ungeduldig. Tilbrook war mit seiner Abmahnung zufrieden und kam zum Thema.

»BIG 4 Caravan Park, Esperance, unter dem Namen Stuart Miller: Hütte Nummer 21.«

Cato bedankte sich und trat aufs Gaspedal.

Die junge Frau mit dem Nissan Patrol hatte gerade ihr schlafendes kleines Mädchen im Kindersitz festgeschnallt und die Einkaufstüten im Kofferraum verstaut, und jetzt stieg sie ein. Doch der Wagen sprang nicht an. Vor Anspannung und Frustration stieß sie einen leisen Schrei aus. Ihr Mann hatte ihr in der letzten Woche versprochen, sich darum zu kümmern. Aber er hatte es nicht getan, und jetzt war er noch vier Tage weit weg in dieser verdammten Mine. Das ganze Wochenende lang hatte es geregnet, und die Straßen waren wie leergefegt. Die Inseln des Recherche-Archipels draußen in der Bucht waren entweder in Schleier aus tief hängenden Wolken gehüllt oder vollkommen verschwunden. Das Wasser war glatt und ölig schwarz. Einige unbeirrbare Angler standen trostlos auf dem Steg. Das Baby rührte sich und quengelte. Regenwasser lief der jungen Frau in kalten Rinnsalen den Nacken hinunter. Zu Fuß waren es mindestens drei Kilometer in die Stadt, aber die wichtigsten Dinge waren ihr ausgegangen, zum Beispiel Windeln. Aber gut. Der Kinderwagen hatte ein Verdeck, der Kleinen würde nichts geschehen.

Sie war so beschäftigt, dass sie nicht bemerkt hatte, wie vor ihr ein Wagen angehalten hatte, ein grüner Jeep. Das Beifahrerfenster wurde heruntergelassen. Ein alter Mann mit freundlichem Gesicht sagte etwas, das sie nicht verstand.

»Wie bitte?«

»Ich habe gefragt, ob Ihr Auto Ihnen gerade ein bisschen Ärger macht, meine Liebe.«

Die Augen des Alten funkelten, und er sprach in einem eigentümlichen Singsang. Er erinnerte sie an ihren Großvater in England. Im Handumdrehen hatte er die Motorhaube des Nissan geöffnet und seinen Werkzeugkasten geholt. Er plapperte vor sich hin.

»Wie bitte?«

»Ich habe gesagt, Sie tun sich hier draußen im Regen doch den Tod holen. Springen Sie in den Land Rover, da bleiben Sie und Ihre Kleine trocken. Ich hab das hier ganz fix wieder repariert.«

Das Baby war jetzt ganz wach und begann zu wimmern. Die Mutter holte es wieder aus dem Kinderwagen, klappte ihn zusammen und schob ihn auf die Rückbank des alten Jeeps.

Cato parkte kurz vor dem BIG 4 an der Straße und ging die letzten hundert Meter zu Fuß. Er meldete sich nicht an der Rezeption, sondern begab sich direkt zur Hütte 21. Der Himmel wusste, wie Stevensons Netzwerk Mather ausfindig gemacht hatte – falls das tatsächlich geklappt hatte –, aber diese Kreise lebten nach anderen Regeln und bemerkten andere Dinge, wenn Personen kamen und gingen. Vielleicht hatte der alte Land Rover Mather verraten. Das Häuschen sah unbewohnt aus. Der Parkplatz daneben war leer, zeigte aber frische Ölflecken. Cato wollte sich nicht allzu nah heranwagen.

Gut möglich, dass auch dieses Häuschen mit einer Sprengfalle versehen war. Er schlich um die Hütte herum und schaute durch die Fenster. Die Vorhänge waren weit aufgezogen. Niemand zu Hause. Cato ging wieder nach vorn und schnupperte. Kein Gasgeruch. Er löste seine Pistole vom Gürtel. Eine Seniorin auf Tour, die gerade zum Toilettenhaus schlurfte, sah die Waffe und blieb mit angstvoll aufgerissenen Augen stehen. Cato schwenkte seinen Polizeiausweis und bat sie mit lautlosen Lippenbewegungen, still zu bleiben. Sie fuchtelte mit den Händen in seine Richtung, raffte die Jacke vor der Brust zusammen und verschwand im Toilettenhaus.

Cato schob sich an die Hüttentür heran und warf im Vorbeigehen noch einmal einen Blick durch ein Fenster: Kein Lebenszeichen, kein Gasgeruch. Er machte Ernst, drückte die Klinke hinunter. Die Tür war nicht abgeschlossen. Cato wappnete sich und riss die Tür auf, dabei zuckte er unfreiwillig zusammen. Aber weder eine Explosion noch Billy Mather. Cato steckte die Waffe wieder ein und schaute sich um. Der Schlafraum war durch einen Vorhang abgetrennt und nahm etwa die Hälfte der Grundfläche ein. Die andere Hälfte bestand aus einer Miniküche und einem kombinierten Ess- und Wohnraum. Alles war tipptopp aufgeräumt. Der Kühlschrank war leer bis auf einen halbvollen Karton mit einigermaßen frischer fettarmer Milch. Das Geschirr stand abgewaschen im Regal, der Fußboden war gefegt. Die Ferienhütte sah so aus, als hätte der Bewohner sie geräumt.

Cato wandte sich zum Gehen und warf auf dem Weg nach draußen noch einen Blick in den Mülleimer. Er enthielt das Übliche: Obstschalen, Teebeutel, Eierschalen. Doch dazwischen glitzerte etwas. Cato sah genauer hin. Es waren die goldenen Streifen einer SIM-Karte. Er fischte sie aus dem Müll, wischte sie ab und legte sie in sein Handy ein. Display, Kontakte, Anrufliste und die empfangenen und gesendeten SMS bestätigten, was Cato bereits vermutet hatte. Die Karte stammte aus Stuart Millers Handy. Cato las die SMS an Jenny Miller: *Tut mir leid um Ihren Mann. Mir ist, als hätte ich ihn Jahre gekannt. Ein lieber Mensch. DA*

Weitere Beweise dafür, dass Billy Mather und David Arthurs ein und derselbe waren, brauchte Cato nicht. Höhnisch. Grausam. Anmaßend. Mather hatte die Hütte sogar auf den Namen seines alten Erzfeindes, Stuart Miller, gebucht. Er schien zu glauben, dass man ihn niemals fassen würde. Was nach fünfunddreißig Jahren eigentlich auch nicht überraschte.

»Ich glaube, Mr Miller hat ausgecheckt. Kann ich Ihnen weiterhelfen?«

Es war der Campingplatzbetreiber, der von der Seniorin gewarnt worden war, dass ein Chinese mit einer Waffe frei auf dem Gelände herumlief. Der Mann wirkte merkwürdig ruhig. Vielleicht passierte das auf dem BIG 4 Esperance jeden Tag?

»Haben Sie bemerkt, was er für einen Wagen fuhr?«

Der Campingplatzbetreiber nickte. »Einen grünen Land Rover von 1970, echter Oldtimer.«

Das Kennzeichen hatte er auch. Wie schwer konnte es sein, ein so auffälliges Fahrzeug in einer Kleinstadt wie Esperance aufzuspüren?

»Gefunden.«

Der Anruf kam von der Polizeiwache in Esperance. Cato hatte sie bei der Suche nach dem Land Rover um Hilfe gebeten. Das Fahrzeug stand in einer Straße etwa drei Kilometer vom Stadtzentrum entfernt. Cato nahm die Wegbeschreibung entgegen und verabredete sich dort mit den Kollegen.

Die Straße war menschenleer, und der gleichmäßige Nieselregen sorgte dafür, dass das auch so blieb. Am Land Rover war niemand außer zwei Polizisten aus Esperance. Der Geländewagen war einfach abgestellt worden. Cato mahnte die Beamten, behutsam vorzugehen, denn er fürchtete immer noch Sprengfallen. Da sie weder in Belfast noch in Beirut oder Bagdad gearbeitet hatten, wussten sie eigentlich alle nicht, wodurch sich ein Fahrzeug mit einer Sprengfalle verriet. Allem Anschein nach gab es hier weder lose Drähte noch an den Unterboden geklebte Päckchen, weder seltsame Gerüche noch tickende Geräusche. Doch als Cato die Beifahrertür öffnete, fand er etwas, das ihn noch viel mehr erschreckte. Der Beifahrersitz war mit Blut bespritzt, und auf dem Rücksitz fand sich noch mehr Blut. Und ein Kinderwagen.

38

Sonntag, 19. Oktober. Später Nachmittag.

Je weiter Cato landeinwärts fuhr, desto besser wurde das Wetter. Als er Lake King erreichte, drei Autostunden nordwestlich von Esperance, ging die Sonne hinter einem Wäldchen mit Salmon Gums unter, den Eukalyptusbäumen mit der lachsrosa Rinde. Pink und grau gefiederte Rosakakadus hüpften am Straßenrand entlang und pickten zerstreut am Boden. Cato war auf der Rückfahrt nach Perth und hatte immer noch gut vier oder fünf Stunden vor sich. Sie hatten den Land Rover in Esperance mit Absperrband gesichert, und Duncan Goldflam war schon mit einem Helfer unterwegs, um ihn zu untersuchen. Billy Mather war längst über alle Berge. Niemand hatte gesehen, was für einen Wagen er vielleicht als Fluchtfahrzeug benutzte. Detective Inspector Hutchens hatte wahrscheinlich den Falschen einsperren lassen, denn allem Anschein nach war Jim Buckleys Mörder ein zierlicher älterer Engländer mit einer unheimlichen Fähigkeit, sich in Luft aufzulösen. Und obendrein ein bösartiges altes Arschloch. Cato war fix und fertig. Er musste zum Viehdezernat zurück und wenn auch nur, um die Kündigung zu schreiben, die er während der Fahrt im Kopf entworfen hatte. Er musste nach Perth zurück, zu seiner Familie – auch wenn er seinen Sohn nur jedes zweite Wochenende bei sich hatte. Ihm war noch nicht klar, ob das, was er gerade tat, ein Vortreten oder ein Weglaufen war.

Wenn man nicht aufpasste, kriegte man Lake King gar nicht mit. Im Vergleich zu diesem Kuhkaff war Hopetoun eine blühende Metropole. Die baumbestandene Hauptstraße bestand aus einem Supermarkt, dem Sportplatz und dem Friedhof. Und schon ging es weiter zum nächsten Meilenstein auf der Reise nach anderswo. Auf dem Weg in den Süden war Cato mit Buckley hier durchgefahren, wann war das gewesen – vor zehn Tagen? Es gab eigentlich nur zwei oder drei Strecken von Perth nach Hopetoun oder Esperance, und zwei davon führten über Lake King. Der »See« war wahrscheinlich schon vor hundert oder mehr Jahren ausgetrocknet und hatte eine blendend weiße Salzpfanne hinterlassen. Er gehörte zu einer ganzen Kette von ausgetrockneten Seen, die sich Hunderte von Kilometern weit durch den Weizengürtel im Süden schlängelte. Der Anblick machte Cato durstig; ein guter Zeitpunkt für einen Tankstopp. Er parkte vor dem Supermarkt, neben einem Nissan Patrol mit Vierradantrieb und getönten Scheiben.

Alles war sonntäglich ruhig. Cato tankte voll und reinigte die Windschutzscheibe mit einem Abzieher. Als er den Laden betrat, löste er einen lauten Piepton aus. Er schrak zusammen.

»Ich erschrecke mich auch immer so, und ich bin schon zwanzig Jahre hier.«

Neben der Kasse balancierte der Ladeninhaber gefährlich auf einem Hocker.

»Ich bin Troy«, sagte er mit einem kleinen Winken.

Cato hatte noch nie einen so großen Mann gesehen, noch dazu auf einem so kleinen Hocker, abgesehen vielleicht von dem Brecher, dem Maori David Tahere. Dieser Mann hier aber war kein Brecher, sondern eher eine Hüpfburg mit angeklatschtem Mittelscheitel und gruseligen Ringellöckchen ringsherum.

Cato lächelte, als sei alles völlig normal. »Tag, Troy. Kalte Getränke?«

»Hinten im Kühlschrank. Der beste Platz dafür, was?«

Cato fand eine große Flasche Wasser, ergänzte sie durch eine Dose mit einem sprudelnden, zuckrigen Getränk und einen Marsriegel und reichte Troy seine Kreditkarte. »Bis dann, Kumpel. Fahr vorsichtig«, schnaufte Troy.

»Ciao«, sagte Cato und winkte ihm mit dem Marsriegel.

Der Nissan Patrol stand immer noch draußen. Vielleicht gehörte er Troy, denn im Laden befand sich sonst eindeutig niemand. Cato öffnete die Fahrertür des Land Cruisers und warf seine Einkäufe auf den Beifahrersitz. Nur die Zitronenlimo behielt er in der Hand. Er knackte die Dose auf. Irgendwo in der Nähe wimmerte ein Baby. Vielleicht im Nissan? Durch die getönten Scheiben war kaum etwas zu sehen. Wieder ein Wimmern, aber diesmal stammte es nicht von einem Baby. Dieser Mensch war älter. Cato bekam eine Gänsehaut. Der verlassene Land Rover in Esperance – ein Kinderwagen, Blut. Er schirmte die Augen mit der Hand ab und trat dicht an das Seitenfenster des Nissan heran. In diesem Moment sprang der Motor an und das Fahrzeug setzte mit hohem Tempo zurück. Der Spiegel an der Beifahrerseite versetzte Cato einen kräftigen Schlag in die Rippen und brach dann ab. Der Nissan war schon unterwegs, während Cato sich noch krümmte. Er hatte das Gefühl, dass eine Rippe gebrochen war.

Die Straße, die nach Nordwesten aus dem Ort herausführte, teilte die große Salzpfanne, alias Lake King, in zwei Hälften. Der Nissan Patrol hatte etwa zweihundert Meter Vorsprung, aber obwohl Cato das Gaspedal ganz durchtrat, schien er nicht aufzuholen. Er hatte die blauen und roten Flasher eingeschaltet, aber das interessierte den Nissan nicht. Bei jedem Atemzug schoss ihm ein scharfer Schmerz durch den Brustkorb. Wer oder was hatte da gewimmert? Oder hatte er sich das nur eingebildet? Er wusste nicht, wer in dem Wagen vor ihm saß. War es Mather? Dieses Wimmern. Hatte er wieder zugeschlagen?

Nach weiteren dreihundert Metern sah Cato einen Wagen mit Warnblinklicht entgegenkommen und dahinter einen Sattelschlepper, der anscheinend einen Kipper für die Mine geladen hatte. »Fahrzeug mit Überbreite« blinkte die Leuchtschrift auf dem vorausfahrenden Fahrzeug. Der Nissan würde sein Tempo drosseln müssen.

Ganz bestimmt.

Und er fuhr tatsächlich langsamer. Nicht so Cato. Jetzt holte er auf. Der Nissan war nicht mal mehr hundert Meter weit vor ihm, und das Fahrzeug mit Überbreite kam immer näher. Als es nur noch eine Lastzuglänge entfernt war, bremste der Nissan ab, fuhr auf den Seitenstreifen und ließ den Sattelschlepper vorbeidonnern. Cato war jetzt nur noch fünfzig Meter hinter ihm und fuhr weiter Höchstgeschwindigkeit. Der Sattelschlepper ragte drohend vor ihm auf, mit dröhnender Hupe und Lichthupe. Cato wartete bis zum letzten Moment, bevor er den Land Cruiser auf den Schotterrand riss, um das Ungetüm vorbeizulassen.

Er spürte, wie die Hinterräder wegrutschten, wie der Wagen hinten ausbrach. Instinktiv tat er das Falsche, indem er bremste. Der Land Cruiser drehte sich, bis er in die Richtung sah, aus der er gekommen war. Einen Moment lang schien er ein paar Zentimeter über dem Boden zu schweben. Ein grässlicher dumpfer Schlag hinten, und plötzlich wusste Cato, dass er sich überschlagen würde und nichts dagegen tun konnte. Er packte das Lenkrad, machte sich auf alles gefasst, während der Horizont schon kippte. Cato schloss die Augen und wartete auf den Tod.

»Wach auf, wach auf, du Schlafmütze.«

Cato öffnete die Augen. Der Sonnenuntergang war herrlich. Der Himmel glühte lila und orange, zarte Federwölkchen breiteten sich wie ein Fächer darüber, und die Umrisse des Buschlandes schienen zu brennen. Ein sanfter Wind flüsterte über dem Salzsee, und auf der anderen Seite schwebte dicht über dem Horizont ein abnehmender, aber immer noch riesengroßer gelber Mond.

»Also, mein Sohn, was soll das denn alles?« Billy Mather kauerte über ihm, besorgt und wissbegierig.

Als Cato sich aufsetzen wollte, spürte er zusätzlich zu rasendem Kopfweh wieder den stechenden Schmerz seitlich im Brustkorb, wo der Seitenspiegel ihn gerammt hatte. Er merkte, dass seine Schläfe irgendwie klebrig war. Blut? »Was ist denn passiert?«, krächzte er.

»Du hast dich überschlagen, mein Sohn. Der LKW-Fahrer und ich haben dich rausgezogen. Er ist jetzt mit dem Burschen aus dem Begleitfahrzeug los, um Hilfe zu holen. In Lake King gibt es einen Polizeiposten und eine Rettungsstation. In zwanzig Minuten oder so sind sie zurück, schätze ich.«

Ein paar Meter entfernt lag der Land Cruiser auf dem Dach, die Fenster waren zersplittert, ein Rad drehte sich langsam und fing die letzten Sonnenstrahlen ein. Die Achse musste abgeschert sein. Das Bullenmobil hatte einen Totalschaden. Und er selbst Glück im Unglück. Cato fragte sich, ob Mather sich nach ihrer kurzen Begegnung am schwelenden Caravan noch an ihn erinnerte.

»Meine Thermosflasche hast du nicht dabei, oder?«

Damit war Catos Frage beantwortet.

»Nein. Sorry.«

»Ist ja kein Problem. Also, wie hast du mich gefunden?«

Cato konnte sich nicht überwinden, ihm zu gestehen, dass es reiner Zufall gewesen war, daher schwieg er.

Mather seufzte und schüttelte den Kopf wie ein enttäuschter Vater. »Du und dein Kumpel, dieses Dickerchen, ihr müsst eure Nasen aber auch in alles reinstecken, was? Dickerchen hat gemeint, er hätte mich erkannt, dieser Naseweis. Hat sich wohl gedacht, wenn er ganz cool tut, tu ich nichts merken. Aber ich kann euch lesen wie offene Bücher. Verdammte Dilettanten.«

Dickerchen? Buckley, vermutete Cato. Naseweis? Cato drehte sich der Kopf.

»Woher hat er denn gewusst, dass Sie es waren?«

Mather prustete. »Ich hatte kaum den Mund aufgemacht, da hat er auch schon eine Lokalrunde ausgegeben, seine kleinen Schweinsäuglein taten richtig leuchten. Dann hab ich gehört, wie er draußen auf dem Steg in sein Handy gesagt hat: ›Klar ist er das, wer redet denn sonst noch so wie du?‹ Erst später habe ich kapiert, dass er da mit meinem alten Landsmann Stuey Miller telefoniert hat.«

»Aber warum haben Sie ihn umgebracht? Sie hätten doch einfach verschwinden können, wie sonst auch.«

Mather schüttelte den Kopf. »Näh, allmählich tat das eng werden, mein Sohn. Da musste eine Ablenkung her. Eure Leiche da am Strand war genau das Richtige. Und dann gab es in der Stadt dieses Gerücht über Drogen. Das alles hat das Kuddelmuddel noch vergrößert.«

Catos Eingeweide krampften sich zusammen. Seine Flüsterkampagne hatte einem Mörder als künstliche Nebelwand gedient, hinter der er sich versteckt hatte. Ebenso gut hätte er Mather gleich den Steinbrocken in die Hand geben, auf Jim Buckley zeigen und sagen können: Jetzt mal los.

Da erinnerte Cato sich schlagartig an die Szene vor dem Supermarkt in Lake King. Das Wimmern im Nissan: Wer war das? Wo waren sie jetzt?

Mather sprach weiter. »Nun ja, genug Smalltalk gemacht. Ich muss jetzt wieder weiter.« Er zog eine Reisetasche zu sich heran und wühlte darin herum. Gedämpft klirrte Metall.

Cato bemühte sich, nicht gleich an das Schlimmste zu denken. »Wen haben Sie im Auto?«

Mather lächelte und tätschelte ihm den Arm. »Um die mach dir mal keine Sorgen, mein Junge.«

Cato versuchte aufzustehen, aber Mather drückte ihn wieder herunter, unerwartet kräftig für einen Mann, der zwanzig Jahre älter war als er selbst.

»Schön liegen bleiben, Söhnchen.«

Cato fühlte sich völlig kraftlos. Wollte er sich wirklich einem alten Rentner ausliefern? Er versuchte, auf Zeit zu spielen, Zeit zu gewinnen, bis Hilfe kam. »Warum haben Sie das getan?«

Mather hob eine Augenbraue. »Was getan, mein Sohn?«

»Sie wissen schon, was ich meine: die Frauen und die Kinder sowohl erschlagen als auch unter Strom gesetzt. War beides zusammen nicht etwas übertrieben?«

Mather lächelte übermütig. War auch eine Spur von Stolz dabei? »Nun ja, beim ersten Mal habe ich einfach ausprobiert, ob meine kleine Erfindung funktionieren tut, war eigentlich bloß neugierig. Danach wurde es einfach so was wie eine Signatur. Wie auf einem Kunstwerk. Weißt du, was ich meine?«

Das war eigentlich eher eine Antwort auf die Frage nach dem Wie, nicht auf die nach dem Warum, aber das Beunruhigende war, dass Cato tatsächlich wusste, was Mather meinte. Manchmal hatte der Horror eine ganz eigene innere Logik, so wie diese scheinbar unsinnigen Hinweise in den Rätseln.

»Hübsches Mädel, süßer Bengel.«

»Was?« Cato sah auf.

Mather betrachtete gerade den Inhalt einer Brieftasche.

Catos Brieftasche. Er zeigte Cato das Foto von Jane und Jake auf der Insel Rottnest.

»Wie heißen sie denn?«, fragte der alte Mann mit kindlicher Neugier.

Cato gefror das Blut in den Adern, er schloss die Augen und konzentrierte sich, versuchte, sich einen Plan auszudenken. Doch als er die Augen wieder öffnete, wurde ihm klar, dass es dazu jetzt ein bisschen spät war.

Mather hatte eine Hand hoch erhoben, sie hielt einen Wagenheber. Cato sah die eintätowierten Initialen CK auf seinem Unterarm, doch gleichzeitig war ihm bewusst, dass er niemals die Möglichkeit haben würde, ihn danach zu fragen. Er schaffte es, sich umzudrehen, den Arm zu heben und mit dem rechten Ellbogen die Wucht des Schlages abzufangen. Als er spürte, wie der Knochen zerschmettert wurde, erbrach er sich fast vor Schmerz. Mit dem gesunden Arm griff er sich eine Handvoll salzigen Kies und warf ihn Mather kraftlos ins Gesicht, während er schon verzweifelt aus der Gefahrenzone rollte und rutschte. Mather ließ den Wagenheber auf Catos Nacken und Schulter hinunterkrachen. Alles wurde weiß, und der Schock schaltete Catos gesamtes System ab. Doch er musste weitermachen. Cato wusste, dass er einen oder zwei weitere Schläge nicht überleben würde, er hatte in den Akten gelesen, zu was Mather fähig war, und er hatte das Ergebnis eines seiner Werke bei Jim Buckley gesehen. Drei Schläge, und du bist bewusstlos, ohnmächtig. Cato hockte sich auf die Fußballen, schoss nach vorn und rammte Mather den Kopf ins Gesicht. Er hörte das Knirschen brechender Knochen, Mather keuchte und ließ den Wagenheber fallen. Mit der gesunden Hand packte Cato das Werkzeug und machte sich daran, den Job zu Ende zu bringen.

Irgendwann trafen die Polizisten aus Lake King ein und lösten behutsam den Wagenheber aus seiner Hand. Auf dem weißen Salzsee breitete sich strahlenförmig ein dunkler Fleck aus.

EPILOG

Donnerstag, 22. Januar 2009. Später Nachmittag.
Perth, Western Australia.

Da war jemand in seinem Zimmer. Er konnte es hören. Leises rhythmisches Atmen und gelegentlich raschelte Stoff. Stuart Millers Haut, die unter dem Verbandmull ohnehin wund war und spannte, kribbelte jetzt vor Angst. Das war weder eine Krankenschwester noch eine Hilfskraft, die kündigten sich normalerweise an und machten rücksichtslos Krach. Er war der reizbare Blinde in Nummer sieben, und er wusste, dass sie die Strategie verfolgten, ihn mit ihrem gutmütigen Das-Leben-geht-weiter-Lärm einzuwickeln. Heute Morgen hatten sie verkündet, dass ein neuer Blumenstrauß gekommen sei. Sie hatten ihm die Karte vorgelesen: *Gute Besserung. Tim Delaney und Kollegen. Polizei South Australia.* Die persönliche Note, sehr schön. Die Blumen rochen süß, widerlich.

Es war auch kein Arzt. Die stellten sich normalerweise ebenfalls vor und kamen dann gleich zur Sache, mit dummen Fragen zu seinem heutigen Befinden, und dann gingen sie gleich weiter, ohne sich die Antwort richtig anzuhören. Wieder mal beschissen, danke, Doc.

Auch Jenny war es nicht, er kannte ihren Geruch und die bebende, angstvolle Berührung ihrer Hand, und manchmal dachte er, er könnte die Tränen fast schmecken, die ihr übers Gesicht strömten. Aber wer war es dann?

»Wer ist denn da?«

Ein leises Räuspern und ein Rascheln auf dem Stuhl an seinem Bett, begleitet von einem heftigen Einatmen.

»Entschuldigung. Mein Name ist Philip Kwong.«

Also war es doch ein Arzt, oder wohl eher ein junger Medizinstudent oder Famulant, der den Englischen Patienten begaffen wollte.

»Wollen Sie Blutdruck messen?«

»Stuart, ich bin Detective Senior Constable Philip Kwong. Auch Cato genannt.«

Die Stimme war kräftiger geworden, etwa fünf Jahre älter, vielleicht ein bisschen gekränkt. Schon besser. Cato?

»Wie im *Rosaroten Panther*?«

»Genau.«

»Den habe ich geliebt. Der lauerte immer seinem Chef auf, hinter einem Vorhang, und dann tat er ihn anspringen, wenn er überhaupt nicht damit gerechnet hat.«

»Ja, so ähnlich. Übrigens, Greg Fisher lässt Sie grüßen, wir haben in Esperance ein paar Tage auf der gleichen Station gelegen.«

Miller nickte, er hatte richtig vermutet: Sein Besucher hatte eine Verletzung, die auf dem Weg der Heilung war. »Fisher ist ein braver Bursche. Der Einzige, der mir zugehört hat. Wie geht es ihm?«

»Er wird wieder gesund. Keine bleibenden Schäden.«

Miller hörte, dass die letzten Worte immer leiser wurden, als wolle sein Besucher sich entschuldigen. Daher wechselte er das Thema und legte eine gewisse Munterkeit in seine Stimme, um ihn wieder zu beruhigen. »Nun denn, haben Sie Arthurs gefunden?«

»Ja.«

Stuart Millers Puls ging schneller, es war eine rhetorische Frage gewesen, und er hatte ein Nein erwartet. »Erzählen Sie mehr.«

»Er ist tot. Ich habe ihn umgebracht.«

»Schweinehund.«

»Ja, das war er wohl.«

»Näh, Sie hab ich gemeint.«

»Wie bitte?«

»Jemals *Moby Dick* gelesen?«

»Die ersten paar Kapitel.«

»Nun ja, ich bin Captain Ahab, und Sie haben jetzt einfach meinen großen weißen Wal gekillt.«

Also erzählte Cato Kwong Stuart Miller seine Geschichte, auch das Ende, von der fast totgeschlagenen jungen Frau, die man im Kofferraum von Davey Arthurs gestohlenem Nissan gefunden hatte. Das Baby im Auto war unversehrt, allerdings leicht dehydriert. Die Mutter würde noch die nächsten drei Monate auf der Intensivstation verbringen und sich möglicherweise danach an die ganze Tortur gar nicht mehr erinnern, was vielleicht ein Segen war.

»Es war also dieser Mann mit dem Caravan, Mather«, sagte Cato.

»Ja.«

»Und er hat Jim ermordet.«

Und Christine und Stephen Arthurs. Und die vier von der Familie Chapman in Adelaide, ach Gott, Cato konnte sich nicht einmal mehr an ihre Namen erinnern. Und Vicki und Shelley Munro. Wenigstens war Brian Munros Wunsch jetzt in Erfüllung gegagen: Arthurs war tot. Miller seufzte und verlagerte im Bett sein Gewicht.

»Kann ich Ihnen etwas holen? Wasser oder so?«

Miller schüttelte den Kopf. »Näh, danke. Dieser Bursche, den Sie wegen Jim auf dem Kieker hatten, was wird denn mit dem?«

»Während wir hier sprechen, wird der Fall gerade still und leise niedergeschlagen.«

»Das wird diesen kleinen Bullterrier, den Sie zum Chef haben, ja unendlich freuen.«

Ein verächtliches Prusten. »Er wird es überleben, der fällt immer wieder auf die Füße.

Miller machte eine Pause. »Vermutlich hat Arthurs auch Ihnen den Grund nicht gesagt, oder?«

»Eigentlich nicht, er hat bloß mit seinem Gerät geprahlt. Hat es als Signatur bezeichnet, wie man sie unter ein Kunstwerk setzt. Aber wir haben Ihre Notizen zur Familiengeschichte an die Polizei in Northumbria weitergeleitet, und die haben ein paar Sachen herausgefunden.«

Cato erzählte Stuart Miller von Daveys Aufenthalt in der Klinik, von der Elektroschockbehandlung, von dem hirngeschädigten Vater, dem Kriegshelden. Diese Infos waren als Erklärungsversuch für den Tathergang recht gut geeignet.

Miller dachte einen Moment darüber nach, dann lächelte er. »CK. Ich glaube, ich habe das Rätsel vielleicht geknackt.«

»Wer war es denn?«

»Nicht wer, sondern wo. Cherry Knowles war eine psychiatrische Klinik gleich außerhalb von Sunderland. Wenn die Elektroschocktherapie Daveys Gedächtnis zerstört hat, wollte er die Tätowierung vielleicht haben, damit er das nie vergessen würde.« Miller trank aus seiner Tasse. »Sieht aus, als hätte Delaneys Psychologin recht gehabt.

»Wieso?«

»Komplett verrückt.«

Sie verabschiedeten sich.

»Danke, dass Sie vorbeigekommen sind, mein Sohn.«

»Ist doch selbstverständlich.«

Stuart Miller hörte, wie Cato Kwongs Schritte sich den Flur entlang entfernten. Er war müde. Als er die Augen schloss, driftete er weg und träumte vom FA-Cup-Finale: eine wilde See aus Rot und Weiß, Ian Porterfields Siegestor nach der ersten halben Stunde, dann Torhüter Jimmi Montgomerys wunderbare Leistung, als er zweimal hintereinander, die aus ganz kurzer Entfernung geschossenen Bälle hielt, Bob Stokoe, der Manager von Sunderland, der mit seinem braunen Filzhut über den Platz rannte, und der kleine Bobby Kerr, der den Pokal für Sunderland in die Höhe streckte. Und zum ersten Mal seit fast fünfunddreißig Jahren war er nicht in kalten Schweiß gebadet, als er wieder aufwachte.

Es war noch hell, als Cato das Royal Perth Hospital verließ. Als er in der Automatiktür sein Spiegelbild sah, wurde ihm bewusst, dass er eher wie ein entflohener Patient als wie ein offizieller Besucher aussah. Der Himmel war blau, die Sonne stand noch hoch, und der Beton glänzte. Seit er den typischen Vokalen und dem rhythmischen Singsang von Millers Akzent gelauscht hatte, konnte er ohne Weiteres verstehen, warum Jim Buckley sich so sicher gewesen war, dass Billy Mather Davey Arthurs sein musste. Cato schauderte es, als ihm plötzlich der rote Fleck auf dem Salzsee einfiel, der sich immer weiter ausgebreitet hatte, und er fragte sich, wie lange es wohl dauern würde, bis seine Albträume aufhörten.

Er rollte seinen *West Australian* zusammen. Diese Zeitung hatte er von seinem eigenen Geld gekauft, und auf der Zugfahrt von Fremantle nach Perth hatte er das kryptische Kreuzworträtsel gelöst. Die Schlagzeile berichtete von der plötzlichen Schließung der Nickelmine in Ravensthorpe, an der die globale Finanzkrise schuld sei: So viel zu den fünfzig Jahren, die das Bergwerk Gewinn abwerfen sollte. Ratzfatz von der Boomtown zur Geisterstadt, schneller, als man papp sagen konnte. Es war noch viel schlimmer, als die Gerüchteküche es sich je hätte ausmalen können. Ein Foto auf der Titelseite zeigte das Ortsschild von Hopetoun: Vor den Ortsnamen hatte jemand ein »NO« gesprüht. Die Stadt ohne Hoffnung. Die ersten, die geopfert wurden, waren offenbar die Gastarbeiter, die jetzt nicht mehr gebraucht und in den nächsten Flieger nach Hause gesetzt wurden. Besorgnis wurde laut wegen der tapfer kämpfenden Einheimischen, die Firmen aufgemacht hatten, um der boomenden Stadt ihre Dienste anzubieten, und die nun, da ihr Markt nicht mehr existierte, einer ungewissen Zukunft entgegensahen. Cato vermutete allerdings, dass die Keith Stevensons und Jimmy Dunstans dieser Welt immer einen Weg finden würden, um irgendwie und irgendwo ihre Dollars zu machen.

Er überlegte, für die Heimfahrt nach Fremantle ein Taxi zu nehmen. Mit dem komplizierten Armbruch und der Halskrause, die er immer noch tragen musste, kam es nicht in Frage, dass er selbst fuhr, aber immerhin konnte er wieder ohne allzu große Schmerzen atmen. Doch er entschied sich, einen Spaziergang nach Northbridge hinüber zu machen, in einem der Restaurants dort eine Laksa zu essen und dann mit dem Zug wieder zurückzufahren. Nachdem er sein Handy wieder eingeschaltet hatte, zeigte es piepend drei neue SMS an. Die erste bestand hauptsächlich aus einem Foto: Tess und Melissa am Mount Barren, auf dem langen weißen Four Mile Beach, zwischen dem blauen Südpolarmeer und dem schimmernden Culham Inlet, und dahinter in weiter Ferne Hopetoun im Dunst. Tess lachte, und Melissa versuchte, auf sexy zu machen, kriegte das aber nicht hin, weil der Übermut ihre

Mundwinkel kräuselte. Darunter standen die Worte: *Wärste gern hier?*

Cato roch die Ausdünstungen des Berufsverkehrs, der auf der Wellington Street an ihm vorbeikroch und tippte seine Antwort: *Ja.*

Dann kam ein typisch knapper Gruß von DI Mick Hutchens: *Ruf mich an – lohnt sich.*

Cato seufzte. Er genoss seine Auszeit, auch wenn sie unfreiwillig und schmerzhaft war. Bis der gebrochene Arm geheilt war, würde es noch vier bis sechs Wochen dauern, und etwa die gleiche Zeit würde die Dienstaufsichtsbehörde brauchen, um zu dem Schluss zu kommen, dass er wirklich in Notwehr gehandelt hatte, als er Billy Mather getötet hatte. Bis dahin brauchte er keine voreiligen Entscheidungen zu treffen, ob er kündigen oder zum Viehdezernat zurückkehren wollte. Aber das »lohnt sich« machte ihn neugierig, und das hatte Hutchens zweifellos vorhergesehen. Cato wählte die Nummer, es klingelte nur einmal.

»Cato, Kumpel, was macht dein Arm?«

»Wird besser, danke. Du wolltest mich sprechen?«

»Hast du das Gerücht gehört?«

»In der Fastenzeit verzichte ich auf Klatsch und Tratsch. Aber nur weiter, tu mir den Gefallen.«

»Das Viehdezernat steht vor dem Aus. Ihr seid alle so was von tot.«

So ein Ausdruck, dabei war Jim Buckleys Beerdigung noch keine drei Monate her.

Cato schüttelte angewidert den Kopf. »Weiter.«

»Kürzungen, eine Kinderficker-Plage oben im Norden und Massendelikte unter den Bürgern. Dass Leute wie du an Strohhalmen kauen und über das Wetter in Mukinbudin plaudern, ist ein Luxus, den wir uns nicht mehr leisten können.«

»Danke. Willst du auf irgendwas Bestimmtes hinaus?«

»Mann, bist du aber empfindlich. Du bist gar nicht so richtig entspannt da bei dir zu Hause in der Großstadt, was? Hör mal, ich habe ein Angebot für dich. Das Spiel läuft, Veränderungen liegen in der Luft, und ich bin dafür zuständig. Du wirst einen Job brauchen.«

Hutchens skizzierte seinen Plan. Cato sollte ihn dabei unterstützen, Mathers vermutliche Rolle beim Mord an Buckley herunterzuspielen, und er sollte seine früheren Bedenken im Hinblick auf Justin Woodward als Mörder verschweigen. Kurz, er sollte wieder mal helfen, Hutchens den Arsch zu retten. Als Gegenleistung, eine Hand wäscht die andere, winkte dann ein Job in Hutchens' neuem Dezernat. Es war ein verzweifelter, saublöder Plan.

»Das könnte der Durchbruch für dich sein, mein Freund.«

Oder der Zusammenbruch, dachte Cato. *Tritt vor.* »Nein, ich werde dir nicht helfen, Billy Mather unter den Teppich zu kehren. Er hat Jim Buckley ermordet. Woodward war es nicht.«

»Aber das kleine Schwein wird uns auf Schadensersatz verklagen, dass es kracht! Dann sitze ich wieder bis zum Hals in der Scheiße. Verdammt noch mal«, winselte Hutchens.

»Dir wird schon was einfallen.«

Die Stille am anderen Ende der Leitung war ohrenbetäubend. Ein gereizter Seufzer beendete sie schließlich. »Also, ist das ein Ja oder ein Nein?«

»Wie war noch mal die Frage?«

»Kann ich mich darauf verlassen, dass du wenigstens den Mund hältst, bis ich mich um das Woodward-Fiasko kümmern kann?«

»Nein«, sagte Cato. Es fühlte sich gut an.

»Fuck, dann komm trotzdem her und arbeite für mich. Entweder das, oder du landest auf dem Müll und kein Arsch will dich mehr.«

Cato kratzte sich mit einem freien Finger das Kinn. »Wann fange ich an?«

Die letzte SMS kam von Jane, die ganz bald seine Exfrau sein würde: *Können wir reden?*

Gute Frage. Darauf wusste Cato keine Antwort. Aber er wusste, dass er Jake gern glücklicher sehen würde, daher schrieb er zurück: *Klar.*

Dann steckte er sein Handy in die Tasche und ging weiter. Er hatte viel zu überlegen, daher entwirrte er seinen iPod und suchte Musik zum Schlendern und Nachdenken: ein Schubert-Impromptu. Sein Arm pochte protestierend, weil er sich an die Bewegungen erinnerte, die nötig waren, um dieses Stück zu spielen. Cato fragte sich, ob er sich wohl jemals wieder ans Klavier setzen würde.

Dank

Prime Cut stand 2010 auf der Shortlist für den *Crime Writers' Association Debut Dagger Award*, und zwar als Manuskript mit dem Titel *Chinese Whispers*, und gewann 2011 den *Ned Kelly Award for Best First Fiction*.

Ich möchte folgenden Menschen danken: Jamie Steele – der den besten Kaffee in Hopetoun kocht und ein Mann von tadellosem Charakter ist. Georgia Richter und Wendy Jenkins dafür, dass sie mich auf dem rechten, schmalen Weg der korrekten Grammatik und Zeichensetzung gehalten haben. Insbesondere Georgia für jene Vorschläge, die mir aus ein paar tiefen dunklen Löchern herausgeholfen haben. Den frühen Lesern Ron Elliott, Peter Pritchard und Tess McGinty (meiner Schwiegermutter), die sagte: »Das war sehr schön, mein Lieber, aber vielleicht ein paar Kraftausdrücke weniger«, und meinem Bruder Brian, der mir einige Dinge aus der Fußballgeschichte Sunderlands sowie Eigenheiten der Sprache und der Sitten und Gebräuche dort erklärt hat, die ich in meinen langen Jahren des Exils vergessen hatte. Danken möchte ich auch vielen, die namenlos bleiben, die mich aber an ihren Erkenntnissen über das Kleinstadtleben, das Universum und überhaupt Gott und die Welt teilhaben ließen.

Der Text weicht an einigen Stellen von der realen Stadt Hopetoun ab: Den Boomtown-Farbencode der orangen und gelben Arbeitsanzüge habe ich frei erfunden; es gibt kein Frühstücksrestaurant, aus dem man Sicht auf die Ermittlungszentrale hätte, und die Möglichkeiten, Gefangene einzusperren, entspringen reiner künstlerischer Freiheit.

Alle in diesem Roman auftretenden Personen sind fiktiv. Ähnlichkeiten mit realen Personen, lebenden oder toten, sind rein zufällig.